中国疫苗百年
纪实

上卷

江永红　著

人民出版社

上 卷

第一编　萌芽扎根

（1919—1949）

第二编　花开千树

（1949—1966）

第三编 寒梅傲雪

（1966—1976）

是谁为我们驱走了"瘟神"?

　　大战、大灾、大疫，是世界上三大"人口收割机"。发生一次，死者少则数万，多则千百万。这里且不说大战和大灾，只说大疫。在古汉语中，大疫与瘟疫是同义词，并非鼠疫的专指，而是泛指烈性传染病。

　　有人统计，在中国有文字记载的历史上，大约留下1700余次发生大疫的记录，也就是说，平均两三年就发生一次。每次发生，正史的记载大都只有某年、某月、某地"大疫""大疾疫"等几个字，但数以万计的生命都随着这几个字没了!

　　汉代王充在《论衡·命义》中说:"温气疫疠，千户灭门。"笔者是吃文字饭的，随手拈出两个与文学相关的例子。第一个:汉献帝建安二十二年(217)发生瘟疫，曹植在《说疫气》一文中描绘其惨状曰:"疠气流行，家家有僵尸之痛，室室有号泣之哀。或阖门而殪，或覆族而丧。""阖门而殪"就是全家都没了，"覆族而丧"就是全族死光光。文学史上著名的"建安七子"中，就有徐干、陈琳、应玚、刘桢四人死于建安瘟疫。第二个例子:宋仁宗嘉祐五年(1060)，北宋首都开封发生瘟疫，城内冥钱蔽天，哭声动地，死者数以十万计。著名历史学家司马光在《传家集》中记录了当时的惨景，写了《七哀诗》来悼念他的七位友人，其中有三位是《宋史》上有传的著名诗人——江休复、梅尧臣、韩宗彦。他们在不到一个月的时间内，相继死于这场大疫。

历史上有的政权的灭亡也与大疫有关。明朝灭亡当然首先在于自身的腐败，但饥荒与瘟疫又加速了它灭亡的步伐。据《明季北略》记载：崇祯年间京城大疫，"沿街小户，收掩十之五六……有棺无棺，九门计数，二十余万也"。1232 年，来自蒙古草原的元兵围攻金人统治的汴京（今河南开封），金屈膝求和，刚解除戒严，就是一场大疫。据《金史·哀宗纪》称，天兴元年（1232）五月，"汴京大疫，凡五十日，诸门出死者九十余万人，贫不能葬者不在是数"。一下死了那么多人，加上病的，哪还有人上阵杀敌？所以，次年金就彻底投降了。

我的家乡在江汉平原，鱼米之乡，素称富庶，但在旧社会也深受瘟疫之苦。当地把发鸡瘟叫"走鸡症"，把人瘟疫叫"走人症"。父亲告诉我，有一年"走人症"，全家都病倒了，爷爷见村里好几户人家都死绝了，以为难逃这一劫，便把家里养的几只鸡全杀掉，炖了一锅，准备让大家好好吃一顿后再死，谁知平时闻着香的鸡汤，这时却一闻就令人作呕，最后一锅鸡都倒到厕所里了。也许本家血脉不该绝，最后全家靠运气扛了过来。这次"走人症"究竟是什么病？他说不清。当地老百姓所说的"走人症"，指的是不明病因的瘟疫，是不包括天花在内的，因为天花虽然曾经是死人最多的烈性传染病，但病因清楚，侥幸不死的大多会给人留下一脸麻子。记得小时候，我们村里一半家庭中都有麻子，有的甚至是一屋麻子，父母子女都是麻子。那时候，在我家乡一带，一是麻子多，二是瘸子多。腿不是因为外伤而致残，而是因患了脊髓灰质炎，就是小儿麻痹症。我家隔壁就有一个。如果你出门上趟街，一般都会看到瘸子，有时还不止见到一个。

然而，似乎就在不经意之间，人们突然发现：不知从哪一年开始，中国就很少有人变麻子了，也很少见到因患小儿麻痹症而变成的瘸子了，还有许多让人闻之丧胆的烈性传染病也难得听说了。母亲告诉我："还是共产党有狠（方言，厉害之意），连麻子都没有了。"她的语言很朴实，但说到了根上。

毛泽东主席在《实践论》中说："感觉到了的东西，我们不能立刻理解它，只有理解了的东西才更深刻地感觉它。"

有关资料显示，新中国成立后，我国生物技术战线的科学工作者们同卫生防疫战线的同人们一起，通过免疫手段实现了消灭天花，消除脊髓灰质炎，基本消灭了鼠疫、霍乱，有效控制了其他传染病的发病率。据国家卫健委的权威发布：从 1978—2014 年，全国麻疹、百日咳、白喉、脊髓灰质炎、结核、破伤风等主要传染病的发病率和死亡率降幅达 99% 以上。再看下列分类数据：

麻疹，1959 年全国报告近 1000 万病例，死亡近 30 万人，至 2017 年，发病人数已不到 6000 例，近 30 年至少避免了 1.17 亿人发病、99 万人死亡。

乙肝，在实施乙肝疫苗接种以前，全国有 6.9 亿人曾感染过乙肝病毒，每年因乙肝病毒感染引起的相关疾病死亡人数约有 27 万人。1992 年以来，随着疫苗的使用，全国约 9000 万人免受乙肝病毒的感染，5 岁以下儿童乙肝病毒携带率从 9.7% 降至 2014 年的 0.3%，儿童乙肝表面抗原携带者减少了 3000 万人。2012 年 5 月，世界卫生组织证实我国实现了将 5 岁以下儿童慢性乙肝病毒感染率降至 2% 以下的目标。

流脑，20 世纪 60 年代我国流脑发病最高年份报告病例数高达 304 万例，至 2017 年，发病人数已低于 200 例。

乙脑，最高年份报告病例数近 20 万例，2017 年发病数仅千余例。

百日咳，1959 年和 1963 年大流行中有近万名儿童死于百日咳，

1973 年历史最高报告病例数为 220 余万例，至 2017 年，发病人数已降低至 1 万例。

白喉，普及儿童计划免疫前，白喉每年可导致数以十万计儿童发病，2006 年后，我国已无白喉病例报告。

破伤风，2012 年 11 月，世界卫生组织证实我国已成功消除了孕产妇和新生儿破伤风。

有计划的疫苗接种使中国人民的健康水平有了明显提高，居民平均寿命由新中国成立初期的不到 35 岁提高到 2018 年的 77 岁；婴儿死亡率从新中国成立初期的 200‰下降到 2018 年的 6.1‰。什么叫天壤之别？这就是天壤之别！

我国消灭天花的时间点是 1961 年，而世界卫生组织宣布全球消灭天花是在 1977 年，我国整整提前了 16 年。我国从 1994 年 9 月后再无本土脊髓灰质炎病例，比世界卫生组织预定的消除脊灰的时间大大提前。

所谓有比较才能有鉴别。如上纵向、横向一比，只要不故意闭目塞听，你不得不承认：中国所取得的成就，是世界防疫史上的一个奇迹！

人们把传染病称之为"瘟神"。"借问瘟君欲何往？纸船明烛照天烧。"这是毛泽东主席在《七律二首·送瘟神》中的著名诗句。是谁为我们驱走了瘟神？首先要明白一个大前提，就是上述成就是在中国共产党领导下的新中国取得的，是持之以恒地实施计划免疫的结果。那么，在驱"瘟神"的战斗中，做具体工作的是哪些人呢？笼统地说，是广大卫生工作者，尤其是免疫和防疫工作者。而没有免疫手段，防疫就是一句空话。免疫手段是关键，而疫苗等生物制品是所有免疫手段中的"王牌"。如消灭天花，主要靠痘苗；消灭脊髓灰质炎，主要靠脊灰疫苗；如此等等。从事疫苗研制的微生物学家和疫苗专家是这一"王牌"的铸造者，我们应该记住他们，向他们表达应该得到的尊敬。

在写作本书之前，我在一个有百余人的微信群里做了一个小测试。两个题：第一，写出你所知道的当代名医姓名，1—3 人；第二，写出你所知道的我国疫苗专家（或微生物学家、病毒学家）姓名，1 人。测试结果不出我之所料，所有应试者至少知道名医 1 名以上，而第二题却全部交了"白卷"。这个群的成员年龄在 30 岁以上，学历在本科以上，大多是在本行业有所成就的人物，不乏教授、工程师、作家、诗人、书画家，他们没有一人没用过疫苗，竟然没有一人能说出 1 名疫苗专家的姓名，这似乎很不正常，但又很正常。一个主要原因是缺少这方面的信息传播。写疫苗科学家的书籍难得一见，而相关的新闻报道相当零散，且往往见事不见人，鲜见写人物的篇章。他们的杰出贡献不能说被湮没了，但颇有"功成辞赏，循迹藏名"的味道。

吃水不忘掘井人。我们固然没有必要知道每一粒大米是谁生产的，但是我们应该知道传说中的农业生产的老祖宗神农氏，知道"世界杂交水稻之父"袁隆平。同理，在我们享受到疫苗和其他生物制品的福祉时，是否也应该了解一下研制它们的科学家们呢？许多人也许不知道，有些传染病，如狂犬病、出血热、脊灰等，一旦被感染，到现在为止是无药可治的，对付它的唯一办法是提前用疫苗免疫。可以肯定地说，没有疫苗，许多传染病是不可能被控制和消灭的。要知道，我国在没有疫苗之前，人口最多时也只有约 4.36 亿（清道光末年）。排除战争和特大自然灾害，疫苗是人口增长的首要"功臣"。

从 1919 年北洋政府成立中央防疫处算起，中国的疫苗和生物制品事业到今天正好 100 周年了。一代一代的科学家奋战在免疫战线，为人民的健康，为中国人口的繁盛，立下了盖世功勋。毫无疑问，我们应该为他们点赞立传。

《黄帝内经》是中国最早的医书。就是这本书提出了"上工（医）治未病"的著名理念。"治未病"就是防止疾病发生，对社会群体而言，最应该防止的当是传染病特别是烈性传染病，即古人所说的瘟疫。但是，虽然早在《黄帝内经》中就已有防治瘟疫的论述，而且此后的历代名医对此多有阐述和创新，但是囿于科技手段的缺乏，他们始终没有意识到更不可能找到引发瘟疫的病原微生物，只能笼统地指出传染病的病原为"邪气"，或曰"异气""疫气""疠气""戾气""瘴气"等。在预防手段上，东晋的道士兼名医葛洪留下了用狂犬之脑预防狂犬病的记载，宋真宗时就有了为预防天花而种痘的尝试。中医古籍上还留下了不少治"温病"的药方，但在现代疫苗出现之前，"治未病"还只是一个美好的理想。医圣张仲景在《伤寒杂病论·序》中说，自建安元年（196）起南阳连年疾疫，在不到十年之间，其宗族 200 余口，死者竟达三分之二。张仲景作为"医圣"，也只能眼睁睁地看着族人一个一个地死去。就像毛泽东主席在《七律二首·送瘟神》中所写的："绿水青山枉自多，华佗无奈小虫何。"事实证明，用中医理论和药石构筑的屏障固然挽救了一些人的生命，却终究抵御不住瘟疫的肆行无忌和无孔不入，甚至连身居九重深宫的皇上也保护不了。最著名的两个例子：一个是明神宗朱翊钧得了脊髓灰质炎（定陵考古得以证实），因害怕瘸腿在朝堂上丢人，他竟然数十年不上朝；另一个是清世祖福临，即顺治皇帝，患天花死了。另外，还有一个清穆宗载淳，就是同治皇帝，官方说他死于天花，民间说他死于花柳病（梅毒），孰是孰非，尚无定论，反正都是传染病就是了。

因此，古代能"治未病"的"上医"大概多为养生专家（有中医出书，指"上医"即养生），但再会养生也难以逃脱传染病的魔掌，事实上有些所谓的"养生专家"也倒在了疾病上。是现代微生物学特别是疫苗的诞生，让中国古老的"治未病"的理论成为现实。真正能"治未病"的"上医"，是研制疫苗和其他生物制品的科学家和工程师们。是他们用疫苗为我们构筑起一道抵御传染病的长城。

中国现代意义上的疫苗是先驱们从西方学来的。从 1842 年琴纳氏成功制备牛痘苗算起，到 1919 年中国成立中央防疫处，中国制备疫苗的时间比西方晚了半个多世纪。起步晚，条件差，直到改革开放初期，疫苗研制条件仍与欧美先进国家相比存在"代差"，再加上国外的封锁，所需的仪器设备和试剂往往得不到满足。但是中国的疫苗科学家和工程师没有被难倒，他们发挥聪明才智，呕心沥血，自力更生，硬是把许多不可能变成了可能，用落后的设备制作出与国际水平难分高下的疫苗，保证了我国的防疫需要。这些疫苗制品，是他们用心血凝成的，甚至是用生命换来的。每一种新的疫苗研制出来，在进入临床研究之前，研制者都是首先在自己身上做试验，有时全家一起参加试验。这在世界疫苗研制史上是独一无二的，其献身精神足以惊天地、泣鬼神。

100 年来，特别是新中国成立 70 年来，经几代科学家接力攀登，现在中国疫苗已跻身于世界第一方阵，部分已经达到世界领先水平。然而，似乎自古以来就存在一个规律："治未病"者无名，"治已病"者扬名。古籍《鹖冠子》中，有一则魏文侯问扁鹊的故事：

魏文侯曰："子昆弟三人其孰最善为医？"

扁鹊曰："长兄最善，中兄次之，扁鹊最为下。"

魏文侯曰："可得闻邪？"

扁鹊曰："长兄于病视神，未有形而除之，故名不出于家。中兄治病，其在毫毛，故名不出于闾。若扁鹊者，镵血脉，投毒药，副肌肤，闲而名出闻于诸侯。"

我国生物制品专家颇像这个故事中扁鹊的"长兄"，能"治未病"，但名气不出本家（行业）。其实，他们从跨进这一行开始，就做好了"十年磨一剑"的准备，就给自己准备好了一条也许多少年也坐不热的"冷板凳"。甘当无名英雄是他们的精神境界。听听原兰州生物制品研究所所长、研究员殷绥亚是怎么说的吧——

> 生物制品关系到千百万人的生命，医生医的是一个点、一个个体，生物制品生产针对的是群体，是"上工（医）"。"上工"医未病，是为大家防病，使大家不生病，所以，生物制品工作者是无名英雄，是防疫战线的幕后，是"兵工厂"，是做"子弹"的。一个生物病菌要消灭它是很不容易的，自然法则消灭一个生物病菌要几千年几万年，我们人为消灭天花病毒用了大概一百多年二百年都不到，这是我们生物制品全体工作人员的功劳。现在麻子没有了，拐脚的没有了，这是花小钱、办大事。一针疫苗没有多少钱，真正得了这个病以后，不光是医疗费要花得很多，对本身身心残疾，都要造成很大的伤害。所以作为一名生物制品工作者，我觉得很自豪，很光荣。

殷绥亚晚年编著了一本书，叫《活到120岁不是梦》。他希望每一个中国人都能活到120岁。

我想，愈是甘当无名英雄的人，我们愈应该为他们点赞立传。但迄今为止，还只有一本未曾公开出版的《中国生物制品发展史略》，是写事的不是写人的，该书是第一本用报告文学体裁从宏观上写中国疫苗科学家的书，所写的绝大多数是过去从未披露过的那些事，是生物制品行业外所不为人知的那些人。

1910—1911：哈尔滨的鼠疫与伍连德博士

——我国第一次现代医学意义上的防疫战

对于瘟疫这个幽灵，数千年来，我们的祖先"例重禳醮行傩，打锣击鼓"，加上中草药来驱赶，但没有一个神灵能镇住万恶的"瘟神"，始终摆脱不了"万户萧疏鬼唱歌"的惨状。1910 年底至 1911 年初扑灭哈尔滨鼠疫，让国人第一次见识了科学防疫的巨大威力。伍连德博士作为清政府任命的东三省防鼠疫全权总医官，仅用 67 天就阻止了鼠疫的流行。在此次防疫战中，伍连德在中国历史上开了三个先河：第一，开了用现代医学科学防治瘟疫的先河，从而使他成为"中国现代防疫事业的奠基人"；第二，开了在中国召开世界学术会议（沈阳"万国鼠疫大会"）的先河；第三，开了华人科学家担任世界专业学会主席（伍连德被推选为世界鼠疫学会主席）的先河。

说起来历史有点遥远了。首先给大家介绍的是北京中央医院（今北京大学人民医院）的首任院长和创始人伍连德博士。

2018 年 8 月，北京大学人民医院举行了百年庆典。如今这家在全国排名靠前的著名医院，百年前的院名叫"北京中央医院"。都说地以人名，其实一个单位特别是大学和学术团体更是以人名。当年的中央医院因伍连德博士而著名，而伍连德以在哈尔滨扑灭了鼠疫而著名。

伍连德，字星联，1879 年出生，祖籍广东，国籍是马来西亚，但他一直以"中国人"自称，并且把人生中最宝贵的大半生献给了中国人民。他在自传中说：

> 我曾经将我的大半生奉献给古老的中国，从清朝末年到民国建立，直到国民党统治崩溃，那一切在许多人的脑海里记忆犹新。中国是个有五千年历史的伟大文明古国，历经世世代代的兴衰荣辱，才取得了今天的地位，我衷心地希望她能更加繁荣昌盛。

1910 年，东北发生大鼠疫

让我们回到一百多年前的哈尔滨。1910 年（清宣统二年）的冬天，即辛亥革命的前一年，东北暴发了鼠疫，尤以哈尔滨的傅家甸（今道外区）一带为甚。

尽管从 1916 年北洋政府颁发的第一部《传染病预防条例》开始，我国一直将鼠疫列为"1 号病"，即头号烈性传染病，但因这个恶魔在我国已被控制，今人大多不知它的厉害，所以有必要简单作一下介绍。鼠疫是由鼠疫杆菌引起的恶性传染病，历史十分悠久，运用 DNA 技术在距今 2800 年到 5000 年的欧亚人类的牙齿中已发现它的身影。也就是说，鼠疫杆菌的历史比有文字记载的流行病史多了约 3000 年，其间出现过基因变异，但毒性不是越变越小，而是越变越大。鼠疫分为：腺鼠疫或败血症鼠疫，由鼠类身上的跳蚤传染人；肺鼠疫，通过呼吸道人传人，病人的飞沫、唾沫等分泌物即为传染源。在人类历史上，曾发生过多次鼠疫疫情，其中最严重的有三次。

第一次被称为"查士丁尼瘟疫"，暴发于 6 世纪中叶的东罗马拜占庭帝国，致使欧洲南部近五分之一的人口死亡，此疫在欧洲断续流行 200 年后结束，累计总死亡人数约 1 亿。

第二次被称为"欧洲黑死病"，暴发于 14 世纪中叶，结束于 18 世纪，由连续多个波次组成。此疫夺走欧洲三分之一的人口，死亡 2500 万人以上，全球死亡 7500 万人。

第三次发生在 19 世纪的中国，1894 年从香港开始向周边蔓延，疫情遍于全球 60 余国，于 20 世纪中叶才结束，致死千万人以上。

上述数字虽然令人触目惊心，但枯燥的数字往往不如直接的文字描绘更能给人内心打下烙印。清代乾隆壬子（1792）、癸酉（1793）年间云南鼠疫流行。诗人师道南写下了《鼠死行》：

东死鼠，西死鼠，人见死鼠如见虎；鼠死不几日，人死如坼堵。昼死人，莫问数，日色惨淡愁云护。三人行未十步多，忽死两人横截路。夜死人，不敢哭，疫鬼吐气灯摇绿。须史风起灯忽无，人鬼尸棺暗同屋。乌啼不断，犬泣时闻。人含鬼色，鬼夺人神。白日逢人多是鬼，黄昏遇鬼反疑人。人死满地人烟倒，人骨渐被风吹老。田禾无人收，官租向谁考。我欲骑天龙，上天府，呼天公，乞天母，洒天浆，散天乳，酥透九原千丈土，地下人人都活归，黄泉化作回春雨。

十分遗憾，诗人的美好愿望最后注定落空了，地下没有人"活归"，诗人反被打入黄泉。师道南写完这首诗后，不到 10 天就被鼠疫夺去了生命，死时未满 30 岁。

清朝统治者对鼠疫的危害应该是十分清楚的，但是在宣统二年时，其政权早已是朝不保夕，日薄西山，"呼喇喇似大厦倾，昏惨惨似灯将尽"，几乎完全丧失了行政能力，已经顾不上东北这块清朝龙兴之地的子民了。从 10 月 26 日满洲里报告出现第一例鼠疫病人以来，东北方面接二连三发来紧急报告。到 11 月 15 日，哈尔滨傅家甸地区已是尸体狼藉，不及掩埋，清廷除了派兵封锁山海关一线，阻止关外人进关之外，再无实际行动。

清朝东北的行政体制长期与关内不同，设盛京将军管理东北全境，各省也设将军管理军政事务。直到 1907 年才废除将军制，改为与内地一样的总督、巡抚制，设东三省总督和各省巡抚。黑龙江巡抚周树模上奏叫苦说："事属创见，从事员绅苦无经验，所有防检各种机关仓卒设备，诸形艰棘。兼之火车停开，交通梗阻，应用中外药品购运艰难……层次困难，几无从措手。"东三省总督锡良也上奏说："势颇猖獗，有向南蔓延之势，死亡日以百计，且日有增加"，请求派专业医士协控疫情。

促使清廷重视起来的原因，不只是因为地方官的请求，还因为沙俄和日本想趁火打劫，企图通过控制东北的防疫权进而完全控制东北。这两个帝国，都因想独占东北而成为死对头，曾经在 1904 年至 1905 年开打 20 世纪中国海洋和土地上的第一场大战——日俄战争。此战后，日本从沙俄手中夺走了旅顺、大连和南满的利益，沙俄虽然败北，但在北满的势力仍然很大。弱者的苦难，强者的机会。现在，日本和沙俄又从鼠疫的尸臭中闻到了利益扩张的美味，争先向清廷提出要派兵灭疫。就是由他们出兵封锁疫区，由他们来主导防疫。这就涉及国家主权了，如果按日、俄的要求办，那么清廷在东北名义上的治权也就丧失了。于是朝堂上议论鹊起，叽叽喳喳，而满朝王公大臣，却无人出头来挑担子。此时，一个职务不高且职责与卫生工作不搭界的年轻人站了出来，主动请缨，请求担当防疫大臣。他是外务部左丞施肇基，时年 33 岁，一个毕业于美国康奈尔大学的文学硕士和哲学博士。据《曹汝霖一生之回忆》所说：清廷"以外部左丞施植之（施肇基字），曾任滨江道（即哈尔滨政府首脑），熟悉地方情形，且与外人来往甚稔，遂派施植之为防疫大臣"。施肇基其人在清末、民初的外交舞台上非常活跃，对国家有所贡献，且不去说，只说他当上防疫大臣之后，遍请名医去哈尔滨战鼠疫，可各路名医一个个避之唯恐不及。这也难怪他们，所谓没有金刚钻，不揽瓷器活。因为尽管现存的线装中医古籍中留下了一些治瘟病的药方，清代以后更有了鼠疫（此前称为痒子症、耗子病、核子瘟等）这一病名，产生了我国第一部鼠疫专著《鼠疫治法》[吴学存著，成书于光绪十七年（1891）]，但实事求是地说，中医对付鼠疫的办法、作用非常有限。

我们知道，在中国几千年的封建专制王朝中，是没有公立医院的，而太医院是皇家专属医院，只为皇帝及皇族服务。如果民间医生不应聘前往，仅靠当地的医务人员，哈尔滨的疫情就没法得到控制。在这紧急关头，施肇基这个年轻的"海归"想起了另一个比他还年轻2岁的"海归"，毕业于英国剑桥大学医学院的博士伍连德。他们是5年前在国外相识的。

伍连德发现人传人的肺鼠疫

伍连德时任天津陆军军医学堂（后改名国防医学院，迁上海，1949年部分迁台湾，留在上海的部分为第二军医大学前身之一）副监督（即副校长）。这所军医大学原名北洋军医学堂，是袁世凯在清光绪二十八年（1902）创立的。伍连德从英国剑桥大学毕业后，受袁世凯之聘担任此职。1910年12月18日，伍连德正在实验室里准备上课做实验的材料，突然接到施肇基要他去哈尔滨防疫的召唤。他二话没说，就答应了。施肇基任命他为东三省防疫总医官，全面负责医务工作。

伍连德带着学生兼助手林家瑞，携带少量医疗器械（包括一台显微镜）和药物匆匆奔哈尔滨而去。一路上，他们碰到为躲避鼠疫而络绎不绝地逃往关内方向的老百姓，更让他们感到此行的使命之紧迫艰巨，不由得加快了前进的步伐。仅仅用了6天，伍连德于12月24日到达哈尔滨。哈尔滨有很多欧洲侨民，尤以俄罗斯人为多，这一天的夜晚正好是西方的平安夜，要在往年，他们会灯红酒绿地庆祝一番，可此时的冰城已是一座人鬼难分的城市，死亡和恐惧充斥着每一个空间，包括人的心灵，哪还有弦歌与祝福？在这里，引起鼠疫的魔鬼主宰着一切，把上帝、耶稣和观世音菩萨头上的光环统统熄灭了，神灵不灵，陷入绝望。就像俄国著名诗人普希金在《鼠疫时的宴席》中所写的：

鼠疫啊！凶狠的女皇，如今降临到我们身上，她为自己成功的收获而自豪，掘坟的小铲日日夜夜敲响着绿色的小窗。我们能做些什么？又有谁来帮助我们！

这时，能够帮助陷在大疫中的哈尔滨居民们的，只有像伍连德这种用现代医学知识和技能武装的医生。

然而，在伍连德到达之前，哈尔滨当局采取的防疫措施是将病人收容在市内一间公共浴室内，结果是医者与病者同归于尽。从奉天（今辽宁沈阳）派来的两个医生，只干着发放死亡补贴的事。东三省总督锡良在奏章中说："几有猝不及防之势，医药设备无一应手……地方官吏本无经验，或偏信中医，固执不化。"这个时候，偏信中医会造成致命失误。伍连德在事后著文说："西医谓传染病系由于微生物或从呼吸饮食而得，或由虫类吮侵，核疫鼠蚤，疟疾由蚊，下痢由不洁不熟之水及苍蝇之浊，其治法均用除灭微生物，隔离病人，射入药浆，以杀病菌在血中酿出毒质。中医则谓为狐鬼作祟，或地气所生，其治法则例重襄醮行傩，打锣击鼓，种种颠倒，难以枚举"，而国人"迷信中医者又十居七八"（《论中国当筹防病之方医生之法》）。他这里几乎是把中医与巫医等同了，但在大疫面前，当时"例重禳醮行傩，打锣击鼓"是不争的事实。要拯救疫区民众，要他们不要迷信，靠说教是不行的，首先必须抓到引起这次大疫的元凶。它多半是鼠疫，但不抓到鼠疫杆菌这个真凶，是不能下结论的。

按照当时西医学界的主流观点，鼠疫是由老鼠传染的，老鼠是唯一的传染源。赶到哈尔滨疫区的一名日本专家解剖了近 300 只老鼠，却没有发现鼠疫杆菌。他因此断定：此疫非鼠疫，而是其他疾病。伍连德去拜访他，开始他爱理不理的，因为这家伙虽然还不出名，其导师却是闻名世界的细菌学家北里柴三郎。就是这个北里，在全球首先发现了破伤风杆菌，接着又指导学生志贺发现了志贺氏菌，特别是在世界第三次鼠疫流行期间的 1894 年首先发现了鼠疫杆菌，成为鼠疫研究的鼻祖。狐假虎威，徒假师威，北里的这位高徒非常自信，压根儿没把伍连德放在眼里。伍连德用英语与他交流，不得不亮出自己剑桥大学博士的身份，他的狂傲才稍有收敛。伍连德分析说："目前哈尔滨零下 20 度以下，老鼠一般都会藏在洞穴中，靠平时积累的存粮过日子，在洞外活动的时候不会太多，更不可能大规模运动，所以疫情靠老鼠传染的可能性不大。"日本专家以为伍连德同意他的观点了，拉着他去显微镜下看老鼠脏器的标本："你看，这里面根本没有鼠疫杆菌。所以，可以肯定，这次瘟疫不是鼠疫。"

"不！"伍连德说，"你的研究只能证明老鼠不是传染源，但不能作出不是鼠疫的结论。因为还有可能是人传人。"

日本专家接连摇头，连说几个"NO！""我的导师北里先生已经作出了权威的判断，鼠疫只能是鼠传人，不可能人传人。消灭鼠疫唯一可行的办法就是灭鼠。"

见他如此固执，就没有必要再讨论下去，唯有拿出人传人的证据来。

伍连德首先进行流行病学调查，得知傅家甸最早的一个病例来自满洲里，是一个来自俄罗斯的皮货商人。他贩卖的皮货其实是土拨鼠（即旱獭）皮。因为俄国人喜欢貂皮大衣，而貂皮有限，供不应求，于是便有了用土拨鼠皮冒充貂皮的行当。又因皮毛消毒不严格甚至完全没有消毒，所以土拨鼠皮就可能成为传染源。如果一只土拨鼠有鼠疫，接触其皮毛的人就可能被感染。但是，这还只是一种推测，要确诊，必须拿到真凭实据。一家旅舍的老板刚死于瘟疫，伍连德赶去调查，问伙计："是否有皮毛商来住过店？"伙计回忆了一下，回答说："有过。是七八天前离开的。"伍连德心想，极有可能是这个皮毛商传染给了旅店老板。于是，他决定解剖老板的尸体。

中国自古有"死者为大"之说，尸体不要说被解剖，就是轻易动一下也是犯天条的。当时，伍连德手下有三个助手，除了从天津带来的学生林家瑞外，还有两个当地的医生，他俩完全没有现代医学知识，连自我防护都不懂。听说要解剖尸体，竟吓得魂不附体，不是怕感染，而是怕得罪了鬼神。伍连德想办法将他俩支开，与林家瑞一起对老板的尸体进行秘密解剖。"哇！"在显微镜下，伍连德从死者的组织中，特别是肺部、心脏组织和血液中，发现了大量的鼠疫杆菌！用培养基培养，繁殖出茂盛的鼠疫杆菌团。这就足以证明此次大疫就是鼠疫。随后他又从土拨鼠身上发现了鼠疫杆菌，证实了先是土拨鼠传染人，然后再人传人的推断。凡在土拨鼠皮毛这条生意链上的人，都属高危人群。

人传人的鼠疫是一个新的类型，比鼠传人的鼠疫更加凶险，因为它是继发性的，是鼠疫杆菌在人的身上进一步繁殖增生、毒性加重后再传染他人的。鼠传人的鼠疫是腺鼠疫或败血症鼠疫，死亡率为 75%；人传人的鼠疫叫肺鼠疫，死亡率为 100%。当然，这是学界后来才形成的共识。不过，毫无疑问，在伍连德秘密解剖旅店老板的尸体时，他已经发现了这个不同于以往的鼠疫新类型，因为它对人的肺脏损坏尤为明显，致使人痰中带血最后咯血而死，可称之为肺鼠疫。

是否该戴口罩？法国医生赌掉了性命

找到了病原体和传播途径，防疫就能有的放矢了。伍连德筹划的应对措施有：

1. 封锁疫区，禁止人员流动，以防疫情扩散。

2. 隔离人员，病人与非病人隔离，病人送鼠疫医院救治；与病人接触过的人与未接触过的人隔离，前者一律送专设隔离区观察。

3. 给健康人注射疫苗。

4. 戴口罩，防止呼吸传播。

5. 火化尸体，无论有主、无主尸体，一律火化，消灭尸体传染源。尸体一律由专业收尸队处理，收尸队成员应经过培训。

6. 全面消毒，对公共场所、病人居所以及病人活动过的地方重点消毒。

7. 组织志愿服务队，经培训后参与防疫工作。进家入户，逐日登记、逐人记录健康状况，发现异常立即报告处理。

8. 组织宣传队，通过散发传单和宣讲，传播科学防疫知识，安定民心。

9. 请求朝廷和东三省总督增派士兵和医生支援哈尔滨防疫。

制定措施不容易，要落实更是难上加难。千难万难，简单概括就是要啥没啥：要人没人，要钱没钱，要房没房，要药没药……比如鼠疫疫苗就没有，鼠疫和炭疽专家、原兰州生物制品研究所副所长、研究员董树林说：

> 当时控制鼠疫还是采取综合性措施，隔离啊，那时候还没有疫苗。他（伍连德）讲他自己也做了疫苗，1910年鼠疫的疫苗，他做了可能也是死疫苗，因为（世界上最早的鼠疫活疫苗）法国"阿丁"疫苗和马达加斯加E.V疫苗，这2个疫苗的毒种都是在1929年、1930年以后才使用的，所以1910年他还没有（这两个毒种），活疫苗没有，他可能是自己做的死疫苗，就是把鼠疫杆菌培养后杀死给人进行免疫，这个用得不多。

除了物质上的困难，更有思想观念上、学术观点上的冲突与分歧。比如尸体火化，就有悖中国土葬的传统。所谓"国之大事，唯祀与戎"。祀即祭祀，戎即军事。而祭祀中最重要的一个部分是要遵守葬礼葬制，什么身份用多大的棺、多大的椁，陪葬多少，墓修多高，等等这些，是上了《礼记》的，且历朝历代都有详细规定。普通老百姓虽然没有资格也没有条件按儒家典籍来办，但民间也有民间的规矩，按照传统丧葬习俗，先辈死后，尸体要在家里停放3天，供后人和亲属悼念，有条件的还要请戏班子来唱戏，请和尚、道士来念经。出殡时，要请吹鼓手班子来吹打，所有亲属一律披麻戴孝，一人穿一身白色孝衣，送葬队伍像一条白龙迤逦缓缓向墓地移动，一路鞭炮开路、喇叭呜咽、冥钱飞舞、哭声不绝，队伍愈长，排场越大，越能表达对死者的尊重，越显得主人有面子。即使穷得叮当响，卖身为奴也得把先人葬了，起码得让他入土为安。现在你伍连德先生要把这个风俗废了，要搞火化，让死者的躯体变成一缕青烟，岂不是要死者成为孤魂野鬼？不仅享受不到后辈的供奉，而且投胎也找不到门。在封建社会，只有乱臣贼子才被焚尸扬灰。火葬的阻力，要说多大有多大。

再比如戴口罩，如今口罩已是防病的必备之物，可在 100 多年前口罩却是稀罕的"怪物"。当时，伍连德亲自设计了一种被称为"伍氏口罩"的加厚口罩，以防人群通过呼吸交叉传染。可民众、警察都不接受。好好一个人，口上兜一块白布干嘛？像个妖精。你给他讲致病微生物，讲鼠疫杆菌，讲传染途径，苦口婆心，可这些文盲压根儿听不懂，照样我行我素。能够立竿见影教育他们的，是身边人的死。几名警察一起去抬死尸，戴了口罩的没死，死的都是没戴口罩的。乖乖！看来这块白布还真有点用。其实，反对戴口罩最坚决的不是普通民众，而是抱着葫芦不开瓢的"一根筋"专家，包括上述那个日本专家在内。他们坚信：鼠疫鼻祖北里大师说了，鼠疫是鼠传人，不可能人传人，戴口罩没用。

要战胜鼠疫，不仅必须得到政府的支持，还必须取得外国人的支持。日俄战争后，东北的经济命脉控制在日、俄这两个帝国手里，且两国在东北都有驻军，清廷委派的总督、巡抚是半个傀儡。在北满，基本上是俄国说了算。伍连德在哈尔滨要办成事，绕不过俄国这道坎。他拜访了全权代表俄国的中东铁路管理局局长霍尔瓦特将军，以及医学专家依沙恩斯基。也许因为俄国的侨民在哈尔滨死得太多了，而其医学专家又束手无策的缘故，霍尔瓦特和依沙恩斯基都低下了高昂的头，在听了伍连德对此次鼠疫是一种新的人传人的肺鼠疫的分析和判断后，表示拥护他拟采取的措施，并且主动提供 1300 节带取暖设施的车厢，供伍连德用于隔离那些与病人接触过的人。

有了当地政府和俄国人的支持，伍连德亟须朝廷在物力、人力方面的支援，特别是需要懂现代医学的西医人手。

1911 年 1 月 2 日，朝廷派来的"援军"到了哈尔滨，可惜其中只有一名医生。他是 45 岁的法国医生梅斯尼，时任天津军医学堂的监督、首席教授。伍连德实指望来一个帮忙的，未承想盼来一个添乱的。首先是现场指挥权的问题。照说伍连德是总医官，现场应该由他说了算。可梅斯尼是天津军医学堂监督，而伍连德只是副监督，他便以监督的身份指手画脚开了，要求伍连德听他的。如果两人一条心，这倒没有啥，偏偏在对疫情的认识上，两人成了两股道上跑的车。这位梅斯尼教授与前面那位日本专家一样，死抱着北里柴三郎的观点不放，非常武断地认为，鼠疫只有鼠传人，没有什么人传人之说。对伍连德通过解剖得出的科学结论，他懒得听，更懒得看，反而指责伍连德是以下犯上，蔑视他的权威。因此，他大刀阔斧地砍掉了伍连德制定的大部分防疫措施，尤其反对戴口罩，认为是方枘圆凿，不对症，口罩能防住老鼠身上的跳蚤吗？梅斯尼的职位高，又比伍连德年长13岁，他这么一打"横炮"，对伍连德的威信造成重大打击，让他没法工作了。伍连德不得不如实向防疫大臣施肇基报告，尤其是对疫情的性质是人传人的肺鼠疫这一点，表示这是科学结论，绝不让步，否则，将会死更多的人。施肇基是个明白人，经请示朝廷，重申伍连德为东北防疫总医官，同时免去了梅斯尼的相关职务。

梅斯尼被免了职，但他不服气，为了证明他的判断正确，为了与伍连德争一个是非胜负，他主动到俄国人开的医院里去工作。他浑身上下都防护得很严，以防跳蚤叮咬，却坚决不戴口罩。很不幸，他很快就为自己的傲慢和固执付出了生命的代价。1911年1月5日，他一切正常；8日开始头痛，发烧；9日凌晨出现咳嗽，痰中带血，他感染了鼠疫；10日，俄国医生为之注射免疫血清，连续抢救24小时，无效；11日，他开始大量咯血，失去意识，死去。在他的血液中检测出鼠疫杆菌。这一天，是他到达哈尔滨的第9天。

中国历史上第一次集体火葬

　　梅斯尼用他的死来证明了伍连德对疫情判断的正确。这个代价过于昂贵了，但科学从来是容不得傲慢与偏见的。那个日本专家也因而沉默不语了。伍连德的威望如日中天，他被哈尔滨的官商军民尊为神的化身，相信他才是唯一可以挽救他们性命的人。许多过去很难办的事变得容易起来。好！既然大家愿意听我的，就一切按我制定的预案办。首先，人人都把口罩戴起来。没有的，免费发。他开了一个口罩厂，专门生产口罩。其次，把傅家甸划分为四个区，派经过培训的医务人员（其中包括经过卫生培训的600名警察）入户登记和消毒……清廷从长春调来1160余名官兵给伍连德指挥，用于封锁疫区。

　　伍连德预案上的各项措施，一条一条在逐步落实，包括最难落实的尸体火化这一条。如前所述，老百姓对火葬的抵触情绪很大，虽然宣传工作做到了每家每户，但许多人还是想不通。不过在事实的教育下，不通也得通。眼看去送葬哭丧的人感染鼠疫死了，谁还敢去？再说，天寒地冻，哈尔滨的冻土层足有1米多厚，一镢头下去就一个白印，跟砸在石头上差不多，你总不能用打眼放炮的方法来挖墓穴吧！再说，大疫中一下死了那么多人，你到哪儿去找抬棺、掘墓的人？形势总是比人强。在生命受到鼠疫严重威胁的形势下，硬要按传统习俗办丧事，无异于自我殉葬。是要命？还是要随俗？人们选择了听伍连德的。

　　伍连德组织了一支专门的收尸队，在采取严密的防护措施后，将有主、无主的尸体都装进棺材，运到指定地点。每100副棺材放一堆，到1911年1月31日已经堆放22堆，共2200具尸体。这天是夏历辛亥年大年初二，伍连德下令在棺材堆上泼上煤油，然后放火焚尸。他鼓励居民大放鞭炮，送亡灵远行，同时也给这个死气沉沉的春节添些许生气。另外，据说鞭炮的硝烟味对杀灭鼠疫杆菌有所帮助。熊熊大火烧了整整三天三夜，2200 具尸体连同他们生前污染过的物品一起化为灰烬。

这是中国历史上第一次集体火葬，具有划时代的意义。

2 月 6 日，即这次火葬六天后，俄国派来防疫的医务总监马里诺夫斯基到达哈尔滨，立即效仿伍连德的做法，对病死的 1416 名俄国人一律火葬，其中 1002 具尸体原已土葬，也被挖出焚烧。

"借问瘟君欲何往？纸船明烛照天烧。"就在这次集体火葬之后，哈尔滨疫区的死亡人数开始一天天下降。从 3 月 1 日开始，再无一例死亡和感染。在连续一周没有感染病例后，伍连德给朝廷报捷。

3 月 1 日，是伍连德到达哈尔滨的第 67 天。

在那时极端困难的情况下，仅用 67 天就阻止了鼠疫的流行，不能不说是一个奇迹。

这次鼠疫，东北死亡 6 万余人，占总人口的 1% 以上，其中疫情最重的哈尔滨傅家甸地区死亡 7200 余人，4 个人中间就有 1 个人死去。

参加此次防疫的各类人员共有 2943 名，其中 297 名因感染致死。死得最多的是"救护车"（多为马车）司机，150 人中死了 69 人。另外，参加防疫的中医死亡率也很高，当地中医 9 名，死了 4 名；从长春派来的 31 名中医，死了 17 人。死亡的医生大多是不听伍连德戴口罩的劝告而被感染的。他们是为防疫而死的，不论如何，我们都应该对他们表示敬意并永远纪念他们。

"鼠疫斗士"与"医学进士"

1911 年 4 月 3 日，来自英、美、俄、德、法、奥、意、荷、日、印、墨等 11 国和中国的 34 名鼠疫专家齐聚沈阳，召开"万国鼠疫大会"。年轻的伍连德被推选为大会主席，副主席是号称"鼠疫鼻祖"的日本专家北里柴三郎。参加这次会议的中国专家还有全绍清和方擎，他们参与了哈尔滨防疫战的后期工作（也是 8 年后成立的中央防疫处的骨干成员），其中全绍清作为中国代表团的二号人物，获德皇授予的"铁十字勋章"。就是在这次大会上，伍连德对人传人的肺鼠疫的发现和认识得到会议公认，丰富了鼠疫的理论。发布的《1911 年国际鼠疫研究会议报告书》长达 500 页，是鼠疫研究史上的重要文献。

这是中国历史上首次召开的国际学术会议，也是世界上首次由华人担任大会主席的学术会议。对此，梁启超作如是评价："科学输入垂五十年，国中能以学者资格与世界相见者，伍博士一人而已！"

这一年，伍连德被国际医学联盟授予"鼠疫斗士"荣誉称号。清廷按照封建科举制度的变通办法，由宣统皇帝赐封他为"医学进士"。

1913 年，《柳叶刀》（Lancet）杂志发表了伍连德关于肺鼠疫的文章，因而成为中国历史上第一个在国际权威医学杂志上发表论文的人。

1926 年，伍连德出版了长达 480 页的英文版《肺鼠疫研究》，全面阐述了他的肺鼠疫学说。此书被国际学者誉为"鼠疫研究的里程碑"。

伍连德对中国的贡献远远超出了鼠疫研究的范围。他创建了北京中央医院，并担任首任院长；他说服洛克菲勒基金会，让他们出资建立了协和医学院和协和医院；他是中华医学会最早的成员之一，曾担任会长；中国的海关检疫制度，最早也是根据他的建议建立起来的。他把一生最美好的时光献给了中国。1937 年抗日战争全面爆发后，他在上海的寓所遭日军飞机轰炸，妻子因之去世，他回到了他的出生地马来西亚的槟城。根据他在剑桥大学的师弟李约瑟（《中国科学技术史》的作者）的建议，他用英文写成了《"鼠疫斗士"：一个中国医生的自传》，1959

年由剑桥大学出版社出版。请注意，他在自传中已经明确声称自己是"中国医生"，而没有用"华侨医生"或"华裔医生"的称谓。此书出版后不到一年，他与世长辞，享年 81 岁。1960 年 1 月 27 日，英国《泰晤士报》刊登专文悼念这位"流行病的英勇斗士"，并指出："伍连德的逝世使医学界失去了一位传奇式的人物，他毕生为我们所做的一切，我们无以回报，我们将永远感激他。"

第 一 编
萌芽扎根
（1919—1949）

中国生物制品行业是在1919年破土发芽的。1919—1949年，这30年，是一个风云变幻、翻天覆地的时代，也是中国生物制品行业从萌芽到扎根的时代。

无今不成古，无古不成今。江流万里必有源，树高千丈总有根。中国生物制品行业是在 1919 年破土发芽的。1919—1949 年，这 30 年，是一个风云变幻、翻天覆地的时代，也是中国生物制品行业从萌芽到扎根的时代。

1919 年的五四运动，中国迎来了"德先生"（Democracy，即民主）和"赛先生"（Science，即科学）。民主和科学，两股热风吹来，让尘封了数千年的封建文化的坚冰慢慢地很不情愿地开始融化。于是，许多大大小小的新鲜事物在这片古老的土地冒出了嫩芽。1919 年 3 月，即五四运动之前两个月，中央防疫处在北平（北京）诞生了！

中央防疫处隶属北洋政府内务部，"旨在研究预防疾病的措施，从事对各种传染病的细菌学研究，制造各种血清和疫苗，以不负其保全国人性命之职责"。[①]

然而，它的诞生几乎是无声无息的，甚至没有让人听到婴儿的第一声啼哭。当时，没有人热烈祝贺，也没有成为新闻。

与两年后中国共产党成立等重大历史事件相比，中央防疫处的成立这件事似乎小得不值一提。但是，在中国公共卫生史上，这是一件初开鸿蒙、开天辟地的大事，标志着中国的中央政府首次有了一个专门负

---

① 《民国档案》2003 年第 4 期。

责防疫和制造免疫生物制品的机构，标志着我国从传统防疫向科学防疫迈开了一大步。

众所周知，中国的封建政府机构分六大部：吏部、户部、礼部、兵部、刑部、工部，职责几乎包含了农业社会的一切工作，连和尚的执照（度牒）都有人管，却没有一个管卫生工作的部门，连兼管的也没有。遇到大疫谁来管呢？谁也不管。不是有太医院吗？可那是专为皇帝和皇家服务的医院，且没有行政功能。大疫来了怎么办？往往是由皇帝指定一名防疫大臣，由他临时组织一个工作班子，代表皇帝来做防疫工作。基本套路是这样的：先由皇帝发一个防疫诏书，疫情特别严重的时候还会发一个所谓的"罪己诏"，意思是"朕"愿意承担一切有违天意的罪责，希望上天只惩罚"朕"一人，放过"朕"的子民。而防疫大臣少不了会召集和尚、道士设坛建醮，诵经请神，斩妖驱鬼，求安祈福，然后象征性地给几个老百姓发点药物，再派官员带一些银子和药物下到灾区去视察慰问。"规定动作"做完了，防疫大臣的差事就算了了。至于疫区的老百姓，能否躲过疫病，能否保住性命，只能是生死由命了。前面我们讲到伍连德去哈尔滨防鼠疫，初看他这个总医官是外务部提请任命和受外务部领导的，以为是咄咄怪事，了解上述封建政府的构架后，就会不以为怪了。

中国的中央政府设立卫生行政机构，始于1905年清政府，于巡警部的警保司内设卫生科。其职掌为考核医学堂之设置，给医生发执照，管理清道、防疫、计划及审定卫生、保健章程。这是我国政府机关的名称里第一次出现"卫生"二字。1906年，预备立宪厘定官制，改巡警部为民政部，将卫生科升为卫生司，设保健、检疫、方术三科。辛亥革命后，在内务部设卫生司，可卫生司的招牌油漆还未干，就从司局级被降格为内政部警政司卫生科。1916年黎元洪当总统后，才又恢复为卫生司。1919年成立的中央防疫处隶属于内政部，与卫生司平级。中央政府设卫生部（署），是1928年北伐军进北平之后国民政府的事，与北洋政府无干了。

中央防疫处成立时，还是鲁迅在小说《药》中所描写的时代，大多数官民还愚昧未化，未受到现代科技知识的启蒙。在《药》中，老实巴交的华老栓用洋钱贿赂行刑的刽子手，请求他把馒头沾上被砍头的犯人的血，用人血馒头来给儿子治肺痨（肺结核）。人血馒头可以说是那个时代的医学文化符号之一。现在突然来了一个中央防疫处，新鲜！防疫是干嘛的？自从盘古开天地，三皇五帝到如今，从未听说过"防疫"这个新名词。除了极少数"海归"之外，中国人还不知道致病微生物为何物，防疫、疫苗、血清、类毒素、抗毒素等等，对他们来说如听天书。因此，他们对中央防疫处的成立是冷漠的，事不关己的。听你们的那些洋名词，还不如人血馒头来得实在。

然而，这棵宛如在沙漠中冒出的嫩芽，尽管它非常幼小，却显出顽强的生命力，逐渐扎下根来，成长起来。中央防疫处成立的当年，就生产出少量预防霍乱、天花的疫苗。每遇到重大疫情，中央防疫处都派人参加。1920年，中央防疫处在长春防治肺鼠疫取得了较好成绩。1921年，在参加山东桑园的鼠疫防疫战中，中央防疫处的骨干成员、年轻的俞树棻被感染，以身殉职。1923年，中央防疫处带着部分产品去法国参加巴斯德百年纪念大会，首次亮相国际大会，就获得大会颁发的奖章，"NEPB"（中央防疫处的英文缩写）渐为世界所知。此后虽历经磨难，有起有落，但始终惨淡经营，有所发展。

中央防疫处成立以后的30年间，中国的国名虽然都叫中华民国，纪年也都用民国纪年，以辛亥革命发生的次年（1912）为民国元年，但此民国非彼民国，二者的国旗、国歌都是不一样的。史学界一般以

1928 年北伐军占领北平为界，之前称为"北洋政府"，指以袁世凯为首的北洋军阀执政的政权；之后称之为"国民政府"，指国民党执政实际为蒋介石执政的政府。

北洋政府时期国家处于四分五裂的状态，军阀混战，闹剧频演，丑闻不断，国无一日之宁，民无片刻之息，生物制品事业艰难维持，亮点很少，苦水颇多。1928 年北伐军进了北平，不久，张学良东北易帜，蒋介石虽然号称统一了中国，但其实并没有真正统一，不仅地方割据势力仍然强大，而且还有被蒋介石逼出来的中国共产党建立的红色根据地。在抗日战争之前，蒋介石忙于"剿共"和消灭异己，无暇顾及免疫防疫。1934 年以后稍有好转，直属国民政府卫生署的生产疫苗的机构，除了中央防疫处之外，还有西北防疫处、蒙绥防疫处等，以及大约十几家规模很小的私营生物制品厂。解放区也有各自的疫苗生产厂。在这期间，我国从事生物制品研究与生产的科学家如汤飞凡、陈宗贤、齐长庆、魏曦、朱既明等，如灿烂的星星闪耀天空，在国际上也有一定的发言权。

可惜，星星再亮，也只能妆点天空的美丽，却照亮不了黑暗的大地。他们研发生产出了疫苗，却没法让老百姓普遍受益。一方面，由于经费等条件的限制，疫苗的生产规模远远不能满足防疫的需要；另一方面，即使有疫苗，也因为国家分裂、政治腐败而没能发挥出应有的作用。医者仁心，制造免疫制品的目的是为了救人，而民国的执政者为的是一己私利，出发点上就有冲突，结果只能是一声叹息。如 1929 年上海流行脑膜炎，南汇县死了 500 多人，士绅来上海市政府请愿后，市里制定了七项措施，其中第七项为"免费注射脑膜炎疫苗"，结果全市才注射了 5337 人，典型的沧海一粟。最后死了多少人卫生部门没说，但他们得出的结论是："惟因限于人员及财政之缺乏与脑膜炎球菌带病者之众多，完善之预防，实非易事。"①再如1930年上海发生霍乱，许多市民得病而死，而卫生部门之间相互扯皮，从春天一直扯到6月，致使市民得不到预防和救治。南京国民政府的卫生署长不得不亲自来上海开会协调，议定了"免费注射疫苗"等三项措施，可最后"卒以筹设不及未能实现，良可惜也"。②1932年的长江流域霍乱流行的防治，是国民政府在媒体上大肆渲染的重大新闻，蒋介石都亲自批示了，结果呢？由于经费和技术力量不足，仅在武汉、南京等地清理了尸体、注射了疫苗，最后还是死了40万—50万人。

上述案例除官僚主义外都涉及财政问题。疫苗是要花钱买的，免费注射其实是政府埋单。如果政府没钱埋单，免费注射就是一句空话。1936年，著名公共卫生专家、曾经当过中央防疫处第十一任处长的金宝善先生就卫生经费问题做了一个调查。安徽、浙江、河南三省的卫生经费占行政经费的比例仅为0.3%。江西因是试验区，故所占比例稍高，为2.2%。总体看城市比农村高，南京占7.5%，杭州占7.4%，上海占4.8%，青岛占4.0%。城市卫生经费的开支情况，用于街道清扫、垃圾处理的占30%—50%；用于医药的占50%，用于疾病预防、学校卫生、妇幼保健、卫生教育等加在一起不足5%。即使排除因贪污等不法行为造成的经费流失，疾病预防包括买疫苗的钱已少得可怜。卫生部门疫苗买得越少，生物制品机构的生产量就越小，疫苗的成本就越高，这就形成了恶性循环。1927—1937年，是被某些人津津乐道的所谓"民国的黄金十年"，认为这十年是民国经济、文化建设成就最大的时期。我们不在这里分辨然否，但从上述情况来看，至少在疫苗的制造和使用上，

---

① 《民国十八年上海脑膜炎流行经过》，《卫生月刊》1929年第7期。
② 《上海市霍乱流行之报告》，《卫生月刊》1930年第11期。

所谓"黄金十年"也不过尔尔，带有浓厚的吹嘘色彩。

中国生物制品事业发展的第一个高峰，是在抗日战争时期。中央防疫处被迫从北平迁南京，再迁长沙，最后迁到昆明。像西南联大在昆明创造了中国教育史上的辉煌一样，中央防疫处也在昆明创造了中国生物制品事业史上的辉煌。以处长汤飞凡为代表的一批医学科学家在此期间分离出青霉素并进行少量生产，研制生产出斑疹伤寒疫苗、破伤风类毒素、炭疽疫苗等以及部分免疫血清，支援抗日战场。在滇缅战场作战的盟军（英美部队）也得到过中央防疫处专家的帮助，被陈纳德的飞虎队定为"指定化验单位"。

抗战胜利，举国欢腾，可中央防疫处在昆明创造的辉煌却未能继续。蒋介石一门心思要消灭共产党，忙于打内战，顾不得卫生防疫，更顾不上生物制品事业了。汤飞凡兴冲冲地带着人马回到北平天坛中央防疫处原址，实指望能够接收日本人留下的仪器设备，迅速恢复科研和生产，没想到日本人临走时已把所有仪器设备全部破坏。一切都需要从头再来，而国民政府却迟迟不给经费，无奈，他只好通过私人关系请美国救济总署帮忙……等他把实验室和生产厂房建好，还没有正儿八经地运转，人民解放军就兵临城下了。

战争是制约旧中国生物制品事业发展的一个重要因素。在中央防疫处成立以来的头30年间，几乎没有一天不在战斗。大的有军阀混战、第二次国内革命战争、抗日战争、第三次国内革命战争（解放战争），小的则不胜枚举。

据不完全统计，国民政府时期，中国人口的死亡率为25‰，婴儿死亡率为200‰，产妇死亡率为15‰。在死亡人数中，41.1%死于可控制的疾病。中国人的平均预期寿命仅为35岁。发展生物制品事业，必须要有一个和平的环境，有一个为人民服务的政权。

　　这一切，新中国给提供了。新中国成立前夕，面对出国、去台湾或留在大陆的选择，中央防疫处以及其他生物制品公私机构中的科学家和工程师们绝大多数都选择了留在大陆，在中国共产党的领导下，为发展中国的生物制品事业而效力。这些科学家热爱祖国、学贯中西且具有高超技能，成为新中国生物制品事业的中坚，汤飞凡、陈宗贤、齐长庆、魏曦等人成为各生物制品研究所所长。这是中央防疫处头30年留给我们的最宝贵的遗产。

　　本编写的不是民国时期生物制品的行业史，本着探源、寻根的宗旨，写作重点放在与新中国生物制品"国家队"构成传承关系的机构上，如中央防疫处、西北防疫处等，而对那些没有直接传承关系的公私机构，只能一笔带过了。

| 第一章 |

中央防疫处，中国生物制品的发祥地

　　中央防疫处是在"赛先生"的雨露滋润下发芽的，也是在严峻的疫情形势逼迫下产生的。本是一个为防疫而设立的机构，却被北洋政客们当作了自己人"分肥"的领地，而且财权掌握在洋人手里，仰人鼻息，形同乞讨。襁褓中的中央防疫处先天不足，后天失调，尽管有齐长庆和他的助手李严茂分离出了天花病毒"天坛株"，培育出了狂犬病毒"北京株"，留下了功泽后人的成果，但直到抗日战争之前，中国的生物制品行业仍然羸弱不堪，没有形成产业。

"万国鼠疫大会"的敦促和绥远鼠疫的逼迫

　　我们在"序章"中提到，1911 年，伍连德博士在哈尔滨扑灭鼠疫后，在奉天主持召开了"万国鼠疫大会"。这个会议对伍连德的防疫工作和他对肺鼠疫的发现给予高度评价，同时却给清政府找了一个"麻烦"：会议以决议的形式敦促清政府："应该尽一切努力组织一个中央公共卫生部门，特别是有关管理和关注将来发生的传染病的。"

一个国际学术会议"敦促"一个主权国家设立新的国家机构,这虽然有干涉内政之嫌,但客观地说,这是一个对中国人民有好处的"敦促"。与会的 11 个国家的 34 名专家之所以要"敦促"清政府,是因为他们从刚刚结束的东三省的鼠疫防疫战中,发现清政府对付传染病的能力低得令人难以置信。如果再不设立公共卫生部门和疫苗研制机构,专司其责,当出现大范围传染病时,仍将束手无策,重蹈覆辙。

设立"中央公共卫生部门"来统筹防疫工作,欧美国家已经有了成功的实践。作为资本主义先驱的英国,早在 1850 年就成立了卫生局;法国比英国更早,在 19 世纪初即有了疾病自愿保险委员会,1822 年成立了国家最高卫生委员会;1850 年,美国马萨诸塞州成立卫生总理事会,纽约市 1866 年成立卫生局……西方的卫生局或卫生委员会中,都有一个部门是专管公共卫生的,而预防传染病是公共卫生的首要任务。

也许因为担任东三省防疫大臣的施肇基是外务部左丞,所以鼠疫大会的这个"敦促"受到了清政府的重视,准备在北平设立京师防疫事务总局,内部拟定伍连德任局长,但很快就爆发了辛亥革命,清政府灭亡,此议自然作罢。

1912 年元旦,孙中山在南京就任临时大总统,但仅仅 3 个月后,他就在袁世凯的逼迫下让出了大总统的宝座,袁世凯取而代之,北洋政府由此开端。这年的 11 月,重提建立中央防疫机构的问题,可能因为内务部已经有了卫生司,而卫生司里有一个管公共卫生的部门,此议作罢,而批准建立了一个地方性的防疫机构——东三省防疫事务总管理处(东北防疫处),以伍连德为总办兼总医官。

转眼 5 年过去了。1917 年底，绥远①、山西发生鼠疫的消息传到了北平。这是一条迟到了 4 个月的消息。早在 9 月，绥远就已经有人因感染鼠疫而死，但没有人向上报告。直到 12 月死了 3 个外国传教士，这才被北平的报纸披露。北洋政府是从报纸上得知这一消息的。1918 年元旦，北洋政府召开内阁会议，成立了一个临时性的中央防疫委员会，在哈尔滨扑灭鼠疫的头号功臣伍连德也被列入委员之中，被派到第一线。1 月 3 日，他带着助手和两名美国医生赶到绥远丰镇（今属内蒙古），设立防疫公署。丰镇是一个皮毛集散中心，农牧交界之处，来往客商很多。伍连德见这里天天死人，日甚一日，便给丰镇当局提出要解剖尸体，弄清病源，当即遭到严词斥责："你这是找死！解剖尸体，老百姓是要跟你拼命的！"怎么啦？伍连德一脸懵懂。早在 1913 年 11 月，北洋政府就颁布了《解剖尸体规则》，1914 年又颁布了《解剖尸体规则实施细则》。也就是说，伍连德的要求是有法律依据的。同行的一名美国医生没听当地官员的劝阻，偷偷解剖了一具尸体，被老百姓发现，遭到追杀，连夜逃之夭夭。愤怒的愚民还放火烧了伍连德的防疫公署，虽然没把他烧死，却让他惊出病来，赶紧撤离丰镇。此后，他因病未能前往归绥（今呼和浩特）和山西指导防疫。丰镇愚民视防疫队如仇敌，趁夜谋杀落单的防疫员。山西军阀阎锡山害怕北洋政府借防疫之名削弱其势力，巧言阻止北平派防疫队伍进入，严密封锁太原城，而置农村于不顾。民众得不到科学救助，只能祈求神灵保佑。晋祠民众"延僧诵经拉船以逐瘟，夜点路灯，又放河灯……"对此疫，北洋政府看似非常重视，制定了不少条例，发布了不少公告，但除了交通管制措施得到部分落实

---

① 以今呼和浩特为中心的原山西、内蒙古的部分地区，当时为特别区，1928 年后改为省，新中国成立后不久撤销。

外，其他都是一纸空文。比如，火化尸体就完全没有实行，戏院、妓院等公共场所停业也基本没有做到。所以，疫情与其说是被扑灭的，不如说是在次年4月自然消减而暂停的更符合实际。在这次防疫中，政府作为不大，中外奸商却乘机发了大财。北平的中外报纸特别是外资报纸，大作各类"防疫药水"的广告。日本人不仅靠推销"鼠疫血清"大赚了一笔，而且在《顺天时报》上用偷换概念的手法对"仁丹"进行虚假宣传，说什么"时疫氛瘴不要恐怖"，只要"服用仁丹，身心自强健，疫菌却争先躲避'。广东一个自称"医生"的奸商在《申报》上刊登广告，声称他早已"特制一种神功清众水，专为治鼠疫核疫"，香港鼠疫流行时曾试用于某垩院，"全院之患疫者一扫而光"，"自后时疫亦断"。鬼话连篇，骗了不少人。

此疫死亡16000余人，从绥远延及晋、冀、鲁、皖、苏，主要是贩卖皮毛的商人传播的。防疫的教训很多，最主要的是：政府不作为，没有一个专门的劻疫和专事生产疫苗、血清等生物制品的机构，是应对不了大疫的。虽然已经有了卫生局，但其微小的公共卫生部门手下没有人马，连做协调工作都有困难。防疫需要综合发力，最重要的是要有队伍，有"武器"——疫苗、血清等生物制品。手中没有"武器"，赤手空拳防不了疫，临时购买"武器"，人家会坐地涨价不说，而且会给中外各类骗子以可乘之机。

本来，在1916年北洋政府颁布了中国第一个《预防传染病条例》后，与之相配套，就应该有一个贯彻落实条例的机构，成立中央防疫处已是顺理成章的事，但因为权力分配与经费等原因而作罢。

血的教训往往比任何理论说教都有说服力。就在这次绥远鼠疫后，北洋政府对成立中央防疫处突然变得积极起来。为了给成立中央防疫处造舆论，内务部发表文告说："查疫病传染为害于民生者甚烈。东西各方对一切传染病，莫不专设机关研究防治之法，以为有备无患之计。吾国自昔年东北三省发生鼠疫，国人生命财产损失至钜。去年绥远一带鼠疫传至腹地，经多方防范幸早扑平。惩前毖后，应亟筹设中央防疫处预筹防范。"于是成立了由内务部卫生司司长刘道仁、京师传染病医院院长严智钟为正副主任的筹备处，并派俞树棻、韩纷堂、刘驹贤三人去日本采购显微镜等器械和实验、生产所需材料。

能派人出国采购，说明有钱了。

不错。经费也是内务部卫生司极力促使成立中央防疫处的一大动因。为扑灭绥远及山西等地的鼠疫，北洋政府拿不出钱来，便以盐税作抵押，向外国银团的四家银行贷款 100 万银圆，作防疫救灾之用。1918 年 4 月疫情结束，到防疫委员会快要解散之时，经费尚有结余。余款怎么办呢？要么上交国库，要么找个名目花掉。卫生司作为防疫委员会的办事机构，自然不愿把结余上交国库，伍连德和一帮公共卫生专家不是一直嚷嚷要成立中央防疫处吗？现在正好用这笔钱把这件事办了，开办费也无须向内阁申请，岂不妙哉！

中央防疫处最初的编制与职能

1919 年 3 月，中央防疫处正式成立。肥水不流外人田，时任内务总长的钱能训任命内务部卫生司司长刘道仁为中央防疫处处长（兼），京师传染病医院院长严智钟为副处长（兼）。刘道仁和严智钟两人都曾留学日本，严智钟是学医的，而刘道仁学的是政治，是一个典型的官僚。那么，一直为成立中央防疫处而奔走呼号的伍连德博士呢？不是一家人，不进一屋门。那时西医学界的门派之风甚嚣尘上，英美派与德日派互不买账，水火不容。刘道仁、严智钟是留日的，伍连德是留英的，留日派掌管的衙门岂能让英美派进来？

刘道仁之所以要拉严智钟来当副处长，除了都是留日派，还因为看上了京师传染病医院天坛分院的地盘和房子。天坛分院设在天坛神乐署旧址，有70余亩地，房产也较多，还有实验室，只要添置一些仪器设备，中央防疫处就可以开张。事实上，最初的3个工作人员程慕颐、杨澄漳和常希曾，也是严智钟从京师传染病医院带过来的。

最初内务部给中央防疫处的职能定位，是想将防疫与疫苗等生物制品的研发、生产结合在一起，故名防疫处。1919年5月，内务部颁布了中央防疫处的暂时编制和办事细则。据《中国生物制品发展史略》，全处共编63人，正副处长以下的编制为：

第一科（科长吴濂），司总务，设庶务股和经营股，分别负责防疫计划和行政管理，编主任（股长）2名，事务员8名，助理员16名。

第二科（科长严智钟兼），司研发，设研究股和检诊股，前者负责传染病的细菌学和免疫学研究，后者负责临床标本之检验诊断，编主任（股长）2名，技术员9名，助理员11名。

第三科（科长俞树棻），司制造，设血清、疫苗、痘苗三股，负责生物产品的制造，编主任（股长）3名，技术员2名，助理员6名。

另编各类勤杂人员10名。

为防止绥远、山西等地的鼠疫死灰复燃，在归绥设中央防疫处绥远防疫分所。1922年疫情被控制后撤销。

1930年，国民政府解除中央防疫处的防疫职能，使之成为专门研发和生产生物制品的机构，成为研制生物制品的"国家队"。

中央防疫处对人员的选择是非常严格的，刚开始时必须是德日派的（以后慢慢放开）。后来成为著名疫苗专家的齐长庆是北洋保定陆军兽医学堂的毕业生，是经人推荐最早进入防疫处的人员之一，得从最低级的技术助理员做起。他与程慕颐、杨澄漳、常希曾等四人，在严智钟的带领下做细菌研究工作，包括保存细菌毒种，做各种检验，如染色、分离、动物实验等，因没有熟练工，洗刷玻璃器皿、切肉等粗活也得自己动手。此外，还开始了学习制造巴斯德狂犬病疫苗的工作。

到 1919 年 6 月底，中央防疫处的编制才基本落实。国内免疫防疫方面的优秀人才，如俞树棻、金宝善、陈宗贤、陶善敏等都集合到中央防疫处来。防疫处所拥有的仪器设备虽然简陋，但比起国内其他医疗单位来，设备和技术也算是最先进的。中国工程院院士赵铠举例说："当时（北平的）各医院还没有检验科呢，北平一些医院假使有一些临床标本要做些分离，要做些培养啊，就送到天坛的中央防疫处。那时候也就是培养细菌，病毒还没有。"

俞树棻——首位牺牲在防疫第一线的科学家

因开始把职能定位为防疫与研发制造免疫制品二合一。中央防疫处成立伊始，就成了疫情"灭火队"。

1919 年 7 月，廊坊发生霍乱流行，蔓延到北平城。中央防疫处派第三科科长俞树棻带队赴廊坊组织防治，而京城内由严智钟副处长和公共卫生专家金宝善等人组织防治。痘苗室未出现场，留在所内，杨澄漳负责做霍乱菌苗，齐长庆给他打下手，除做后勤工作外，还兼做消毒和培养基方面的工作。当时，工艺非常落后，比如浓度测定没有比浊管，而靠称重量，因此制作的疫苗十分有限，远远没法满足防疫的需要。

有鉴于此，痘苗室必须扩大，增加人手。1920 年，由齐长庆主持招考技术生，因当时民众文化水平普遍偏低，小学毕业生即可报考。最后录取高茂生、李严茂等 10 人。可别小瞧了这批小学生学员，后来他们中如李严茂等为中国生物制品立了大功，我们后面将在消灭天花的章节中讲到他。

同年10月，东北暴发20世纪第二次肺鼠疫大流行。首发于海拉尔，迅速蔓延到长春，最后发展到河北、山东。北洋政府令伍连德的东北防疫处和中央防疫处共同应对。伍连德的指挥所设在哈尔滨，中央防疫处的指挥所设在长春，开始由第三科科长俞树棻和公共卫生专家金宝善负责，后副处长严智钟也赶来坐镇。1911年东三省第一次肺鼠疫大流行时，长春是遭受感染最严重的城市之一，死了5000多人，仅次于哈尔滨。此次再遇肺鼠疫，在中央防疫处的协调指导下，中、苏、日三方在防疫问题上能够携手合作，多种举措并用，半年后基本扑灭疫情，因染疫而死亡者仅77人。

长春告捷后，1921年2月，俞树棻又带领程慕颐、杨澄漳、胡洪基转战山东桑园。就是在这里，他不幸被感染，牺牲在防疫第一线，年仅33岁。

据原兰州生物制品研究所党委副书记王龙友（笔名"秦川渭水"）考证：俞树棻，字榆荪，浙江黄岩人，生于1889年。早年毕业于陆军军医学堂，历任京师警察厅防疫医官，禁卫军军医长。民国后，先后任浙江都督府卫生课课长，第六师、第一师军医处处长等职。后赴日留学，毕业于东京北里研究院。回国后历任陆军军医学校教官，传染病研究所主任，筹办使署医监处处长，红十字国际救灾会防疫股股员等职。1918年6月，俞树棻即参与了中央防疫处的筹建工作。他是中国现代生物制品事业的重要开拓者和奠基人之一。他的遗著有《检疫指针》《梅毒检治法》，译著有《平时、战时卫生勤务》《军阵防疫学教程》《英日法意军阵防疫近况》《传染病预防浅说》等。

俞树棻是中央防疫处成立以来以身殉职的第一人，是中国防疫战线和生物制品行业的骄傲。可惜到现在，除了他的后人，几乎没有人知道他了。在俞树棻牺牲 3 个月后，山东桑园的鼠疫于 1921 年 5 月扑灭。此次东三省及河北、山东的鼠疫防疫战胜利结束。

此疫 5 省感染致死者共 9300 余人，其中中国人 8503 名，参加防疫的工作人员牺牲 72 名。

这次疫情是从东西伯利亚传到我国的，在我国防疫战结束 5 个月之后，海参崴的疫情才停止。当时的中国各方面都落后于苏联，却能够率先扑灭鼠疫，从一个方面说明了中国以伍连德、俞树棻等为代表的防疫人员有相当高的水平，并且比邻国同行付出了更大的努力和牺牲。

经费受制于洋人，处长 8 年换 10 任

1921 年，中央防疫处在经过两年的蹒跚学步，开始迈开步伐的时候，却遇到了断炊的危机。没钱搞科研、生产了，也没钱发薪水了！在中央防疫处成立时，开办费是绥远、山西防疫的结余款，日常经费呢？内阁指定由海关每年拨给 12 万元。可成立两年了，海关却分文未给。内务部出面催促，海关仍无动于衷。咋啦？北洋政府接的是晚清的乱摊子，是以帝国主义列强为靠山建立起来的，政治、经济、军事、外交无不受制于列强。海关不是掌握在北洋政府手里，而是由各国外交使团所掌控。海关总监（关长）北洋政府无权任命，要由各国外交使团推选。时任海关总监的是由各国外交使团任命的 Fyancis Aglen，是英国人。内务部催促不管用，内务总长齐耀珊不得不请求外交部出面与各国外交使团沟通。Fyancis Aglen 总算给了外交部的面子，回信说同意出钱，但必须满足一个先决条件，就是要成立一个 7 人委员会来管理这笔钱。哪 7 个人？除所长外，中外各出 3 名医生任委员。经费开支项目必须经 7 人

委员会讨论通过后，方可向海关提出申请，然后由总监签字拨付。中国的中央防疫处，硬要塞 3 名外国人（英国医生道格拉斯·格瑞、法国医生巴塞尔、墨西哥医生纳杰拉）进来当委员，这不明摆着是干涉内政吗？但财权掌握在人家手上，受再大的气也得忍，有再强的声也得吞。中央防疫处从成立到国民政府接管之前的 11 年时间，因经费上仰人鼻息，加上其他原因，所以难有作为。

北洋政府时期，军阀派系林立，有直系、皖系和奉系三大系，大系中还有小系。争权夺利，用枪说话，"你方唱罢我登场"，"城头变幻大王旗"，总统、总理像走马灯似的匆匆而过。在 1916—1928 年的 13 年中，北洋政府竟换了 38 届内阁，最短的两届各只有 6 天。所谓一朝天子一朝臣，内阁更换频繁，各部总长（部长）、司局长也必然更换频繁。与中央防疫处关系最密切的是同属内务部的卫生司，1912—1928 年的 17 年中，换了 9 任司长，除第一任林文庆是个医学博士，第二任伍晟为日本某医科学校药科毕业之外，其余没有一个是学医的，尽是官僚。正如著名医生和医学教育家杨济时先生所说："过去的办卫生，如政府办其他虚设的机关一个方式，派几个毫无训练的人到日本考察卫生三四个月，抄了一本卫生的节目，回国后就堂堂做起卫生官发起财来了。于是乎那处亦设一个卫生所，这处亦设卫生司……卫生竟成了一个做官发财的新名目。各地的警察属有卫生科，市政府亦有卫生科，内务部已有卫生司。就拿北平城来说，挂卫生招牌的机关何止数十，靠卫生吃饭做官的又何止数百吧，却是该城的自来水混冲了大小便至今还没有一个办法。"① 中央防疫处的情况与卫生司一样，都是当权者安排官员的地方，而不管它如何履行职能。据《中国生物制品发展史略》载：

① 《中国卫生》，1931 年合集，第 7 页。

"1919—1935 年 16 年间，任免正副处长 15 人次之多，而且多是官员，有的只是挂名，有的虽系专职并不经常在处内办公，故业务没有得到进一步发展。"副处长且不说，1921—1928 年 8 年时间，处长就换了 10 人（含代理 1 人），除了第七任处长方擎曾是天津北洋医学堂的教授外，其余包括第一任处长刘道仁在内几乎都是官僚，不能说他们不学无术，他们文凭不低，大多有留洋背景，但与医学和生物制品八竿子打不着边。

在北洋政府时期，中央防疫处经费受制于洋人，领导又换得太勤，故命运多舛，难有作为。就像杨济时先生所说："吾国自采用新政体以来，对于卫生方面，内务部有卫生司，警察厅有卫生处，但是社会上从未发现过真正的卫生事业，人民从来莫见过真正的卫生设施。"

天花"天坛株"和狂犬病"北京株"

在冰天雪地的严冬里，中央防疫处在初创时期艰难的处境中，在科研上也作出了两个长久造福国人、轰动业界的成绩。

第一个就是天花病毒"天坛株"。

疫苗生产离不开毒株。因为一般来说（并非全部），患过某种传染病的人痊愈后就会产生抗体，具备对这种病的免疫力。清朝自顺治皇帝福临患天花早夭后，为防止悲剧重演，选太子要选出过痘的。据说乾隆皇帝脸上就有几粒不仔细盯着看发现不了的麻子。疫苗就是依据这一免疫原理发明的。打疫苗或种痘，就是人为地安全可控地让健康人适度感染，产生抗体，从而预防某种疾病。疫苗生产最关键的一环，就是找到一个好的毒株。从细菌或病毒的携带者身上分离出来的毒株，叫街毒或野毒株，不能用来生产疫苗，否则就等于传播疾病；必须经过传代减毒，减到一个能满足三个条件的"度"：既能让人产生抗体，又不会让人致病，还要生命力强能大量繁殖。符合上述条件的减毒株专业上叫作"固定毒"，是疫苗株，是能够用于生产疫苗的。

好！回到"天坛株"上来。1926 年 2 月，位于北平东四牌楼十条胡同的京师传染病医院，住进了一名天花患者，他叫刘广胜，25 岁，是西北军的士兵。传染病医院的院长严智钟曾兼任中央防疫处的副处长，当时他虽然已经辞去了中央防疫处的职务，但与防疫处联系仍然紧密。京师传染病医院的患者可提供分离毒株的标本，对研究疫苗、血清等生物制品是非常重要的。作为传染病医院的院长，严智钟知道，我国的牛痘苗，据传最早是在 19 世纪初由广东人邱熺（字浩川）在澳门从英国医师皮尔逊那里学来的。他把带回的牛痘苗种在牛皮肤上，等出痘后刮取疱浆，对外出售，给人接种。如此反复如法炮制，在广东共接种了万余人。然后，向北传播，由湘、赣、江、浙……最后到达京、津。见牛痘苗很能赚钱，一些医生和兽医，有条件没条件的，都跟着生产起牛痘苗来，到辛亥革命前后几近泛滥。各种产品鱼龙混杂，真伪难辨，且用于生产牛痘苗的毒株来历不明。有鉴于此，中央防疫处成立后，便想在生产中统一用来历清楚的毒株。成立次年，便从日本引进毒株用于痘苗生产。但无论是广东的不明毒株，还是中央防疫处的日本毒株，都不是中国自己的毒种。严智钟在防疫处带着齐长庆工作时，齐长庆曾经流露出中国的疫苗应该用中国的毒株的愿望，严智钟对此非常赞赏，但齐长庆当时还嫩了点，不具备培育毒株的能力。

齐长庆，字景如，1896 年 12 月 26 日出生于北京，满族镶黄旗人。满族八旗，以镶黄旗为首，齐家也算得上是名门望族，祖宅在北京西城区千竿胡同 5 号，人称"齐家大院"，也称"格格府"。他的第一任夫人金惠忱是末代皇帝溥仪的侄女。他 8 岁入私塾，不喜死记硬背，被塾师斥为"朽木不可雕也"。辛亥革命前京师乱哄哄的，他干脆辍学在家自学。民国元年（1912），他以第一名的成绩考上京师公立第二学堂（今北京二中）丙班，因成绩拔尖连续跳级，提前毕业，1914年考入保定北洋陆军兽医学堂（吉林大学农学部前身）。他1918年秋毕业时，成绩名列全班第二，本可留校任教，但因其讷于言，被认为不适合当老师，便被派到北洋陆军第十三师任见习兽医。不久，中央防疫处成立，他经人推荐，通过严智钟等专家的面试，被录用为技术助理员。刚进防疫处的齐长庆实际上一个人干着两个人的活，一方面要在严智钟的领导下做科研工作，一方面要管实验动物。因为他是兽医。他要负责接收传染病医院拨给的日本进口家兔、新西兰大耳朵白兔和豚鼠，以及由协和医院林宗阳从美国带回的小鼠等实验动物，成立并牵头小鼠实验室的工作。当时实验动物均靠进口，成本很高，原因是中国的小鼠及家兔等实验动物的体质差、个体小、生长缓慢。后来，他用日本豚鼠作为母本，在我国率先开始饲养和繁殖豚鼠。中国第一个《实验动物饲养管理条例》就出自他的手笔。他在这方面的贡献，已载入《中国实验动物学史》以及《实验动物学》教科书。

这是后话，只说当年由于他能埋头肯干，有闯劲又爱思考，所以不久即被中央防疫处提拔为痘苗股股长（开始只是一个光杆司令）。1924年8月，他被保送到日本东京帝国大学传染病研究所进修，师从城井尚义博士，研习牛痘苗制造方法，并先后参观了日本的北里研究所、大阪血清细菌研究所、釜山兽医血清制造所等人用和兽用生物制品机构。这次进修虽然只有一年的时间，但让他见了世面，对完成从一名兽医到医学科学家的转变至关重要。

1925年8月齐长庆回国后，继续担任痘苗股股长，对中国痘苗生产没有自己的毒株这件事更加耿耿于怀。天花病毒中外固然是一样的，但中国自己的毒种生产出来的疫苗应该更适合中国人。严智钟了解他，所以在西北军士兵刘广胜患天花住院后，见他身上特别是脸上有成片的疱痂，天花野毒很强，符合采集野毒株的条件，便立即通知齐长庆。接到严智钟的通知后，齐长庆喜出望外，带着助手李严茂立马赶到京师传染病医院，采集患者带脓的疱痂带回实验室。

天花野毒就在这疱痂之中。天花患者，如果能活下来，一个疱痂就是一颗麻子，满脸疱痂就是满脸麻子。早在北宋真宗年间（998—1022），我们的祖先就懂得用疱痂来免疫。据说是取患者的疱痂，干燥后磨粉，取少许用管子吹到接种者的鼻子中，以达到免疫目的。但是，此法的安全性全无保证，稍有不慎，就会适得其反，免疫就会变成染疫。因此，必须对野毒株进行减毒。

传代是减毒的不二法门，用什么来传代呢？当然不能用人，只能用哺乳动物。用什么动物？传多少代？需要有丰富的专业知识和高超的操作技巧。分离到野毒不容易，把野毒变成能用于生产的固定毒，更是难上加难。据《中国生物制品发展史略》第三章第一节记载：齐长庆把"患者带脓的疱痂接种到猴皮肤上，待猴出痘后又转种另一只猴，如此再传一代。之后又将从猴体取得的疱浆接种家兔的皮肤和睾丸，连续传5代，再转种牛犊皮肤上。在牛皮肤上连续传3代。该毒种在牛皮肤第3代时发痘的情况与日本株非常近似。采集第3代牛皮肤上的痘疱作为生产用的毒种，命名为'天坛株痘苗病毒'。以后将此毒种（痘疱）浸泡在60%的甘油中置冰箱保存。每年生产前，取出痘疱加适量生理盐水研磨成匀浆在家兔皮肤上传3—4代，再接种牛犊皮肤经育疱后收取之痘疱作为生产用毒种"。

这就是"天坛株"的来历。"天坛株"诞生时，齐长庆30岁。

齐长庆和他的助手李严茂当时比生了儿子还高兴，但他们未曾想到，"天坛株"以后的命运会充满传奇色彩，就是这个"天坛株"，为中国天花的最后消灭立下了首功。

接着说狂犬病的"北京株"。主角又是齐长庆和他的助手李严茂。

1931 年，北平卫生事务所捕杀了一只疯狗，袁浚昌从其脑中分离出一株狂犬病病毒。齐长庆跟李严茂把这个病毒接种到兔脑里面去传代，让它减毒。赵铠说："兔脑子接种了狂犬病毒，它是要发病的，发病有个潜伏期，就是接种以后多少天开始发病，跟我们生病一样，这个我们叫潜伏期。在 30 代以前，潜伏期是很波动的，七八天一直到 20 几天。到 30 代以后，比方说 31 代到 50 代，潜伏期就稳定了——6 天。潜伏期稳定了我们就叫它固定毒，这个固定毒就可以拿来做疫苗……这个毒种一直用到 1980 年，都是用这个毒种。"这个毒株当时被称为"中国株"，后来定名为"北京株狂犬病固定毒"，简称"北京株"。

谈到天花病毒"天坛株"和狂犬病毒"北京株"，原兰州生物制品研究所副所长董树林研究员比较激动。他说："这是齐长庆在天坛中央防疫处的两大贡献。这个'天坛株'，中国消灭天花就是靠它来生产天花痘苗。这是一个很大的功劳，我个人觉得国家应该有所表示。""应当给'天坛株'相当国家级的一个奖励"，"应该给齐长庆一个荣誉院士一类的荣誉"。

|第二章|
抗战时期在昆明创造的辉煌

抗日战争时期，是中华民族生死攸关的年代，是民族精神空前高昂的时代。就像西南联大在昆明创造了中国教育史上的奇迹一样，在昆明的中央防疫处也创造了中国生物制品史上的第一个辉煌期。在汤飞凡的领导下，中央防疫处发明乙醚灭菌法，使痘苗的质量超过国际标准；分离出中国第一株青霉素，并自力更生制作出第一批青霉素产品；研制出中国第一个斑疹伤寒疫苗；在昆明的下水道里分离出黄疸型钩端螺旋体；查明了在盟军中流行的恙虫病……生产的疫苗等产品供应中国军民，且部分供应盟军，在国际上打响了 NEPB 的牌子。昆明中央防疫处人才济济，如朱既明、魏曦、刘隽湘等，后来都成为新中国生物制品行业的顶梁柱。

1928 年底，中央防疫处迎来了它的第十二任处长陈宗贤。开始是代理，没代几天就赴欧美考察，先后由林宗阳和余濆代行职务，等于是代理的代理。1930 年 10 月，陈宗贤考察归国正式履职处长，直到 1939 年 2 月被免职。不算代理，他任处长时间长达 8 年多。

陈宗贤是美国哈佛大学医学院和哥伦比亚大学的医学博士，著名的细菌学及生物制品专家，中国生物制品的创始人之一。他是北伐战争胜利后国民政府任命的专家处长，不像北洋政府时期的处长多是官僚，那时防疫处有"四大金刚"之说，坐第一把交椅的是陈宗贤，依次为庞德明、齐长庆、常希曾。照说，中央防疫处似乎应该有较大作为才是。然而，在陈宗贤主政期间，除了上章讲到的培育出狂犬病毒"北京株"之外，再难有可圈可点之处。究其原因，相当复杂，但最主要的原因还是碰到了乱世。陈宗贤 1930 年 10 月回国履职还不到一年，就发生了震惊中外的九一八事变，不久，日本占领东北全境；1932 年建立了伪满洲国傀儡政权，并在上海发动了一·二八事变。蒋介石一面应付国民党内部的派系斗争，一面拼命围剿红军，而对日本的侵略行动态度暧昧。形势波诡云谲，不测事件频发，人心惶惶，不可终日。中央防疫处在九一八事变后就开始准备南迁，1933 年日军又占领热河后，平、津多次告急，已不能安心搞研发和生产了。1935 年接到卫生署的指令搬南京，将北平原址改为中央防疫处北平制造所，留少数员工留守。1936 年搬到南京，暂时在黄浦路卫生署衙门内栖身，尚未来得及修建新址，1937 年卢沟桥事变发生，抗日战争全面爆发，日军在上海挑起八一三事件，11 月上海沦陷，南京告急，政府部门纷纷南迁，1938 年初，中央防疫处疏散到了湖南长沙。

就是在长沙，一个改变中央防疫处命运的人出现了！

抗日烽火中，汤飞凡临危受命

汤飞凡前半生的命运总是被一个人"指引"着，这个人就是颜福庆。他是获得耶鲁大学医学博士的第一个中国人，我国现代医学教育的开拓者，曾任湘雅医学院院长和协和医学院副院长，是上海医学院的创办者。

1938 年的春天，正郁闷在上海家中的汤飞凡收到了颜福庆的来信。颜福庆时任国民政府卫生署署长，随政府迁到了武汉，来信要他去长沙重建中央防疫处。

此时的汤飞凡，身上的硝烟味还未散尽。在淞沪抗战近 3 个月的时间里，他一直在前线当救护员，先是在宝山，后是在闸北，直到最后，才浑身血迹斑斑地回到他在英租界的家中。那是抗日战士的血。他们中的许多人经简单包扎后又上了一线，大多再也没有回来。作为中央大学医学院（后改称"上海医学院"）的教授和英企上海雷士德研究所的细菌系主任，此前他已经得到雷士德研究所的许诺：如有必要，随时可以飞往英国。然而，他几乎不假思索地就答应了颜福庆："长沙，我去。"

8 年前，他还在哈佛大学医学院细菌系深造，师从世界著名的细菌学家秦瑟教授，进行病毒学早期的开拓工作，已经发表了多篇论文，眼看就要取得重大突破时，颜福庆来信了，说他在上海创办了中央大学医学院，草创时期，条件艰苦，尤缺教师，请他回国任教。他不假思索地答复恩师："我来。"

从"我来"到"我去"，两次不假思索，因为颜福庆是他的恩师，而恩师的言行是他的榜样。汤飞凡本来已经上了工科学校，让他决心改行学医，缘于与颜福庆的一次偶然相遇。湘雅医学院的美国教授胡美在其回忆录《道一风同》中记载：一次，汤飞凡参观萍乡煤矿，遇见颜福庆和一位同伴来为矿工查体。颜福庆见他的眼睛老是盯着他们带来的一个闪亮的盒子，便告诉他里面装的是显微镜，用来检查钩虫的。汤飞凡主动要求给他们打下手，颜福庆于是教他如何使用显微镜。当汤飞凡在切片上找到了钩虫卵时，非常高兴，表决心要做一名医生。颜福庆告诉他，可以报考即将成立的湘雅医学专门学校，但必须用英文考试。那时他还不懂英文，因为胡美破格允许他用中文答题，他才考上了湘雅。当初他在湘雅求学，颜福庆是院长；后来他去协和进修，颜福庆是副院长。那时中国的医科大学，"南有湘雅，北有协和"，都请颜福庆当院长，在外人看来，他够出人头地的了。但是颜福庆对学生说："湘雅、协和虽好，但都是美国人办的。中国一定要有中国人自己办的医科大学。"这句话深深烙在汤飞凡的心里。恩师好不容易办了一所中国人自己的医学院，他理所当然地要听从祖国的召唤。他在上海医学院当了8年的副教授、教授。教学科研都已顺手，个人生活也已稳定，仅在雷士德研究所的兼职，每月就有600两白银的收入。住在租界的洋房里，有汽车，有用人，什么都不缺。但是，当战火烧到上海的时候，他奔赴战场了，夫人何琏也到红十字会去护理伤员。现在，恩师要他去长沙，这是去直接为抗战效力，他义无反顾。对此，夫人何琏的态度是："我随你！"问："在上海的生活很安逸，去内地是要吃苦的。"答："吃苦也比当亡国奴强。"

何琏是湖南军阀何键的二女儿。何键是国民党的二级陆军上将，曾任国民政府委员，除了参加过一段北伐战争外，似乎一生都在"剿共"，毛泽东主席的第一任夫人杨开慧，就是他下令杀害的。但这个"杀人魔王"却生了个贤惠的女儿，何琏嫁给汤飞凡后，相夫教子，堪称标准的贤内助。

说走就走，1938年夏天，汤飞凡带着何琏飞到了长沙。原来他对中央防疫处并不了解，以为既然是卫生署的直属单位，条件大概不会太差。可他看到的不像是一支搬迁的队伍，却像是一群逃难的难民。当时，中央防疫处借湖南省卫生试验所的部分房子暂时栖身。留在北平的原址和北平制造所已被日本人占领，等于老窝被端了。撤到长沙来的老员工和在当地招收的新员工，加起来就20来人，只能简单地生产狂犬病疫苗，靠分装发售从北平带来的牛痘苗和抗毒素勉强维持生计。处长陈宗贤很少来上班，现在也不知他在哪里。从北平来的十多个小伙子倒挺抱团，但心思也不在工作上，白天踢球，晚上喝酒，与社会上的混混无异。而且，日本人的飞机差不多天天都来轰炸，看来长沙也不是久留之地。

这样子怎么能行？汤飞凡非常着急。但卫生署给他的职务任命是技正（相当于总工程师），而不是处长，没有发号施令的权力。他耐着性子等了3天，还不见处长回来，第四天忍不住了，把卫生署的公文交给防疫处的吴诚伯秘书，接着就上班了。与大伙一接触，他发现这些人不是他想象的那种混混，而是满腔热血的爱国青年。比如技士李严茂，就是在北京与齐长庆一起培育出"天坛株"的那个人，从北京出来，别的东西都可托运，都可请人帮忙，但两样东西他一直随身带着，一个是一台显微镜，一个就是"天坛株"。路上没有冰箱，怕把"天坛株"热坏，每到一地，他就找一口水井，把"天坛株"用防水材料包得严严实实，吊放在井水中，走时再吊出来拿走。这种精神其实才是中央防疫处的魂。李严茂对汤飞凡说："我们从北京到南京，从南京再到长沙，一路颠沛流离，形同难民，无怨无悔，为啥？为的是不当亡国奴，为的是为抗战出力。可老是没一个地方安顿下来，就什么都干不成。大家心烦啊！"

是的。大伙心烦，汤飞凡也心烦。可他不是处长，只能先带着大家干活，给大家教技术，耐心等处长回来。等到9月中旬，处长陈宗贤终于回来了。他是奉卫生署之命，为准备继续搬迁而回来的。但具体搬到哪里？卫生署让防疫处自选后上报。结果，陈宗贤选了重庆，而汤飞凡选了昆明。选重庆的理由是跟随中央政府，办事更方便。"恰恰相反！"汤飞凡认为，"要想办成点事，必须远离官僚衙门，否则，'婆婆'一大堆，当媳妇的，光是应付婆婆都应付不过来。所以要找一个山高皇帝远的地方"。这两个博士、教授，居然互不相让，都说："不按我选的地，我就辞职。"那怎么办？两人一起去陪都重庆"告御状"，打官司。

这时，汤飞凡的恩师颜福庆已辞去卫生署长的职务，副署长是金宝善，他在中央防疫处当过半年的处长，是陈宗贤的前一任。但陈宗贤再多的关系也顶不过汤飞凡的一个关系，他的岳父何键时任内务部部长。最后的结果是，卫生署同意了中央防疫处迁昆明的意见，陈宗贤于是辞职了，汤飞凡被任命为处长。对此，时论颇有非议，汤飞凡说："我不在意别人说什么。我问心无愧，因为我不是为自己，要为自己，我就不会离开租界到这里来。"

的确。他在上海时，仅是雷士德研究所给他的报酬就是每月600两银子，而且，雷士德研究所的研究经费充裕，设备齐全，汤飞凡在那里除了继续进行在哈佛已经开始的病毒研究外，还涉足传染病病原学的研究，如对沙眼、流行性腮腺炎、流行性脑膜炎、流感、致病性大肠菌肠炎等的研究，其中对牛胸膜肺膜炎的研究是当时鲜有人接触的。短短几年，他就发表了论文20余篇。而论文是学者的名片。

重庆却一分钱也没有给他。卫生署的指示说："现在是非常时期，政府拿不出钱来。搬迁费用，你们自筹。可以把设备卖掉，人员可大部遣散。"这等于是让防疫处先散伙，到昆明以后再重打锣鼓另开张。

汤飞凡回到长沙，召集全体人员开会，传达了卫生署同意中央防疫处迁昆明的批示和有关指示，听说人员要遣散，底下便开始叽叽哇哇，汤飞凡把手一挥，说："我不会照搬这个指示。所有人员，只要愿意留下的，一律前往昆明，不愿去的发给遣散费。"然后他决定：

一、抓紧将所有牛痘苗、抗毒素及狂犬病疫苗全部分装卖掉，换成现金，作为人员薪水和搬家费用；

二、因为防疫处只有一台车，要把不能随行携带的仪器设备卖掉，实在需要的装车运走（最后一台车未装满），运不走的，派 2 人留守看管，待有条件时办托运；

三、在以上两件事办好后，人员立即分别搭运货的便车前往昆明，不得拖拉，借故停留；

四、他与夫人去香港转道安南（越南），先到昆明，找地筹款，等大家来。

说干就干，雷厉风行，一切按照汤飞凡的计划进行。在这期间，抗战形势更加恶化。1938 年 10 月 21 日，广州失陷；25 日，武汉失陷。10 月底，中央防疫处除留守的 2 人外，全部离开长沙前往昆明。11 月 12 日夜，在日军抵近长沙约 100 公里时，按照军委会的"文（12 日）电"指示和预先制订的"焦土抗战"计划，当晚张治中下令在长沙放火，但因为火势失去控制，一夜间烧掉了长沙 90% 以上的房屋，烧死了 3 万余人，史称"文夕大火"。此时，离中央防疫处撤离才一周多时间。留守长沙的两人从大火中仅抢出一台锅炉，历尽艰辛设法运到了昆明。据他俩说："幸亏汤处长决策果断，要拖一下，后果不堪设想。"大家都为有汤飞凡当处长而感到庆幸。

好。人保全了，下面就看汤飞凡在昆明"唱戏"了。

重庆国民政府一毛不拔

生物制品的研发和生产，这出"戏"不好唱。一个中医两手空空就可以行医，望、闻、问、切，四大诊法，全凭经验，开出药方，让你拿着去药铺抓药，妥了。而要生产生物制品，对"舞台"和"行头"的要求太多了，起码要有实验室，要有厂房，要有实验动物，要有熟练的科研技术人员。不说别的，光是实验室的设备，种类多得足以让外行晕菜。上述这些，不可能放在空中楼阁之中，必须找块地方来筑巢搭窝。买地，建设，得要钱。还有，南迁来的员工，先要有地方住，得给他们发薪水。处处都要花钱，而汤飞凡囊中空空，到昆明时，账上总共才有200大洋。咋办？找"云南王"龙云去。龙云口袋里有一封何键写给他的信。

龙云很给他面子，把省民政厅厅长和财政厅厅长介绍给他，交代他俩要尽量给汤飞凡帮忙。汤飞凡还拜访了惠滇银行行长缪云台，因为两人都曾留美，都有学者风度，很快就热乎上了。在他们三人的帮助下，汤飞凡从昆华医院借到部分房舍，人员可以暂时安顿下来；又从惠滇银行贷到了一小笔款，可以作为本钱，进行已经熟悉的牛痘苗和破伤风类毒素的生产，从而解决吃饭问题。但中央防疫处千里迢迢、颠沛辗转来昆明，不是为吃饭来的，而是来抗战的，为抗战服务的，抗战需要什么，就应该研发、生产什么。这就需要找一个地方，建设一个像样的"舞台"。没有好"舞台"是演不了"大戏"的。

汤飞凡看中了一块地，位于昆明西郊的高峣，背靠古木森森、晨钟暮鼓的西山，面对碧波万顷、鸟飞鱼跃的滇池。本是一块空地，杂草丛生，没有人烟，是野兔与狐狸的乐园。这里没有市区的喧嚣和诱惑，是安心做学问的好地方；而且，中央防疫处要做实验，做实验就得用动物，这里是饲养动物的好场所。特别是这里相对比较安全，汤飞凡发现，日本军机三天两头就轰炸昆明，投弹集中在山区的兵工厂，偶尔也把炸弹投到市区，但是高峣这地方从未挨过炸。汤飞凡以为找到了一块无主的风水宝地，只要政府一点头就可以低价拿来用，谁知找民政厅厅长李子厚一打听，方知此地乃西山名刹华亭寺的庙产，而华亭寺的方丈定安大师是龙云也要让三分的人物。李子厚劝汤飞凡别惹这尊大神，汤飞凡却看准了这块地，非要得到不可，只好写介绍信让他拿去试试。他果然碰了钉子，险些被撵出山门，几经请求，定安也拒绝卖地，最后虽然同意卖了，但开出了一个天价：5万大洋！这个要价是当时市价的10倍。定安本想用高价吓退这个买主，未想到汤飞凡竟然一口答应下来，双方商定地价分5年付清。中央防疫处的账上没钱，拿什么给人家？

其实这两个人是在打心理战。汤飞凡看准了定安大师不是真想要那么多钱，而是希望他另择他地。他不相信，在国难当头之际，佛门大师竟会从他身上发国难财。而定安对汤飞凡还摸不清底。他虽然自称出家人不理俗事，其实却对世事洞若观火。汤飞凡是拿着省民政厅厅长的介绍信来的，这糊弄不住他。这年头，打着抗日的旗号，借着官府的名头巧取豪夺的官儿还少吗？说不定他就是其中一个。但不管定安最后收多少，白拿是不可能的，总得花钱买。

钱！钱在那里？是卫生署让搬来的，卫生署就应该出钱重建。汤飞凡跑了三趟重庆，卫生署署长金宝善陪着他到各处衙门去烧香，最后还是一分钱也没要到。重庆国民政府一毛不拔，一切都得自己想办法了。山穷水尽之际，有一位银行家给他出主意：走风险投资的路。

回到昆明，汤飞凡以中央防疫处将来要生产的疫苗等作抵押，向惠滇银行申请贷款，得到一笔低息长期信用贷款；他再以此做担保，从其他几家私营小银行贷出现金，随借随还。如此倒腾，重建经费就这么基本解决了。有人说这颇有空手套白狼之嫌，如果防疫处因故建不成，疫苗生产不出来，银行就多了一笔死账；兵荒马乱之际，如果汤飞凡卷款而逃，银行就更亏了。银行不傻，所以敢这样优待汤飞凡，一是冲他的诚信度，他是一个有地位、有威望的学者；二是冲他的关系，他不仅是内政部部长的女婿，而且各界朋友很多。在那时，也许第二条比第一条更关键。他和他的前任陈宗贤以及许多"海归"一样，最讨厌的就是办什么事都要找关系，但是，就像任何人都不能抓住自己的头发提着自己离开地面一样，生活在"关系社会"中的人即使再清高也离不开关系的制约，人在江湖，岂能全由着你自己的性子？无论是在官场、商场还是在火葬场，概莫能外。汤飞凡既然当了处长，就得委屈自己，就不能像晋代的阮籍那样对权贵翻"青白眼"了。

利用关系贷款似乎并没有影响汤飞凡在知识分子中的威望。因为他不是为了自己，而是为了抗战大计。得知中央防疫处要在高峣重建，时任西南联大教授的建筑大师梁思成主动给他出主意，多位工程师义务为之设计，前来义务帮忙的人有教授有学生也有普通居民。汤飞凡把有限的钱重点用在实验楼和图书馆等科研生产用房上，是砖混结构，而其他房舍在保证安全的情况下能省则省，墙壁或是干打垒、或是竹篱糊泥巴，一些休闲用的如茶室等甚至用茅草盖顶。如此一来，整个建筑群中有现代化的也有原始的，但因为有高人设计，没有不协调之感，反而别有一番融入大自然的独特风味。人和建筑都在画中，是构成美丽风景的一个个活生生的元素。

重建工程 1939 年 4 月动工，一年后竣工。1940 年 4 月，全部人马搬了进来。考虑到高峣远离市区，生活难免枯燥，且多有不便。汤飞凡在这里建了篮球场、羽毛球场和网球场；在滇池岸边修了一个小码头，可以在湖上荡桨，也可以乘舟往返昆明市区；开有小卖部，可买到日常用品；特别是开设了一个门诊部，从汤飞凡开始，凡医学院毕业的都要参加轮流值班，为大家看病，不仅能处理常见的小病小灾，还能做一般的手术，包括给孕妇接生。后来，汤飞凡的儿子就出生在这里。此外，还办了一所子弟小学。

中央防疫处建好了。这好那好，可买地的钱还分文未付哩！债主定安大师若要告你，你也没脾气。然而，所谓此一时，彼一时也。此时的定安已对汤飞凡有了较深了解，两人成了好朋友。卖地款呢？汤飞凡先给了他 1000 元，定安大师说："为了支持你们为抗战生产疫苗，地价款我不要了。这 1000 元，算是给华亭寺的布施。"

服务抗战，打响了 NEPB 的国际声誉

1942 年，在中国作战区作战的盟军中，发生了一件让人始料不及的事：美国大兵明明都接种了牛痘苗，可不少人竟然得了天花病。调查表明，他们种痘后未曾发痘，故身上没有产生天花抗体，因此，牛痘苗的质量问题值得怀疑。

那么，这些牛痘苗来自哪里呢？印度。本来，盟军所用的药品包括疫苗都是从英、美不远万里运来的，但牛痘苗却无法长途运输，只好采购了印度的。那为啥不采购中国的？说来惭愧。在汤飞凡领导中央防疫处之前，我国的痘苗生产呈"春秋战国"、无法无天的状态，因痘苗生产比较简单，利润又高，稍微懂点相关知识的医生和兽医就敢开个小作坊进行生产。因国家既没有相关法律，又没有生产规范和质量标准，所以事故频发也无人追究，即使是中央防疫处的产品也缺乏严格的检定。这个样子，盟军当然不敢采购你的产品。在英、美眼里，印度虽然也很落后，但当时与中国相比，其疫苗生产水平高于中国，尤其是设在孟买的哈佛金研究所（Haffkin Institute）已经有 30 多年的历史，其所长索基（Sokhey）是鼠疫权威，有较高的国际威望，而且当时印度没有战争，是世界上少有的几片和平绿洲之一，盟军在印度设有后方基地。

现在，印度的牛痘苗出了问题，盟军这才想起中国来。从痘苗和

疫苗生产来说，1942 年的中国已不是 1940 年以前的中国了。自中央防疫处在高峣重建之后，汤飞凡抓的第一件大事就是抓规范和检定。美国纽约州卫生研究所是世界上最早建立生物制品技术管理制度的机构，1927 年就出版了一本名曰《标准方法》的书。书中汇集了各种规章制度，详细规定了实验和生产必须严格遵循的常规方法，不得改变，如果实在需要改变必须通过论证并经过所长批准。正好检定室主任魏曦刚从美国回来，带回了 1939 年新出版的《标准方法》第二版。参照这个最新的版本，汤飞凡也编了一本《规范》，因封面为蓝色，故名"蓝皮书"，成为全处必须遵循的规章。汤飞凡设立了检定室，让魏曦当主任，对所有产品进行质量监督和控制；设立培养基和消毒室，统一供应实验用培养基和消毒器材；设立动物室，并分设菌苗、疫苗和血清室。

按照他定的《规范》，即使是原来长期生产的产品，也要从头按程序走一遍，一步不合格也不行。对某些陈旧落后的效果较差或副反应严重的产品坚决淘汰。比如，痘苗是中央防疫处一直都生产的产品，自齐长庆与李严茂培育的"天坛株"问世以来，就以此为毒种生产，接种结果已证明其效力大大高于用其他毒种生产的痘苗。是否就不需要再比较鉴别了呢？不。当时在北京时，因为毒种有限，对比参照的对象是身份不明的毒种，还不能证明"天坛株"就是最好的。现在，处里得到了来自哈佛金研究所的印度毒种，汤飞凡指示朱既明和李严茂将"天坛株"与印度株进行对比研究。严谨的科学数据表明：用"天坛株"制造的痘苗之效力高于印度株，发痘率要高得多，但是接种后的局部反应比印度株要严重。利弊清楚了，下一步的工作就是要减少副反应。副反应不是来自"天坛株"，而是来自生产过程中掺杂进来的各种杂质。

牛痘，牛痘，生产牛痘苗离不开牛。简言之，就是将活牛的皮肤划破，把毒种涂上去，等牛皮上长出脓疱，刮取脓疱加工制成。在刮取的脓疱中，就掺杂有不止一种的杂菌。要把副反应减到最轻，唯有将这些杂菌杀死。传统的方法是将痘苗在甘油和酚中存放一段时间，但杂菌仍然较多，因此，必须找到一种新的杀菌方法。经过多种试验，汤飞凡和朱既明终于研究成功用乙醚杀菌的新方法。用乙醚杀菌后痘苗的副反应大大减轻，从而把传统方法扔进了故纸堆。

由于建立了检定制度，科研、生产的每一步都要经过检定，终极产品汤飞凡还要亲自检定，检定通不过就得从头再来。如此抓规范管理，抓质量检定，产品的品牌效应出来了，不仅受到中国军民的欢迎，而且引起了盟军卫生部门的重视，并派军医官到昆明中央防疫处来考察。他们比较了中国和印度痘苗的优劣，然后又跟踪了整个痘苗生产过程，当场拍板采购汤博士的痘苗给盟军官兵接种。他们还考察了中央防疫处其他疫苗的生产和质量管理体系，最后决定，不仅是痘苗，其他疫苗如狂犬病疫苗、破伤风类毒素、斑疹伤寒疫苗等也用昆明生产的，不再遥遥万里从西半球运过来。

NEPB，盟军使用的痘苗和疫苗的包装上都印着中国中央防疫处的英文缩写。NEPB 的国际威望就这样打响了。

中国的第一支青霉素

20 世纪 40 年代的"神药"是青霉素。它是英国人弗莱明无意中发现的，1941 年，两位科学家弗洛里和钱恩找到了提纯的方法并很快用于临床。于是，奇迹出现了：什么链球菌、葡萄球菌，感染人或动物后是何等猖狂？发炎，化脓，甚至引发细菌性心肌炎。可在青霉素面前却一点脾气都没有，只有死路一条。大叶性肺炎、淋病、梅毒等当时无药可治的病，青霉素却可以做到药到病除。时人称之为"神药"，并非诳言。因此，青霉素的价格高得惊人，甚至贵过黄金。那时青霉素在中国叫"盘尼西林"，因为全靠进口，进价不菲，进口商再加价，一根金条能买到一盒盘尼西林，算是给你面子了。

这狠狠地刺痛了汤飞凡的心！当时，无论是抗战前方还是后方，许多人都等着用青霉素救命，可仅靠进口，价格奇高，数量奇少，根本用不到普通人身上。"中国人一定要自己生产出青霉素。"汤飞凡下了决心，让朱既明和黄有为两人负责来搞，发动全处人员都来找青霉素菌种。

朱既明毕业于上海医学院，本在搬到昆明的母校当助教，被汤飞凡挖了过来；黄有为是美国檀香山的华侨，是回国支援抗战的。

青霉素之所以叫青霉素，是因为它是从青霉中提取的。青霉是一种菌，得了青霉病的柑橘上面长的那种毛茸茸的东西就是青霉。青霉常见于腐烂的水果、蔬菜、肉类以及衣、履等物之上，多呈灰绿色。但是并非所有的青霉都能提取出青霉素，青霉是一个大家族，有许多种，只有其中的点青霉和黄青霉等才能提取出来，而且不同菌株的产量形同霄壤。所以，青霉好找，而点青霉和黄青霉难找，高产的菌株尤其难找。找到不易，提取出青霉素更难。西方人虽然发表了不少这方面的论文，但从不涉足如何能找到、如何分离点青霉和黄青霉，对生产、提纯的方法更是守口如瓶。对此，美、英当作军事秘密，各大药企之间也是严加防范的，这不仅是科技机密，更是商业机密。

防疫处的人发疯似的到处找青霉，大家只要发现哪儿有一点绿毛菌，就急忙给朱既明和黄有为送去检验，可惜，要么没有用，要么分离出来不理想。眼看没戏了，但天无绝人之路，据赵铠院士回忆说：

> 汤飞凡叫朱既明跟黄有为来研究这个抗菌素。弄了几十株分离了以后，都不太理想，后来怎么成功的呢？我是听卢锦汉老人

讲的，当时卢锦汉相当于做朱既明的助手，他们住一个屋子。说那一天搞卫生，把床底下的鞋啊、脏乱的东西都拿出来，在外面晒，有一双皮鞋在那里晒。汤飞凡过来了，说你们在搞卫生，他来看看，一看皮鞋上长的霉，有点像青霉菌，带点色的，就叫朱既明和黄有为从这双皮鞋上的霉菌中分离，果然分离成功了。分离成功以后就做纯化、培养、提纯等等，做成了青霉素。第二次世界大战时期青霉素是很紧张的，我们经常看电影，什么新四军、八路军都派人到日伪区偷偷地弄盘尼西林，往解放区那里运……

上面说的卢锦汉当时是血清室的技佐（技术助理员），青霉素的菌株就是从他的皮鞋上分离出来的。但成功分离菌株只等于有了种子，离丰收还很远。比如菌株的生长需要什么样的土壤、气候、肥料？该如何播种、管理、收获？开始他们用培育其他菌苗的办法试验，青霉却根本不吃这一套。反复试验摸索，发现青霉看似普通，室内室外到处发霉，其实却非常"娇气"，要伺候它不容易。第一，它对温度有特殊要求，适合它生长的温度为24摄氏度，低了高了都不行，所以必须专门为它建一个24摄氏度的恒温室；第二，它对通气有特殊要求，需要有足够的氧气供它呼吸，只能生长在液体的表面，所以只好用扁玻璃瓶和大底三角瓶来培育；第三，它对营养有特殊要求，仅用一般的培养基还不够，必须给它加营养，几经调配，最后确定加玉米汁和云南的棕色蔗糖。这三关过了，合格青霉素终于被培育出来，只是浓度还不够理想。这是1942年的事，比西方才晚了一年多。

1943年，美、英对青霉素菌株的管制有所放松。汤飞凡去印度访问，带回了10株青霉素菌株。中华血站的樊庆笙从美国回来，也带回一对菌株，并且加入朱既明领导的青霉素室工作。汤飞凡让他们对所有这些菌株做对比研究，选出一个最好的来用于生产。对比的结果，那些洋菌株都败在了从卢锦汉的皮鞋上分离出来的那个菌株上。自此，它便作为中央防疫处青霉素的生产株。朱既明和樊庆笙摸清了青霉素对酸碱的化学特征，用化学的方法使之纯化和浓缩，达到了每毫升 2 万至 5 万牛津单位，与美国的同类产品不相上下。

接下来的问题是产品的保管和储存。说青霉素"娇气"，还因为它在液体中很不稳定，容易挥发，要使它真正成为产品，必须把它变成固体。液体变固体，烘烤是最简便的办法，但对青霉素而言，烘烤等于加速其挥发。国外的办法是用化学干燥机，而在要啥没啥的昆明，到哪儿去找这宝贝机器？别着急，黄有为有办法。他是美国华侨，夫妇俩为抗日而回祖国出力，被汤飞凡招至麾下，成了实际上的总工程师。他其实不是学工的而是学医的，只因在美国久了，也变得像美国普通家庭的男孩一样，从小就养成了干什么都喜欢自己动手的习惯。比如，修理家具、家用电器、汽车、农具，修缮房屋，等等，甚至修建房屋也爱自己设计并参与施工。中央防疫处在高峣的所有工程项目，他都是总工兼总监，穿着一身蓝色工装，一天到晚泡在工地上。工程上遇到他人无解的棘手事，他总是能拿出办法。现在，青霉素干燥遇到难题，他又一肩挑起这副重担子。他要自己设计、自己制造出一台化学干燥机来。"不可能！"面对疑惑的目光，他全不理会，只管埋头苦干。根据美国某型化学干燥机的原理，他画出了设计图纸，除了所需的一台真空泵是用处里采购的美国货外，其他大小部件全部都出自他的手。总装调试阶段，他不分昼夜、废寝忘食地忙在机房，吃饭都是由妻子送来。最后把许多人认为"不可能"的事办成了！每毫克 200—300 单位，每瓶装 2 万单位的国产青霉素试制成功，可以正式投产了！汤飞凡自然非常高兴，但对大家只说了六个字："有志者，事竟成。"

"有志者，事竟成。"就是靠这种志气，这种精神，"NEPB"的名气越来越大了。1948年出版的英国李约瑟博士（J. Needham）编著的《科学前哨》一书中的《中国西南部的科学（二）：生物学与社会科学（1943）》一文，对中央防疫处的工作进行了介绍，其中特别讲到"这里还有一个小型的青霉素生产车间"。这么艰苦的条件，怎么生产？能保证质量吗？作者说："汤博士的工厂保持了高水平，虽然没有自来水，他的马厩和动物房都很清洁；他有一个效率很高的培养、分装和检定的系统。尤其使人感兴趣的是，他有一个自己的玻璃厂，能制造各种中性玻璃器皿。""故事本身说明了这个工厂的作风，若干月来，这个工厂只有一台锅炉，而且（常）漏，不安全，每晚用毕都要修理，幸而没有发生意外。就靠它，解决了所有器皿消毒和蒸馏水供应等。一套重新利用废琼脂的设备代表了这个工厂的传统。它是一只破木船，放在湖里用来透析……没有商业蛋白胨供应，自己制造，胃酶用完了，从自己养的猪里取胃酶……"

生物制品专家、原北京生物制品研究所研究员刘隽湘是上述故事的亲历者之一。他所著《医学科学家汤飞凡》一书在引用李约瑟的介绍后，来了一段注释式的补充：

> 那台锅炉确实破旧，"幸而没有发生意外"并非靠幸运，而是全处上下都对这台锅炉担心，保持着警惕。一天夜里，汤飞凡从睡梦中惊醒，听到尖锐的嗞嗞声，马上意识到是锅炉（出了问题）！他穿着睡衣来不及找鞋，来不及去开几道房门，光着脚就从卧室的窗户跳了出去。他跑到锅炉房发现锅炉已快烧干。他赶快撤掉炉膛里的火，用水浇灭余烬，锅炉才没有爆炸。回收旧琼脂，黄有为和沈鼎鸿做了几十次各式各样的试验，才找到一种方法，还得证明用回收琼脂制造的培养基上的各种细菌仍能生长良好。只有进行大批回收时，他们才用破船和湖水进行透析，而透析只不

过是回收过程中的一个步骤。说到制造青霉素，更是屡遭挫折才获得成功。

关于"从自己养的猪里取胃酶"的事，这里有必要再补充一下。因为战时一切都供应紧张，防疫处试验、生产所需的胃酶常常断供。从自己养的猪里取胃酶乃迫不得已而为之。防疫处怎么养起猪来了呢？其实也是出于无奈，初衷是为了改善生活，并非为了取胃酶。抗战时期昆明一下从内地来了许多人，造成物价飞涨，单身汉还扛得住，拖家带口的日子就难熬了。防疫处的兽医叫周朝瑞，香港人，岭南大学畜牧兽医系的毕业生。见大家生活困难，他向汤飞凡建议：由处里给各户贷一小笔款做本钱，自己动手养鸡、养猪、种菜，他愿做技术辅导。汤飞凡依计而行，汤夫人何琏带头养鸡、养猪、种菜，还种康乃馨等鲜花。如此一来，蔬菜、鸡蛋、猪肉很快做到了自给有足，每到周日，处里派一条小船渡过滇池去昆明，让家属带上富余的农产品去街上摆摊，等于又增加了一笔收入。猪养多了，这才有了从猪里取胃酶的应急之举。

当年防疫处困难重重，缺钱缺物，制造出青霉素后，可算抱了一个大金娃娃。汤飞凡却没有借机发财，而是以一元一支的价格供应急需的军民。有些因寻花问柳而感染梅毒的富人提出用一根金条买一盒青霉素，被汤飞凡断然拒绝。而对需要救命的穷人，往往减价甚至无偿提供。

一流的人才，一流的成就

抗战时期有个耐人寻味的现象：盟军中的英、美人非常高傲，对中国往往极度小视，看不起中国政府，看不起中国军队，甚至对盟军中国战区的总司令蒋介石也不客气，可唯独对 NEPB 高看一眼。痘苗用

NEPB 的，疫苗用 NEPB 的，青霉素也用 NEPB 的。陈纳德的飞虎队，指定 NEPB 为其化验单位。在传染病方面遇到难题之后，盟军也要找 NEPB 帮忙。

1945 年，在滇缅边境战场上，盟军中流行一种疑似斑疹伤寒的传染病，因发热的原因不明，只好根据其不定时发热的特点，命名为"不时热"。鉴于"不时热"已造成严重的非战斗减员，一个以美国哈佛大学医学院教授为主的擅长斑疹伤寒的专家团队前来考察，可惜仍未找到病因。那咋弄呢？看中国的 NEPB 有办法没有？

汤飞凡派自己的得意门生魏曦前往支援。魏曦是研究斑疹伤寒的专家，一看病人就觉得不像是患了斑疹伤寒。部队屡屡在野外宿营，是否因昆虫叮咬所致？哈佛的专家说"没有发现"。看他们的实验方法，是把实验动物装在笼子里再放到草地上。魏曦分析，有可能是因为笼子下面的草被压成了一个草垫，有碍昆虫接近和叮咬动物。于是，魏曦改变实验方法，用围栏将草地围成一个小圈，让实验动物在其中自由活动。结果不到一昼夜，动物身上有很多被恙螨叮咬的痕迹并逮住了恙螨，经化验分析后判定，"不时热"其实是一种恙虫病，立克次体血症。病因找到了，经对症治疗和采取防范恙螨的措施之后，"不时热"被控制住了。

赵铠院士在接受采访时说："这是一个大事情，帮助盟军解决了这个传染病的问题。后来同盟国有个哈佛访问团到昆明，代表盟军给魏曦发了个奖章，这个奖章叫'学术性功绩勋章'。当时这个荣誉很大。后来我们抗美援朝，美国搞细菌战，卫生部派他（魏曦）和陈文贵一起去做调查，他分离出鼠疫菌跟霍乱，后来得到瑞典、瑞士等几个国家代表团的公认，他又得到了朝鲜颁发的勋章。"

赵铠接着说："1938 年到 1945 年期间防疫处有很大的发展，为什么发展得这么快？一个原因是汤飞凡他网罗人才。当时内地有些专家或者是医院里的大夫也到那里去了，他找有兴趣做这个工作的，都弄到防疫处，另外招了一些大学生，当然他后面还搞人才培养……那时中央防疫处有几个发明创造，有的是水平很高的。一个是汤飞凡自己领导的，建立起做牛痘苗的乙醚灭菌方法；第二个就是青霉素的研究成功……在那段时间贡献还是很大的……汤飞凡在昆明坚持每周有一个晚上搞读书会，这些技术人员把自己做的工作、自己看的文献简单地来讲一下，大家提提建议，进行讨论，这样互相促进，一直坚持下去。新中国成立后成立了北京所，汤飞凡还把病毒的研究一室、二室和我带的痘苗室、脑炎室这些人组织在一起，坚持读书报告会，新中国成立后我就参加了。在昆明的时候我听卢锦汉讲，那时气氛很好，读书会不是很严肃，相当于现在的沙龙，大家有什么谈什么，有时还喝喝茶、吃点小点心。当然他培养人才不单是这个……"

人才是成功之本。到 1942 年，防疫处已经发展到 100 多人，其中大学毕业生 15 人，这批中国免疫学和生物制品的前辈，经汤飞凡的严格训练，后来大多成为新中国本行业的顶梁柱。

作为汤飞凡的部下，刘隽湘认为没有门户之见是他能够罗致人才的重要原因。他在《医学科学家汤飞凡》一书中，有一段描写非常传神：

那个时期，医学界分为英美派和德日派两大派，大派之间还有小派，互相争斗、排挤，有时甚至相当激烈。汤飞凡出身于"嫡系"的英美派，但他对派系斗争非常反对。1940 年秋天发生过这样一件事：

中华医学会在（昆明）昆华医院开学术报告会，德日派同济大学毕业的昆华医院院长秦光弘担任主席。一位英美派的医生上了台，可能他的讲稿就是用英文写的，报告时满口英语，引起了德日派的不满。接着一位德日派的医生为了表示抗议，上台用德语讲了起来。各不相让，秩序大乱。主席无法控制会场。会，眼看要开不下去。这时，突然有一个人站了起来，举起手大声说：

"主席，请允许我说几句话。"

没等主席答复，他三步两步跳上了台，原来是汤飞凡，他面向听众，高举起双手。

"请问，我们是什么人？我们现在在哪里？"

他这突然的行动和突然的问题，使许多人呆住了。他接着说：

"我们是中国人！我们现在在中国昆明！那么我们为什么要说洋话？"

这话，不管是对讲英语的还是讲德语的，显然很不客气，有几个人可能觉得被冒犯了，站起来退出了会场，但整个会场渐渐静了下来。

他接着说："我们在学校里有的学英语，有的学德语、日语、法语。为什么？因为我们中国科学不发达，得从外国学。外语是工具，不学不行。我感到惭愧，如果我们科学比外国发达，洋人会学中国话，用中国话。我相信会有这一天！我们不能因为学的外语不同互相争吵起来……"最后他说："我建议，我们做报告尽量用中国话，不得已的时候用点外文名词……"

他的话还没有讲完，从后排坐着还没有资格参加学会的年轻医生、护士的旁听席上开始，全场响起了热烈的掌声。然后，会场平静了。刘隽湘当时是实习医生，就坐在后排。

汤飞凡是个言行一致的人，他这样说的时候，早已经这样做了。在防疫处，他唯才是举，不问门户。在骨干队伍中，有英美派的，也有德日派的。如魏曦是留美回来的，而沈鼎鸿毕业于德日派的北平大学医学院，黄有为和周朝瑞是回国效力的华侨。当组长的，甚至还有没有文凭但经验丰富的老技士，如李严茂等。开这次学术会议时，刘隽湘还在昆华医院，没到防疫处。他是同济大学医学院毕业的，属德日派。到防疫处参观后，觉得风气不错，便从昆华医院"跳槽"过来，由当医生改行搞生物制品了。

唯才是举，不搞内斗，互相帮助，自然就出成果。除青霉素外，他们还搞出了中国第一个斑疹伤寒疫苗，从昆明的下水道中首次在中国发现了黄疸型钩端螺旋体，发明了用猪肚消化液代替进口蛋白胨的"黄氏培养基"，等等。这些事，这些人，创造出中国生物制品发展的第一个高峰期。

第三章

历史关头的选择

在新中国成立前夕，生物制品行业的科学家面临三个选择：出国、去台湾、留在大陆，但以汤飞凡为代表的先辈们几乎都选择了留在大陆，跟共产党一起建设新中国。

1945 年 8 月 15 日，离昆明郊区高峣中央防疫处不远的美军驻扎的龙头村方向，突然响起急促的枪声，升起各种颜色的信号弹，怎么啦？汤飞凡办公室的电话铃声响起，盟军中的美国军医在电话中告诉他一个天大的好消息："日本投降了！"

中央防疫处沸腾了！昆明沸腾了！汤飞凡宣布放假，当晚在他家举行酒会，共同庆祝这一伟大的时刻。人太多，家里坐不下，庆祝会改在室外草坪上进行。中央防疫处从 1935 年迁出北平，到现在整整 10 年了！ 10 年了，多少苦难？多少离别？多少泪水？多少牺牲？今天终于迎来了抗战的胜利，所有的苦难都将留给过去，该好好准备建设自己的国家了！

对中央防疫处的未来，汤飞凡充满了希望。抗战时期这般艰辛，尚且做出了举世瞩目的成绩，现在和平了，安定下来了，他踌躇满志，梦想把中央防疫处带入世界先进行列，其心中的榜样，就是美国纽约州卫生研究所。此后，中央防疫处不可能再放在昆明，去哪儿？卫生署让汤飞凡在三个城市中选择：南京、上海、北平。

南京是首都，虽好，但腐朽的官场文化会压得他透不过气来，就像当年不选择重庆一样，南京首先被他排除了。上海，中外商品齐全，采购方便，但灯红酒绿，诱惑太多，可以设一个分处。剩下的就只有北平了。他喜欢北平深厚的文化底蕴和温文尔雅的民俗，而且中央防疫处的"根"在这里，另外，他还幻想从日本人那里发一笔"洋财"：接收成套的科研仪器和生产设备。据说防疫处的天坛原址1937年被日军强占后，经侵略者八年经营，规模已有较大扩充，有相当完备的疫苗和血清制造设施，有较大的实验动物室及马厩、牛棚，接收过来，就可以迅速展开科研和进行生产。于是，他想将总处设在北平天坛，昆明则改为分处，另外把上海天通庵路的上海生物制品厂接收过来，变成上海分处。

然而，梦做得太美了，往往不可能成真，实际或许与梦境相反。

次日就可飞往美国，汤飞凡却突然不走了

汤飞凡带着沈鼎鸿，兴冲冲地搭乘美军的运输机从昆明飞到北平。刚进入情况，就被乌烟瘴气熏得喘不过气来。国民党的各路接收大员早已捷足先登，争先抢夺敌伪财产，有些原本是汉奸、走狗之辈，居然摇身一变，也成了党国的接收大员。一些有油水的机构，往往几个单位抢着接收，闹得剑拔弩张，鸡飞狗跳。因为接收大员大多假公济私，中饱私囊，且贪得无厌，欲壑难填，各界人士苦不堪言，民谚曰："想中央，盼中央，中央来了更遭殃。"

具体到与中央防疫处有关的敌伪财产，共有三处：

第一处是中央防疫处的"老家"，即天坛神乐署原址，日军强占后为西村部队防疫科所有。照理说，日本人占了我家的地盘，现在当然要还给我，既占理，又合法。不！上头有话，说西村部队是制造军用生物制品的机构，按对口原则，现在应该由"国军"的军医署来接收。这就没汤飞凡什么事了。不可坐以待毙！当时，军医署的特派员办公室设在天津，特派员严智钟曾经是中央防疫处第一任副处长。汤飞凡在抗战时期与军医署署长卢致德有交往，而沈鼎鸿刚巧是严智钟的学生。于是，他立即让沈鼎鸿赶往天津交涉。就凭这几层关系，军医署最后同意"让"给中央防疫处接收。"老家"要回来了，汤飞凡却高兴不起来，因为已空空如也。

第二处是日伪华北铁路株式会社防疫科，按对口原则归交通部接收，但也许因为防疫科油水不大，交通部又没有相对应的机构，所以一下没人接收。没人要，咱们要。管理防疫科的是旧北平大学的杨敷海教授，也曾经是沈鼎鸿的老师，汤飞凡让沈鼎鸿去周旋，把这个机构接收了。这又是一件凭关系才办成的事。

第三处是设在先农坛的日本同仁会所属防疫制品厂，其产品是供民用的，应该由中央防疫处来对口接收。可汤飞凡来晚了，被卫生实验院抢了先，人家的借口冠冕堂皇：要在北平设分院。这不是欺负人吗？汤飞凡找卫生部特派员朱章赓交涉，朱章赓来了个"和稀泥"，两不得罪：房产、固定设备归实验院；制造防疫制品的设备、器材，外加一块空地，归防疫处。

争接收地点争出一肚子气，到接收地点一看更叫人来气。天坛原址已是一片狼藉，满目疮痍。仪器设备被破坏掉了，甚至瓶瓶罐罐也用坦克碾碎了；各种原材料，菌种、毒种，全都被销毁了；大大小小的实验、生产用的动物呢，全部被杀死埋在地下；房屋的门窗也不翼而飞了……万恶的侵略者，投降后还要给你制造一场浩劫，不仅让你什么也得不到，还要让你花大力气清理垃圾。

后来才知道，日本人所以把天坛这里破坏得如此彻底，是为了掩盖其在北京也进行了细菌战的罪行。1949 年初，汤飞凡的学生钟品仁打开封存了 4 年的地下冷库，在打扫垃圾时，无意中发现了 6 支写有日本女人名字的试管。里面装着什么？他想弄清楚。经培养检定，天哪！里面保存的都是鼠疫杆菌！除 1 支的毒性已消失外，其余 5 支仍具有毒性。日本人在毁灭证据时的这个小疏忽，至少可以证明日军在这里进行过细菌战研究。汤飞凡万万没想到，日本人竟然在中央防疫处的北平"老家"研究细菌战。1995 年，在抗战胜利 50 周年之际，日本原西村部队（1855 部队）的卫生兵伊藤影明和其他老兵来到北京，在天坛等处指证日军的研究细菌战的遗址。根据日本老兵提供的最新线索，当时的北京市崇文区地方志编纂委员会花了两年时间调查研究，发现了许多日寇在北京研究、试验细菌战的新罪证。其中最令人发指的是，他们竟然用全北平的居民作细菌战实验对象。1943 年的全市霍乱大流行，就是他们故意散布霍乱菌所造成的。这次试验，夺走了北平 2000 条人命。

后话打住，只说汤飞凡又像初到昆明时一样，面临重建中央防疫处的难题。要重建，就得要有钱，请示卫生署，其答复让你肺都气炸了："让你们接收，接收到什么是什么，重建是另一码事。"那意思是：你接收不到东西，怨谁？想要重建经费，没门！

在昆明要白手起家，那是因为在抗战时期；现在又要白手起家，又是因为什么呢？不是要走入和平建设新阶段了吗？蒋委员长不是邀请共产党的领袖毛泽东来重庆谈判了吗？但汤飞凡不知道的是，作为抗战领袖、国民党党魁的蒋委员长，此刻正做着彻底消灭共产党的梦。国家的资源、国库的钱，本来就不多，而且大多流进了国民党内的各大特权集团，剩下的那点，他要集中用在打内战上，哪里还顾得上你一个小小的中央防疫处？

在昆明白手起家，汤飞凡用的是风险贷款。在北平，他没法再用这个方法了，怎么办呢？他在昆明时结交的一位美国朋友叫德拉曼，现在是美国善后救济总署中国分署北平办事处负责人。找他一商量，想出来一个"以工代赈"的办法。救济署有美国面粉，当时北平粮食缺乏，粮价飞涨，面粉显得特别珍贵。德拉曼把一定数量的面粉给汤飞凡，汤飞凡用面粉作工程款，来给参加重建工程的工人发工资。

1945年冬，汤飞凡一边利用尚可利用的房舍进行痘苗和少量菌苗生产，一边展开旧房改造和重建工程。10月10日，《政府与中共代表会谈纪要》（即《双十协定》）在重庆签署。不久，由美军和国共双方参加的"军事调停执行部"成立，总部驻北平。工程款有着落了，和平也有希望了，汤飞凡的雄心再次勃发，决心大干一场。

1946年，中央防疫处更名为中央防疫实验处，英文缩写由"NEPB"改为"NVSI"。

这一年的6月以前，"军事调停执行部"中共代表团的苏井观在著名美籍医生马海德的陪同下，不止一次地来找汤飞凡买疫苗和血清，汤飞凡每次都是有求必应。特别是在华北解放区的张家口一带发生天花流行时，苏井观希望紧急采购10万支牛痘苗。汤飞凡和沈鼎鸿一起带着员工昼夜赶制，保证了按时交货。事后，中共代表团专门给送来感谢信。6月后，内战烽火再起，中共代表团撤出了北平，他再没有见到苏井观。他不知道的是，这个人可来头不小，他是共产党的"七大"代表，经过二万五千里长征，曾任红四方面军总医院院长，西路军卫生部部长，在延安时曾任中央军委总卫生部部长，是一个对医疗和生物制品较内行的专家型干部。

这一年，中央防疫实验处在天坛原址上建起了一栋两层实验楼，一座青霉素生产车间，两栋马厩，一栋牛舍，另有七八栋小宿舍。连同经修理后可用的旧建筑，共有万余平方米。这其中，最值得一说的是青霉素生产车间。

青霉素生产车间的核心设备是汤飞凡从美国医药援华会募捐来的，从发酵到提炼到冷冻干燥，一条龙配套。比起昆明的土设备来，真是一步登天了。这是我国第一条青霉素生产线（在昆明是作坊式生产），意义巨大。汤飞凡把开发更多品种抗生素的希望寄托于此，对内对外都不叫青霉素生产车间，而称之为"抗生素室"。就是这个抗生素室，为中国的抗生素事业打下了基础，成为抗生素人才的摇篮。中国医学科学院抗生素研究所发祥于此。最早进入抗生素室的童村、许文思于新中国成立后调到上海，领导建立了上海第三制药厂，分任厂长和总工程师。齐谋甲刚进抗生素室时才十来岁，只有小学文化程度，在汤飞凡着力培养下成为人才，新中国成立后被送到苏联留学，学成归国后先后担任了我国最大的青霉素制造厂——华北制药厂的总工和厂长。

1947年元旦，举行了重建工程落成和青霉素正式投产典礼，但大家心中却笼罩着挥之不去的阴霾。半年前，蒋委员长撕毁了和平协议，对解放区发动了全面进攻。半年内战打下来，尽管在国民党的报纸、电台上的"大捷"满天飞，却骗不了爱听"美国之音"的高级知识分子。据"美国之音"报道：蒋介石的全面进攻已经失败，不得不改变战略：重点围剿陕北和山东。汤飞凡等人不了解前线的情形，但北平市内的情形却让他们深感不妙：物价飞涨，民不聊生，上午能买一石米的钱到下午买不到一升，甚至政府部门发工资也靠向银行借高利贷。反内战、反饥饿、反独裁的游行示威，几乎天天都有。抗战时在昆明，是身苦心不苦，现在在北平，是身苦心也苦。汤飞凡感到日子过得比抗战时还难。好在中央防疫实验处人心齐，又逐渐恢复了生产，各种疫苗、青霉素等产品都是绝对的卖方市场，所以，日子过得还算差强人意。

然而不久后，这差强人意的日子也过不下去了。竣工典礼之后仅仅半年，1947 年的 7 月，内战形势急转直下，国共两党攻守易位了。从此，解放军节节胜利，国民党一败如水。1948 年 11 月初，辽沈战役结束，淮海战役开打。在北平的国民党重要机构急忙开始搬迁。此时，汤飞凡收到了卫生署的一封电报，要求他到广州设立分处，准备南迁。国民党另有一条密令，要各机构都成立"应变委员会"，必要时破坏各种设施、设备，不能留给共产党。汤飞凡几次给南京去电请示南迁事宜和申请南迁经费，都无人理睬，于是在 11 月底亲赴南京催请。

离开北平前，他急电在美国哈佛大学进修的刘隽湘、陈正仁提前回国，指定刘隽湘为代理处长，由刘隽湘、陈正仁、邓宗禹（处秘书）等 7 人组成"处务会议"，商讨和决定重大事项。汤飞凡说："我们不能按国民党的要求成立'应变委员会'，如果有人来检查，就用'处务会议'来搪塞。他们要追究责任，你们就推给我，说我没有传达。"他特别交代："所谓'应变'的事，我们决不能做。防疫处不是哪个党的私有财产，谁也无权破坏。无论什么朝代都要防疫。我们是搞防疫工作的，必须把防疫处保护好。"

他到南京时，淮海战役已经结束，平津战役正在进行。此行让他对国民党彻底失望了，到了生死存亡的时刻，党内高层仍然恶斗不止。各大衙门中，已没有一个人在为国家操心，一个个如丧家之犬，打着个人的小算盘。所谓"外战有四川，内战有台湾"，已有内部消息：蒋介石要逃台。

汤飞凡自称不关心政治，只从事科学，可政治却像空气一样，让你离不开。在离开北平时，他还仿佛站在三岔路口：第一条路是留在北平，等共产党进城；第二条路是跟着国民党，破坏防疫处，逃往台湾；第三条路是去美国，哈佛大学医学院已向他发出了邀请。此次南京之行后，国民党这条路被他封死了，三条路还剩两条。他回到上海英租界亨利路的家中，思考下一步该往哪走。

对共产党，他可以说既生疏，又熟悉。说生疏，因为他没有与共产党的组织接触过；说熟悉，他认识几个共产党员。在昆明的时候，防疫处子弟学校的校长司徒怀和她的朋友"老杨"等人是地下党员，子弟学校是共产党的一个地下据点，有人悄悄告诉过他，可对防疫处大小事都要明察秋毫的他对这件事却闭上了眼。在北平，共产党人苏井观来买牛痘苗，让他见到了共产党官员的形象：彬彬有礼，光明磊落，心里装着老百姓。他最熟悉的一个准共产党员就是他最得意的学生魏曦。20年前的1929年，魏曦在湘雅医学院参加共产党领导的学生运动遭通缉，逃到上海。在上海医学院任教的汤飞凡作为湘雅的学长掩护了他，并设法让他在上海医学院完成学业。抗战时期在昆明，魏曦是他手下的得力干将。抗战胜利后，汤飞凡设立上海分处，让魏曦当了分处长。这次他从南京回到上海家中，魏曦毫不隐讳地告诉他，上海地下党已经找了他，传达了上级党组织的决定，要他去大连筹建生物制品机构。当时，日本人的大连生物制品所被苏联人接收，所里由苏联人当头头，但里面有国民党派去的人，准备苏联人一走就接班，魏曦此去，是为党最后接管这个所做准备。从不掺和党派的汤飞凡居然赞成并鼓励魏曦服从共产党的安排，尽快去大连。分处的工作，让他交给陈立予代理。

汤飞凡让魏曦听从共产党的安排，自己却不敢一下投入共产党的怀抱。最大的障碍是他那个以反共闻名的岳父何键。他不问政治，也许不知道何键的具体罪行，但即使如此，也会知道何键是欠了共产党的血债的。虽说岳父是岳父，他是他，但在中国这个有株连传统的国度，谁能担保他能不受岳父的株连？对此，妻子何琏比他更敏感，心里一直惴惴不安。既然美国哈佛大学热情相邀，何不远离这个是非之地？就因为有何键这个岳父，他选择了去美国，订好了去纽约的机票，并先将大件行李托运至香港，只留下可随身携带的行李箱，随时可登机走人。

然而，一下离开自己的祖国去当侨民，有许多东西是放不下的。故国、故乡、故人，如千根丝，万缕线，拉住他的腿，缠着他的心，仿佛有一个声音从地下深处传来：你是炎黄后裔！你是湖湘子弟！你是中国科学家！他一闭上眼睛，一个个鲜活的人物，一幅幅清晰的画面，就像拉洋片一样，在他的脑海里跳跃。是的。那一个个人物，是曾经与他同甘共苦、并肩奋斗的同事、学生和员工；那一幅幅画面，是他带领大家建成的实验楼、痘苗室、菌苗室、疫苗室、抗生素室、实验动物饲养场……好难舍，好难分的人；好难舍，好难分的地啊！在离开北平时，他对"处务会议"的人说："无论什么朝代都要防疫。我们是搞防疫工作的，必须把防疫处保护好。"让人家保护防疫处，自己却坐飞机跑了，将来见面，情何以堪？尽管已经买好了机票，托运了行李，走还是留的问题，仍然残忍地折磨着他。他沉默不语，呆若木鸡，一坐就是一整天，心中有苦，无人诉说，稍有打扰，他就会大发雷霆。家里人走路也得踮起脚，说话也要压低声。在等待起飞的日子里，他在痛苦中煎熬。

终于熬到次日就要登机了，晚上，他和夫人何琏不约而同地在房子里转悠，没别的事，就是为了再多看故居几眼。似乎是不想在故居留下任何一点瑕疵，何琏觉得一张桌子摆的位置还不够好，招呼汤飞凡来一起挪动一下。两人抬起了桌子，汤飞凡却猛然放手丢下，"咔喇"一声响，把何琏吓了一跳。结婚 20 年，头一回见丈夫这样，"飞飞，你这是怎么啦？"

汤飞凡沉默了半晌，突然说："离开自己的国家去寄人篱下，我不愉快！"

其实何琏早已看出了他不想离开的心思，听到这话，马上接过话头，说："那我们就不走好啦！"

"你真的愿意不走啦？"

"像以往一样，我随你。"

就这样，两人做出了事关下半辈子的决定。此时是夜里 11 点，离他们预定的航班起飞还有 7 小时。

处长还是处长，但换了人间

汤飞凡决定不走了，一直烦躁的心情反而平静下来。虽然他还不知道等着他的下一步会是什么，但他相信"无论什么朝代都要防疫"，他会有用武之地。这个想法非常朴实，似乎无关政治。但是，防疫从来就不是一个单纯的科技问题、业务问题，从来就与政治密不可分。只有执政为民的政府才会重视防疫，而一个执政为私的政府是不会把防疫真当一回事的。这一点，汤飞凡实际上已有切身体会，只是因为他不愿与政治沾边而故意强调业务。此时，北平已经和平解放了，上海暂时还在国民党手中。他不了解北平总处的情况，但上海分处的窘境他是了解的，已经到了无法发薪的地步，不得已，他下令杀了准备做实验用的马，给员工分马肉，以渡难关。

在上海的家里，汤飞凡在等待，等待命运之神的安排。1949 年 4 月 23 日，他等到了国民党号称固若金汤的长江防线的崩溃，人民解放军仅用两天就摧枯拉朽般地将其扫除干净，一跃而过长江。5 月 12 日，他等到了解放军包围上海的信息；24 日以来，他听到了越来越响的枪炮声；26 日傍晚，枪炮声格外密集，而在后半夜归于沉寂，沉寂得没有一点声响，反而令人害怕。天亮了，已经八九点钟了，汤飞凡仍然没有得到一点消息。夫人何琏沉不住气了，让司机出去看看。一个多小时后，司机兴高采烈地回来了，告诉汤飞凡夫妇："昨天夜里解放军就进城了，为了不扰民，就睡在马路边上的屋檐下。现在，虽然大商场还关着门，但许多小商店已开门营业。市内交通已恢复，就是路口有哨兵检查……"

果真如此吗？吃过午饭，汤飞凡就让司机拉他出去，他要去设在天通庵路的上海分处看一看。一路上，他故意让司机慢点开，以便观察街上的情况。在租界，他看到的是一片宁静，路口有戴红袖标的解放军战士站哨，虽很威严，但对市民的态度非常友好。他的车被哨兵拦下检查，哨兵先敬礼，然后发问，问完后，检查，查完后再敬礼，放行。一直走到四川路桥头时，他发现上面有密密麻麻的弹痕，可见争夺桥头的战斗之激烈，而苏州河两岸的建筑物都没有严重毁坏。他来到上海分处，门卫赶紧开门放他进去，问："情况如何？"答："平安无事。"

汤飞凡一贯厌恶军队，北洋军阀的军队、国民党的军队，包括他岳父的军队，他统统没有好感。在昆明时，他曾经去看过一个国民党的新兵训练队和军医院。看后感到无比气愤，直想作呕。新兵都是用绳子捆绑抓来的壮丁，衣衫褴褛，面有菜色，骨瘦如柴，因伙食费被克扣，吃的是霉米饭加清汤寡水，睡觉没有床，是用竹子搭的通铺，居然没有被子。士兵动辄被长官残忍打骂，甚至被打得皮开肉绽，哀号之声，彻夜不绝。军医院里的伤兵更可怜，中央防疫处生产的青霉素、血清和疫苗，根本没有用到当兵的身上，被当官的倒卖发财去了。军官在营时毛呢军服笔挺，离营后则西装革履，油头粉面，出入酒楼茶肆，甚至风月场所。当时他就想，这样的军队如何能打胜仗？现在，国民党军果然一败再败，不可救药了。而他眼前的共产党军队，他看了他们的胸牌后才知道叫解放军，一个个规规矩矩，秋毫无犯，对老百姓亲切和蔼，很有礼貌。后来他还听说，为了保护上海，解放军首长命令在市区禁止使用重武器。眼前的情景又让他想起了北平的苏井观，那个来找他买疫苗和血清的共产党军官。就是他们，让汤飞凡第一次知道，在中国，还有这么好的军队。这时，他突然如醍醐灌顶，明白了他究竟在等什么？不就是在等待共产党、解放军的召唤吗？

汤飞凡在上海想起苏井观，苏井观在北平寻找汤飞凡。

北平是 1949 年 1 月 31 日和平解放的，9 天后，军代表李志中带着接管组长赵庆森、李河民及其成员来到中央防疫实验处，宣布由军管会接管，并向全体员工交代政策：因为北平是和平解放，所以一切原国民党的党政军机构，一律按起义对待，包括中央防疫实验处在内，所有员工全部留用。从即日起，防疫处的一切财产属于人民，希望大家用实际行动配合军管组进行财产登记，如实申报，不漏掉一砖一瓦、一草一木。军管组组长赵庆森宣讲了解放军的三大纪律八项注意，请大家监督。当天，给每名职工发了几十斤小米和 5 块银圆。职工莫不欢欣鼓舞。

军管组来后的第三天，即 2 月 12 日，时任华北军区卫生部部长的苏井观来了。可以说他是专程为汤飞凡来的。据说，李志中在汇报防疫处的人员情况时说："除处长汤飞凡弃职逃跑外，其余全部在位。"可见当时对汤飞凡离开北平的行为定性是有分歧的。究竟是"弃职逃跑"，还是赴南京请示工作后滞留上海？高层是什么态度？对此，刘隽湘在《医学科学家汤飞凡》一书中写道：

接管后的第三天，华北军区卫生部长苏井观亲自前来检查工作。他和刘隽湘进行了长时间的谈话。他对汤处长十分尊敬。他说，1946 年，他在军事调停处执行部中共代表团工作时，为了请防疫处向解放区提供疫苗、血清曾几次来防疫处，与汤处长见过面。每次汤处长都不顾国民党的封锁，满足了他的要求。特别是1946年春天，老解放区张家口一带天花暴发流行，需要10万支牛痘苗用于控制流行。当时防疫处虽然旧实验室在撤除重建，生产尚未恢复，可是汤处长还是果断地答应了下来。当他向汤致谢时，汤却说："我们是防疫工作者，控制疾病流行是我们的责任。"并当场找来几位主要的技术人员，对他们斩钉截铁地说："我们要全力以赴，赶制10万支牛痘苗，按时交付使用。"……苏部长称赞汤飞凡是一位爱国的正直科学家，新中国需要这样的科学家，说他们是国家的财富。最后，苏部长要大家和他一起去看看汤处长的住宅，用命令的口气对赵庆森和刘隽湘说，要把住宅保管好，不许移作别用，住宅里的一切物品都不许动，要保持原状，并要派人保持清洁，准备汤处长回来住。

苏井观来防疫处的时间是2月15日，离渡江战役发起还有两个多月，离上海解放还有3个月又12天，苏井观如何能知道汤飞凡会回来呢？当时的情况，北平是解放区，上海还是国统区，交通、通信断绝，一时又不便为汤飞凡的事惊动上海地下党，应该说苏井观的判断凭的是直觉，唯一的根据，就像他对刘隽湘所说的："汤飞凡是一位爱国的正直科学家"。苏井观作为一位有文化的老红军干部，经历丰富，久经考验，阅人无数，识人有谱。

上海刚一解放，苏井观就通过北平军管会与上海军管会取得了联系，请他们找到汤飞凡。5月29日，即上海解放的第三天，苏井观就把防疫处的军管组组长赵庆森和代处长刘隽湘找去，告诉他们：汤飞凡仍在上海，已通知上海军管会派人去拜见汤老，请他早日回北平，继续当处长。卫生部将正式去函，请刘隽湘给他写一私信，介绍处里的情况，表达大家都迫切盼望他回来主持工作的心情。

汤飞凡得到上述信息后，恨不得一下就飞回已经离开半年多的防疫处。可惜，上海到北平的交通直到 7 月下旬才打通。他是乘坐平（京）沪线恢复通车后的首趟客运列车来的。在车上，他发现这趟列车太不寻常了，乘客大多是科学家和各界知名人士，军管会还特别派了解放军战士保驾护航。其中不少乘客他是认识的，不认识的一经介绍马上也熟悉起来。他显得非常激动，一路上谈锋甚健。过去，他作为中央防疫处处长、世界微生物学会的理事（1947 年当选），怎么说也算是一个人物了，可国民党给他的多是冷遇；而今，共产党礼贤下士，求贤若渴，两相比较，冰火两重天呀！

列车停靠北平正阳门火车站。在站台上迎接他的是刘隽湘和陈正仁，他的两个老下属，接他的车还是他过去坐的那辆 1945 年款的蓝色福特，开车的还是原来那个司机，这些都让他感到亲切。到了天坛家中一看，他简直惊讶得有点不相信自己的眼睛了。一切都还是他离开时的样子，连喝茶的杯子也原封原样地摆在老地方，而且房子里干净得一尘不染，那些花呀草呀，花照开，草照绿，哪像主人大半年不在家的样子啊！刘隽湘告诉他："苏井观部长下过命令，这房子要原封不动地保护好，等汤处长回来住。"不知不觉间，他的眼镜片上雾蒙蒙的了，那是泪水闹的。刘隽湘、陈正仁陪他用过晚餐，因他坐了 30 多小时的火车，便劝他早点休息。可他谈兴正浓，谈他在南京遭到的冷遇，谈他在上海见到解放军的情形，谈上海军管会转达北平邀请他回来的情况，谈在火车上与人交流的感受，滔滔不绝。这让刘、陈两位都诧异不已，他本来是一个沉默寡言，不会轻易吐露心声的人，怎么突然判若两人了呢？士为知己者死。他要为建设新社会贡献自己的一切。

刘、陈给他简要介绍了处里的近况：军管会接管后，中央防疫实处恢复原名，去掉了实验二字，现在，又改名为天坛防疫处。军管小组组长是赵庆森和李河民，但军管马上就要结束，因为他们平易近人，纪律严明，不占处里的一点便宜，连吃饭都是自己开伙，员工都舍不得他们走。军管小组撤走，但部里派来的党支部书记李启宇要留下，参加处里的领导工作。

次日上午，赵庆森来看他，准备给他开一个欢迎大会，被他推辞了，他迫不及待地要到各个科室去看看。他各处都看了一遍，但见人还是那些人，设备还是那些设备，但人的精气神不一样了。以往下属特别是工人见到他，都喊他"汤老爷"，往往显得有几分胆怯、几分猥琐；而现在，大家见到他都抬头挺胸的，喊他"汤处长"，主动给他打招呼，和他握手。

当日下午，苏井观部长就在李志中的陪同下来慰问汤飞凡了。苏井观一见汤飞凡，就主动上前与他握手，简单回顾了一下过去的交往，就给汤飞凡提出了希望，压上了担子。他说："现在中国大部解放了，暂时还没解放的地方也很快会解放。我们要准备建设新中国，而疾病特别是恶性传染病如鼠疫、霍乱、天花等，严重威胁着人民的生命和健康。所以，卫生工作首先要抓防疫，向传染病宣战。而防疫就像打仗，有子弹才能打胜仗，你们生产的牛痘苗、疫苗、血清和其他生物制品就是防疫的子弹，意义特别重大。希望你回来后，带领大家尽快恢复和扩大生产，为控制和最终消灭传染病建功立业。"汤飞凡听了之后，心里感到热乎乎的，共产党就是有雄心，有气魄，敢于提出最终消灭传染病的目标。国民党时期，何曾真正重视过免疫防疫？现在，苏部长把这么重的担子压在他肩上，他担心挑不起这副重担，因为防疫处的基础薄弱，人手也不够。苏井观看出了他的担心，对他说："有困难你可以提出来，我们一起想办法克服。从现在起，我们要叫你汤飞凡同志，因为我们志同道合了。"

这一年，汤飞凡 52 岁，来北平之前刚过了生日。52 岁，对一个科学家来说，正是如日中天的年龄。他决心带着大家大干一场了。

从他归来到开国大典，这两个多月的时间，他一直生活在激动中。开国之前，头绪万端，但周恩来、董必武、徐特立、李维汉等共产党领袖级的干部，先后分别召集非中共人士开座谈会，汤飞凡每次都参加了，因为与徐老都是湖南人，两人还拉开了家常。有天他应邀到中南海怀仁堂看演出，发现毛主席来了，和大家招手致意后，就坐在他的前二排。国庆前夕，他参加了周恩来在北京饭店举行的庆祝宴会。他参加了开国大典，亲眼见到毛主席按下按钮，升起中华人民共和国国旗，亲耳听到了毛主席宣布："中华人民共和国中央人民政府今天成立了！"

从这天起，北平变成了北京，民国纪年变成了公元纪年……在天坛的防疫处，汤飞凡的职务，处长还是处长，但换了人间。

西北防疫处：藏好设备等解放

历史上的"民国三大防疫处"，指的是直属国民政府卫生署的北京的中央防疫处，兰州的西北防疫处和归绥的蒙绥防疫处。其实，只有两大防疫处，蒙绥防疫处是生产兽用防疫制品的，而且寿命很短，前后只有 6 年时间。1935 年 8 月成立，1937 年卢沟桥事变后奉命南迁，除代理处长齐长庆等人先期安全撤走外，其余人员和设备在撤离半道被日伪截回，蒙绥防疫处便名存实亡了。1941 年，其寄生于兰州的部分与西北防疫处的兽用药部分，全部划归农林部兽医防治处，从此与卫生系统"拜拜"了。

西北防疫处成立于 1934 年 8 月 1 日，位于兰州小西湖。

　　九一八事变以后，南京国民政府不知是预见到了西部将成为大后方，还是真的想发展西部经济，提出了一个"开发西部，建设边疆"的设想。作为这个设想的一部分，1933 年，国民政府卫生署派张祖芬、刘毅民等来兰州，准备设立卫生实验处。1934 年初，时任全国经济委员会常务委员的宋子文与"国联"防疫团的医生史丹巴博士（南斯拉夫人，共产主义者）到西北转了一圈，发现当时白喉、猩红热、伤寒等传染病在西北广泛流行，而且兽疫、牛疫猖獗，牲畜死亡极多。他们视察归来后，卫生署于 1934 年 3 月呈准行政院，筹设西北防疫处。

　　西北防疫处建成后，"名义上由时任中央防疫处处长的陈宗贤兼任处长，实际上由陈文贵代行职务"。别看《中国生物制品发展史略》上写陈文贵的就这一句话，他却是建设西北防疫处的功臣。因为陈宗贤并没有来兰州上任，筹建工作是由陈文贵和杨守坤主持的。

　　陈文贵是一个颇有传奇色彩的微生物学家和生物制品专家。1926年，他在湘雅医学院因参加反对军阀的学生运动，险被开除，他干脆与弟弟陈文镜一起跑到北伐铁军叶挺部——国民革命军第 24 师，当起了军医。1927 年，兄弟俩随第 24 师参加了南昌起义。起义失败后，他到成都华西大学医学部继续深造，1929 年获医学博士学位。随后北上到北平协和医学院任病理科住院助理医师，致力于细菌血清领域的研究。历经 4 年，著有 5 篇论文，分别发表在美国的《实验生物学》《医学会刊》上。他本已被导师推荐去美进修病毒学，并取得聘约，但因驳斥导师对日本侵略者的幻想而受到冷遇，聘约被解除，被排挤去筹办西北防疫处。去报到的途中，岳母、妻子、儿子病倒，不得不让他们返回北平，自己只身前往。他在西安按计划采购了实验、生产所需的设备，与同事马光礼（后在成都生物制品所）包租大卡车，押运往兰州。途中数日，所受之苦，难以言状。

在陈文贵和杨守坤的主持下，西北防疫处筹建工作按期完成。据原兰州生物制品研究所研究员董树林说：

> 西北防疫处 1934 年 8 月 1 日正式挂牌成立，（划）拨（的建设用）地（是）在小西湖陇佑公学的一块地。那地方据说是有 71 亩，可是小西湖 1 号这个地方只有 30 亩，另外还有 40 亩地分散在好几个地方……小西湖 30 多亩就是兰州所前身待的地方。
>
> 小西湖湖水不深，有桥栏亭榭，杨柳多株。湖南有龙王庙，门上挂副题字曰："高山仰止；大河前横"，伫立黄河岸边，观黄水滔滔；遥望对岸，金城关重峦叠嶂……

成立之初的西北防疫处设立人疫、兽疫两科。人疫防治部门由陈文贵主管，制造霍乱和伤寒疫苗；兽疫部门由杨守坤主管，开有兽医门诊部，制造部分兽用血清疫苗，主要有牛瘟脏器苗、牛瘟血清、二号炭疽芽孢苗、鼻疽菌素等，年产量 40 万—60 万毫升。西北防疫处的建立，开了我国西北地区用现代生物技术防治人、兽传染性疾病的先河。但是，设立西北防疫处的宗旨是把防兽疫摆在前面的："以调查及防治西北各省兽疫与制造防治急需的兽用制品为主要任务，辅以协助民众防疫之责任。"

按照民国卫生署的有关记载，1934 年拨给西北防疫处的开办经费为 32806 元，每月经费为 2416 元，但实际上并没有完全到位。鉴于经费紧张得难以为继，替处长陈宗贤"代拆代行"的陈文贵见行文发报都要不来钱，1935 年春，不得不跑到南京去找陈宗贤。不料陈告之曰："热河（旧省名，省会承德）被日军侵占后，绥远（旧省名，省会归绥，今呼和浩特）恐为其下一目标，战事紧迫。为服务军队，卫生署署长刘瑞恒拟在绥远省筹建卫生防疫处，不想再向兰州增加经费。"并让他放下兰州的工作，与齐长庆一起去筹建蒙绥防疫处。处长仍由陈宗贤兼任，由齐长庆代理。陈文贵呢？什么名义也没有了。他心里有点矛盾，但还是去了。

在归绥，他很快看到了自己工作的意义。蒙绥草原鼠患频繁，一旦发生鼠疫，后果不可想象。因此，应该做到防兽疫与防人疫并重。他的观点得到绥远省主席傅作义的赞赏。他将妻儿接到了归绥新城，作了长期在这里干的打算。不料却横祸天降。怎么回事呢？陈文贵在大草原上做疫情调查时，结识了国民党陆军某部的测绘队长。此人看似忠厚老实，可怜兮兮。见其家属有病，陈文贵便常到其家免费为其家属看病。接触时间长了，陈文贵难免要谈点时事，不禁有忧国忧民之叹。未料这位"老实人"竟是国民党安插在绥远的密探……1935年底，陈文贵被软禁，罪名是"思想'左'倾，对最高领袖有不敬言论"，要求立即护送回南京述职。所幸傅作义出面担保，陈文贵才逃过一劫。但既已被特务盯上，加上有同事趁机倾轧，他不得不告别他参与创立的蒙绥防疫处。

他此后的经历也颇有传奇色彩，因已与防疫处无关，不说了，只说抗战时期他在常德找到日军空投鼠疫杆菌的铁证，写出了著名的《湖南常德鼠疫报告书》（史称《陈文贵报告》）；抗美援朝时，他冒着生命危险，在朝鲜搜集到美军空投的昆虫标本等，在维也纳召开的世界和平大会上揭露了美军进行细菌战的罪行。归国后，受到毛泽东主席的接见和宴请。后来他还成为中国科学院生物学地学部委员（院士）。

与中央防疫处一样，抗战时期是西北防疫处历史上的鼎盛时期。自1941年将兽医部分彻底剥离出去之后，成为当时中国生物制品界的人才荟萃之地。原北京生研所研究员张永福说："当时北方的免疫学专家几乎都到了西北防疫处。九一八事变以后，日本人把华北一带控制住了，但中国的知识分子都是爱国的，所以都涌向西北去，那时去了一大批免疫学家、微生物学家。"共近500人，其中高级技术人员98人。时设两科、四室、十九组，还先后开办了洮南牧场、平凉制造所和成都制造所。诚如齐长庆所说："西北防疫处机构庞大，设备齐全，人才技术在当时也是领先的。"

从 1938 年 1 月始，杨永年接任西北防疫处处长，但开始他在西安"国联"防疫团工作，处里工作由刘永昌"代拆代行"。"国联"防疫团撤出中国后，1938 年底他才到兰州上任。他上任后，产量有明显提高。1939 年生产痘苗、疫苗各 300 万人份；到 1941 年，生产痘苗 700 万人份，疫苗 300 万人份，白喉血清 1500 万单位，破伤风血清 2500 万单位。产品三分之二供应军队，其余销往西北、西南和相邻的国统区。

但因为种种原因，西北防疫处虽然人才扎堆，规模庞大，但未能像中央防疫处在昆明那样取得有国际影响的成就。

西北防疫处值得大书一笔的，除了筹建者陈文贵外，就是民国时期的末任处长（厂长）齐长庆。从他们身上，可以看到西北防疫处的灵魂。

前面已经写了齐长庆在北平中央防疫处分离和培育"天坛株"和"北京株"的故事。他毕业于保定陆军兽医学堂，这所大学是袁世凯办的，其教官几乎是清一色的日本人。从学术渊源上说，他属于"日派"。1924 年他又被派往日本进修一年，与日本的联系就更深了一层。可这个"日派"学者却让日本侵略者大伤脑筋。1937 年卢沟桥事变后，他任代处长的蒙绥防疫处奉命南撤，他先到了兰州，但后续人员和设备却被日伪半道拦回。有人劝他回归绥任职，许以厚禄，被他严词拒绝。1938 年他辞去蒙绥防疫处的代处长职务，受聘于香港协和医药公司，帮助筹建血清厂。1941 年底日军占领香港，工厂被抢夺，他设法逃离香港。回到北京，他坚决拒绝与日本人合作，在私人小厂生产牛痘苗并做乳酸杆菌研究，借以安身，直到抗战胜利。

　　抗战胜利后，西北防疫处处长杨永年奉命到上海去当接收大员，其他技术人员也各奔前程，高级技术人员只剩下一个女的没走，即技正张慧卿。1945 年底齐长庆来兰州接任处长不久，国民政府命令西北防疫处与西北制药厂同时缩小规模，合组为西北生物学制品实验厂，隶属于上海中央生物学化学制药实验处，齐长庆改任厂长兼主任技师。1948 年 9 月，又改为中央防疫处兰州分处，齐长庆为处长。厂长也好，处长也好，齐长庆的日子一天比一天难过，经费没有着落，生产难以为继，最后只能靠卖地来维持。牧场没了，成都制造所也作价转让给四川省卫生处。原兰州生研所研究员、所长殷绥亚说："抗战以后，国民党腐败，经济困难，卖地过日子，只剩下三十几个人，8 个老制品。"

　　在极其困难的情况下，齐长庆做出了一个事关单位和个人前途的重大决策，就是坚决拒绝了马步芳要防疫处迁往青海的命令，而留在兰州准备迎接解放。原兰州生研所研究员董树林说："1949 年 8 月 26 日兰州解放。解放前，西北防疫处的领导和职工反抗马步芳的命令，拒绝随军撤退迁往青海。由于齐长庆组织了职工进行护厂，将生产用的菌、毒种，贵重仪器等运往兰州大学地下室防空洞内保存，完好无损。兰州解放后，西北防疫处回到人民怀抱，解放军代表进驻防疫处接管后，三日内随即开始恢复生产，齐长庆与张慧卿等技术人员以及全所职工护厂有功。他们生产的产品随即运送到解放战争前线。"

　　西北防疫处前后共四任处长，除兽医杨守坤在 1949 年 9 月接受了国民党军政部委任的少将军马防疫所所长职务去了台湾之外，陈宗贤、杨永年、齐长庆都留在了大陆，后分别担任上海、武汉、兰州三个生研所的所长。

第四章

解放区的疫苗故事很精彩

我国生物制品行业的源头，是 1919 年成立的中央防疫处。但就像一条大河是由若干支流汇集而成的一样，汇集到中国生物制品行业这条大河中的支流还有许多，其中就有各个解放区的生物制品机构。它们在国内外敌人的严密封锁下，演绎出我们今日不可想象的传奇故事，成为中国生物精神的一个重要来源。

如果有人告诉你，说抗战时期陕北的八路军就种过牛痘，你会相信吗？摇头了吧。

笔者也曾表示怀疑。多年前，在部队听一位老八路无意中讲到这件事的时候，我的第一反应是：当时那么艰苦，种牛痘有可能吗？他说："地方部队和游击队种没种，我不敢说，但主力部队肯定是种了的。"我还是将信将疑，说："过去部队那么多麻子，难道都是当兵前麻的吗？"他说："不错！就是没有一个麻子是参军后麻的，因为部队种了牛痘。"我俩掐着指头数着我们都认识的几位有麻子的老首长，还真是如他所说。他说："那时虽然条件艰苦，但对预防传染病是非常重视的。"我问："还记得牛痘苗是从哪里来的吗？"他说："当时我还是小兵一个，哪能知道那许多？"

这话就像是闲谈，过去了。但在写作本书时查资料，发现上述老八路的话还真有根据。早在1933年，红军取得第四次反"围剿"战役胜利之后，即制定了《军委暂定传染病预防条例》，暂定霍乱、痢疾、天花、肠伤寒、流脑、猩红热、鼠疫、斑疹伤寒、白喉为传染病，重点加以防范。但那时主要措施还是加强公共卫生、隔离治疗等，没有条件接种疫苗。人民军队在防疫上用自己生产的生物制品是从延安开始的（有人说汤飞凡在昆明生产的疫苗部分发往陕甘宁边区，待考证）。据《中国生物制品发展史略》记载："抗战时期条件十分艰苦，陕甘宁边区在延安中国医大曾利用牛痘苗作为毒种，试制出约30万—40万人份的痘苗为边区人民和八路军各部队预防天花之用。同时期中共中央即决定在解放区建立药厂。"延安中国医大的这批痘苗，开了解放区制造生物制品的先河。1945年，中央军委总卫生部部长苏井观、副部长傅连暲责成卫生部保健科科长李志中牵头，以兽医姜恒明为顾问，组织血清疫苗的制备工作。

窑洞里出品的痘苗、疫苗和抗毒素
——晋绥卫生试验所纪事

李志中这个人新中国成立后有点"左"，不少人对他颇有微词，但他战争年代在窑洞里生产牛痘苗的历史是不应该被忘记的。他是北京人，1933年毕业于复旦大学医学院，1940年参加八路军，在八路军重庆办事处工作一段时间后来到延安，任中央医院传染病科化验室医生兼训练班主任。在延安，中央医院和中国医大是医学人才聚集之地，除了如傅连暲等少数从长征过来的医务人员，大多是从沦陷区和国统区投奔革命而来。科主任和系主任大多来自著名的医科大学，即所谓"南湘雅，北协和，东齐鲁，西华西"。有了医学人才，使制造生物制品成为可能。1945年，李志中在延安奉命牵头研制牛痘苗，还没有来得及展开工作，就因胡宗南要进攻延安，便随中央机关撤到了子长县瓦窑堡。1946年冬，在瓦窑堡补充进一批卫生人员，成立了军委卫生部卫生试验所。由李志中任主任，周百其、翁远、姜恒明为副主任，展开工作。然而，此时的陕北已很不安全，中央决定军委卫生试验所东渡黄河，迁往晋绥解放区，1947年落脚在山西兴县吕家湾，更名为晋绥卫生试验所，下设若干个室，有痘苗、疫苗、破伤风、培养基、生化和采血等。就是在吕家湾的二十几孔土窑洞里，李志中和姜恒明带领大家创造了生物制品史上的奇迹，生产出"四大产品"，不仅满足了晋绥和陕甘宁边区的需要，而且支援了兄弟解放区一部分。

四大产品，第一个是痘苗。痘苗的生产虽然比疫苗要简单得多，但要在晋西北的窑洞中生产也是困难重重的。没有自己的动物饲养场，怎么找到合格的用于生产痘苗的牛？在窑洞狭小的空间内，如何建立接种台？如何保证种了痘的牛不被杂菌污染？等等这些都是大问题。但经过几次失败后，他们终于找到了应对的办法，当年生产出牛痘苗40万人份，其中30万人份供给陕甘宁和晋绥边区，10万人份支援晋冀鲁豫边区。

第二个产品是伤寒副伤寒混合疫苗（当时称"菌苗"）。研制工作从瓦窑堡就开始了，迁到吕家湾后继续进行。参与研制的有李志中、翁远、周百其、马兴惠、李振山、刘锦章等人。所用菌种是有关同志冒着生命危险从国统区"偷运"进来的；供实验用的10多只天竺鼠是军调处的同志从北京带回来的；所需各种仪器和试剂，分别是陕甘宁晋绥五省联防军卫生部药厂、延安中央医院和延安白求恩和平医院等单位支援的。因为没有电，不得已用六盏煤油灯来保持孵箱的温度。就这样自力更生，土洋结合，克服了菌种鉴别、细菌计数等似乎难以克服的困难，最终成功地制造出第一批伤寒副伤寒混合疫苗。1947 年 7 月至 1948 年 5 月，共制造土伤寒副伤寒混合疫苗 55672 毫升，可免疫 22268 人。

第三、第四个产品分别是破伤风类毒素和破伤风抗毒素。破伤风是令野战医院十分头痛的一种传染病，喜欢加害于新生儿和外伤患者，尤其偏爱受火药伤的人。在被炸伤和受枪伤的伤员中，感染率约为 1%。而一旦被感染，过去一直没有救命的良方，只能眼睁睁地看着他死去。破伤风类毒素的作用与疫苗相同，给健康人注射后，可预防破伤风感染；而破伤风抗毒素是治疗破伤风感染者的。因此，破伤风类毒素和破伤风抗毒素在战伤救护上具有重要作用。战场的需要，就是研制的动力。试验所的研究人员愈挫愈坚，屡败屡战，先是在 1947 年 9 月攻克破伤风类毒素，又于 1948 年 1 月研制成功破伤风抗毒素。1947 年 10 月至 1948 年 5 月共生产破伤风类毒素 49157 毫升，可免疫 12289 人；1948 年 2 月至 1948 年 5 月，生产破伤风抗毒素 13883 毫升，折合 190418800 国际单位，可免疫 6473 人，而且质量优于从国统区购买的同类产品，晋绥卫生试验所产品的每毫升含 1000 国际单位，而购买来的仅 600 国际单位。

在科研生产缺这少那的情况下，晋绥卫生试验所发挥人的聪明才智，有不少"发明创造"，虽然土得不能再土，却堪称一绝，能代替洋设备进行生产。前面说到他们用六盏煤油灯保持孵箱温度的事，这样可满足做实验，但不可以用来搞生产。但从哪儿去找大型温箱呢？不要说找不到，就算你找到了，没有电也是摆设。大家献计献策，集思广益，"发明"了一个大大的"地坑孵箱"。大窑洞中套小窑洞，安双层门，设夹层墙。在夹层中填糠，在地下点火让其燃烧，窑上加温度调节孔，这样将窑洞内的温度控制在36—38℃之间，整个窑洞就变成了一个大孵箱，每次可培养数万毫升菌液。

再如，生产类毒素需要用马，要先给马注射一定剂量的毒素。毒素要纯，必须用细菌滤器来把细菌过滤掉，而所里只有一个小型细菌滤器，两个人24小时不停地抽气才滤过12毫升。这般费力费时也满足不了需要，因为一匹马的高度免疫每次即需毒素500毫升。算起来，要用40多天才能滤完，用来生产显然是不现实的。最后大家从滤水机受到启发，自制了一个细菌滤器，这才解决了急需。

另外，所里用来测定毒力和抗毒素单位的只有10多只天竺鼠，远远不能满足科研和生产需要。他们用小羊、家兔和狗来反复试验，最后发现家兔比较敏感，求出了家兔对毒力和抗毒素的感受性指标，遂用家兔来测定毒力和抗毒素单位。因没有大的兽用注射器，给马注射一次，要4个人干4个多小时，后来自制了一个"压力注射器"，能像打点滴一样自动注射，解放了人力……

1948年3月，党中央、毛主席撤离陕北前往晋察冀，经过晋绥军区时，听了总卫生部关于晋绥卫生试验所研制生产生物制品的情况，高兴地给予称赞。1949年1月，晋绥军区卫生部为了表彰晋绥卫生试验所取得的成功，特授予姜恒明、宿树南、周百其等同志"甲等人民功臣"称号，给晋绥卫生试验所记集体大功一次，并授锦旗一面，上绣"发扬艰苦奋斗、积极创造的精神"。

1948年7月5日，晋绥卫生试验所奉命从兴县迁到晋南新绛县，与卫生材料厂及晋绥军区制药厂合并，组建为西北人民制药厂，晋绥卫生试验所成为其下属的血清疫苗部。主任为周百其，副主任为苏乃芬，党支部书记为刘永贵。

据原兰州生物制品研究所所长、研究员张国威回忆：随着解放战争的发展，西北人民制药厂的血清疫苗部分两批调走。1949 年秋天，由刘锦章带队，率领高俊岩等 8 人，于 9 月到达刚解放的兰州，参与接收原国民政府卫生署所属的西北防疫处的工作。接着，由副主任苏乃芬带着血清疫苗部剩下的 30 余人，以及马匹和生产设备，向大西南进发，准备去成都成立疫苗生产机构，已经走了好几天了，途中又奉命改道前往兰州参与西北防疫处的接收管理工作，于 1950 年的 1 月到达兰州。当时，张国威就是其中的一名技术人员，是亲历者。这样，晋绥卫生试验所的全体人员又在西北防疫处会合，成为后来兰州生研所的源头之一。

领导创办军委卫生试验所和晋绥卫生试验所的李志中，1948 年 3 月被调到华北军区，奉命组建华北防疫处。他依靠从晋绥带来的翁远等技术骨干，集中冀鲁豫和晋察冀军区的相关技术人员，在河北正定县一家教堂的农场建起华北防疫处，先后生产出牛痘苗、破伤风抗毒素等。1949 年初，北平和平解放后，李志中等 10 多名技术干部被抽调到北平军事管制委员会工作。

"偷"来的日本专家——贞子宪治
——东北卫生技术厂纪事

新中国"六大生研所"，其中之一是长春所。长春所的根在哪里？

1931 年发生九一八事变，东北沦陷，1932 年成立伪满洲国。伪满卫生当局于 1934 年在长春成立了卫生技术厂，同时在哈尔滨设分厂（即原伍连德领导的东三省防疫事务总管理处，此前伍连德已辞职去上海），两年后分厂被合并于长春。虽然规模不大，总共才 20 余人，但产品比较丰富，计有 20 余种。1938 年，卫生技术厂划归伪满的大陆科学院，1944 年更名为厚生研究所，规模扩大，员工增加至 127 名。

1945 年 8 月，苏联出兵东北，日本关东军向苏军投降，东北为苏军占领。国共两党都看到了东北的重大战略地位，展开了对东北的争夺。然而，国民党的接收大员可以坐飞机前来成立政府，而国民党军队即使有美国用飞机和军舰帮助运输，仍然落在了共产党的后面，只能靠临时收编的伪军来维持。东北民主联军（东北人民解放军前身）趁机从伪军手中夺回了许多城市，包括沈阳、长春、哈尔滨在内，尤其是北满几乎全部被控制了。当时，在东北不少城市里，出现了既有国民党市长，又有共产党市长的情况。

长春是伪满的首都，苏军将在长春的伪满机构全部交给国民党长春市政府，其中有一个国民党没当回事而共产党却极其重视的机构，那就是伪满大陆科学院下辖的厚生研究院。厚生研究院被国民党长春市政府接管后，改名为长春卫生技术厂。1946 年 1 月，东北民主联军第一次进驻长春，立即按照早在沈阳就已拟定好的预案，派政委汪为带人进入卫生技术厂，将国民党接收人员驱走，接管了该厂，明确将其列入东北民主联军后勤部序列，由汪为、张贺主持厂务。

1946 年 4 月发生四平战斗，民主联军在给予敌人大量杀伤后，为保存实力主动撤出。四平一丢，长春难保，共产党的机关部队在向北撤退时，没有忘记带上卫生技术厂。厂里的日本专家、工作人员以及仪器设备、毒种、试剂等，统统装上火车，先是到了哈尔滨，觉得还不安全，继续撤到了佳木斯。在沈阳接管的武田制药厂（东北制药厂前身之一）等 7 家药厂也撤退到了这里，于是几家合并，成立东北卫生技术厂。由汪为任政委，洪引、郑彪任厂长，张贺、吴伟任副厂长。厂设 4 个科，第一个科就是卫生技术科，负责制造疫苗、血清。

东北卫生技术厂，成为我军第一家从敌人手里夺来的生物制品厂。

从在长春接管卫生技术厂开始，汪为等人就开始面向社会招工，相当于招技术兵，因为要制造生物制品，应招者的文化程度要求初中以上。

原长春生物制品研究所所长、研究员张权一就是那次招工被录取的。他回忆说：

> 这个厂招工时，按伪满的学制我是当年的毕业生，它是4年制，但按中国学制我是高二学生，于是就被编到高中二年级继续学习。因为身处战争年代，书也不太想念了，学校动员学生参军，咱们所（卫生技术厂）也到学校去招，我就报名参军了。我参军就直接进入这个厂，8月4日参加的，9月1日开工典礼。

> 那时社会上疫病流行很激烈，很严重，譬如霍乱、伤寒、鼠疫，这些病很多，这些病死亡率都很高，当时我们很紧张……

他说的"紧张"包括三个方面：一是战争形势很紧张，自四平失守后，国民党军的进攻咄咄逼人，我军处于守势，采取了"让开大路，占领两厢"的战略方针，卫生技术厂开工不久爆发的"四保临江"战役，打得非常激烈。另外后方还很不稳固，土改尚未进行，土匪活动猖獗。张权一说："我们当时基本上没什么危险，在实验室里工作比较好。但是有一次，佳六斯市开公审大会，审判、枪毙汉奸、土匪，各单位都派人去参加。咱们单位大概去了几十个人，起码有四五十个人，大部分是警卫班的战士，加上学员班的学员，是由政治部主任何志立带队去的。法场设在佳木斯市联合中学，操场很大，能装几万人。开会了，我们站在主席台旁边不太远的地方，见主席台上一个犯人后面跟着一个人，拽着一根绳，马上就要宣判了。突然，劫法场的枪就响了。在楼上的警卫用机关枪向下扫射，下面全乱了，幸亏带我们去的政治部主任何志立，他是老八路，很有经验，告诉我们赶紧趴下。那时趴下也不容易，因为人踩人。他带着我们往墙根旁边（隐蔽），因为学校的房子是L形的，我们离墙根大约有20米的样子，他让我们匍匐往墙根上运动，扫射都是从房顶上往下扫射的，在墙根下比较安全。我们顺着墙根再跑到大门口，完了就走了。这次我们有2个受轻伤的，一个是警卫战士，还有一个技师，姓黄，他的脖子有擦皮伤，但流了不少血，黄技师变成'红技师'了。这次非常危险，不光是有机枪扫，主要就是互相踩踏，事后知道院里的枯井里人都满了，都跑，掉到井里了，一个压一个就压死不少……"

事后查明，是混进警卫部队中的土匪干的。佳木斯市的治安形势比较混乱，公安局局长也被土匪打死在办公室里。

二是防疫形势很紧张。日本投降撤走前，其731部队最后打了一场细菌战，让哈尔滨地区乃至整个东北、内蒙古东部成了疫区，先是流行霍乱，接着是流行鼠疫，后来才知道此乃日本人在临撤走时故意为之，如传播鼠疫的黄鼠就非本地品种，是"731部队"做研究用的，就被他们故意放了出来。严峻的防疫形势需要大量的疫苗等生物制品来保障。

以上两个紧张决定了第三个紧张，就是技术厂的工作紧张。张权一说："那时前线最需要的是裹伤包，伤员受伤以后马上要包扎。我们业余的时候，晚上或者早晨起来就赶紧去做裹伤包。主要时间还是生产霍乱、伤寒疫苗、白喉抗毒素等这些东西。一个日本人，叫荐胜征，带我做霍乱菌苗。"

一个日本"师傅"带两三个中国"徒弟"，是当时的生产组合和人才培训方式。规定日本技术人员什么时候把中国学生教会了，什么时候放他们回国。

搞生物制品不能没有实验室，而上面分配给他们的房子是日本人留下来的，没有窗户也没有门，因为窗户、门都被人给摘走了。没有条件盖新房，只能因陋就简，把破房改造成实验室。张权一回忆说：

> 战争年代做什么都很快，日夜不停地建立实验室，就在实验室里头开工生产。都是手工操作……培养细菌都用茄形瓶，瓶子像那茄子似的，扁平的，大肚子，可以把琼脂做的培养基倒进去，摆成斜面。琼脂是固体的，用白金耳（像一个小木头棒似的东西，头上说是白金，实际上就像绕成一圈一圈的电炉丝）把菌接种在琼脂的平面上，放进孵箱里，在一定的温度下长成菌苔。长成后，再用白金耳把它一点一点刮出来，稀释，灭菌，做成原液，收起来后加上防腐剂，加上什么，做成稀释液，就可以检定、分装，这就出来成品，比较原始、比较粗糙。

> 当时是非常艰苦的。我们吃的都是高粱米，住的地方冬天也没有暖气，但不管怎么说比前线战士还是要好。当时发的军衣，棉衣都不是棉花做的，是把破布打碎了当棉花来絮上，冬天它不保温。因为东北不产棉花，国民党封锁又不能往里运棉花，所以才用这些东西。战士穿的棉鞋东北叫作"乌拉"，就是用牛皮缝的像鞋一样的东西，里头絮上乌拉草，用绳子一捆就这样。我们当时叫实习生，穿"乌拉"没法进实验室，因为这个草是很脏的，特地给我们发了皮鞋，两头是皮的，还算好。

就是在佳木斯如此艰难的条件下，中国技术人员和实习生从日本人手里学到不少技艺，包括生产霍乱、伤寒、鼠疫疫苗等等，但在两个前线急需的产品上"卡了壳"。那就是破伤风和气性坏疽的破伤风抗毒血清。前面不是讲到晋绥卫生试验所在窑洞中生产出了破伤风类毒素和抗毒素了吗？可以让他们来人指导或将产品送过来呀！别忘了，当时战事紧张，通信、交通条件极差，晋绥与东北解放区没有直接的联系，即使得到求援电报，从晋绥到佳木斯中间隔着大片的国统区，怎么运过来呀？所以还得靠自己。要制造破伤风抗毒血清，首先得分离出破伤风菌。而破伤风是一种厌氧菌，很难分离，很难培养。中国年轻的技术人员曾国华等人几次跑到前线野战医院，把伤员截肢下来的腿拿回来后分离细菌，但因不掌握有关技术，均告失败。中国技术人员不会做，从长春带过来的日本技术人员也不会做。而东北民主联军总后勤部卫生部部长贺诚差不多天天跑来问："你们做得怎么样了？"据他说："前线战士受伤以后，得了破伤风和气性坏疽，因无特效药，只能等死。"前线要求急，厂里也着急。在伪满时期，厚生研究所就能生产破伤风类毒素，现在这帮鬼子怎么都说不会了呢？是不是故意耍我们？有人沉不住气了，对日本技术人员动了粗。

"你就是打死我，我也还是不会。"

"那谁会？"

"贞子宪治。"

"什么人？"

"日本医学博士，就是干破伤风和气性坏疽的。"

"他现在哪里？"

"应该在大连。"

在大连就有点复杂了。当时旅顺、大连为苏军所占领，市政府挂的是国民政府的牌，警察穿着国民党的警服，但实际是共产党掌握的，但因种种原因，党组织还处于半地下状态。于是赶紧通过大连党组织找这个人。得知苏军也很重视这个人才，准备把他一家人都遣送到苏联内地。如果人被拉到苏联，我们就要不到了。怎么办？事不宜迟，经过上级党组织给大连党委下命令，想办法把贞子宪治截留下来，并送到佳木斯。据张权一回忆说：

> 当时的情况是，苏军把贞子宪治一家人都已经送上船了，船在海里等着起锚，就要走了。听说咱们的地下工作人员，就去和看守他的苏联卫兵套近乎，用喝酒的办法把看守灌醉了，就这么把他们一家偷出来了……

> 后来我跟贞子先生工作了好多年，这个人是很有才很能干的。他来了后重新做，从分离破伤风和气性坏疽细菌开始。气性坏疽有四种菌，破伤风只有一种。他来了不过三个月，就把破伤风血清和气性坏疽血清做出来了。

> 当时什么都缺。做实验的小鼠，不是没有，但很少，供不应求。咋办？咱们中国的一个技术人员叫杨著，他想了一个招，东北的苞米地里田鼠很多，便抓田鼠代替实验鼠，来解决实验的问题。虽不合规，但要救急，也只好如此。给小鼠打上破伤风菌或破伤风毒素，它也发病，和人发病一样，从后腿打，后腿就强直了，打不了弯了，抽风了。就拿小鼠做实验，检测毒力有多强，检测打血清多少不发病……

> 现在的类毒素、抗毒素都是精制的，那时是原始的，急着送到前线去使用。凡是受枪伤的战士，都给打上一定量的破伤风类毒素来预防，他就不会发病；已经感染了的，给他打破伤风抗毒素，伤员就救活了。所以说这件事对解放战争的贡献很大。

长春 1948 年第二次解放后，东北卫生技术厂接管了国民党占领长春期间设立的东北生物制品实验所，佳木斯厂于 1949 年搬回长春，东北军区将其移交东北人民政府，成为后来卫生部长春生物制品研究所的源头。

"特殊解放区"的特殊贡献
——大连卫生研究所纪事

解放战争时期，有一个被称为"特殊解放区"的地方，那就是日本投降以后的旅（顺）大（连）地区。

特殊在哪儿？特殊到与一般解放区一点不像。在一般解放区，党、政、军、民、学，共产党领导一切，共产党员、革命军人，身份都是公开的。而在旅大，情况却完全不一样。

按照罗斯福、斯大林和丘吉尔签订的《雅尔塔协定》和苏联政府与中国蒋介石政府签订的《中苏友好同盟互助条约》，苏联恢复原沙俄在东北的一切权利，旅顺租借苏联做军港，大连为自由港，苏联享有优先权。所以1945年日军一宣布投降，苏军即机降部队，占领了旅大。

苏军占领了旅大，旅大解放了。表面上当家的是苏联红军，实际上却形成了一段治权空白。因为苏军两眼一抹黑，不了解旅大的情况，必须依靠中国人来治理。有个叫张本政的巨商本是大汉奸，趁机拉起一个"大连地方治安维持会"，主动与苏军挂上钩，苏军正愁没有可以依靠的力量，竟然将他当成了宝贝。共产党在大连本有一支名曰"胶东大连抗日同盟会"的武装力量，300余人，负责人张世兰。因与苏军沟通不畅，又被张本政诬陷，竟被苏军缴械，张世兰也被枪决。共产党从大局出发，严令不准报复苏军，派人加强了与苏军的联系，从而得到苏军的暗中支持。按照中苏条约，苏军必须支持国民党政府，而因与中共信仰一致，从内心里愿意与共产党坐一条板凳。于是，大连出现了非常特殊的情况：有公开挂牌的国民党大连市党部（后因从事反苏活动被苏军取缔，也转入地下），也有不公开挂牌的中共大连市委。成立大连市政府时，苏军因被商人欺骗，提名汉奸商人、国民党特务迟子祥当了市长，而公安局、民政局、教育局、卫生局、广播电台、报社等部门为共产党掌握，从而出现了一批与解放区共产党员形象完全不同的共产党员，老区的党员是布衣草鞋，泡在群众之中，而他们却一个个西装革履，出入于政府部门；而党掌握的警察队伍，穿着国民党警察的制服，佩戴其警衔和徽章。这像什么话？以至于有途经大连的"老革命"要求东北局严加管束，但当时蒋介石还没有撕毁停战协议，苏军在面子上还必须维护国民政府，所以共产党还是以处于半地下为好，故东北局未予纠正。我们的故事就发生在这样一个"特殊解放区"的背景下。

国共两党在大连全方位斗法，别的不讲，单说大连卫生研究所。大连卫生研究所是对外的名称，内部番号说出来吓死人，它是臭名昭著的日本关东军从事细菌战的"731部队"的一个支队——对内称"大日本关东军防疫给水部大连出张所"，代号为"满洲第319部队"。不过，对它的这段丑恶历史，当时中、苏双方都还不清楚。

大连卫生研究所的历史可追溯到1923年建立的满铁卫生试验所。这是一个由日本南满铁路株式会社（以下简称"满铁"）早在1918年就想设立的卫生防疫和制造生物制品的机构。开始主要生产牛痘苗，供驻东北的日军、满铁员工及日本移民使用。1927年4月，满铁卫生试验所改称满铁卫生研究所，成为满铁中央试验所的下属单位，接受其下达的研发任务，下设细菌、病理、化学、卫生、血清、病菌等6个部门。承担科研、试验、制造、宣传等四大任务，能生产50余种防疫用品。1931年九一八事变后，特别是1933年原细菌课课长安东弘石出任该所第四任所长后，随着日本侵略战争的不断扩大，满铁卫生研究所也不断扩建，到1937年，已有41栋建筑物，总建筑面积达61200平方米；员工共124人，其中日本人92人，中国人32人。其学术水平较高，仅

1936年就发表论文250余篇。1938年，满铁卫生研究所移交给了关东军，编入"731部队"序列，对外改称"大连卫生研究所"，所长安东弘石被授予少将军衔。为支持侵略战争，进一步扩大了人员编制和业务范围，员工达200—300名。自此，大连所被直接绑在了侵华日军的战车上。1945年8月，日军在投降前夕，"731部队"的魔头石井四郎专程来到大连卫生研究所，监督销毁参与细菌战的罪证，包括烧毁文献，焚毁菌种，而重要的仪器设备、实验器材或被运回日本，或被沉入大海，但未全部实现。为防泄密，分两批将120名中国工人全部开除。因苏军以机降方式迅速占领了大连，原本要撤回日本但未及撤走的人员，包括所长安东弘石在内，当了苏军的俘虏。

日本投降后，因为蒋介石政府与苏联签订的《中苏友好同盟互助条约》对旅大地区有特殊规定，所以对大连卫生研究所，国民党似乎并未在意。而共产党却注意到了这个地方。在大连，最早公开活动的是共产党领导下的工会组织，成立了市总工会，各企业成立工会。而在大连卫生研究所，因日本人在投降前已把中国工人全部开除，已是清一色的日本人，没法成立工会，必须把这些工人找回来并组织起来才行。经努力寻找，找到了20多名被开除的工人，经苏军所长同意，成立了工会组织。这样，党在大连卫生研究所就有了耳目。

最早与大连卫生研究所打交道的共产党员是廖鉴亭。

原兰州生物制品研究所所长、研究员王成怀是日本投降后进入大连卫生研究所的第一个中国大学生。他来的那天是1946年7月1日，发现所里已经有了一些中国人，包括20多名日本投降前被开除的中国工人。据他回忆：

> 1946年，八路军胶东纵队经常到这儿来买破伤风抗毒素，这个人我（原来）不认识，他不懂日本话，叫我去当翻译，实际上

他是共产党员，叫廖鉴亭。破伤风抗毒素库房里都有，没有破坏，需要的话，马上分装就可以出去。他要的最多就是破伤风抗毒素，后来要气性坏疽抗毒素，我们没有生产。这个人经常来，每次来都是我当翻译，这个人后来成了大连生物制品研究所的所长，是大连市委卫生保健部部长。廖鉴亭这个人很好，后来我才知道他20来岁就参加长征，曾经当过359旅的卫生科长。

他说的廖鉴亭，14岁就参加了红军，是党组织从胶东根据地派到大连来工作的。在1945年10月成立的中共大连市委中，他是医务口的负责人，重点联系全市的医院包括规模最大的大连铁路医院，当然还有大连卫生研究所。但因当时大连的党组织处于半地下状态，连市委书记韩光也是以市公安局训练处主任的身份出现的。廖鉴亭的真实身份，王成怀当时不可能了解。在他眼里，就是八路军的药品采购员。到新中国成立前后，廖鉴亭身兼三职：市卫生局局长、铁路医院院长、大连卫生研究所所长。

据《大连市志》记载："1947年1月15日，中共旅大地委（原大连市委）派廖鉴亭、陈真接收日本大连卫生研究所……该所恢复科研生产，支援解放战争。"最先恢复生产的产品是霍乱、伤寒和鼠疫疫苗。

其实，当时去研究所上任的只有副所长陈真。他是从延安到佳木斯，再到大连来的。从这一点就可以看出，党组织对大连生物制品所的重视程度。廖鉴亭没上任的原因，因旅大地区为苏军管理，而苏军派有所长——校官军医莫罗兹（接替第一任所长瓦西列夫少校），你再派所长去，苏军不会干。而派陈真去当副所长，等于协助莫罗兹工作，名正言顺。陈真到任后，原来的日本所长安东弘石改任顾问。

共产党所以对大连卫生研究所如此重视，既有现实的考虑，更有长远的考虑。日本投降后，国共两党虽然签订了《双十协定》，但除了一些天真的人之外，谁都知道，两党必有一场决定命运的恶战。而要打仗，要枪要子弹，也要医药救伤员，要疫苗预防传染病。因此，具有战略眼光的中国共产党人决心把大连打造成一个后勤供应基地，包括武器弹药、医药疫苗等等。而战场急需的疫苗、抗毒素等生物制品，唯有大连卫生研究所可以生产。从服务战争的角度来说，党必须要把大连卫生研究所抓在手里。不止于此，共产党还看得更远。因为无论从技术上还是从规模上讲，日本人办的大连卫生研究所在当时的中国是领先的，应该把它变成一个人才培养基地。当时在所里的日本专家还有约20名，技术水平都很高，应该利用他们为中国对口培养人才。这是一个稍纵即逝的机会，等到苏军把他们都遣送回国，机会就没了。因此，党组织一面协调苏军所长多招中国人进所，一面通过工会鼓励工人向日本人学技术。据王成怀回忆：

> 1946年我刚进所时，就管细菌毒素、抗毒素、类毒素这"三素"。那时候没有什么职务称呼，一进去时叫技士。所里有血清科、痘苗科、鼠疫科、细菌科、化学科、检定科、病毒科，这些科长大多是日本人。我的血清科长是老前辈贞子宪治（即后来被党"偷"送到佳木斯的那位）。这个期间，他们确实对我比较好，日本人很着急让我多学一些快学一些东西，他的内心是想带出我他们就好回国。

> 这段时间里头，我家住在一个半农村，离所里大概有3公里，我就来回走。那时所里的日本人，过年他们不休假，我也不休假……他们下班，我就抄（资料），不管有用没用，弄到手就抄。铁路局要求清点这个所，一个中国人、一个日本人、一个苏联人，3个人去清点东西。最初我还不想干，后来清点了才知道我长了好多知识。

　　总的感觉日本专家对我还是比较好的。比方说，所长安东弘石虽然是少将军医，但是怎样让我多学点东西他是动脑筋的。搞气性坏疽，它是4种细菌，过去我不知道。他马上要回国了，本来在家整理行李，回国之前把我叫来，去实验室把菌种找出来，教我细菌怎么培养这套。过去我对厌氧细菌什么都不懂，气性坏疽和破伤风都属于厌氧细菌，他就教我这些东西，手把手地教，虽然他要准备回国了，但让我很快就掌握了（厌氧菌培养这项技术）。

　　后来，解放军来问："你们能不能生产气性坏疽抗毒素？"这种抗毒素解放军原来是从国民党那儿缴获来的，是美国给他们弄的，缴获了拿来用，但几下就用完了。这个时候共产党正式派领导来了，是副所长，叫陈真。他来了就问我："有没有气性坏疽（抗毒素）？"我说："没有，没有生产，但菌种有。"他把菌种拿到手了，纯化一下，叫我生产类毒素，去免疫马，这套就交给我了。这时苏联人是所长，原来的日本所长安东弘石准备回国还没有走，我便向他请教……生产气性坏疽抗毒素，从哪儿下手呢？给马免疫，先有个基础免疫……他们用的办法是用活菌注射马。而实际上不能这样，应该注射死菌。我有几个徒弟，我给他们讲了注射马怎么注射的方法，其中有一个是颈部肌肉注射也可以。可惜我没讲注射什么东西，是活菌还是死菌。助手拿着活菌去注射了，第二天这个马的脖子就肿了，结果五六匹马脖子肿得老粗，倒在地下，苏联所长莫洛兹的一个坐骑也死了。我马上去给他做检讨说："实在对不起，你的马被我给弄死了。"他还挺好，安慰我说："你初次干嘛，有可能要失败，接受教训好了。"气性坏疽抗毒素后来生产出来了，但这个事情是我一辈子也忘不了的。

虽然有打死马的教训，但不管怎么说，气性坏疽抗毒素所以能够生产，离不开日本人所教的培养厌氧菌的方法。事实上，日本专家教给了中国人很多东西，被迫为中国培养了急需的人才。最典型的是王成怀，在原血清科长贞子宪治走后，他就接替贞子宪治当了血清科副科长，科长由安东弘石兼了一段时间后，他升任科长。新中国成立后，他能够成为我国数一数二的类毒素、抗毒素方面的专家，与这段学习经历有很大关系。

在陈真任副所长以后，我党实际上已掌握了大连卫生研究所。自此至 1949 年 3 月，生产各种治疗血清、类毒素、各种疫苗、诊断血清、诊断菌液和诊断抗原等 40 多种，有力地支援了解放战争。

我党为充分发挥大连所日本专家的"老师"作用，还将他们派出去带徒弟。1947 年春，胶东军区卫生部在栖霞县阜后村创办了卫生试验所（技术副所长夏汀），但缺乏技术人才。通过党组织协调，大连所的中村义治等 7 名日本技术人员被"借调"过去，进行传帮带。当年 10 月，在国民党重点进攻胶东解放区时，为了他们的安全，将其中 5 名送回大连，只留下 2 人。

1949 年 4 月，在人民解放军发起渡江战役后，大连的共产党组织公开，苏军所长离任，廖鉴亭所长正式上任，陈真继续担任副所长，另外还有一位党组织从上海派来的副所长，那就是原中央防疫处上海分处处长魏曦博士。他是取道香港乘船来到大连的，同时担任新组建的大连医学院微生物学教研室主任。此间，大连所曾一度划归大连大学，但很快又独立出来。当时，全所工作人员中苏联技师 2 人，中国技师 1 人，技士 36 人，工人 232 人，行政人员 12 人，学生 40 人，留用的日本博士 5 人，技师 9 人，技佐 1 人。

从上述人员分类统计中即可看出大连所当时的技术力量已非常雄厚。日本人走了后，一批海外的中国人回来了。他们是响应东北人民政府的号召，回国参与即将诞生的新中国的建设的。在 1949 年春天来到大连所的中国技术员中，有两位留学生"来头"不小：魏文彬毕业于世界名气最大的法国巴斯德研究院，陈廷祚毕业于世卫组织指定的培训机构丹麦中央卫生研究院。

那么，在全所 260 人的总员额中，怎么会有 40 名学生呢？因为所里办了一所学校。

早在 1948 年，在东北人民解放战争即将取得完全胜利的时候，东北人民政府卫生部指示大连卫生研究所培养防疫人才，筹备设立大连卫生技术专科学校。1949 年 4 月，廖鉴亭所长到任后，学校正式成立。校长由所长廖鉴亭兼，副校长由副所长陈真兼。第一期招收学生 40 名，其中男生 27 名，女生 13 名，于 1949 年 4 月 15 日正式开学；第二期招收学生 61 名，其中男生 46 名，女生 15 名，于同年 11 月 1 日正式开学。王成怀回忆说：

> 大家不太知道这个事情，就是有个大连卫生专科学校。这个学校我是教务主任，以血清科科长兼任。有些学生现在还非常尊敬我这个教务主任。现在（1993 年）还在世的像成都所周海清、郑镇西啊，还有十来个，长春所大概有七八个，还有北京流行病研究所有几个，兰州所就跟着我来了一个，这些人在防疫战线上起了很重要的作用。这个学校是 3 年制，教的课程都是实实在在的。为安排好课程，我是费尽心血。每个星期的课程安排很费脑筋，要根据外请老师的情况来调整，所里的老师好办，你安排了，基本上问题不大，而外请的，要看人家有没有空。当时还有些日本老先生讲课，我得去当翻译。考试他们出了题，我去监考，考完了卷子交给人家，人家去批卷子、打上分，完了汇总什么的，我的事。这些事我什么时候办呢？一个是晚上，一个是星期天，

我没有休假的日子……

学校的各科任课教师，本着"做什么者教什么"的原则，因而做到了理论结合实际，讲得生动，听了管用。王成怀曾赠送王龙友一本《大连卫生研究所及卫生技术专科学校专责制与暂行规定》，书中有一份《大连卫生技术专科学校教师姓名表》，表中列有38名专业课授课老师的姓名、毕业院校及所授课程。38人中，除所长兼校长廖鉴亭、副所长兼副校长陈真学历不详外，其余都在本科以上，其中博士6名（细菌学博士魏曦、医学昆虫学博士何琦、细菌学博士滨野满雄、兽医学博士笠井久雄、解剖学博士简仁南、内科学博士张凤书），外籍教师5名（日本3名，苏联2名），教授级的11名。

这是身处"特殊解放区"的大连卫生研究所的另一个特殊贡献。

第二编
花开千树
（1949—1966）

　　从新中国成立到1966年，是中国生物制品事业发展的
第二个高峰期。与抗日战争时期出现的第一个高峰期相比，
无论是从高度上还是从体量上来说都不可同日而语了，但有
一点是相同的，即都是一段激情燃烧的岁月。

1949 年 10 月 1 日，中华人民共和国成立了。

新中国如一轮红日喷薄而出，出现在世界东方。这是 20 世纪上半叶最重大的国际新闻之一，它改变了世界格局，更改变了中国的命运，改变了中国人的命运。

说到新中国对绝大多数中国人命运的改变，很多人看到的是"没吃的有吃的了，没穿的有穿的了"，却忽视了一个重要福祉，那就是打疫苗预防传染病。他们不仅改变了政治上受压迫、经济上受剥削的命运，而且改变了在疫病面前只能听天由命的悲惨命运。

注射疫苗、血清、类毒素等，在旧社会是只有极少数上层人士才能享受到的待遇，普通民众连听也没有听说过。而在新中国，所有的中国人都享受到了这一福祉。

新中国成立伊始，党中央、中央人民政府就把"预防为主"确定为卫生工作的方针之一，把解决免疫防疫摆在与吃饭穿衣同等重要的位置。但是，也许因为在旧社会穷怕了，很多人包括一些地方的党政领导人在内，只知道没有吃的会饿死人，没有穿的会冻死人，而没有认识到如果没有疫苗等预防传染病的生物制品，传染病就会致死很多人。而事实上，因疫病而死的人要比冻饿而死的人多得多。对此，毛泽东主席特地为中央起草指示，纠正上述片面认识，统一全党思想。

新中国是从旧中国脱胎而来，建立在一块多灾多难的土地上。在庆祝新中国成立的礼花还没有熄灭的时候，就从张家口传来了发生鼠疫的坏消息。鼠疫等疫病不会因为新中国取代了旧中国而收敛，但新中国却有办法击退疫病的进攻，让它"老实"。张家口鼠疫仅仅一个月零几天就被扑灭了，这是一个在旧中国不可想象的奇迹，充分显示了新中国战胜疫病的综合能力。

扑灭张家口鼠疫是新中国防疫战场上的开国第一战，取得了完胜。紧接着的第二战，是对付美帝国主义在朝鲜和我国东北地区进行的细菌战，这场震惊世界的反细菌战我们又打赢了。这两场战斗的时候，我国手中可打的"牌"还不多，还得向苏联借"牌"来打。那时，全国生物制品行业总共只有区区 700 人，可以给防疫战场提供"武器弹药"的只有三家生物制品机构：北京天坛防疫处（原中央防疫处）、长春卫生技术厂、大连卫生研究所。他们能生产鼠疫、霍乱疫苗和抗毒血清，但数量远远不能满足需要，以至于毛泽东主席得亲自出面向斯大林求援。共产党为人民服务的宗旨，防疫的严峻现实，促使人民政府加快生物制品机构的建设，到 20 世纪 50 年代中期，形成了六大区各有一个生物制品研究所的格局，北京、长春、成都、兰州、上海、武汉，六大生研所，加上在北京的中检所，直属中央卫生部领导，组成了研制生物制品的"国家队"。

这支"国家队"是新中国生物制品事业的中坚力量，就是他们，与防疫战线（原各级防疫站，现疾控中心）一起，为中国人民构筑起一座抵御疫病的微生物长城。在这座看不见的长城面前，曾经张牙舞爪、横冲直撞的疫病被碰得没了脾气，收敛了，退却了，甚至消亡了。早在 1954 年，新中国成立才 5 年的时候，危害人类最烈的恶性传染病鼠疫、霍乱就得到了有效控制；1961 年，新中国成立 12 年时，天花被消灭了！这是经世卫组织派人确认的奇迹！是全世界都佩服不已的奇迹！

这一奇迹只能诞生在新中国，没有"预防为主"的卫生工作方针和全民免疫的制度，奇迹是不会从天上掉下来的；同时，奇迹是人创造的，这一奇迹的出现应该归功于国家免疫防疫体系内的全体人员，尤其是为免疫防疫提供"子弹"的制造生物制品的"国家队"。防疫所用的疫苗、类毒素、血清等生物制品，在改革开放前，几乎100%是上述六大生物制品研究所和昆明所（20世纪60年代为生产脊髓灰质炎疫苗而专门设立）生产的。

从新中国成立到1966年，是中国生物制品事业发展的第二个高峰期。与抗日战争时期出现的第一个高峰期相比，无论从高度上还是从体量上来说都不可同日而语了，但有一点是相同的，即都是一段激情燃烧的岁月。抗战时期的激情燃烧，是为了赶走侵略者，挽救民族危亡；新中国成立初期的激情燃烧，是为了建设新中国，自立于世界民族之林。从旧社会过来的微生物学家和疫苗专家，终于等到了一个可以大展身手的时代，为甩掉西方加给中国人头上的"东亚病夫"的帽子，进入了一种奋不顾身而忘我的境界，留下了可歌可泣的事迹。最典型的例子是：大连所的副所长魏曦博士在朝鲜战场冒着炮火搜集美军搞细菌战的证据，被美军的燃烧弹烧伤。两次激情燃烧，换来了中国生物制品事业两个发展高峰。

如果说在第一个高峰上，还只有星星点点的几朵鲜花，虽然绚丽却显孤单的话，那么，在第二个高峰上已是满天星斗，花开千树，花成簇，簇连片了。据《中国生物制品发展史略》记载："到上世纪50年代末，疫苗类生物制品的品种达到20余种，另外还有多种诊断用品供临床和科研使用，保证了防疫和科研工作的需要。"到1965年，全国生物制品行业的员工发展到7000余人，比新中国成立初期增长了10倍，兵强马壮了。

　　由于时过境迁，很多人忘记了新中国诞生之初被以美国为首的反华同盟封锁的历史。要知道，在防疫上，中国创造的诸如消灭天花之类的奇迹，是在被严密封锁的环境下实现的。那时所遇到的困难是今天想象不到的，不仅主要的仪器设备，甚至培养基、试剂等，都被人家卡着脖子。困难重重，山重水复，但研制生物制品的"国家队"没有被难倒，反而精神更加振奋，才智更加聪颖，创造力更加旺盛。分离出病原体，是研发疫苗的第一步，也是最关键的一步。在此期间，各生物制品研究所分离出的病原体有近 20 种，如百日咳杆菌、布氏杆菌、钩端螺旋体、炭疽杆菌、土拉热杆菌、乙型脑炎病毒、森林脑炎病毒、脊髓灰质炎病毒等，尤其是北京生物制品研究所所长汤飞凡分离出的沙眼衣原体，是诺贝尔奖级的大成果，他因此被誉为世界"衣原体之父"。对研制生物制品的三大主要技术，即微生物培养技术、有效抗原或抗体的提纯技术、增强抗原或抗体效应或稳定性的技术，我国"国家队"与国际先进水平差距很小，是后脚跟前脚的关系（差距拉大是在"文革"开始后），在国内则处于绝对领先水平，各生物制品研究所也成为各大专院校教师进修的地方。

　　此时段在"文革"前，但其间政治运动也不少，"三反五反""反右""大跃进""拔白旗""社教"，加上"三年自然灾害"，这些都对生物制品事业造成了或多或少的损害，特别是"拔白旗"运动造成杰出的医学科学家汤飞凡自杀，不仅是中国生物制品事业的重大损失，而且是中国科学界的重大损失。如果没有上述这些干扰，中国的生物制品事业应该会发展得更快更好。感谢奋战在生物制品行业的科学家和工程师们，是他们让中国的生物制品呈现出花开千树的繁荣景象，使之登上了第二个高峰；是他们为中国人民构筑起一座防疫的微生物长城。这座长城现在越来越坚固，但最早是在新中国成立初期至 60 年代初建成的。

　　一个疫苗和其他生物制品的成熟，至少要 10 年以上的时间，有的甚至需要几十年。所以完全按时间顺序来划分章节就比较困难。本编所写的疫苗故事，有的在新中国成立至"文革"前这一时间段已经"功德圆满"，如 1961 年就消灭了天花的痘苗；而许多疫苗虽然在此段时间开花结果了，但果实的成熟是在此后，为方便读者阅读，也一并写上，特此说明。

| 第五章 |

新中国的防疫第一战

——扑灭察哈尔鼠疫纪事

　　似乎是为了考验中国共产党的执政能力，新中国成立的当月，与北京近在咫尺的察哈尔就暴发了鼠疫！毛主席和政务院运筹帷幄，亲自指挥，在苏联的帮助和各方面的通力合作下，仅用一个多月就扑灭了疫情。用事实向世人证明，新旧社会两重天。在新中国防疫第一战中，我国生物制品工作者交出了一份完美的答卷，及时赶制出鼠疫疫苗，为扑灭鼠疫起到了事关成败的作用，汤飞凡、刘隽湘、陈正仁等受到了卫生部的表彰。

　　在北京隆重举行的开国大典上，坐在观礼台上的嘉宾当中，有一位时任天坛防疫处处长的著名医学科学家汤飞凡。当他听到毛主席宣布"中华人民共和国中央人民政府今天成立了"的时候，感到浑身血脉偾张，抑制不住满腔的报国之情。他决心为新中国的生物制品事业大干一场，没想到一场扑灭鼠疫的战斗已经在等着他。

　　就在举行开国大典的当月，一场鼠疫正在向北京逼近。

鼠疫，从一个村到察哈尔省会

鼠疫的致死率居各类传染病之首，如不采取防治措施，感染者是名副其实的九死一生，甚至有死无生。关于鼠疫的危害，我们在《序章》中已有简述，这里只说正向北京逼近的这场鼠疫，实际上早在察哈尔省（旧省名，辖境包括今河北省张家口市、北京延庆、内蒙古锡林郭勒盟大部及乌兰察布市东部）的农村发生了，但 10 月 26 日传到省会张家口时才被省委发现，正式向中央报告。

1949 年 7 月中旬，察哈尔盟（旧盟名，盟府在今锡林郭勒盟正镶白旗）租银地的前因土村，先后有 4 个人突然得病，症状为高烧，打寒战，淋巴肿胀、剧痛，其中 1 人症状较轻，熬了一段时间，好了；另外 3 人却越来越严重，全身出血，昏迷，于 20 日死亡。后来调查鼠疫源头，方知上述 4 人感染的是腺鼠疫。当时，牧民不知是什么病，没有上报。有个商人经停前因土村后前往察汉崩崩村，第二天就死了。大家都不知道死者姓甚名谁，何方人士，因是无主尸体，故无人掩埋。不料这具尸体成了鼠疫的传染源，村里两天之内就有人死亡，到 10 月初，竟然一天之中就死了 6 人。后来调查发现，此时的疫情已经升级了，从腺鼠疫变成了更为凶险的肺鼠疫。这下村民害怕了，纷纷外逃以躲避灾异，疫情因之对外扩散。察汉崩崩村的赵银虎两口子带着女儿逃到了 40 里外的沈万青营子村，虽然只住了一晚上就被村干部劝走了，但营子村已是在劫难逃，11 天就接连死了 6 个人。赵银虎从营子村被劝走后，跑到康保县北沙城村找熟人孙永福，刚吃了一顿饭，村干部就来劝他赶快离开。孙永福讲感情，雇来一辆马车，亲自送他们一家回察汉崩崩村，还没到家，赵女死于半道。而孙永福一回北沙村就发了病，10

天之内，一家七口死得一个不剩。

张家口的疫情也是来自察汉崩崩村。有个叫郭振德的去了一趟该村，回来就发了病，一家四口，就儿子郭万锁一个人被救活。

疫情急如火，惊动毛泽东。

毛泽东亲自出马，董必武挂帅防疫

张家口离首都北京不过200公里，对鼠疫的传播来说，这点距离不过就是咫尺之间。

当时，西南全部、南方大部、新疆尚未解放。蒋介石还幻想依托西南在大陆苟延残喘。帝国主义国家和蒋介石都在等着新生的中华人民共和国出错，等着看中国共产党的笑话。不言而喻，这次鼠疫是对新中国的一次严峻考验。

纵观历史，因鼠疫流行而引起政局动荡甚至政权更迭的例子并不少见。在世界史上，6世纪的查士丁尼瘟疫，被公认为是削弱拜占庭帝国的主要因素，而古希腊的衰落以及罗马军力的削弱，瘟疫也是罪魁祸首。在中国古代，据《金史·哀宗纪》记载：金朝开兴元年（1232），汴京（今河南开封）大疫，50日内，出现了"诸门出死者九十余万人，贫不能葬者不在是数"之惨状。加上"贫不能葬者"是多少呢？超过百万是没有疑问的。当时的开封是金国首都（金大都本在今北京，灭北宋后迁都开封），是全国最大城市，试想，一个国家的首都的人民大半死于鼠疫，政权还能不垮吗？果然，不到两年，金国成为历史过客，寿终了。明朝的灭亡当然首先在于政治腐败、军事失利，但明末的旱灾、鼠疫也是其灭亡的两个重要原因。崇祯年间，山西、直隶、河南三省死于鼠疫的人口占到总人口的40%。据复旦大学历史地理学家曹树基估计，1644 年（崇祯十七年）北京人有至少 30% 被鼠疫夺去生命。这一年，崇祯上吊，明朝灭亡。

历史的教训值得记取，现实的情况更得警惕。如果让察哈尔鼠疫蔓延开来，后果会非常严重。而当时的中国满目疮痍，疫情蔓延的可能性是很大的。且不说农村的卫生状况极差，只说北京。开国大典前，北京的卫生状况可用一个字概括：脏！

别处不说，只说北京的天安门。南洋著名华侨领袖陈嘉庚，应毛泽东之邀回国参加政治协商会议，于 6 月 4 日抵达北平。他路过天安门，见广场垃圾如山，臭气熏天，未免一声长叹。中国近代的积贫积弱，封建王朝和国民党政权的腐败，于此可见一斑。人民解放军进城时，有关专家估计，当时市内堆积的垃圾至少有 60 万吨，而天安门广场的垃圾不少于 20 万吨。皇城根下的垃圾除了民国时期留下的，还有一些是"文物级"的，因为有人从中刨出了清代的文物。垃圾堆上了房顶，占领了街道，天安门广场变成了垃圾场，垃圾堆欲与天安门试比高。天安门城楼呢？成了老鼠和野鸽子的天堂。通往城楼的砖道上，铺着一层厚厚的鸽子粪，杂草在风中摇曳，人走上去，惊起一群群野鸽，"咕咕"地飞向天空，还有三三两两的老鼠，拖着长长的尾巴四处逃窜，空气中弥漫着一股腥臭味。皇城根下的居民诉苦说，我们的房子已经被垃圾堆包围十几年了。垃圾如此之多，以至于在筹备开国大典时，周恩来、聂荣臻、叶剑英等不得不在天安门和西郊机场之间反复权衡。照说，开国大典理应在天安门广场举行，可这么多的垃圾能在短时间内清除吗？且不说开国大典不能在臭气熏天的环境下举行，而且盛大的阅兵式也无法展开。经过反复比较，周恩来最后拍板，还是选择了天安门。清除垃圾的事就看彭真（市委书记）、叶剑英（军管会主任、市长）的了，北平市人民政府成立了由党、政、军、民、学、商各界参加的垃圾清运委员会。叶剑英在清运委员会召开的动员大会上讲话，正式向古城的垃圾宣战。天安门广场的20多万吨的垃圾被清除干净，为开国大典准备了场所。

这段话引自拙作《灰霾1950——新中国大剿匪秘密档案》。开国大典前，天安门的20多万吨垃圾是清理干净了，但北京城的60万吨垃圾还没有完全清理干净。所以，察哈尔鼠疫对北京、对新生国家政权的影响，怎么估计也不为过。

10月27日中央得到察哈尔省的报告后，毛泽东立即指示周恩来连夜召开中央人民政府政务院紧急会议。会议决定组成中央防疫委员会，由政务院副总理董必武任主任委员，下设办公室、封锁处、防疫处、宣传处、秘书处；根据东北解放区防治鼠疫的成功经验，决定自10月28日开始采取紧急措施：

一、严密封锁交通。由中央人民政府革命军事委员会委员、副总参谋长兼华北军区司令员聂荣臻负责，责成华北人民政府、华北军区调动部队，并动员各省、各专署以及各县、区、村党政军民对疫区进行封锁。在张家口与北京之间建立三道封锁线。铁道部命令京绥线北京南口至张家口以及张家口至山西大同区段停止通车。公路以及人行路也在封锁范围内。

二、加强疫区的防疫防治力量，紧急调动医疗、防疫队伍和药品赶赴疫区。卫生部电令东北地区的全部防疫队紧急入关，并调运200万人份疫苗。动员北京和天津地区的医务卫生人员参加防疫工作。指定北京天坛防疫处赶制药苗100万人份。对疫区群众进行普遍注射免疫。

三、紧急下拨防疫经费。

四、责成卫生部赶制宣传品，利用报纸、广播电台和电影广泛宣传科学防疫。反对迷信活动。在城乡普遍放映电影《预防鼠疫》①。

鉴于新中国刚刚成立，国内防疫力量相当薄弱，药品和资金无不缺乏的现实，10月28日，毛泽东主席给苏共中央总书记斯大林发电报，请求苏联帮助防治鼠疫。电报全文如下：

菲里波夫（斯大林代号）同志：

张家口以北地区发生肺鼠疫，死六十余人。已蔓延至张家口，死四人。威胁平津。请您考虑是否可以空运生菌疫苗四百万人份，血清十万人份至北京应用，所需代价，当令中国政府以物物交换办法照付。再则，前次苏联政府派来以马意斯基同志为领队的三十多人的防疫队，在东北进行防治鼠疫的工作，成绩甚大，东北人民及中国卫生工作者极为感谢，现在他们正在返苏途中。如可能，请您考虑，苏联政府是否可以再派一同样的防疫队来北京转往张家口帮助我们进行防治鼠疫工作。倘蒙允诺，不胜感谢！

毛泽东

一九四九年十月二十八日②

斯大林接到毛泽东电报后，立即决定派遣医疗队和支援药品，并于10月29日回电给毛泽东。10月30日，毛泽东再次致电斯大林，对苏联的帮助和支援表示感谢。

同日，华北人民政府、华北军区发布了《防疫命令》，其中之一为："凡发生鼠疫患者地区，一律封锁10—14日，如在此期间未发生新患者，可解除封锁，但仍须在防疫人员检验后认可放行。"

北京市政府的《防疫命令》规定："对疫区开来之火车，一律不准

---

① 东北电影制片厂出品，袁乃晨编导。
② 《建国以来毛泽东文稿》第一册，中央文献出版社1987年版，第98页。

驶入市界。"

在东北完成任务后已在回国的火车上的苏联医疗队，接到命令立即换车掉头，赶往察哈尔。

在中央防疫委员会的强有力领导和各级党委、政府的努力下，很快就有 1186 名防疫人员赶到了疫区，展开工作，充分显示出新生政权的言出必行、雷厉风行的作风，与旧中国临事推诿、以邻为壑的腐朽作风形成鲜明对照。

在天坛赶制鼠疫活疫苗的功臣们

隔离只能控制疫情的传播，但最后扑灭疫情必须要靠疫苗。

疫苗在哪里呢？当时的中央防疫委员会可谓手中空空，毛泽东向斯大林求援的疫苗还没运到，从东北紧急调拨的疫苗正在运输途中，火急火燎的卫生部副部长、党组书记贺诚当面对天坛防疫处处长汤飞凡交代任务：为满足防疫需要，务必尽快生产出 100 万人份的鼠疫疫苗。

世界上最早生产鼠疫疫苗的是印度的哈佛金研究所，那是在 19 世纪末，是全细胞鼠疫死疫苗，就是将鼠疫的强毒菌加热杀死后制成疫苗。虽然后来有不少改进，但基本制作方法还是这样，一直延续到 20 世纪 40 年代，死疫苗共注射了 450 万人次，据英国鼠疫委员会调查，认为有较好的预防效果。在我国，长春卫生实验所在日本专家的传授下生产过鼠疫疫苗，原中央防疫处虽然也曾生产过，但还没有取得完整的经验。

所以，汤飞凡提出先赶制鼠疫死疫苗，认为这样比较保险，但贺诚表示反对。理由是：虽然死疫苗用在人身上比较保险，但因为生产死疫苗用的是鼠疫强毒菌，万一泄漏，在北京那可是不得了的大事，弄不好北京就成了疫区。因此他要求一定要生产无毒鼠疫菌苗，即减毒活疫苗。他坚持生产活疫苗的另一个理由是根据苏联在西伯利亚扑灭鼠疫的经验，活疫苗的效果明显要好于死疫苗。1947年，贺诚在东北解放区曾经参与领导扑灭鼠疫的战斗。当时用的疫苗既有活疫苗又有死疫苗，是苏联生产的。因为中国人与苏联人的体质不一样，苏联活疫苗用在中国人身上是减半注射的。即使这样，仍然有较强的副作用，注射处红肿、疼痛厉害，而且相当麻烦，每人必须注射5次，必须在脊椎和肩胛骨之间的肌肉上注射，所以很多人不愿意打。而当时只有佳木斯的东北卫生技术厂能生产鼠疫死疫苗和活疫苗，是日本人教的，数量很少，不用苏联疫苗不行。这就是说，现在汤飞凡必须生产出适合中国人体质的鼠疫活疫苗。对于天坛防疫处来说，这副担子相当沉重，但汤飞凡勇敢地作出了承诺。

他对贺诚部长说，他手中有从国际上得到的两个鼠疫无毒菌株，第一个是"欧藤"（Otten，来自印度），第二个是"E.V"。两相比较，"E.V"是当时国际上认为最安全的疫苗，所以决定采用"E.V"生产无毒疫苗，得到贺诚的首肯。

即使是国际公认最安全的菌株，按照疫苗生产的程序也必须经过试验取得证据之后才能投入生产。但如果按常规走程序那就可能赶不上这次防疫的需要，因此汤飞凡大胆决定试验与生产同时进行，他让陈正仁负责疫苗生产，自己亲自与刘隽湘一起做试验。当时没有隔离实验室，汤飞凡把一间墙壁和地面都贴了瓷砖的厕所进行改造，将所有的窗户封死，装上安全门，找来几口大水缸，缸底下放着石碳酸，石碳酸上面架着老鼠笼子。小白鼠虽然事先经过消毒灭蚤，但怕万一灭蚤不干净，所以把小白鼠放在大水缸里，以保证老鼠身上可能残存的跳蚤跳不出缸来。

只有汤飞凡和刘隽湘两个人可以进入实验室。他们都穿着防护服，戴着口罩和眼镜，但即使采取了再严密不过的防护措施，如果操作不慎，也是有感染可能的。而一旦感染，后果是非常可怕的。实验室里静悄悄的，静得令人感到恐怖，只有小白鼠偶尔发出"吱吱"的叫声。

实验的第一步是给小白鼠注射"E.V"活疫苗。这一步应该说没有什么危险，因为疫苗就是准备给人注射的，不过，尽管"E.V"是国际公认的安全株，但在中国还没有得到检验，所以还必须谨慎从事。最危险的是实验的第二步，即在已经注射了活疫苗的小白鼠身上注射强毒鼠疫菌（"攻击毒"），毒力要达到几十个细菌就足以毒死一只小白鼠。汤飞凡和刘隽湘一人按着小白鼠，一人给小白鼠注射强毒。然后安静地等待小白鼠的反应，一天一天地抽血化验，如果整个潜伏期的化验结果都是阴性，就能证明活疫苗确实具有免疫功能。在这个过程中，每一刻都充满了危险。但是，汤飞凡每天都是精神饱满地走进实验室，笑容满面地走出实验室。因为他的实验比较顺利，这让他感到自豪，还有什么比能够用自己一技之长为新中国服务更令人开怀的呢？党和政府对他的信任，对人民的生命和健康的负责精神，是他在工作中"满发"运转的源泉。

实验完成了，证明"E.V"无毒菌苗对鼠疫杆菌有很好的免疫作用，于是开始批量生产。疫苗必须真空封口，当时还只能用手工完成，费时费力，天坛防疫处的职工们不分昼夜地加班加点地生产。

《人民日报》连续报道了天坛防疫处赶制疫苗的情况。11月3日第4版刊登消息《天坛防疫处装制菌苗超过计划正添置设备扩大生产》。消息说："北京市天坛防疫处加紧疫苗生产，大部分职工主动加班并展开劳动竞赛，产量由30万公撮（即毫升）增加到31日的51万公撮。"11月5日第5版刊发消息《天坛防疫处首批疫苗足供百万人使用职工废寝忘餐提前三天完成任务》。

根据汤飞凡的实验结果，天坛防疫处生产的疫苗对每个人只需注射两针，第一针打 0.5 毫升，第二针打 1.0 毫升，即可达到满意的免疫效果。在注射的次数和剂量上都比苏联的疫苗要少。11 月中旬，天坛防疫处共生产出鼠疫无毒活疫苗 900 万人份，是中央防疫委员会下达任务的 9 倍。11 月 12 日，卫生部部长李德全为天坛防疫处汤飞凡、刘隽湘、陈正仁等 14 名生产鼠疫疫苗的优秀工作者颁奖。

有句老话叫"手中有粮，心中不慌"。对防疫工作来说就是手中有疫苗，心中就不慌了。随着苏联疫苗和东北疫苗的及时运到和天坛疫苗的超额生产，察哈尔疫区及相邻地区的人民都享受到了注射疫苗的福利。据统计，当时张家口市共有人口 16.4 万人，除因身体原因不能注射者外，共有 13 万人注射了疫苗；当时北京市总人口 1998756 人，共有 2057997 人注射了疫苗。打疫苗的人怎么比市民总数多出了 59241 人？因为除北京市人口之外还有外地来京的人，在封锁后不能离京。北京市防疫委员会当时命令："对其他地区来京的乘客不论具有何种身份，应一律接受鼠疫检疫预防注射"，5 万多人就是这么多出来的。北京市民免疫注射分两次进行，第一次是注射死疫苗，由东北长春卫生技术厂生产，第二次是注射活疫苗，由天坛防疫处生产。

自疫情发生到 11 月 8 日，察哈尔省因鼠疫死亡共 75 人，相邻地区没有发现因鼠疫死亡人员，中央防疫委员会估计疫情不会继续蔓延，但要扑灭疫情，尚需相当时日。政务院第五次政务会议听取了中央防疫委员会主任委员董必武所做的防疫报告，报告指出疫情已停止蔓延，并且出现范围缩小的趋势，会议因此决定对疫区的封锁时间提前两天解除，从 11 月 18 日提前到 11 月 16 日。

12 月初，中央防疫委员会宣布察哈尔省鼠疫已被彻底扑灭。这是新中国成立以来的防疫第一战，取得圆满胜利。从 10 月 27 日接到察哈尔省的疫情报告到 12 月初宣布彻底扑灭，仅用了一个月零几天，即使新中国的敌人也不得不承认这是一个奇迹。

1910 年，伍连德扑灭哈尔滨鼠疫用了 67 天，全东北死亡 6 万余人，其中疫情最重的哈尔滨傅家甸地区死亡 7200 余人，占该地区总人口的 25％。

1917 年至 1918 年初，绥远鼠疫死亡 1.6 余万人，防疫队得不到政府保护，被愚民追杀，鼠疫流行了近半年，最后是自然消亡的。

1920 年 10 月，东北再次发生鼠疫，并蔓延至河北、山东两省，死亡 9300 余人，流行了 7 个月。

在旧社会，虽然伍连德等防疫专家作出了巨大贡献，有的人甚至付出了生命代价，但由于社会制度不给力，疫情控制仍然比较困难，疫区的死亡率仍然十分惊人。

前后比较，新旧社会两重天。

由于我国对疫源地采取了灭鼠拔源的措施，鼠疫疫情被完全控制，鼠疫疫苗完成了历史使命。

危害人类达数千年的鼠疫，终于在中国被征服了。清代乾隆年间，鼠疫在云南流行，诗人师道南写《鼠死行》，乞求"天公""天母"："洒天浆，散天乳，酥透九原千丈土，地下人人都活归，黄泉化作回春雨。"但老天没能保佑他，他写完此诗后十来天就被鼠疫夺走了生命。可以告慰他的是，他的美好愿望在新中国实现了！但帮他实现这一美好愿望的不是"天公""天母"，而是中国共产党领导的人民政权，是研制疫苗的生物制品工作者和广大防疫工作者。

| 第六章 |
"六大生研所"格局的形成

　　新中国成立初期，面对国民党留下的千疮百孔、一穷二白的烂摊子，百业待举，百废待兴，从民生上说，饥饿、疾病特别是传染病是悬在人民头上的两把"利剑"。中央人民政府提出了"预防为主"的卫生工作方针。在这一方针的指导下，在全国东北、华北、华东、中南、西南、西北等六个大区各建一个生物制品研究所，专事研制疫苗等防疫用品，形成了"六大生研所"的格局，同时建立国家级的生物制品检定机构；在县以上行政单位均建立了防疫站（疾控中心前身）。自此，我国便有了完整的疾病预防体系。六大生研所生产、提供防疫用品，防疫站用之预防传染病，如此两翼齐飞，有效控制了各类传染病的流行。本章所写的是六大生研所的来历和先辈们艰苦创业的故事。

　　察哈尔鼠疫在短短一个多月的时间内就被扑灭，这是一个了不起的胜利。但是，在庆祝胜利的欢呼声中，中国共产党人没有忘记防疫工作所面临的严峻现实。察哈尔的鼠疫只不过是众多传染病的冰山一角，而国民党留下来的公共卫生摊子又实在太烂了,专业的防疫队伍几乎为零,而生产疫苗等防疫制品的机构太小太少。这是公共卫生的两翼,两翼残疾,谈何展翅?

新中国成立之初,传染病肆行无忌,寄生虫病分布广泛,危害甚烈。在 1950 年 9 月政务院第 49 次政务会议上,时任国家卫生部部长的李德全报告说,当时,"我国全人口的发病数累计每年约 1.4 亿人,死亡率 30‰ 以上,其中半数以上是死于可以预防的传染病上,如鼠疫、霍乱、麻疹、天花、伤寒、痢疾、斑疹伤寒、回归热等危害最大的疾病,而黑热病、日本血吸虫病、疟疾、麻风、性病等也大大侵害着人民的健康"。

传染病如此之多,流行范围又如此之广,而当时的医疗条件又非常之差,差到很多县连一所公立医院都没有。人民看病,全靠民间医生。要战胜传染病,当然要加强医院的建设,但光靠收治,即使有再多的医院,也是被动的。要打主动仗,唯一的办法是加强预防。

"预防为主"方针的提出

1949 年 10 月,中央军委卫生部在北京召开卫生行政会议,在总结解放区防疫工作经验的基础上,提出了"卫生工作的重点应放在保证生产建设和国防建设方面,要面向农村、工矿,要依靠群众、预防为主"的卫生工作方针,这是新中国成立以后第一次把"预防为主"列为卫生工作的方针之一。

就在这个月,察哈尔发生鼠疫。毛泽东主席对卫生防疫工作薄弱的状况忧心如焚。11 月,在鼠疫扑灭后,他指示刚刚成立的中央人民政府卫生部必须大力加强卫生防疫工作的组织和领导。根据毛主席的指示和疫情调查的情况，卫生部于 1950 年 1 月首先展开了对结核病的预防工作，决定自当年起在全国各城市大力推广卡介苗接种工作，所需费用由各级人民政府承担。

1950 年 8 月，中央人民政府卫生部与中央军委卫生部联合召开第一届全国卫生工作会议。卫生部副部长、党组书记贺诚在总结报告中提出，新中国卫生工作急需解决三个问题：第一是卫生工作的方向问题，即要为人民服务；第二是卫生工作的业务方针和工作方法问题，就是要坚持以"预防为主"的方针；第三是新老中西医团结的问题。毛泽东主席为大会题词："团结新老中西各部分医药卫生人员，组成巩固的统一战线，为开展伟大的人民卫生工作而奋斗。"10 月 7 日，政务院发出《关于发动秋季种痘运动的指示》，要求全国实施免费种痘。12 日，卫生部颁发了《种痘暂行办法》。

1951 年 4 月 11 日至 23 日，卫生部在北京召开全国第一届卫生防疫工作会议，提出卫生防疫工作要以危害人民最大的鼠疫、霍乱、天花等 19 种传染病为重点，并制定了对上述传染病的防治方案和"法定传染病管理条例草案"以及若干防疫工作具体办法。9 月 7 日，贺诚给中共中央写了关于全国防疫工作的专题报告。他在报告中总结了新中国成立近两年来卫生工作所取得的成绩，同时指出了一个带倾向性的问题，就是有些省、县的党政领导干部只把不饿死人当作是政府的责任，而对因为不讲卫生而病死人重视不够，认为这是不可避免的"天灾"。实际上因疫病而死的人远远超过饿死的人，而其中大多数又是可以预防的，因此防疫工作要收到更大的成效，各级党政干部必须对"预防为主"的卫生工作方针给予足够的重视。毛泽东在看了这个报告后，为中共中央起草了指示，全文如下：

各中央局，并转分局、省市区党委、地委及县委：

贺诚同志这个报告很好，你们收到后，可在党内刊物上发表，引起各级领导同志注意。中央认为各级党委对于卫生、防疫和一般医疗工作的缺乏注意是党的工作中的一项重大缺点，必须加以改正。今后必须把卫生、防疫和一般医疗工作看作一项重大的政治任务，极力发展这项工作。对卫生工作人员必须加以领导和帮助。对卫生工作必须及时加以检查。在经费方面，除中央预算所列者外，应尽其可能在地方筹出经费。必须教育干部，使他们懂得，就现状来说，每年全国人民因为缺乏卫生知识和卫生工作引起疾病和死亡所受人力、畜力和经济上的损失，可能超过每年全国人民所受水、旱、风、虫各项灾荒所受的损失，因此至少要将卫生和救灾防灾工作同等看待，而决不应该轻视卫生工作。

中共中央

一九五一年九月九日①

毛泽东主席的这一重要指示，进一步把卫生工作"预防为主"的方针提高到了"政治任务"的高度，引起了各级党政机关的高度重视。

1952年美国在朝鲜战场和我国东北地区发动细菌战，引起了全世界的公愤。中国医学科学家陈文贵、魏曦等在朝鲜搜集到美军空投的昆虫标本等细菌战的铁证，分离出了鼠疫杆菌和霍乱菌等，得到瑞典、瑞士等几个国家代表团的公认。在维也纳召开的世界和平大会上向全世界揭露了美军的罪行。以反细菌战为契机，全国广泛开展了爱国卫生运动。12月召开的第二届全国卫生工作会议再次强调了把"预防为主"作为卫生工作的方针之一。毛泽东主席又为大会题了词。

1953年，我国开始了社会主义建设第一个五年计划。在1月26日政务院召开的第167次政务会议上，通过了卫生部关于加强卫生防疫工

---

① 《建国以来毛泽东文稿》第二册，中央文献出版社1987年版，第446页。

作的建议，决定将生物制品作为由国家供应的一类特殊非商品化的药品，由政府统筹全国的生物制品制造、研究、供应，并对全国的生物制品机构进行统一规划和全面调整，逐步形成布局合理的全国生物制品生产供应体系；批准在全国范围内建立省、市、县各级卫生防疫站，同时由国家投资按当时的六大行政区分别扩建和筹建长春（东北区）、北京（华北区）、兰州（西北区）、成都（西南区）、武汉（中南区）、上海（华东区）六大卫生部直属的生物制品试验所（后改称研究所），专门从事传染病的调查预防以及所需防疫制品的研究与生产。

六大生物制品研究所的建立，标志着新中国在疫苗等生物制品的研发和生产上有了"国家队"、主力军。

"六大生研所"——中国生物制品的"国家队"

北京所：从占地 100 亩到占地 1000 余亩

前面第三章说到，1949 年 1 月人民解放军进入北京后接管了原国民政府卫生署的中央防疫处，同年 5 月更名为天坛防疫处，中央卫生部成立后又更名为中央卫生部生物制品研究所，后又改称为中央卫生部北京生物制品研究所（以下简称"北京所"）。从上述单位名称上，就可以看出北京所是最早直属中央卫生部的生物制品机构。卫生部给他赋予的任务是"以研究为主"，事实上北京所是六大所的龙头，担负着人才培训，起草条例、规程的重任。

北京所脱胎于原中央防疫处，在天坛神乐署时占地才百余亩，硬件条件太差了，新中国成立前生产规模不大，凑凑合合还可以。新中国成立后规模扩大了，许多个研究室挤在一栋小楼里，宛如螺蛳壳里做道场，施展不开，甚至连一个正儿八经的标准无菌室都没有，以至于在扑灭哈尔滨鼠疫时，汤飞凡和刘隽湘要用厕所改建实验室进行鼠疫疫苗的实验。北京所要发展，必须找一个更大的地方。到哪儿去找地方呢？新中国成立初期北京的房源是非常紧张的，中央不可能给北京所再划出一片地来。恰在这时，出了一件惊动公安部的"大案"：北京所丢失了 3 只身上带着斑疹伤寒病毒的小白鼠！这还得了啊！北京市公安局包括各个街道都动员起来，满地儿找这 3 只小白鼠。最后小白鼠没有找到，也没有发现谁感染了斑疹伤寒，但给北京市留下了一个挥之不去的阴影：生研所放在天坛太危险了！万一发生实验室病毒、细菌泄漏，问题就大了，得赶紧让他们找个地方搬走。于是让北京所自己去找地方。据中国工程院院士、原北京所所长赵铠回忆：

> 当时找了好几个地方，一个是找到西郊现在华北农科院的对面，大概有 200 多亩地，是我们的小动物试验场，但市里不同意。后来就选到红庙，那时国棉一厂、二厂、三厂在那里，北京市也不同意。那北京市是什么意见呢？想要我们迁出北京。就开始在北京外面看，到通县三间房一看，这块地方挺好，1953 年购下来，1954 年开始建。你们从城里过来，假使走朝阳路，要经过定福庄，那儿有块界碑，现在还保留在那里，碑上刻着"通县界"。通县过去是属于河北省的。我们迁出了北京，结果 1955 年通县划归北京，那就等于又回到北京了。当时征地很大，1000 余亩地（后来卫生部党校也建在这里，修京通快速路又占去 300 余亩）。原先在天坛的时候，动物饲养场放在很远的地方，要用的时候再运过来。搬到三间房以后，在东院建起了动物饲养场，马、牛、羊、猴子、兔子、老鼠、豚鼠等动物什么都有，马有 300 匹，牛有五六十头。

北京所搬迁是计划中的事，但 3 只小白鼠的失踪促使搬迁提前了。有人开玩笑说："得感谢那 3 只小白鼠。要不然，说不定还找不到这么好的地方哩。"玩笑归玩笑，但北京所的发展的确得益于这次搬迁。因为有地了，就可以按生物制品研发和生产的规律搞建设了。建设得像个"龙头老大"的样子了。当时修建的科研实验楼现在看来也很气派，仍然透着一种稳重严谨的气息。如今，原北京所早已搬到了亦庄经济技术开发区，三间房原址变成了国际文化创意园。

长春所：从佳木斯、白城子到省会

1949 年 6 月，远在佳木斯的东北卫生技术厂转交东北人民政府，随即迁往长春，不久，东北军区的另一个白城子卫生材料厂也迁往长春，两家合并组成东北卫生技术厂，1951 年初，以东北卫生技术厂为基础组建东北人民政府传染病防治院，分防治和生产两大部分，1952年将生产部分独立出来，改名为东北生物制品厂。同年 10 月，与大连卫生所合并，改称东北生物制品试验所，总所放在大连，长春成为分所，但大连卫生研究所的免疫室部分人员调往长春。1953 年生物制品由中央统一领导后，又将长春与大连两所分家，分别称为长春生物制品研究所和大连生物制品研究所。规划中国生物制品六大所格局时，大连所尚未撤销，最后撤销是 1957 年的事。

兰州所：从占地 30 亩到 630 亩

兰州解放时，原国民政府西北防疫处只剩下 30 多人，人民解放军接管后将晋西北制药厂的血清、疫苗两部分的 40 余人调来，组成西北试验所，仍然在原西北防疫处的原址小西湖安身。小西湖这个地名听着很美丽，其实防疫处的条件差到不可想象，住的全部都是土坯房，连块水泥地面都没有，几个甚至十几个人挤一间房，最难受的是全所只有一个公共厕所，早晚上厕所都要排队。从小西湖进兰州城没有公共汽车，只有小毛驴拉的木轮车，上面搭个小棚棚，前面有一个门帘，走起来门帘一晃一晃的，现在只有在电视剧中才能看到了。当时公路没有柏油或水泥路面，"晴天是扬灰路，雨天是水泥路"。出门一趟回来浑身都是土，咋办呢？就用兰州老百姓的传统办法，找一根木棍，头上绑上布条，在身上拍打，将灰尘拍掉后再进屋。市内交通这么困难，从外地到兰州更不容易，火车只能从西安坐到宝鸡，下火车后换乘汽车，没有客车，只能坐运货的卡车到兰州，路上要开两天。这么艰苦的条件要它承担为西北（陕、甘、宁、青、新）五省提供防疫制品的任务，明显像小毛驴拉大车，力不从心。1953 年中央卫生部在制定全国六大研究所规划时，决定优先对北京、兰州、成都三所进行扩建。甘肃省和兰州市对兰州所的扩建全力支持，给了两块地让兰州所选，第一块离市区较远，叫安宁堡；另一块地叫盐场堡穆柯塞，有 630 亩，虽是一块荒地，但是里面有一片几十亩的老梨园，风景不错，又紧邻黄河，便于取水。最后所长齐长庆就选择了这里。原兰州生物制品研究所所长、研究员殷绥亚回忆建设新所的情况时说：

> 真的是从头做起、白手起家，什么都没有。平地、迁坟。生物制品对水、电、气各方面的要求都很高，如果这个不保证，质量就难以保证。没有自来水，就在黄河里面做了个沉箱，埋到底下去，水沙滤过来，用管子接到所里边，再经沉淀，打到水塔上去，再供应生产、生活。经过几道过滤，活性炭、沙滤，自己搞的自来水，质量还比较好。生产中，安瓶封口，要用煤气，那时兰州哪有煤气？所以从南京请来技术人员，自建煤气发生炉，也建起来了。蒸汽用量也很大，而且一般的蒸汽不行，要高压消毒水，要 15 磅，一般的锅炉都不行，国内找不到，最后找来苏联生产的"蓝开夏"（拟音）锅炉，还算差强人意，起了很大的作用。

我们所能有今天，有这么个基础，多亏政府的大力支持，同时齐长庆所长确实是呕心沥血，花了很大的心血把这个所建成，从1953年开建，一直到1957年建成。

刚建成时，还没有围墙，常有狐狸和野狼光顾，加上社会治安还有问题，所以夜间还要有巡逻队，背着"三八枪"守夜。有次狼来叼猪，巡逻队开枪打死一只狼。后来围墙建起来了，栽的树长起来了。兰州所成了兰州市人人羡慕的花园式的院落。每到春天，梨花盛开，一片白色的花海，蜂鸣蝶舞，引无数行人驻足，黄河之滨，风景这边独好。抗战时期，原国民政府的西北防疫处虽然号称三大防疫处之一，也的确人才济济，藏龙卧虎，却战果平平，乏善可陈，为啥？硬件太差，如鸟在笼中，龙困浅滩也。而新中国成立后兰州新所建成后，硕果累枝，捷报频传，正所谓有多大舞台唱多大的戏。

成都所：调集优势力量合成的一个新所

1950年国家卫生部成立以后，鉴于西南地区人口众多，而生物制品机构相当薄弱，虽然昆明、重庆、成都都各有一个生物制品机构，但都是小作坊性质的，所以决定在成都筹建一个中央生物制品二所（一所是北京所），以李志坚为筹备处主任。当时卫生部领导对在成都建中央生物制品二所寄予厚望。1954年，卫生部根据在全国建立六大所的规划，将中央生物制品二所筹备处改为成都生物制品研究所筹备处，任命"老八路"、曾与白求恩大夫一同战斗过的燕真为筹备处主任，李志坚改当第二主任。后来根据卫生部和西南区、四川省的协调，筹备处一方面筹备基建，一方面"招兵买马"，将在昆明的西南生物制品试验所（即原中央防疫处昆明分处），重庆市西南卡介苗制造研究所（即中国卡介苗之父王良的卡介苗实验室，曾改名为重庆市卫生试验所），川西卫生试验所（即原四川卫生试验所）三个所生物制品人员先后划归筹备处。卫生部又从全国抽调人才来支援成都所的建设。调武汉所留美归来的著名建筑师陈畴负责工程设计，调大连所留学丹麦的总技师陈廷祚来负责实验室设计。当时四川给了三个地方让筹备处选址，燕真逐点实地考察后，发现第一个地方太挤，好几个单位都在那里；第二个地方太低，地势低洼，成都平原雨水多，一旦发洪水就可能泡汤。最后相中了第三个地方，叫包江桥，是一座小山，占地600亩。看中它的理由一是地势较高，不怕发洪水，保管细菌病毒的安全度较高；二是面积较大，好规划。但这里地处荒野郊外，是野兔出没之处，不通水，不通电，而且还没有公路。从市区到包江桥，要么坐马车，要么就坐"鸡公车"。四川人说的"鸡公车"，其实就是木头轮子的独轮车，一般是一个人推着走，如果载重物，再有一个人在前面拉，走起来"吱呀吱呀"响。原成都生物制品研究所副所长、研究员陈廷祚回忆说："我第一次来是1954年，这个地方是一片坟地，小卖部那地方原来是停尸房。那时成都没有汽车，基建运输用什么？就用当地的'鸡公车'，现在已经看不到了。所有的建筑材料差不多都是用'鸡公车'推上来的，什么砖瓦、水泥、物料全靠人力。卫生部让我来帮助建所，不是叫我来盖房子，是叫我来搞设计，哪个产品应该在哪一栋楼，怎么建，多大规模。当时我有一个设想，每个操作间都要有一个缓冲间，不能让人直接进操作间。当时全国都还没有这个设想。建缓冲间是我从国外学来的，这一点与后来提出的GMP（药品生产质量管理规范）是暗合的。"因为陈畴和陈廷祚两个人都是"海归"，对世界先进的生物制品机构有直观的认识，所以新建成的成都所的硬件在当时是处于全国领先水平的。基建完成后，卫生部将大连所的大部分人员以及上海所从事白喉、破伤风血清的人员一起调入成都所。到1957年底，调到成都所的员工：大连所321人，昆明所87

人，上海所 22 人，卡介苗所 12 人，加上原筹备处的 102 人，全所总计 544 人。成都所的人员来自五湖四海，是一个调集全国优势力量建成的新所。1957 年，成都所首先投入卡介苗生产，其他产品也陆续投入试验和生产。

上海所：合并多家公私机构捏成的拳头

大上海，上海大。但国民党政府在上海留下的生物制品机构却零零星星，不成气候。属于原国民政府和上海市卫生局管辖的有三家，第一家是原中央防疫处上海分处，第二家是原卫生署中央生物化学制药试验处所属的生物学试验所，第三家是国民党上海市卫生局所辖的卫生试验所。三家规模都很小，人员不满百，品种不过十。此外，还有七八家私人的生物制品厂，全都是小作坊。上海解放后，上海市军管会接管了中央防疫处上海分处，接管后立即清点资产，注册登记，发现最值钱的是一台显微镜，就这还是新中国成立前夕地下党指挥工人护厂队为防止敌特破坏而收藏下来的。1949 年 9 月 1 日，华东区和上海市政府决定将上述三家单位改组合并，成立上海生物制品厂，隶属于华东人民制药公司，地址在闸北区天通庵路（原中央防疫处上海分处旧址），因只有不到 3000 平方米的厂房，于是搬迁到延安西路（原美国海军的哥伦比亚俱乐部），改名为华东生物制品试验所。抗美援朝战争爆发后，生产任务剧增，厂房、设备都不够用。陈毅市长指示上海要不折不扣落实中央下达的任务，对疫苗血清等生物制品的生产要全力支援，"要人给人，要地给地"，于是先后征用了番禺路 60 号（即孙科公馆所在地）、延安西路纺织工学院的一片校舍和一些实验仓库以及原上海市总工会旧址、中山西路 926 号的一大片土地和伊犁路 134 号的一片土地。同时，还征用了上海的 6 家私营生物制品厂和两家医学化验所，即中法血清厂、新亚血清厂、文达血清厂、佑宁药厂、民生制药厂、新华痘苗厂、余贺医学化验所、程慕颐医学化验所，总共 120 余人。这些小厂规模小，但人才多，头儿都是生物制品界的明星大腕，行家里手。经征用合并，融合重组，就将五指捏成了拳头，散兵组成了行伍。1952 年，上海生物制品厂转隶国家卫生部，改名为卫生部上海生物制品研究所。上海生物制品研究所像一个人才仓库，光是一、二级教授就有十来人，他们中有不少人后来调到兄弟所作为技术骨干，为新中国的生物制品事业作出了较大贡献。

武汉所：建起号称"亚洲第一"的生物制品楼

武汉所是新中国成立后由中南军政委员会决定筹建的。原武汉生物制品研究所血液制剂室主任秦忠良回忆起建所初期的情形，仍然十分激动。他说："我们不能够忘记的是，在当时百废待兴的情况下，就把生物制品这个项目立了项，而且作为重点来进行建设。我一个十七八岁年轻人，看到这个情况，感到特别兴奋。"因武汉在新中国成立前几乎没有一家像样的生物制品机构，所以没有历史遗产可以继承。找谁来筹建呢？中南卫生部从上海找到了杨永年教授。他是我国生物制品行业的著名专家和奠基人之一，有留日、留美的经历，曾担任原国民政府西北防疫处处长。抗日战争时期他担任"国联"防疫一团中方团长时，曾率队带着药品赴延安，受到毛主席和朱总司令的接见。毛主席与他促膝交谈，并送他一面"为人民服务"的锦旗。1949 年，蒋介石逃离大陆时，他被列入要带去台湾的"精英"名单，并派政府秘书长王兆铭和卫生署署长刘瑞恒登门劝说，被他坚决回绝。但当中南军政委员会卫生部副部长齐仲恒邀请他来武汉组建中南生物制品试验所时，他却欣然赴任。他一面找地方做基建，一面为将来生产培养人才。先借用汉口瑞祥路卫生试验所部分车间作为培训基地，招来一批中学生进行培训。秦忠良就是那时被招来的中学生。

武汉市提供了好几个地方供杨永年选择，他转了一圈下来，最后选择了武昌临江大道的一块地方，是一片荒芜的坟地。他觉得这里紧靠长江，可以建码头，实验、生产要用的牛、马等大型动物以及生产器材，从水路运输比较方便，另外与繁华市区有一段距离，可减少污染。武汉所于1950年动工兴建，次年6月主体工程竣工，投入使用。这是一个综合配套的建筑群，建筑面积9025平方米，生物一楼、生物二楼、生产辅助楼和行政楼用天桥相连，浑然一体。一块块保温隔热的双层钢化玻璃占据墙面的四分之三，室内宽敞明亮，天花板很高，楼梯、走廊宽阔，地面是带花纹的白色水磨石，还安装了电梯。大小工作间、冷库、超净台、无菌室安排得井井有条，科学合理。竣工时，著名的微生物学家林仲杨和陶三明专程从上海赶来参观，惊叹说："只有在欧洲才能看到这样的生物大楼。"来武汉参加援建的苏联建筑专家称它是"东亚第一楼"。

武汉所的基建经费国家拨款才170万元，杨永年凭什么像变魔术一样，变出了"东亚第一楼"？因为他有一个别人没有的优势，在"国联"防疫队工作期间，他认识了很多洋行的人。武汉解放后，在汉口江汉路的很多洋行怕被"共产"，便匆忙处理剩余货物。杨永年趁机花买青菜的钱割肉，低价购买优质建材，包括意大利的瓷砖、德国的水池、马桶和水龙头，英格兰的门锁把手，法兰西的灯具，印度的红木等。研究所建得这么"豪华"，可170万元预算只用了70万元，剩下的钱购置了进口的显微镜、离心机、冰箱、干烤箱等实验设备，基建完成即可展开工作。

原武汉所所长、研究员周坚对杨永年深怀崇敬和感激之情，他说：

他把当时国际上生物制品的先进理念都引进来，造出来当时号称是"亚洲第一"的科研大楼。这个楼建筑结构非常好，到现在所有的墙、门、窗都不变形。他认为生研所因为有毒种、有细菌、有病毒，如果一旦遇到天灾，楼房做得不好，塌垮了，病原不就出去了吗？再一个生物制品生产上要求很严格，不能有其他因子进入。当时整个楼的通风、空调都是中央空调，在20世纪50年代来说是很先进的。在这里，冬天可以穿单衣、穿无菌衣进无菌室生产。

因为造得好，所以树大招风，在"三反"时被作为"浪费"的典型，《人民日报》登了之后，全国都知道武汉所建了这么一个浪费、豪华的大楼……

也许他太超前了，"东亚第一楼"让一帮"土包子"看了目瞪口呆、义愤填膺："地主老财也没有住过这么好的房子啊！""整个楼除了洋灰（水泥）是中国的，其他都是外国的，这不是崇洋浪费是什么？"杨永年被当成"大老虎"关进了监狱，险些被枪决。后经甄别，被调到河南医学院当副院长去了。"文革"期间，他被"造反派"揪回武汉所批斗，当他走进生物一楼的厅堂时，发现地面上有一道一指长的裂痕，心痛地说："出现裂纹，多可惜呀！你们要好好爱惜保养生物楼，这是国家财产啊！"

大连所：历史不会忘记它的贡献

新中国成立之初，大连所拥有的图书在全国各大生研所中是最多的，比北京生研所还要多，特别是日文的书籍和杂志很多。同时，大连所的设备也是全国最好的，比如超声波设备，全国还没有第二家拥有。大连所利用在旅大地区的有利条件，生产各种生物制品，支援了解放战争。1953年确定一个大区建一个生物制品研究所，而东北地区却有大连和长春两个所，那个时候考虑战争的因素比较多，在建设上对沿海几乎没有什么投资，所以就有了撤销大连所的决定。大连所的技术人员先后被调配到其他所，免疫室的一部分以及从事鼠疫活疫苗和卡介苗的工作人员并入了长春所；钩端螺旋体及皮膜喂虱研究组工作人员并入了流行病学微生物学研究所（后改属医学院科学系统）；一部分技术人员支援了武汉所和兰州所；主体部分并入了成都所。除了北京、上海两个所以外，其他四个所都有大连所分配来的工作人员。1957年六大所全部建成之日，就成了大连所的历史结束之时。

海纳百川，人人争先

大海所以成其为大海，因为它谦虚，有不拒涓流、包容百川的器量。说起六大生物制品研究所初创时期的情形，老一代的专家无不钦佩中国共产党人的胸怀。何以见得？且看六大生物制品研究所的首任所长：

北京所所长汤飞凡。

长春所所长汪为。

成都所所长张贺。

兰州所所长齐长庆。

上海所所长陈宗贤。

武汉所所长杨永年。

六个所长中，只有汪为、张贺是共产党员，其余四位都是非党人士，是所谓"从旧社会过来的知识分子"。他们都是全国闻名的生物制品专家，并且都担任过原国民政府防疫处的处长。在国民政府时期，汤飞凡是中央防疫处处长，陈宗贤当过中央防疫处处长，并兼任西北防疫处和蒙绥防疫处处长，杨永年、齐长庆先后是西北防疫处处长。至于各生研所底下的研究室主任，90%以上是非中共人士。

用人不问出身，不问派别，选贤任能，唯才是举，让那些"从旧社会过来的知识分子"顿有一种如释重负的轻松，一种"人生难得一知己"的欣慰。所谓"士为知己者死，女为悦己者容"，这些非中共专家放下历史包袱，心甘情愿地跟党走，党让到哪里就到哪里，党叫干什么就干什么，没有一句怨言，他们的自我牺牲精神直到今天仍让我们为之动容。

谢毓晋是我国杰出的微生物学大家，是《大众医学》杂志（1948年创刊于上海）的创办者之一和第一任总编辑。1941年从德国富来堡大学取得博士学位归来后，历任兰州西北防疫处技正，同济大学医学院和上海医学院细菌学教授，同济大学医学院院长兼免疫学研究所所长，1949年又与人合伙建起了上海民生试验研究所，担任所长兼主任技师，可谓功成名就，名利兼收了。1950年，武汉所筹建时，在上海设立了办事处，中南军政委员会卫生部副部长齐仲恒找上门来，邀请他到武汉所工作。消息传出后，上海市的领导和有关部门的负责人纷纷登门挽留，当时上海定的政策是，将他的民生试验研究所征用，并入上海所，他和所里的全部人员一律待遇不变，给他定一级教授，并安排领导职务。但是他说："我已经答应了中南的齐部长，而且武汉特别缺人才，到那里也许更能发挥我的作用。"就这样谢绝了上海市的挽留，毅然决定前往武汉所。那年，他在上海安家才4年，有4个小孩，最小的还在牙牙学语。他的老父亲谢镜弟重病在身，需要照顾。还有，上海民生试验研究所该怎么办呢？上海市是要征用到上海所去的，现在是否要带到武汉去？他召开了最后一次董事会，4位董事，两个是爱国实业家，还有一位是我国外科的鼻祖裘法祖博士，与他是留德的同学。董事会一致决定：将民生所无偿交给武汉所，工作人员愿意去武汉的跟谢毓晋一起走，不愿意去的发遣散费，推荐工作。因佩服他的人格魅力和学识，最后有4位小伙子决定跟他一起去武汉所。原武汉所乙肝疫苗室主任、医学生物高级工程师钮家湘就是其中一个。他回忆说：

> 当时我们都很年轻，我、包昌树、纽家渭、钱致明四人都自愿跟谢毓晋教授来武汉所工作。谢教授与杨永年谈好了，把他所有的财产无条件地赠送给武汉所。中南卫生部派项文基、徐明耀同志到民生所进行财产造册、打包、托运，全部都搬到武汉这里来了，包括谢教授坐的凳子和桌子都搬过来了，还有很多书，大概值几十万元（后经核算价值20多万元）。武汉所要给他钱，他一分钱都没要。

要知道，当时上海和武汉的待遇是相差很大的。据钮家湘说："在上海的时候，我们在民生所吃饭不要钱，一个月还给两担米，七七八八加起来一个月能有100块钱，而到武汉以后，一个月才34块钱，比上海少了三分之二，但跟着谢教授，我们没有怨言。"

除此之外，杨永年还从上海、江西招来了30多人。这些人成为武汉所的骨干力量，其中如江先觉后来成为全国知名的疫苗专家，是A群流脑荚膜多糖疫苗的主要研制者之一。

那时，从上海到武汉是一个很大的反差，从大连到兰州的反差就更大了。原大车所血清室主任王成怀从大连调到兰州，赴任之旅，堪称畏途，一路上吃的苦，即便是经历了八九十年代"春运"的人也是想不到的。他回忆说：

> 来兰州的路上是遭老罪了。到北京住了不到一个星期，换火车很痛快。我们夫妻两个、5个孩子7个人一起走。赶到郑州，坏

了！前头发洪水了，火车不开了，就在郑州下车。待了一个星期再登车，走到西安又不走了，而且车票也作废了。退票另买，谁知刚退完了票，又通知晚上12点有车，只有站票。上车之后，人挤的，连找个站的地方都很难。我大女儿一下就发高烧，摸上去都烫手，站不住了，车上挤得挪不动窝，不要说没有医生，就是有医生也挤不过来。我难过死了，商量有座的乘客说："你看我的孩子烧得不行了，你们座位往里稍稍留点空，让这孩子坐坐。"因为她十二三岁了，我实在抱不动。还算不错，人家让她挤上去坐下了。快到天水的时候，她烧退些了，我才稍微放心。从郑州走到兰州两天两夜，到宝鸡一停就是一天……从北京到兰州走了一个星期还多，钱也快花光了，这是我一生最难忘的一次旅行。

王成怀毕业于伪满洲医科大学，在大连所师从日本专家学习血清制作，很快就成为血清科科长，是新中国生物制品方面的稀缺人才。他是大连人，大连所撤销时，有好几个单位想要他，而且条件都比兰州要好，他完全可以选择去别的地方，也可以留在大连大学教书，然而，尽管不止一个人告诉他兰州条件很艰苦，他仍然到了兰州。因为孔子说过："轻千乘之国，而重一言之信。"他已经答应了兰州所所长齐长庆。

兰州所后来有所谓"四大天王，八大金刚"之说，指的是12位在全国生物制品行业中成就卓越的专家。他们之中，只有两个人是原西北防疫处的老人，其余都是像王成怀这样从外地调来的，都经历了同样艰难的终生难忘的报到之旅。

领导人海纳百川，科学家人人争先。这就是六大生研所成立时生物制品行业的政治氛围和精神风貌。有了这样的氛围和风貌，后面诸如扑灭天花等奇迹的出现就是顺理成章的事了，就像春到花自开，水来渠自成一样。

| 第七章 |

爱国卫生运动的呼唤

——研制斑疹伤寒疫苗和森林脑炎疫苗的故事

　　新中国的疫苗等防疫用品的研制工作，从来不是单纯的学术活动，始终是与爱国卫生运动联系在一起的。始于1952年的爱国卫生运动，鉴于当时对人民危害甚烈的传染病大都是以老鼠和昆虫为媒介而传播的，所以开始的主要任务是灭鼠、灭蝇、灭蚊。各生研所也把重点放在预防相关传染病的疫苗研制和生产上。本章选择了其中的斑疹伤寒疫苗和森林脑炎疫苗的研制故事，如管中窥豹，从中可以窥见疫苗研制者的献身精神。

　　1952年，美国在朝鲜战争中搞细菌战，投下带细菌、病毒的昆虫（虱、蚤、蝇）和被污染的物品，波及我国东北抚顺、宽甸等地区。中朝少数部队和居民中发生了散在性的鼠疫、霍乱等烈性传染病，于是展开了反细菌战。3月14日，政务院第128次会议决定成立中央防疫委员会，同年底召开第二届全国卫生工作会议，将中央防疫委员会改为全国爱国卫生运动委员会，以周恩来总理为主任。毛泽东主席为大会题词："动员起来，讲究卫生，减少疾病，提高健康水平，粉碎敌人的细菌战争。"

群众性的爱国卫生运动由此兴起。因老鼠、跳蚤传染鼠疫；苍蝇传染霍乱、伤寒、副伤寒；虱子传染斑疹伤寒；蜱虫传染森林脑炎；蚊子传染疟疾，所以当时爱国卫生运动的主要任务是灭鼠、灭蝇、灭蚊①。生物制品的研制和生产也同样主要针对以老鼠和昆虫为媒介的烈性传染病，如鼠疫、霍乱、伤寒、副伤寒、斑疹伤寒、森林脑炎等。

鼠疫、霍乱、伤寒、副伤寒疫苗，都是按照1951年颁发的《生物制品制造程序》生产的，用的是国外的菌种和工艺，虽然功不可没，使我国在1954年就基本控制了上述烈性传染病，但在科研上谈不上有多少新的建树。而斑疹伤寒疫苗和森林脑炎疫苗是地道的"中国造"，其研制过程具有鲜明的中国特色，体现了我国疫苗专家忘我的奉献精神和出众的聪明才智。

斑疹伤寒疫苗：人虱的传奇

斑疹伤寒是啥？现在，也许除了医生，没几个人知道了。须知，它曾经在世界上横行无忌，暴发流行，是一个严重危害人类健康和生命的烈性传染病。据记载，我国在1850年至1934年间，共发生15次大的流行，其中7次是在水灾饥荒之年。据不完全统计，1940年至1946年，我国共发生斑疹伤寒12.45万例，死亡率为4.53%。新中国成立后，斑疹伤寒的流行并没有因旧中国的结束而停止。

---

① "除四害"是1955年提出的，加上了麻雀，1960年为麻雀"平反"，以臭虫取代，后来随着臭虫的消灭，改为蟑螂。

斑疹伤寒的症状是高烧、剧烈头痛、全身出皮疹，严重者造成神经和心血管的损坏，最终死亡。

在 19 世纪，人类尚不知道斑疹伤寒的病原。直到 20 世纪初，为弄清其病原，美国病理学家立克次（Howard Taylor Ricketts）和捷克科学家普罗瓦泽克（Von Prowazekii）先后发现了斑疹伤寒立克次体（一种介于细菌与病毒之间的微生物），并为此献出了生命。1916 年达罗沙·利马（Da Rocha Lima）从一例斑疹伤寒病人的体虱中证实了他俩的发现，便将之命名为普氏立克次体，以纪念上述两位牺牲了的科学家。进一步的研究发现，斑疹伤寒分为流行性斑疹伤寒和地方性斑疹伤寒两种。流行性斑疹伤寒又称为虱传斑疹伤寒，是由普氏立克次体引起的传染病，由虱子传染；地方性斑疹伤寒又称为蚤传斑疹伤寒或鼠型斑疹伤寒，跳蚤先咬老鼠再咬人，形成鼠—蚤—人感染途径。因地方性斑疹伤寒的症状比流行性斑疹伤寒要轻，又具有地域局限性，所以流行性斑疹伤寒是防治的重点。1919 年波兰的维格耳（Weigl）用显微虱肛注射法培养普氏立克次体获得成功，以后发展成虱肠疫苗。1933 年我国学者张汉民制成虱肠疫苗，同年谢少文用鸡胚绒毛尿囊接种法培养成功。

对我国斑疹伤寒作出了突出贡献的专家首推魏曦。对于魏曦，我们在前面已经讲到他在昆明原中央防疫处的贡献。他是我国著名的医学微生物学家，微生态学的奠基人之一，1955 年被选为中科院生物地学部学部委员（院士），毕生主攻人兽共患疾病，包括立克次体病和钩端螺旋体病的病原学和流行病学的研究，斑疹伤寒疫苗是他人生的得意之笔之一。

刘隽湘在《医学科学家汤飞凡》一书中说：魏曦"于 1943 年研究成功鸡胚组织块悬液培养方法培养出斑疹伤寒立克次体，制成了斑疹伤寒疫苗并被盟军用于免疫，这是中国最早的斑疹伤寒疫苗，魏曦为此获得了美军的军功勋章"。但是这种疫苗应该还很不成熟，属于应急性质，不适应大面积推广。新中国成立以后，从1945年就开始在华北、东北一带流行的斑疹伤寒，仍然相当猖獗，到1950年还处于流行高峰期。人民受苦，政府着急，要求各生物制品研究所抓紧研制斑疹伤寒疫苗。1950年赵树萱从瑞士回国，带回了斑疹伤寒毒株，北京所成立了斑疹伤寒室，制备出虱传斑疹伤寒和蚤传斑疹伤寒的混合疫苗，但是效果有限。斑疹伤寒室的工作人员自己接种了6次，结果还有被感染的。大连、长春、兰州三个所研制的情况也与此类似。

1952年反细菌战，开展爱国卫生运动，斑疹伤寒被列入主攻对象之一。"球"又传到了时任大连所副所长的魏曦手里。既然国内一时难以生产出合格的斑疹伤寒疫苗，那就学苏联。1953年，卫生部举办苏联生物制品法规学习班，目的是参照苏联方法改进我国生物制品的质量。具体到疫苗，第一个就是斑疹伤寒，让魏曦当班主任，把北京、上海、大连等生研所的技术人员集中到大连办班。苏联提供了技术资料，并提供了两个生产用的毒株。原成都所党委书记、研究员赵永林那时在大连所，他回忆说：

> 我们原先在大连所生产斑疹伤寒疫苗用的是日本工艺，用鸡胚做原料来制造。因为鸡蛋与人体是异性蛋白，虽然经过处理，但处理得不干净，打针以后过敏反应严重。所以1953年向苏联学习，卫生部办了一个斑疹伤寒的苏联法规学习班，由魏曦教授主持。参加的人有北京所的赵树萱大夫、上海所的张箐大夫，3个所集中在那里搞。生产斑疹伤寒疫苗，苏联法规是用鼠肺，小白鼠的肺脏。给小白鼠滴鼻子，吸到肺里，感染后把肺取出来，经过提纯做成疫苗。用这种方法制备出来的疫苗标准不一，免疫性能较差。

苏联的方法简单地说，就是对生产疫苗用的毒株定期通过虱鼠交替传代，以保持立克次体的原性；再用鼠肺制备液体疫苗，原液里面要求保持一定量的立克次体，然后用乙醚纯化精制，按抗原浓度要求稀释为疫苗。其最大的问题在于：虱鼠交替传代的虱子从哪里来？生产疫苗需要大量的虱子，总不能从人身上一个一个地去抓吧？虱子，有吸动物血的虱子，有吸人血的虱子，叫人虱。人虱又分三种：头虱、体虱、阴虱。制备斑疹伤寒用的虱子是体虱。虱子是令人厌恶的寄生虫，非常低贱，可它又非常"娇贵"，嘴很刁，人虱只吸人血，对别的动物的血，它宁可饿死也不吸。这就给制造斑疹伤寒疫苗带来了很大的麻烦。不解决喂虱子的问题，就制作不出高质量的斑疹伤寒疫苗。据赵永林回忆：

> 当时要提高斑疹伤寒的毒力，最敏感的是虱子，通过虱子来传代，要人虱。在旧社会虱子很多，当时卫生条件很差，但是这种虱子只吸人血。所以当时大连所就用人来喂养这个虱子。在铝盒里加一层缨布，当中放一个绒垫。把虱子放在缨布上，通过缨布捆在腿上来喂。这个事情很不方便，做斑疹伤寒的人还不能喂，因为做斑疹伤寒的人都有了免疫力。只有找易感的，没有免疫的人来喂，三要是财务人员等，会计坐在那儿不动，绑在腿上，都是无偿地喂。当然感染了的虱子那就由做斑疹伤寒的人来喂，我也喂过，非常痛苦。喂那么多虱子不好受，一个盒子装几百只上千只都是可能的，绒垫上满满的，咬完后局部红肿。有的也过敏，红肿，很大的块。

原兰州所所长、研究员王成怀回忆说：

> 人养虱子这个事我确实知道。我没养过，那时我九十几斤，瘦，不要我。我有一个本家兄弟的媳妇在所里搞包装，喂虱子，她到我家，一看真是……虱子要想活、长大，它的粮食就是人血，

别的血还不行。好像一次喂一个星期左右，皮肤上留下的是一大块紫的，虱子吸血造成的嘛。喂虱子是自愿的，虱子是健康虱子。用虱子做斑疹伤寒，就是把虱子喂肥了，给它人工注射立克次体毒种，让病毒在它身上繁殖，用它来传代，保持立克次体的原性，然后用于制作疫苗……

用人喂虱子毕竟不是一个办法，虽然目的很高尚，咬了我一个，免疫千万人。但让人看着非常难受，即使喂虱子的人完全出于自愿，也还是让人于心不忍。魏曦的巨大贡献就在于将人虱驯化为兔化虱，让人虱吸食兔血来生长繁殖。赵永林回忆说：

> 当时魏曦教授就想了一个办法，把这个虱子驯化，使它从专门吸人血逐步地变成吸兔。刚开始你让虱子吸兔血，虱子全部死了。后来把兔血与人血按比例逐步改变。先是人血多，兔血少；下一步逐步等量，慢慢地变成兔血为主，以后就不用人血，把它驯化成能吸兔血的兔化虱了。可以用兔子来喂养虱子了，就解除了人喂虱子的痛苦。但开始皮膜还得用人的，把兔血拿来后摆在盒子里，上面蒙上人的皮膜，虱子叮在人皮膜上吸兔血。夏天，大连人去海边游泳，晒太阳厉害了，洗澡时会掉一层皮，就把这层皮揭下来用，但这很不方便……后来魏曦教授把这个问题也解决了。把兔子毛剃干净以后把虱子摆在上面喂养，获得成功，解决这个实际问题有很大的意义。后来成都所也用这个办法。

兔化虱的驯化成功，彻底解决了虱子的来源问题，为斑疹伤寒疫苗的大规模生产创造了条件。1955年，各生研所均用兔化虱传代生产斑疹伤寒精制活疫苗。北京所用之接种了40名与斑疹伤寒病原经常密切接触者，经两年观察无一人感染。

对我国斑疹伤寒疫苗作出了重大贡献的还有著名立克次体专家、

原北京所斑疹伤寒研究室主任赵树萱。1956 年 1 月，他和助手从兰州一男性斑疹伤寒患者身上，分离出一株立克次体。分离出立克次体是不容易的，要建立立克次体毒株就更加困难。先后在我国用于生产的斑疹伤寒毒株，有大连所日本人留下来的日本株，赵树萱带回的瑞士株，魏曦从美国带回的美国株，再就是 1953 年学习苏联以后用的苏联株，就是没有中国的本土株。赵树萱在兰州分离出来的这株斑疹伤寒立克次体后来被命名为"兰株"。从分离出来到被命名，他花了近两年的时间。先采用幼虱感染法，就是将感染了斑疹伤寒的幼虱的肠子取出来研磨，加入适量健康人的血液，装入特制的人工皮膜喂虱盒中进行幼虱感染，取三代幼虱的肠做虱鼠交替传代，经小鼠肺连续传五代，再重新传回幼虱，选取既含立克次体丰富又没有杂菌感染的作为毒株，再循环进行，通过虱鼠交替传代 16 次。16 代幼虱，每一代幼虱要传 5 代小鼠，每一代都必须能让小鼠规律性发病。如此这般之后，终于使发育性立克次体成为典型的立克次体，即可用于生产的固定毒。经过体虱感染试验及感染动物的血清血检查等多项国家检定，均证明为典型的立克次体，这才被命名为"兰株"。

"兰株"是名副其实的中国株，它不仅与苏联株具有同等的免疫原性，而且经 16 代虱鼠交替传代，提高了鼠肺的毒力和虱型、蚤型斑疹伤寒交叉免疫原性，因而能同时预防流行性斑疹伤寒和地方性斑疹伤寒。从 1958 年起，"兰株"被作为生产斑疹伤寒疫苗的毒株。

斑疹伤寒疫苗重点用于流行区的人群，不分男女老少，疫苗的保护期为一年左右。随着疫苗在流行区的接种和爱国卫生运动的开展，斑疹伤寒的发病率逐年下降，到 20 世纪 60 年代初只需疫苗 20 万人份了。1965 年发病率为 2.91/10 万，1975 年为 0.63/10 万，1990 年为 0.31/10 万，2000 年为 0.49/10 万，2004 年为 0.32/10 万。因为发病率明显降低，

1966 年以后斑疹伤寒疫苗仅有兰州、成都两个所生产，1986 年只有兰州所一家生产。

另外还有一种名叫森林斑疹伤寒，又叫恙虫病，也是由立克次体引起的，因为在我国只有东南和西南部分区域发病，发病率在 0.1/10 万—0.2/10 万，且恙虫病立克次体的血清型号有近 10 个，抗原型特别多，所以恙虫病的死疫苗和活疫苗研制都没有取得令人满意的效果。目前世界上普遍采用的预防办法是切断传染源和加强自身防护。

森林脑炎疫苗：从抓"草蜱子"开始

森林脑炎？没听说过吧？想当年，它可是惊动了党中央和国务院的一种流行病。

1952 年，在大兴安岭的森林里，森林工人中突然暴发一种怪病：高烧、头痛、麻痹、昏迷、死亡，也有活下来的，但几乎没有不残疾的，或颈肌，或肩胛肌，或腰肌，或上肢肌萎缩了、瘫痪了，吓得许多工人不敢进林区了。

新中国成立初期，森林工业是我国一个重要的工业门类，国家专门设有森林工业部，主要是伐木和制造木材制品。工人不敢进林区，国家的木材供应就会受影响。

这是一种什么病呢？起初没有多少人知道。它像流行性脑炎，但又不完全像。1952 年反细菌战，有人怀疑，是不是美军的飞机在林区投下了什么细菌呀？得赶紧去查。国家卫生部和东北人民政府责成长春生研所派人去调查，要求尽快查清病原并制作疫苗。长春所副所长、总技师辛钧带着唐玉书（后来成立的森脑室主任）等人火速前往。

辛钧等来到大兴安岭林区，与当地防疫部门的人一起上山调查，很快排除了细菌战的嫌疑。森林工人告诉他们，得这种病的人都被"草蜱子"咬过。"草蜱子"吸人血，像蚂蟥一样，死死地叮在人身上，特别是腋下、耳朵后面，用手拉不下来，如果硬拉，它的嘴就会留在人的皮肤里，瘙痒、化脓。想要把它弄下来，需要用烟头烫才行，而森林中不准用火，难办。哦！原来如此。老百姓说的"草蜱子"，个头与苍蝇差不多，是一种吸人血的蜱虫，节肢动物。未吸血时干瘪瘪的，吸满血后鼓鼓囊囊的。通过对病人血液的化验检查和诊断，此种怪病被确诊为森林脑炎。这是一种神经性急性传染病，因感染森林脑炎病毒而引发。

但森林脑炎究竟是不是"草蜱子"传染的呢？不能凭想当然，也不能光听当地人说。必须要抓蜱虫回来研究。怎么抓？他们和防疫站的人一起想了一个办法，找一条一丈有余的白布，两头由人拉着，在草丛中像拉网一样往前走，蜱虫就掉在白布上，然后抓起来放到试管里，再把试管带回来做解剖研究。当年参加过抓蜱虫的唐玉书说："去抓的人必须做好全身防护，否则你没抓着它，它先咬着你了。那些被叮咬的人，都是因为没有防护好。"

把俗称"草蜱子"的蜱虫抓回来做研究，发现它的学名叫全沟硬蜱，是蜱虫大家族中的一种。其背上的盾板呈褐色，须肢为细长圆筒状，颚基的耳状突呈钝齿状，肛沟在肛门之前，呈倒 U 字形，多出现在针阔混交林带，是典型的森林蜱种。进一步地解剖和进行细菌、病毒培养研究，发现这种蜱虫中有 3% 带有森林脑炎病毒。这足以说明森林脑炎就是由"草蜱子"传染的。后来发现，它还能传染西伯利亚斑疹伤寒。

"草蜱子"的嗅觉非常敏锐，能够感知与之相距 15 米的人和脊椎动物，先等在那儿，你一过来它便趁机跳上去叮咬。它本身就有一定的毒性，如果带有森林脑炎病毒，就把病毒传染给人畜（兽）。后来的研究还发现，这种蜱虫简直就是一个病毒保险箱，森林脑炎病毒能够在蜱虫体内长期存在，并且可通过卵传给下一代，雌性老蜱虫死了，病毒却传了下来。从这个意义上说，蜱虫不灭，森林脑炎就不会绝。但是，莽莽森林，茫茫草甸，蜱虫知多少？怎能灭得了？因此，在医治森林脑炎的特效药问世之前，唯一的办法就是预防，除了加强人身的物理和化学防护外，就是要尽快研制出疫苗。又因再严密的防护也会有漏洞，故疫苗是此中关键。

我国的大兴安岭林区与苏联接壤，其西伯利亚与大兴安岭的森林情况类似。当时苏联已经有森林脑炎疫苗，为尽快在我国制造出这种疫苗，最便捷的办法是引进仿制，于是便从苏联引进了一个森林脑炎毒株，叫"森中株"。

与此同时，长春所也在抓紧分离自己的地方株。据唐玉书回忆："其方法是把抓回来的'草蜱子'挑有毒的碾碎，制成悬液，注射到小鼠的脑腔里，一般 48 小时至 72 小时，小鼠就发病了，表现为抽搐、麻痹、僵直，在鼠脑中分离出很多森林脑炎病毒，就用鼠脑来保存和繁殖病毒，一代一代往下传。最后从中挑选出两个毒株，'森张'与'森候'。"至于为什么叫这个名，由于先后主持研究的辛钧和朱既明已经仙逝，唐玉书等人也回答不上来。

当时为了救急，赶在 1953 年森林脑炎流行季节到来之前，就试制出一批鼠脑灭活疫苗。简单地说，就是把毒种种到小白鼠的脑腔里，小白鼠发病了，再把小白鼠的脑子抠出来研磨，进行无菌灭活处理然后制成死疫苗。给森林工人试种后，虽然防住了森林脑炎感染，却产生了比较严重的副反应。

此事惊动了中央，责成长春所提高疫苗质量。长春所不敢怠慢，进一步对用"森中""森张""森候"三个减毒株制作的死疫苗进行比较研究。唐玉书清楚地记得，当时用了 32 只南宁猴分组注射后对比，经交叉保护力实验，参考接种人群的免疫效果观察结果，最后证明三个毒株的抗原性无明显差异，但"森张"株的副反应最小。经上报批准，此后疫苗生产全部使用"森张"毒株。这是一方面。另一方面，抓紧查找副反应大的原因，发现主要是鼠脑疫苗制作还比较粗糙，其中的杂菌消除得不干净。所以准备用鸡胚培养活疫苗来代替，并做出了两个样品，与鼠脑死疫苗进行对照比较，因为鸡胚培养技术还不成熟，结果显示免疫效果不如死疫苗。于是决定先研制鼠脑提纯死疫苗来代替普通鼠脑死疫苗，试制成功后，大幅度降低了接种副反应。

在改进疫苗生产的同时，长春所先后在辛钧、朱既明的主持下建立了森林脑炎疫苗的效力检定方法，即腹腔免疫、腹腔攻击法。这一方法在 1957 年被纳入《中国生物制品规程》，一直沿用至今。

朱既明是 1956 年调到长春所的。他的到来，使长春所的科研焕发了青春，原已夭折的森林脑炎鸡胚组织活疫苗起死回生，重新开展研究，终于在 1963 年研制成功，进一步降低了接种的副反应。原长春所科研处处长白新卿说："在生产上，做细胞培养活疫苗是我亲自操作的，开始是用 7—10 天的小鸡胚。鸡胚细胞活疫苗比鼠脑提纯疫苗干净了许多，副反应已经很小了。后来我见别人用地鼠肾做其他疫苗，就想拿过来试试，看能不能做成地鼠肾森脑活疫苗，这一试也试成功了。"从1969 年开始，我国森林脑炎疫苗全部采用地鼠肾细胞培养生产，技术趋于成熟，副反应降到了最低限度。

森脑疫苗的研究和生产获 1978 年全国科学大会奖。唐玉书说："申报材料是我整理的，我们是做具体工作的，但在理论把握和技术路线上先后是由辛钧和朱既明亲自指导和把关的，如《森林脑炎免疫机制的研究》《森林脑炎病毒毒力变异的研究》《森林脑炎减毒活疫苗的研究》等论文都是由他们领衔完成的。"

森林脑炎疫苗生产接种以来，发病率逐年下降：1952 年发病率为
3.16/10 万，1953—1962 年为 0.18/10 万—1.21/10 万，1963—1972 年为
0.36/10 万—0.98/10 万，1973 年以后为 0.04/10 万—0.09/10 万。森林
脑炎基本消除，但疫苗还要继续生产，其中一部分是为进山的驴友准
备的。

最后，有必要提醒读者的是，传染森林脑炎的蜱虫只是庞大蜱虫
家族中的一种，其他的蜱虫则传播其他的疾病，危害性也很大，严重的
也能致命，不在森林脑炎疫苗的保护范围之内。

第八章

伟大的天花歼灭战

曾几何时，中国城乡随处可见到麻子。麻子是天花病毒给人留下的印记，与那些因患天花而死去的人相比，可以说是不幸中的大幸，因为毕竟让你活下来了。如今，麻子只能到退休老人中去找了，因为早在 1961 年中国就消灭天花了。靠什么消灭的呢？痘苗。这是一个举世瞩目的伟大成就！

人类消灭一个物种很容易，要消灭一个致病微生物却很难。联合国环境规划署的一份报告指出，目前世界上每分钟有一种植物灭绝，每天有一种动物灭绝。而目前已经被消灭的危害人类的病毒，有据可查的只有天花一个，脊髓灰质炎还只能说被有效控制。值得骄傲的是，在消灭天花病毒的战斗中，中国是走在世界前列的。本章记叙的是在天花歼灭战中研发和生产痘苗的故事。看了它，你会为祖国感到自豪。

如今的年轻人已经不知道天花是什么了。人来人往，熙熙攘攘，你几乎见不到一个麻子了，偶尔见到一个，一定是老头、老太，而且是农村来的。要看麻子，可以去看北京人艺演出的话剧《茶馆》，那里面有一个人物叫"刘大麻子"。

天花"制造"麻子，其病名大概由此而来，天给人脸上"雕"花，但它的危害不止于此，严重的是要死人的。

天花是由天花病毒引起的一种烈性传染病。我们不在这里描绘其症状，也不知道它究竟起于何时，也许与人类的历史一样悠久吧。据历史记载，除南极洲以外，世界各大洲都曾有天花暴发流行，造成数以亿计的人类死亡。疾病有"穷人病"，有"富贵病"，天花却贫富"通吃"，哪怕你头上戴着皇冠，照样"麻"你没商量。1664 年，中国清朝的顺治皇帝死于天花，年 24 岁；1694 年，英国女王玛丽二世死于天花，年 32 岁；1774 年，法国国王路易十五死于天花，年 64 岁。另外，还有清朝的同治皇帝"疑似"死于天花，年 18 岁。

据《中国生物制品发展史略》记载：旧中国天花可以说是年年发生，月月出现，每隔几年就有一次大的暴发，每年死于天花的人数以万计。旧中国没有确切的统计数字。据 1950 年湖南省岳阳市的调查，患天花的人占总人数的 13.6%。而在我国少数民族中情形更加严重，据云南西盟佤族自治县的调查，新中国成立前出生的族民中竟有近半数是麻子，加上患天花死去的人，受害者则占半数以上。

免费种痘，打响消灭天花的战斗

中国是最早种痘的国家。据我国古代医书的相关记载，早在北宋真宗时期（998—1022）中国就有了种痘术，大约是用一根吸管先从患者的脓痂上吸气，然后再吹到健康小孩的鼻子中，使之轻度感染从而产生抗体。你可以说它不科学、不安全，但是我们的祖先在世界上最早认识到了免疫机理，也值得我们骄傲。到了明代，1628 年出现了《种痘十全》，对种痘的方法有所规范。清代的 1713 年出现了《痘疹定论》，对天花的预防、诊断、治疗有了比较详细的记载。据中国工程院院士赵铠说：

> 实际上我们老祖宗记载用人痘来预防天花，就很早了。在 11 世纪宋真宗时代，用天花的痘浆给人接种，当时的观念叫以毒攻毒……到明朝的时候，人痘就有改进了，用现在的话讲就是懂得选种了。选的痘发得饱满，但是很温和，反应很轻，挑这个痘浆、痘痂来保存。到第二年再拿出来，做成人痘来给人接种，这样经过保存毒力就减弱了。所以明朝的时候，人痘可以说在大江南北、长城内外普遍应用。当时有个地方叫湖州，搞苗很好，甚至于当时有个说法叫一个苗一个金，就是一两金子一个苗，很贵。之后中国的人痘通过土耳其就传到英国，这是 11 世纪，现在国际上也承认，最早记载有人痘的是中国。

不可否认，中医在天花的预防和治疗上是立下了不朽功勋的。据说英国的伊丽莎白一世女王患天花后，就是靠中医挽救的生命。但是中医毕竟是经验的产物，因而防治的效果有限。

牛痘苗是英国乡村医生琴纳发明的。他于 1796 年为一名 8 岁的男孩接种了牛痘，牛痘苗从此诞生。琴纳发表了题为《接种牛痘的理由和效果探讨》的论文，接种牛痘的技术从此在世界上推开。

说起来，琴纳发明牛痘苗也是受了中国的启发。英国有一个贵妇蒙塔古夫人从土耳其旅行归来，说土耳其有一种种痘的方法，就是把轻度天花患者的脓痂磨成粉末，稀释后接种到健康人身上从而获得免疫力。这个方法是我国明代发明的，逐渐传到了俄国、土耳其、朝鲜、日本等国家。蒙塔古夫人对此法深信不疑，给自己的孩子接种了，结果她的孩子没有得天花。当时英国乡村的麻子很多，但琴纳发现麻子都是地主、神甫和农民，而挤牛奶的姑娘没有一个麻子。这是为什么？他的一个病人患天花已卧床不起，患者妻子因怕传染而不敢照顾他，便请来一个挤牛奶的姑娘来当护工。琴纳担心姑娘被传染，姑娘却胸有成竹地告诉他："我已经感染过牛痘了（给出痘的牛挤奶），不会再被感染。"这个姑娘在照顾患者期间果然没有被感染。上述两件事启发琴纳发明了牛痘苗。

我国明朝种痘，种的是人痘，经过约两个世纪传到英国；琴纳发明的是种牛痘，传到中国用了 9 年时间。据说是由 1805 年广东人邱熺最先制作的，其方法由南向北最后传到了北京、天津。那时制造牛痘苗的多是医生或兽医开的小作坊，一次种一到两头牛，虽然没有质量保证，但牛痘苗卖得非常贵，只有有钱人才能接种。

我国官方生产牛痘苗，是在 1919 年成立中央防疫处之后的次年。因防疫处处长刘道仁、副处长严智钟都是留日的，便从日本引进牛痘苗毒株，批量生产牛痘苗。日本毒株从 1920 年用到 1926 年。

1926 年，中央防疫处痘苗科科长齐长庆和他的助手李严茂从患天花的西北军士兵刘广胜身上分离出天花野毒株，培育出可用于生产的"天坛株"（见第一章）。自此，我国在牛痘苗的生产上，"天坛株"代替了日本株，一直使用到 1980 年。

"天坛株"是人痘的减毒株，虽然减毒是在动物身上传代实现的，但本质上还是人痘而非牛痘，这一点已经现代科学检验证实。所以，用"天坛株"生产的痘苗虽然与国外的痘苗都叫牛痘苗，但本质上有人痘与牛痘之分。

1950 年 10 月 7 日，政务院发出了《关于发动秋季种痘运动的指示》，要求全国实施免费种痘。12 日，卫生部发布《种痘暂行办法》，规定婴儿在出生后 6 个月内即应初次种痘，届满 6 岁、12 岁、18 岁再各接种一次。1953 年卫生部又要求在全国范围内实施全民普及痘苗接种，全国种痘 5.6 亿人次，大部分地区种痘率达到 90% 以上。天花病例于是大幅下降，全国各大城市已不再有天花病例。1951 年初，正当上海天花流行之时，于 3 月初开始全民种痘，全市设立 1319 个种痘站，基本达到了种痘全覆盖。天花发病率从 1 月份的 958 例逐月下降，到 8 月份新发病例为零。

《战"痘"的青春》

中国是一个人口大国，全民种痘所需痘苗是一个非常庞大的数字。这么多痘苗是怎么生产出来的呢？

最早的牛痘苗是用牛生产出来的。

生产牛痘苗既是一项技术活，又是一项体力活。据原成都生研所干扰室主任、研究员钱汶光回忆：

> 当时生产牛痘苗，牛要在育疱室里育疱，牛是活的。育疱室要求做到无菌，而当时条件很差，我大学毕业吧，照样做牛的护理工作，接大便、接小便，不能让它拉到育疱室里，污染环境。就在里面看着，看到它翘尾巴马上就上去接，夜晚也不能睡觉的，因为你不知道它什么时候大小便。我做这个工作开始是有想法的，以前是当医生的，到这儿做这个工作，又脏又累又不能睡觉，但后来就慢慢适应了。

原北京生研所的张荣华写了一篇《战"痘"的青春》，记叙了北京所邓乃池等参加牛痘疫苗生产的情形，现摘编于此：

> 生产牛痘苗的原材料是 5 岁的雌性黄牛。从千里之外的大草原经过一路奔波来到北京后，还要经过 60 天的隔离检疫，而后才能

用于生产。因为被隔离 60 天，憋坏了，通过检疫的牛一从屋里牵出来，就像脱离了牢笼一样，马上就兴奋得乱跑乱跳，近乎癫狂。

有一年冬天，天降大雪。邓乃池和 4 位同事把牛从隔离室牵出送往痘苗室。刚出隔离室，一头又高又大的牛突然左冲右撞，撞倒了史魁钧和王长太两人。邓乃池赶紧跑上去用力抱住牛头，郭祥礼和戴连祥则一个抱住牛前腿，一个抱住牛后腿。谁知这样一来，牛反倒野性大发，只见它不停地尥着蹶子，"哧哧"地拼命往前冲，3 个人先后被摔倒在地。人倒了，但他们仍紧紧抓住牛绳子，被牛拖了三四十米，手被绳子勒出了鲜血。最后，5 个人共同努力，终于将牛制服，但每个人都"挂了彩"，流了血……

送到痘苗室的牛先要洗澡。他们得先用温水和高级香皂给牛洗上七八遍，还要抠掉牛蹄子里的污物，一点儿糊弄不得。洗净后的牛要上桩剃毛。剃毛可是一项技术活，腹部和臀部的毛好剃，"唰唰"几下就是一大片，可脖子上的毛就没那么容易剃了，要先把褶皮拉开，然后在上面小心地下刀，这个过程必须得十分小心才行，因为一个不留神就很可能剃成"花瓜"。

接下来要进行的"刮种"，要求是最严格的，这要见真功夫。既要刮破牛的皮肤，又不能让牛渗出太多血，这就要求高超的手腕功夫，下手必须要稳、准、狠、齐才行。"刮种"的时候，我们用的是特制的六齿刮锯，先用力地从牛脖子刮到臀部，然后再用戴着手术手套的手把毒种均匀涂在牛的皮肤上，这样才可以把牛推进育疱房开始繁殖牛痘病毒。邓乃池说："育疱时，我们要护理病牛，牛种毒 5 天后收获病毒，这 5 天的重点就是对牛的护理。"

……在育疱房里护理病牛，那可是个既脏又累的活儿。因为牛种痘后就开始发烧，会拼命地叫，要水喝，而且随喝随尿，随尿就得随接。如果图省事给牛喝的水少了，痘疱就会长得又干又瘦。只有随时给牛喂水喝，痘疱才长得丰满，才能保证质量，提高产量。

……痘疱熟透后就是收获采浆。采浆就要杀牛。那是让邓乃池他们最难过的事情。"虽然我们都是血气方刚的小伙子，但杀牛的时候，我们的手也会发抖，眼睛也会浸出泪花。"当把特制的木槌高高举起，对着牛脑袋"当"的一槌下去之后，只听到牛"哞哞"地大叫，眼泪唰唰地流了出来，他们心里真有说不出的滋味……

"天坛株"险些毁于一旦

自 1926 年分离和培育出"天坛株"之后，原中央防疫处就一直用"天坛株"生产痘苗。在提高痘苗的质量上，汤飞凡是立了大功的。1938 年，防疫处迁到昆明以后，为解决痘苗的副反应问题，汤飞凡就带领痘苗室人员研究痘苗的生物学性状，发现痘苗病毒对酚、乙醚有较强的抵抗力，因而发明了乙醚灭菌法，即用乙醚消灭混在痘苗中的杂菌，并建立和制定了一套痘苗生产程序和规程。此后生产出来的痘苗副反应大大减少。乙醚灭菌法是中国独树一帜的新工艺，比国际上通用的石炭酸灭菌法更胜一筹。且汤飞凡建立的这套生产程序一直沿用到新中国成立后。

新中国成立后，鉴于旧中国生产痘苗所使用的毒株如"八国联军"，有英国的，有日本的，还有说不清来源的，所以，1951 年中检所成立之后召开了第一次生物制品工作会议，规定痘苗生产一律使用"天坛株"，由此"天坛株"在全国普及。

但当时生产的痘苗是液体痘苗，保质期最长只有 3 个月。中国这么大，解放初交通又很不发达，液体痘苗保证城市没问题，却难以保证乡村，特别是偏远地区是天花的高发区，可痘苗不等你运到接种地点就过了保质期。要保证人人都能接种，不提高痘苗的保质期是做不到的。在提高痘苗保质期的研究中，武汉所研究员林放涛在谢毓晋的指导下作出了重要贡献。他首先采用蛋白胨冷冻干燥技术，使痘苗的有效期从 3 个月提高到了 1 年，而且还便于运输。冷冻干燥技术的推广，让全民种痘有了可能。当时各生研所同时生产液体和固体两种痘苗，液体的用在城市，固体的则运往农村。

自此，我国的痘苗生产已经是顺风顺水，照此下去，消灭天花指日可待。可惜，平地起风雷，好好的一件事却被食洋不化的教条主义者给搅乱了！

1954 年，提出了一个全盘学习苏联的口号。政治风一刮，方方面面都躲不过，生物制品也不例外。具体到痘苗，中国用"天坛株"生产的痘苗既有效又安全，有人却强令用苏联毒株——"莫罗佐夫"毒株取而代之。卫生部成立了一个生物制品学习苏联法规委员会，指定在北京所举办"牛痘苗苏联法规学习班"，由北京所细菌室主任朱既明和中检所王太江负责主持。学习班办了半年时间，最后在总结时宣布：今后痘苗生产全国统一采用苏联的"莫罗佐夫"毒株，用苏联的工艺进行生产，检定标准以苏联法规为准。对此，中国科学家内心是抵制的。比如，汤飞凡对用苏联的石炭酸灭菌法代替中国的乙醚灭菌法就感到莫名其妙，正是因为石炭酸灭菌法有问题，他才发明了乙醚灭菌法。主持办班的朱既明其实也是反对全盘照搬苏联的。中国工程院院士、原北京所所长赵铠回忆说：

> 这里有个故事，我是（19）54 年来的，正好碰上牛痘苗苏联学习班。朱既明大夫找我谈话，谈完后说，晚上你到我家去一趟。我晚上就到他家去了，先谈别的，后来他给了我一本书，是林飞

卿的《细菌检疫学》。他跟我说，你除了做检定以外，痘牛生产过程中间，在洗刷以前有哪些细菌，洗刷以后有哪些细菌，剥了皮以后，泡在石炭酸里，泡以前有哪些细菌，泡以后有哪些细菌，叫我做做。我也不知道是什么目的，就这么做。后来见到学习班的一个老人，是武汉所的叫卢孝曾，听说朱大夫叫我做这个，他一笑，说："朱既明还是对石炭酸处理牛皮的方法持否定态度，还是我们过去的乙醚法好。为什么要你这么做呢，做出来你看吧，还有好多细菌。苏联用石炭酸，他用乙醚。乙醚法是汤飞凡1938年在昆明所发明的，他在那里搞过。"哦！原来是这样。他是想告诉我，你学习外国经验，要结合自己本身，不是原样搬来。

学习班结束以后，全国各生研所就都全盘照搬苏联方法生产牛痘苗。发现用苏联方法最大的好处是可以增产，我国在牛身上种痘往往只种牛的腹部和背部，苏联是种全身，这样单产就提高了。另外，苏联的方法比较规范。但要命的是副反应太大，小儿初种会出现子痘，小孩受罪，家长不愿意。钱汶光回忆说："有的小孩整个手臂都肿起来了。"于是各研究所纷纷呼吁恢复用"天坛株"生产，用乙醚法消毒，不呼吁还好，一呼吁反倒更坏事了。当时的主管部门答复说："要不折不扣地学习苏联，不要再留恋过去的老工艺、老毒株，除了苏联的毒株外其他的毒株一律销毁。"这一下，"天坛株"也在劫难逃了。而一旦销毁，"天坛株"就永远消失了！

"天坛株"是齐长庆和李严茂分离培育出来的。对李严茂来说，"天坛株"就是他的儿子，从1926年分离出来后就再没有离开过他。回想在抗战时期，原中央防疫处从北京迁到南京，再迁到长沙，最后到昆明，千里逃难，一路上他都死死地保护着"天坛株"，就像是他身体的一部分。搬迁当中，什么东西都可以托运，但"天坛株"他一直拿在手里。因为路上没有冰箱，怕毒株被热坏了，每到一地，他首先要找一口水井，把"天坛株"用防水材料包好沉到井底下，第二天出发前再从井中捞出来。由于他的精心呵护，"天坛株"到昆明后仍然完好无损。他把"天坛株"看得比自己的生命还重要，现在却强令他销毁。他心里如翻江倒海，要多难受有多难受，整夜整夜没法睡觉。搞生物制品的人都知道，一个人一生中如果能分离出一个病毒，培养出一个可用于生产的减毒疫苗株，就不枉此生了。现在要他亲手销毁"天坛株"，等于拿刀杀自己的儿子，能下得了手吗？那是违背人之常情和科学良心的。他实在不甘心，不忍心。但是如不销毁，那就是违抗命令，就会被戴上"反对学习苏联"的政治帽子，会被开除公职，扫地出门。经过反复的思想斗争，他最后决定豁出去了！他把"天坛株"封得严严实实，外面再用油纸包裹起来，悄悄地塞在了冷库的一个角落里。因为没有贴标签，谁也不知道那里面是什么。李严茂几乎每天都要去看一看"天坛株"是否还在那里，生怕有人发现后追查。万幸的是，那个强令销毁"天坛株"的人高高在上，颐指气使，以为没有人敢违抗他的命令，没有放下身段来督促落实，他的官僚主义作风成了"天坛株"躲过一劫的一个原因。

李严茂在惴惴不安中度过了三年多。在这三年多的时间里，对用"莫罗佐夫"毒株生产的牛痘苗的质疑声越来越多，终于在1960年的痘苗生产经验交流会上引发了激烈的争论。赵铠当时是会议记录员，回忆说："那时开会讨论得很激烈，后来就请李严茂跟齐长庆到会，来谈老方法跟新方法到底有些什么区别。后来大家说：'你现在毒株都销毁了，那也没办法了。'"就在大家摇头叹息时，李严茂说："'天坛株'还在，被我悄悄藏在冷库的角落里。"大家开始惊讶得张开了嘴巴，接着对他投来赞许的目光。

但是，科学要拿数据说话。那就来一次比较研究。所谓不怕不识

货，就怕货比货。拿"天坛株"与苏联"莫罗佐夫"毒株比一比，再与
Lister 株（国际参考毒株）、Danish 株（公认的强毒株）以及 EM—63 株（公
认的弱毒株）对照，进行动物感染试验，最后的结论是："天坛株"的
免疫原性最好，动物试验的免疫反应性接近强毒株，初种小儿的反应，
苏联株的子痘发生率高于"天坛株"。

似乎冥冥之中天佑我"天坛株"。在这期间，从苏联传来一个消息，
莫斯科有儿童得了天花，而患儿接种过痘苗，这就暴露了"莫罗佐夫"
毒株存在的缺陷，于是乎"莫罗佐夫"毒株在中国走下了神坛，"天坛株"
重见天日，回到"王座"了！

中国天花的扑灭不能说没有外来毒株的贡献，但最大的功臣当属
"天坛株"。

"200 个鸡胚一头牛"

前面讲到，生产牛痘苗的劳动强度非常大。当时大学刚毕业的赵
铠也参加了牛痘苗的制作，总想着如何减轻劳动强度，他回忆说：

为什么我老想改？因为我给痘苗做检定，朱既明讲生产过程
你都得参加，护理牛得参加几周，种牛得参加几周。我那时比现
在要瘦，进去（育疮室）以后一次工作两三个钟点，有一次就昏倒
了，因为当时没有洁净室，房子都是密闭的。冬天人进去穿单衣
都出汗，闷在里面不通风。我感到劳动强度太大，这是第一个原
因。第二个就是我是做细菌的，一看痘苗里面的细菌多得不得了，
就想改进工艺。

不用牛生产牛痘苗，用什么方法呢？从国际文献上看，20 世纪 50
年代已开始用细胞培养的工艺来生产疫苗，有用鸡胚研发如斑疹伤寒、

乙脑疫苗的,我们能否用鸡胚做痘苗呢?为了让这项试验得到上级批准,赵铠主动与当时党的政策挂上了钩。那时是我国所谓的"三年困难时期",大家吃不饱肚子,党和政府提出了各行各业支援农业的号召。赵铠说:

> 我看到这个消息,就借这个机会说,现在生产牛痘苗要用大量的牛,目前耕牛还是农业上的主要的畜力。一个所用几十头,6个所多少头?每年都要这么用,就影响农业生产的畜力。如果痘苗用鸡胚细胞培养,今后就可以不用牛来生产牛痘苗了。这也算是我们生物制品界对农业的支援了。所里的领导一看这个提法挺好,就拨点经费搞开发研究。

听说北京所在研究鸡胚细胞培养痘苗,长春、成都两所也要求派人前来参加,这样3个所加上中检所合作,组成了一个以赵铠为组长的研究小组。研究的过程相当复杂,难以细说,中间还停了一年,因为知识分子要下放农村劳动一年。历经挫折,经时3年,成功研究出用鸡胚细胞培养痘苗的工艺,经实验室检定及小儿接种观察,效果与牛痘苗无异。从1965年开始各生物制品研究所开始用鸡胚生产痘苗,200个鸡胚相当于一头牛的产量,而且是无菌痘苗,还大大节约了成本。这就是"200个鸡胚一头牛"的来历。

这件事引起世界关注,巴西、美国等国都想来学习。世卫组织也很关注,关注的焦点是你怎么能证明鸡胚痘苗能预防天花?赵铠打了一个报告,证据都写在报告里了。他回忆说:

> 细胞培养痘苗当中有几个问题,其中一个是毒种适应在鸡胚细胞上,适应多少代它的免疫原性不变。我做了,发现传的代数多了,它的免疫原性就减弱了,超过10代从动物上就看出来了。所以我们就固定在5代以内。牛痘苗的毒种适应鸡胚细胞,1到3

代，用 3 代或者 4 代来做苗，不超过第 5 代，就可保留免疫原性，证明确实跟原来的牛痘苗免疫性一样。我们用细胞培养的痘苗给一批人接种，用牛痘苗给另外一批人接种，接种完了以后，过一两个月再交叉复种，结果复种的反应也是一样的，这样就推广使用了。接着又发现一个问题，细胞培养的苗没有黏稠度，牛痘苗滴在皮肤上是成滴的，之后再划刺，而细胞培养出来的痘苗滴了像水一样，这样大家又改进，加些蛋白丝，加些可溶性淀粉，黏稠度就跟牛痘苗一样了。（2001 年）出了"9·11"事件以后，世卫组织要求对天花要做储备疫苗。我在世卫组织开了两次会。第一次会各个国家来介绍准备储备多少，用什么苗来储备。我是跟中检所的一个副所长一起去开会的。我介绍了有关情况，还讲了鸡胚痘苗跟牛痘苗的对比实验，用鸡胚痘苗免疫兔子，用毒性比天花还强的睾丸痘苗来攻击，证明还能保护。

挨家挨户找麻脸，通过 WHO 证实

自 1950 年 10 月我国实行全民免费种痘，到 1958 年，已基本扑灭本土天花，但在边境地区，时有天花从境外传入，因此我国建立了国境线免疫防护地带，以防天花入侵。

云南省和西藏自治区与老挝、缅甸、印度、尼泊尔等国接壤，边民交往频繁，常有天花病例传入。1958—1959 年两年中曾经因此引起天花在云南孟连县暴发流行，全县发病 332 例，死亡 59 例；沧源县发病 672 例，死亡 96 例。另外，在德康、猛海和西盟县的沿边地区也有零散病例发生。怎么办？建立边境天花免疫防护带。云南省在国境线50 公里范围内的居民每 3 年普种一次痘苗；广西壮族自治区对国境线上

的来往人群实施每年种痘；西藏自治区对中尼边境线和交通口岸的居民实施定期种痘。建立边境免疫防护带以后，虽有境外天花患者进入国境，但没有在国内引起传播。

1960年以后，国际上发生了因航空传播天花而造成天花流行的情况。为防止航空传播，国家除加强边境检疫之外，规定除婴儿在出生6个月初种外，其他的人群在全国按行政区划为六大片，每6年轮流接种一次。

我国最后一例天花患者是1960年3月出现在云南省思茅地区的西盟县，名叫胡小发。西盟与缅甸接壤，当时缅甸的班岳寨流行天花，这个寨子的一个9岁女孩受到感染，出了疹子，跟随父亲到西盟县边境村寨探亲，途中传染给另一个村寨的11岁女孩；这个女孩又跑到另外一个村子去探亲，致使5人发病，接着传到南亢寨引起胡小发得病。

天花在我国1961年被扑灭。但是，你自己说的不算，世界卫生组织（WTO）要进行核查确认。北京所的赵铠和中检所的闫志林参加了WHO的核查。赵铠回忆说：

我们是1961年就没有本地的天花了，人跟人直接传播的天花没有了。但是在1962年至1963年，我们在山西的天镇和阳高，以及内蒙古的伊盟（伊克昭盟，今鄂尔多斯市）发现了天花。怎么回事呢？那时候灾荒年，民间的医生把自己保存的人痘拿出来给人家接种，从而引起天花。卫生部派人去调查，我被派到天镇，在那里待了一段时间，调查证明不是人间的天花，找到来源了，找到民间的痘医了，也找到了他保存的天花痘渣，等等。还有一次，1959年达赖叛乱，西藏有一部分人跑到印度、尼泊尔，之后有些人陆续回来了，有一群人在1964年从印度经过聂拉木口岸回到西藏，在这群人里面有5个得天花的。调查以后，发现这5个得天花的都是在境外感染后进来的，是输入性的。主要一个依据，是他们进来以后，聂拉木当地的居民、孩子跟他们都有接触，却没有一个得天花的。这说明当时搞边境免疫带是有效的……国际上，世界卫生组织1977年在索马里发现最后一例天花，之后就要求各个国家提供材料，证明你的国家或地区没有天花了。你要提供很多数据，其中一个是你要找出最后一次天花流行在哪里？多少人感染？最后一例得天花的是谁？在哪里？年岁多少？还有你要调查多少人，里边要找出麻脸，这个麻脸得天花的年限，还要调查痘疤，证明有痘疤就可以预防天花。按照这个要求，卫生部就派我跟中检所一个叫闫志林的去了西藏，去了云南，去做调查，最后都弄清楚了。最后一次流行可能在沧源，最后一例天花病人叫胡小发。怎么来的，都有报告。调查痘疤，这个好办，种痘都有记录，有姓名，有数字，核实一下就行了。调查麻脸比较困难。我们在云南昆明、孟连、西盟、澜沧、沧源5个市县，调查了46000多人，找到麻脸1639个。麻脸的年龄最小是22岁（1957—1979）。在西藏的拉萨、日喀则、山南，调查了15000多人，找到麻脸125个，都是1960年以前发病的。世卫组织调查麻脸，要求除了要入户和到集体单位调查外，还要到公共场所调查。拉萨当时只有一个电影院，我和闫志林还有当地的防疫人员就几个口站着。你去看电影了，看看你有没有麻脸，发现麻脸就把他请过来，跟他了解，做记录，通过当地人做翻译，讲藏语，要有记录，证明他是1960年以前麻的……调查痘疤在云南五县一市调查了78000多人，阳性率在91%，特别是20岁以上的达到93%。西藏人少，调查了15000多人，阳性率在88%到91%，这样就证明他是有抗天花免疫力的。1979年10月，世界卫生组织派天花消灭证明委员会的主席叫芬纳（F. Fenner），再派一个搞流行病学的叫博曼（J. Breman），到中国来验证。我们把调查的情况、整理的材料跟他介绍，之后他们去了云南，还抽查了一批人，看有多少痘疤，也去找了麻脸，结果和我们是一致的。他们也想去西藏，可能因为没有去西藏的航班未能成行。我们去坐的是解放军部队的飞机，机场、飞机都很简陋，一般人那时没办法去。这里面有一个故事：世卫组织转了一个材料，说1959年外逃的藏民，在印度住难民营，他们派人到难民营去调查麻脸，发现有两个人。根据他俩的回忆，是1960年以后得的天花。我们说1960年3月是最后一个人了，是不是我们的调查不全面呢？我在西藏最后两周就搞这个，很困难，到派出所、公安局、防疫站、卫生局，翻箱倒柜地找。因为世卫组织转来的材料虽然有地点、姓名和年龄，但这个地点谁也不知道，而姓名是由藏文翻译成英文的，你念出来的音，藏民都不知道是什么姓氏，很难找。后来同住的有个人告诉我，说在哪里哪里有个地质大队，在那里搞勘探，他们可能了解。我就到地质大队去，把这个地点、名字念了，他们也弄不清楚。后来几经反复终于明白，这是一个历史地名，是把两个地名合在一起的，就像捷克斯洛伐克当年是一个国家，现在捷克是捷克，斯洛伐克是斯洛伐克。是这么一个地方，现在分开了，各叫各名了，这就找到这个地方了，那里有一座木桥，两边隔着一条沟，这边叫这个，那边叫那个。地点找到了，但是那两个人始终找不到。当地人不多，都不知道这两个人。后来有人提醒了，拉萨藏医院里面有个大夫原来是这里的人，你们是不是去找找他，看他了解不了解这个情况。我们到了拉萨藏医院找到了这个藏医，两个人的名字他没有印象，但知道那个时候有多少人跟着达赖跑出去了，哪些人、有多少，他都知道。他说："那个时候有的人是得了天花走的，但可以肯定1960年以后再没有天花，因为60年以后很长时间我还住在那个村里面。可能他们是1959年或者是在境外得的。"但从年龄来讲怎么就差了一年呢？他说："这个年龄很可能不准确，因为藏民有藏历年，和公历年、农历年差一两岁。"这个弄清楚以后，我写了个报告……那时我们虽然只有四十几岁，但高原反应比较严重，基本上是上午工作、下午休息。我们刚到的时候，卫生厅长接待我们，进来招待所以后他讲了两句话，第一句，你们休息3天之后再到卫生厅来谈工作，必须卧床休息；第二句，出去散步不要超过100步。但因时间很紧，我们还是骑自行车到处跑，最后终于把情况弄清楚了……后来世卫组织就写了证明，证明中国20岁以下没有天花，等等，得出了中国已在1961年消灭天花的结论。我们消灭天花比世卫组织宣布的1977年（全球消灭天花）提前了16年。

1979年12月，在日内瓦WHO总部，全球消灭天花证明委员会会议确认天花已在全球消灭。时任北京生物制品研究所所长的章以浩是这个证明委员会的委员，代表中国在证书上签字。

我国1950年10月实施全民种痘计划，到1961年3月天花消灭，仅用了约10年半的时间。1958年WHO在全球推行扑灭天花计划，到1977年消灭天花，用了19年。中国作为一个发展中国家，在没有任何外援的情况下，完全依靠自己的力量，比全球消灭天花的时间提前了16年，这是一项永载史册的不应被忘却的伟大成就，充分显示了党和政府的执政能力，充分显示了中国免疫防疫战线上的科学工作者的聪明才智和大医精神。

天花消灭了，痘苗的历史使命完成了。不过，原成都所研究员钱汶光说：

> 原来认为痘苗只能预防天花，天花消灭了，等于这个任务完成了。后来我看了大量文献，痘苗还有其他的用处。比如对艾滋病它有独特的效果，痘苗的免疫功能相当强。后来全世界都发现，痘苗不种后，很多传染病就出来了。所以大家后来主张痘苗还要储备。它不仅能预防天花，还是强烈的免疫制品。很多"怪里怪气"的传染病都出来了，实际上与不种痘苗有关系。因为种痘的时候这些病都没有，停止种痘了，好多病就出来了。

钱汶光是参与研制鸡胚痘苗的人之一，也许因此对痘苗情有独钟。笔者把他的这段话立此存照，真伪有待时间检验。

第九章

一项离诺贝尔奖最近的发现

　　"人生有不死，所贵在立功"。用明代张羽的这两句诗来评说汤飞凡，该是恰当的。他走了，他的铜像却将永远矗立在中国生物技术研究院里；他走了，但他给国人留下了无价的公共遗产，将永远被人怀念。他在新中国成立前两次重建中央防疫处，新中国成立后担任北京生研所首任所长，为中国生物制品行业培养了不少拔尖人才；他主持制定了中国第一部生物制品规程、第一部生物制品检定规程（可称为我国生物制品检定的奠基人）；他在科研上的成果众多，难以尽述，如发明了痘苗乙醚杀菌法，指导分离出中国首株青霉素并领导建立了中国第一个青霉素生产车间，分离出中国第一株麻疹病毒 M9，特别是在世界上首次分离沙眼衣原体，被誉为"世界衣原体之父"。本章不是汤飞凡的传记，只讲他发现沙眼衣原体的故事。

为什么要研究沙眼？

1954 年，在我国曾经横冲直撞的鼠疫、霍乱等"孽马"的笼头已被勒住，不再流行了。而常见的多发的传染病仍然肆行无忌，让人民深受其苦。于是，汤飞凡决定把曾经因故中断了的沙眼研究重新捡起来。

沙眼，现在已几乎绝迹了，但它是一个古老的传染病。一直到汤飞凡1957年找到沙眼衣原体（当时称"病毒"）之前，医生对沙眼的治疗还是盲目的和经验性的。据世卫组织统计，全世界有六分之一的人口患沙眼病，在高发区因沙眼致命的人达1%，视力受到损害的达10%以上。我国的发病情况，据周诚浒、陈耀贞等人的调查，沙眼发病率平均占55%，致盲率达5%。1953年，《中华眼科杂志·沙眼专号》发表社论说：中国人口中有50%以上患沙眼，偏远农村患病率高达80%—90%，有"十眼九沙"之说。

在世界上，埃及被称为"沙眼的故乡"。据考证，在成书于公元前1553—前1500年间的《纸草书》中，就有关于沙眼的记载。而中国比埃及的记载更早，据毕华德根据《黄帝内经》判断，早在公元前2679年，中国已经有沙眼这种病。

沙眼病虽然古老，但用科学方法对它进行研究已是19世纪末年的事了。细菌学的祖师寇霍从埃及一个沙眼病人的眼中分离出一种杆菌，被命名为"寇—魏氏杆菌"，认为沙眼就是由这种细菌感染的，从而建立起"细菌病原说"。但随着时间的推移，他的这一说法被推翻了，因为他分离的"寇—魏氏杆菌"也引起眼结膜炎。1928年，在日本享有盛名的微生物学家野口英世，从一个患沙眼的印第安人小孩的眼中分离出颗粒杆菌，把它接种到猴子的眼睛中，引起了类似沙眼的滤包，便宣称找到了沙眼的病原。因野口英世的名气很大，所以他的学说受到了世界许多微生物学家的吹捧，似乎就成为定论了。但是，中国的医学科学家汤飞凡却未敢轻信，他怀疑：野口把细菌种到猴眼中所引起的滤包究竟是不是沙眼，还须科学证实。从1929年至1935年，汤飞凡和周诚浒先后两次从 200 多例沙眼患者眼中分离细菌，都没有能够找到野口宣称的颗粒杆菌。于是汤飞凡通过国际组织要来了三株颗粒杆菌，其中一株是野口亲自分离出来的。他冒着自己被感染的危险，与 12 名志愿者一起，把颗粒杆菌种到了自己的眼中，结果没有出现野口所说的症状或病变；又换了几种接种方法反复试验，结果也是一样，从而彻底推翻了野口的结论。现在有人说汤飞凡研究沙眼是为了与野口较量，野口在其结论被推翻后便含羞自尽了，这纯属杜撰。野口是 1928 年在非洲黄金海岸研究黄热病时被感染而殉职的，在汤飞凡推翻他的结论时，他已去世。

与"细菌病原说"相对立的是"病毒病原说"，但直到 1954 年也只能算是一种假说，因为没有找到致病的病毒，是根据两个现象推论的：第一，将沙眼材料中的细菌过滤掉之后仍然能让人感染沙眼，这就说明其病原比细菌要小（细菌是微米级，病毒是纳米级）；第二，从患沙眼病人和狒狒眼中取得的材料经染色后，在显微镜下发现有包涵体，而包涵体是寄生在细胞内的病毒等微生物感染的特征，是细菌感染所不具备的。但不把沙眼病毒分离出来，"病毒病原说"就无法得到公认。

还有一种被人忽略的"立克次体病原说"，也因没有拿到毒株而没能引起科学界的重视，唯有汤飞凡却对此高度关注。通过对国际文献的反复研究，他已经意识到"微生物在自然界是从小到大的一个长长的系列"，有一种介乎细菌和病毒之间的"过渡的微生物"。"牛痘病毒比疱疹病毒大，沙眼病毒比牛痘病毒更大，它是一种接近立克次体的'大病毒'"。

基于这一认识，汤飞凡制订了沙眼研究计划：第一步，沙眼包涵体研究；第二步，猴体感染试验；第三步，病毒分离试验。

沙眼病毒在哪里?

沙眼病毒在哪里? 废话, 不就在沙眼病人的眼睛中嘛。但这是一般人说的外行话, 在微生物学家的眼里, 沙眼病人眼中的东西多了, 五花八门, 林林总总, 其中一个就是包涵体, 是汤飞凡主攻的第一个目标。它是因病毒感染而形成的, 这一点是汤飞凡在研究中确认的。研究沙眼包涵体, 是为了获得对沙眼病原的正确认识。

野口英世一世英名, 却栽到了沙眼病原研究上。汤飞凡总结他失败的教训, 认为关键是采错了病理材料, 一步错, 步步错。因此, 每次他都要亲自带着助手李一飞去北京同仁医院采集标本。北京同仁医院是我国著名的眼科专科医院, 副院长兼眼科主任张晓楼对汤飞凡的研究表示热情支持, 但提出成果出来要算两家的。照说病毒研究与临床治疗是两回事, 但汤飞凡为了方便采集标本, 便同意在研究小组中算他一个。没想到就是这一念之差, 造成了30多年后的著作权和荣誉权的"官司"——按下不表, 只说汤飞凡带着李一飞在病人眼中刮取标本后, 立即做成玻璃涂片带回来, 在对标本进行染色后, 在显微镜下仔细观察, 一看就是几个小时。这是一项非常枯燥乏味又特别费眼力的工作。但在微生物学家的眼里, 显微镜下是一个错综复杂的微生物世界的迷宫。在这个迷宫中探索让他们兴奋、痛苦并快乐着。

在显微镜下, 汤飞凡和他的助手们终于弄清楚了包涵体的各种面目。你看:

——这种较大的颗粒分散在细胞质里, 或两个成对, 或三个成对, 每一个颗粒外面都有一个小白圈, 这是"散在型"包涵体;

——这种包涵体像一顶小帽子, 大小不等的颗粒堆在细胞核上,这是"帽型"包涵体；

——这种包涵体像一个桑葚，比"散在型"要小得多的颗粒堆在细胞核上，这是"桑葚型"包涵体；

——这种大量的颗粒充斥于细胞质，甚至把细胞核都挤到一边去了，这是"填塞型"包涵体。

这些都是前人所没有发现的，接下来的问题是：既然包涵体是病毒感染的特征，通过包涵体可以确诊沙眼病，但为什么不能从每个沙眼病人的标本中都找到包涵体？也就是说，为什么没有包涵体的人也得了沙眼？这个问号不拉直，就不能证明沙眼就是由病毒引起的。汤飞凡决定进一步对包涵体的活动规律进行研究，要弄清包涵体是怎样产生的，产生以后又是如何演变的。这是一项浩大的工程。经数不清次数的观察对比，最后弄清了包涵体的形成和发展规律。他们发现：沙眼病毒的演变形式可分为原体和始体两种形态。原体小而圆，个头大小一致；始体一般比原体大 3—4 倍。如果把原体视为静止状态，那么始体就是活跃的繁殖状态。原体侵入或被吞噬至上皮细胞内，便繁殖增大为始体。先发展成"散在型"，以后继续发展成"帽型""桑葚型"，最后是"填塞型"。原体这样变始体，始体又可以产生原体，因为病毒在包涵体内越来越多，致使包涵体破裂，原体便从包涵体中涌出来，再侵袭健康细胞形成新的始体。汤飞凡用通俗的语言解释道："简单地说，包涵体是沙眼病毒的集体生活方式，而原体及病毒是最小的传染单位。"他的上述形象化论述发表在《微生物学报》后，在国际上被当作经典的比喻而被广泛引用。

建立动物模型是微生物学研究中不可逾越的一步。根据国外的经验，对沙眼病毒最敏感的是灵长类动物，如猩猩、狒狒、猴子、长臂猿等，特别是恒河猴。汤飞凡他们用 8 只恒河猴做实验，连续观察了一年，发现猴眼感染沙眼后，没有像人眼那样发生角膜瘢痕和角膜血管翳。过去，有人因此怀疑猴子得的不是沙眼。为证明猴子得的是沙眼，他们做了传代试验，把病猴的沙眼材料涂到健康猴的眼中，传了两代，结果健康猴都被感染了，并且病情更重，但传到第三代时却失败了。

失败叫人泄气。但科研有时候是要有运气的。有一天，李一飞独自一人在实验室看片子，是从两个月前被感染的猴子眼中取得的组织涂片。她突然发现细胞质里有好几个颗粒，这不就是包涵体吗？她急不可待地把在外面开会的汤飞凡叫回来看片。汤飞凡一看果然是包涵体，但怀疑李一飞是否把片子搞错了——没有把人片混到猴片里吧？因为当时所有的国际文献都说猴子眼里没有包涵体。如果没搞错，这个发现是要轰动世界的，猴子包涵体的发现足以证明猴子感染的是沙眼病毒。在李一飞确认是猴片后，为了保险，汤飞凡和大家一起用不同的染色法反复观察，都能确认是包涵体而不是细胞核的碎块。特别是用马氏染色法染了的片子，在显微镜下可以一目了然地看到细胞质和细胞核是蓝色的，而包涵体是红色的。啊！汤飞凡长舒了一口气。

沙眼病毒终于被逮住了

任何科研成果即使是原创，也是站在前人的肩膀上取得的。汤飞凡对国际文献看得比别人更仔细，即使是被否定了的论文他也要认真研究。20 世纪 50 年代初，有两个日本学者，一个叫荒川、一个叫北村，连续发了几篇论文，说他们把从沙眼滤泡和乳头上刮取的上皮细胞，注射到 7 克重的幼鼠脑内和种到鸡胚绒毛尿囊膜上，从而分离出 18 株病毒，此外还从 3 例婴儿脓漏性包涵体结膜炎（副沙眼）中也分离出 3 株病毒。既然分离出那么多沙眼病毒毒株，就应该将毒株公之于世，这是世界通行的行业规矩。但这两个日本人没有这样做，而且世界上许多实验室用他们说的方法进行重复实验，无一例获得成功。因此，人们有理由怀疑荒川和北村是两个科学骗子，而汤飞凡认为不能轻易下结论。他举出了登革热和白蛉热病原研究的例子：开始，声称发现者因为没有公布毒株，被怀疑是欺骗；但赛宾经过十年努力用盲目传代的方法，最后培育出多种类型的毒株用于研究和制作疫苗。也许汤飞凡太善良了，认为荒川和北村既然言之凿凿，总不至于完全是瞎编吧？所以他决定先重复荒川和北村的实验方法。但这一次汤飞凡被自己的善良误导了，他带着助手重复荒川和北村的工作，整整一年，用了2500多只白鼠，结果证明，他们论文中所说的每一步都没法重复，一年时间就这样白白浪费了。

据刘隽湘《医学科学家汤飞凡》一书所说，当时汤飞凡感到非常失望。他自问：难道是我们的标本有问题吗？不对，每次采样他都亲自参加，在现场指点技术熟练的李一飞操作，并且经过张晓楼复核检查。难道是我们的操作方法有问题吗？也不对，每一步操作他都在现场盯着，要求很严格……汤飞凡实在想不出究竟是什么原因造成了失败。后来他在一篇论文中写道："重复荒川和北村二氏的试验，在过去一年中，我们共研究了201例典型的Ⅱ期沙眼病例……但无论直接接种、盲目传代、额外刺激或反复注射的方法，我们的试验结果是完全阴性的，没分离出任何病毒……暂时的失败，却给予了我们前进的决心。"他对研究小组的人说：'失败是成功之母，也许我们的工作还没有做到家，所以失败……我们还得继续努力，不但要找到病毒分离的方法，而且要把病毒拿到手，公之于世。'

在重新开始的试验中，汤飞凡完全摒弃了荒川和北村的做法，改用鸡胚来分离病毒，但是前人用鸡胚分离沙眼病毒的试验无一例外的全部失败了。是什么原因呢？他对黄元桐、闻仲权和李一飞说："这次我们要跳出荒川、北村的框框，运用自己的独立思考，荒川、北村用绒毛尿囊膜接种感染鸡胚，我看不如接种卵黄囊。因为卵黄囊是储存养料的'仓库'，营养丰富，不会有什么抑制病毒的物质，而尿囊膜是排泄和储存代谢物的'污水池'，很可能有对病毒不利的物质，所以接种卵黄囊，病毒应当更容易生长增殖，分离的机会就会更多。"

因为从沙眼病人眼中取来的标本无论你如何谨慎操作，都难免会有许多杂菌，尤其是有炎症的人细菌就更多了，细菌和病毒混到一块在显微镜下就会出现乱七八糟、混沌不清的状况。因此，汤飞凡说："我们还得想法子抑制细菌生长。不然，把材料种进鸡胚不等病毒长出来，细菌已经把鸡胚杀死了。"怎么抑制细菌生长？他们试验了多种方法，包括用乙醚、硫柳汞、磺胺醋酰等，效果都不好，便尝试用抗生素。而因为沙眼病毒还没有分离出来，不知道哪种抗生素只杀死细菌而不杀死沙眼病毒，只好向临床医生请教。当时临床上已知链霉素对治疗沙眼是无效的，青霉素是否有效也还说不清楚。这样，就只好试着来了。汤飞凡决定将链霉素、青霉素并用。

在静悄悄的实验室里，一种比绣花还要仔细的工作在无声中进行。黄元桐从北京同仁医院取回来的沙眼材料是沾在一根根棉棒上的，李一飞把沾了沙眼病毒的棉棒放在少量盐水中转动，然后拿出来，将棉棒上的液体挤进一个小试管里，再向试管里按每 0.2ml 注入青霉素、链霉素各 250 单位，以抑制细菌生长，这样标本就算被处理好了。李一飞便把液体标本吸进针管中，然后按每只鸡胚 0.2ml 的量注射进卵黄囊，注射完毕后，将鸡蛋壳上的针孔用石蜡封死，放进 35 摄氏度的孵箱中。孵箱中的这些宝贝决定着这次试验的成败。据刘隽湘所说，汤飞凡要求李一飞每天要检查一次，看看鸡胚是死是活。检查的方法像过去照相馆里的摄影师蒙着头给人照相一样，只不过鸡胚是用逆光照射的。两日之内死亡的鸡胚予以废弃，两日以上死亡的都必须进行解剖做病理检查，从中寻找病毒原体和包涵体，三日以上死亡的除了要进行解剖检查之外，还要剖取卵黄膜接种健康鸡胚进行第二次盲目传代，5—9天还不死的，也都要拿出来解剖检查进行第二次盲目传代。

因为这是一次全新的试验，是世界上第一次用卵黄囊来培育沙眼病毒，无论成败，在发现沙眼的过程中都具有重要意义，所以汤飞凡、黄元桐没有一人离开实验室，静候着试验结果。

在第一代试验的鸡胚中没有发现沙眼病毒和包涵体，不急，再看看第二代，也没有，再继续盲目传代……

1955年8月18日，负责分离病毒的李一飞突然兴奋地叫起来："发现了！发现了！"

"发现了什么？"黄元桐和汤飞凡都不约而同地问。李一飞说："沙眼病毒！好多好多！"

沙眼病毒是在第三代鸡胚上发现的。汤飞凡和黄元桐都跑到显微镜下看，发现的确是沙眼病毒，一个个病毒清清楚楚地分布在细胞质里。这是一个极其美妙的时刻。世界上第一株沙眼病毒在北京生研所汤飞凡的实验室分离出来了，汤飞凡也就成了"沙眼病毒之父"，应该庆祝一下了！汤飞凡把提供标本的张晓楼也叫来看。张晓楼一看，对汤飞凡说："赶紧公布，世界上许多实验室都在分离沙眼病毒，公布晚了就会被别人抢先。"汤飞凡却摇了摇头。他当然知道科学界的规矩，对某项成果谁先发表论文公布，谁就是老大，即使你比他发现得早，做得更好，但论文发晚了，科学史上也就没有你的名字了。但他更加担心因抢发论文而造成恶劣影响甚至身败名裂，这样的事在以往并不少见。汤飞凡对大家说："论文现在还不能发表，我们只做了8次试验就分离出了病毒，用同样的方法还能不能分离出来？如果分离不出来，那就只是一种偶然，不能作数，只有能够重复分离出病毒才能证明我们找到了一种分离病毒的有效方法，这是一；第二，这个病毒能不能在鸡胚里继续传下去？能不能保存下来？这些都还是未知数；第三，我们还没有达到寇霍氏定律的要求，所以试验还要继续做下去。"

寇霍氏定律规定，必须达到三条硬性要求，才能确认你发现的微生物是造成某种疾病的病原，才能取得发现权。一是能从病例中分离出病毒；二是能在病人或患病动物的体外培育出这种微生物；三是分离出来的微生物能让健康的人或动物产生典型病变并能从他（它）身上分离出病毒。

参加沙眼病毒分离后期工作的王克乾回忆说："分离出病毒之后大家都很高兴，有人说要赶快发表，抢第一个报告，但汤所长有一个很严肃的态度……所以，我们1955年就有了病毒，一直到1957年才发表论文。"汤飞凡布置的后续工作一点也不比前期轻松，甚至比前期要求更加严格。李一飞回忆说："在做这个课题的整个过程中，我对汤飞凡有一个认识，真的不愧为科学家，什么小的实验、大的实验，他都要亲自看，一丝不苟。像拿回来的标本我们看了，弄了，他不放心还要亲自再过一遍，每次都是这样。"

接下来的试验很不顺利，用同样的方法几个月一直没有发现病毒，直到半年以后的1956年4月才分离出第一株沙眼病毒来。这说明用原有的方法还不能重复，能否发现病毒还带有偶然性，似乎应了汤飞凡的话。第一次的发现难道是一次偶然吗？于是大家从标本、消毒等各个方面找问题，王克乾回忆说："原来处理细菌的办法是青霉素和链霉素并用，大家怀疑是不是青霉素把沙眼病毒杀死了，最后决定青霉素绝对不能再用了。"当然这有一个逐渐摸索的过程，他们先是将青霉素的用量减了 4/5，效果仍不理想，所以决定取消青霉素而把链霉素的用量加倍。这样试验了 5 次，发现其中 2 次标本还是长了细菌，有 3 次没有长细菌。而在没有长细菌的标本中一下就分离出了沙眼病毒。王克乾回忆说："我们后来经过试验、研究，不断增加链霉素的量，原来是 500 单位加到 1000 单位，后来加到 4000 单位；同时把灭菌的时间延长，原来是 1 小时加到 2 小时，最后加到 4 小时，这样做的效果确实好。原来在第三代鸡胚上才能找到病毒，现在第一代鸡胚上就能找到病毒了。这是后来向世界公布的方法，只要用我们这个方法，就一定能分离出沙眼病毒。"

在这个方法的建立上，年轻的王克乾是立了功的。在原来的实验中，大家一直顾虑抗生素加多了会把标本中的病毒杀死。真会这样吗？王克乾一有空就去图书馆看国外资料，在一篇论文中发现有这样一句话："病毒一旦进入了细胞内药物就对它不起作用了。"他就想，沙眼病毒是在细胞内，而我们用作实验的标本中的细菌是在细胞外，加大抗生素用量就只会杀死细胞外的细菌而不会杀死细胞内的病毒。据刘隽湘回忆，当王克乾把这一想法说出来后，汤飞凡猛地一拍桌子，把大家都吓了一跳，以为他要发火了，没料到他说："这么好的主意我怎么没想到，还是年轻人头脑灵活。"

以上工作满足了寇霍氏定律的第一条和第二条硬性要求。剩下的工作就是要满足它的第三条硬性要求：人或动物接种沙眼病毒后产生典型的沙眼病变和症状，并能从中分离出沙眼病毒。人和动物，先上动物。

用自己的眼睛做试验

王克乾回忆说："那时候我们先拿猴子做试验，先要抓到猴子，我是近视眼，猴子爬到我头上把我的眼镜扔到地上，就这也要把猴子抓到，接种以后发现猴子也得了沙眼，也从猴子眼睛里分离出了沙眼病毒，也看到了包涵体，这已经能够确定了吧，但是汤飞凡还要继续做下去。"

李一飞回忆说："做动物试验这个时间拉得很长，最后各种动物都上了，猴子、兔子、小鼠甚至连刺猬都上了，做得很仔细，也都出现了典型的沙眼颗粒。"

动物试验做完了，该上人了，汤飞凡给卫生部打了一个报告，要在包括自己在内的10名志愿者中做人体试验。王克乾回忆说："请示卫生部，卫生部说，让人做试验，那咋行啊？不行。汤所长不死心，国庆节期间不是休假吗，他就偷偷让黄元桐给他滴到眼睛里面去。结果这一滴不要紧，眼睛肿得发胀。等到国庆节回来上班，呦！他老人家眼睛肿的哦，吓人。可他不让治疗，一定要坚持到典型症状出来后才治。一直到我们找到了包涵体了，同时从他眼睛里面也分离出病毒了，证明确确实实就是沙眼，不是别的，斩钉截铁。这时候我们说，'汤教授，你这个眼睛不治要不行了'，最后他才治疗。这些事让我体会到汤所长的科学精神。沙眼这个项目他是两度自我贡献，一个是否定野口氏细菌的病原，他滴到眼睛里面去，第二次是他自己分离出来之后滴到自己眼睛里面，所以这个精神确实值得我们学习。"

李一飞回忆说："要上人了。汤所长说我上，他不让我们上，他亲自上，产生了典型的沙眼症状，就是眼睛流泪，磨得发红，有刺毛胡那个，眼睛红丝、白的刺毛胡，那很典型的……他给我们的印象，就是说凡是有危险性的试验，他都要亲自做，做了没有问题了，他再让我们去做。"

汤飞凡用自己的眼睛做试验后，可以说自此一锤定音，结束了60

多年来世界上关于沙眼病原的争论。

汤飞凡的论文 1957 年发表后，在国际上引起了轰动。王克乾回忆说："第一个证实我们结论的是英国一个研究所的 Collier，他也是微生物工作者。起初他拿我们的'TE8'和'TE55'这两个毒株在他的实验室里面，按照我们的方法去做试验，做成功了。这里面还有个插曲，我记得那时候英国的 Cooper 来我们国家访问，他是汤飞凡的老朋友，便邀请他来看看我们的实验室，来看看沙眼病毒，主要是看显微镜的片子。我的印象很深，Cooper 人比较随便，看显微镜的时候一只脚搭到凳子上，我想这个教授怎么能这个样子呢？后来他做试验的两株病毒，就是汤所长这次送给他的。后来他自己也分离出了一株病毒，是在非洲冈比亚取得的沙眼材料，叫'冈比亚 1 号'。后来有越来越多的实验室报道用汤提供的方法培养出来沙眼病毒，如何如何。只要你有意愿做沙眼研究，就都可以用我们的方法培养出来。对汤飞凡给 Cooper 送毒株的事，一些人也有意见啦，到'拔白旗'的时候，就批判说：'你这是卖国呀，是里通外国呀'，等等，说了好多。可是我理解，各国医学科学家互相交流毒株，是通行的做法，我们做疫苗的毒株大多也是外国给我们的嘛。世界上任何一个国家包括美国，也不能所有毒株都靠自己分离出来。另外，你的发现要被公认，正是需要人家重复，能够重复，这个真理才能成立。你是第一个发现的，人家重复成功了，这个第一谁也拿不走。"

汤飞凡把发现的第一个毒株命名为"TE8"（T 代表沙眼，E 代表鸡卵，8 代表是第八次分离出来的）。

特别令人敬佩的是，汤飞凡用自己的眼睛做试验后，却没有把这件事写在论文中公布，原因有两个：一是卫生部没有批准用人体做试验，他做了就是不听招呼，公布出来不好；二是他不事张扬，觉得能说明问题就行了，没有必要把自己的那点牺牲展示给大家。与此形成鲜明对照的是，在汤飞凡用眼睛做试验后，张晓楼与另一名志愿者也用自己的眼睛做了试验，他把这件事写在论文中，发表在《中华医学杂志》1960年外文版上，以致外界只知张晓楼用自己的眼睛做了试验，在报刊上引起一片赞扬之声。而此时汤飞凡已经逝世两年了，除了北京生研所的少数人之外，没有人知道他是第一个用自己的眼睛做试验的。从是否抢先发表论文到是否公布用自己的眼睛做试验，这些为后来的"奖章风波"这段公案埋下了伏笔。

且说汤飞凡的论文发表后，世界许多国家的科学家相继用他的方法把研究扩展到其他病种。比如美国的部分妇女中流行一种类似淋病的性病，始终查不出病因。美国科学家琼斯用汤飞凡的方法从患者阴道中分离出沙眼病毒，从而找到了治疗这种流行病的方法，造福了妇女。世界上对沙眼病毒的进一步研究发现，沙眼病毒又分为A—K共11个血清型，A—C是感染眼部，被称为"眼型"；D—K则主要引起生殖道感染，被称为"生殖道型"。

接下来的问题是要不要研制疫苗。按常理，对生物制品工作者来说分离病毒就是为了研制疫苗，所以从卫生部防疫司到北京生研所的有关领导，都催促汤飞凡赶紧研制疫苗，但是汤飞凡有自己的看法：

第一，沙眼只是局部感染，而疫苗接种后产生的是全身性的免疫反应，而当时世界上还没有出现只产生局部抗体的疫苗，所以没有必要因局部问题而全身免疫。

第二，以往的研究已经证明，沙眼不像天花那样感染一次之后就能终身免疫，而得了沙眼的人治好了不注意还会再次感染，因此用疫苗进行人工免疫同样没法达到终身免疫的效果，也就是说要不断地打疫苗才能保险。况且要研究出一种新型的疫苗不是三年五载就能够成功的，也不是很有把握。

第三，沙眼病毒相当脆弱，用一般的公共卫生办法和青霉素等药物就能治疗。

王克乾回忆说："记得孟雨（副所长）就跟汤飞凡说过：'汤老啊，你得做疫苗啊，我们是搞生物制品的啊。'汤所长跟他说了他不急于研制的原因。那怎么样来防治沙眼呢？我们研究了根据沙眼病毒的生物学性质，用物理的方法、用公共卫生的方法来预防。概括起来：一个是加热，沙眼病毒我姑且把它叫病毒，56摄氏度以上就可以杀死它了。我们自己试了，50摄氏度我们的手还能接受，50摄氏度以上手摆在里面就受不了了。所以推广时就说，达到你的手受不了的这个温度，就可以杀死沙眼病毒。第二个，毛巾，我们也做了试验。毛巾沾上了沙眼病毒，晾干，最好在太阳底下晒一晒，干了之后毛巾上没有水分了，沙眼病毒就死了。这些方法都是很简单实用的。另外，要流水洗脸，每人一条毛巾。讲这些东西，都是公共卫生方面的。"

因此，汤飞凡没有把注意力放在沙眼疫苗的研制上，而把主要精力投入到当时对儿童威胁非常严重的麻疹和脊髓灰质炎上，分离出了"麻9"病毒。

1973年世卫组织正式将沙眼病毒定名为"衣原体"，过去人们把沙眼病毒称为"汤病毒"，从此改称"汤衣原体"。《微生物分离手册》正式增加了衣原体目，汤飞凡被业界誉为"衣原体之父"。1980年6月26日，国际沙眼防治组织主席考思卡致函中国眼科协会，说：

> 因为汤（飞凡）博士在关于沙眼病原研究和鉴定中有杰出贡献，国际沙眼防治组织打算向他颁发沙眼金质奖章。
>
> 我希望能够得到汤博士的通信地址，以便向他发出正式邀请去参加1982年11月在旧金山举行的第25届国际眼科学大会。

然而，他们已经请不到汤飞凡了，1958年9月30日，汤飞凡自杀了。关于这颗科学巨星是怎样陨落的，我们稍后再说，先说领金质奖章的事。因汤飞凡已经去世，其夫人何琏希望由她去代领奖章，路费自理，但卫生部确定让中国的顺访学者代领奖章，回来再交给何琏。当时派的是汤飞凡研究沙眼的助手王克乾和给这项研究提供标本的张晓楼。后颁奖仪式改为在巴黎召开的全法眼科大会上，时间提前到 1981 年 12月。王克乾回忆说：

> 去之前就说清楚了。卫生部召集我们开了个会，到法国领奖去，老王代表你们沙眼研究组、代表汤飞凡把这个奖领回来，张晓楼去参加学术会议。是这么说的。当然我得拟一个发言稿吧，我写得很短的，梁锦章英语挺好，就请他给改改，我到那领奖后就照着读吧。就这样去了。去了之后，情况越来越不对了。要张晓楼做一个沙眼研究的综述报告，讲沙眼病毒是怎样分离的。我就致个答谢词。在这之前，因为这个变动与卫生部的指示不一致，怎么让张晓楼去领奖？怎么奖章上是张晓楼、汤飞凡两个人的名字，而且张晓楼还放到了汤飞凡的上面？我当然不能同意，我说这不行，卫生部给我的任务不是这样的。就去跟我驻法使馆的文化参赞讲，我说这个不行，得跟卫生部联系一下，看到底怎么办。他确实也联系了，正好那天是星期日，没得到回复，而周一上午就要发奖，那怎么办？使馆的同志说，这是我们内部的事，而得奖是我们国家的荣誉，咱们先给它领回去再说。那我只能服从安排，就那样稀里马虎地把奖章领回来了。除了奖章之外，还有7500 法国法郎奖金……至于回来之后张晓楼会怎么处理这个事，我想他不会单独处理，一定会和北京所孟（雨）所长研究的。最后怎么着呢？奖章，卫生部说放到卫生部去，张晓楼就拿那 7500法郎复制了两个铜质镀金奖章，张晓楼、汤飞凡两个人，一人一

个……二是汤夫人写信给卫生部，给 IOAT（国际沙眼防治组织），说"这个不符合事实"。的确不符合事实，发奖时屏幕上打出来的是给沙眼病毒的发现者奖章，汤飞凡是第一个，张晓楼是放在次要的位置，是个合作者……IOAT 主席还是比较实事求是的，他复信说，你说的事我们已经研究了，我们决定给汤先生另外再做一个奖章，上面就只他一个人的名字，我做好之后一定给你寄过来，原来的奖章作废。果真不错，几个月后汤夫人就收到了一个金质奖章，这个奖章是汤夫人保存着……这就是所谓的"奖章风波"。

"奖章风波"引起了科学界的公愤。1981 年 12 月，在全国政协五届四次会议上，医药卫生组的许多委员呼吁应让汤飞凡实至名归，而对剽窃他人科技成果者应严肃处理。

之所以会闹出"奖章风波"，主要是因为汤飞凡逝世了，有人便以为谁活得长谁说了算。那么，汤飞凡是怎么走的呢？王克乾回忆说："就是'十一'前夕，因为'拔白旗'，种种污蔑弄得他精神上受不了……那一天早晨，他夫人按习惯出去听广播英语了，回来一看，呦！他怎么在床上就上吊了……"

如今的读者也许不知道什么叫"拔白旗"。"拔白旗"的全称是"插红旗，拔白旗"，是"大跃进"时提出的一个口号。本来开始局限在农业生产上，后来扩展到全部领域，特别是扩展到了思想领域，把所谓"只专不红"的人指为资产阶级的"白旗"。用这个标准，汤飞凡就是典型的"白旗"。在政治学习中，他很少发言，从不喊时髦的口号，就是一门心思搞他的研究。他曾经向卫生部提出辞去北京生研所所长的职务，回到实验室去，卫生部没有批准他辞职但同意他把主要精力放在实验室。回到实验室后，他用英语说了一句："这才是我该待的地方。"北京所开始只开了一个"和风细雨"的小会，让汤飞凡做检讨，但没能过关，接下来就是"暴风骤雨"了，给他戴上的"大帽子"也越来越吓人，从"资产阶级学术权威""插在社会主义阵地上的一面大白旗"升格为"民族败类""国民党反动派的忠实走狗""美国特务""国际间谍"，而且对他进行人格侮辱……9月30日他决定告别这个世界了，据刘隽湘《医学科学家汤飞凡》一书描写："他临终前给妻子留下了一份遗嘱，看来是在很短的时间里匆匆忙忙写的，用铅笔写在一张很粗糙的纸片上。何琏那时头脑麻木，精神恍惚，把它交给了党委，她记得上面只写着简单的几行字：'……对不起你，就这样抛下你们母子走了……告诉多多（汤飞凡的独生子），他爸是拥护党，拥护社会主义的，不是反党分子，不是间谍……要把他抚育成一个对国家有用的人，一个正直的人……转告我的同事，许多研究工作我未能完成，请他们继续完成……'最后写的是：'书桌上有六本书，是从谢少文那里借来的，送还给他。'"

我们已经没法知道他临终前究竟想什么了。

他是否想到了他的一片爱国之心被人误解了？他非常热爱自己的祖国，一生有三次听从国家的召唤，每一次都是公而忘私，义无反顾，赤诚爱国之心，天地可鉴。现在居然说他是"民族败类"，不是颠倒黑白吗？"反右"斗争中他被作为保护对象没有受到冲击，他心里感到特别温暖。他的助手黄元桐就因为回老家一趟，回来说家里很苦，就被推到"右派"坑里去了。当时他批评黄元桐说："搞科学的，管什么政治？"这句话现在成了他是"大白旗"的证据。那时，凡是被打成"大白旗"的，都是我国科技界的顶尖人物，比如协和医院的张孝骞、武汉生研所的谢毓晋、上海生研所的张箐等，这不是把"专"与"白旗"画等号了吗？但是这些道理找谁讲去？他是否觉得自己被这个社会抛弃了，陷入了绝顶的失望。

他是否想到了他的社会关系是一个永远摆脱不掉的枷锁？他的岳

父何键，是被写进了历史教科书的湖南军阀，"马日事变"屠杀共产党人有他的份，甚至有人说毛主席的第一位夫人杨开慧就是他下令杀害的，还说他派人去韶山挖了毛家的祖坟。老实说，他是一个沉浸在学问中的"科学痴"，对这些事他根本不知道。他与何键的二女儿何琏结婚并非自由恋爱，是因汤、何两家是世交，由父辈定下来的亲事，并且是何键在尚未发迹时主动提出来的，谈不上高攀。现在有人批判他"依仗何键的势力，勾结反动军阀，投靠蒋介石"，这不是事实，但在"以阶级斗争为纲"的大气候下，你有这样一个岳父，你就有口难辩。

他是否想到了他的性格已不能为人所容了？他认识的几个科技界的"右派"都是心直口快的人。他要不是被列入保护名单，也该成了"右派"。他总是西服笔挺，又因为个子不高，走路总是昂首挺胸，被一些人说为"老爷派头"。他的脾气较大，对工作要求又严，在工作中批评甚至骂了不少人，比如有一个车间领导因工作不认真就被他骂过几回，见了他就躲着走。你得罪了人，人家瞅着机会就会反过来整你，甚至不惜用"莫须有"的罪名把你往死里整。对他们捏造的侮辱他人格的所谓"罪行"，他宁可用死来证明自己的清白。

也许他想到的比这些还多，也许他什么也没有想，就是《礼记·儒行》中的一句话："士可杀不可辱"。

一颗医学微生物学的巨星就这样陨落了。据说周恩来总理听到他自杀的消息后勃然大怒。我们已无法考证这件事的真伪，但是可以确定的是，在汤飞凡自杀之后，北京生研所和其他生研所的"拔白旗"运动戛然而止了。

《中国科学技术史》的作者李约瑟博士称汤飞凡为"国家的优秀的科学公仆"，并断言"在中国，他将永远不会被忘记"。是的！历史没有忘记他，人民没有忘记他。1992年11月22日，邮电部发行了汤飞凡的纪念邮票，他的头像被印在30分的邮票上，以表彰和纪念他的卓越贡献。他的铜像被安放在北京中国生物技术研究院的科研大楼前。他用一双睿智的眼睛看着一拨拨的后来人，鼓舞激励着他们向科学高峰攀登。

2017年9月，在汤飞凡120周年诞辰的日子，其家乡湖南醴陵市委、市政府举办了"铭记汤飞凡"系列纪念活动，包括全民健康跑、书画展、座谈会以及丛书和陶瓷纪念作品发布会。并将从市内西山大桥至茶山镇长沙岭的路段命名为"汤飞凡路"。将建在汤飞凡求学启蒙地——汤氏学堂旧址的神福港中学更名为汤飞凡中学，在校内立起了汤飞凡铜塑并建立飞凡园、飞凡图书馆。

清人顾炎武在《秋风行》中说："人生富贵驹过隙，惟有荣名寿金石。"有的人的富贵一闪而过，而汤飞凡的英名却世代永存。

第十章

艰难的麻疹攻坚战

　　麻疹，是严重危害人类的急性传染病之一。一年致死多少人，旧中国没有确切统计，新中国成立后的统计数字相当吓人。1959 年是麻疹发病率最高的一年，全国报告近 1000 万病例，死亡近 30 万人。但麻疹疫苗的研制非常艰难，在这场世界范围的麻疹疫苗攻坚战中，我国科学家不落人后，在 20 世纪 50 年代末研制出应急用麻疹死疫苗，于 1963 年研制成功麻疹活疫苗并进行试生产（北京所），与世界先进水平同步；1965 年正式生产麻疹减毒活疫苗（北京所、长春所），仅比世界最早报道的活疫苗晚两年多。因为有了疫苗，麻疹发病率逐年下降，至 2017 年，全国发病人数已不到 6000 例。据国家疾控中心的统计，近 30 年至少避免了 1.17 亿人发病、99 万人死亡。在我们庆幸麻疹被控制的时候，不应该忘记为研制麻疹疫苗而作出了突出贡献的科学家：汤飞凡、朱既明、张箐以及成百上千的研制者和生产者。

俗话说："孩子出过疹和痘，才算解了阎王扣。"可见麻疹与天花这两种传染病的危害之烈。

麻疹与天花，一个让人身上出疹，一个让人脸上留麻，如果没疫苗，一样没办法。这两种流行性烈性传染病，都是由病毒引发的，但麻疹病毒比天花病毒要狡猾得多，特别难分离。早在18世纪琴纳就发明了牛痘苗，但100多年过去了，直到20世纪50年代，人类还没有对付麻疹的办法。

麻疹的死亡率虽然不如天花高，但不过是伯仲之间。据WHO估计，在未有疫苗之前，从公元7世纪到1963年，共有2亿人被麻疹夺去生命，全世界每年大约有1.3亿儿童患麻疹，其中700万—800万儿童死亡；大城市每隔1—2年，农村每隔2—4年流行一次。麻疹对人类的危害主要是青少年，尤其是婴幼儿。在我国，麻疹分大流行年和小流行年。大流行年的发病率为1000/10万—4000/10万，小流行年的发病率为400/10万以上，年平均发病率为590/10万。1959年全国麻疹大流行，报告病例高达近1000万，死亡病例近30万，发病率为1432/10万，病死率为3%。试想，这是何等惨状！

要研制麻疹疫苗，首先必须分离出麻疹病毒，所谓"壤无其种，虽溉不生"也。但这个狡猾的病毒与微生物学家玩了100多年的"躲猫猫"。直到1954年，美国的恩德斯（Enders）和皮布尔斯（Peebles）才成功分离出麻疹病毒，给研制疫苗带来了希望。

汤飞凡与"M9"株

北京儿童医院是1956年建成的，规模大、人才多，是全国医疗水平最高的儿童医院之一。院长诸福棠是著名的儿科专家。1957年新年刚过，诸福棠就请北京生研所所长汤飞凡和黄元桐、闻仲权、吴绍沅等一行来"参观"。他毫不掩饰自己"请客"的目的，就是要他们来亲眼看看麻疹的危害。诸福棠陪同汤飞凡等人，在一位老护士长的带领下"参观"，只见偌大一家医院，病床已经不够用了，连走廊里也摆上了临时病床，让人行走困难。一张张小病床上，躺着被麻疹折磨得痛苦不堪的孩子，有的已经奄奄一息了，很快就要被麻疹夺去生命。患儿们的家长见到院长领来的人，仿佛盼来了救星，用期待的眼神望着他们，请求："救救孩子！救救孩子！"可他们因为没有办法，一句话也说不出来。诸福棠在病床前用手抚摸着孩子，老护士长在旁边给家长说着安慰的话，自己却忍不住流泪。"参观"者中，吴绍沅是刚从武汉医学院毕业分配来北京所的，她从未见过这样的情景，鼻子一酸，泪水就止不住了，掏出手帕，不停地擦眼泪。诸福棠当时用于预防和治疗的"法宝"是胎盘球蛋白，可算是一种被动免疫，只能起到暂时保护作用。胎盘球蛋白最早叫"胎盘提取物"，就是诸福棠当年在协和医院发明的。但当时没有作为药品生产，而只在医院里自制自用。新中国成立后，北京所改进工艺后扩大生产，改称胎盘球蛋白，可以说是诸福棠与汤飞凡合作的产物。但胎盘球蛋白再好，也不能当疫苗用。临别时，主人和客人都沉默不语，良久，诸福棠一脸严肃地说："请救救孩子！我们有责任改变这种状况，我相信我们能，只要有疫苗。"

疫苗！疫苗！孩子们在呼唤麻疹疫苗！家长们在含泪呼喊"请救救孩子！"

汤飞凡今天带来"参观"的人，是他刚组建的麻疹疫苗研究小组的成员。诸福棠用患病的孩子给他们发布了紧急"动员令"。什么也别说，抓紧干吧！汤飞凡对小组人员进行分工：黄元桐，跑标本；闻仲权，组织培养；吴绍沅，分离病毒。当然由他抓总了。四人中，头三人都是经验丰富的专家，只有吴绍沅是个新手。但是她很聪明，心灵手巧，又肯学善学，在汤飞凡的亲自带教下，很快掌握了实验室技术，但还缺少经验。

黄元桐负责采标本，看似简单，其实不然。首先，必须要从发病初期的患儿身上采集，就是还没有出现皮疹，但口腔内黏膜上已经出现了红斑（克氏斑，临床上用于确诊麻疹的标志）。而一般的家长往往忽视孩子的早期症状，等送到医院时，已经出皮疹了。所以，在医院里不容易找到这样的采集对象。其次，采集标本是个名副其实的技术活，要用棉棒在小儿咽喉做涂抹，从静脉抽取4—5毫升的血液。儿童医院的诸福棠和协和医院的林巧稚（后任中科院副院长、著名妇产科和儿科专家，有"东方圣母"之称）竭力配合，但仍然屡屡为找不到采集对象而发愁。负责组织培养的闻仲权也遇到了困难。组织培养要么用猴肾，要么用2—7月龄婴儿的肾。北京没有猴子，要等动物园偶尔淘汰时才能得到；而婴儿肾要等有人做人流并必须得到产妇的同意才能取得。要让上述两项工作同步，才谈得上分离病毒。

他们终于等到了一个时机。1957年3月29日，黄元桐从儿童医院一名合乎标准的3岁男童身上采到了血液，吴绍沅赶紧将之种到猴肾细胞中进行培养。一周后涂片检查，没有发现病毒。这是很正常的现象，病毒不是那么容易让你抓到的。它就像一个反侦察能力极强的嫌犯，必须与之反复斗法，最后才能逮住它。

按照汤飞凡设计的技术路线，她要将之接种到新的组织，进行盲目传代。偏在这时，猴肾细胞用完了。咋办？她便接种到人肾细胞上培养。12天后，仍然没有发现病毒。她有些泄气了。前一段一直在外开会的汤飞凡回来，鼓励她要有信心，要每一张片子都仔细看，边边角角也不能放过。

于是，她把保存在冷库中的片子又拿出来看，一看就是一整天。7

月下旬的一天，她发现一张片子上出现了恩德斯在论文中所描绘的麻疹病毒的图景：许多细胞界限不清，仿佛融合在一起了，又像一个大细胞，里面有很多个细胞核。这不就是麻疹病毒吗？她没有把握，把闻仲权请来看，也不敢肯定。就等汤飞凡来定夺。

汤飞凡看片后，认为极有可能是麻疹病毒，但还不能排除有其他可能。因为疑似病毒是在 9 号标本上发现的，吴绍沅把保存的培养物拿出来进行传代，一直传了 20 多代，每一代都出现相同的病变。至此，几乎可以肯定它就是麻疹病毒了，但还得经过麻疹免疫血清的中和实验以及用标准麻疹抗原做抑制试验。这两种东西国内没有，急人！迫不及待的儿童医院院长诸福棠送来了从麻疹病儿身上采来的急性期血清和恢复期血清，权作替代品进行试验，试验结果确证其为麻疹病毒（后来从国外取得血清，试验结果无异）。这株麻疹毒株被命名为"麻 9"（"M9"），是中国本土分离出来的第一个麻疹病毒株，仅比美国恩德斯晚了 4 年。

抓到了毒株，就该研究疫苗了。汤飞凡的意见是研制活疫苗。因为根据国外报道，麻疹死疫苗不仅免疫效果差，而且还可能感染野病毒，出现"疫苗麻疹"或叫"异型麻疹"。但诸福棠认为救命要紧，等你搞出活疫苗，他医院里的许多孩子就已经死了。主张先搞死疫苗，死疫苗制作快，为防止野毒感染，在接种死疫苗的同时加注一支胎盘球蛋白。因此，北京所试制了一批死疫苗应急，挽救了许多孩子的生命。但1957 年试制的麻疹死疫苗只供诸福棠应急救命，不能进行生产。

朱既明与"长 47"株

1963 年国外报道研制成功麻疹减毒活疫苗，我国的长春、北京、上海三个生物制品研究所也在抓紧进行研究。

儿科医生最能感受麻疹对儿童的危害。与北京儿童医院的诸福棠一样，长春白求恩医科大学附属第一医院的儿科主任顾又芬教授，是"两弹一星"元勋王大珩的夫人。她经常跑到长春生研所麻疹室，催促他们抓紧研究疫苗，说："医院里孩子死得太多了，都用车往外拉。"现年84岁的原长春所研究员廉锦章，当年还是个刚分配来的大学生，说起1965年长春流行麻疹的情形至今仍痛心不已。"流行太厉害了，学校都停了课，妈妈都不让孩子出去玩。就想预防麻疹能像种了牛痘就不出麻子那样该多好啊！"这是他能安下心来搞麻疹疫苗研究的原因，他大学学的是临床医学，刚分到长春所时老想调走。

分离麻疹病毒很难，把分离出来的野毒株变成能生产活疫苗的减毒株更难。我国著名微生物学家朱既明一直在进行麻疹研究。1955年，他从北京调到长春所任副所长兼病毒室主任后，立即着手麻疹减毒活疫苗的研究。制作活疫苗必须用减毒株，而人感染的病毒要减毒，在人体自身细胞上是减不了毒的，必须上动物。偏偏麻疹病毒有个特点，只感染人，上了动物细胞不生长，这就使减毒工作走进了死胡同。当时国际上在麻疹病毒的减毒研究上有一项重大突破，就是麻疹病毒在人胚肾细胞上延续传若干代以后，可以进一步适应培养于人羊膜细胞和鸡胚细胞。这条技术路线使人豁然开朗。

长春所用的麻疹毒株是苏联的列宁格勒4号（"L4"）。减毒研究由朱既明领导，病毒室负责，主任为武文焕。为加强这项工作，所长汪为硬是把在中科院心理研究所读研的曾国华给要了回来。她是1946年长春第一次解放后参军的中学生，从参军到上大学前一直在长春所（含前身）工作。她1956年考入上海医学院，1960年考上中科院心理研究所的研究生，读研刚一个学期。她到长春所报道时，已是1962年1月，汪为对她说："你回来就在朱所长领导下搞麻疹病毒研究，虽然不可能再搞心理学了，但我给你找了一个更好的老师。"后来的事实证明此言不虚，曾国华把遇到朱既明看成是此生的一大幸事。当时她一见朱既明就问他带不带研究生，朱既明告诉她："我没有带研的任务，不能带研究生。"曾国华一听心里凉了半截。朱既明对她说："现在要搞麻疹活疫苗，有难度，没有生产株怎么办？你大学毕业了，过去又搞过生物制品，要出把力。"但她过去搞的是厌气菌，做破伤风、气性坏疽类毒素，主要是为战场服务，从搞细菌转为搞病毒，必须从头学起。朱既明讲课她总是坐在第一排，竖着耳朵听，仔细做笔记，生怕遗漏了什么。

20世纪50年代中期，新的组织培养技术引起了疫苗研制上的一场革命。其最显著的特点是从组织块培养发展成单层细胞培养，从天然培养基发展成为人工综合培养基。从1955年开始，北京所在汤飞凡的领导下已经进行人工综合培养基技术的建立，闻仲权在这方面已有突破。

麻疹病毒的分离和减毒株的建立，靠传统的天然培养基不行，必须靠细胞培养，首先要做好细胞。曾国华回忆说："朱所长强调，一定要把细胞做好，就像种庄稼首先要把土地整好。"以往是在鸡胚里做，往尿囊腔里打病毒，再收集尿囊液，在尿囊液里找病毒，这样病毒不繁殖。这里说的做细胞，一是做人羊膜单层细胞，人羊膜是包裹羊水的一层坚韧透明的薄膜；二是鸡胚单层细胞，涂在特制玻璃瓶壁上，需要高超的技术和耐心。毒种在人羊膜上传了若干代后，要在鸡胚细胞上适应，才能减毒。曾国华说："渐渐地我的鸡胚细胞做得比较好了。他们看看不错，可以接种病毒了。我每天向朱所长汇报传代情况。这中间遇到了一个困难，就是在显微镜下从形态学上看不出来有什么病变，没法检测病毒生长的情况。"在朱既明的领导下，大家一起想出办法来了。就是用传代细胞去检定病毒量的多少，但传代细胞有长肿瘤的可能性，只能做检定用。几经挫折，反复比较，最后选出来可做检定的FL细胞，它是人羊膜传代下来的，有人体的本质，所以它就敏感。"朱所长就定下来，以后有没有病变，有没有病毒，有多少，就用 FL 细胞来检定，这就有识别工具了。"曾国华认真地一代一代这么做，朱既明让她每培养一次，就抽培养液接种到 FL 细胞里去检测。做着做着，病变逐渐变多了，可以稀释了，稀释后用 FL 细胞去检定。啊！病毒量增加了，有希望了！朱既明很高兴，说："有点苗头了，很好！"曾国华说："不常看鸡胚细胞，看不出来有变化。我看多了就能看出它有变化。最大的特点是鸡胚细胞不被感染时排列得很整齐，很平坦，要是有了病变，就乱七八糟的，交叉起来了，是一团一团了，成束型的显微细胞。朱所长告诉我'要好好做，将来生产要用上它的。'"就这样一代一代往下传，病毒繁殖起来了，整个瓶子里都有了……朱既明对曾国华说："你把它定下来，还要照相，发表文章要有图片。正常细胞是怎样的，产生病变的细胞是怎样的，都要照相，做好记号。"就这样，朱既明领衔发表了一篇文章。

长春所用于生产麻疹疫苗的减毒株叫"长 47"，为什么？曾国华说："那是因为在鸡胚细胞上传到第 47 代时，可以看出特异性病变了，朱既明就这样给它命了名。"从"L4"株到"长 47"株，是传了 47 代。"长47"株的贡献在于将毒株的滴度（微生物或其产物、抗原与抗体等活性高低的标志）变高了，变稳定了，可以用于制作疫苗了。曾国华说："所谓稳定，第一是滴度要稳定，要高，不能忽高忽低；第二是要纯，不能有杂的病毒感染。"

要做疫苗了，朱既明给他们又提出了要求："疫苗最后是要上人的，你给儿童接种后抗体一定要高，临床反应一定要低，不能发高烧，发点烧可以，但持续时间不能长，最好不发烧，还不能允许有其他不良反应，这是做麻疹疫苗的最低要求。"少量疫苗制成后，先做动物实验，证明效果良好，然后由顾又芬教授拿去做临床观察，第一次接种了十几个人，效果不错，然后扩大试验，效果也不错，似乎就可以生产疫苗了。

不！朱既明问："你这个疫苗给孩子接种后，抗体在孩子的体内能保持多长时间呢？今年接种了明年麻疹流行会不会二次感染，第二年没有感染第三年会不会感染。"曾国华说："那时候麻疹流行厉害，顾又芬教授特别着急，朱既明所长也特别着急，但是作为一个科学工作者，一定要把什么情况都考虑进去才行。"做疫苗的持久性观察，选点很重要，因为在麻疹流行的地方你就没法知道孩子身上的抗体究竟是打疫苗形成的，还是他感染麻疹后在体内自然形成的，所以要选一个没有麻疹流行的地方来观察，最后选择在大连的獐子岛。在獐子岛三年临床观察做下来，证明接种三年后阳性率仍达 90% 以上，于是拿到生产疫苗的批文了。三年的临床观察时间有点短，但因为麻疹疫情严重，所以就批准生产了。

1965 年我国试制麻疹活疫苗取得成功，仅比世界上第一株麻疹活疫苗晚了两年多。

"长 47"生产疫苗的工艺是由原长春所麻疹室赵克俭带领大家搞出来的，他后来当了麻疹室主任，成为医学生物高工，在麻疹的生产工艺上有所创造，后面再说。

几乎与长春所同时，北京所的章以浩、吴绍沅在朱既明的指导下，用不同的细胞传代，培育出麻疹减毒株"京 55"，1963 年用于试生产取得成功，两年后正式投产。

张箐与"沪 191"株

生产麻疹活疫苗，长春所用的生产株是"长 47"，北京所用的是"京

55"，上海所用的是"沪191"。"长47"株和"京55"株都是由"L4"株经减毒后育成的，而"沪191"是地地道道的国产株，本土品牌。

之所以从苏联引进"L4"株，一方面当时学习苏联是政治大气候，有困难就找"苏联老大哥"。但主要还是防疫的形势所迫，麻疹流行猖獗，我国1958年虽然由汤飞凡、吴绍沅分离出来麻疹病毒——"麻9"，但不知是因为何种原因，反正是没有培育成减毒株用于活疫苗生产。毒株不定，何谈疫苗？1959年国家卫生部专门召开了一个麻疹攻关会议，把分离麻疹病毒培育减毒株列为科研重点。于是，上海所在上海市的支持下组成了一个麻疹科研协作攻关组，由上海所所长郦燮昌为领导小组组长，集中了当时上海医学微生物界的大牌专家联合攻关，包括张箐、余鼎新、余贺等知名教授，实验室工作由上海所的张箐负责。

1960年，张箐等人从上海儿科医院拿到了200多份病毒样本，在人胚肾细胞上传代分离，得到9个样本，都不错，最好的一个样本是从一名2岁男孩出疹前的血液标本中培养、分离出来的，在HK细胞（红细胞己糖激酶）中培养5日，发现有麻疹病毒特异性病变，这株病毒后来被命名为"沪191"。

原上海所疫苗二室主任、研究员陈志慧回忆说："这个毒株是个强毒株，不能做疫苗的。当初国际上也没有一个很好的典范，美国麻疹病毒是1954年分离出来的，但他们没介绍他们的减毒程序。因为强毒株是在人的细胞中培养的，减毒株一定要到动物细胞上。那时动物用的是鸡胚细胞，但在鸡胚细胞上病毒适应不上去，完全失败。这里，我们张箐老师带领大家做了相当有贡献的工作。"

张箐小组将麻疹病毒在HK细胞上连续传了33代，又在人羊膜细胞上传递了39代，之所以要如此反复传代，是为了使之变"壮"，可见巨大多核细胞病变，以便于识别。这个过程是减毒前的准备工作，而不是减毒。减毒要在鸡胚细胞上进行，却屡屡失败，怎么办？张箐提出了一个大胆的设想，在适应实验中，分 A、B、C、D 四条线进行，每条线用不同的温度，最低为 31℃ ±1℃。这能行吗？当时国际文献报告的麻疹病毒最佳培养温度为 36—37℃。你最低的一组用 31℃，降了 5—6℃，这个胆子够大的了！可实验的结果却出乎许多人的意料，证明麻疹病毒在 31℃鸡胚细胞上适应最好，随着传代的次数增加，减毒效果越来越明显，首先是黏膜斑消失，然后是皮疹消失，最后是发热反应减轻，传到第 19—30 代时，高热反应下降到 5% 以下，多次临床观察未见皮疹，抗体转阳率达到 96.2% 以上，标志着"沪 191"毒株已达到高度减毒水平，可以用于疫苗生产了。1965 年经国家检定批准使用。

在"沪 191"的减毒过程中，曾出现麻疹病毒在鸡胚上传代，传着传着就传不下去了的问题。上海所所长郦鑾昌采取果断措施，把刚从长春所对调回来的童葵塘调入麻疹组参加攻关。童葵塘经过仔细检查，发现是因为有支原体污染，不仅鸡胚上有，而且在其上游羊膜传代时就有了，还查清了污染来源于自采的小牛血清。于是将原有血清全部废弃，重新采集小牛血清，并对原来保留的毒种进行检查，在确认两者均无污染后再进行实验，从而使传代得以顺利进行。童葵塘虽然是"半路上杀出个程咬金"，但立下了"救场"之功。

这里面还有一个故事，用"沪 191"减毒株制作疫苗的最后冲刺阶段恰逢"文革"，协作组的大牌专家都挨斗了，余鼎新教授被逼跳楼了，张箐也被斗得没法工作了，研究组就靠童葵塘硬撑着。一方面，因为他当时还不是大专家，没入"造反派"的"法眼"；另一方面，"造反派"还有自己的"如意算盘"，就是想把生产出麻疹疫苗的功劳抢过去，作为"文革"工人阶级专政的成果宣传。果然，在"沪 191"从野毒减毒成固定毒并且试制出疫苗之后，他们把童葵塘等科技人员全部调离麻疹室，由他们来接管。原指望来个"空手套白狼"，轻松当功臣，哪知他们根本不是那块料，折腾来折腾去，也没有能生产出疫苗来。实在没辙了，这才把童葵塘等重新调回麻疹室。

"娇小姐"从此不再"撒娇"了

"沪191"减毒成功之后，我国就有了3个可用于生产麻疹疫苗的毒株。但是有一个问题亟待解决，就是液体疫苗耐热性差，有效期短；在有效期内，因为保存和运输不当也容易失效，因此迫切需要将液体疫苗变为冻干疫苗。

原上海所麻疹生产组组长严美安说："那时做的液体疫苗是 0.2ml 的注射量，2—8℃保存期才 3 个月，局限很多，失效不少，因疫苗的性能不稳定，产量也不稳定，所以大家习惯把今年做得好就叫'大年'，明年做得不好就叫'小年'。"

原长春所麻疹室主任、医学生物高工赵克俭回忆说："这种情况下，各所都在改进工艺。疫苗加入人（蛋）白做疫苗保护剂，是长春所最先解决、最先应用的，提高了疫苗的稳定性。我做了很多试验，看在长途运输后，其稳定性到底怎么样？到防疫站抽样检查，从不同的地点拿回来检测它的效价，发现加人（蛋）白后稳定性虽有提高，但仍然存在效价降低的问题。工艺上再一个重大革新是做冻干疫苗。液体疫苗被称为'娇小姐'，冻干以后还那么娇气吗？做了很多试验，发现在冻干过程中效价降低很多。问题怎么解决？我们用多种配方，研究出好多号的保护剂，编号从 1 到 10，发现其中的'长春 8 号'保护性能最好。这个问题就这么解决了。"

"长春 8 号"保护剂 1987 年获得国家科技进步三等奖，这项研究的实际领头者是室主任武文焕。负责做检定的廉锦章说："那时我有个笔记本，把英文的、日文的、俄文的（日、俄文是上大学学的，英文是所里老同志教的）文献上有关工艺和配方都翻译出来，给武文焕看。他是从佳木斯来的老革命，特别能接受意见，参照国外的经验，亲自动手做。做出来我一次一次地检定不合格，他也不发火，不红脸，和大家一起研究改进。就这样，最后终于搞成了'长春8号'。"

本来这项发明是保密的。因为屡次检定所抽检麻疹疫苗，长春所的稳定性均为最好，其他所便追问其中奥妙。有次开全国麻疹会，武文焕被围着走不了，逼急了，便说："我们有新的保护剂。"有人进一步激将说："中国人还能搞出这么好的保护剂？""长春8号"的配方就这样公开了。赵克俭说："麻疹疫苗的研制是在朱既明（副）所长领导下进行的，开始是武文焕是主任，后来生产我是主任。朱既明1963年上北京病毒所后，辛钧（副）所长又回来了，他也做了不少工作。他们的贡献我们不能忘记。"

1966年，麻疹疫苗开始在全国大批量生产。

连续15年的免疫持久性观察

陈志慧在浙江医科大学就搞麻疹研究，调到上海所后，接着搞麻疹。他发现一个问题，作为生产毒种的有效代次，是鸡胚细胞传代的第16—23代，只有7个代次，寿命比较短，到了第23代以后，不就断种了吗？所以，他带着一些人把第23代毒种继续往下传，一直传到了第32代。每一代都做了人体试验，发现第16—32代都可用于生产麻疹疫苗，用到第32代可以用很多年。又用"终末稀释法"进行毒株纯化。因上海生研所当时保留的毒种最早的是第13代，便由第13代继续往下传，传到第 15—16 代，做了毒种的筛选，从中挑选出 2 个作为母种群种子——主代毒种，主代毒种再往下传就可以作为工作毒种。这样，就可以保证子子孙孙，永不断种。

过去认为得一次麻疹就终身免疫，那现在用疫苗能免疫多少年？中检所（中国药品生物制品检定所）提出来，必须进行麻疹疫苗的免疫持久性研究。因为中检所没有毒种也没有疫苗，而当时生产疫苗所用的毒株，一个是上海所的"沪 191"，一个是长春所的"长 47"，"京 55"已经停用，所以便跟上海所、长春所商量，一起来做持久性研究。这样，便展开了长达 15 年的免疫观察研究。

长春所的曾国华回忆说："在批量生产麻疹疫苗之前，就按朱既明所长的指示在大连的獐子岛做了 3 年的临床观察，麻疹室的人都去参加。以后由流行病科的邵本海负责，连续做了多年，再以后是与中检所、上海所合起来在浙江做的。"

上海生研所的陈志慧领衔做免疫持久性研究。他回忆说：

我们选择在浙江的诸暨做这项工作，理由有两个：一是浙江省和诸暨县的卫生防疫站很支持这个工作；二是浙江医科大学也愿意参加研究。最后是我们六家组成一个协作组：中检所、上海所、长春所、浙医大、浙江省和诸暨县防疫站。当时定下来做 10 年，觉得做 10 年已经很伟大了。做了以后发现做 10 年不够，第一次就做了 15 年。

怎么做呢？首先我们搞了一个核心防护带，选在诸暨县相连的 5 个公社（乡）里头 8 个月到 12 岁的小孩全部打了麻疹疫苗，免疫了。然后，在包围这 5 个公社的地区做第二个防护带，这里的小孩也全部打了麻疹疫苗。最后，在诸暨四周的几个县，建立第三个防护带，这里的小孩也打了麻疹疫苗。这样设计是为了核心防护带里头的小孩尽量减少与野病毒接触的机会。

我们重点观察这5个公社的小孩，打了麻疹疫苗后1个月抽血，以后每年的3月份都进点给他们抽血。观察对象3500多个，这个数字是很吓人的，国际上从来没有的。

每年都要采血，我们希望采到100%，但后来做不到，因为孩子长大了，就四面八方走开了。怎么办呢？他在哪里我们追到哪里去，有时为了一针血，我们要走几十里、几百里路。最远的有几个到了外省，还得去找到他。开始时是3500多个，从1973年开始做到1998年，15年后还保留3233人。当初我们去的时候，农村的交通是很困难的，我负责的一个公社从诸暨车站下来要步行1—2个小时才能到达，没有车，只能走。下去以后没有地方住，只能打地铺，下面铺稻草，上面放棉被。从北京来的、长春来的，对南方的冷天怕得不得了。他们在北方是有暖气的，到了这里什么也没有，但是也得要住下来。化验开始集中在杭州做，后来改到诸暨做。

我们观察发现：第一，前三年抗体水平还是比较稳定的，三年以后抗体水平慢慢慢慢往下掉了；第二，在抗体掉的同时，原来抗体阳性的人转为阴性了，也就是说打一针疫苗不可能全部都达到终身免疫。

在这个情况下，我们商量决定把观察再延长5年。观察越往后越不容易。而观察对象又不能少，我们就追踪下去，每年保证采一次血。这样连续做了15年。

刚才我讲了打第一针不能全部做到终身免疫，所以第二个工作就要做再免疫的持久性。打了一针以后，比如说3年以后抗体下来了，以后一部分人转阴性了。对转阴性的人就再给他打一针麻疹疫苗，看持久性怎么样。我们从第三年开始做这个工作，给抗体变低、转阴性的人打第二针后抗体又呈阳性了，我们觉得很高兴，但继续看了两三年后，发现抗体又掉下来了，又掉到原来的水平或者低于原来的水平。那怎么办呢？第二针打的是普通疫苗，如果用加强的疫苗，情况会如何呢？结果发现还是一样。

究竟怎么回事呢？后来我们在象山这个工作点上解决了这个问题。有的人打疫苗后虽抗体过两三年慢慢下来了，转阴性了，但这个阴性跟真正的阴性不一样，就是说打疫苗免疫成功的转阴性的与没有打过疫苗的不一样。象山那个点上，那时候麻疹野毒感染是很多的。麻疹疫苗打了以后转阴性的，与野毒接触后他不得病，甚至过了一段时间抗体又上去了，而没有打过疫苗的人碰到野毒后他就得显性的麻疹了。这是因为麻疹疫苗打了以后人体产生体液免疫和细胞免疫，转阴性的人虽然体液免疫抗体没有了，但细胞免疫功能还在。而我们在诸暨只测定了体液免疫，没有测定细胞免疫。细胞免疫我们也做了不少的工作，譬如说特异性的玫瑰花试验等，但还无法确诊麻疹疫苗的免疫水平。打过疫苗以后转阴性的跟没有打疫苗阴性的，他的血凝因子抗体虽然都是1∶2，但一个得病，一个不得病，这是一个事实。

这项研究国外也在做，结论跟我们差不多。他们认为打两针就够了，第一针打了以后过一段时间给他补打第二针。因为打一针，不是每个人都能成功免疫。麻疹疫苗在疫苗中是比较好的，打一针以后抗体阳转率在95％左右，但总是还有4％—5％的人免疫没有成功。打第二针的目的就是使这一部分人能够免疫成功，另外是让转阴性的抗体上去。但是要消除麻疹打两针是不够的，国际上最终怎么解决还得看情况。因为我们仅仅只看到15年，15

年以后的情况到底怎么样？这个工作可能还得要有人继续做下去。我们国家的人口多，基数大，即使每年只有几个免疫不成功的，累积到一定程度就会暴发。

现在对麻疹病例是用基因来检测了。我国流行的麻疹基因是H型，我们的疫苗是A型的，国际上也是A型，A型可以抵御现在的野毒，因此没有问题。如果要改一个毒株是很困难的……

因为这个工作要在基层、乡下做，你一定要得到乡下干部的支持，否则就无法开展。我们记忆最深的是，诸暨卫生局的局长相当支持我们工作，我们到农村打针，他都陪着一起去，由于这个原因，人家不叫他"卫生局局长"，叫他"麻疹局局长"。诸暨农村原来有个说法，就是小孩都要得麻疹，不得麻疹反而还活不下去。可得麻疹并发症一来，小生命就完了。所以老百姓很支持我们工作。每年采血，在观察对象的耳朵上扎针，15年后十七八岁了，耳朵上都是针眼。那时候是无偿的，他们都是无条件地给我们采血，也没有要求补贴什么的。

在诸暨我们还做了一个工作，就是把国内外的疫苗进行比较，这个工作也是很难的。因为我们国家的麻疹减毒株有两个："沪191""长47"。"长47"是苏联来的强毒株，我们减毒的；"沪191"是我们自己分离、减毒的。究竟是国外的毒株好还是国内的毒株好？国外很多国家用的是来源于美国的ED株。ED株是分两条线减毒的：一条是A系，最有代表性的是Schwarz株；一条是B系，最有代表性的是莫尔株。我们从世界卫生组织拿到了美国的Schwarz疫苗和苏联的L16疫苗，1974年在诸暨进行比较研究，证明在免疫持久性上，"沪191"和"长47"与美国的Schwarz株可以相媲美，而比苏联的L16株要好，说明我们国家的麻疹疫苗已经拥有国际水平。

据《中国生物制品发展史略》记载："我国'沪191'和'长47'二株疫苗初免疫成功者，经15年系统观察，80%以上仍可测到血凝抑制抗体。"

10 天接种近 1 亿人的世界奇迹

我国在1961年消除了天花，在1994年消除了脊灰，麻疹什么时候消除呢？消除麻疹的科学定义为：无本土麻疹病毒传播，即麻疹发病率少于1/100万（不包括输入病例）；输入病毒导致的麻疹暴发病例数少于100例，流行持续时间少于3个月。在2006年11月国家卫生部发布的《2006—2012年全国消除麻疹行动计划》中，有这样一段话：

> 随着麻疹疫苗的广泛应用，特别是实施儿童计划免疫后，我国麻疹控制工作取得了显著成绩。20世纪90年代与计划免疫前的1978年相比，麻疹发病率与死亡率均降低了95%以上，其中1995年麻疹报告发病率降至5/10万的历史最低水平。由于我国地域广阔，人口众多，各地工作发展极不平衡，麻疹控制工作仍处于不稳定状态。全国大部分地区发生了麻疹流行，报告病例数近13万例，发病率达10/10万。因此，消除麻疹将成为今后我国免疫规划工作的又一重大挑战……

全国麻疹发病率从1959年（大流行年）的1432/10万，到1995年的5/10万，应该说成就至伟。世卫组织计划2012年消除麻疹，但进入21世纪后，我国的麻疹发病率却上升到10/10万，连续多年排在世界第一。所以卫生部发布上述行动计划，决定采取果断措施，在2010年9月11日至20日，统一开展一次以全国8月龄至14周岁儿童为主要接种对象的强化免疫活动。

这是一次国家行动。在 10 天之内全国统一打麻疹疫苗，时间如此集中，范围如此之大，要接种的儿童将近 1 亿，这在中国防疫史上还是第一次，也是世界上前所未有的。

首要的问题：疫苗从哪里来？怎么送到指定地点？卫生部把任务交给了中国生物技术股份有限公司（以下简称"中国生物"）。我国的麻疹疫苗是由他们研发生产的，有年产 2.8 亿剂次的产能以及过硬的质量保障体系。又因麻疹疫苗属计划免疫品种，是由政府定价的，价格低，责任大，其他企业因无利可图而不愿涉足，如此重担只能让央企承担。

中国生物 8 月 11 日接到任务后，成立了以总经理杨晓明（现任董事长）任组长的麻疹疫苗强化免疫行动工作领导小组，由 13 名专家组成咨询组，建立强化免疫不良反应应对小组，确定了各个现场的负责人，在生产、质量、流通三个方面展开紧急备战，做到对麻疹疫苗的生产、质量、仓储、运输、服务、使用等各个环节的全程监控、专人负责。不仅要保证近 1 亿人份的疫苗供应，而且要确保每支疫苗的质量稳定，按时送到指定地点。

中国生物所属兰州所、上海所、武汉所和天坛生物（北京所）进入紧张的备战状态。

在这次国家强化麻疹免疫行动中，兰州所承担了主要任务，接到任务后全所上下紧急动员，生产、质量、储运、销售等部门密切配合，按时完成了 6000 多万人份的任务，并按时配送到指定地点。上海所按要求完成紧急生产 4200 万人份的麻疹疫苗任务后，在运输上遇到了困难。因这次是集中加强免疫，疫苗数量多，各省疾控中心没有足够的冷库可以存放，所以各省要求把疫苗按时直接送到各区、县疾控中心。如江苏就要求送到苏州、无锡、常州、镇江、扬州、淮安、宿迁、徐州、连云港、泰州等 14 个地区的疾控中心。这比以往只需送到省疾控中心的情况复杂了许多。时值上海世博会召开，货车只能深夜进出，而麻疹疫苗的冷链运输要求相当严格，要用冷藏车运输，而且对温度每时每刻都在记录监督之中。上海所大小冷藏车只有 5 辆，能保证疫苗按时送达吗？平均年龄超过 50 岁的 9 名驾驶员想出了解决办法——轮流驾驶。短途运输当天返回，不论是晚上几点回来，第二天必须赶到单位接受新任务；长途运输不论是出去几天，回来后不休息，带着任务继续出发。就这样，他们把疫苗全部准时送达了。

据张嵘所写的《十天的"战役"》一文所说：

9 月 11 日，备受关注的麻疹强化免疫行动开始，截至 9 月 20 日 18 时，中国生物共为麻疹疫苗强化免疫行动提供疫苗 13010 万人份，全国各省、市、自治区（除西藏外）麻疹强化免疫累计接种人数为 97089968 人，占目标儿童摸底人数的 96.0%。

业内都知道，近 1 亿儿童同时接种，按 WHO 报告的异常反应率测算，发生不良反应的病例应该不在少数。而发生一起严重不良反应，都将引发强烈的社会舆论批评，给这次强化免疫行动带来无法估量的阻力。因此，密切跟踪并科学应对不良反应，是此次麻疹强化工作的一个重要环节。

中国工程院院士赵铠与网友在线交流时表示，麻疹强化免疫到 9 月 14 日接种 5000 万人，发生异常反应约 400 例，其中大多数是过敏性皮疹并很快恢复，异常反应报告的发生率只有 0.8/10 万，低于 WHO 报告的异常反应率。

此后，卫生部新闻发言人表示，此次麻疹疫苗强化免疫活动，没有与疫苗接种相关的死亡病例发生，没有群体性不良反应发生；异常反应发生率低于世界卫生组织公布的参考指南，低于既往水平。正如赵铠院士所说，这次国产疫苗经受了近 1 亿人次同时接种的考验，应该说向人民上交了一份合格的答卷。

2010 年强化免疫后，我国的麻疹发病率比未强化前下降了 73.6%，再次降到历史最低水平，为 7.5/100 万，但离 1/100 万还比较远。世卫组织所定的全球 2012 年消除麻疹的目标，世界各国都没有实现。2018 年全球麻疹病例近 23 万，比 2017 年增加了 48.4%，尤以美、欧增加最快。在作者写作本章的 2019 年 1 月，我国麻疹发生病例为 178 例。

世卫组织把"疫苗犹豫症"视为消除麻疹的"最大威胁"。所谓"疫苗犹豫症"，就是对疫苗的免疫能力表示怀疑而犹豫要不要接种。这种犹豫因社交媒体的传播而扩散。麻疹疫苗固然还不能做到让人终身免疫，但消除麻疹还得靠疫苗。事实证明，新发麻疹病例几乎都是没有打疫苗的。我国人口基数大，2010 年的全国统一强化麻疹免疫，接种者也只占应接种者的 96%。那没有接种的 4%，就是隐患。因此，要消除麻疹，人人自觉接种是一个前提。

第十一章

消除脊灰，又一个漂亮的围歼战

俗称"小儿麻痹症"的脊髓灰质炎，是一个"制造"死亡、瘫痪和拐子的魔鬼。它不分贫富贵贱，"通吃"不误，连赫赫有名的美国总统罗斯福也未放过，硬是要他坐到轮椅上去了。1955 年，脊灰在我国江苏南通暴发，在党中央、国务院的部署下，我国消除脊灰的防疫战自此打响。一群当时还是年轻人的生物制品工作者挑起了研制脊灰疫苗的重担，他们先后研制出五代疫苗，为消除脊灰提供了充足的"武器弹药"。1994 年 9 月以后，我国再无本土野病毒感染的脊灰病例，消除了脊灰。这是继消灭天花之后，我国防疫史上的又一个漂亮的歼灭战。

世界上也许没有人不知道美国总统罗斯福，作为二战"三巨头"之一，他是一个名副其实的强人，一个坐在轮椅上的强人。他的敌人没能征服他，而脊髓灰质炎（以下简称"脊灰"）却让他瘫痪了，坐到了轮椅上。1921 年,39 岁的他在坎波贝洛愉快地休假时，仗着自己年富力强，在冰冷的海水中游泳，殊不知脊灰病毒却趁他免疫力下降之机钻进了他的肌体。脊灰病毒就是这么猖狂，不怕你强壮，沾上就让你致残，甚至带你去见阎王。

脊灰，一个制造死亡、瘫痪和拐子的魔鬼。

据统计，20 世纪 40 年代末到 50 年代初，脊灰在东欧发病率为 21.4/10 万至 42/10 万；美国更高，为 36.2/10 万；日本为 21.5/10 万。50 年代初，脊灰在我国尚无明显流行，是散发性的。1955 年，在江苏南通突然有 1630 人先后瘫痪了（最后大多成了拐子），其中死亡 466 人。疫情引起党中央、国务院的高度关注，卫生部派遣专家去调查，指导治疗和防疫，发现是脊灰作怪，曾经在国外肆行无忌的这个魔鬼袭来了！两年后的 1957 年，脊灰又闯到了上海、南宁等地，造成疫情流行。此后愈演愈烈，从 50 年代末到 60 年代，我国每年脊灰病例高达 1 万—3 万例，患者主要是儿童，在青壮年人中也有明显增加，1964 年发病率高达 4.06/10 万。好好的一个人，突然就让你变瘫了、变拐了！

过去人们把脊灰称为小儿麻痹症，医生也是这么诊断的，只知其症状，不知其病原。后来弄清小儿麻痹症是由脊灰病毒引起的，病名才被改称脊髓灰质炎。脊灰病毒存在于人的肠道中，病人或健康带毒者排泄的粪便未经消毒处理，通过粪—口途径传播，简单地说，脊灰流行就是这么来的。

对脊灰，人类开始只能听天由命。医生要有办法，罗斯福就不会坐轮椅了。后来发明用外科手术矫正小儿麻痹，为很多拐子带来了福音，但这是 20 世纪 70 年代以后才有的事，而且不是每个拐子都适合手术，也不能保证每一例手术都能成功。没法治，就得想办法防。1949 年，美国的恩德斯等发现脊灰病毒能在人的非神经组织中繁殖，从而为疫苗的研制打下了基础。1952 年索尔克（Salk）用猴肾细胞培养制备灭活疫苗（IPV），1957 年赛宾（Sabin）等研制的猴肾细胞口服脊灰减毒活疫苗（OPV）先后获得成功。

我国对脊灰疫苗的研究开始于 20 世纪 50 年代中期，1957—1958 年，北京所的闻仲权分离出两株脊灰病毒，研制出了试验批减毒活疫苗，进行了猴体安全实验，组织病理切片检查等方面的研究。但在进入人体观察之前，卫生部鉴于全国脊灰流行的严峻形势——一个疫苗的研制周期至少 10 年，等自己研制的疫苗投产，疫情将难以控制，决定"走捷径"，派人出国学习，回来仿制，以应防疫之急。当时美、苏两国在脊灰疫苗研究上走在前面，但美国去不了，便派人去苏联。

去苏联学做脊灰疫苗

1959 年，中国医学科学院病毒系的顾方舟、董德祥，北京所的闻仲权，成都所的蒋竞武（女）等 4 人受卫生部派遣，前往苏联学习脊灰疫苗制造。后来他们都是我国制造脊灰活疫苗的功臣，非常令人痛惜的是，在笔者采写本书时，4 个人中，顾方舟和蒋竞武已经离开我们了。

在北京市朝阳区的三间房原北京生研所旧址，我们两次采访了已经 95 岁的闻仲权。他脸上布满了老人斑，最大的有五分硬币那么大，且已严重失聪，但头脑还清醒。据他回忆说："派我们 4 个人到苏联学习。原来考虑是做死疫苗，根据咱们国家计划的用量，光靠六大所还不行，建十个、几十个厂也不一定能满足全国的供药需要。多派几个人，准备将来扩展起来，开始就有这个意识。"

1959 年 3 月，他们去莫斯科俄罗斯联邦共和国的血清生物制品研究所学习，这个所是专搞脊灰灭活疫苗的。制作脊灰疫苗要用许多猴子，因为病毒要用猴肾繁殖。闻仲权说："苏联没有猴子，都是从我国运去的。生产一次要杀几十上百只猴。"因为制作理论中国留学生都懂，所以他们主要学制作工艺。从给猴子种毒开始，然后养猴、杀猴、收割病毒、灭活、消毒、检定，一直到制成疫苗，全程跟班学习。4 个人分工，各有侧重，董德祥主攻种毒，闻仲权负责组织培养，蒋竞武学检定，顾方舟管总。这里面有个故事：那时中苏关系已经出现很大的裂痕，苏方有的人因此在技术上有所保留。在中国留学生请教的时候，有一次苏方回答说："对不起，有些技术我们是保密的。"顾方舟此前在苏联医学科学院病毒学研究所留学，获医学副博士学位（相当于硕士），精通俄语，便反问道："先生，您能告诉我们，你们什么技术是保密的，什么技术是公开的。"对方一下涨红了脸，不知如何回答，只好把他所谓的保密技术教给了中国留学生。学到六七月份，他们已经掌握了生产死疫苗的全套技术。这时，他们听说苏联已经在莫斯科做脊灰活疫苗，在三个加盟共和国——爱沙尼亚、立陶宛和拉脱维亚（现均已独立）试用，证明很成功。闻仲权回忆说："听到这个消息后，我们 4 个人就商量，本来是让我们来学死疫苗制作的，但是死疫苗与活疫苗相比，一个是成本高，包括用的猴子多，同样的成本，活疫苗的产量要比死疫苗高 100 倍，我国还很穷，不能不考虑成本。卫生部原来考虑要建几十个厂，如果改做活疫苗，一两个厂就够了。死疫苗因为成本高，所以价格就贵，打一针要几十元。对幼儿一次要连续打三针，隔一段时间以后还要加固一针，不要说个人负担不起，国家也负担不起。因此，我们想要改学活疫苗。"

据《一生一事——顾方舟口述史》所说，顾先生当时把这件事的重要性提高到了中国脊灰免疫的策略、路线的层次，即走死疫苗路线，还是走活疫苗路线。要下改学活疫苗的决心是不容易的，是要有胆略的。当时，莫斯科正在召开一次世界脊灰大会，包括美国的 Sabin 等权威也来参加了。顾方舟在病毒学研究所留学时的一个苏联同学告诉他，会上对究竟是生产死疫苗还是活疫苗的问题展开了激烈交锋。反对活疫苗的一派认为还是死疫苗安全，而制备活疫苗的毒种有可能出现类似人类生育中的返祖现象——"衍生脊灰"，即疫苗衍生脊灰病毒（VDPV），成为感染源，出现"异型脊灰"。赞成活疫苗的一派认为，事实已经证明活疫苗的效果要比死疫苗的效果好得多，而担心返祖现象出现只是理论推测，当时还没有找到一个实例（到21世纪后，全球共发现5例，含中国1例）。此次会议后，苏联准备停掉死疫苗生产，改为生产活疫苗。中国如果改做活疫苗，万一毒种出现"衍生脊灰"，这个责任谁承担得了？4个留学生权衡再三，还是决定提出改学做活疫苗的建议。于是通过中国驻苏联大使馆跟卫生部联系，得到卫生部批准，同意搞活疫苗。闻仲权回忆说："苏联那时已经明确了，他要把死的改活的，用的是美国Sabin的毒株，不是苏联的。我们学习的期限是到9月底，半年时间，所以最后两周就赶到苏联医学科学院契马科夫的病毒研究所学习。契马科夫是顾方舟留苏时的导师，顾方舟是他的得意门生。这个关系起了很关键的作用。人家9月份正是休假期，没有工作，但是有人在，因为活疫苗和死疫苗的生产工序、技术是大同小异的，就是在检定上活的和死的不一样，所以我们主要是了解活疫苗的检定方法。到9月中旬，我们就这么把活疫苗的检定方法学到手了。当时Sabin也在那，他送给我们3个型的脊灰毒种（脊灰病毒共3个型）10个。10个是什么概念？就是可以用几十年。一个毒种打开一两年都可以用。"回国前，契马科夫又赠送中国3000份脊灰活疫苗。1959年10月，顾方舟等满载而归。

中国脊灰疫苗，诞生在北京所

顾方舟等4人回国后，卫生部召开专题会议，研究开发脊灰活疫苗的问题，部长钱信忠与会。会上决定由医科院的病毒所、北京所、成都所和中检所等组成协作组，以顾方舟为组长，北京所所长章以浩为副组长，骨干成员除从苏联学习回来的4人外，还有中检所的赵玫。协作组在北京所进行活疫苗的试制研究。

当时北京所的墙上有一条标语："世界上没有的，我们要大胆创造，只要是人民需要，我们一定做出来。"

因北京所原来就在试验死疫苗，在毒种繁殖、生产工艺和检定方面就有基础，试制活疫苗比较顺利。闻仲权回忆说："北京所基本的一些设备都有，但消化瓶没有，那种瓶是特制的，但照葫芦画瓢，咱们北京所的玻璃工就能烧出来，只有搅拌机专用设备没有，只能用过去我们的老一套。"大家一起经过5个月的努力，在1960年3月成功试制脊灰活疫苗。

原北京所脊灰室主任、生物医学高级工程师杜桂枝清楚地记得，当时生产出500万人份，在相继发生过脊灰流行的上海、青岛、南宁、昆明等10个大、中城市的儿童中试用，进行疫苗免疫效果和安全性观察。

其实，临床试验首先是在自己和自己孩子身上做的。顾方舟带头让自己刚满月的儿子试服，把一小瓶疫苗溶液让他喝了下去。据顾方舟事后回忆："当时自己心里也打鼓，这东西确实没问题，但万一有问题我就不好交代，最坏的结果可能会麻痹，腿和胳膊都不行了，但即使有风险也豁出去了，自己制造的东西自己都不相信，怎么让别人相信呢？"

在采访杜桂枝时，笔者问她："当时顾方舟给儿子服了疫苗，你们给孩子喝了吗？"老人说："那个时候都是这样的，不只是顾方舟，整个试制小组和北京所脊灰室的人包括工人，都给自己的孩子服了。首先在自己身上和家人身上做临床试验，是我们这代人的规矩。"

据她回忆，北京所试制的脊灰活疫苗在 10 个城市的试种结果证明，口服Ⅰ型、Ⅱ型、Ⅲ型脊灰单价活疫苗（每型间隔一个月）后，一个月内抗体阳转率可达 80%—100%，排毒率为 56%—95%，服用儿童无明显临床反应，证明疫苗安全可靠。她的回忆与史料记载完全一致，可见她对脊灰疫苗的印象之深，要知道，她在接受笔者采访时已经 80 岁了。这 500 万人份脊灰活疫苗，后来"文革"时被批判为"不讲政治，搞 500 万挂帅"，她至今说起来仍感到气愤："这些人讲政治，讲得连对脊灰病人的同情心都没有了，不配学医。"

杜桂枝的名字上不了《中国生物制品发展史略》，但她是北京市的劳动模范，从山东医学院毕业分配到北京所就做脊灰疫苗，后担任脊灰室主任，直到 2007 年退休，一直从事脊灰疫苗和风疹疫苗的研制、生产，也算是我国消除脊灰的功臣之一。她说："脊灰协作组组长顾方舟和副组长章以浩是北大医学院的同学。章以浩这个人非常厚道，两人配合很好，在北京所一起组织研究、生产。虽然用的是美国 Sabin 赠送的毒株，方法是学自苏联的，但我们并非一切照搬，也有不少革新、发明。其中一个是用乙醚灌注猴肾，使细胞产量提高了 10—40 倍。"她简要介绍了用猴肾制作脊灰活疫苗的操作过程：先杀猴，把猴肾取出来，剪碎，用乙醚消化，搅拌均匀，再把乙醚去除，倒进培养液，种毒培养。虽然比制作死疫苗用的猴子少多了，但数量仍然相当可观。如此血淋淋的，她当时不太安心，章以浩对她说："这件事对人民很重要，要安心干。"不久，他从荷兰带回一种材料，试验乙醚灌注猴肾。"是他指导我做的，在无菌操作台上，把乙醚从猴子的动脉打进去，从静脉流出来。这样处理后，猴肾细胞的产量提高了几十倍，能多产疫苗，而且减少了工作量。"

"糖丸爷爷"不止一个

北京所试制脊灰活疫苗成功后，卫生部决定新成立一个昆明医学生物学研究所，把脊灰疫苗的生产基地放到那里。为什么要放到昆明？闻仲权回忆说："生产脊灰疫苗需要许多猴子，病毒要用猴肾细胞培养传代，昆明的猴子多，北京没有猴子，要用还得从昆明运过来。"不止一个人告诉笔者："猴子也是有灵性的，关在笼子中的猴子看到穿白大褂的人进来就吓得眼泪汪汪，大声哀号，到处乱窜。"闻仲权后来研究二倍体疫苗，把猴子解放出来了，这是其中一个原因，后话打住。只说1960年昆明所的建设才刚刚开始，土建还没有完成，卫生部决定参加北京所试生产的原班人马先去昆明，帮助设计，参加建设，其中有医科院病毒系的顾方舟、董德祥等5人，北京所闻仲权等5人，成都所蒋竞武等4人，中检所赵玫等2人。刚去时他们都要参加体力劳动，比如拉石磙压地，搬运建筑材料等。闻仲权回忆说："北京所搞脊灰的原班人马都去了昆明，生产就停了。活疫苗我在前面讲了，用不着几个所来做，一个所做可能还有富余。昆明所1960年7月份建起了房屋，但仪器设备都是空的。我们去苏联学习的4个人，加上北京所工务科的杨老师傅，一起安装设备。按照分工，我负责搞实验室的装修和设备安装，到年底才装配好，能够开始工作了，我小量实验了一下，还可以。1961年昆明所基本建成了，卫生部批准他们正式开始生产。北京所的原班人马，加上昆明所来北京所学习的有三四个人，就完全可以生产了。那时昆明分配来不少大学生和中专生，他们跟着学，由我们手把手地教。这样搞了一年，到1962年的年底协作结束，人员各回各的原单位，因为还有一些问题他们不太好解决，把我留在那帮助一把，所以我又多待了一年。"

　　昆明所开始生产的活疫苗是液体的，1962 年第一季度试制成糖丸。顾方舟逝世以后，媒体上称他为"糖丸爷爷"，这没有错。但笔者要说的是，其实"糖丸爷爷"不止一个人，是一个集体。和顾方舟一起搞糖丸的至少还有闻仲权、董德祥，以及负责检定的赵玫。他们都是"糖丸爷爷""糖丸奶奶"。为什么要搞糖丸？首先是因为小孩子不愿意喝液体疫苗，那味道不怎么样，要强迫喝下去；其次是液体疫苗存储期有限，运输不方便，糖丸就不存在这个问题了。那年 1 月 2 日，顾方舟、闻仲权、董德祥去上海信谊药厂研究协作生产糖丸疫苗，3 个月后获得成功。闻仲权回忆说："脊灰病毒主要在肠道繁殖，感染是通过大便传播。但对液体疫苗来说，它是要低温冷藏的，而当时生研所才有零下 20 摄氏度至零下 40 摄氏度的低温冰箱，到各省的防疫站可能还有，再往下走就没有零下 20 摄氏度以下的冰箱了。液体疫苗保存期只有 1—3 天，而糖丸可以较长时间保存。生物制品要求完全无菌，糖丸没有致病性，但还不能做到完全无菌。在北京、上海、云南三地试服后，证明没有问题。咱们国家太大，当时冷藏条件又太差，做成糖丸就可以下乡了。"

　　糖丸脊灰疫苗是我国的发明。

　　这里面有一个插曲。1969 年"备战备荒为人民"，国家担心脊灰疫苗如果昆明独此一家生产，万一被敌人轰炸了，疫苗岂不要断供了吗？为了双保险，卫生部决定要北京所恢复生产。北京所本来是昆明所的老师，但现在已经从液体疫苗变成糖丸了，所以昔日的老师又变成学生了。北京所所长章以浩带着杜桂枝到昆明学艺。杜桂枝回忆说："当时昆明所乱得很，所领导挨斗。党委书记嘴硬，批他什么都不承认，老挨打。所长顾方舟，你批他什么他都点头，没有挨打，但被罚挑大粪，弄得浑身都是粪。我们去时，好一点了。章以浩带着我把整个生产流程包括检定都学了一遍，一个月后回到北京，与北京糖果厂合作生产糖丸疫苗。先试制出三批样品，为了保险，我们检定后，最好要昆明所再做一次检定。糖果厂的工人提意见，说他们'等米下锅'，所里让我坐飞机去昆明。这是我第一次坐飞机。到昆明检定，三批都完全合格，这才开始正式生产，产品主要供应三北地区。"这样，糖丸就有南糖丸和北糖丸之分了。

糖丸疫苗 1963 年生产了 1000 万人份，1964 年推向全国，共有6000 万剂量供大、中城市人口服用，以后产量逐年增加。两个所生产后，1970 年达到 7000 多万剂量，1980 年后年均 1 亿剂量，1985 年以后达到 1.4 亿—1.6 亿剂量，这些产品 3/4 由昆明所生产，其余 1/4 由北京所生产。

这似乎已经很不错了，但疫苗科学家的探索还在继续。

二倍体疫苗解放了猴子，造福了孩子

原来的脊灰疫苗，无论是液体的还是糖丸，都是用猴肾细胞生产的，虽然章以浩指导杜桂枝成功运用乙醚灌注法后，已使猴子的用量大大减少，但仍然离不开猴子，而且毒种有可能被猴病毒污染。这一直是北京所闻仲权的一块心病。在莫斯科留学时，见到一次生产要杀几十上百只猴子，就感到惨不忍睹。我们学苏联，也要杀猴子，这么杀下去，何日是个头？做疫苗，搞生物制品，谁也免不了要用动物做试验，搞生产；但动物也是生命，能少用应尽量少用。在某种意义上说，搞生物制品，就是用部分动物的牺牲来换取人类的健康。所以，武汉生研所的动物楼前立了一块亡灵碑，上写："献给为生物制品事业而牺牲的动物们"。他做梦都在想，如何用一种新的细胞来代替猴肾细胞生产疫苗呢？

闻仲权是我国最早搞组织培养的学者。1948 年美国的恩德斯发明组织培养这一方法后，立即引起我国医学科学家的重视，认为这是病毒研究方法学上的一个里程碑。但因为时处战争环境而未能付诸实践。1954 年，朱既明在北京所主持第二研究室，闻仲权就在他的领导下开展这项工作。到 1955 年，他已经建立起人胚肌和人胚肾组织块培养方法，在从国外引进可以传代的 Hela 细胞（海拉细胞，是从一名美国妇女的子宫颈癌培养出来的细胞系）后，他又建立起猴肾单层细胞组织培养方法。1975 年，他终于建立了人二倍体细胞株（2BS），用于脊灰疫苗生产，从而解放了猴子。

人二倍体细胞株的建立是细胞培养史上的一次革命性变革。闻仲权的 2BS 是一个未婚知青堕胎的胎儿细胞，父母都是知青，身体都很健康，双方家庭的疾病历史都没问题，是非常安全的。他回忆说：

我们用于疫苗制作的二倍体细胞是什么呢？简单地说，就是人的正常细胞，是人胎肺二倍体细胞。生物制品要求要做到完全无害，二倍体细胞因为是人的正常细胞，往人体上用的话就没问题，别的细胞就不成，因为种类不同，不能直接用。Hela 细胞虽然是人的细胞，可以传代，但它是癌细胞，不能用于制作疫苗。这就是我们要搞二倍体细胞的原因。2BS 株，BS 是指北京生物制品研究所，2 是第二号细胞。我们一开始保存了 4 个细胞：1BS、2BS、3BS、4BS，这 4 个当中挑出来一个最好的。选择的标准有很多项，其中一项是可以长期保存，在零下 180 摄氏度下可以说能无限期保存，保存上百年也没问题。二倍体细胞问世在 20 世纪 60 年代，美国 1961 年报道出来后，很轰动的……培养这种细胞是不难的，但在检定上、培养检查上很复杂。二倍体细胞制作脊灰活疫苗，第一不用猴子了，解决了一个大问题；第二是它能保存；第三最关键的是它是纯的，往人身上注射没有排异反应。从生产工艺上来说，不用提纯，生产出来就可以用。而用其他细胞要经过一步一步提纯，把异质、不是人体需要的、对人体有害的一些物质要全去掉，这对疫苗生产来说是一步大工程，工作量大，需要的设备也多。我和李港两个人开始搞这个工作的时候，这个细胞培养得挺好的，但培养完了也就没了。当时没有液氮设备，没法保存。不能保存一切都无从谈起。问题在于液氮罐怎么解决，当时正值"文革"期间，进口不了，国内又没有生产，北京所不可能自己生产液氮。那怎么办呢？等进口等了一年，白等了。第二年就想土办法，发现上海玻璃厂能烧大型的30升的暖水瓶瓶胆，我们就买来瓶胆，包上泡沫塑料，上下各30厘米，周围10厘米。这样一来，这个东西可以保存3—4周。怎么用液氮呢？我们拿着保温瓶上氧气厂，氧气厂的副产品就是液氮，买液氮倒在里面，就这样用土办法临时解决了保存问题。在二倍体细胞培养过程当中，我们发现原始细胞最多能传到66代。与美国的WA38株的情况基本一样。生产用的细胞美国规定用到代数的2/3以前，我们2BS可以用到第40代……传代过程中检定很复杂，检查它的染色体，检查有没有外来物、有没有污染的病毒，包括做肿瘤检查、支原体检查、细菌检查、寿命检查，很大工程量……特别是染色体，每次都要查，看还是不是二倍体，看46条染色体还够不够。如出现断裂的，少了一段的亚二倍体，不够46条的，还有多了的四倍体……就要剔除出去。每次要检查6遍，这些都合格了，符合要求了，才能传代，最后才算成功。你自己说成功了不算，还要在中检所做国家检定，要重复上述这一套，那是很麻烦的，很严格的。当时北京、上海、昆明三个所都送检，三个所要互相检查，挑毛病。最后批了 2BS 和 KMB-17（昆明所的郭仁、曹逸云等人所建）两个。这已经到了 1977 年。国家检定合格了，才能正式用于试生产。

杜桂枝回忆说："我就是用 2BS 细胞生产脊灰活疫苗的。开始只有北京所用二倍体细胞生产，昆明所还用猴肾，后来也改用 KMB-17 株生产。"疫苗试制出来后，北京、昆明两所进行了多年的接种后的人体观察。观察了约 20 万人，看有没有被疫苗感染病毒的，如脊灰、肝炎、肿瘤等等，最终证明二倍体疫苗是有效的、安全的。1984 年，国家批准正式生产。从此，完全用二倍体生产疫苗，猴肾细胞疫苗被淘汰。

1985 年，涵盖脊灰 3 个型病毒的三价二倍体疫苗（白色糖丸）诞生，再不用分型接种 3 次了。最早都是单价疫苗，脊灰 3 个型，分 3 次服用，出生 2 个月先服 I 型（红色糖丸），4—6 周后服 III 型（绿色），最后服 II 型（蓝色），每年服一个全程，连服三年，到 7 岁时再加强一次，无论对防疫站和家长来说都相当麻烦，弄不好就有遗漏。20 世纪 60 年代改为先服 I 型（红色），继服 II 型加 III 型（绿色），但还是麻烦。医科院的董德祥、胡希民等参考国外经验，历经 5 年，终于找到了 3 个型的病毒较小剂量的最佳配比，研究出三价混合疫苗。1984 年在少数省市改用三价疫苗免疫方案，1985 年全国铺开。

我国的脊灰疫苗，从死疫苗（北京所试制）到猴肾细胞活疫苗，再到二倍体细胞活疫苗；从液体疫苗到糖丸疫苗，再从单价糖丸疫苗到三价混合糖丸疫苗，每一步都凝聚着疫苗专家们的心血，他们的奉献精神非比寻常。尤其是二倍体细胞疫苗的研制成功，是疫苗史上的一次革命性的飞跃。二倍体细胞不仅用于脊灰疫苗生产，而且被广泛运用于其他如脑炎、风疹、腮腺炎、水痘、疱疹等疫苗的生产。攻克二倍体的闻仲权、郭仁等人为我国的疫苗事业作出的贡献，功在史册。

1994 年 э 月，在湖北省襄阳发生最后一例脊灰患者后，我国再无本土野病毒引起的脊灰病例，危害甚烈的脊灰在我国被消除了！这是我国在世界上率先消灭天花之后，在与传染病的斗争中取得的又一个彻底胜利。2000 年，经世界卫生组织西太区消灭脊髓灰质炎证实委员会证实，中国本二脊灰野病毒的传播已被阻断。顾方舟作为证实委员会成员，代表中国在证实报告上签字。

顾方舟当年去莫斯科学习脊灰疫苗制作时，是 32 岁，在消除脊灰证实报告上签字时，他 74 岁了。与他并肩战斗的专家章以浩、闻仲权等年龄与他相仿，他们把最美好的年华献给了我国消除脊灰的光辉事业，我们应该记住他们。

研制最后消灭脊灰的王牌——sIPV

我国消除脊灰，至今已 20 多年了，但是只要在世界的任何角落脊灰病毒一天不灭亡，脊灰疫苗就得接种，才能维持无脊灰状态。细心的读者也许会注意到，我国 1961 年消灭了天花，1994 年 9 月以后消除了脊灰，前者用"消灭"，后者用"消除"，区别在哪里呢？因为天花病毒已经被消灭了，不种痘也不会有人感染天花了；而脊灰病毒还没有被消灭，只是通过接种疫苗，不会再有脊灰病例，还只能说消除。从消除到消灭，还有很长的路要走，必须有一个较长的维持无脊灰状态的阶段。在这个阶段，脊灰疫苗还必须坚持接种。

为此，我国的疫苗专家一直没有停止脊灰疫苗新产品的开发。目前，曾经为消除脊灰立下了汗马功劳的糖丸疫苗已成为历史，为北京生研所王红燕、张静团队研发生产的二价口服脊灰减毒活疫苗（bOPV）所代替。这种疫苗的全称为"Sabin 株脊髓灰质炎减毒活疫苗"，1 毫升的红色液体装在两个指节高的小瓶里，可供 10 个婴儿接种，只需在嘴里滴两滴就可以了，更适宜 2 个月到 6 个月龄婴儿，比吃糖丸更方便，更安全有效。

bOPV 的研发受到各界关注。比尔及梅琳达·盖茨基金会（Bill & Melinda Gates Foundation）经过对全球疫苗供应企业的考察评估，决定和中国生物合作推动二价口服脊髓灰质炎减毒活疫苗（bOPV）的扩产。2017 年，bOPV 通过了世卫组织预认证。这是我国唯一通过了世卫组织预认证的脊灰疫苗，已外销世界各地。杨晓明在回顾和盖茨基金会的这段合作时说，盖茨基金会作为一个慈善机构，它也重视投入产出，不过它的产出不是效益而是效果。基金会之所以与我们合作 bOPV 项目，主要是因为我们的产品有三大优势，一是产品质量可靠，二是产能优势明显，三是相对成本较低廉。这符合双方把更多健康产品带给全球有需求的人群这一初衷。由于合作顺利，2018 年 11 月，中国生物与盖茨基金会再度牵手，在北京签署了《全球健康合作谅解备忘录》，对今后五年的合作又进行了新的规划。

不过，正如前文所述，脊灰活疫苗虽然免疫性能良好，却存在产生衍生脊灰的隐患，尽管衍生脊灰的发生率不足 1/100 万，但哪怕只有 1 例，脊灰病毒就可能死灰复燃。另外，服用活疫苗后的排泄物中残存着减毒后的脊灰病毒，这也是一个不可忽视的隐患。因此，WHO 全球脊髓灰质炎根除行动（GPEI）小组制定了《2013—2018 年脊灰根除及尾声计划》，提出了在 2018 年实现全球无脊灰状态的目标。2016 年，在全球实施脊灰灭活疫苗（IPV）和二价口服脊灰减毒活疫苗（bOPV）的序贯免疫程序，即 IPV—IPV—bOPV，并最终过渡至全剂次 IPV 免疫程序，最终实现全球消除脊灰病毒的目标。也就是说，要达成这个目标，最后必须在全球范围内使用 IPV。

　　然而，我国虽然在世界上领先消除了脊灰，但主要用的是活疫苗；尽管中国医科院医学生物研究所（昆明所）2015 年研发的脊灰灭活疫苗也被引入世界根除脊灰计划中，但国内 IPV 供货量严重不足，需要大量进口。为此，WHO 原总干事陈冯富珍专程拜访了李克强总理，希望中国政府加快 IPV 研发进度，以保证市场供应。

　　于是，中国生物北京所全力以赴，加快 sIPV（Sabin 株脊灰灭活疫苗）的研发进度。早在 2005 年，北京所的王辉团队就承担起这副重担。王辉在接受采访时说："当时世界上只有法国巴斯德公司生产脊灰灭活疫苗，但用的是野毒株，进口到中国后价格昂贵。荷兰正在用 Sabin 减毒株研发灭活疫苗，已上 I 期临床。世卫组织找了中国生物，希望我们与之合作研发。但经过调研，发现荷兰采用的工艺是微载体反应器，与我国昆明所基本一样，产能受限，而中国人口众多，疫苗需求量大，不突破产能这个'瓶颈'，就无法满足接种的需要。所以我们决心自己研发。"经过艰苦探索，王辉团队在世界上首创用篮式反应器以自己创新的菱形片段载体（内部为蜂窝状，外交联呈书页状）进行大罐培养的新工艺，同时与苏州天信和生物科技有限公司合作研发出 306050M199 培养基，一举突破了产能这个"瓶颈"，攻克了 sIPV 生产工艺扩大和产能提升的业内难题，取得 4 项创新成果，获得 3 个国家专利，从而建立起符合国际质量标准的工艺过程及参数控制系统。临床试验表明，北京所研发的 sIPV 脊灰灭活各方面指标均高于 WHO 标准。按 GMP 标准，北京所建起了两个总建筑面积达 11495 平方米的生产车间，生产出优质的 sIPV 疫苗，产能达 3000 万—4000 万剂 / 年。国家卫健委和国家药监局启动特别审批程序，仅用 35 天时间就完成了全部审评。2017 年 9 月，北京所获得了生产文号和 GMP 证书。评审结论认为，北京所采用 Sabin 株生产的 sIPV 疫苗，是目前世界上安全性最好的脊灰疫苗之一。而且，国产 sIPV 疫苗售价仅为 35 元 / 剂，远低于进口疫苗 150—200 元 / 剂的价格，使大规模接种成为可能。

sIPV 脊灰灭活疫苗从 2005 年立题到 2017 年上市，历时 12 年。谈起这 12 年的奋斗经历，课题负责人王辉止不住泪流满面。在这期间，她曾经做了三次手术。第一次手术做完，她第二天就进了实验室，因未遵医嘱休息，病情加重，不得不进行第二次手术。这一次是大手术，医生要求休息 3 个月，可她只休息了 10 天就上班了，结果因伤口崩开又做了第三次手术……为什么要这么拼命？"因为实验必须连续做下去，中间产品不能放冰箱保存，一旦停下就报废了。"她流泪不止是因为自己，更因为团队的成员。副研究员赵玉秀因为这个项目常年早出晚归，与孩子不照面，最后疫苗做成功了，孩子却不认妈妈了，说："你不是我妈妈，我不认识你。"李爱玲离家远，上下班要花 3 个多小时，忙起来更没个点，干脆住到了实验室，弄得婆婆、丈夫一肚子怨气。王辉教了她一个消除怨气的方法，把奖金用信封分装，先给婆婆一份，再给丈夫一份，自己只留一小份，如此来争取他们理解。罗书荣是课题组的老大姐，负责的一项工艺最耗时间，因常年熬夜加班，最后得了免疫系统疾病。医生说这种病的存活率只有 10%，她算是不幸中的万幸。在病床上，她对来看望她的同事说："我不后悔。我特别怀念我们一起攻关的日子。想到能为最后消灭脊灰作一点贡献，我知足了。"王辉一边擦眼泪一边对笔者说："对不起！我失态了。这是我十几年来第一次当着外人的面流泪。为这个疫苗，大家没日没夜，个个都得了胃病，梁洪阳、张静等人，一个个都熬得非常憔悴……"

sIPV 疫苗自 2017 年上市以来，已供应全国 3000 余万剂，满足了我国新生儿的接种需求，确保了我国免疫规划策略的调整及实施，彻底扭转了国内供货紧张的局面，为我国继续维持无脊灰状态发挥了重要作用，也是对全球消除脊灰的贡献，受到了国家卫健委和国家药监局的高度赞扬。sIPV 疫苗正申请 WHO 预认证，即将走向国际市场。

2019 年，在"全国儿童预防接种宣传日"（4 月 25 日）到来之际，国务院领导同志莅临国药中国生物北京所视察，鼓励中国生物作为生物制品的国家队，要再接再厉，为我国消灭传染病提供更多更好的疫苗产品。

第十二章

既可恨又可爱的肉毒素

　　1958 年，一种病因不明的"察布查尔病"在新疆暴发，事后查明是肉毒素中毒事件。"中国还有肉毒素吗？"此前连医学院的老教授也认为肉毒素中毒是外国才有的事，在中国是没有的。就在这次中毒事件后，我国兰州生研所王成怀开始领衔肉毒素研究，研制出肉毒素类毒素、抗毒素，使这种无药可治的病开始有了预防和治疗的妙药。接替王成怀当肉毒素室主任的王荫椿研究员又将肉毒素变毒为宝、变丑为妍，将之用于治疗神经麻痹性疾病和医疗美容，造福人民，大受欢迎，成为畅销产品。

　　微生物是目前所知的最小生物，已经被发现的有 20 多万种，但估计还不到总数的十分之一。对人类来说，它们中间有敌有友，也有的是亦敌亦友。医学家和疫苗科学家的研究对象是致病微生物，千奇百怪的致病微生物引起千奇百怪的疾病。人们常说的"怪病"，就是因为没有弄清其病原微生物。本章所讲的是一个先降服微生物敌手进而化敌为友的故事。

　　1958 年以前，医学家曾经普遍认为中国没有肉毒素中毒的病例。但这年的春天，在新疆的察布查尔县的锡伯族居民中出了一种奇怪的病，突然死了不少人。卫生部派北京医学院的吴朝仁教授去调查。吴朝仁在新疆调查之后，回京途中特地在兰州停留，去了兰州生研所。兰州所所长齐长庆和毒素研究室主任王成怀热情接待了他。谈起他此行的目的，吴教授说："这种病死亡率很高。因为病因不明，所以暂时按地名叫作'察布查尔病'。但从流行病角度考虑，我高度怀疑是肉毒素中毒，却没法肯定，主要是因为没有诊断血清，你们是不是要生产这个？"当时，兰州生研所在肉毒素研究上正准备起步，齐长庆与王成怀前不久刚研究了一个成立毒素室的计划，王成怀已经着手准备开干了，但先干什么还没有定。吴教授这一来，齐长庆所长马上拍板，就先干肉毒素。

　　那时中国只有少数医学教授在书上看到过肉毒素，对中国有没有肉毒素还不清楚，更没有实验室证明和诊断病例。王成怀回忆说："有一次在北京开生物制品会，遇到一个医学院的老教授，是教微生物学的。他问我是干什么的，我告诉他主要是忙肉毒素中毒。他比较惊讶地说：'什么？肉毒中毒？你忙那个干什么，咱们中国有这个病吗？'我告诉他咱们新疆有这个病。他说：'咱们中国还有这个病啊！我上课教学都是用的外国例子。'"

　　连医学院的老教授对中国有肉毒中毒也如夏虫疑冰，其他人就更是闻所未闻了。在新疆察布查尔县生活的锡伯族是从东北迁来的，这个地方靠苏联（俄国）很近，实际上早就有肉毒中毒这种病了。但当地老百姓把这种病叫作"邪病"。每年都死人，死的人多了，当地锡伯族同胞便认为这个地方有魔鬼，不吉利，要求外迁。后来调查才发现，他们爱吃一种叫"百浆"的东西，就是先蒸出馒头，然后把馒头放在密闭的地方发酵，第二年春天拿出来，主妇先尝一尝，很甜。小孩子特别爱吃这个，小学生上学拿一块在路上吃，还分给别的同学吃，却不知道这里面有肉毒素。当然这是吴朝仁教授去了以后，兰州所后来调查研究才知道的。所以，王成怀认为"肉毒"这个名词翻译得不好，肉毒英文叫"botulinum"，咱们把它翻译成"肉毒"，容易引起误解。其实这种毒素不只是在肉中存在，在其他食物中也可能存在。

肉毒的毒性太大了，据推算，只要一亿分之七克，就足以夺人性命。

肉毒素中毒事件

王成怀的血清毒素研究室设在一个小院里，是一个废弃的洗衣房。因为他们搞的细菌包括肉毒杆菌都是带芽孢的，不能与其他生物制品来回串，必须找一个单独隔离的地方。这个小院很偏僻，洗衣房关闭以后很少有人去。晚上这个地方安静得叫人害怕。王成怀特意养了一只小狗，如有外人来，小狗就会叫起来，提醒自己提高警觉。因为研究工作要保持连续性，他经常工作到深夜甚至通宵达旦，遨游在肉毒素的世界里。他研究所用的肉毒菌株和标准品是中检所提供的。

王成怀原来搞过破伤风和气性坏疽抗毒素。早在 1947 年，他在原大连所研制生产出气性坏疽抗毒素，被送到解放战争前线给部队使用。因此，大连铁路总工会在 1950 年 1 月给他记大功一次。由于破伤风、气性坏疽和肉毒杆菌都属于芽孢菌，王成怀前面又有做破伤风和气性坏疽的经验，所以在肉毒杆菌研究上上手比较顺利。关于细菌的培养、产毒、脱毒、免疫、做检定等等，对他来说可谓轻车熟路。经查阅文献和实验室研究，他发现肉毒杆菌虽然是一个菌，却有 7 个型，分别为 A、B、C、D、E、F、G 型。要研发用于预防的类毒素（相当于疫苗）和用于治疗的抗毒素并不十分困难，最困难的是研发诊断血清。

肉毒素的诊断血清是干什么的呢？第一，要分清病人究竟是不是肉毒中毒；第二，确定是肉毒中毒后，还要弄清病人中的是哪个型的毒。弄不清型号就不知道用哪种抗毒素，没办法对症治疗。一般来说，让人中毒的肉毒素常见的是 A、B、E 三个型，C、D 两型主要是让动物中毒，F、G 两型不常见。

如前所述，1958 年以前我国还不认识肉毒，所以经常发生误诊。青海玉树防疫站的人对王成怀说："我们过去都把这类病人看成是鼠疫，用治鼠疫的方法来进行抢救，结果大多数人都死了，最后就按鼠疫散发病例往上报了，还连累周围的人多打一针鼠疫疫苗。"而要确诊是否肉毒中毒，实验室的方法比较烦琐、耗时。先要从病人身上采集标本在实验室进行细菌培养，再注射到小白鼠身上，至于分型那就更复杂了，需要的时间更长，最少也要 3—4 天，所以如果不解决快速诊断的问题，即使有肉毒抗毒素也难以救人一命。一个人肉毒中毒了，如果你能及时作出判断，给他打肉毒抗毒素，这个人可能就救活了；一个人已经把毒吃进去了，但还没有发病，给他打肉毒类毒素他就不会发病了。王成怀说："当时制造不是太难，难在怎样尽快用到病人身上，或者还没发病制止他发病。这就要看他吃的可疑食品含毒量多少，是什么型。有的时候，他吃的这个东西本身毒很厉害。比方说青藏高原上牧民有个习惯，到秋天把膘肥体壮的牛羊宰了，一部分拿到外面挂在帐篷上就吃，另外一部分甚至大部分装在密闭的容器里放在篷里贮藏。一直到第二年春天，外面挂的那些吃完了，就把贮藏的拿出来吃。藏民在西藏、青海，高原上没有别的什么好吃的，今天你到我的帐篷里做客，我怎么招待你？就拿出贮藏的肉，拿藏刀拉一块给你，一边谈话一边嚼生肉，就这么中毒的挺多的。最近（2015 年）我听说还有发生。因为这种地方他们居住不在一块儿，是分散的，消息闭塞，卫生教育很不容易普及。"

经过常年三更灯火五更鸡地努力，到 1959 年，王成怀搞出了 A、B 两型的诊断血清和治疗血清以供急需。继王成怀之后，1960 年北京生研所也研制出 A 型、B 型二联肉毒类毒素，并于 1961 年与中检所以及军事医学科学院协作制造出精致 A 型、B 型二联肉毒类毒素。1963 年，北京所又对肉毒 C、D、E 三型菌种开展培养研究，找到了培养方法和产毒高峰期。因为肉毒中毒发病有它的局限性，所以北京所停止研究，兰州所王成怀的实验室成为全国独此一家的肉毒研究单位。

1964 年，兰州所研制成功 A 型、B 型、E 型、F 型四联肉毒类毒素，经人体接种观察，证明安全性和免疫原性都很好，紧接着又分别研制出 A—E 型肉毒诊断血清和治疗血清。到 1976 年，兰州所已经能制造出肉毒中毒诊断、预防治疗的配套产品，至此，可以说我国已具备对付肉毒中毒的全套办法。

抢救肉毒中毒病人，除了要用药品，而且还需要经验。王成怀回忆说："我总觉得，有些东西可能普通人觉得没什么意思，但我觉得很有意思。肉毒中毒这个病，在咱们国家来说，主要在偏僻的地方、遥远的地方，医疗、防疫条件比较差的地方。一旦发病，你到那儿无法辨别，干着急。抢救固然要有抗毒素，但抗毒素怎么个用法？什么时候用？用多少？这都是要有些经验的，临时到书本上去找也找不到。让我高兴的事情是，去了能帮助做实验，是不是肉毒中毒？可疑食品里头是不是有肉毒素？要做检定，一般他们都不会，所以我要带他们防疫部门的人做检定，教操作方法。诊断是很重要的一步，要判断病人是不是肉毒中毒，是肉毒中毒又是哪个型的。定型工作要赶紧，一般我到一个地方第一步先干这个。一般来说，从临床上来看，就大体可以看出来是不是肉毒中毒。但是什么型，这个就要做实验，用诊断血清做小白鼠试验，但观察一般要4天，等你搞清是某某型，病人可能早死了。他可能一天、一个钟头就死了。人都死了，你做出来还有什么意义？所以一定要缩短时间，赶紧诊断，一分钟也不要等，往往我到了以后就连夜干，到12点、1点，结果就看出来了，是哪个型，我有这个经验了。大部分人不是A型就是B型，或是E型，也有可能是2个型，3个型（少见）。给小白鼠注射后，我就盯着，不看死不死，就看发病不发病，很快就能判断出来。这是书上没有的，但很准确，这个事我很高兴。"

对肉毒中毒的病人，能否及时抢救决定生死。王成怀讲了一个故事："越近的地方越好弄。兰州有一个工厂的仓库管理员，做了东西自己吃，还给邻居吃，9个人中毒。主人吃得最多，病得最重，但是他不治疗。我说你为什么不治疗？他去操心其他人了，他是主家嘛；另外他说药太贵，用不起。我说你不能这样，药再怎么贵，你拿不起钱没关系，我可以从我工资里拿钱，你一定要赶紧救命。只要有呼吸你就要抢救。这个人一下跪在地上，起不来了。他害怕了，说你赶紧给我打针吧，最后这9个人全部抢救过来了。后来好几年了，我还去回访，他们都活得好好的。这让我心里感到很愉快。"

享受"专机"待遇的专家

王成怀一生做了4种抗毒素产品：白喉、破伤风、气性坏疽和肉毒素。他感到最骄傲的是做成了肉毒的系列产品。他因此声名鹊起，成了肉毒中毒的"救命神"。全国的防疫系统和很多医院都知道兰州所有个王成怀，碰到肉毒中毒就找他，这把他忙得不亦乐乎。他研究了上述4种病的药物，只有这一种是研究者直接和病人接触，并参加抢救病人的行动。有一次，驻武威的一家部队医院找他说，他们部队一个营的营长和教导员都到延安施工去了，他们两家住在一起，教导员的妻子做了臭豆腐，送给营长的孩子吃，两家有 2 个女孩 1 个男孩，吃了以后都发了病，他们怀疑是肉毒中毒，请他赶紧去一趟。王成怀二话没说带着药品和做试验的小白鼠出发了。坐火车时，他把老鼠笼子挂在卧铺车厢的门上。晚上小白鼠"吱吱"地叫，旁边的人就问里面是什么东西在叫。王成怀怕惹麻烦，就"骗"他说是火车轮子摩擦的声音。等他赶到部队时，3 个孩子已经死了一个女孩。病情紧急，再用小白鼠做试验已经来不及了，有什么办法能立即判明是不是肉毒中毒呢？肉毒中毒的一个典型症状是眼睑下垂。他急中生智，看见部队养的鸡，灵机一动，让赶快抓一只鸡来。怎么回事呢？鸡和人的眼睑正好相反，人是上眼皮动，鸡是下眼皮动，往鸡的下眼皮上注射一点毒素，鸡就把眼合上不动了，这就证明孩子是肉毒中毒。王成怀说："我就试验，代替小白鼠。它的好处，一个是鸡在农村都有嘛，谁家的鸡都可以用一用，用了它也不死，过两天好了，你照样养去，照样下蛋，一分钱都不用花，而且很快。用鸡眼睑反应来代替小白鼠死亡的反应，立竿见影……因抢救得快，另外两个孩子都救活了。我想这好，这推广出去，可以代替小白鼠做试验。后来我想不用鸡，用麻雀行不行？失败了，它不好养，它爱生气，扑腾扑腾死掉了。各种鸡、大鸡、小鸡、来克亨鸡、草鸡我都试了，都行。这工作是小事情，上不了台面，但我觉得很高兴，它解决问题。"

武威离兰州比较近，所以他坐的是火车，远的地方他就享受"专机"待遇了，他坐"专机"去过青海草原、东北吉林的偏远小县、河南的开封、新疆的乌鲁木齐。王成怀说："我一个人坐一架飞机去，有时还是没赶上，还是有人死了；有时赶到了，病人已经奄奄一息，抢救不回来了。这种飞机一共只有 8 个座位，坐它是很辛苦的，遇到气流，颠得很厉害，特别是经过大山区的时候，颠得受不了。"

去新疆乌鲁木齐的那一次，是新疆生产建设兵团的一个单位集体中毒。春节，内地的慰问团去慰问演出，炊事员用豆瓣酱做成小菜，大家都感到很好吃，一下近40人都中毒了。兵团把人送到乌鲁木齐的医院。王成怀坐飞机赶过去，发现病人分散住在三个医院里，所幸病情还不是十分严重，判明是肉毒中毒后，就把抗毒素分给三家医院，教医生怎么打，估计没什么太大问题，晚上就睡觉了。谁知睡到半夜，"咚咚咚"有人急促地敲门，喊："一个小孩快死了，你快起来。"他跑去病床前一问，原来是医生按以往注射其他药物的经验，给小孩注射抗毒素的量只有大人的一半。王成怀一听急了，怎么能减量呢？不但不能减量，还要比大人多打，按体重的比例小孩身上的毒素比大人要多得多。于是赶紧再给小孩注射，第二天早晨小孩就下床玩了，王成怀看了心里乐呀！这一次所有的病人都抢救过来了。

但如果不能及时抢救，就会留下终生的遗憾。王成怀永远不会忘记，有一次坐飞机去青海一个很偏僻的地方，藏民一家九口全都中毒了，等他赶到时已经死了8个，就剩下一个9岁的小孩被抢救过来，他心里非常难受。

令他难忘的另一次抢救是在河南开封，也是一家九口全部中毒，王成怀赶到时已经死了一个女孩。其余八口，经王成怀抢救，有7个第二天就开始好转，只有一个80多岁的老太太，因本身就有严重的哮喘病，没能抢救过来。王成怀临别时说："你们都没有问题了，我要走了。"未料到被救活的7个人一下都跪在地上磕头，正好墙上挂着一幅毛主席像，他们磕头说："感谢毛主席救了我们，感谢你救了我们。"王成怀说："这是我应该做的，你们应该感谢共产党。"

他说这话绝不是为了做政治姿态，而是一种切身体会。没有共产党，就不可能为了抢救几个老百姓又是专机，又是专车，一路绿灯，只为救人。没有共产党，就不会有肉毒研究立项。察布查尔那么偏僻的地方，少数民族死了一些人，要在旧社会，就不了了之、无声无息了。新中国却派北京的教授不远万里去调查，又赶紧立项，拨款研究。

回想自己的科研之路，王成怀也处处感到了党的温暖。让他终生不能忘怀的是抗美援朝战争时，为对付细菌战，前线急需霍乱、伤寒、副伤寒甲、副伤寒乙、破伤风五联疫苗，任务交给了大连所。王成怀搞的是破伤风，但因为他当时是血清科的科长，要他负责合成。五联疫苗每项单独都没有问题，合成起来变成五联以后怎么样呢？王成怀先在自己身上注射，前后注射了五六次，没问题。全所共百十来人，人人都打，只有 5 个人有副反应，注射部位发生脓肿和发烧，没有一人出现全身症状，化脓的也没有发现细菌感染。因为前线急需，所里通过检定也就放行了。过了不久，上级通知王成怀去沈阳参加志愿军的卫生工作会议。他一到沈阳开会的地方，只见有人捂着胳膊来问他："你是大连所的吧？五联苗是你们生产的吧？"他回答说"是"，那人把胳膊撸起来让他看，肿得厉害，气冲冲地说："你们干的好事。"参加会议的都是志愿军兵团、野战军一级的卫生部（处）长，都反映说疫苗的副反应严重。有人对他说："你先睡觉，明天再说。"他睡着睡着，听到军委卫生部长贺诚在一个小会上对大家说："明天会上在疫苗问题上，我们要多检讨自己的问题，不要一味指责生产单位。"王成怀听了感到心里热乎乎的，感到还是部长水平高。第二天开会，果然各部队都只检讨自己而没有指责大连所。各部队接种疫苗后的副反应都比较多，还死了一个人，汇报者说死因不是疫苗的问题，而是偶合症。下午大会总结，王成怀想，虽然大家都没有提意见，但还是要准备受处分吧，说不定就可能让自己告别生物制品工作了。结果贺诚部长在总结时却一句没提大连所的问题。

会后，贺诚部长给他个别交代，要提高疫苗质量，把副反应降下来。王成怀心里特别内疚，又特别温暖，党和军队对疫苗研制者如此宽容，我们更应该奋发努力，做出最好的疫苗来。后来查清了接种后化脓是由明矾引起的，因为疫苗用了明矾做佐剂，尽管剂量很小，但还是会引起化脓。大连所的人注射后副反应小，是因为他们天天和疫苗打交道，反应已经不敏感了。五联疫苗这件事，王成怀一直铭刻在心，一有机会就主动做自我批评，作为失败案例教育年轻人，同时也是他精益求精地做好研究工作的一个鞭策。在肉毒研究中，他之所以能够严格要求，周密思考，处处为患者考虑，都与上述教训有关。

王成怀80多岁的时候还亲自去抢救病人，但他觉得一个人的能力总是有限的，要把肉毒中毒的知识和抢救病人的办法普及开来。他到处讲课，有请必到，还准备写一本书来普及这方面的知识。可惜，书刚开头，他却走了。2015年接受采访时，他还能侃侃而谈；2018年笔者去补充采访时，他已经走了两个月，只能见到他的遗物了。他家的书房里，电脑盖还打开着，所有的中外文书籍和手稿都原封不动地放在那里，他拉了一辈子的一把二胡还挂在墙上。他的儿媳对笔者说："我们会一直这样保持原样，这间屋子谁也不能占用，除了打扫卫生，谁也不准去打扰他。"

仁者寿，他享年98岁。作为我国梭状芽孢杆菌研究领域的学科带头人，他给我们留下了丰富的遗产。除了肉毒系列产品（1978年荣获全国科学大会奖）外，还主持组建了全国唯一的中国医学细菌保藏管理中心梭菌专业实验室，保藏着各型肉毒梭菌菌种68株；在艰难的梭菌肠炎和产气荚膜梭菌食物中毒的研究上，也作出了杰出贡献，先后获得卫生部和国家科技进步奖；他负责制定的《产气荚膜梭菌食物中毒诊断标准及处理原则》，1996年经全国卫生标准技术委员会审定，被卫生部批准为行业标准。

斯人满载荣誉而去，他开创的事业后继有人。

"我是河北省巨鹿县人民医院，我们这里有一家六口发生中毒，有两个都快不行了，我们怀疑是肉毒中毒，请你们火速前来支援。"

这天是 2006 年 2 月 17 日，兰州生研所毒素制剂室主任张雪平接到电话后，请对方简要介绍了病人情况：这一家人是本县辛庄乡夏旧城村村民，户主叫萧彦丰，是 2 月 12 日收治的。共同症状为腹痛、恶心呕吐、声音嘶哑、吞咽困难，被诊断为食物中毒，进行了常规的解毒、排毒治疗，但快 5 天了，病人的症状不仅毫无缓解，而且日趋严重。户主萧彦丰和二女儿萧艳玲濒临死亡。医院和疾控中心会诊，怀疑为肉毒中毒。

如果真是肉毒中毒，就只有注射肉毒抗毒素才能救命。而因这种病不常见，许多疾控中心一般不储备肉毒类毒素和抗毒素。兰州生研所是生产肉毒素产品的唯一机构，只好临时向他们求援。

很不巧，这天正好是周末。张雪平接到电话后，一面要求对方以最快的速度将病人血样及所吃食物残留物送过来，以便确诊；一面向所领导报告，所领导要求全力以赴，不惜一切代价挽救患者生命。18 日，星期六，上午 8：00，毒素制剂室、实验动物室相关人员放弃休息，做好实验准备，等待检验物的到来。专攻肉毒素的老专家王荫椿原主任亲自坐镇。中午 12：30，血样及食品样品送到。半小时后，测定实验完成，确定为肉毒中毒，但还需完成定型试验。等定型试验完成，也许就来不及了。所领导决定，兵分两路，一路在所里做实验，一路由王荫椿携带在我国多发的 4 个型别的肉毒抗毒素，迅速赶往巨鹿。一查航班，兰州至北京的最后一个航班 18：00 起飞。而兰州机场离市区有 70 多公里，而且路上的雪还未完全融化。赶紧出发，雪路飞奔，王荫椿终于在飞机起飞前10分钟赶上了飞机。

晚上21：00，实验结果确认巨鹿病人为B型肉毒素中毒，刚抵达北京的王荫椿接到这个电话报告，不顾自己已年近古稀，连夜乘汽车赶往巨鹿县。

19日，星期日，凌晨5：00，王荫椿赶到巨鹿县人民医院，组织实施抢救。此时，患者中的男主人萧彦丰已无自主呼吸，上了呼吸机，其二女儿也生命垂危。当晚20：30，毒素室主任张雪平携带30000IU的B型肉毒抗毒素也赶到巨鹿县医院。从拿到血样到给病人注射抗毒素，从兰州到巨鹿，只用了17个小时。速度赢得了时间，时间挽救了生命，至次日早晨，6名患者的病情全都缓解。一个家庭得救了。

考虑病人一家是农民，经济困难，兰州所决定减免患者相关治疗费用。

肉毒素的故事似乎就如此这般了，不！此后发生的新故事比老故事更精彩。现在兰州生研所的肉毒素研究已经进入一个崭新的阶段，肉毒素已被变毒为宝，开始造福人类了。不过这是改革开放以后的事，我们余言后述。

|第十三章|
控制结核病的持久战

1950 年 1 月，新中国成立还不到三个月，就决定自当年起"在全国各城市大力推广卡介苗接种工作，所需费用由各级人民政府承担。"在新中国的防疫史上，卡介苗是第一个免费接种的品种，可见当时结核病危害之烈。但当时可谓有心除魔，恨无"武器"。仅有北京、上海两个生研所的陈正仁、魏锡华能生产卡介苗。但尚在试生产阶段，产量如杯水车薪，开始只能供北京、天津和上海的部分儿童接种，无法在各大城市推广。为满足预防结核病的急需，50 年代中期六大生研所建成后，全都专设卡介苗室，进行卡介苗生产，在全国新生儿中普种卡介苗才成为现实。卡介苗在我国预防结核病中发挥了关键作用，结核病发病率从解放初的 4000/10 万，到 60 年代中期下降为 1500/10 万，到 2000 年下降为 43.75/10 万，只相当于解放初的 1.09%。这是一个了不起的成就。但与世界上结核病有卷土重来的趋势一样，进入 21 世纪之后，结核病在我国又开始增多，2005 年发病率达 96.31/10 万，2017 年降为 67/10 万，仍高居世界第三，死亡率排在法定传染病的第二位。卡介苗还远没有到"退休"的时候，而且结核病的新动向呼吁新一代的基因工程卡介苗的诞生，我国生物制品专家正在为此奋斗。

旧中国"十有九痨"，痨病被称为"国病"

中医将结核病称为痨病。结核病这个病名是从外文翻译过来的，《辞源》上没有这个词条。

结核病是一个古老的病种，几乎与人类的历史一样悠久。据考古发现，德国在 7000 年前的石器时代就有结核病。英国考古学家西蒙发现在 2300 年前结核病就出现在乡村。我国长沙马王堆汉墓的女主人辛追的左肺上有患肺结核后留下的钙化斑。在埃及金字塔的木乃伊身上也有同样的发现。据史料记载，19 世纪结核病在欧洲、北美猖獗流行，从 1815 年的滑铁卢战役到 1914 年第一次世界大战爆发前的百年间，欧洲 20—60 岁的成年人患肺结核的死亡率高达 97%。

结核病主要是肺结核，占 80%，剩下 20% 为非肺结核，都发生在人的什么地方呢？按我国结核病专家王仲元的话说，就是除了毛发和指甲，其他都可能被感染，任何器官概莫能外。

也许除了医生，我们很多人对肺结核都是通过阅读文学作品了解的。曹雪芹《红楼梦》中的林黛玉就是个肺痨患者，她弱不禁风，多愁善感，其性格的形成或许与患肺结核有关。法国作家小仲马的《茶花女》中女主人公妓女玛格丽特也是一个肺结核患者。曹雪芹和小仲马都把结核病缠身的女主人公写得异常之美。不知是否受了他俩的影响，许多作家都喜欢描写这种结核病的病态美。外国的不说，中国 20 世纪三四十年代的著名作家中，茅盾、巴金、曹禺、林语堂、张恨水、郁达夫、丁玲、萧红等人的笔下，都有这种病态美的女性出现。大家所熟知的如曹禺《日出》中的陈白露，巴金《家》中的钱梅芬，丁玲《莎菲女士日记》中的莎菲等。有一种说法，病态美是美的最高境界。具有讽刺意味的是，许多作家在热衷描写结核病病态美的时候，自己却被结核病夺去了生命。外国的著名作家有拜伦、卡夫卡、劳伦斯、雪莱、席勒、勃朗宁、济慈、契诃夫，音乐家肖邦，尤其不幸的是英国女作家勃朗特三姐妹，竟无一逃脱肺结核的魔掌，其中写《简·爱》的夏洛蒂死时 39 岁，写《呼啸山庄》的艾米莉死时 29 岁，写《艾格尼斯·格雷》的安妮死时 27 岁。中国患肺结核的著名作家有鲁迅、郁达夫、萧红等。鲁迅是同时代作家中的一个例外，他不仅不写那种病态美，而且将用巫方治疗结核病的黑暗血淋淋地暴露出来，这或许与他是学医出身有关。从他的小说《药》中，我们见到了老百姓用人血馒头治肺痨的描写，"人血馒头"成为那个时代的巫医文化符号之一，而非常令人痛惜的是学医出身的他，也倒在了肺结核上。之所以说这些，当然不是要讲文学史，意在说明在那个时代，肺结核因为非常普遍，已经成为一种社会现象而深入到文化之中了，或者说已经成了文化的一部分，一部中长篇作品如果不写到肺结核，就构不成一幅完整的社会风俗画；同时我们也可以从这些文学作品包括写病态美的作品中感受到，那时人们在肺结核面前，曾经是多么得无奈和无助！

吾生也晚，没有赶上上述作品中的时代，但也目睹了肺结核的危害。笔者儿时生活的小山村才 20 多户人家，100 多人口，邻居就有一个肺结核患者。成天咳嗽不止，脸上苍白得像死人，只有午后才泛红，瘦成皮包骨，老百姓的土话称之为"肺病壳子"，终至卧床不起，被抬到县人民医院去抢救，放射科医生给他拍了 X 光片后说："你们抬回去吧，他肺上已经到处是洞（应是结核结节），回去他想吃点什么就做给他吃吧。"就这样被宣判了"死刑"，回来不几天，他就走了。上初中时，本班的任课老师就有两个肺结核患者，班主任的结核已经钙化，据说是通过游泳和划船而自愈的；政治老师却是开放性的肺结核，瘦得似乎一阵风就可以让他飘起来，上课时讲着讲着就咳嗽开了，咳得上气不接下气，满脸通红，不断用手帕抹痰液。学生没被传染，算是万幸。如影随形般的，后来笔者升学、参加工作、当兵入伍，身边总有肺结核患者，直到70年代中期，才没有肺结核病人相伴了。笔者的经历与我国预防和治疗结核病的历程是一致的。

旧中国结核病的发病率未见官方数据，但数字应相当惊人。据北京中日友好医院院长王辰院士在世界结核病日的一次演讲中称，旧中国有"十有九痨"之说，痨病被称为"国病"，以至于有识之士提出了"防痨救国"的口号。1915年中华医学会创立后，创办《中华医学杂志》，伍连德（即本书《序章》中的主人公）连发3篇文章谈及防痨问题。但旧中国的防痨只是医学界的一个良好愿望，付诸实践的措施不多。新中国成立初期，京、津、沪三大直辖市的结核病感染率达80%—90%。全国的数字，王辰的估计，城市为3500/10万，农村为1500/10万，但据上海科学技术出版社出版的胡方远编著的《法定传染病及其免疫预防》记述，我国的发病率为4000/10万。发病率居高不下，是因为没有预防和治疗的"武器"和手段。

为驱除结核病这个恶魔，人类开始只能寄希望于神灵。中国是求神拜佛，英国更邪乎，在结核病患者死亡下葬几个月后，要把其坟墓扒开，据说这样就可以把病魔驱走，不会再危害活人。愚昧无法战胜病魔，唯有靠科学。中国最古老的医书《黄帝内经·素问》中就有痨病的相关记载。古籍《灵枢·玉版》中把痨病的症状描绘为："咳，脱形，身热，脉小以疾。"这与现代医学所列之症状几乎毫无二致，所以千万别小瞧了中医。古代对肺结核的称谓很多，据有人考证，宋以前有痨瘵、虫瘵、毒瘵、肺痿、痨咳、尸注等称谓，宋以后统一称痨瘵或痨病。在明朝嘉靖二十八年（1549），官僚兼医生王纶所写的《明医杂著》中已经有了比较系统的关于肺痨的诊断、治疗、预防的论述。但是，中医的优势和局限性都在于注重辨证施治，而没去寻找致病的病原体。1882 年 3 月 24 日，德国的科赫用他发明的抗酸染色法，在显微镜下逮住了结核病的病原体结核分枝杆菌（简称"结核菌"），进一步的研究发现结核菌有人、牛、鸟、鼠 4 个型。这个伟大的发现为人类战胜结核病奠定了基础。后来世卫组织把 3 月 24 日定为"世界结核病日"，就是为了纪念科赫。弄清病原体 13 年之后，1895 年，德国的伦琴发现了 X 射线，1910 年 X 光机应用于临床，使结核病有了确切诊断的手段。此后各种治疗药物相继问世，最起作用的是 1944 年瓦克斯曼发明的链霉素，此外还有异烟肼、利福平，等等。在预防方面，1921 年研制成功的卡介苗，是人类与结核病斗争史上的划时代事件。

王良——中国制作卡介苗的鼻祖

在 20 世纪以前，人类对结核病的预防只有物理的方法。因肺结核主要靠飞沫通过呼吸道传染，便想法隔断传染源，如加强房屋通风，远离结核病人，少去人多的场所，有条件的戴个口罩，如此而已。1907 年，法国巴黎巴斯德研究院的医生卡尔梅特（Calmette）和兽医介云（Guerin），将诺卡德从患结核病的牛所产的奶中分离出的一种牛型结核杆菌，在一种特殊的培养基中每二至三周移种传代一次，历经 13 年，传了 230 代，用之给马、牛、羊、家兔、豚鼠接种，接种者不再感染结核菌。1921 年，首次在巴黎用于一个母亲死于结核病而被感染的婴儿，经半年观察证明安全无恙，于是取两位发明者名字的头一个字母，把这种菌苗命名为卡介苗［BCG，B 为 Bacilli（杆菌）］。1922 年开始用于人群接种。

消息传到中国已是 20 世纪 20 年代后期。有个叫王良的儿科医生，因为兄妹都死于结核病，决心到法国巴斯德研究院去取经。他是成都人，中学读的就是法文学校，后考入法国人在越南办的河内医学院，毕业后先后在云南、四川从医。他是自费去法国的，因为从学源上说他属"法国派"，所以申请巴斯德研究院的留学许可非常顺利。1931 年他到法国的时候，卡介苗的两位发明人，卡尔梅特已沉疴在身，便由介云亲自教他。卡尔梅特和介云刚从被查得焦头烂额的吕伯克卡介苗事件的阴影中走出来，居然有一个中国学生不顾当时几乎全球一片反对声浪的舆论环境来拜师求教，这让他们十分感动，把技术毫无保留地教给了王良。吕伯克卡介苗事件是世界疫苗史上的第一个重大事故。1930 年，德国吕伯克城的 249 名儿童口服卡介苗，结果 73 人患结核病死亡。于是，批判的矛头一下对准了巴斯德研究院，卡介苗的发明人卡尔梅特和介云被指责为杀人凶手。尽管事后查明这是一次严重的实验室事故，吕伯克市市立医院用从巴黎取得的菌株自制卡介苗，不小心把结核杆菌混进了卡介苗菌株，酿成了悲剧。虽然真相大白了，但卡介苗的声誉已经受到了不可挽回的影响，卡尔梅特被折磨得一病不起。在介云的亲自辅导下，王良学会了结核杆菌的培养和卡介苗的制作方法。他 1933 年回国时，介云赠送了卡介苗菌株和一批卡介苗，他又自费采购了制作卡介苗的相关设备。归国后，王良在重庆自己开的仁爱堂医院做卡介苗培养，制作液体卡介苗，给自己和朋友的孩子接种。王良因此成为中国卡介苗制作的鼻祖。

据晏子厚《中国卡介苗的奠基人——王良（1891—1985）》一文介绍，

王良在回忆这段经历时说："我当时是独自工作，初次用自己制造的卡介苗接种小儿需特别小心谨慎，我只对相识的医生们的子女或信任我的病家子女免费接种（全系口服），接种与否纯属自愿。同一家庭的幼儿中有志愿接种者，也有拒绝接种者，无形中就有了对照和可比性。凡接种了卡介苗者概未发生不良反应，体质均很健康，对一般流行病，似乎还有一定抵抗力，比未接种卡介苗者的抵抗力均见加强，即使偶有流行病，其恢复健康也较快。"据说卡尔梅特也曾经观察到卡介苗的这种非特异性免疫现象。

1933—1939 年，王良制作的卡介苗累计接种婴儿 800 余名，没有出现严重不良反应。但没有等他扩大生产，1939 年蒋介石的国民政府迁都重庆，卫生署的官员到王良的实验室检查后，责令停止制作和接种卡介苗。卫生署"叫停"也许有道理，因王良是私人制作疫苗，并没有生产许可证，那时官方的疫苗研发生产机构只有在昆明的中央防疫处和在兰州的西北防疫处。另外一个原因，也许与汤飞凡的一次实验有关。

王良被"叫停"后，中国只剩下一个制作卡介苗的人，叫刘永纯。他是 1937 年在沦陷区的上海租界内的巴斯德研究所开始制作的。有洋人背景，又在国民政府管不着的地方，所以一直制作到 1948 年。但其产量极其有限，前后 11 年，仅接种了 7511 人。

把重庆和上海加起来，旧中国接种卡介苗的人总共才 8300 余人。

在中国一波三折的卡介苗

中央防疫处时在昆明，处长汤飞凡是一个对新事物非常敏感的人，为什么没有制作卡介苗呢？因为他的谨慎。吕伯克卡介苗事件后，汤飞凡对卡介苗也心存疑虑。尽管卡介苗出自巴斯德研究院，这是一家世界上最负盛名的生物制品研制机构，是由微生物生理学的鼻祖巴斯德创立的，但汤飞凡从不盲目崇拜洋权威，他要看自己亲自实验的结果。他分别给水牛、山羊、家兔和豚鼠注射了卡介苗，结果呢？一只山羊死了，3只家兔出现了严重反应和病变，他因而得出结论："我们有充分的根据认为，在中国使用卡介苗是不适宜的。"我们现在不知道他当时是否了解王良在重庆制作和接种卡介苗的事。

汤飞凡不盲目崇拜洋权威，这当然是对的，但他也许未曾想到，在中国，他就是一个权威，有很多人是崇拜他的。他这个对卡介苗的错误结论对中国制作、接种卡介苗的影响是致命的，至少使之延迟了10年。这大概也是国民政府卫生署官员勒令王良停止制作卡介苗的原因之一。我们今天有点想不明白的是，卫生署为什么不在汤飞凡与王良之间牵牵线，让他们交流一下呢？倘能如此，卡介苗在中国的命运将不会那么曲折。可仔细一想，这可能吗？蒋介石的国民政府压根儿就不是为国民的，怎么会去主动为预防结核病着想？

卡介苗在中国被重视起来，是在1947年。这一年，汤飞凡对卡介苗的态度发生了根本转变。促使其转变的有两个原因：第一，由于多年的战争，第二次世界大战后结核病在世界上广泛蔓延，中国更加严重，特别需要防治；第二，吕伯克卡介苗事件查清后，欧美各国一直没有停止卡介苗接种，且没有出现问题。那为什么自己做实验时，羊在注射卡介苗后死了呢？他开始检讨自己的实验方法，发现了问题：他用的是静脉、腹腔或皮下注射，而且注射的量过大，正确的方法应该是小剂量的皮内注射或皮上划刺接种。因此，他从卡介苗的反对者变成了积极的拥护者、推动者。

经汤飞凡争取，世界卫生组织特别为推广卡介苗给中国提供了一笔奖学金。中国卫生实验院流行病预防试验所的魏锡华、中央防疫处的陈正仁和天津结核病医院的朱宗尧等三人，被汤飞凡推荐作为世卫组织的学员，前往丹麦国立血清研究所学习卡介苗的制造、检定和使用。此三人于当年 10 月前往丹麦哥本哈根。

中国人很聪明。他们在丹麦学习了半年之后，就基本掌握了卡介苗的制造、检定技术。但是，丹麦国立血清研究所结核科主任贺蒙认为，用卡介苗预防结核病，仅掌握卡介苗的制造技术还不够，有了疫苗后，关键在推广接种，所以建议他们去看一看世界先进国家是怎么推广的。他给几个国家写了推荐信，介绍他们去参观访问。他们先后去了瑞典、挪威、瑞士、意大利、法国、英国和美国，看了这些国家推广接种卡介苗的情况，眼界大开。出国之前，他们对国内卡介苗的制作和接种情况是知道的，虽先后有王良、刘永纯制作卡介苗，接种的人仅为沧海一粟，只能私自悄悄接种，不被官方所认可。苦难深重的中国，不仅落后在疫苗等防疫制品的研制上，还落后在公共卫生制度上。

贺蒙把在中国接种卡介苗的一片苦心寄托在这三人身上。在他们回国之前，他表示愿意帮助中国建立一个卡介苗实验室，问他们需要一些什么材料，到时候他会寄过去。要点什么呢？在卡介苗的生产上，那时的中国可以说要啥没啥，那就先拣急需的要。结核菌的培养需要特殊的玻璃器皿，所以他们要了一堆瓶瓶罐罐和一台国内稀缺的冰箱，另外注射卡介苗要用特殊的 1 毫升注射器，芯子是蓝颜色的，就像现在做皮试的小针管，他们要了 100 个注射器和 100 个白金针头。贺蒙信守诺言，后来真的把这些东西寄来了，寄来时，北京、上海都已解放了，等于支持了新中国。

1948 年 10 月，魏锡华、陈正仁等带着丹麦国立血清所的干燥卡介苗菌株——823 株回国。后来我们把陈正仁带到北平中央防疫处的菌株称为丹麦 1 株（D1 株），而把汤飞凡带到上海的菌株称为丹麦 2 株（D2 株）。

话分两头。在北平，中央防疫处处长汤飞凡已经提前为陈正仁准备好了一个卡介苗实验室。所以他回国后，立即用 D1 株开始制造卡介苗。这个实验室成为中国第一个"国立"卡介苗制造室。不过，此时的北平离和平解放只有 3 个月了，陈正仁制作的卡介苗还没有来得及接种就换了人间。

D2 株是汤飞凡带到上海去的。据说是为了"双保险"，因为 1948 年 10 月，人民解放军已经取得了辽沈战役和济南战役的胜利，平、津已处于解放军的包围之中，他怕北平发生战乱，在兵荒马乱中把卡介苗毒株搞丢了，所以要带一株到上海保存。且说魏锡华回国后，先去南京他的老单位中国卫生实验院流行病预防试验所汇报，因此时的国民党政府已是人心惶惶，都在考虑个人出路，谁还有心思来听他讲卡介苗！于是，他就去上海中央防疫处上海分处见汤飞凡。汤飞凡当即任命他为技正，让他在上海用 D2 株开始试制卡介苗。上海分处地方很小，没地方做实验室。汤飞凡在上海有私宅，便把顶层腾出来，让魏锡华在里面试制，汤飞凡亲自给他做检定。这就等于有了第二个"国立"卡介苗实验室。1949 年 5 月，魏锡华把卡介苗做出来时，正逢上海解放。

如此这般，汤飞凡张罗的两个卡介苗实验室，无意中都成了献给新中国的礼物。

用煤油灯孵箱制造卡介苗

北平和平解放后，中央军委卫生部对卡介苗的生产和接种非常重视也非常慎重。经在北平小范围试种，证明安全可靠后，军委卫生部召开了卡介苗座谈会，决定扩大试种范围，指定天坛防疫处（北京所前身）将卡介苗发北平、天津试用。1949 年两地共试种 1.6 万余名儿童，进一步证明了天坛陈正仁实验室生产的卡介苗安全可靠。

在上海，1949年也对6800余名儿童进行了卡介苗试种，证明了魏锡华制备的卡介苗安全可靠。

在此前提下，在中央人民政府成立后，第一个推广的疫苗就是卡介苗，决定在京、津、沪及部分省免费接种。在1950年，卡介苗主要由陈正仁、魏锡华两个实验室来供应。1951年，重庆的王良在西南卫生部部长钱信忠的支持下，成立了西南卡介苗研究所（后并入成都生研所，王良任副所长兼卡介苗室主任），恢复了在1939年被国民党政府"叫停"的卡介苗生产。这样新中国就有了3家卡介苗生产单位。1950年接种65万余幼儿，1951年接种63万余幼儿，阳转率92%以上。1954年接种300余万幼儿。

生物制品六大所陆续建成后，每个所都有卡介苗专用实验室，生产卡介苗。1959年，全国26省市接种1714余万幼儿。结核病因此逐渐得到控制，以北京城区为例，若以1949年的死亡率为100%，1954年则降为35.7%。

数字是枯燥的，但数字中的故事是感人的。在今天，已经没有人知道解放初卡介苗生产的艰辛了。结核杆菌的培养对培养基（营养）、氧气、二氧化碳、温度都有特殊的要求。第一，温度以37摄氏度为最佳，低于30摄氏度就不能生长；第二，结核杆菌生长缓慢，要长一两个月才能"收割"。原上海生物制品研究所菌苗室主任、研究员尹行回忆说：

> 那个时候条件、材料都非常差。结核菌生长要一定的温度，要放在孵箱里面培养。现在我们的孵箱都是插电的，那时候没有，怎么办？就用煤油灯来保持这个温度。煤油灯保持温度没有自动调节功能，就要人工来守候，所以白天夜里大家值班守候。这样2

个月以后这个苗做出来了。做出来以后，就首先在职工子女身上进行接种。卡介苗接种后对人有用还是没用？那你一定要经过检测，检测方法就是用结核菌素看它有没有起阳性反应，我们就叫它阳转率。结果在职工的孩子们身上阳转率在90%以上，100个人90个人有了抵抗力了，这个结果非常鼓舞人。

淋巴结肿大率，从0.79%到0.18%

卡介苗的质量与其他疫苗一样，菌株或毒株是首要决定因素。20世纪50年代中后期，六大生物制品研究所生产的卡介苗菌株，成都所用的是王良带回来的法国株，长春所曾用巴西株和日本株，其他所大多用D1株和D2株。在世界上，因各国卡介苗的菌株传代方法和培养基原材料不同，不仅是质量标准难以统一，而且出现了某些卡介苗亚株，严重影响卡介苗的质量。因此，在卫生部的领导下，中检所及六大所联合进行了卡介苗菌株的比较和筛选研究。王良是研究组的骨干成员之一。据上述晏子厚的文章，历时两年的研究结论认为：不同来源的6株卡介苗菌株，在菌膜生长形态方面有区别，上海的D2株及成都的法国株生长既快又多，北京的D1株次之，再次为巴西株、苏联株、匈牙利株。在免疫力上，D2株最高，匈牙利株最低，其余介乎二者之间。总体来看，D2株免疫力最高，但尚待人体反应和效果试验的进一步证实。这项研究为我国后来统一用D2株生产卡介苗提供了科学依据。

那么，上海用D2株生产卡介苗人体反应如何呢？与北京的D1株比较，接种后的淋巴结肿大率，D1为1.01%，D2为0.79%。这都在正常范围之内，特别是D2株仅0.79%，质量水平很高了。对此，有人颇有点沾沾自喜，因为这个比例在世界上都是很低的。但是，时任副所长的魏锡华对大家严肃地说："对一个家庭来说，这一个孩子轮上这0.79%，就是100%，我们得让它再往下降"。为此，魏锡华带领大家进行了多次技术更新，其中最主要的一项是在工艺上用纱膜传代方法取代了马铃薯传代方法。这项革新使卡介苗质量上了一个台阶。另外一个就是实行严格的无菌操作，因为副反应往往是杂菌混进疫苗中所致。魏锡华是大专家，不仅亲手制定了无菌操作规程，而且能以身示范，自己带头趴在地上擦拭地面，要求无菌室做到六面光，不允许有一点污染，污染率要力争做到0%。这样，终于使卡介苗接种后淋巴结化脓的副反应降到了0.18%。

推广上海所的经验后，各生研所的卡介苗质量普遍提高。据《中国生物制品发展史略》记载："1983—1989年，在杭州、大连进行了为期6年的卡介苗接种观察，5年持续阳转率以D2株为最高，于是决定全国统一采用D2株进行生产卡介苗，其他亚株均停止使用。更换卡介苗生产菌种后，使各所产品合格率由0%—50%提高到100%，新生儿接种阳转率由30%—60%提高到95%。"

20世纪50年代主要生产的是液体卡介苗，60年代开始生产冻干卡介苗。1985年开始统一生产皮内注射卡介苗，其他剂型被淘汰。

有了卡介苗，接种也很关键。那时，各省市卫生部门都专门印制了《卡介苗接种证》，把接种儿童的姓名、年龄和接种、复种的时间都一一记录在案。上海市的接种证封面上印有"此证请保存十年"。山东省的《卡介苗接种证（1950—1959）》的封面上印着一幅如剪纸一样的宣传画，一位母亲抱着一个高高兴兴的孩子。封底上印有用大白话写的五项说明，第一条为："接种卡介苗就是打防疫针，接种以后可以预防痨病，这同种牛痘防天花是同样的意义。"《卡介苗接种证》一直沿用到现在，只是印得更漂亮，文字有所改变而已。当年的接种证如今已成为文物，有人还在网上拍卖。

从新中国成立初期北京、上海和部分省市开始推行卡介苗接种工作以来，结核病死亡率迅速下降，到 1973 年已基本没有新生儿因结核病死亡。

然而，值得警惕的是，进入 21 世纪之后，曾经被控制到几乎绝迹的结核病在全球又有卷土重来之势。世卫组织在 2018 年宣布，结核病已超过艾滋病，成为最致命的传染病，2016 年以来已致死 170 万人，发病上千万人。

据国家疾控中心的数据，我国 2016—2017 年结核病发病超过 83 万人。2017 年的发病率为 67/10 万，死亡率为 2.3%，发病率和死亡率仅次于肝炎和艾滋病。发病率占全球的 8.6%，位居世界第三，仅次于印度和印尼。

这是一个严峻的现实。美国曾经乐观地估计，在 2000 年消灭结核病，世卫组织也曾设想在 2020 年消灭结核病，但未曾想到结核病发病率不降反升了。上升的原因，王辰院士指出：耐药性结核病增加、高危人群增加和诊治困难增加是三个主要因素。也有人对卡介苗的作用产生怀疑。用基因工程的方法研究，发现传统卡介苗的免疫功能还不能囊括人类所有基因型。包括中国生物制品工作者在内的全球科学家正在研究新一代的基因工程结核病疫苗。但是，从临床试验的情况看，某些基因工程疫苗的免疫性能尚不如卡介苗。人们盼望新的更好的结核病疫苗出现，但卡介苗还远没有到"退休"的时候。

2017 年，我国公布了《"十三五"全国结核病防治规划》，规划到 2020 年，全国肺结核发病率降到 58/10 万，治疗成功率 90% 以上。

卡介苗，想说再见不容易！

第十四章

"一口青锋驱三魔"

—— 鼠疫、炭疽、布氏病、土拉热四联
气雾免疫疫苗的研制者董树林

鼠疫、炭疽、布氏病、土拉热等人畜共患的传染病曾经严重威胁我国人民的生命健康，尤其是在西北的牧区，可称为"四大魔鬼"。魔高一尺，道高一丈。我国疫苗科学家研制出驱除这些恶魔的"杀手锏"，使之可防能治。董树林先生是他们中的一位杰出代表。就是他，与同事们一起搞出了鼠、炭、布、土四联气雾免疫疫苗，人到气雾免疫房间（帐篷）里走一圈或从"气雾免疫走廊"通过，就等于打了4种疫苗，可以预防上述4种传染病。从他的身上，可以看到中国疫苗学家们严谨的科学态度和崇高的精神境界。

在兰州所一幢老式的楼房里，住着兰州所昔日所谓的"八大金刚"，就是为我国疫苗和生物制品事业作出突出贡献的8位专家。他们都学有专长，是某一领域的翘楚。笔者来晚了，他们中的一半人已经作古，健在的也都九十奔百了。董树林先生自称是后辈，也已经93岁了。那天零下十几摄氏度，他竟然站在门外迎接我们，见他清瘦清瘦的，可握手时他的手劲比笔者还大。

董树林在人畜共患病研究领域成果颇丰，在炭疽、布氏病和土拉热的疫苗、治疗和诊断用品的研制和生产上独有建树，取得 10 项成果，包括分离出我国第一株炭疽噬菌体，研制出鼠疫、炭疽、布氏病、土拉热四联气雾免疫疫苗等；出版医学和生物制品专著 10 余部，其中40 余万字的《疫苗学科技词典》是他的杰作之一。他曾长期担任兰州所副所长，曾任中国微生物协会第六届常务理事兼生物制品专业委员会主任。

本章的标题取自他的七言诗《天山论剑》。"一口青锋驱三魔"，"三魔"是指鼠疫、炭疽和布氏病三种烈性传染病，"一口青锋"代表他领衔研制的能诊断（血清、抗原和噬菌体）、预防（疫苗）、治疗（抗血清）这三种病的生物制品。诗如其人，透着一股豪气。其实，他发明的四联气雾免疫疫苗驱走的不止这"三魔"，还有一"魔"是土拉热。

他搞的都是人畜共患病，除了鼠疫，其他病名挺生僻的，一般人也许从来没有听说过。布氏病是啥？是由布鲁菌引起的传染病，由英国布鲁斯（David Bruce）首先分离出而得名，一般是由得病的牛、羊、猪传染给人。土拉热呢？因为此病最先在美国的土拉湖发现，故名。土拉热在日本叫野兔热，是由野兔传染给人的。在我国新疆、甘肃、西藏是以野兔和羊为传播媒介的。炭疽也是由牛、羊、马、骆驼等食草动物传染给人的。董树林说："这些人畜共患病非常讨厌，其症状刚开始看似感冒，一旦误诊就会产生严重后果，甚至死人。"我们的故事就从这里开始。

在青岛抢救工人受到的启示

20 世纪 60 年代的某天，兰州所接到了一个紧急电话，说青岛的一家皮毛工厂全车间的 18 个人都病倒了，已经死了一个人，病因不明，怀疑是炭疽。请他们立即派专家去参与抢救，由原兰州军区空军派飞机送去。接到电话后，兰州所立即指派董树林和流行病科科长孟肇英带着药品前往。董树林回忆说："兰州空军派的军机是一种螺旋桨的小飞机，里面好像没有暖气，上天后我们冷得受不了，把防疫服都穿上了，仍然冻得发抖。飞机颠得很厉害，速度又慢，飞了 5 个多小时才赶到青岛，下飞机时我们已经冻得不会走路了，是让人扶下来的，但听说病人都昏迷了我们就打起了精神。"

因为病人都是皮毛工人，跟羊皮打交道，将生羊皮加工，最后制成皮袄，所以可以断定他们患的不是炭疽就是布氏病，而土拉热在山东比较罕见。董树林用棉丝子从病人的鼻子中取下黏液，培养后发现有亚磨菌，从而断定病人得的是肺炭疽，可惜因为前期被误诊为感冒被耽误了。抢救炭疽中毒的病人一般是用抗菌素，但是据国际文献报道，有的病人用抗菌素后，虽然细菌都被杀死了，但最后还是死了。为什么呢？因为重症患者已经有了菌血症，就是血液中的细菌产生了内毒素。这些病人咳出血痰，说明炭疽病毒已经深入到血液中了。所以，除了用抗菌素之外还得用抗毒血清。当时军事医学科学院也派人赶来了，大家一起确定了抢救方案：大剂量静脉注射抗毒素（血清），上午 40 万（单位），下午 40 万（单位）。如此连打三天后，病人体温下降了，清醒了，慢慢有精神了。董树林说："还有一点，抢救炭疽中毒病人一定要输氧。过去认为是因炭疽细菌太多，把病人血管堵死了而造成死亡，错了，其实是因为细菌产生毒素，毒素侵害呼吸中枢神经系统而造成了呼吸障碍。有的病人呼吸停止了，心脏还在跳，所以一定要输氧，防止病人呼吸麻痹。这是在抢救危重病人中总结出来的经验，我觉得很重要。"炭疽总体死亡率为30％，而肺炭疽的死亡率高达80％，这些人算他们命大，都救活了。

他们打了一个大胜仗，心情却格外沉重，为啥？据董树林说：

第一，这家工厂完全没有防疫意识，生产所用的生皮毛未经消毒，皮毛上所带的细菌扩散到了空气中。防疫站抽空气，每分钟30立斗，过水，培养出来炭疽菌，拿到了炭疽山东株。炭疽细菌污染严重，工人又没有防护措施，连口罩也不戴，这样就呼吸到肺里去了，感染了肺炭疽。还有的工人光着膀子干活，细菌沾到皮肤上感染皮肤炭疽。另有一种肠炭疽，一般是吃了患炭疽死亡的动物肉而被感染的，在这里没有发现。

第二，因为没有防疫意识，病死的那个人没有火化，厂里做了一副棺材，用马车拉到他家去，一路走了几十里。路上和墓地都有可能散布炭疽菌而使人感染，所以凡与他接触过的人都必须进行观察。

炭疽的危害很大，如何预防是摆在我们面前的一个严峻的问题。当时，董树林和在青岛参与了抢救的人都共同感到两个问题亟待解决：第一，一定要研制出免疫力强的活疫苗；第二，皮毛一定要消毒（后来军事医学科学院研究出一种消毒剂用于皮毛消毒，到1974年普及使用，正规皮毛厂再无炭疽感染病例，而小作坊和个体加工者到现在还有感染者）。

董树林对我国炭疽、布氏病和土拉热的发病情况烂熟于胸，像在给我们做科普：

炭疽感染皮毛工人，更多的是感染牧民和吃了死动物肉的人，在我国的西北的炭疽病例较多。布氏病在西北也比较严重，牛羊流产都是布氏菌引起的，人感染的也不少，尤以牧民、饲养员为甚。土拉热原来以为中国没有，后来发现不是没有，而是我们不认识。我国最早发现土拉热是在内蒙古的通辽。流行病学调查表明，在我国山东、新疆、甘肃、内蒙古、西藏都有土拉热。山东主要是野兔传染，打了野兔剥皮吃肉就感染了，新疆、西藏主要是羊传染，甘肃、内蒙古既有兔传染也有羊传染。

虽然全国死于炭疽的人不算太多，可作为一个传染病，传染性是很强的。五六十年代，天津、北京、上海等大城市里都发生过皮毛工人感染死亡的病例，与青岛这家工厂的情况一样，就是肺炭疽致死。牧区或农村牛、羊死了以后不是深埋或焚烧，而是剥皮吃肉，先感染剥皮的人再感染吃肉的人。

土拉热这个细菌比较小，但感染力很强，与鼠疫有点类似，一般5个菌就能致死一只豚鼠。所以，不仅要研制炭疽疫苗，而且要研制布氏病和土拉热的疫苗。因为这些病大多是由牛、羊、猪等牲畜传染给人的，因此人用和兽用疫苗要一起研制。

兰州所在搬到盐场路新址后研究发展规划时，所长齐长庆就确定了一条从实际出发的务实路线。"兰州在西北，西北有什么病我们就要针对这些病来考虑我们的科研和生产规划。"鼠疫、炭疽、布氏病、土拉热、出血热等被列为攻关对象。董树林被任命为炭疽研究室主任，他在青岛参与抢救炭疽病人之后，发现这些病虽然主要出现在西北，但其他地方也不能高枕无忧，更让他感到自己这个炭疽研究室主任肩上的责任重大。

一个足以把人吓跑的实验室

炭疽活疫苗 1957 年开始研制，用的是苏联的毒株和工艺。董树林说："那比较简单，依样画葫芦，搞了一年就搞出来了，是人用的，但严格地说只能算是仿制，还不是自己的东西。"后来中检所给兰州所转来我国选育的弱毒株——A16R 株。1952 年，杨叔雅等人从一头患炭疽死亡的驴身上分离出强毒株 A16，经过 6 年用紫外线诱变，选育出无荚膜水肿型弱毒株，命名为 A16R。这个毒株到底怎么样呢？兰州所所长齐长庆和董树林等人将 A16R 株与苏联株进行比较研究，结果证明国内的毒株比苏联的毒株免疫原性要好，免疫后的保护力比苏联毒株高一倍，于是决定用我们自己的毒株制造疫苗。

用自己的毒株生产疫苗，就不能像仿制那样依样画葫芦了。比如，苏联株和 A16R 株虽然都是无荚膜水肿型弱毒株，但苏联株不能分解动物蛋白，而 A16R 株能分解。毒株的每一点细微差别都对疫苗的制作工艺产生影响，因此必须建立一套自己的技术路线和生产工艺。董树林说："这个用的时间就比较长了，从开始研究到小批量生产，再到最后制定出自己的生产规程，花了 5 年多时间。"在他们研究成功国产炭疽活疫苗后，长春、成都两所也按他们的规程生产炭疽活疫苗。

抗炭疽血清此前已研制出来，董树林的实验室在研制成功活疫苗之后，又做出了炭疽诊断制品，这样炭疽的预防、治疗和诊断就成龙配套了。这全套制品荣获 1978 年全国医药卫生科技大会奖。笔者问道："听说毛主席还接见过你们？"董树林说："那是 1963 年，毛主席接见参加中国微生物学会的会议代表，我是与会代表之一，跟着沾了光，不是因为我个人有什么功劳。"

就在他们研制疫苗期间，1960 年在河南发生了一次大面积炭疽中毒事件。电信局的一个牧场死了 42 只羊，那时正是"三年困难时期"，没啥吃的，便把其中 14 只羊给职工食堂，剥皮后做成羊肉汤给大家吃了，结果 116 人中了毒，其中 4 个人危重。这事惊动了国务院，卫生部让兰州所派人去防治。董树林回忆说："我跟我们那个孟肇英大夫，那时他是检定科的代理科长，我们两个人去的。他当过临床医生，原来是西北医学院的讲师，我不懂临床，是半路出家，是学生物的。抢救病人他是老师我是学生。那时我们研制的疫苗、抗毒血清和诊断用品虽然还没有正式生产，但都有试制品了，而且已经在我们自己身上试验过了，在抢救病人中就用上了，最后效果不错，全部都治好了，只有医学院的一个助教，解剖死羊时感染得比较重，住院时间比较长，后来也治好了，这说明我们的制品非常有效。"

布氏病、土拉热的相关生物制品与炭疽情况类似，就不详细说了。"但每种制品都得研制者自己先用，你安全了才敢给人家用。"董树林说。

那时的科研条件很差，设备非常简陋，比如，冬天实验室的水管在室外被冻住了，得拿燃烧的酒精棉球为水管解冻，冰化开了自来水才能来。这倒不算什么，最主要的是与强毒打交道非常危险。董树林说："像鼠疫、布氏病、土拉热细菌比炭疽更敏感，1—5 个菌就可以发病，一般潜伏期是 3—5 天，但如果吸入的多了，48 小时内就会发病。我记得朝鲜战争时一个小学教员发现了死的黑蝇，他就去扫，扫完堆在一块用火烧，因为没戴口罩肺部感染了，不到 48 小时就死了。我们在实验室天天与这些细菌打交道，有人就害怕了，说这个太危险，我不干了，最后调走了。干这个确实危险，搞土拉、布氏、炭疽（鼠疫在兰州不让搞，是在青海偏远地区搞的）的强毒实验特别危险。你给马匹免疫，用强毒菌做抗原，那是活菌，给马注射，马就拼命地闹呀跳呀！注射者稍不注意，毒就可能'嘘'出来，甚至可能扎到自己身上去了。后来我们改进了一下，不用强毒菌，用弱毒菌就是疫苗株给马匹免疫，就没那么危险了，证明疫苗株的抗原性还是很好的。"

在某种意义上说，搞疫苗研制的人也是与死神打交道的人。世界上在没有 P3 实验室（生物安全防护三级实验室，我国改革开放以后才有）之前，为研究疫苗而以身殉职的科学家并不罕见，董树林感到欣慰的是，他的实验室从来没有出过人员中毒事故，他自己搞了 45 年也很安全。这很不容易。是怎么做到的呢？董树林说："就是坚持科学精神，严格按章操作，这一点大家遵守得比较好。"他们的有些防护措施，现在看起来有点让人笑话，太不入流了。没有 P3 实验室，但强毒实验还得搞，怎么办？找来几个大瓦罐盆子放在下面，盆子上面加上箅子，动物笼子放在箅子上，这样动物拉的屎、尿就被盆子接住了，不会泄漏，动物也没法跑出来，小动物的强毒实验就是这么做的。

就是在这样简陋的条件下，董树林带着他的研究室研究出了上述几种治疗人畜共患病的系列产品，分人用和兽用两个系列。

神奇的气雾免疫

鼠疫、炭疽、布氏病、土拉热都是人畜共患病，要给人畜免疫，4 种病要接种 4 种疫苗，相当烦琐，往往做不到。接种方法也不同，鼠疫疫苗是注射，炭疽、布氏病和土拉热活疫苗，都是采用皮上划痕的办法接种，但比种牛痘要复杂。接种布氏病活疫苗，要在人的上臂外侧三角肌的中部皮肤上间隔 2—3 厘米用针各划一个"井"字（十岁以下儿童只划一个"井"字），要见到血痕，然后把菌苗滴在"井"字上，还要用针涂压十多次让菌苗进入，比较麻烦。董树林经常去西北疫区做调查，对偏远地区的情况比较了解。那里一个乡的国土面积有的超过内地一个县，人口居住分散，医疗条件落后，特别是牧区，牧民赶着牛羊群逐水草而居，帐篷与帐篷之间相距甚远，星星点点，要找到他们不容易，要骑马，疫苗漏种的情况时有发生。因此，他就想能不能搞出一种四联疫苗，把鼠疫、炭疽、布氏病、土拉热这4种病都包括在里头。免疫一次就能把4种病都预防了呢？这是他研究四联疫苗的动因。

如果你要做一碗4种米的饭，也有一个搭配比例的问题，还要根据米的硬度确定谁先下锅，谁后下锅，弄得不对小米都煮化了高粱米还没熟。做四联疫苗可比这个要复杂得多。单个看，每个疫苗都是好的，但4种搞到一块会不会互相干扰？对某项疾病的免疫力会不会有减弱或增强的现象？如果有，又该如何解决？4种联合最佳的配比是多少？等等这些，都需要做大量的试验。找到最佳配比和达到了最佳免疫效果之后，还要考虑接种方法，是注射？口服？还是划痕滴种？注射潜在着非常大的危险，像布氏病疫苗、土拉热疫苗是严禁注射的，口服的效果和安全性还要试验，而划痕接种效果很不理想。

四联疫苗的研制困难重重，但山重水复疑无路，柳暗花明又一村。董树林突然想到1952年反细菌战的时候，我们国家编了一本书，揭露美军搞细菌战的罪行，里面有一段说到美军利用气雾来搞细菌战。既然能用气雾来传播细菌，为什么不能反过来用气雾来免疫呢？有了灵感，董树林的实验室便与军事医学科学院合作开展气雾免疫研究。他回忆说：

当时我们先搞了布氏病的气雾免疫，效果不错。但是对四联免疫这个东西，我们很慎重，鼠、布、土、炭4种菌苗联合免疫，我搞动物试验就搞了3年，从1969年到1971年。小量的动物实验，气雾免疫后，用强毒菌攻了，看在强毒菌攻击下有效没效。然后选择不同的剂量配比做试验，看每种疫苗应该接种多大的剂量，这个我们也基本上确定了。再一个是气雾免疫的气雾发生器的技术方法，怎么样给人接种。这两个问题我们最后写了4篇报告，这个工作就结束了。但是这个工作我们是在当时那个条件下做的，现在的气雾免疫可能有新的方法，跟那时情况不一样了，可能需要重新做。

当时还想到一个问题，大人群怎样免疫？如部队要开上去，进入污染地区，不免疫是不行的。

经过三年多的研究，他们找到了气雾免疫的办法，就是在一个密封的房间里把四联疫苗通过气雾发生器变成雾状，人进入房间吸入雾气从而通过呼吸道进行免疫。四种疫苗，鼠疫（P）、布氏病（B）、土拉热（T）、炭疽（A），配比为P：B：T：A = 0.2亿：0.2亿：0.01亿：2亿。试验证明，经气雾免疫一年后血清阳性率仍然很高，如布氏病仍达90%—100%。

气雾免疫疫苗和接种方法发明后，使接种变得简单易行而且快捷了。人进去转一圈出来就等于打疫苗了。在偏远的牧区，把一个帐篷密封起来，就能进行气雾免疫。军事医学科学院为了做到快捷免疫以适应战时需要，发明了气雾免疫走廊，在驻藏部队中试用。部队行军途中通过气雾走廊后就免疫了。驻藏部队把他们的试验样本拿到兰州请董树林检定，检定结果证明效果很佳。他们是老相识了，过去在驻藏部队中发现了土拉热，为抢救患者他们来找董树林要过疫苗和血清。

气雾免疫就这么神奇吗？因为这是一个新事物，防疫部门的许多人将信将疑，甚至还有人说这是"胡日鬼"（甘肃方言，意思是骗子）。因此，1970年甘肃省在张掖地区举办了一个为期一个月的气雾免疫讲习班。由董树林讲气雾免疫，江丽君带实习；另由省兽医总站的胡先玉讲牲畜饮水免疫，孙正生带实习。牲畜的饮水免疫是兰州所与省兽医总站合作研究出来的，只有三联：布氏病、土拉热、炭疽。在讲习班结束后，气雾免疫和饮水免疫在甘肃全省推广。

到 20 世纪 80 年代，布氏病消灭了。甘肃省地方病办公室上报了一个气雾免疫甘肃省消灭布氏病的项目获国家科技进步二等奖。董树林为他们感到荣幸，同时心里也有那么一点别扭，气雾免疫主要是他带着兰州所炭疽实验室发明的，又是由他和江丽君推广的，最后人家报奖却一句没提他们，"不提我，提一下兰州所也好啊！"更有意思的是当时参加听课的两个学员要评高级职称，为拿成果发了愁，便找到当年的老师董树林，请他写证明材料，说那个国家科技进步二等奖应该也有我们一份，因为我们当年也听你讲了课，也按你教的方法做了呀。董树林感到好唐突，有点哭笑不得，但还是给他们写了证明。想不到他们拿着证明去省科委"告状"，科委真把他们两个人的名字加上去了，两人因之评上了高级职称。有人把这件事告诉董树林，说他是"为他人作嫁衣裳"，太亏了，他一笑置之，说："名誉、地位那些个东西没多大意思，名利要看得淡薄一些。要把工作考虑周全一些，要做在前头。"

董树林在推广气雾免疫上下了很大功夫，有人对此不以为然，认为他有点多管闲事。董树林对笔者说：

有人可能不重视这个，哎，你们搞生物制品的，去弄那个东西干啥呢？实际这还是很重要的。我觉得做生物制品的人必须要懂得流行病学、病原学，还得要懂得临床，不然的话，你遇到抢救病人的时候就没办法。我们举一个例子，说天花。天花已经消灭了，但外头还有报来的，说发生了天花。实际上是年轻大夫不认识什么是天花，把水痘当天花给报上来了。结果我们派人去一看，根本不是天花，是水痘。因为一个它发生的部位，天花多在裸露的部位，面部、四肢这些，而水痘它主要是在脑后或者是一些隐蔽的部位；另外形态不一样，天花痘疱有一个痘脐，中间是凹陷的，中间如果没有痘脐，是圆鼓鼓的，这就是水痘或其他疱症。这些是临床的一些经验，很重要的。

那时生研所归卫生部领导，原卫生部部长叫钱信忠，他是留苏的，那时候他就主张生研所应该是有3个任务：流行病学、微生物学、免疫学。你是生产基地，是防治中心，是人员培训的技术指导，他就要求你生研所要做这个。所以我们很长的时间，就是帮助防疫站培训防疫人员，老办培训班啊。我下去的时候，到哪个地方去防疫站，都说哟，我是你的学生，我们在你们那儿学习过。

"听说你60年代受国务院委托，去浙江查过蒋介石军队空投细菌的事件？"笔者问道。董树林说：

这件事情有点意思。1964年吧，那时候蒋介石叫嚣反攻大陆，在杭州，是省上的一个研究单位，他跟国务院报了，说从台湾飞机投下来的一些材料上，分离出来两个菌，一个是炭疽、一个是霍乱。国务院很重视，让卫生部派人去帮助确诊一下。卫生部就通知我们所，我们所就派我去。我带了实验室的一个同志去了，当时部队也派军事医科院五所的3个人去了。我们两家用各种方法做检验……否定了，不是炭疽菌，是一个空气里的细芽芽孢菌。那个霍乱呢？一做，还真是霍乱菌，但不是古典型的霍乱，是副霍乱，病原是El-Tor弧菌……后来，我们又拿他们的原始材料分离，却怎么也分离不出来。然后就找原因，一步一步地往下查，查到他做分离的时候用的一瓶生理盐水，是他们实验室给学生做实习打开了用过的一瓶盐水。问你们给学生实习的时候，是不是用过 El-Tor 弧菌，他们说，是。我们果然从那瓶盐水中培养出 El-Tor 弧菌。这就证明是他们自己的实验室污染，是虚惊一场。好在没有造成什么危害。防止实验室污染是须臾不可掉以轻心的。

采访临别时，董树林送给笔者两本书，一本书是他的《中国疫苗学者董树林自传》，一本是他的《石竹斋诗文选》，其中就有《天山论剑》一诗，本章标题即出自此诗。

十年磨剑总未成，重添炉火倍增功。

一口青锋驱三魔，两刃龙泉抵万兵。

三部剑诀传后世，全身清退敢留名。

七子中原行侠日，不必天山觅此翁。

"两刃龙泉"是指完成了计划免疫两个 85% 的目标；"三部剑诀"是指他单独或作为第一作者写作或编著的三部专著：《炭疽》《疫苗学概论》《疫苗学科技词典》；"七子"是指后来人。

这首诗可以说是他一生的总结。

第 三 编

寒梅傲雪

（1966—1976）

在"文革"十年中，中国生物制品战线上不乏像鲁迅所说的这样的人，他们是内心强大的人。哀莫大于心死，人莫强于心强。他们对迎风卖笑的倚门桃李、随风飘舞的轻薄柳絮鄙夷不屑，坚守着内心的那份执着，不随波逐流，不自暴自弃，只要还有一分热，就发一分光。

"高天滚滚寒流急"。1966—1976 年的"文革"十年，是一段不堪回首的日子。关于"文革"，1981 年 6 月 27 日至 29 日，党的十一届六中全会通过的《关于建国以来党的若干历史问题的决议》第五部分，已经对这段历史的教训做了科学总结。至于"文革"对我国生物制品事业的负面影响，《中国生物制品发展史略》已有专节论述。记得在起草上述决议时，邓小平同志说过，对历史问题，宜粗不宜细。因此，笔者不想在这里再翻腾那些并不如烟的丑恶，不想揭开那一个个已经结了疤的伤痕，来证明当年的伤口到底有多深。相反，笔者想把那个时代黑色背景下难得的亮色展示给大家，正如《中国生物制品发展史略》所说：

> "文化大革命"大动乱最严重的年代里，全国生物制品研究所和中检所的广大干部职工仍然是一支可信赖的坚强队伍。各所的各级干部和职工凭着热爱党、热爱社会主义的坚定信念，自觉坚守生产、科研岗位，努力减少极左路线所造成的损失，尽力完成上级下达的生产任务，基本上保证了人民防病治病的需要。在研制新品方面也取得了一定进展。据 1975 年的统计资料，当时我国生产的生物制品……总共 100 余种。各所生产的制品除供应国内自己防病治病的需要外，还部分出口外援。

"文革"期间研制出来的生物制品最著名的有钩端螺旋体疫苗、A群流脑荚膜多糖疫苗、地鼠肾细胞狂犬病疫苗、精制抗蛇毒血清、抗银环蛇毒血清、抗眼镜蛇毒血清、抗蝰蛇毒血清、抗人淋巴细胞免疫球蛋白，等等，不少生物制品的研制开始于"文革"前，但完善于"文革"中，如麻疹疫苗、鸡胚痘苗、布氏病活疫苗、炭疽气雾疫苗、肉毒素系列产品，等等，这些生物制品，至今还是免疫防疫的主打产品，在继续造福人类。另外，在疫苗生产的科学技术上，细胞培养技术虽然开始于20世纪50年代中期，但成熟、推广于"文革"期间，尤其是北京所闻仲权、昆明所郭仁、曹逸云分别开发建立了人二倍体细胞，前者建立了2BS株，后者建立了KMB-17株，为我国的疫苗和其他生物制品的研发和生产提供了一个新的基质，是一个革命性进步。

漫漫风雪中也有寒梅绽放，茫茫黑夜中也有星星闪亮。我国生物制品战线上的科技工作者带着伤口逆风前行的故事，就像风雪中的寒梅，黑夜里的星星。许多科学家和科研骨干，在"文革"乃至之前的历次政治运动中，可以说几乎没有人没有受到冲击，轻者挨批斗、做检讨、下放劳动，重者被戴上"右派""反动学术权威"等帽子。但他们中的大多数人挨斗了，斗完之后又去工作；被打了，擦擦伤口又走进实验室；靠边了，关键时刻照样冲上去；下放了，白天干农活，晚上自学，时刻准备着，等着云开日出的那一天。虽然他们不知道"文革"何时结束，也不知道自己是否有平反的那一天，但他们坚信中国不会永远这样，夜再长也有天亮的时候，雨再狂终有停下的时候，就像李白在诗中所写的："天生我材必有用"，"我辈岂是蓬蒿人"。

原武汉所的总技师谢毓晋，"拔白旗"时被打成"大白旗"，"文革"中又被打成"反动学术权威"，经常挨斗，可斗完了，他又把一些人叫来家里，给他们讲生产应当如何改进，技术应该如何革新，要向世界先进水平看齐，连斗过他的人都深受感动。在罚扫厕所的日子里，他在一个被废弃的厕所里写出了动物代血浆的科研总结和下一步的研究计划。

寒梅是孤独的，它散发的是微微的暗香，你只有走近它的身边才能闻到它的芳香。慢慢地，闻到这位"臭老九"身上"香气"的人越来越多，除了极少数级左分子外，很多人包括斗过他的人都成了他的朋友，以至开斗争会开不起来了。"文革"结束后，大家公认谢毓晋是武汉所的"镇所之宝"，在他逝世后为他立了铜像，安放在生物制品楼前。

"松柏何须羡桃李，请君点检岁寒枝。"像谢毓晋这样的科学家，他们是不忘初心的真正战士，是忍辱负重的"孺子牛"，因为不忘初心，所以能忍辱负重。初心是啥？就是用疫苗等生物制品为人民解除病痛，保卫人民的健康。人民需要疫苗，需要生物制品，人民的需要就是促使他们前进的不懈动力。风来了，雨来了，有人选择避风躲雨，他们却逆风冒雨前行；黑暗来了，有人选择躲在黑暗里，他们却秉烛夜行，蜡烛被吹灭了，点上了再往前走，又被吹灭了，再点上继续前进……他们不知道离终点还有多远，却始终不忘初心，向着目标往前走。

原成都所的陈廷祚1958年被划为"边右"（内定"右派"，暂不戴帽子），让他靠边了，但在得知四川温江、双流等地的农民中流行一种"怪病"后，主动站出来，克服重重困难在标本中分离出钩端螺旋体，从而使这种怪病得到确诊，挽救了很多人的生命。

鲁迅先生在《中国人失掉自信力了吗》一文中说："我们自古以来，就有埋头苦干的人，有拼命硬干的人，有为民请命的人，有舍身求法的人……虽是等于为帝王将相做家谱的所谓正史，也往往掩不住他们的光耀，这就是中国的脊梁。"在"文革"十年中，中国生物制品战线上不乏像鲁迅所说的这样的人，他们是内心强大的人。哀莫大于心死，人莫强于心强。他们对迎风卖笑的倚门桃李、随风飘舞的轻薄柳絮鄙夷不屑，坚守着内心的那份执着，不随波逐流，不自暴自弃，只要还有一分热，就发一分光。原成都所所长、研究员周海清对此有一段发人深思的回忆：

　　我个人认为，我们国家尽管是出现了很多波折，但大多数人还是按照自己的信仰、按照自己做人的基本标准，安分守己地开展工作，有一定的职业道德，有一定的事业心。我1958年到这儿来后被打成"右派"。我和其他同志一样，不管形势如何变化，觉得应该怎么工作就怎么工作。我当时在菌苗室，被当工人用。但我一边搞生产，一边还做研究，生产完了后再去做，不影响生产。比如百日咳菌苗，过去是用克氏瓶固体培养，接种了以后，再刮下来做菌苗，这比较费事，我就想改用大罐来液体培养。每天生产完了以后，就做这方面的研究。晚上值班，我抢着来。当时的政治形势，你出一丁点问题，就会吃不了兜着走，但我不在乎别人说什么，白天参加生产，晚上照样去值班，搞研究，只要你不强行让我停止。这样做的结果，是我们成都所最早改成了先进的大罐生产。过去每天十几个人进去接种，改大罐后几个人就可以了。后来做流脑球菌的多糖疫苗，也是这样的。在非常时期，我们生物制品系统的很多技术人员都是这么做的，所以使很多技术得以保留，还开展了一些新的技术，开发出一些新的产品。这是我们在改革开放后能迅速恢复的一个重要原因。我想，在非常时期，大概有两种人：一种人，我觉得我算是这种人。打"右派"，搞"文革"，成都所比较厉害，党员开除党籍，降低工资，人格污辱是经常的事，包括你的家庭成员也受株连，报纸上每天都点"地富反坏右"，你自己是什么感觉？你的家庭成员是什么感觉？我先后三次翻案都没翻了，也不知道将来会不会给我平反，但你批一批、斗一斗，我该怎么做人还怎么做人，该怎么做事还怎么做事，我要对得起社会，对得起国家。还有一种人，因为政治形势的不利而消沉了，消沉了也就荒废了。等形势变好以后，他就跟不上形势了，想给他挑重担他却挑不起来了……我"右派"平反之后，从当组长到当室主任，再到当副所长、所长，大概是两年的时间，应该说坐"直升飞机"了。这并非我有多么优秀，而是因为我在非常时期自己没有放弃努力，在新形势下还能够起到一点承前启后的作用。

的确。就是周海清这批人在改革开放后成为我国生物制品战线上的栋梁，成为承前启后的一代学术带头人，使"文革"造成的人才断层得以迅速弥补。

本编所写的人物故事，他们的研究课题有的并非是在"文革"中立项的，有的成果是在"文革"后才最后成功的，但因为主要研究过程是在"文革"中进行的，故列入此编；另外有的人所受的迫害在"文革"前就开始了，其处境与"文革"无异，也列入此编，特此说明。

| 第十五章 |

"党外布尔什维克" 与流脑疫苗

简称流脑或脑膜炎的流行性脑脊髓膜炎, 死亡率很高, 在我国历史上曾经有三次大流行, 在"文革"开始时, 第四次大流行也开始了。好在此前卫生部鉴于我国还没有流脑疫苗, 组织北京、武汉、上海、长春等生研所成立了联合攻关协作组, 以著名专家陈正仁为组长, 研制流脑疫苗。就在协作组办的讲习班结束时, 疫情暴发了。火烧眉毛, 需要应急, 但用传统方法制作的死疫苗免疫原性差、副反应大, 不能使用。协作组的王立亚、江先觉、全家妩等殚精竭虑, 研制出 A 群流脑荚膜多糖疫苗, 给预防流脑提供了一面坚固的"盾牌"。流脑流行的规律是每隔 8—10 年就来一次, 但自从这个疫苗出来以后, 中国几十年再没有暴发流脑疫情。流脑疫情没了, 流脑疫苗的研制者们也老的老、走的走了。本章记录的只鳞片爪, 算是对他们的一点念想。另外, 我们还应该知道, 从科研水平上说, A 群流脑荚膜多糖疫苗是我国第一个亚单位疫苗(组分疫苗), 是中国疫苗史上的一个里程碑。

一看这个标题，年轻人可能有点懵，啥呀？"什么是'布尔什维克'？"而在 20 世纪五六十年代时，是没有人会这样发问的。"布尔什维克"是俄语"共产主义者"的音译，"党外布尔什维克"就是不入党的党员。本章的主人公之一就是一位所谓的"党外布尔什维克"，她叫王立亚，90 多岁了，是我国 A 群流脑荚膜多糖疫苗的主要研制者之一，为控制和基本消灭流行性脑脊髓炎（简称"流脑""脑膜炎"）作出了重要贡献。她现在住在北京的一家养老院里，虽然腿脚已经不大方便，但脸色红润，声如洪钟，是一个快人快语的人。

在采访她时，笔者问："为什么人家说您是'党外布尔什维克'？"她说："这可不是我自封的。当年我要求入党，但一位领导跟我说，你'出身不好'。不好入党，但你可以做一个'党外布尔什维克'。"

她出生于一个资本家家庭，籍贯是湖北省黄梅县，出生地在江西九江，但一直在武汉上学。小学、中学、大学上的都是教会学校。1950年，她毕业于武汉华中大学（现华中师范大学的主要前身）生物系。这是一所 20 世纪上半叶由英、美基督教会联合创办的教会大学，完全按西方的近代教育模式用英语教学。所以，王立亚的英语棒棒的。

在历次政治运动中，别的"出身不好"的人都吃了大亏，她虽然没有入了党，反而还沾了"出身不好"的光。她笑着说："因为我'出身不好'，历次政治运动都把我排斥在外，可能是因为北京生研所的大牌专家太多了，他们斗不过来，所以轮不到我这个小萝卜头。斗原所长汤飞凡的时候就不让我参加，说：你'出身不好'，到实验室干活去吧！'文革'中搞游行，成立'战斗队'等各种群众组织，人家也不让我参加，还是那句话，你'出身不好'，干活去吧。所以，在所有政治运动中，我都不欠谁的债。搞'四大'（大鸣、大放、大字报、大辩论）的时候，我连一张大字报、小字报都没写过，从这方面说，我最干净了（笑）。

现在想想，我还要感谢他们，因为他们把我排斥在运动之外，使我在'文革'中还能在实验室里埋头搞研究。A群流脑荚膜多糖疫苗就是在'文革'中研制出来的，当然这项工作除了我们北京所在做以外，武汉所的江先觉、全家妩也同时在做，也同样获得了成功，另外长春所、上海所也做了这方面的工作。"

只因看到了流脑流行的惨景

流脑是由脑膜炎双球菌引起的一种化脓性的脑膜炎，是一种常见的急性呼吸道传染病。脑膜炎双球菌首先在人的咽喉部暂时停留"定居"，然后进入血液，在血液中大量繁殖引起败血症，最后侵入脑脊髓膜和人的其他部位，产生化脓性炎症，其症状开始是发热、头痛、呕吐，皮肤上出现淤点，颈项强直，最后头痛欲裂，呕吐不止，狂躁惊厥，进入谵妄昏迷状态，因呼吸衰竭而死亡，感染暴发型流脑可在1—2天内死亡。

流脑是一种世界性的流行病。王立亚曾多次参加流脑研究的国际交流。有一次，一个著名的美国专家问她："你搞流脑疫苗是老板叫你干的吗？"王立亚回答说："不是，是我看到了流脑给人民造成的痛苦，那种惨状深深印在我脑子里，我不搞出疫苗来就觉得对不起那些患流脑死去的孩子。"

在接受笔者采访时，她讲起了在"文革"初期的1966—1967年流脑流行的情况，中学生、大学生到处"大串连"，使流脑疫情火上浇油，有的人就因感染流脑死在"串连"路上了。本来这个地方没有疫情，外地来人搞"串连"，就把疫情带到这个地方来了。有关资料显示，当年的流脑感染率高达403/10万。

如果说王立亚的感触还不够直接，那么，武汉所的全家妩就有刻骨铭心的感受。她告诉笔者，1966年"文革"开始后，湖北部分地区出现流脑疫情。湖北省卫生厅组织了几个医疗队到疫情较重的地方去抢救病人。她参加的这个医疗队去了天门县（现为省直管市），住在一个公社（乡）的礼堂里，里面来了很多病人。"一个小男孩拉着我的手说：'阿姨，你吃不吃豌豆（当地人把蚕豆叫豌豆）？'然后从口袋里抓出一把爆蚕豆要给我吃，我在推辞时，突然发现这个男孩的瞳孔一个大一个小，不对头！这是流脑的典型症状之一，得赶快抢救！果然，小孩腿一软就突然倒地了。我和临床医生立即采取急救措施，医生给他输青霉素，我口对口地进行人工呼吸，但尽管我们尽了最大的努力，小孩还是死了。他母亲哭得死去活来，一礼堂的人也跟着流泪。因为我给他做人工呼吸，自己也感染了流脑……当时根本没有考虑自己会不会被感染，只有一个念头就是救人。这次参加医疗队让我有了一种强烈的使命感：得赶紧研制流脑疫苗，所以回到武汉就马上开始了。"

虽然"文革"对生物制品行业的冲击是前所未有的，但是严重的流脑疫情还是引起了国家的高度重视。当时我国还没有流脑疫苗，研究疫苗是当务之急，于是卫生部在北京所举办了一个流脑疫苗研习班，由北京所的著名专家、细菌室主任陈正仁主持，参加的人员有北京所的王立亚，武汉所的江先觉、全家妩，上海所的李亦德，长春所的张嘉铭等。研习班结束后，组成了以陈正仁牵头的流脑疫苗研发协作组，参加研习班学习的人均为协作组成员。

流脑很可能是一种域外传入的疾病，因为在我国古代医书中没有确凿的记载，直到光绪二十二年（1896）才首次在武昌得到证实。此后曾有1938年、1949年、1959年的三次大流行，1966—1967年伴随"文革"而来的是第四次大流行。也许因为其在中国的历史不长，老祖宗没有给我们留下多少预防的遗产。都说改革开放前闭关锁国，不错，但是科技信息这个窗口是从来没有关闭的。从新中国成立初一直到"文革"当中，世界上的各种科技杂志国家都拿出宝贵的外汇保证进口。不过，中国科学技术工作者看到的时间差不多要比美欧国家晚了一年，得到的信息是迟到的信息，但能得到迟到的信息也比得不到信息要好。在陈正仁主持的流脑疫苗研习班上，大家把国外文献中有关流脑研究的论文如饥似渴地钻研了一遍。陈正仁在授课中对世界流脑研究的成果作了综述，提出了自己的看法。流脑病菌的主要抗原组分是荚膜多糖群特异性抗原，有A、B、C、D、X、Y、Z、29E、W135、R 等血清群，加上我国的 H、I、K，共 13 个血清群，每个群又分若干型，在我国流行的 95% 以上是 A 群（后来发现也有少数 B 群和极少数的 C 群），所以疫苗的研制首先要针对 A 群，先把 A 群疫苗搞出来。流脑的致病物质是内毒素，是由流脑双球菌侵入机体繁殖后因自溶或死亡而释放出来的，内毒素作用于血管引起坏死、出血、微循环障碍，最后造成患者中毒性休克，人的机体对脑膜炎双球菌的免疫是以体液免疫为主的，群和型的特异性抗体在补体存在下能杀死脑膜炎双球菌。

学员们带着丰硕的成果回到各生研所，就在这时，流脑疫情来了。

据全家妗回忆，她从天门疫区回武汉后，就在江先觉的领导下开始研制流脑疫苗。江先觉是一位老专家，新中国成立前曾担任上海市卫生局卫生试验所主任技师、上海永川医学院化验室主任，新中国成立后曾任江西省卫生试验所所长。武汉生研所成立后四处招揽英才，江先觉由此调到武汉生研所担任主任技师。他领导研究的霍乱疫苗深层培养技术于 1962 年获得成功，为我国霍乱疫苗的进步作出了贡献，流脑疫苗是他主攻的第二个课题。他带着全家妗等人经反复权衡，鉴于流脑疫情严重，应该先搞出一种能救急的疫苗来，而死疫苗的制作相对简单快捷，所以决定先上死疫苗。

我国 1938 年在原西北防疫处曾生产过流脑菌体疫苗，但没有留下详细的报告。因死疫苗的制作相对容易，他们用从农村带回的地方株用于死疫苗制作，1967 年便研制出来，经动物试验和实验室的人在自己身上试验，觉得免疫效果还不错，便在小人群中开展试种。这一试，发现问题大了。不仅免疫效果不理想，而且更要命的是副反应很大，有个别人接种后"原地打圈圈"，被称为"舞蹈症"。武汉所试制的流脑疫苗效果不好，其他所的情况也大致差不多。上海所制成的 A 群流脑疫苗在 1967 年进行现场考核，结果发现在流脑散发地区，保护率只有 60% 左右，在大流行区几乎无效，并且发生了严重的副反应，诱发神经系统并发症如癫痫、过敏性紫癜、合并肾病以及神经系统疾病。

显然，这种在应急状态下赶制出来的死疫苗不能大面积接种，又经过两年的研究，各生研所在死疫苗中加氢氧化铝吸附剂进行提纯，试种后副反应比原来下降了 90%，但免疫效果仍然不佳。这说明，用传统办法来生产流脑疫苗这条路走不通了，逼着大家必须走创新之路，研究出一种新型疫苗来。

老路走不通，逼出中国第一个组分疫苗

用传统方法制成的流脑疫苗之所以免疫效果差、副反应大，主要原因是它用于免疫的是大分子抗原，一个大分子抗原中包含着许多种特异性抗原，而在这些特异性抗原中，能够对免疫起决定作用的只有少数抗原，其他抗原不但不会引起保护性免疫应答，反而会产生副作用。所以，北京所的王立亚这位"党外布尔什维克"就琢磨研制亚单位疫苗。

亚单位疫苗是一种新型疫苗，就是通过化学分解和有控制性的水

解方法，提取细菌蛋白质结构，筛选出具免疫活性的片段制成疫苗，而把那些没有免疫活性的东西去掉，所以又叫组分疫苗。组分即分组，把有免疫活性的和没有免疫活性的分开来。具体到流脑细菌上，其细胞壁外膜是所谓荚膜多糖，其主要组成部分是多糖，所以后来生产出来的疫苗叫作 A 群流脑荚膜多糖疫苗。

"文革"初期，大专家陈正仁等人都在挨斗，被剥夺了进行科研的资格，后来恢复了工作又因行政事务较多难以参加实验室工作。王立亚因"出身不好"被排斥在运动之外，正好在实验室里埋头苦干，率先在组分疫苗的研制上取得了初步成果。那时候还没有知识产权的概念，又因建立了流脑疫苗协作组，一家的成果往往多家共享。在武汉的全家妹听说王立亚的研究已经走到了前面，便跑到北京拜师求教。

全家妹比王立亚小了一轮，都是湖北人。当时的处境两个人都差不多。全家妹本当是一个响当当的"红二代"，父亲是荆州共产党的创始人，一个很有名气的教师，后来不知怎么脱党了，这个问题便成为她入党的障碍，也只好当一个"党外布尔什维克"了。"文革"开始，在"造反派"的眼里，她父亲脱党就是叛党，就是叛徒。在"老子英雄儿好汉，老子反动儿混蛋"的逻辑下，她自然成为"叛徒的女儿"。不过，当时武汉所斗争的主要矛头对准的是"走资派"所长彭来和"资产阶级反动学术权威"谢毓晋，所以还轮不到斗她，只是政治上被"打入另册"了。说起来，她能安心在武汉所工作，还得力于上述两个主要斗争对象。她大学毕业分到武汉所时，心里一百个不愿意，"我学的是临床医生，却要我来和瓶瓶罐罐打交道，不干！"一天，彭来所长和谢毓晋总技师两人一起来到她的宿舍给她做工作。她记忆最深刻的一句话是："我们相信你不到一个月就会热爱这项工作。"果然不到一个月，她就爱上了这项能为千百万人免除疾病痛苦的工作。"文革"中彭来和谢毓晋天天挨批斗，被关进了"牛棚"，她没有办法挽救他们，但内心里觉得应该为他们争口气，一定要把流脑疫苗拿下来。

在北京，王立亚把自己已取得的成果毫无保留地教给了她。两人相处甚欢，互相勉励：不管"文革"形势如何发展，想想那些患流脑而死的孩子们，我们都要竭尽全力研究疫苗。

从北京学习回来，全家妮立即找江先觉汇报，两人研究，要学习北京所王立亚的经验，但武汉所不能完全照搬，在有些方面要做一些改进。

A群流脑荚膜多糖疫苗是一种新型的疫苗。其制作方法非常复杂，从主种子批的启用到工作种子批的培养，从启开工作种子批适应到培养基上，到收割制备菌种，从菌种的化学分解到制成粗制品再从初制品制成精制品，大致有上述这些步骤，每一个步骤中都有五六项到十多项的实验、检验等方面的工作，一步不慎，就会满盘皆输。

全家妮回忆说："研制荚膜多糖疫苗，简单地说，最关键的就是去掉荚膜上没用的东西，保留有效的东西。试验中，原以为去掉无用的东西比较难，没想到保留有效的成分比去掉没用的成分要难得多，因为它易降解。国外生产离不开超速离心机，很贵，我们所也没有。江先觉想了一个办法，叫菌体固定法，就是在细菌的对数繁殖期繁殖最旺盛的时候，可把它分离在液体里，用福尔马林消毒……"

这个过程太专业，他们终于基本解决了有效成分易降解的问题。这一步走得非常艰难，不仅是技术上的难，更有工作环境上的难。因为江先觉是老专家，一天到晚要应付"造反派"，不是要交代历史问题就是检讨对"文革"的态度，所以试验多次被迫中断。有一次做无菌试验，发现里面有一个杂菌。当时做检定的全家妮不在，她回来后江先觉要她做检定，被全家妮拒绝。江先觉刚受了"造反派"的气，又被助手拒绝，发了脾气。全家妩解释说："既然已经知道污染了一个杂菌，那实验就应该重新再来。要我做检定，究竟是做实验污染的？还是做检定污染的？"江先觉正在气头上，说："让你做你就做，哪来那么多理由？"全家妩也是一个暴性子，顶撞说："你让那个杂菌告诉我，是你污染的还是我污染的？"一看江先觉已气得浑身发抖，全家妩吓坏了，她不得不缓和口气说："您千万不要生气。您是一个我非常尊敬的老科学家，已经长了杂菌，您让我检定，这不符合科学态度并且对以后的实验不利。一个小瓶就有一个杂菌，要做大罐那得有多少杂菌啊。"听了这话，江先觉也释怀了，说："你是对的，我们重新再来。"以后对新来实验室的人，江先觉就举这个例子来教育他们，说："尽管全家妩顶撞了我，但她顶撞得对，有道理，做科学工作就得有严格的科学态度。"谈起这件事，全家妩至今仍非常受感动，说："一个老科学家被顶撞后不是觉得丢了自己的面子，而是肯定了小字辈的科学态度，非常了不起。"

1976年"文化大革命"结束，A群流脑荚膜多糖疫苗也先后在北京所、武汉所、成都所研制出来，进入临床试验阶段。在接下来的4年时间内一共做了Ⅳ期临床试验。武汉所的临床试验是在沙市的农村进行的。全家妩回忆说："做临床观察每一期每个人要采6次血，要一直跟踪下去。开始时接种对象还是幼儿，比较好找，后来孩子长大了就得钻地去找。那时候交通很不发达，没有车就拦卡车，卡车拦不上，就坐手扶拖拉机，手扶拖拉机都没有就步行。Ⅳ期临床试验做完，证明A群流脑荚膜多糖冻干提纯疫苗的保护率可达82%以上，并且反应轻微。北京所、成都所临床观察的结果也与我们相似。1979年开始投入试生产，据中检所检定，疫苗完全符合1976年WHO规程对A群多糖疫苗的要求，有效期为2年。1980年被批准正式生产。我感到很骄傲，我们的这个疫苗出来后，中国几十年再没有暴发流脑疫情。"

兰州所1994年立项研发A+C群脑膜炎球菌多糖疫苗，课题负责人是菌苗一室主任崔萱林。这个疫苗申报时，国内还没有C群流脑的流行病学资料，经过反复沟通，最后以应急储备的方式审批通过。疫苗在2001年底拿到生产批件，第二年在国内首家上市，获得当年甘肃省科技进步一等奖。

过去，C群流脑在国内并没有大的流行，2003年底到2004年初却在中国局部暴发了疫情，其中湖南、广西流行较广。兰州所作为当时A+C群脑膜炎球菌多糖疫苗的独家生产企业，接到疫情通报后，动用了全部资源生产，大年三十连夜开启菌种，全力以赴保障疫苗供应。到2004年春季，疫情终于平息。

只要流脑疫情不再来，此心足矣

流脑的流行规律是每隔8—10年一次大流行，流脑疫苗打破了它固有的规律，从此只有散发病例，流行不再来。笔者问全家妩："你们有这么大的贡献，最后给了什么奖励？"她说："A群流脑荚膜多糖菌苗研究1980年武汉所获卫生部科技成果甲级奖，北京所、成都所、中检所等1981年也获同等奖励，另外湖北省也给了我们一个奖。我1985年在日本做访问学者回来，江先觉告诉我有这么一个奖，奖金是220元。我们两人商量后，一人拿了10元，剩下的200元捐给了湖北省残疾人基金会。"

王立亚是A群流脑荚膜多糖疫苗的主要研制者和带头人之一。从"文革"结束一直到1994年，世界上每两年一次的流脑大会，差不多每次大会她都代表中国去参加。谈起研制中的甜酸苦辣，她说："疫苗做出来后我先在自己身上试，再到我女儿刘汉莉身上试，她当时上小学……因为研制是在'文革'期间，这其中有许多波折，技术上的事我就不说了，光是各方面的干扰就让人不胜其烦。那时候，我经常和领导还有那些找我麻烦的人吵架，反正我是个'党外布尔什维克'，吵得他们都怕我。我吵架不是为了自己，是为了尽快把疫苗搞出来。后来要我当主任，我也跟他们吵，要求把这个主任给拉下来，自己好安心搞实验。有些事想起来又好气又好笑，'文革'刚结束时，一个七八个人的代表团到美国访问，就怕滞留美国不回来，可最后只有我这个'党外布尔什维克'回来了。给我的一点外汇，我都买仪器带回来。照说我最有理由留在美国了，我的叔叔和兄长都在美国定居，如果留下来，等于在美国团圆了。另外，我和美国的不少专家都熟悉。有个美国流脑专家叫恩拉巴斯，曾经来北京所讲学，那时'文革'刚结束，很多人英语都不行，是我给他当翻译。在美国见到他后，他就想留我在美国工作，我谢绝了他的好意。他不解地问：'美国条件这么好，你为什么要回去？'我说：'我有我的立场，我爱我的国家，我爱我的事业。'他不知道，我小时候见到过日本人欺负我们中国人，对孩子拳打脚踢，姑娘出门怕被玷污，脸上都涂上锅底灰，我也经过国民党统治时期……"

A 群流脑荚膜多糖疫苗的研制成功，标志着细菌类疫苗进入了一个新的阶段，开辟出一条新的道路，有力地推动了细菌类疫苗的研制工作，如肺炎链球菌多糖疫苗、B 型流感嗜血杆菌多糖疫苗、伤寒 Vi 多糖疫苗的研究等等，取得了丰硕的成果，促使菌苗更新换代。笔者问王立亚："你们搞的这个疫苗有这么大的影响，是世界首创吗？"她说："要实事求是，谈不上世界首创。此前国外有报道，但是他们没有把研究和生产的方法公布，研究和生产的方法是我们一步一步摸索出来的。"

最后，她说："过去的事就让它过去好了，什么名呀利呀，什么谁先谁后呀，不必说了。只要流脑疫情不再来，此心足矣。我现在一月退休金 8000 多元，住养老院加上请保姆，一月开销 1.7 万元，人不敷出，但我想得开，不行就把房子卖了。我给女儿说了，房子你们就别想了，那是我养老的。"说罢，她爽朗地大笑起来，笑得很开心、很灿烂。

第十六章

一个"右派"与钩端螺旋体疫苗

　　在"大跃进"的 1958 年的夏秋之交，一场俗称"打谷黄"的怪病突然降临于四川温江、双流等地，年轻力壮的农民感染后就突然发烧，然后吐血，倒地而死了！疫情震惊四川省和国务院，但被派来的各路专家对此病各持己见，莫衷一是。在这一紧要关头，成都生研所的一位已经被划为"边右""靠边站"了的专家陈廷祚勇敢地站出来，主动承担分离病原体的工作。就是他首次分离出以"赖株"为代表的无黄疸钩端螺旋体，从而使这种"怪病"得到确诊并对症治疗。他立了功，反而被正式戴上了"右派"帽子，又以"戴罪之身"参与钩端螺旋体疫苗的研究，被卫生部指定担任全国钩体新型疫苗协作组组长，研制出无兔血新型疫苗，解决了副反应问题，在"文革"中仍继续研究改进，20 年忍辱负重，奋斗不息，这项研究成果 1978 年获全国科学大会奖。其分离出的"赖株"也被 WHO 相关机构永久收藏，作为国际参考株。

1958 年入秋之前，在天府之国的成都平原上，呈现一片丰收的景象。早稻成熟了，沉甸甸的稻穗低垂着头，呈一个个不规则"弓"形，等着人们来收割。那年正是"大跃进"之风刮得如火如荼的年代，原先只种一季稻的地方都改种双季稻（早、晚二季）。为保证晚稻在无霜期内成熟，种晚稻有个"不插'八一'秧"的定律。所以必须抓紧把早稻收割完毕并翻整好田地，赶在 8 月 1 日前把晚稻秧苗插进田里。这个时候，农民是要披星戴月地劳作的。可就在这个节骨眼上，温江、双流、浦江和成都郊区，却突然出现了一种当地农民称为"打谷黄"的怪病，来势汹汹，叫人猝不及防。不少身强力壮的农民只因进了稻田，就突然病倒了，开始只是发烧，貌似感冒，随后便口吐鲜血，气绝而死。吓得农民谁也不敢下地了，生产停滞，成片的稻谷无人收割，任其倒伏，成为老鼠和鸟儿的美餐。

疫情急似火。按照四川省委、省政府的紧急指示，成立了防疫指挥部，由省卫生厅一位副厅长带队，集中本省的相关专家教授组成调查组和医疗队，立即前往疫区，卫生部直属的成都生研所也派人参加了。原成都所菌苗二室主任、研究员杨耀当年刚从同济医科大学毕业分配来，也被派往疫区。他对笔者回忆说："那时农村里没有担架，更没有救护车，人病倒了就用门板往卫生院抬。有的躺在门板上的人还没死，抬门板的人却突然大口吐血，倒下就死了。温江有个抬门板的人叫赖安华，只有 18 岁，就是在路上倒下的。这是我亲眼见到的。当时那个惨啊！村村都在办丧事，哭声昼夜不绝于耳。眼看丰收的稻子倒伏下去而没有人敢去收割。这个事情对我刺激特别大，同时也深刻地教育了我。我原来的理想是要当外科医生，对分到成都所很不愿意。这件事让我感到，当医生只能医一个一个的人，而研制出疫苗和治疗用品来，就可以救一大片人，我从此便安心工作了。"

"赖型"钩端螺旋体的发现

当时，一方面农民兄弟等着救命，而另一方面，各路专家教授却在为"这究竟是一种什么病"争论不休。有人说是鼠疫，可按鼠疫治疗不起作用，而且怎么也分离不出鼠疫杆菌来，鼠疫被排除；有人怀疑是一种新的感冒，结果按感冒治，把人治死了，专门成立了感冒病毒分离机构，在病人身上也没有找到感冒病毒；有人怀疑是霍乱，但也是似是而非，因为找不到霍乱菌；还有人怀疑是钩端螺旋体（以下简称"钩体"）病，但又不符合教科书上所说的典型症状，特别是没有出现黄疸。没法确诊就没法对症治疗。

成都所的陈廷祚是钩端螺旋体专家，又是总技师，赶快找他呀！要在以往，他早就该被派往疫区前线去了。但这次却不行，因为他已被内定为"右派"（"边右"），像臭狗屎一样没人理睬了。因为疫情保密，成都所里有人悄悄议论，一见他来，就闭嘴了。他知道这次疫情，纯属凑巧。8月14日上午，他在成都所行政楼前的花园路上碰到了主管科研和生产的副所长燕真。

燕真是从延安出来的"老八路"，在晋察冀边区曾经做过白求恩大夫的助手，到延安后又与许多中央领导同志有直接接触，特别是经历了所谓"抢救失足者运动"，使他的政策水平得到极大提高。"抢救失足者运动"是我党历史上的一次沉痛教训，很多清白的同志在这次运动中被"逼、供、信"，打成"国民党特务"，伤害了许多人。发现这一错误后，毛主席亲自到总参三部给受冤屈的同志鞠躬道歉，下令停止了这一运动，并给被误伤的同志平了反。成都所划"右派"牵连很多人，在全国六大生研所中是搞得最凶的。他对这种搞法是有不同看法的，对陈廷祚也深感同情，但在当时高压的政治态势下，作为副所长，他也无力阻止。现在他见到陈廷祚，便主动和他打招呼，并主动向他介绍了疫区患者的临床症状以及采取的措施，说："该做的工作都做了，就是找不到病原体，就等所里新成立的流感病毒检验组'点菜下锅'了。"不对呀！陈廷祚一听就脱口而出："感冒不在城里流行，跑到乡下，闻所未闻。"燕真觉得话里有话，要听听他的看法。陈廷祚认为，根据描述的症状，有点像1957年《美国热带医学和卫生杂志》上报道的马来亚疫情。在马来亚丛林里作战的英军官兵，因为与被老鼠污染了的露水接触，染上了钩端螺旋体病。其表现与温江的农民几乎一样：无黄疸，肺部症状突出，有血痰、咯血，而后死亡。另外，在意大利、丹麦等国，也有此类零散病例，只是未流行而已。

陈廷祚敢这样假设，是有底气的。1943年他从上海医学院（时迁重庆）毕业后，先在中央医院化验室任职，后改行到昆明汤飞凡领导的中央防疫处，在魏曦手下进行细菌研究。1946年他通过公费留学考试出国深造，赴丹麦后，主动放弃了在哥本哈根大学读博的机会，到丹麦血清研究所专事研究微生物学及生物制品制造与检定，目的是多学点实用技术回国为"吾国吾民"服务。带他的是两位祖师级的专家，其中一位就是研究钩体病的权威 Chr. Borg Petersan。1948年东北解放后，他响应东北人民政府的召唤，回到大连生物制品研究所，先当科长，后当总技师，在魏曦领导下进行过钩体病的研究，后奉命到成都帮建成都所，大连所撤销时，正式调入成都所任总技师。但是，他在钩体病研究上的专长成都所的人并不了解。副所长燕真也只模模糊糊地知道一点。现在听了他对温汇等地疫情的分析，便问他该怎么办？陈廷祚说："不妨让新成立的流感病毒检验组，顺便从钩体方向做些工作，或许能解决问题。疫情已经很严重了，但分离病原体仍然毫无头绪，应该尽快落实。"

燕真问:"他们能行吗?"陈廷祚说:"如不见外,我也可以做点工作。"

陈廷祚没想到,次日,燕真就派人给他送来了采自疫区的 12 份全血样本,希望他尽快进行检验。

燕真与另外两个所党委委员一起研究后决定,由陈廷祚牵头成立一个"成都、温江、蒲江、双流等地疫情病毒检验组"。燕真对陈廷祚说:"我给你当传递员,负责从疫区给你拿标本,并且负责把你的研究成果报给防疫指挥部。"

虽然名义上成立了一个研究室,他却是一个"光杆司令"。为啥?那个时候,"地、富、反、坏、右"是所谓"五类分子",属于"敌我矛盾",即使不斗你,也避之唯恐不及,谁还愿意给一个"右派"当助手?那咋办?陈廷祚找了一间废弃的房子,单枪匹马地干了起来。陈廷祚在《陈情表——建国海归 PK 院士五十年》一书中写道:

> 话好说,态好表,总不能在一无房舍装备,二无"兵马",空空如也的情况下就干起来吧……不可否认的是,上述响亮的表态(指他对燕真所说的话),在笔者思想深处,还是有一个演变过程的。起初,当燕所长把患者血液样本着人送来时,自己心里却在嘀咕着这么一段话:"老天爷啊!怎么最终还是搞到自己头上来了?流感病毒检验组明明有那么多人,附带搞一下不就行了吗!我又不是个三头六臂的人,仅凭赤手空拳就能够打出个天下来?"
>
> 尽管在 1957 年之前,笔者在卫生部大连生物制品研究所担任总技师期间,熟悉并掌管过钩体的科研工作;尽管在 1958 年来到成都所之后,自己已知被内定为"右派分子",彼时彼刻,心里却在暗自鼓励着:"不怕,难不倒我!以我深厚的功底和丰富的阅历。"思想上既然发生这样一个转变,行动上就该有所不同、有所作为了。于是,硬着头皮,像扎猛子一样,由笔者独自一人在所

里马家桥一侧山坡下的一栋独立闲置房中，建成所谓的"钩端螺旋体检验组"。

从实验室和动物室的布置、领料、实验操作、培养基接种培养、动物接种饲养、解剖和处理，以及打扫卫生等，什么细活、粗活、脏活，全都由笔者这位尚未被公开解除职务的"总技师"一人独揽下来，包干到底了。然而，尽管工作上经历了那么多的磨难，但最终足以使笔者感到欣慰、永生难忘的，不是人际间的倾轧和尔虞我诈，而是事业上的成就和对国家和人民的重大贡献。

中国有句谚语：上苍不负苦心人。笔者经过三天紧张劳动、和衣打盹的不眠之夜，实验室的部署、装备的设置，都已经安排就绪，该上的试验项目早就上了，终于获得了对得起上苍的回报。

1. 在 8 月 16 日，12 份患者血清样本的凝集溶解试验效价有 10 份阳性。多数达到 1：1000 或更高。内行人，或者稍微懂得一丁点临床检验知识的内科医生，一看就足以说明或证实，这是一次集体感染的钩体病。

2. 在 8 月 27 日，用患者全血接种的一只豚鼠出现死亡（因动物室在 19 日始安装完毕，当日才可接种），经解剖呈典型钩体病变，并在暗视野显微镜下看到活泼运动的钩体。由此可以进一步确诊为钩体感染。

领导这次抗疫情病灾的，是四川省卫生厅的一位主持技术业务的副厅长、曾经在加拿大研习微生物学的周绪德教授和本省其他医学专家们组成的专家组。事情发展到了这一步，又是以"总技师"名分亲自操作出来的结果，专家组理应对检验工作所做出的判断笃信无疑。然而，事实上并非如此。据称，燕所长几次即时口头上报给专家组的检验结果，都遭到了否决。他们根据肺部症状，又未出现黄疸,仍然认为主因是流感。与此同时,专家组还向上级提出报告,邀请并等待北京的一位钩体病专家来川核实笔者的结果。至此,事情由 8 月 16 日获得阳性结果起,已逾 10 日,不免使笔者哀叹:呜呼,势单力薄,寡不敌众,徒叹奈何!

时间就是生命,已经来不得半点迟疑和延误!早一天确认钩体病的诊断,农民兄弟的苦难和生命就早一天获得解脱和挽救……要不是笔者从 9 月 3 日起,陆陆续续获得患者的阳性血液培养物后,"拥黄派"(指死抱教科书认为该出现黄疸病征的人)是不会认输的;即使认输了,也是在暗中认输……

据传,北京派来的一位钩体病专家是在 8 月下旬(后经查证是在 8 月 24 日)飞抵成都的。笔者一直在期待着他的到来,视察实验室、检查实验记录,乃至交换意见。结果没有!始终没有过接触,甚至连这位大员的姓名都不知道,如堕五里雾中……

在陈廷祚手写的"疫情检验简报"中记载:有一个毒株"明确是从温江赖安华(患者)血液中得到的,我在 8 月 20 日也曾做过动物接种。"这个毒株后来被世卫组织认定为是一种新型的钩端螺旋体菌株,命名为"赖型钩端螺旋体"(简称"赖株")。但这都是后话,而在当时,也许因为他是"右派",有人把政治立场用到了科学研究中,要有意与他划清界限;也许是因为他发现的是一种新型的钩体菌株,在当时的教科书上是没有的而不被承认。教科书上说钩体感染会出现黄疸,而疫区的患者没有出现黄疸。

关于这段往事,原四川医学院的老院长曹仲良教授有一段反省。2006 年 12 月 22 日曹教授去世后,《成都商报》在 24 日发表的纪念文章中有这样一段话:

在传染病领域曹老作出了卓越贡献。但生前曹老与他人谈的最多的，却是自己铭记一生的一次失败：1958 年 7 月温江出现了一批"怪病"患者，前来调查的研究人员有说是流感的，有说是炭疽的，有说是钩体病的。曹老最后向卫生厅的领导汇报说是流感。后来经过多次检测，才发现确是钩体病。对此曹老深感惭愧。

因为各路专家意见不一，一直在等待北京的那位大专家到来。他来后，陈廷祚的诊断结果和实验的详细报告都给他看了，他没有表态。在疫区待了 3 天后，他确认这种"怪病"的病原是钩体，回京时带走了成都所的相关资料。回京后，宣称是自己发现了钩体。

钩端螺旋体疫苗的研制

确诊为钩体病之后，便开始用大量的抗生素来进行对症治疗。原成都所研究员杨耀回忆说："我们所的陈廷祚教授在分离菌株和查找病原方面是很有功劳的。在治疗上就是用抗生素。"

疫区特别需要疫苗，成都所开足马力开始生产。原成都所生物工程高工邓远运回忆说："生产钩体疫苗开始用三角瓶培养菌种，后改为 5000—10000 毫升的大瓶培养，生产后就赶快运到疫区。疫苗下去以后，疫情就得到了控制。1959 年，我和流行病科的叶霓丹一起下去做流行病调查，这时已经没有钩体病了。"

邓远运所说的钩体疫苗是蒸馏水疫苗。据陈廷祚回忆："成都所开始生产的疫苗，是 1957 年从学部委员（院士）魏曦举办的钩体疫苗学习班上学来的。"这是一种按照苏联钩体疫苗规程研制的钩体普通疫苗，生产中用的种子培养物中含有 3% 的兔血清，虽然种子培养物在疫苗培养物中只占 10%，仍然致使疫苗中含有 0.3% 的兔血清。因兔血清是异体血清，所以使接种者产生过敏反应，尤其是在疫区经多次接种后过敏反应严重。

原成都所研究员杨耀回忆说:"当时的传统菌苗跟现在的没法比,但当时还是起作用的,有效果的,每年给大量的人注射,只要型对口,流行的型跟我菌苗的型是对口的,是有效的。头几年反应不是很大,到以后因为培养基里有兔血,所以反应越来越大。"

这里面有个小插曲。陈廷祚说:"成都所一个叫 ×× 的,只有小学文化,去魏曦教授的学习班学了回来,就按苏联的方法来生产钩体疫苗。1962 年他到北京参加了群英会,回来后到处作报告,把自己打扮成生产疫苗的工人阶级英雄,说资产阶级知识分子,像'右派'陈廷祚这样的人,其实是个饭桶。他没想到,他引以为傲的这种疫苗因反应越来越大,被卫生部下令停产了。"

而研制新疫苗,还得找他所说的"饭桶"。为解决蒸馏水疫苗中兔血清致敏的问题,1963 年上海所的尹行首先试验用人胎盘组织浸液制成培养基,用于钩体疫苗的培养,取得阶段性成果。1964 年卫生部把成都、上海、武汉、北京生研所和中检所等 5 个所的相关人员集中到成都所,由陈廷祚牵头研究新疫苗。据陈廷祚说:"当时卫生部防疫司的杨司长正在成都所搞整改,点名叫我领导这项工作,所以就由我和赵永林书记两个老搭档来领导 5 个所的人研究新疫苗。""我们搞的钩体新疫苗经过 8 个月的努力,里头不含兔血清,只用胎盘组织浆,是不含蛋白的组织浆。"

杨耀回忆说:"我也参加了这个工作。用人体胎盘培养基,由于是同体组织,要好一些,但也不是个办法。我们看了一个文献,做钩体代谢的一个医生,叫'森宝',女的,要求培养基很单纯,不能有动物蛋白,给我们很大启发。最后我们搞出来是完全没有蛋白质的'全质膜'培养基,这在疫苗研制上面是一个很大的跃进。陈廷祚教授当时是菌苗室主任，是全方位的领导。"

他们研制成功的这种无蛋白培养基是一种新的胎盘培养基，被称为"乙6"。

钩体菌有许多群和型。据1993年发表的资料，世界上目前已分离检定出钩体23个群，205个血清型，其中包括中检所的学者秦进才等分离出来的25个血清型。目前我国已证实至少有18个群75个血清型，其中最常见的有9个血清型，包括陈廷祚分离出来的"赖型"在内，在全国角度来看，"赖型"是最主要的血清型。

杨耀说："陈廷祚教授在分型、流行的分布上做了很多工作。因为钩端苗每个型的培养情形都不同，尤其做多价苗有些型好长，有些型不好长，所以分型培养很重要。"

新钩体疫苗试制出来后，通过动物实验和人体反应观察，证明这种新型疫苗安全有效，几乎没有副作用，于1966年正式投产。

新疫苗研制成功了，探索仍没有止步。后期杨耀接替陈廷祚当菌苗室主任，进行了两项重要技术革新。

第一项是用超滤浓缩法代替高速离心法生产钩体疫苗，是在"文革"中进行的。杨耀对笔者说："为什么要改，一是因为高速离心机很昂贵，用不起；二是它也不能彻底去除疫苗中的蛋白，只要残存一点点，就会产生过敏反应。而管式超滤是一项新技术，可以把没用的东西都过滤掉。但是当时成都所没有这个设备，很多人还不知道超滤是什么概念，我们听说四川制糖研究所进口了一台超滤机，便想借人家的设备试一试。我们把东西拿到人家那里一试挺好，最后做成了纯粹的外膜苗，做七价苗、八价苗都没有问题。制糖所的同志说：'虽然我们的试验没有搞成，但你们搞成了我们也很高兴。'那时候是无偿的，现在你出钱人家也不一定让你干。"

第二项是跟四川大学计算机研究室协作，搞大罐自动控制生产。这在改革开放初期是非常先进的。

杨耀说："钩体疫苗成都所做的应该说还是可以的。从菌种到培养基，到大罐生产，到超滤、浓缩，整个这一块作为一个项目得了奖（1978年全国科学大会奖）。"

对我国钩体疫苗生产起到重要作用的，还有1970年鄂未远等人研制成功的"26号"不含蛋白质的综合培养基，李时政等研制成功的"84-7"培养基和张锦麟等研制成功的"C70"培养基，使钩体菌生产浓度比原综合培养基提高了5—10倍。

关于发现无黄疸钩体的余音

钩体疫苗的生产技术现在已趋于成熟，钩体病不仅大规模流行的情况已不再出现，散发病例也不多见了。但是关于在1958年温江、双流等地的大疫中，究竟是谁最先发现了无黄疸钩体的这段公案似乎没有完全了结。陈廷祚在处境艰难的情况下首先分离出钩体"赖株"，进行疫苗生产，居功至大，但他的这一重大成果迟迟没有得到承认。因此陈廷祚一直在为自己正名而抗争。笔者不想也没有资格充当"科学法庭"法官的角色，只摘录原成都所副所长燕真在2000年2月28日给陈廷祚的一封信：

> 你提名我是当事者见证人，承蒙信任如往，知足矣。"自白书"（陈廷祚为给自己正名而写的申诉材料）第五页第二、第三段所述，和你1984年9月14日给"编辑同志"的信，都是有据可查，有人（如王庭槐、官本珍、周曾扬）可训（询）问的（见证人），人证俱在，是无可否认的历史事迹的写照……那时候是大锅

饭、观风、查"线"时代,哪会有人出来评是非功过啊!既然当前推行什么著作权、发明权等法制,就应辨明真伪,上网归档,留给后来人去评论吧!1958年温江地区秋季疫病大流行时期,成都所和你——特别是你做了大量实际工作。我当时是从疫区取标本,传信息,将结果带去疫区组织,起(做)个"交通员"的工作。在和你交换意见中,你提出(疑似)马来亚疫情,并由你负责做疫区患者血清学检查等工作……相继在患者血液标本、动物接种(中)获取到首例钩体病原体结果,证实流行(的)是钩体病所致。这是有原始记录可查的……在×××离蓉回京前,从成都所带了原始材料走……但后来在他写的文章中只字不提资料来源。当时就有技术人员提……这是盗窃篡取……我也有同感。并与周绪德副厅长面谈过……事实永远是任何人主观意愿战不胜的,是不随个人主观愿望而转移的……

对在那个特殊年代遗留下来的这桩公案,现在应该说已经为陈廷祚正名了。他发现的"赖株"被世界卫生组织认定为是一种新型的钩端螺旋体菌株,被位于荷兰阿姆斯特丹的 WHO/FAO 钩体参考和研究合作中心永久收藏,作为全球参考菌株。让他耿耿于怀的是那个自称首先发现的人没有受到惩戒。对此,2006年3月10日,兰州所董树林研究员写了一首《七绝·有感》寄给他。诗曰:

春风秋雨各有期,涨潮还有落潮时。

莫言成败说寒暑,三月桃花九月菊。

董树林对笔者说:"我给他写的诗不止这一首,意思是劝他对历史问题要想开点,过去的事就算了,趁身体还能动,为人民再干点事。他也给我写了和诗,从中看出有所释怀。"

20世纪90年代,陈廷祚受卫生部原部长钱信忠的委托,给沈阳协合集团当顾问，与钱信忠同为集团研发中心名誉主席。在他的指导下，协合集团在世界上率先研发出超级抗原（一种能在极低浓度下即可非特异地刺激多数 T 细胞克隆活化增殖，产生极强免疫应答的物质），其中一个产品是抗癌新药高聚金葡素。2003 年 SARS 爆发时，他上书卫生部，建议将超级抗原用于小汤山医院救治 SARS 病人，获准。2015 年他逝世后，沈阳协合集团为他立了铜像，上刻"超级抗原奠基人陈廷祚"。

|第十七章|
周恩来关注的狂犬病疫苗

狂犬病的致死率 100%，居所有疾病之冠。到目前为止，狂犬病仍然无药可治，对付的唯一办法还是注射疫苗。我国疫苗科学家先后研制出五代狂犬病疫苗，即液体鼠脑死疫苗、液体羊脑死疫苗、冻干羊脑死疫苗、地鼠肾细胞狂犬病减毒活疫苗、非洲绿猴肾细胞（VERO）活疫苗。第六代人二倍体细胞活疫苗、第七代基因工程狂犬病疫苗正在完善之中。地鼠肾细胞狂犬病减毒活疫苗被世界狂犬病大会赞誉为："起到了不可估量的作用。"这个疫苗是在周恩来总理的关注下，各大生研所在武汉所联合研制成功的，协作组组长林放涛被世卫组织聘为全球狂犬病专家、狂犬病疫苗国际代表。但狂犬病的最后消灭仅靠疫苗是不够的，还需采取综合措施。

坐在我们面前的这位老人叫林放涛，是狂犬病研究领域的代表性人物，中国地鼠肾细细胞狂犬病减毒活疫苗的发明人之一。他主持研制的这种疫苗达到国际先进水平，他因而被世卫组织聘为全球狂犬病专家。2019 年，他已经 94 岁了，按他夫人的话说："他这人想得开，活得长。"三年前他接受采访时还思路清晰，语言流畅，与人不紧不慢地缓缓而谈。2019 年春节前再次接受采访时，他已经有点老年痴呆的症状了。夫人怕他老糊涂，每天叫他抄报纸。他像小学生一样，天天端坐在书桌前，一笔一画地抄写。桌子上堆着厚厚一摞他抄写的字稿，蝇头小楷，一笔一画，一丝不苟。说起狂犬病疫苗的研究，他显得有点激动："本来狂犬病在我国已基本消灭了，特别是 1951 年开展全国性的灭狗行动以后，这个病全国差不多就没有了（资料显示 20 世纪 50 年代后期全国狂犬病发病仅为 50—400 例，几乎绝迹），就因为'文革'无法无天了，疯狗也出来了。这个病没法治，只有靠疫苗解决问题。"

被疯狗咬了，只能靠疫苗救命

狂犬病是一个令人不寒而栗的病名。如果不幸被疯狗咬了，不及时打疫苗，那就只有一个后果：死。致死率为 100％，无人可以幸免。外国专家 Flemmg 说："世界上没有任何一种疾病所导致的痛苦及死亡率能与狂犬病比拟，使人恐怖绝望。"美国有个演员叫 Forlinord Baimand 因对狂犬病害怕之极，到了谈犬色变的地步，当他真的不幸被狂犬咬过之后，不等发作便自杀了。

原长春所疫苗室主任、研究员楮菊仁与林放涛一样，也是我国地鼠肾细胞狂犬病减毒活疫苗的主要研制者之一。他在接受采访时谈到了他亲眼见到的狂犬病的厉害：

> 我印象很深的是我自费到吉林省的一个农村去做流行病调查。一个被狗咬过的患者，到我们所来买疫苗，路上正好碰到我，问我买疫苗的事，我就跟他说了。听说我就是长春生物制品所的，他就给我讲，他们那边有一条狗咬了很多人，最后有个农民拿一

根木棒把疯狗打死了。被打死前，这条疯狗用牙齿咬了木棒。后来有个农民捡了这根木棒回去当柴火烧，被棒子上的一根木刺扎了一下手，这个人后来发狂犬病死了。这个例子说明，狂犬的唾液中所含的病毒量是很高的，沾到木棒上的就一点点，扎到人手上就被感染了。但像这样的例子在世界上都没有，我对他讲的将信将疑，有这么厉害吗？我让他留下地址后，过了几天我要去核实，所里不同意，说你是搞疫苗的，管流行病学，管得太多了，也没有那个时间。我便利用星期天去了。到了他们家，我反复问他究竟被狗咬过没有，他家里人说确实没有被咬过，就被木棒的刺扎了一下。说着说着，一家人就哭起来了，死的这个人是他们家里的壮劳力呀！这个事后来世界卫生组织也知道了，也经常引用这个例子。这是我亲自调查的，千真万确。还有，我到德惠县做流行病调查时，路上碰到一个人赶着大车来的，当时是11月初，天气已经很冷，车上被窝里裹着一个小女孩，只有9岁，被疯狗咬了。这个老乡是个山东大汉，很魁梧，听说我是长春生研所的，就问我。你能不能有办法救我的孩子？我说，因为她已经发病了，我实在没有办法，再给她打疫苗恐怕也没有用了。这个大汉一边哭，一边用大车拉着女孩往回赶。后来这个女孩在半路上就死了。当时，他哭我也哭，眼看她要死，我却无能为力啊！对狂犬病的治疗，很多人都在想办法。哈尔滨医科大学附属医院的一个大夫，他家是四代祖传的中医。他跟我说，他有一个治狂犬病的处方，发了病服他这个药就能好。我说，这是好事啊！他要把这个方子给我，我说你也不要给我，你只要证明你这个方子确实有效就行。后来他拿了一包药给我，是粉面状的，搞不清它究竟是什么中药成分。我对他说，我关注的是你那个病例是不是真的，被狗咬过的人并不是咬一个就发病一个，里面的因素很复杂，你要有诊断证明，证明他确实得了狂犬病，才能证明你这个处方有效。可惜他后来始终没有拿出证明来。我这么说，并不是否定中医治疗狂犬病，可你得有证据啊！

这些亲身经历，是楮菊仁决心把狂犬病疫苗搞出来的一个巨大动力。

世界上第一个狂犬病疫苗，是 1881 年由被称为世界疫苗之父的法国微生物学家巴斯德首创的。过了 30 多年后才传到中国。据说，在 1910—1920 年间，上海、哈尔滨有个别西药房仿制过巴斯德狂犬病疫苗，但没有文字记载。有文献可查的是：1919 年原中央防疫处成立后，用巴斯德毒种和他的方法仿制过狂犬病疫苗。楮菊仁说："外国有一本《琼脂细菌学》，是英文版的，里面有巴斯德制作狂犬病疫苗的方法。当时翻译了一下，就仿制开了。"这种疫苗被称为兔脑疫苗，就是把毒种注射到兔脑中，待兔子感染后，取出兔脑和脊髓，用化学干燥剂进行干燥，然后研成粉末，再用生理盐水稀释就成了疫苗，一只兔子为一人份。

到 1931 年，北平卫生事务所打死了一只狂犬，袁浚昌从这只狂犬的脑中分离出一株狂犬病毒。这是一种野毒或曰街毒，不能用于疫苗生产。原中央防疫处的齐长庆和助手李严茂通过家兔脑内传代，传了 30 代后，将之演变成固定毒，即可以用于疫苗生产的生产株。当时称为"中国株"，后改名为"北京株"。此后，原中央防疫处便用"北京株"的第 31 代以后的固定毒生产狂犬病疫苗。这样，我国生产的狂犬病疫苗，既有用巴斯德株的，也有用"北京株"的，生产的方法也不完全统一，质量难以保证。新中国成立后，于 1951 年制定了相关法规，我国狂犬病疫苗的生产工艺及质量要求才有了统一的标准。开始都是兔脑疫苗，后来出现了羊脑疫苗。1957年，北京所和武汉所对兔脑疫苗和羊脑疫苗进行比较研究，发现羊脑疫苗的保护性明显高于兔脑疫苗，于是在全国淘汰兔脑疫苗，统一用羊脑生产。

狂犬病兔脑疫苗和羊脑疫苗都是液体疫苗，在当时没有冷链运输条件和冰箱不普及的情况下，极易失效。1954年9月，武汉所总技师谢毓晋收到广西容县一位卫生院院长的来信，反映该地一个48岁的农民于7月30日被疯狗咬伤小腿，当日即为之注射了狂犬病疫苗，以后再每日注射一针，一共14针，是严格按规定操作的，但患者于8月29日狂犬病发作，两日后死亡。疫苗是武汉所生产的，"批次：21；生产日期：3月22日；有效期：止于9月22日"。收到来信后，谢毓晋立即召集狂犬病疫苗课题组组长林放涛及成员张纯厚等人一起调查，发现这批疫苗的效价很好，容县方面的保管也没有问题，一直存放在4—8℃的冰箱中。问题到底出在哪里呢？出在运输途中。疫苗从武汉运到容县，路上走了整整一星期，途中天气炎热，致使疫苗失效。在没法解决冷链运输问题的情况下，谢毓晋指导林放涛等人历时半年，研究成功真空冷冻干燥疫苗。经检定证明，这种疫苗的效价高于国内外的所有液体疫苗，而且在45℃的温度下可保存一年而不失效。这在当时狂犬病疫苗的研究上，是一个很大的进步，引起了国内外的广泛关注。苏联专家在武汉所考察后，特邀谢毓晋去苏联讲学（因故未成行）。课题组组长林放涛也因此在狂犬病疫苗的研究领域崭露头角。

但是，羊脑疫苗的预防效果还只能说是差强人意。据《中国生物制品发展史略》记载：长春所对羊脑疫苗进行了免疫效果观察。"在锦州，一只疯狗于5日内咬伤81人，大多咬伤头部。对咬伤情况及伤口处理做了调查分析。伤口处理后注射14针疫苗者68人，发病死亡7人；9人注射4—8针，死亡2人；仅作伤口处理未注射疫苗者4人，均发病死亡。此结果说明了疫苗的免疫效果。"去除 4 人没打疫苗的，77 人打了疫苗，死亡 9 人，死亡率高达近 12%。即使按规定打了 14 针的，死亡率仍有 10% 以上。羊脑疫苗的免疫效果止于此，且相当麻烦，要打 14 针，副反应又比较严重，因此研发新的狂犬病疫苗迫在眉睫。

周总理关心，"造反派"干扰

无论是兔脑疫苗还是羊脑疫苗，都是用天然培养基制作的，即动物的脑。羊脑疫苗虽然比兔脑疫苗要好，但培养方法和路径是在一个层次上。回顾我国狂犬病疫苗的生产历史和参考国外文献，武汉生研所的林放涛强烈地感到：做狂犬病疫苗有两大关键，一个是毒种，一个是培养方法。在传统的自然培养基上兜圈子是没有出路的。比如兔脑疫苗，做得最好的是上海所的黄元堂，技术特别精湛。楮菊仁也曾经跟他学过一段。但是即使技术再精湛，也没法解决天然培养基所固有的缺点，即难以排除培养基上的杂质。早在 1955 年，林放涛就在谢毓晋总技师的指导下，研究出了耐热真空冷冻干燥狂犬病疫苗，接着又进行了狂犬病免疫血清的试验研究。但是，如果不在培养基上来一次革命，天然培养基带来的问题仍然得不到解决。而要把天然培养基换成细胞组织培养基，这在技术上是一个大跨越，遇到的第一个问题就是毒种能不能在细胞组织培养基上适应。打个比方，就像植物的种子能不能在这块新开垦的土地上生长一样。据国外报道，狂犬病毒在地鼠肾组织上适应性较好，林放涛于是决定选用我国自己的"北京株"培育能适应地鼠肾组织的毒种。

林放涛的努力有了回报。他用"北京株"在地鼠肾上适应，经多次传代，并经地鼠肾和豚鼠的交替传代，在地鼠肾细胞上培育出了 aGT 毒株。虽然还不能马上用于生产，但对新疫苗的研制具有重要意义，证明狂犬病毒完全可以在地鼠肾细胞上生长，并且长得很好，这就给研制地鼠肾细胞疫苗打下了坚实的基础。为搞出适应地鼠肾的生产株，林放涛投入全部精力，甚至妻子生孩子他也没有去医院一次。接受采访时，林夫人对笔者抱怨说："他骗我说要去北京出差，没有时间照顾我，结果我生完孩子后发现，他根本没去北京，躲在实验室里搞研究。"林放涛听夫人数落他，一句话不说，傻傻地偷笑。

在他的研究处在节骨眼上的时候，"文化大革命"开始了。"文革"中的武汉是全国出了名的，尤其是 1967 年的所谓"7·20事件"，双方武斗杀得个天昏地暗、血迹斑斑。覆巢之下，焉有完卵？武汉所里的"造反派"也闹得个天翻地覆、鸡犬不宁。好在林放涛是个老实疙瘩，对谁都毕恭毕敬，从不得罪一个人，内心里爱憎分明而喜怒不形于色。某中层干部死了，他对夫人说："追悼会你不能去参加，他不是好人。"他虽然没有被作为斗争对象，但研究工作已经难以正常进行。就在他的研究将要夭折的时候，全国的狂犬病例上升，此事引起国家的高度重视。卫生部决定组成地鼠肾细胞狂犬病减毒活疫苗项目协作组，由武汉所林放涛、长春所褚菊仁、兰州所梁名奕、中检所俞永新（未到武汉），组成协作组，集中到武汉所林放涛的狂犬病实验室攻关，目的很明确，就是要尽快把地鼠肾细胞狂犬病减毒活疫苗搞出来。

照说，林放涛的狂犬病疫苗实验室是有红色保护伞的。因为他在北京参加一个会议时，曾经受到了毛泽东主席和周恩来总理的接见。在周总理举行的招待宴会上，他被安排与周总理同桌。周总理听说他是搞狂犬病疫苗的，对他说："狂犬病疫苗不仅中国需要，世界也需要，特别是第三世界国家很需要，非洲的狂犬病就很多。我们要做好本国的事情，还要尽国际主义义务，帮助他们。"他这个待遇在当时是一个至高无上的荣誉，他的研究工作，等于有了尚方宝剑。林放涛虽然很低调，不张扬，但这个消息是武汉所人人都知道的。林放涛从北京回到武汉后，向所里的领导传达过周总理对他说的话。既有周总理的指示，又是卫生部组织的联合攻关，应该让他们安心搞研究了吧？没那好事。当时的"造反派""舍得一身剐，敢把皇帝拉下马"，周总理的指示、卫生部的部署，又算啥？他们不敢解散狂犬病研究室，但闹得你没法工作。一会儿要你参加斗争会，一会儿要你学习"最高指示"，还有许多形式主义的东西，比如所谓"早请示，晚汇报"就像和尚早晚念经一样，一天也不能免。"早请示"，是每天上班后的第一件事，大家面对毛主席像，手握"红宝书"（《毛主席语录》）贴在胸前，嘴里喊"祝伟大的领袖、伟大的导师、伟大的统帅、伟大的舵手毛主席万寿无疆、万寿无疆、万寿无疆！"每喊一句"万寿无疆"就将语录高举一次；接着还要喊祝某人"身体健康"，也要喊三次。"晚汇报"就是面对毛主席的像检讨自己今天有什么私心杂念，做了什么对不起毛主席的事。诸如此类宛若宗教仪轨的一套东西搞得人不胜其烦，但谁也不敢不从。后来毛主席不知怎么知道了底下还有这套玩意，非常不满，下令制止，但直到1971年林彪折戟沉沙于蒙古国的温都尔汗之后，才停止下来。

协作组成立后不久，林放涛被派往非洲坦桑尼亚，帮助他们建立疫苗研究所。他出国后，谁来当狂犬病实验室的主任呢？武汉所军管会派来了一个据说祖宗三代都很清白的工人，叫李汉阶。他没读过什么书，甚至连许多生物学的名词都不懂。要他当领导，研究工作完全插不上手，但他执行军代表的指示很坚决。楮菊仁回忆说："当时军代表特别'左'，一天到晚搞政治学习，动不动就给你扣政治帽子，对狂犬病疫苗的研究工作造成很大的影响。"

联合攻关，开花结果

尽管受到了严重的干扰，但狂犬病疫苗协作组在楮菊仁、梁名奕的实际领导下，带着武汉所狂犬病研究室的张纯厚、曾蓉芳、李慧兰等人让研究工作又向前跨进了一大步。林放涛原已将狂犬病毒"北京株"适应到地鼠肾细胞上传代培育出"aGT 株"，楮菊仁和梁名奕又将"aGT株"继续传代，培育出能在地鼠肾细胞上生长稳定的可用于生产的固定毒"aG 株"。把"北京株"变成"aG 株"，要做连续的冗长的慢功细活。先将"北京株"兔脑固定毒往下传递 100 代以后，再在幼龄地鼠肾单层细胞上适应传 68 代，培育出的毒种被称为"a 株"；用 55 代的"a 株"感染豚鼠脑以后，再用豚鼠脑和地鼠肾细胞交替传代 3 次，直到狂犬病毒在地鼠肾细胞上生长稳定了，这个毒种便称为"aG 株"。"aG 株"的培育成功，为地鼠肾细胞狂犬病减毒活疫苗的研制和生产打开了大门。经动物试验证明，"aG 株"的外周神经致病性几乎完全丧失，也就是说，用之制作疫苗，疫苗将不会产生神经系统的副作用。

所谓"行百里半九十"，有了生产株，剩下的路还很长。就像种地一样，有了良种也不一定就能高产，弄得不好甚至会颗粒无收。要高产，还必须靠种田高手，在土壤、肥料、采光、通风等方面下功夫。制造疫苗的难度与种地不可同日而语，但其中的道理是一样的。培养基好比是土壤，营养液好比是肥料，控制杂菌好比是除虫、除草，收割细菌或病毒好比是收割庄稼……但任何比喻都是蹩脚的，农民是农民，科学家是科学家。农民是按经验进行重复劳动，科学家是要探索出一条新路，让自己可以重复，别人也可以重复。在把狂犬病"aG 株"变成疫苗的探索中，林放涛、楮菊仁、梁名奕带领实验室人员披荆斩棘，逢山开路，遇水搭桥，诸多险阻，被他们一个个攻克；诸多难题，被他们一个个解开，终于看到了胜利的曙光。地鼠肾细胞狂犬病减毒活疫苗在实验室试制出来了，经临床试验，证明比动物脑疫苗有了质的飞跃，不仅免疫效果良好，接种反应明显降低，没有出现严重的副作用，而且只需注射3—6针，而原来的动物脑疫苗需要注射14—23针。实验室的工作做完之后，"文革"也结束了。为慎重起见，先在长春所和武汉所进行少量的地鼠肾细胞狂犬病减毒活疫苗试生产，以进一步观察疫苗的效果。

试生产的疫苗不上市，也不供给各级防疫站，由长春所和武汉所自己销售，跟踪观察，检验效果。因为地鼠肾细胞狂犬病减毒活疫苗具有明显的优越性，消息一传十，十传百，弄得这两个生研所门庭若市，门前排起了长队，有时长达1公里开外。为买到疫苗，有的人带着铺盖睡在街上排队。原长春所所长、研究员张权一回忆说：

> 最紧俏的时候，最远的有从成都坐飞机到长春来买疫苗的。长春所销售疫苗只能开一个窗口，不敢让他到屋里来。排着长龙，24小时不断地排，人在马路上夏天铺个小毛毯就在这儿睡。有趁机做生意的，卖洗脸水的、有卖吃的。怕引起社会治安问题，派出所派人来维持秩序。买疫苗的人想得到疫苗，甚至不怕犯罪，到窗口一把就把疫苗抢过来，递给他的家人，他的家人拿过疫苗走了，给被狗咬的孩子去打针，他就到派出所自首："我抢疫苗了，你处分我吧，我都接受。"就到这种程度。那时，我们几个所的领导不敢露面，一露面你到哪他就跟到哪，就跟你要疫苗。那时我们是试生产，武汉所也是试生产，量都很少。

地鼠肾细胞狂犬病减毒活疫苗，从1965年林放涛开始研究算起，到1979年正式批准生产为止，连头连尾历经15年。疫苗的质量不仅在中国得到肯定，而且引起了世卫组织的重视。世卫组织在详细了解了疫苗的研制过程并做了检定后，将中国的"aG株"固定毒永久收藏，并作为世界上狂犬病疫苗的生产株之一。褚菊仁回忆说："这是在'文革'中我还在武汉搞协作时送去的。"

地鼠肾细胞人用狂犬病疫苗的研究获1980年卫生部科技成果甲级奖，1986年获全国第二届发明展览会金奖，并获国务院颁发的"为发展我国医药卫生事业作出特殊贡献"荣誉证书。在国际上，中国的狂犬病减毒活疫苗得到了各国狂犬病权威专家的肯定。法国巴斯德研究所所长Surea赞许说："世界上没有任何人能有你们这样的狂犬病免疫的巨大经验。"在华盛顿召开的狂犬病专业会议上，会议主席Kmnetd Bridlord称："你们所作出的贡献起到了不可估量的作用。"WHO主动索要武汉生研所研制狂犬病疫苗的论文稿，刊登在《世界卫生组织公报》（*Buclletin of the WHO*）上。林放涛因此被入选《世界名人词典》，1991年被WHO聘为狂犬病免疫专家委员会专家、人用狂犬病疫苗国际代表。WHO编著的传染病著作，狂犬病一章就是让林放涛执笔的。

说起地鼠肾细胞狂犬病减毒活疫苗，林放涛说："这个疫苗在国内外影响很大，我举两个例子，一条狗咬了三十几个人，其中30个人用了我们的疫苗都救活了，而没用疫苗的很快就死掉了。还有一次一条狗咬了30个人，用我们的疫苗全部都救活了。"

有这么神奇吗？有人做了一个专题调查，1978—1979年，经实验室确认的分别被13只携带狂犬病毒的动物咬伤的21人，在使用地鼠肾细胞狂犬病减毒活疫苗和马抗狂犬病毒血清后，全部成活。他将此调查写成文章，发表在美国的一个杂志上。据广西连续16年的观察统计，证明地鼠肾细胞狂犬病减毒活疫苗保护率为80%。这个比例在狂犬病减毒活疫苗中是相当高的。20世纪八九十年代，中国的地鼠肾细胞狂犬病疫苗占世界同类产品的 80%。

　　林放涛接着说："我举的这两个例子在世界上影响是最大的。这个疫苗推广到全世界，挽救了不少人的生命。"尽管林放涛中间一段因出国援非而缺席了协作组的工作，但他在狂犬病研究方面的学术地位是得到公认的。他不仅是地鼠肾细胞狂犬病减毒活疫苗的始作俑者，而且率先在武汉所研制成功了含铝佐剂的地鼠肾细胞狂犬病减毒活疫苗，使疫苗的纯度更高，效果更好。在这个疫苗的研究论文写出来后，如何署名？谁先谁后？据褚菊仁说："这个问题是武汉所党委定的，把'文革'期间名义上当领导的工人李汉阶的名字画掉了，把林放涛排第一，我排第二，梁名奕排第三，俞永新排第四……"

消灭狂犬病还尚待时日

　　说起地鼠肾细胞狂犬病减毒活疫苗的遗憾，林放涛说："我们研制的只是人用疫苗，针对的只是狗传染的狂犬病。而狂犬病的传染源还有野生动物，这个疫苗对被狗咬了的人管用，对野生动物咬了的管不管用，还有待研究。另外，给狗可以打针免疫，对野生动物就不好办。我做过多次野外调查，在东北原始森林里遇到了狼，很危险。"林夫人在一旁插话说："他回来在家里讲了以后把我们吓坏了，当时狼盯着他看，他也盯着狼看，吓得不敢动，更不敢跑，足足对视了大约十几分钟。可能是狼不想伤害他这个戴眼镜的文弱书生，看了一会儿就走了，要不他早就只剩下骨头了。"

　　对这个问题，褚菊仁在一本书中有专章论述。他在接受采访时说："事实证明，狂犬病的因素越来越复杂，发病的原因不光是犬疫，还有野生动物在里面。各种野生动物一参与，这个狂犬疫苗就不好做了。因为野生动物去分离病毒是很困难的。这个疫苗对被狼咬了的人、被臭鼬、蝙蝠咬了的人，起不起作用还是一个未知数。要消灭狂犬病，做好疫苗只是一个方面，一定要跟生态学、流行病学结合起来做。在这个意义上说，中国解决狂犬病问题还有很艰难的路程要走。另外，尽管地鼠肾疫苗原始培养液是组织培养的那一套，已经脱离动物了，但是种子里面还残存一点点动物脑组织，因为在把野毒演变为固定毒的传代过程中，还是经过了动物脑。所以在种子液中，还是可以检定出动物脑组织成分。虽然我们想尽了一切办法，洗啊，吸附啊，最后也没能彻底处理掉。地鼠肾细胞狂犬病减毒活疫苗就是这个水平。"

后来，我国从另一个狂犬病 CNT 株系（1957 年从山东淄博一狂犬病死者的脑中分离）培育出固定毒 CNT1，也用于疫苗生产。各生研所仍在进一步研究地鼠肾疫苗的纯化技术。2002 年，武汉所生产出精制非洲绿猴肾细胞（VERO）活疫苗，使疫苗质量有了进一步提高。二倍体狂犬病疫苗、基因狂犬病疫苗还在研制、完善过程中。

全国狂犬病检测中心设在武汉所，主任为王泽鋆博士，副主任是孟胜利。据他们介绍，武汉所发明的试剂盒（徐葛林主研）可检测狂犬病疫苗的真伪和效力；建立了狂犬病的标准检测技术方法，全国许多医院特别是法医都送样品来检测。现在有不少人对打了狂犬病疫苗后是否产生了抗体表示怀疑，有的从新疆、西藏千里迢迢坐飞机来武汉检测。有的"恐狂者"，你明确告诉他已经有了抗体，不会发病，他仍然不相信，住着不走，几次三番地要求重复检测。狂犬病一天不消灭，就会有"恐狂者"。消灭狂犬病，除了人用疫苗要进一步改进外，还应有动物疫苗，要有公共卫生措施，联合发力才行。

第十八章

先生之风　山高水长

"有的人活着／他已经死了；有的人死了／他还活着。"这是我们耳熟能详的臧克家在《有的人》中的诗句。谢毓晋先生就是一位死了还活着的人。他对中国生物制品事业所作的贡献，以及垂下的疫苗科学家的风范将与世长存。本章只写他在"文革"中的人生片段，但足以见其"先生之风"。

位于武汉市江夏区的武汉生研所，花红树绿，莺飞燕舞，流水淙淙，好一个花园式的所在。原总技师谢毓晋生前没有来过这里，但他的精神却被后来人带到了这里。这里有一幢以他的名字命名的地标性建筑——"毓晋楼"，大厅里安放着他的铜像，基座上写着："谢毓晋1913—1983"。凡是到武汉所来的同行，都要到这里瞻仰先生的铜像，共话先生垂下的风范。

迄今为止，在中国生物制品行业，官方为之立铜像的只有两人，一个是北京所的汤飞凡，一个是武汉所的谢毓晋。即使你不知道谢毓晋是谁，但大概不会不知道《大众医学》杂志吧？他就是这本杂志的创办人之一、第一任总编辑。那是在1948年7月的上海。

313

北京国药资产管理公司总经理李鸿久曾经在武汉生研所工作过，他告诉笔者："为谢老立铜像是武汉所全体员工的共同心愿，但把铜像安放在哪里？一种意见是应该立在广场上，让人一眼就能看到；另一种意见说：'谢老一生坎坷，我们不能让他在露天日晒雨淋。'经讨论研究，最后决定把铜像安放在一幢主楼内，同时将这幢楼命名为'毓晋楼'。"

古人讲，人生三大境界：立功、立德、立言。谢毓晋在"三立"上都堪称楷模和镜鉴。

人生有顺境，也有逆境。看一个人的德行和精神境界，在他的顺境中往往看不大真切，而在逆境中却可以看得明明白白。如果说在"文革"前，人们看到的谢毓晋是一个才华横溢、技术精湛、严谨求实的总技师，那么在"十年动乱"中，人们则看到了一个热爱祖国、热爱人民、热爱事业的伟大科学家。"岁寒，然后知松柏之后凋"，此之谓也。

"牢饭"中埋着卤鸡蛋

1966 年 8 月，谢毓晋从外地出差回来，还没有来得及喘口气，就懵懵懂懂地被推到了大批判会的会场，一下给他戴上了"资产阶级反动学术权威"的大帽子，指着他的鼻子要他低头认罪。罪在哪里？"造反派"举不出罪证，只好声嘶力竭地喊"打倒"的口号。在给他一个"当头棒喝"之后，接下来的斗争会更是别出心裁。他们用 20 个 500 毫升的装冻干血浆的玻璃瓶，做成一个"项链"挂在他的脖子上。沉重的"项链"从脖子垂到他的膝下，一走动就叮当作响，他被造反派押着，在大街上被"游斗"……

一个功绩卓著，受人敬仰的科学家，平日西装革履，风度翩翩，现在却被人戴高帽、挂瓶子，肆意侮辱，情何以堪？公理何在？有人挺身而出，仗义执言了。为首者是已经被"靠边站"了的所长兼党委书记彭来。彭来是位"老八路"，新中国成立后曾任原食品工业部某局副局长、河北省唐山市副市长，后调任湖北医学院（现武汉大学医学院）任党委书记，反"右倾"时调武汉所任职。他与谢毓晋本不相识，只是在医学院时，听过谢毓晋来讲专业课，后来就听说他被打成了"大白旗"。他来武汉所上任时，谢毓晋已被停职了，从总技师变成了一般研究人员。彭来保持了"老八路"密切联系群众的好作风，每天上班前就站在大门口，和每一个员工主动打招呼，互相介绍。不到一周时间，他竟然能叫出全所每一个人的姓名。所里给他大房子他不要，住了一间小房子，除非去上面开会，他从来不坐小车，跟大家一起坐班车或挤公交。群众说他是"房子越住越小，车子越坐越大"。经一个月的调查，他觉得应该给谢毓晋纠错，但"大白旗"的帽子是在卫生部千人大会上给戴上的，他无权给他平反，却有权重用他。他不顾一些人的反对，在大会上宣布恢复谢毓晋总技师的职务，并且说："我是武汉生研所的一把手，但搞生物制品我是外行，外行怎么领导内行？就是依靠内行来领导。谢毓晋就是大内行、大专家。尊重内行，武汉所才有希望。"从彭来调到武汉所到"文革"开始前这六七年时间，是武汉所发展的黄金时期，成果频出，被卫生部评为先进单位。此刻，彭来对造反派怒目而视，质问说："他怎么反动了？新中国成立初，他把自己的民生生物实验所捐给了武汉所，分文不取，全部家当从上海拉到武昌的码头，这是你们许多人亲眼见过的，难道忘了吗？武汉所的生物制品，哪一个不是他领导开发的？"他这么一吼，一下还真把"造反派"给镇住了。但很快他也自身难保了，被打成了"走资派"，被关到"牛棚"里，成了谢毓晋的"难友"。

　　当年中南行政委员会卫生部到上海网罗人才，三顾茅庐请到了谢毓晋。为使他能安心在武汉生研所工作，专门为他修了一幢两层的小别墅。他的工资是一级教授的标准。现在，这些都被当作资产阶级特权给剥夺了，强令他家把楼上一层让给了另一户人家。他一家八口人，只剩下楼下三间房子了，怎么安排呢？他两口住一间，老母亲和一个终身未嫁的妹妹住一间，3个闺女住一间。儿子在北京上大学，放假回来只能在过道里打地铺。房子小了，挤一挤可以凑合，最难办的是把他的工资待遇取消了，每月只给50元的生活费，上大学的儿子可以不管，剩下七口人全靠这点钱来维持生活，平均每人只有七块多钱，一点储蓄又被抄家抄走了，再怎么省吃俭用也不够啊！

谢毓晋被关在"牛棚"里，每天被逼着写交代材料。交代什么呢？"交代你的反革命罪行，交代你反党反社会主义的罪行。"他实在想不出自己有什么罪行，只是把自己到武汉所来工作的情况回顾了一遍。他到武汉所做的第一件事，是研发出了耐热真空冷冻干燥乙醚灭活狂犬病疫苗，为偏远农村注射狂犬病疫苗提供了保证。另一件事，是在全国首先使用深层培养方法生产霍乱、百日咳疫苗，使疫苗生产告别了手工作业的时代。这在疫苗生产的工艺上是一个跨越，为其他生研所所效法。在他任总技师期间，共指导全所研制了30多个不同类型的产品。他手头正在做的一件事是血清代血浆，就是用动物的血清制作出人用血浆来，被广泛用于内、外科特别是用于烧伤病人的治疗与抢救。"游斗"他时，挂在他脖子上的瓶子就是装这种血清代血浆的。这项任务是卫生部直接交给他的，是人民治病的需要，更是战备的需要。

"你这不叫交代，叫评功摆好。""造反派"看他榆木疙瘩不开窍，提示说，"比如，你和裘法祖、过晋源一起到德国留学，跟德国法西斯有什么关系？是不是西德（第二次世界大战后德国被分裂为东德和西德，1990年两德重新统一）特务？"

哪跟哪呀！1937年2月，谢毓晋和同济大学医学院的同窗好友裘法祖、过晋源、盛澄鉴（后病死在德国）一行四人到德国留学，都有一个共同的理想，就是解救饱受疾病折磨的同胞。当时，谢毓晋的祖父和年仅30岁的大哥都因患肺结核吐血而死，给他的刺激是很大的。那时，外国人称中国人是"东亚病夫"。4个人互相勉励，学成回来，要为摘掉"东亚病夫"这顶帽子尽一份责，出一份力。到德国后，其他三人都学临床医学，谢毓晋却说："当医生每次才能救一个病人，而做疫苗和血清就可以救一大片人。"所以，他选择了去富莱堡大学医学院学微生物学专业。那里有一批当时世界上著名的微生物学家和免疫学家，包括后来成为他的导师的K.乌尔曼教授。仅用两年，他就取得医学博士学位，成为富莱堡大学第一个获得医学博士的中国人。此后，他又前往柏林国立传染病研究所和马堡贝林研究所学习生物制品的研发。在德期间，他在德国著名的《免疫研究与试验治疗杂志》上发表了4篇较有影响的论文。经导师乌尔曼教授推荐，他担任了富莱堡大学医学院细菌血清室代主任。在白种人歧视黄种人的时代，这件事成为德国的一大新闻。他在德国有了名誉、地位和稳定的收入，德国需要留下这样的英才，但灾难深重的祖国更需要他。1941年，中国驻德大使馆给他转来一封信，是时任国民政府卫生署署长颜福庆写来的，召唤他回到祖国大后方工作。他毫不犹豫地辞去了在富莱堡大学的职务，谢绝了恩师乌尔曼教授的再三挽留，取道苏联，经新疆，到兰州的西北防疫处工作。不久后应聘到从上海搬到重庆的同济大学医学院任教。抗战胜利后随校重返上海。在抗战期间，他与家人失去了联系，都不知道父母在哪里。不错，他留学德国时，正是希特勒当政，但他一心想着科学救国，无暇关心德国的政治，更谈不上跟法西斯扯上关系。而且据他所知，他的导师中，也没有一人与法西斯打过交道。怎么能把去过德国的人与西德特务画等号呢？

他交代不出自己的罪行，也没有揭发任何人的罪行。

在"牛棚"里的日子是非常难受的，但是谢毓晋仍然感受到了人间的温情。住"牛棚"的人吃的饭菜人称"牢饭"，但是在他的那份"牢饭"里头，每次都埋着一个卤鸡蛋！这是炊事员悄悄给他埋下的。这个卤鸡蛋让他坚信武汉所的大多数人是想念他的，即使是为了不辜负给他埋卤鸡蛋的人，也应该坚强地生活下去，等待云开日出的那一天。

在"牛棚"里，家属是不能探望的。眼看要到冬天了，家属被通知给他准备棉衣，由看守拿进去。据祝久红、秦宗良所著《免疫学家谢毓晋》所说：他打开棉衣，发现衣领夹缝里有一张字条，上面写着：

爸爸，你和彭（来）伯伯还好吗？我们全家都很挂念你们，担心你们的身体。如果您还好，发现字条后，在明天中午去食堂吃饭时，当您路过江堤路口，请您用手往后摸一摸后脑勺。好让妈妈及全家人放心，我们兄妹都会在堤外远远地看着您的。

江堤是谢毓晋等人从"牛棚"去食堂的必经之路，走上江堤，别人隔老远就能看见。第二天中午，谢家兄妹躲在堤外的一个缺口处，等着谢毓晋等人走过来。只见谢毓晋走到堤上，朝堤外望了望，然后抬起手摸了摸后脑勺。他传递出了"我还好"的信息，谢家兄妹本应高兴，可不知为什么却抱在一起哭起来。

在厕所里写出来的科研总结

"造反派"把谢毓晋关在"牛棚"里几个月时间，看实在交代不出什么，便把他放出来安排工作：打扫厕所。

那时，武汉所共有20多个公共厕所，由谢毓晋和彭来两人负责打扫，要求每天六点半必须准时报到上班，厕所卫生要经"造反派"验收合格，否则就要挨批斗。照说，武汉所这两个地位最高的人被罚扫厕所，这是从天上掉到了地下，很多正直的人都为他俩鸣不平，可他俩却暗自高兴，毕竟比在"牛棚"里自由多了啊！"造反派"本想拿扫厕所来为难他俩，挑刺找碴，谁知他俩每天把厕所打扫得干干净净，连陈年污垢也被清理干净了，地面也被擦得发亮，照得出人影来。有人俏皮地说："谢毓晋到底是总技师，扫厕所的水平都高人一筹。"只有了解他的人才知道，他是把厕所当作实验室来收拾的，虽然无法做到无菌，但起码也应该干净。

慢慢地，这两个扫厕所的人成了所里的一道"风景"。彭来较矮较胖，谢毓晋又高又瘦，一米八几的个子，两人形影不离，也不知谁是谁的"陪衬人"，不识者看了觉得滑稽可笑，而明白人却对谢毓晋肃然起敬，因为走路、打饭谢毓晋都让彭来在前面。为啥？论年龄，彭来为兄；论职务，彭来为长。让他在前，是尊重兄长，是一个有修养的人必须讲究的礼数。

武汉所还有两个被废弃的厕所，谢毓晋和彭来也把它收拾得清清爽爽的。开始人们感到奇怪，但很快就发现了其中的奥秘。他俩把那当成了"办公室"，悄悄地在里头学习和写作。这是"造反派"始料不及的，也无人向他们"告密"。每天打扫完厕所后，彭来主动为谢毓晋放哨，见"造反派"来了，就赶紧把写的东西藏起来，拿起扫把。

他俩在一起无话不谈，谈的最多的是人民的疾苦和所里的工作。谢毓晋曾参加工作队到浠水县农村当驻队干部，"造反派"给他列的一条罪状是"在农村还养花种草，传播资产阶级生活方式"。彭来觉得奇怪，便问起这事。谢毓晋给他讲起这段往事。他在浠水 6 个月，住在农民家里，切身体会到了农民的苦处。有天他睡到半夜，突然有人来敲门，说自己的小孩快不行了，请他去看看。尽管他不是医生，但还是跟着那人摸黑走了四五里的山路，去了他家，一看，小孩发高烧，估计是感冒引起肺炎。他没有处方权，晚上也不知去哪里找药，便用冷水浸过的湿毛巾搭在小孩头上，给他降温。天一亮他就催那个农民赶快送孩子去卫生院。谁知这个农民说："我家没钱，看不起病。"谢毓晋说："怎么也不能耽误孩子看病呀！你没钱我给你交。"于是两个人轮流抱着孩子，走了十五六里的山路，中间翻了两座山，赶到了公社卫生院。最后这个小孩得救了，是谢毓晋给他结算的药费和住院费。还有一个印象最深的是一个"五保户"，鳏居老人，日子过得很艰难，有病更是没钱去看。谢毓晋给了他一些钱和粮票，天天去看他，他生病时就陪他去医院，给他掏药费，也于是逢人就说"谢干部是个'活菩萨'"。那"传播资产阶级生活方式"是怎么回事呢？他想美化美化环境，把山上不知名的野花挖回来栽在了房前。"造反派"挖地三尺搜罗他的罪状，把这个也列上了。彭来听了忍不住笑了起来，凭他"老八路"的政治经验，这事怎么也上不了"纲"呀！不管他！干咱们的正事。

正事是啥？把研制血清代血浆的经验总结出来并考虑下一步完善的计划。就是在被废弃的厕所里，谢毓晋写出了关于血清代血浆从Ⅰ型到Ⅵ型的研制总结与思考，写了将近 100 页纸。纸和笔从何而来？他实验室的助手假装来上厕所，顺手就交给他了。

"动物血清代血浆"的研究，当时是一项许多人都不愿接手的课题。因为国际上还没有一个成熟的产品，没法仿制，注定要耗费时日，还有可能失败。英国、西班牙、苏联虽然制出了血清代血浆，但都因存在着严重的质量缺陷又不得不重新回到了实验室。中国在这方面原来的基础为零，要把它搞出来谈何容易！但是谢毓晋勇敢地接受了卫生部下达的这项任务，他深知这项研究的重大意义，如果能搞出人用动物血清代血浆，就可以解决人血浆来源有限、储藏运输不便的问题，使更多的创伤、烧伤、失血、休克患者得到较好的治疗。其国防意义更大，因为人血浆不便大量储备，万一有战争，人血浆就可能供给不上，多少伤员会因此而失去抢救成功的机会啊？谢毓晋接受了任务，可手下无兵。为此，他给卫生部打了一个请求增援的报告。卫生部一下从中检所抽调周北平、程增善、李南华、陈素珠、何珊珍五人到武汉所工作，调令上明确规定跟谢毓晋进行动物血清代血浆的研究。这些人当年都是风华正茂的青年学者，改革开放后都成了能独当一面的研究员、教授。研究的过程相当艰辛，需要一步一步地摸着石头过河。功夫不负有心人。经过 333 次试验后，谢毓晋课题组的 334 次试验取得成功，被命名为 I 型治疗血清（开始叫"334 型"），批准在武汉医学院进行临床试用。裘法祖、过晋源两位教授试用的结果，发现在内科应用比较安全，但在外科手术中使用超过一定量之后，手术创面易发生毛细血管渗血、红肿的现象。没得说，还得改进。谢毓晋继续与这两位著名临床医学家合作，查找原因，改进产品，又先后研制出 II、III、IV、V、VI 型血清代血浆。裘法祖将 VI 型用于外科手术中，特别是用于晚期血吸虫病人的治疗，效果均佳。除武汉医学院外，湖北医学院、原武汉军区总医院、解放军 159 医院等 14 家医院的内、外、儿、烧伤科也试用了 VI 型血清代血浆，共进行了 7221 人次以上的临床观察，证明性能良好。湖北省卫生厅受卫生部委托，牵头组成的专家小组进行了初评审，被批准试生产，至"文革"开始前共生产了 230 批近 800 万毫升供临床使用，未发生严重副反应。就在这个产品即将完善定型时，"文革"开始了。现在，谢毓晋在厕所"办公室"里思考着改进产品的办法，并把它写成文字。

助手们来厕所给他送纸、笔时，他还请他们从图书馆给他借有关资料。徐星培教授当年在大学里学的是俄语，对英文资料不熟悉，谢毓晋对他说：'外语是学习先进技术的工具。你俄语不能丢，还要学英语，国际上英语资料多。"已经被罚扫厕所了，还如此勉励后进，这是何等精神境界啊！

说起学外语，谢毓晋只能发出"苦恼人的笑"。把他打成"大白旗"的时候，说他："你讲英语、讲德语，不学俄语，就是反对学习苏联。"后来他也学了几句俄语，苏联专家来武汉所看了谢毓晋做的冻干疫苗，觉得其方法比他们先进，遂邀请他去苏联讲学。虽然因故没去成，但学俄语又成了他的罪状了："你是不是想当苏修的特务呀？"他有口难辩，也懒得去辩。20世纪50年代中期至"文革"前，大学生大都学的是俄语而不懂英语，看不懂英文资料，谢毓晋一直为这个问题担心。之所以在厕所里还冒着风险给他们推荐英语教材，真有点"亦余心之所向兮，虽九死其尤未悔"的气概。

在谢毓晋落难时对他不离不弃的人中，有的人曾经因工作马虎和不懂英语被他当众严肃批评过。有个高中毕业的小青年，叫秦宗良，到武汉所不久就当了小组长。有一天，谢毓晋开会要各组汇报试验情况。轮到秦宗良时，他满不在乎地说："记录本我没带来，不记得数据。"谢毓晋勃然大怒，质问道："开会不做准备，你来汇报什么？有你这样当组长的吗？"秦宗良被训得满脸通红，谢毓晋这才缓和口气说："工作要细致认真，会前要有准备，对工作要有计划、有安排，你要记住，今后不能再犯同样的毛病。"秦宗良怕谢毓晋，可越怕越被他抓住毛病。有一天他写了一个报废单请谢毓晋签字，把废字写成了病字头。谢毓晋看了以后笑了，帮他改正过来，说："已经都废了，还生什么病啊？以后拿不准的字就查字典。"说完顺手就递给他一本《新华字典》，说："这本字典送给你，你拿去用。"又有一次，因为试验中涉及几个英语单词，秦宗良不会念。谢毓晋对他说："你不懂英语，怎么能搞研究呢？"批评完后，当天专门去书店给他买了一套《英语初级教程》和一本《英语单词词典》送给他，说："到时候我要检查你学得怎么样。""文革"开始后，有人担心秦宗良也许会趁机公报私仇，没想到他却成了铁杆"保皇派"，来给他汇报说："按您的要求，我学完了英语初级教程，还学完了中级教程，能讲几句英语了。"并用英语和谢毓晋来了几句对话。谢毓晋高兴坏了，忘了自己还在被监管，扫厕所，连说几个"很好"，勉励他说："继续学，今后都是用得着的。"秦宗良感动得眼泪都出来了。果如其言，秦宗良学的英语派上了用场，改革开放后，他被评为医学生物高级工程师，成为生产骨干。谢毓晋逝世后，他写了一首《心中的诗》献给恩师。

谢毓晋就是这样一个人，在工作上是"鼓眼金刚"，在生活中却是"笑脸菩萨"。谁家有困难，他能帮的就帮一把。别的不说，只说看病的事。大家都知道他与武汉医学院的裘法祖、过晋源是留德的同学，所里的员工一有病就请谢毓晋介绍去找这两位大教授。武汉所在武昌，医学院在汉口，隔着长江哩！但谢毓晋只要有时间，就亲自带病人过去；没有时间，就写信或打电话介绍。要知道，这两位都是全国有名的权威。裘法祖是我国现代外科的奠基人之一，外科医生尊之为鼻祖，后来被评为中科院院士。一般人"走后门"想找他开刀是没门的，但谢毓晋介绍的人除外。他说："武汉生研所的人，不管是谁，只要是谢教授介绍来的，大小手术都是我亲自主刀的。"过晋源是内科专家，也和裘法祖一样。这也许是"造反派"虽然气势汹汹，敢给他戴"高帽子"、挂瓶子，但不敢打他的一个主要原因，他总有群众保护。

在厕所里，谢毓晋不仅写出了对Ⅵ型血清代血浆进一步改进的意见和生产工艺上应注意的问题，甚至还列出了将来国家开鉴定会所需材料的目录。让他感到欣慰的是，尽管政治环境恶劣，他又被排斥在科研之外，但课题组的几个"铁杆"仍然在按他的设想把研究向前推进，其中一个就是从中检所调来的周北平。她和丈夫徐星培都像螺丝钉一样，一直"钉"在研究课题当中。

谢毓晋在厕所里写科研总结和思考，也许是科研史上一个空前绝后的黑色幽默，令人心寒，但是我们也从中看到一个中国生物人，一个中国科学家的拳拳之心和博大胸怀；看到了"德不孤，必有邻"这句古训的真理光芒。不是吗？

迎考，但不是为了应付"造反派"

20 世纪 70 年代初，谢毓晋被解除了监管，不用再扫厕所了，虽然没了总技师的头衔，但可以回实验室工作了。1973 年因毛泽东作了"大学还是要办的"指示，进行了"文革"中第一次推荐加考试的"高考"。辽宁知识青年张铁生因不满考试前没有给他复习时间，便在试卷后面写了一封发泄不满的信。这本来没有啥，但"四人帮"却利用他做开了文章，把这位"白卷英雄"树为"反潮流"的典型，说什么考试是对工农兵的"迫害"。于是乎，"反潮流"在全国反出了一股"考教授"的邪风。让工人、农民去"考教授"，出一些诸如"犁地时怎么让牛拐弯"之类的怪题，让教授出洋相。这股风也刮到了武汉所，"反潮流"的英雄们见谢毓晋打不倒、批不臭，就想考倒他，让他成笑柄。他们挖空心思，给谢毓晋出了三道考题。据祝久红、秦宗良所著之《免疫学家谢毓晋》的有关章节概述如下：

第一道考题是"采马全血"。"考官"对动物室的工人特别交代，一定要挑一匹最烈的马，让谢毓晋采血。按他们的想法，谢毓晋平时高高在上，身体瘦弱又年过花甲，采马血肯定不行，就等着看他出丑吧！然而，他们没料到，饲养工人根本没有执行他们的指示，挑了一匹最温驯的马，并且由两个人保驾，来让谢毓晋采血。只见谢毓晋穿好工作服，身手矫健，一针下去就扎到了马的血管，眨眼间就完成了采全血的任务，引得下面一阵喝彩："好身手！好身手！""考官"们本想让谢毓晋出洋相，没想到反倒是自己出了洋相。

第二个考题叫制作"关闭系统"。所谓"关闭系统"，是在生物制品试验、生产中用得很多的一种装置，以保证在培养、进料、出料、稀释、分装等工作中做到无菌操作。现在"关闭系统"的制作已变得比较容易，打孔有打孔机，原先用的玻璃管改成了不锈钢管，操作过程中没什么危险了。但是当年要制作一个"关闭系统"是比较麻烦的，一般做完需要 30 分钟。其制作过程大致有下列几个步骤：首先，要在瓶子的橡皮塞上打穿 3 个孔，打好孔之后将 3 根玻璃弯管插入，其中一根要插到瓶底，弯管插好后在各管口套上橡皮管使之连接，并用不同的气头、死头、空头堵住与外界隔离，然后放入碱水中煮熟去污……"考官"们看着手表，要求谢毓晋在 5 分钟之内完成"关闭系统"的制作。为了让他在学生面前出丑，还专门把他的学生找来监考，但只让他们准备制作材料而不许准备辅助材料和防护用品。比如，不准给防止玻璃划伤的橡皮手套，不准给插入弯管所需的润滑剂——肥皂水。一看这么多限制，他的学生钮家湘据理力争，结果没有争来橡皮手套和肥皂水，但允许打一盆自来水。"考官"们心理阴暗：你谢毓晋平时指挥别人干这干那，说不定就只会动嘴皮子，这回就让他被玻璃划破手，流点血给大家看看。考试开始，谢毓晋徒手操作，利索地打好 3 个孔后，开始装玻璃弯管，在既没有手套和毛巾也没有肥皂水做润滑剂的情况下，他很快就将 3 根弯管插进了瓶里……5 分钟还没到，他已完成操作，又赢来一阵热烈的掌声。有人大声说："到底是总技师，干得漂亮！"气急败坏的"考官"气不打一处来，把气撒在他的学生钮家湘身上，指责他"是'反动学术权威'的孝子贤孙"。不料这顶"大帽子"不但没能唬住人，反而引起一阵哄笑。

本来还要考第三道题，"考官"们一看形势不妙，便灰溜溜地收场了。许多人主动上去与谢毓晋握手问好。无知的"考官"们哪里知道，"关闭系统"这一装置的制作方法，就是谢毓晋当年从上海带到武汉来的，武汉所的一些操作高手是谢毓晋手把手培训出来的。对某些人唱的"考教授"这一出，别人为他抱冤屈，他却非常坦然，说："没关系，正好把我荒废了几年的操作复习复习。"

照说，在实验室技术中，"关闭系统"不过是基本功，是"小儿科"，一个大专家、总技师根本没有必要亲自动手。但是谢毓晋是一个身体力行、工作标准近乎苛刻的人。比如小白鼠尾静脉注射，他要求实验室人员必须做到一针成功、百发百中。小白鼠那么小，尾静脉就更小了，要一针成功绝非易事，你做不到，我做给你看。你练不到火候，就别上实验台，练好了再来。在实验室里，他就像一个"黑脸包公"，决不允许任何人有丝毫的马虎与懈怠。他总是提前上班把实验室打扫得干干净净，等别人上班的时候他已经把清洁工作做完了，这让他的助手们羞愧难当。后来大家都抢着提前来搞卫生。有天离下班还有5分钟，几个刚进所的小姑娘一看没有什么事了，就扎堆嘻嘻哈哈起来，等着下班铃响。不巧被谢毓晋撞见了，说："上班时间怎么可以在一起打打闹闹？"其中一个小姑娘说："活干完了，就剩5分钟了。"谢毓晋一听更来了气："不要说5分钟，1分钟也不允许，实验室的活是干不完的，哪有干完了之说。"他要求就这么严格。"文革"把他"打倒"后，很多人以为他再也不敢这样严格要求别人了，谁知刚让他恢复实验室工作，他仍然"本性不改"。

　　让他回到实验室，这并不是造他反的人对他的恩赐，而是因为武汉本地和外地的大医院急需Ⅵ型血清代血浆。没有谢毓晋把舵，制备就没有把握。特别是1973年，卫生部给武汉所下达了研制抗淋巴细胞免疫球蛋白的任务，这项任务，舍他其谁？严格地说，这项任务是谢毓晋主动提出来的。当时人体器官移植已在我国一些大医院开展，裘法祖院士几次找到谢毓晋，希望他尽快研制出来。没有这个东西，器官异体移植的排异问题很不好解决。出于对病人的爱心和职业责任感，谢毓晋通过特殊途径向上反映，这才有了卫生部下达的任务。

　　回到实验室的谢毓晋两副担子一起挑，一方面继续完善Ⅵ型动物血清代血浆产品，同时进行抗淋巴细胞免疫球蛋白的研究。在"文革"十分艰难的情况下，他带领课题组出色地完成了这两个任务。让他感动的是，他的助手们始终尊重他、信任他，跟着他一起啃"硬骨头"。与他一起研究抗淋巴细胞免疫球蛋白的助手有史良如、陈善华、陈敬、邝琼秀、陈秀英、王大坤等。因为"文革"和其他种种原因，治疗用Ⅵ型动物血清代血浆推迟到1980年才进行成果鉴定，获卫生部科技成果甲级奖；抗淋巴细胞免疫球蛋白的研究也获1982年卫生部科技成果甲级奖、湖北省科技成果一等奖。抗淋巴细胞免疫球蛋白1978年开始在武汉、上海、北京等地的医院中用于器官移植、大面积烧伤植皮、再生障碍性贫血等临床治疗，临床专家的反映是"效果极佳"。后来将这一产品送到西德的有关机构检测，经与西德、瑞士等国生产的同类产品进行比较，证明其主要质量指标已达到和超过国际上同类产品的水平。

　　除了上述两个产品之外，谢毓晋还在"文革"后期，率先在我国开展了"单克隆抗淋巴细胞抗体"的研究。据裘法祖院士说："Monoclonal的中文译名'单克隆'，就是由谢毓晋教授首先命名的。"他研究的"单克隆抗淋巴细胞抗体"制剂被裘法祖等人用于临床，证明效果很好。"文革"结束后，谢毓晋应邀参加了在法国巴黎召开的第四届国际免疫学会议，会后应邀访问了法国、联邦德国和奥地利，他当年在德国的博士生导师乌尔曼教授虽已年过八十，仍然每天亲自开车带着他参观访问。两人谈得最多的是单克隆技术，回国后谢毓晋就将助手史良如送往德国学习，并选派其他助手分别到美、英、法、日等国进修。他在中华医学会湖北分会举办的专题讲座上连续六个半天作了题为《单克隆抗体技术》的综述报告，制定了在武汉所成立"单克隆抗体研究和生产中心"计划。可惜，没等这个中心成立，没等到他送出去的留学生学成回来，谢毓晋就被癌症夺去了生命。

1982年，全家妩被派到日本进修并攻读博士学位。她虽然从未在谢毓晋的实验室工作过，但一直把他视为恩师。去日本前，她自然要来拜见恩师，听取教诲。想当初，为让学临床医学的她能安下心来搞生物制品，谢毓晋和彭来曾亲自上门做工作。她写的一篇关于流脑的论文请谢毓晋帮助把关，他仔细阅读后把她叫到办公室，非常严肃地问："你这么多年采血的检验数据，是不是严格按要求从同一个人身上采来的？"全家妩作了肯定的回答，谢毓晋仍不放心，要求她把采血的原始记录拿来给他看，看了原始记录之后他才放心了，对全家妩说："搞科学就应该这样，不能怕麻烦，更不能弄虚作假。"对这篇论文，谢毓晋一字一句地给她推敲，哪怕是一个标点符号用得不对，都给她一一订正。从此后，谢毓晋对全家妩高看一眼，觉得她是一个可造之才，全家妩果然在流脑疫苗的研究上立了大功。现在她要出国进修了，谢毓晋对她说："你是搞细菌学的，在国外要继续这一专业，要学习先进的科学知识，不要走捷径，只学一门技术。技术是为科学服务的，你不是去学木匠，学锯子、刨子怎么用，那样学出来充其量也只是一个匠人……你学成归来后要为武汉生研所服务。"全家妩在日本医科大学获得了博士学位，没想到还没等她回来，谢毓晋就溘然长逝了。她含着眼泪在日本写下了怀念恩师的文字。她学成归来后，研制出"抗癌1号"制剂"康赛宁"，获国家级新产品荣誉称号。

周北平教授至今仍保存着当年谢毓晋逝世前不久在病床上给他写的3页纸的工作计划与设想，工作计划上列有："（1）特异性免疫球蛋白的试制；（2）免疫化学新技术研究；（3）单克隆抗体技术，建立单抗研究中心；（4）T–淋巴细胞亚群分离鉴定功能研究，免疫调节下亚群单克隆抗体；（5）第二代 ALG（抗淋巴细胞免疫球蛋白）……"最后部分是要求研究室工作人员提高科学素养的，如："在科学工作上是没有侥幸的，要有战略、有战术，个别击破，全面围剿。""对工作要严肃、认真、负责，一丝不苟，牢记缝皮球的故事。""对助手要公正合理，要鼓励，充分发挥积极性。"特别令人感动的是在最后写道："对工人同志，如包装组的孟光辉、唐淑贞，机电室的邵华峰不错，要予以奖励。"

1983年11月初的一个夜晚，他临终时非常吃力地对儿子谢家宾说："我这一生是最痛恨有始无终、半途而废了，但是我的构思和课题现在都要半途而废了，我心里非常难过。我从德国留学回来一直想做一番事业，几十年来遇到这么多坎坷从没动摇我的信念……'文化大革命'使我的研究工作停滞了十几年，如今迎来了科学的春天，如果能再给我一点时间，我还能做很多事……"

可以告慰谢老的是，他担心半途而废的事业被他的助手和学生延续下来了，他在病床上列下的那几项工作都取得可喜进展。他设想要建立的"单克隆抗体研究和生产中心"在武汉所建立起来了。1984年单克隆抗体的发明者之一 G.奎勒教授到武汉所访问，对这个实验室给予极高的评价。在引进全套单克隆抗体设备后，这间实验室成为"卫生部单克隆中试实验室"，武汉所成为第一个治疗用单克隆抗体国家二类新药研制单位和国内最大的生产厂家。

　　谢毓晋走了，变成了一尊铜像，他的精神永远如春风风人，夏雨雨人。

中国疫苗百年
纪实

下卷

江永红　著

人民出版社

下 卷

第四编　冬去春来

（1976—1989）

第五编　新的航程

（1989—　　）

第 四 编
冬去春来
（1976—1989）

　　改革开放后的这一时期，是我国生物制品发展的第三个高峰期，也是三座高峰中最高的一座山峰。解脱了"左"的桎梏的生物制品行业的科学家和工程师们，长期被压抑的正能量像火山一样喷发出来，在追赶和超越的路上向前奔跑，甚至拼着老命奉献自己的力量。

令人窒息的"文革"终于结束，冬天过去，春天来了。这是打倒"四人帮"带来的春天，是党的十一届三中全会带来的春天。在这个春天里，党和国家的工作重点转移到经济建设上来了，实事求是的思想路线恢复了。随着拨乱反正，肃清"左"的影响的鼓点，知识分子的政策一步步落实，被错划成"右派"的人平反了，档案中的错误结论被清理出来，一风吹来，戴在他们身上的枷锁被砸得粉碎。在"文革"中被废弃的学术和专业技术职称制度、学术委员会制度、奖金制度等得以恢复。很久没有像现在这样心情舒畅、扬眉吐气了，该挺起腰板，抖擞精神，伸开双臂拥抱科学的春天了！

生物制品行业是所谓"知识分子成堆"的地方，特别是高级知识分子比较集中。曾几何时，这条战线是"思想改造"的重点，如今成为思想解放的前哨阵地之一，是率先走向世界的行业之一。

"山中才七日，世上已千年。"改革开放，国门打开，睁眼看世界。很多人是第一次出国，就像《红楼梦》中的刘姥姥进了大观园一样。第一眼看到的是什么呢？是发达国家的富有和繁华，是街道上多如过江之鲫的小汽车，是城市鳞次栉比的高楼大厦和郊区环境优雅的小别墅……宾馆的房间里，居然还有冰箱。冰箱里放着什么呢？打开看看，哦！里面装着洋酒、可乐等各种饮料和小吃，但这不是为中国人准备的，因为这是要付费的，中国人口袋里没钱，连一杯咖啡也喝不起。上海所研究员童葵塘在《回忆录》（手写本）中写道："1988 年赴日本京都参加国际干扰素年会……由于代表团的大多数人都是第一次出国，都很兴奋……日本人表面上对客人很礼貌，像宾馆里面的服务员见你出入就鞠躬问好，但一有利害冲突就很凶狠。譬如，我住的客房内有一台冰箱，当时国内宾馆房间里还很少见，我好奇地打开冰箱门，见里面有可口可乐就拿出一瓶看了看，我知道这是要花钱买的，就放回冰箱。开完会准备回国，在办理退房交费手续时，硬说我喝了一瓶可乐，要收费。我坚决否认，说'根本没有喝过可乐'。那个服务员就沉下脸，凶狠狠地说：'我们有记录！'我怎么否认他们也不相信，态度十分恶劣。我要他们一起去房间的冰箱中查，结果证明我确实没有消费过，钱不收了，但他们没有道歉。"受此等冤枉气的事多了，且不去管他，我们要看的是科技。发达国家生物制品的科研、生产单位的仪器、设备之先进，许多东西是我们过去见所未见甚至闻所未闻的。比如，他们的疫苗生产用的是工业化的生产线，从原料到产品再到接种的全过程都必须符合 GMP（药品生产质量管理规范）标准，而我国当时还基本停留在手工作业的水平上，生产标准还没有与国际接轨，所以 WHO 的专家说："中国生产的疫苗只能在中国销售"……面对我国与发达国家在经济上、科技上的巨大差距和各方面的诱惑，有的人迷茫了，"黄鹤一去不复返"了，有的人却反而被激发出更大的雄心壮志。

这种雄心壮志是建立在实事求是的科学态度上的，而不是像"大跃进"时那样关门喊出的"超英赶美"的盲目口号。正视差距、承认差距是实事求是，通过努力奋斗缩短差距，迎头赶上，争取超越也是实事求是。

回想我国生物制品行业的发展进程，应该说在 20 世纪五六十年代与西方国家的差距并不太大，在科技含量上甚至可以说基本是同步的。

那时的疫苗制作大都用的是天然培养基，世界如此，我国也如此；细胞组织培养基、传代细胞培养基在国外刚出现，我们就紧跟上来了，差距也不过3—5年。真正把差距拉大是在"文革"期间，这一期间正是世界科学技术蓬勃发展的时期，而我们却在搞内乱，耽误了，如20世纪70年代中期国外就有了单克隆抗体、重组人工干扰素，正在研究基因重组疫苗，我们只能在迟到的外刊中眼睁睁地看着人家往前走，眼看着差距越来越大；我们却只能干着急，想学没法学，想赶没法赶。改革开放后，我们想学可以出国去学了，想赶知道怎么赶了。

许多生物制品外国有我们也有，差距在哪里？在产品质量上，在生产工艺上。对这类生物制品，通过产品升级和引进先进的生产工艺及管理系统，使之符合WHO的标准。比如，脊髓灰质炎糖丸疫苗曾经是我国疫苗中的一张"王牌"，在我国消灭脊灰起到了至关重要的作用，但是糖丸疫苗却不能出口。北京生研所进行产品升级换代，研发出替代糖丸疫苗的双价口服脊灰疫苗（bOPV），并严格按照WHO的GMP规程进行生产，终于取得WHO的预认证，获得联合国儿童基金会采购订单，名正言顺地走向了世界。但bOPV也只能算是一种过渡产品，2015—2016年，我国疫苗专家又研制生产出赛宾株脊灰灭活疫苗（sIPV），这是最新产品，终将全部代替减毒活疫苗。

差距的第二种表现是，外国有了，我们没有。已经输在了起跑线，要从零开始，望其项背努力追赶。比如单克隆抗体、治疗用重组人工干扰素、基因工程疫苗等，在"文革"结束时，我们大多还是一张白纸。改革开放后，我国生物制品工作者迅速起步，夜以继日，三步并作两步地玩命追赶，较快地缩短了差距，有些制品甚至后来居上，能与发达国家并驾齐驱了。如武汉所谢毓晋领导研制成功的治疗用重组人工干扰素制品，全家珖博士用基因技术研究出的"抗癌1号"制剂"康赛宁"，单克隆抗体研究中心研发的系列诊断制品和部分治疗新药；北京所刘隽湘领导研制成功的抗乙肝、抗破伤风免疫球蛋白；上海所童葵塘等研制成功的基因工程干扰素 α1b；等等。其中不少是中国首创，达到世界先进水平。

改革开放后的这一时期，是我国生物制品发展的第三个高峰期，也是三座高峰中最高的一座山峰。解脱了"左"的桎梏的生物制品行业的科学家和工程师们，长期被压抑的正能量像火山一样喷发出来，在追赶和超越的路上向前奔跑，甚至拼着老命奉献自己的力量。

然而，生物制品行业和全国科、教、文等各条战线的情况一样，面临的最大危机是"文革"造成的人才断层。"文革"结束时，老一代的科学家都已年过古稀了，50年代毕业的大学生，大的已到"耳顺"之年，小的也已经"知天命"了。面对人才断层，为使我国生物制品行业后继有人，老一辈的科学家挑起了培育人才的重担。继武汉所率先取得博士、硕士学位授予权之后，其他各所也相继取得了硕士学位授予权，开始招收研究生；各生研所都办起了各种文化补习班，尤以上海所开办的上海生物制品学校最为著名。这虽然是一所中专，但必须通过高考录取，录取分数线不仅远超大专线而且高于许多二本院校。因为这所学校的师资力量雄厚，教员都是教授、研究员一级的，教学要求严格，而且教学与实践相结合，所以培养出来的人才拿来就能用，成为各生研所的"抢手货"。如现中国生物长春公司的邹勇、武汉公司的段凯、天坛生物的付道兴等所级领导，都是从这所生物制品学校毕业的。至于在各单位成为生产、科研、管理部门领导的更是多达数百人。

在人才建设上，除了立足自身培养之外，还走出了一条中外联合培养的路子。北京所与丹麦合作举办"中丹医学生物学进修生培训中心"，连续举办了近400期，共培训学员近2万人。"中丹"被称为中国生物制品行业的"黄埔军校"。

在加强培训的同时，各生研所乘国门打开的东风，大量向国外派遣留学生。改革开放初期，上海所派遣了38人，中检所派遣了60人，其他所也至少派遣了20人以上。在介绍出国留学和在国际交流上，老一代的专家起到了牵线搭桥的关键作用。他们早年在国外留学，并且大多在国际学术界有一定影响，他们的推荐信就是"通行证"。通过他们推荐出国学习的人遍及欧、美、日、澳。如朱既明是20世纪30年代留学英国的，到90年代中国学者访英，英国人还问起他，说这个人很聪明、很优秀。兰州所原所长王成怀在学术上与日本有渊源，因有这一优势，他没少往日本推荐留学生。原武汉所总技师谢毓晋是留德的，改革开放时他当年的导师还健在，武汉所前往德国留学的人比较多，都是他介绍去的。原北京所的专家刘隽湘是留美的，也运用自己在美国的人脉，把助手和学生推荐到美国留学。这些留学生回国后都成为各生研所的科研生产骨干，即使留在了海外也不忘"娘家"。如原武汉所的史良如留在德国当了教授，但他每年都回武汉所作学术报告，并把国外新的单克隆细胞株和相关技术带回来。后来他到美国当教授，仍然坚持这样做。武汉所的单克隆技术在全国处于领先水平，国际交流频繁是其中一个原因。

"工欲善其事，必先利其器。"科研设备的落后是制约我国生物制品行业发展的一个重要原因。随着国家经济实力的增强，各种先进的仪器设备逐渐进口，各生研所的硬件开始更新换代。1984年，上海所启动了"血液制剂生产线"的引进工作，1986年与日本脏器制药株式会社签订了引进血液制剂成套设备的合同，1988年5月开工建设，1990年11月建成，设计年投料30万升血浆（最高可达90万升），成为当时亚洲规模最大的血液制剂生产线。1980年，卫生部就提出了利用世界银行贷款在兰州所、上海所和昆明所新建 7 条大规模的工业化疫苗生产线的计划，几经周折，这 7 条生产线于 1999 年通过验收。

在引进国外成套先进设备的过程中，往往是专家提建议，领导下决心。如上海所引进日本的年产血浆 30 万升的血液制剂生产线，是由时任卫生部部长钱信忠亲自牵线搭桥的。北京所引进的美国默克公司酵母基因工程乙肝疫苗工业化生产技术项目，原北京所所长、中国工程院院士赵铠功不可没。

在利用国外资金进行技术改造的同时，1988—1993 年，北京、长春、武汉、成都 4 个所还利用国内资金对脊髓灰质炎、卡介苗、乙型脑炎疫苗、森林脑炎疫苗、流脑多糖疫苗、狂犬病疫苗和乙型肝炎诊断试剂共 11 条生产线及配套设施进行了技术改造，生产条件得到了极大的改善。

早在 1975 年 11 月，世卫组织就公布了 GMP（药品生产质量管理规范）标准，但因种种原因，我国的生物制品与 GMP 要求仍存在一定的差距。1985 年 6 月，卫生部提出了生物制品技术改造方针，改造的目标是使生产条件符合 GMP 要求，各生研所开始有计划地进行技术改造，把通过世卫组织预认证作为自己的产品质量目标。第一个通过预认证的是成都所的地鼠肾细胞乙脑活疫苗。

春光明媚，万紫千红，燕子呢喃，一派生机勃勃的景象。本编百里挑一，给大家讲几个春天的故事。

第十九章

春风第一枝

"春风又绿江南岸","红杏枝头春意闹",王安石的一个"绿"字,宋祁的一个"闹"字,写出了大自然春天的勃勃生机。生物制品行业的春天也是如此,在繁花似锦的五彩缤纷中,有不少是我国生物制品史上第一次出现的花朵。它们或是一项技术,或是一条生产线,或是人才培育模式。本章只写了三个"第一次"的故事,但透出了浓厚的春天气息。

第一个引进的单克隆抗体

"竹外桃花三两枝,春江水暖鸭先知。"1977 年,对"文革"的影响刚刚开始清算,被"文革"破坏得千疮百孔的体制和制度刚刚开始恢复。曾经被下放给所在省领导的各生研所又重新收回国家卫生部领导。刚恢复职务的卫生部部长钱信忠敏锐地意识到:如果关起门来喊"把被'四人帮'耽误的时间夺回来"的口号,那是夺不回来的。医药特别是主要用于防疫的生物制品是具有世界属性的,离不开世界各国的通力合作。我国的生物制品与先进国家相比落后了,首先要搞清别人先进在哪

里，才能真正清楚究竟落后在哪里。要走出去看一看，有条件引进的
应争取引进，不能什么都自己从头做起。于是，卫生部与 WHO（世界
卫生组织）达成了一个协议：我国派 5 个考察组去 WHO 总部考察，同
时由他们安排考察相关国家的生物制品机构。5 个组中，其中一个叫免
疫学考察组，由时任长春生研所所长的张权一带队，组员有本所的李
才、刘东升以及白求恩医科大学的一位教员。头一个月，他们住在日内
瓦 WHO 总部，每天坐火车去洛桑一个由 WHO 举办的免疫学培训班听
课。国外免疫学的发展大大超出了他们的想象，课堂上他们疯狂地记笔
记，回到宾馆再一起讨论，深感要追赶世界先进水平任重道远。紧接
着，WHO 安排他们到英国去考察。在英国，他们先后考察了英国生物
制品检定所，著名的生物制品生产厂家 Wellcome，还有剑桥、牛津等
大学的研究机构。人家的各种先进技术和仪器、设备，真有点让人眼花
缭乱，很多东西是第一次见到。这么多好东西，不可能一口全吞下去，
生吞活剥也消化不了，得挑重点来学。当时，剑桥大学的分子生物学研
究室正在用杂交瘤技术做单克隆抗体。这是他们第一次见到单抗，感到
特别兴奋。为学习这项技术，他们在这个研究室整整待了一周。张权一
回忆说：

> 他们实验室的头儿是一个智利人，名字叫密尔斯丁。这个老
> 头对我们很友好，教我们怎么做。那时候，单抗技术刚开始，就
> 是由这个实验室搞出来的，从头到尾，他都给我们演示了一遍。
> 我们在那里待了七八天。我一看和我们掌握的技术比较接近，我
> 们搞病毒，都是用细胞培养病毒、检定病毒，他也是用细胞培养。
> 和我们一般培养不一样的地方，他是用二氧化碳孵箱来培养，有
> 二氧化碳这个细胞才长得好，这我们过去没有听说过。按他说的
> 道理，我们感到我们能够做出来。杂交瘤技术把两个独立的细胞

融合在一起，变成一个细胞，里面的基因就交融了，融合在一起了，所以叫杂交。在技术上这是一个很大的进步，我们之前闻所未闻。十年"文化大革命"，我是烧锅炉的，脱离了原来的实验室，对外面的事啥都不知道。到外国一考察，知道了外国这几年的新进展、看到了新东西。这个杂交瘤单克隆抗体，我们感到可以引进来。还有好多新东西，很先进，但我们还没法搞，没有设备，连最起码的电子显微镜就不容易得到……但是杂交瘤单抗我们可以跟上去，学回来。

张权一想要学他的技术，还想要他的单抗，便问密尔斯丁："你能不能给我？"未想到密尔斯丁非常爽快地答应了："可以给你。我用一个小瓶子装上细胞，你现在就可以带走。"可当时张权一没法带，因为按WHO的安排，他们还要去其他国家考察。单抗细胞是活的，不给它加营养就会死，死了就没用了，而在旅途中又无法给它加营养。张权一只好与他约定，等下次有机会再给。

这次考察回国后，张权一受卫生部委托在长春办了一期免疫学学习班，主要是介绍这次考察的内容和收获，原定40人参加，结果却来了400人，全国得到消息的单位都派人来了。当时国内对学习国外先进技术的渴求和热情，由此可见一斑。张权一办完学习班，就在长春所成立了一个单克隆抗体研究室，带着大家先搞理论研究，一直在找从密尔斯丁那里取回单抗细胞的机会。快递不就行了吗？说得轻巧，那会儿哪有什么快递呀 如果让他把细胞寄到中国来，路上要超过一周时间，不等寄到细胞就死了。那就飞到英国去取呗！不好意思，我们连买机票的钱都没有。怎么办？只好耐心找机会。

三年后，他终于逮住了一个机会。WHO要召开一次免疫快速诊断学术会议，他写了一篇文章寄去当"投名状"，结果这篇文章被选中了，他又可以去日内瓦了，会议秘书处会给他订好来回机票。出国前，张权一就给密尔斯丁写信告诉他的行程，希望在他离开日内瓦的前一天把单抗细胞株寄到日内瓦 WHO 总部，然后由他带回国。密尔斯丁履行了诺言。从剑桥邮寄到日内瓦只需一天时间，张权一拿到细胞株之后坐半夜起飞的飞机飞回了北京。在北京海关，检查人员发现了他带的这个小瓶子，要打开查验。张权一回忆说："当时，我赶紧出示了我的工作证件，告诉他们这个东西是用于科研的，从外表来看它就是一管液体，但里面的东西是活的，打开就全完了，好在那位检查人员十分通情达理，了解清楚情况后就放行了。"单抗细胞株隔一段时间就要更换一次培养液，必须在无菌的环境下更换，张权一一出海关立即赶往事先联系好了的一个单位，在无菌实验室更换了培养液，再马不停蹄地赶回北京首都机场，飞回长春，开始了单克隆抗体的研制。

单克隆抗体是 1975 年由瑞士科学家乔治·奎勒和英国科学家凯撒·米尔斯坦发明的。他们把可产生抗体的 B 淋巴细胞与骨髓瘤细胞进行杂交，杂交出来的细胞兼具这两个亲代细胞的特点，既有 B 淋巴细胞产生抗体的功能，又有骨髓瘤无限生长的能力，在细胞培养中能产生大量的单一类型的高纯度抗体，故有单克隆抗体之名。单克隆抗体对疾病的诊断、预防和治疗具有很大的作用。张权一从密尔斯丁那里得到的单克隆抗体被命名为"NS—1"小鼠骨髓瘤细胞株，把这个细胞株当作母细胞与别的细胞通过特别的技术手段融合，便产生有针对特异目标的单克隆抗体。他们决定先从诊断试剂做起，首先就遇到一个大难题，试验过程中需要一个必不可少的装备就是二氧化碳孵箱，因为细胞要在二氧化碳中繁殖。这个东西国内没有，要从国外进口非常麻烦，要层层报批而且价格昂贵。长春所拿不出钱来，逼得没办法了，只好土法上马。张权一说："我找了一个密封较好的玻璃罐子，为了获得二氧化碳环境,我在罐子里点了一根蜡烛,等蜡烛燃烧尽了,二氧化碳就产生了。"就用这个土孵箱,他们经过一年多的探索试验于1982年搞出了第一批单克隆亢体;1983年用乙肝表面抗原单克隆抗体研制出反向被动血凝诊断试剂;1984年通过成果鉴定投入批量生产。这在当时被认为是一项重大科研成果。它的意义不在于搞出了一两个诊断试剂产品,而在于开启了生物制品研究的一个新阶段。张权一说:"现在我们国家已经到了啥程度,就是我们用的诊断试剂,过去都不是单克隆抗体的,现在几乎都被这个取代了。它容易、简单、省钱,所以现在市面上好多诊断试剂都是单克隆抗体。我时常说技术的进步是最重要的,比产品更重要,产品多开发一个又咋的?而开发出一项技术就能带动一大片,用这个技术能做很多很多产品,很多很多事情。杂交瘤单克隆抗体就把原来的诊断试剂全部改变了。比如我们每个人都有一个血型,原来的试剂是抽健康人的血做的,全国用量很大,用了单克隆抗体就不用了,而且特别准,这样就节约了很多健康人的血,所以说这个技术还是一个很有用的技术。"

在长春所引进NS—1细胞株进行单抗研究时,武汉生研所从1981年开始就承担着国家"七五""八五"以"抗人体T淋巴细胞及其亚群单抗试剂研究"为主的国家重点攻关课题,在史良如教授的主持下成功研制出"武"字头的国产系列单抗,主要包括WuT1、WuT3、WuT4、WuT6、WuT8、WuT9、WuT1—1、WuTac等单抗。1988年3月通过了卫生部组织的科研成果鉴定,评价为国内领先,接近国际先进水平。这是国内自行研制的最为完善的一套单抗,这套诊断试剂投产后提高了我国对免疫性疾病的诊断水平和免疫学基础研究的水平,用于评价机体免疫功能状况。1990年,武汉所成立了"卫生部单克隆中试实验室",成为我国第一个治疗用单克隆抗体国家二类新药研制单位和最大的生产厂家。用 WuT3 单抗制作的治疗用品于 1999 年 6 月获新药证书和生产文号，为国家 II 类新药，也是国内第一个获准生产的治疗用单抗产品。

第一批用世行贷款建成的工业化疫苗生产线

"中国生产的疫苗只能在中国销售"，WHO 官员曾经说过的这句话，成为中国生物人心中无法忘却的痛。在改革开放初，国际上有的疫苗绝大多数中国也有。特别是当时 WHO 规定的儿童计划免疫制品百白破、麻疹、脊灰这三种疫苗，我国甚至可以说是世界领先的，经受住了时间的考验，我国提前消除了小儿麻痹症就是铁证。疫苗接种的效果这么好，为什么 WHO 还不让到世界上销售呢？一句话：不符合 GMP 标准。

GMP 标准即药品生产质量管理规范，类似于法律上的程序法，但更加复杂。简单地说，即既要规范结果也要规范过程。对疫苗生产，从毒株、培养基、营养液、佐剂的选择一直到整个生产过程的每一道工序都有非常严格的规定。一个地方不符合规定，就判你产品的"死刑"，一点没商量。我国以往生产疫苗，非常重视结果，对产品的检定是一丝不苟、不放过一点问题的，但因为物质条件太差，硬件还没法达到WHO 的要求，不得不进行手工作业，对生产过程的考核就不像产品的检定那么严格。比如，动物房就没能做到无菌化，要用动物时，就去挑选健康的动物，这个搞法就不符合 GMP 标准。

改革开放后，我们心中的这个痛，该想办法解除了。

1980 年，卫生部提出在兰州所、上海所各建百白破、破伤风、麻疹 3 条工业化的生产线，在昆明所建一条脊灰生产线，一共 7 条。要建就要建世界一流的。卫生部提出了 3 条标准：规模要达到大规模的工业化的生产水平；生产条件要完全符合欧共体的 GMP 标准（世界上最严格的标准）；制品质量要达到或超过 WHO 的要求。要求这么高，钱从何来？怎么建设？卫生部决定争取世界银行贷款，通过国际招标，引进世界上最先进的生产线，采取"交钥匙"的工程建设方式。所谓"交钥匙"，就是由中标公司按标书要求独立建成全部工程，验收合格后，把钥匙交给招标方，妥了。

往往梦做得越美，要梦想成真就越难。很多困难等在那里，我们还不知道。世行贷款不是你想贷就能贷到、想要多少就给多少的，它先要派人来考察，还要征求 WHO 的意见，看你究竟是不是需要？值不值得发放贷款？确认后，它要跟你一起造预算，多一分也不会给你。世行贷款终于批下来了，接下来就是国际招标。这是我国生物制品行业第一次申请世界银行贷款，第一次进行国际招标。招标文件怎么写谁也不知道，便把相关人员集中到北京学习研究。上海所项目办主任、研究员李亦德回忆说："那时 4 个人住一个房间，一住就是几个月，研究怎么招标。因用的是世行贷款，世行要管；生研所当时由卫生部领导，卫生部当然也要管，专门成立一个项目办。学习、研究、沟通，花了很长时间，费了很大的劲，才起草完标书。"直到 1985 年 5 月 31 日，卫生部向世界发出公告，对疫苗生产引进项目进行国际招标。于是，世界上有意投标的名牌疫苗生产企业和设备制造商纷至沓来，其中有法国的梅里厄，美国的史克，还有澳大利亚、日本、加拿大、荷兰、丹麦等国家的大厂商。

看起来热热闹闹，可结果呢？流标了！原因是他们的开价太高，而我们的投资有限，两者差距太大。一家一家分开谈，马拉松式地谈了 4 年，还是一家也没有谈成。检讨流标的原因，是我们的心太大了，想用这点钱要人家建"交钥匙"工程，有点像掏买豆腐的钱割肉，不现实。因此决定退一步，把"交钥匙"工程变成"半交钥匙"工程。所谓"半交钥匙"，就是项目仍然由中标公司负责，但中方派人一起工作，这最起码让对方省下了一大笔劳务费。这样又按"半交钥匙"的要求进行第二次招标。这一次，投标的公司也很踊跃，最后荷兰的 DHV 工程公司和它的两个合作伙伴联合中标。DHV 工程公司也是世界上比较著名的大公司，它的两个合作伙伴，一个是 RIVM（荷兰国立卫生环境保护研究所），另一个是 APPLIKON（一家做大型设备的公司）。1990 年 1 月，双方签订了项目合同。上海所项目办主任李亦德说："大家都没有想到从发布招标公告到最后正式签订合同，竟花了 5 年多的时间。"这也许就是邓小平同志所说的"摸着石头过河"吧。

在这个马拉松式的谈判期间，上海所的另一个血液制剂生产线引进项目却后来居上，建成投产了。上海所原所长、研究员贡文耀说："血液项目 1984 年启动（上述疫苗生产线项目启动于 1980 年），1985年报批，1986 年就与日本脏器制药株式会社签订了合同，1988 年 5 月开工建设，1990 年 11 月建成，设计年投料 30 万升血浆，成为当时亚洲规模最大的血液制剂生产线。"

这两个项目固然技术复杂程度不一样，但造成建设速度差距甚大的原因，最主要的是：血液生产线是日本脏器制药株式会社的小西社长主动向卫生部钱信忠部长提出来的，"我愿意提供资金、提供技术"。小西是中日友好人士，又只是双方打交道，资金、技术都是他们给，故进展顺利。而疫苗项目用的是世行贷款，又是 3 个生研所捆绑在一起引进 7 条生产线，"婆婆"太多，上下、左右、中外之间的协调相当复杂，耗费了不少时间。

下面我们先撇开兰州所和昆明所不谈，专讲上海所的疫苗生产线。两年后的 1992 年，DHV 公司交出了它的设计施工图，完全是按照欧共体的 GMP 要求设计的。上海所的人看了，一下子眼界大开，发出了"确实先进"的赞叹。你看：生活区和生产区是严格分开的。生产区的厂房是一个完整的独立体。在一栋厂房里，囊括了原材料储存、培养基配制、清洗灭菌、半成品生产、精制检定、分包装、自控以及成品的储存等全部工序。在工作区，人流和物流是严格分开的，有毒的和没毒的部分也是严格分开的。工作室根据不同的净化级别来设计，还有强大的服务设施以保证生产区的恒温、恒湿，以保证各种生产用的液、气体如蒸汽、蒸馏水、纯水、氧气、氮气等的及时供给。这与我们过去分散的手工作业情况相比，形同霄壤。在设计图上，每个工作间都安装一部电话。有人疑惑了，"我们又不是宾馆，一个房间装一部电话有啥用？"对方解释说，这是按 GMP 要求设计的，因为各个工作间的净化标准不同，人员是不能互相窜动的，更是不允许外人进入的，必须靠电话沟通。哦！原来是自己的观念落伍了，没有进入 GMP 思维。

面对设计图纸，上海所的相关人员反复理解、认真消化，徒弟发现师傅的设计也不是没有问题。比如，厂房基建先要打桩。按他们的设计要打 843 根桩，是根据本国的地质结构设计的。荷兰是一个填海国家，地基松软，打这么多桩是必需的。上海虽然也是软土地结构，但是经长江千万年淤积形成的，与荷兰人工填海的情况不同。上海建筑界素有"老八吨'之说，即每平方米的承载能力为 8 吨。建宝钢时，"老八吨"也是一个依据。在请教同济大学的专家和一些建筑单位的工程师后，上海所正式与荷兰承包商进行交涉，因有科学数据，他们也同意减少打桩，最后一共减少了 282 根。当时打一根桩的价格是 1 万多元，仅此一项为国家节约资金 300 多万元。再如纯水系统，生产疫苗用的是蒸馏水而不是纯水，另搞一套纯水系统没有必要，这一点承包商也认可了。此外，荷方的设计有的地方管道打架，有的地方布局不合理，中国工程技术人员一一指出，一共写了 350 份修改通知，全部被对方接受，并与中方一起修改了设计图纸。

在厂房建设上，双方的沟通还算顺畅，而在生产工艺上，遇到的问题颇让人感到意外。照理说，DHV 公司和它的两个合作伙伴在世界上是先进的，他们应该按合同要求给我们提供完整的生产工艺。但我们要建的是大规模生产线，而他们因为国家小，不需要那么多疫苗，故只有小规模生产的工艺和经验，要把小规模变成大规模，需要重新开发。按设计，百白破疫苗要在 1200 升的发酵罐里进行培养。这么一个大家伙，他们没有驾驭过。看了他们的开发计划，上海所觉得这不仅很耗时、耗工、耗钱，而且他们也不一定能开发成功。怎么办？相关专家集体讨论后认为，我国有大规模生产疫苗的经验，只是设备落后，可以利用荷兰提供的设备自己开发工艺。荷方因在开发中接连受挫，只好同意中方的意见。这样，上海所和兰州所两家技术人员联合攻关，成功开发出大规模生产的整套工艺。这不仅为国家节约了大笔资金，更主要的是长了中国技术人员的志气。

麻疹疫苗的大规模生产工艺的开发，遇到的问题比百白破更大。按合同规定，承包商 1994 年底应提供麻疹疫苗的生产工艺，但直到 1996 年他们的开发还没有起色。他们设计的技术路线是很先进的，用鸡胚细胞为载体培养病毒，当时世界上还没有第二家这么干。在荷兰，他们的小规模试验非常成功，可要变成大规模生产就抓瞎了。根据合同，他们违约了，经过谈判，承包商赔偿了中方 20 万荷兰盾（当时尚无欧元），另外再免费提供转瓶培养工艺及所需设备作为赔偿的一部分。他们搞不出来，那就自己来。中国技术人员用他们提供的新设施，成功开发出麻疹疫苗大规模生产的工艺，试制出 3 批合格的疫苗，这让荷兰人也不得不佩服。

设备的采购是引进项目中的一个大头。世行贷款有一条规定，采购必须全球招标。那么多的设备，没有一家厂商能独立提供。一件一件都要写出标书并经世行审查，取得一致意见后才能发标。外商投标后，然后是开标、评标、定标，定标之后再和中标厂商谈判。这是一个很复杂、很熬人的过程，一个项目至少要谈3—4个月，多的要谈半年以上。上海所一共采购了83类大型设备，包括大型发酵罐、大型过滤器、大型离心机、冻干机、自动化分装机、包装机，等等，还有很多做验证和检定用的精密仪器，光设备采购就花了1.73亿元人民币。这在当时是一个很大的数字。做这项工作的人从来没有星期天。你过春节，外国人不过春节，他春节来了，你就得跟他谈。谈判都是在北京进行，去北京没钱坐飞机，只能坐火车，那时一票难求，能买到硬座就不错了，偶尔坐一次卧铺，就谢天谢地了。李亦德回忆说：

> 在这个项目建设当中，我母亲不小心从楼梯上摔下来了，颈枕骨折，非常危险，马上就开了病危通知。就在这个时候，在北京跟外国人要有一次谈判。因为这个情况只有我比较熟悉，这就让我两难了：我到底是留下来陪母亲，还是去北京参加谈判？我思想斗争很厉害。后来我想到，我妈妈如果知道了，她会赞成我去北京谈判的。我离开了病危的妈妈，到北京去了。到北京后不久，我母亲就过世了。这让我心里非常难过，现在想起来我也觉得对不起我妈妈，很内疚。

再先进的设备也是要由人来掌握的，没有合格的人才，先进设备也只是一种摆设。上海所采取了边建设边培训人才的办法，先后派遣60多人去荷兰学习，同时请荷兰人当老师在所内进行培训。这样，工厂建成之日，也是人才显能之时，做到了建成即投产。1999年9月，这个项目通过了国家药品监督局的GMP认证。

兰州所的生产线也与上海所一样通过验收。原所长、研究员殷绥亚说:"合同到 1990 年正式签订,历时 8 年多才建成,这个项目确实进行得很艰苦很艰苦,能够搞成是很不容易的。"

这个项目,是我国第一批运用世行贷款通过国际合作,建成的大规模工业化疫苗生产线,前后历时 8 年多。建设周期拖这么长,有种种经验教训可以总结,但无论是经验还是教训,都是一笔非常宝贵的财富。这个项目的意义远远超出了这 7 条先进的生产线,最大的意义是观念上的突破。

投石冲破井底天。曾几何时,我国生物制品的研制不能说没有放眼世界,但一般都是自己和自己比,今年比去年增长了多少,甲比乙超过了多少,比来比去,还是在同层次上争高低,在一个"档"上比速度。这个项目的引进让大家眼前一亮,啊!原来世界上还有这么先进的东西,尤其是在思想观念、管理理念上产生了一个大的飞跃。什么叫GMP?这就是 GMP。GMP 中有一项叫验证,过去我们就没搞过,也没有这个概念。啥叫验证?简言之,就是你认为你用的生产原料及操作方法合格了,那还不行,得由另一个人验证合格了才算数。验证要求是全方位的,对每一种生产原料,对生产中的每一个环节,都要进行验证,贯穿于生产全过程。仅从工艺验证来说,因生物制品来源于细胞基质,制备工艺复杂,具备结构表征不完全等特点,所以对细胞基质、发酵、纯化过程、病毒安全性、层析介质寿命与一次性反应性耗材以及中间稳定性等,都必须进行验证。比如用于生产的毒种,过去我们从冷库里取出来,自己检定合格了就可以用,按 GMP 要求就不行,必须通过他人验证,证明它是合格的才可以用;生产用的动物,必须验证合格才可以用;生产用的蒸馏水应该是没问题的,用就是了,不行!也得要验证。这是否太烦琐、太折腾人了?但就是这种烦琐的程序,保证了疫苗的质量。GMP 标准逼着我们老老实实地检查在全面质量管理上的差距。

甫得道，即行可矣。我国生物制品的 GMP 建设，就是从这个项目引进之后才产生质的飞跃的。不只在上海所、兰州所，整个生物制品的"国家队"都全面推行了 GMP 标准。

有句俗话叫"是骡子是马，拉出来遛遛"。千里马是在广阔天地中遛出来的。世行项目只是让中国生物人在世界上小"遛"了一下，遛出了国际合作的初步经验，遛出了参加"国际竞赛"的信心。由于"文革"的耽误，我国的生物制品从总体上说是落后的，于是在一些人中产生了一种事事不如人的悲观情绪，谈起外国的先进来眉飞色舞，说起中国的落后来一声叹息，甚至得出了"没法比"的结论，谁要说点有志气的话，就被斥之为讲大话。在这个项目的建设中，大家发现被我们仰视的洋人也并非无所不能的神明，你等着他的生产工艺，他却拖了两年也没有搞出来，这未免让很多人惊诧不已。本来以为引进设备和工艺，就像买一部进口汽车一样，拿来就能开，结果却不是这样。上海所的百白破、麻疹疫苗的大规模生产工艺最后是自己搞出来的。这说明，一方面我们需要谦虚，要甘当小学生；另一方面，我们绝不可妄自菲薄，把自己看扁了。赶超世界先进水平，我们也有自己的优势，必须走一条有中国特色的生物制品发展之路。

此外，这个项目也让我们积累了对外交往的经验，如何谈判？如何采购？如何招标？如何联合培养人才？与洋人打交道如何做到不卑不亢？这些都初步摸出了一点门道。后续我国引进了数十条生产线，因为有了这次的经验进展都比较顺利。

第一个中外合办的培训中心

"山不在高，有仙则名，水不在深，有龙则灵。"丹麦国家不大，但在生物制品上却居于世界领先行列。比如，生物制品上很重要的一个东西叫标准品，是同类制品的参照系。世卫组织有专门给各国发放标准品的机构，一个在英国，另一个在丹麦。英国和丹麦可以说是世卫组织指导生物制品研制的两个中心。丹麦的国立血清研究所至今已有一百四五十年的历史，不仅为世卫组织发放标准品，而且还做培训人才的工作。我国老一辈的微生物学和疫苗专家陈廷祚等就是20世纪40年代去那里留学的。在生物制品行业，留学丹麦的这块牌子是很硬的。改革开放后，我国加强了对外交流，在生物制品行业，丹麦是我国专家首访的国家之一，丹麦国立血清研究所是第一个接收中国留学生的研究机构。第一个留学生是去学单克隆抗体技术的。1979年，时任卫生部部长钱信忠带领中国卫生代表团访问丹麦，丹麦国立血清研究所是重点考察对象。代表团成员、上海所原科学技术咨询委员会主任向建之说："我们到那里一看，发现他们与我国的生研所在功能上、技术人员的构成上差不多，但是他们的仪器设备和管理理念非常先进，很值得我们学习。"从此以后，我国与这个研究所的交往越来越多，他们也派人到中国回访。卫生部原部长钱信忠与丹麦国立血清研究所所长西姆（Sim）博士建立了良好的关系。1982年12月，由他们两位倡议，促成中丹两国政府签订了一个合作协议，决定在中国建立中国—丹麦医学生物学进修生培训中心。

开始时，培训中心没有建房子，借在北京天坛的中检所的房舍和设施来办班。从1983年8月起，中检所与丹麦方面先后共同举办了5期培训班，其中2期为免疫学培训班，每期20人，为期27天；2期抗微生物化学治疗培训班，每期30人，为期27天；还有1期是病毒检测新方法培训班。由于全国要求来上学习班的人很多，而中检所地方狭窄，没法征地扩建，卫生部便决定将中丹医学生物学进修生培训中心改由北京所来负责，在北京所新建培训中心。1984年，经国务院批准，培训中心正式落户北京所。8月20日举行了隆重的奠基典礼，时任卫生部部长崔月犁、丹麦内政大臣布列塔·霍尔贝亚女士、北京市副市长张百发等出席，并为培训中心开工建设奠基。中国工程院院士赵铠回忆说："中丹培训中心由双方共建。怎么共建呢？房屋基建由中国负责，室内所有的设备包括门、窗，办公室的桌、椅，都是从丹麦运来的，丹麦的木料好。当时还在院子外面种了一棵象征中丹友谊的松树。"培训中心建筑面积4430平方米，建有教学楼和宿舍楼。教学楼中设有报告厅，各种实验室、仪器室等，所有教学、试验设备全部由丹麦政府无偿提供。这些设备在当时世界上是相当先进的，许多设备是我国没有的。1985年11月11日，中丹医学生物学进修生培训中心建成，卫生部部长崔月犁、丹麦驻华大使何高泽、北京市副市长白介夫以及专程赶来的丹麦国立血清研究所所长西姆博士等参加了落成典礼。

培训班的班主任由丹麦专家担任，中方配一名副主任负责行政管理，另外由中方配一批助教和实验辅导员。

授课老师基本上都来自丹麦，有时丹麦还聘请其他国家的有关专家来讲课。培训班每期三个来月，有时同时举办几个班，每个班学员50人左右。从第一期肠道感染诊断班开始，在20多年的时间里，共办了近400期各种培训班，涉及免疫学、微生物学、分子生物学、单克隆抗体技术、酶标技术、生物制品的研发与质控、流行病学、临床医学等多个领域，先后来讲课的专家近千人。

因为当时出国留学的名额受到限制，很多不能出国的人都希望来中丹接受培训，等于"半留学"。参加学习的学员大大超出了六大生研所的范围，包括各级疾病控制中心、各大医院还有许多大专院校的老师。他们在这里学到了当时世界上最先进的医学生物学理念和先进的实验技术，还有一个"副产品"就是英语的听力和沟通能力大大加强了。因此，他们把中丹培训中心称为生物制品行业的"黄埔军校"。在这里参加培训的时间虽然只有三个来月，但很多人都把这段历史填写在自己的履历表中。

中丹培训中心开了一个中外联合在中国培养人才的好头，在不可能把所有的人都派往国外学习的情况下，这不失为一个人才培养的好模式。继中丹之后，各生研所开始常态化地举办中外合作的短训班，请一个或几个专家过来办一个短训班，长的十来天，短的三五天，一次就可以培训数十上百人。参加一次学习班，就可以了解一项新技术，就可以开阔眼界、打开思路。学习班往往都会就某一个前沿问题，与外国专家展开探讨，对生物制品的研发和生产起到了不可低估的作用。科学上的新事物、新技术层出不穷，这种中外合办的短训班是棵"常青树"。

第二十章

全球最好的乙脑疫苗在中国

一看本章的标题，有人也许会下意识地产生疑问："有根据吗？不是吹牛吧？"负责任地告诉你，根据有两个：一、世界上第一个也是唯一通过 WHO 预认证的乙脑疫苗是中国的地鼠肾细胞乙脑减毒活疫苗；二、世界上第一个非洲绿猴肾细胞（VERO）纯化乙脑灭活疫苗诞生在中国。

一个疫苗要想让世界儿童基金会采购，就必须拿到世卫组织的预认证，这是一道非跨过去不可的"铁门槛"。目前，全球乙脑疫苗通过预认证、被世界儿童基金会列入采购名单的唯有中国的地鼠肾细胞乙脑减毒活疫苗，外销已超过内销，占总产量的 60%。此外，我国在世界上第一个研制成功的 VERO 细胞纯化乙脑灭活疫苗，在疫苗研制史上有重要意义。同时因其为纯化灭活疫苗，让接种者可根据自身情况选择接种，特别是对不适合接种活疫苗的人是一个福音。

我国的乙脑疫苗研制走了一条曲折的道路，从仿制国外的鼠脑乙脑死疫苗开始，两代疫苗科学家和工程师接力攻坚克难，终使我国成为世界乙脑疫苗强国。

原北京生物制品所是我国脑炎研究的"重镇"。据原脑炎室主任、研究员丁志芬说："这个研究室是 1950 年周恩来总理提议成立的。"周总理亲自提议成立一个研究室，足可以说明脑炎的危害之大，疫苗的需要之迫切。脑炎一般就是指乙型脑炎，而流脑是指流行性脑脊髓膜炎，简称"脑膜炎"，与乙脑完全不是一码事。流脑是由细菌引起的，而乙脑是由病毒引起的。

乙脑又称日本脑炎，其死亡率虽比流脑稍逊一筹，却更大比例地"制造"残疾人。乙脑患者绝大多数为 10 岁以下的儿童，约有 30% 的病人会留下痴呆、半身不遂、智力障碍等神经性后遗症。在 20 世纪 50 年代，我国的乙脑年发病率为 20/10 万，全国累计起来这个数字突破 10 万，10 年加起来是多少？难怪周总理要亲自关心了。

乙脑是一种人畜共患病，主要自然宿主是人、猪、马，在我国，一般传播媒介是三带喙库蚊，传播途径为蚊—猪（马）—蚊—人。乙脑让人受不了，让猪也受不了，得了乙脑的怀孕母猪会流产，公猪会得睾丸炎。为不负周总理的重托，我国的两代免疫学家和疫苗专家进行了艰苦的探索，先后制造出 4 代乙脑疫苗，终于控制了乙脑在我国的流行，并为世界消灭乙脑作出了贡献。乙脑地鼠肾细胞减毒活疫苗是我国第一个也是全球唯一通过世卫组织预认证的疫苗，被列入世界儿童基金会采购清单，出口到十多个国家。新型的乙脑非洲绿猴肾（VERO）传代细胞灭活疫苗也已加入乙脑免疫的行列，以满足不同接种对象的需要。

一波三折的乙脑疫苗研制之路

研制疫苗的前提是要有毒种。20 世纪 50 年代初，我国只有一个乙脑毒种，叫 P3 株，是当时的卫生研究院教授黄祯祥于 1949 年在北京分离出来的。那时，生产乙脑疫苗普遍采用的是 Sabin（赛宾）1945 年的方法。北京所王用楫参考 Sabin 法，将 P3 株的第 64 代毒种注射到小鼠脑中，待小鼠感染后取出鼠脑，用甲醛消毒灭活，制成鼠脑灭活疫苗。在北京接种了 20 万人，证明确有预防乙脑发病的作用。据在东北运用后的调查效果：鞍山市使用鼠脑疫苗后发病率为 13.67/10 万，而未注射疫苗的发病率为 59.27/10 万，后者是前者的 4.3 倍；沈阳比鞍山的效果更好，免疫者发病率为 2/10 万，未免疫者发病率为 26.3/10 万，后者是前者的 13.15 倍。应该说免疫效果还是可以的，但因为这种疫苗中含有比较多的异本蛋白，注射后引起包括变态反应在内的不良后果，不得不停止生产。

鼠脑灭活疫苗失败后，北京所和上海所又研制出鸡胚灭活疫苗，但试验证明，鸡胚灭活疫苗的免疫效果还不如鼠脑疫苗，也被"叫停"。

1954 年全面学习苏联，乙脑疫苗生产也照搬苏联。但苏联用的其实也是 Sabin 的方法，只不过用的是幼龄鼠罢了，同样不能解决疫苗中残存鼠脑组织的问题。1956—1957 年苏式疫苗在华北地区使用后，发生了数十例异常反应，包括变态反应性脑脊髓炎，严重者或残疾或死亡。那个时侯，"苏联老大哥"被某些人奉若神明，苏式疫苗怎么会有问题？于是一时谣言四起，说什么的都有。北京所的王用楫、卢锦汉等通过精心调查检定，证明不良反应就是由残存鼠脑组织引起的。苏联方法的神话被打破了！为去除疫苗中残存的鼠脑组织，各生研所先后采取了增加过滤次数、离心沉淀、乙醚处理等工艺，结果去掉了疫苗中的杂质，但疫苗的免疫原性却降低了。武汉所参考日本的生产工艺，用鱼精蛋白和差速离心的办法对鼠脑疫苗进行精制，虽然效果不错但工艺相当烦琐困难，在实验室做出来可以，在生产中却没法推广。这样，鼠脑疫苗就走进了"死胡同"，加上鸡胚疫苗的研制失败，我国面临着无乙脑疫苗可用的尴尬状态。

20 世纪 50 年代末到 60 年代初，世界上已开始用细胞组织研制和生产疫苗，我国唯有抛弃苏联的方法，一步跨入组织培养这一先进的疫苗生产工艺，才能打通乙脑疫苗的"死胡同"。

带应急性质的地鼠肾细胞乙脑灭活疫苗

所谓组织培养，就是用细胞组织来培育病毒，制作疫苗。由于地鼠肾细胞对病毒比较敏感，所以不少疫苗都用它做培养基。我国最早用地鼠肾细胞研究乙脑疫苗的人，是中检所的李河民和俞永新。李河民是来自宝岛台湾的病毒学家，原名蔡川燕，毕业于日本东京医学专门学校。因受鲁迅先生思想影响，抗战时期几经辗转来到北平，改名为李河民，1946 年参加解放军，成为一名军医，在极其艰难的情况下制作出牛痘苗、破伤风类毒素和抗毒素。新中国成立后他曾任卫生部防疫总队大队长，1951 年赴苏留学，获医学副博士（硕士）学位，1955 年归国后到中检所工作。俞永新 1953 年毕业于福建协和大学（福建师大前身），是我国自己培养的病毒学和疫苗专家，后来成为中国工程院院士。且说当年，他俩从 1956 年就开始对我国各地分离出来的 70 多个乙脑毒株进行筛选，发现其中 SA14 和 SA4 这两个毒株来历清楚，免疫原性强，可作为生产乙脑疫苗的备选株。

说到这两个毒株，我们不能忘记我国老一辈的微生物学家汪美先。他曾任原西北防疫处技正（相当于研究员），新中国成立后到第四军医大学当教授。SA14 株是他从蚊子幼虫中分离出来的，因对小白鼠的致病性比较温和，具有潜伏期长、病程缓慢的特点，便被李河民、俞永新作为实验研究的病毒株。他俩经过挑选病毒蚀斑和经小动物的特殊传代，于

1965 年取得 SA14—5—3 株（以下简称"5—3 株"），对 12 克重的小白鼠脑内接种均无致死性，经地鼠肾细胞和小鼠脑内传代，残余毒力比较稳定，经卫生部批准制作出灭活疫苗进行临床研究。他们与研究室的全体人员首先在本人和自己小于 6 岁的孩子身上接种，发现接种后均无严重副反应；接着又进行小人群接种观察，也未发现严重副反应。这种疫苗的免疫原性还不是最理想，但当时全世界还没有比这更好的疫苗。

美国曾生产鼠脑灭活疫苗在部队中使用，因接种后出现了严重的神经系统变态反应，不得不停用了。日本先后研制出鸡胚疫苗和鼠脑疫苗，也因副反应大，停产了，后来日本生产鼠脑提纯疫苗，副反应降下来了，但免疫效果并不理想。

在我国乙脑疫苗的空白期，世界上特别是亚洲国家的乙脑疫情加剧。1957 年我国发生乙脑 3 万余例，1965—1966 年上升为 15 万例，1971—1972 年上升为 17 万例。在国外，死亡率高达 20%—40%，我国因用中西医结合的办法治疗，死亡率为 10% 左右。如果等研究出至善至美的疫苗来，疫情就难以控制了，为了应急，我国开始用 5—3 株生产乙脑地鼠肾细胞灭活疫苗，后来又研制出乙脑地鼠肾细胞活疫苗。因疫情严重，六大生研所都投入了生产。

1971 年，由北京所牵头，组织北京、上海、武汉、成都四所会战，对 5—3 株生产乙脑活疫苗进行全方位的综合研究，以进一步规范生产工艺和检定方法，确定活疫苗是否值得推广应用，共制备了 100 万份活疫苗在山东、江西、广西、浙江四省的 15 个县市观察人体接种反应、血清学反应及流行病学效果，1972—1973 年北京所又制备了 40 万人份的活疫苗在不同地区继续扩大观察。丁志芬参加了这项工作量浩繁的观察研究。没想到就是她在这项工作中的免疫效果研究，在乙脑疫苗研制和接种上导致产生了两个重要决策：第一，让 5—3 株乙脑活疫苗停产了；第二，改变了乙脑死疫苗的免疫程序，让孩子少挨针了。

说起来，这还是丁志芬"多管闲事"的结果。1973 年，她奉命去当时的乙脑非流行区延吉市进行 5—3 株地鼠肾细胞乙脑活疫苗的免疫持久性研究，与死疫苗无关。但她想到，当时地鼠肾细胞乙脑活疫苗对 1 岁儿童初次免疫后，每年还要加强注射 1 次，直到 10 岁，尽管六大生研所都在生产活疫苗，但仍旧供不应求，便主动提出，何不加一组乙脑灭活疫苗同时进行研究？得到批准。对照研究的结果表明，免疫一年后，活疫苗组抗体阳转率为 0，灭活疫苗组为 13%；分别进行一针加强注射后，活疫苗阳转率达到 100%，灭活疫苗为 93%。以后每年采血，测定抗体，证实活疫苗组的免疫持久性不及灭活疫苗好，灭活疫苗加强 1 针后，相当于免疫后 1 个月的抗体阳转率至少可维持 4 年以上，而免疫后 1 个月的抗体阳转率可以有 85% 以上的流行病学保护率。她的这个结论导致了活疫苗的停产和原有免疫程序的改变：从原来的 10 岁前需要年年注射，共 11 针，减少到 1、2、4、7、10 岁注射共 5—6 针（现在已进一步减少）。

这次在延吉的观察研究还有一个被逼出来的附带发明。当时国内外测定乙脑中和抗体的金标准是小鼠脑腔中和试验。小鼠脑腔中和试验做一次，至少需要用血清 0.3—0.4 毫升，因此必须静脉采血 1 毫升左右才能满足要求，而要求一个孩子多次静脉采血是比较困难的。在对免疫儿童第四次采血时，不仅家长不愿意，当地有关部门也不同意了，质疑说："麻疹能够用微量血，为什么乙脑必须用静脉血？"丁志芬给他们讲理由："因为麻疹是测血凝抑制抗体，而乙脑是测中和抗体。"但当地怎么也不愿接受，最后他们给儿童每人买一样文具，并保证明年只采微量耳垂血才算完成任务。既然向人家承诺了明年只采微量血，承诺要兑现，就必须拿出相应的检测方法来。丁志芬课题组回到北京后，马上开展了微量血蚀斑中和试验和原来的小鼠中和试验的比较研究，终于在国内首先建立了微量血蚀斑测定乙脑抗体的方法。医科院病毒所闻讯后派人来学习，经过试验证明确实可行，最后还发表了论文。自此以后，每年都只采耳垂微量血（0.5毫升），从而减少了孩子抽血的痛苦，使观察研究得以继续顺利进行。丁志芬笑称这项发明是"有心栽花花不发，无意插柳柳成荫"。

其实所谓"无意插柳"也是"有心栽花"的一种结果。北京所开始生产地鼠肾细胞乙脑疫苗时，不知什么原因细胞生长不理想，不是偏薄就是活力不好，甚至长成一块一块，或者一圈好一圈坏。大家想尽了办法，总不能彻底解决问题。时任乙脑室副主任的丁志芬每天进到无菌室和大家一起找原因，有一天她突然觉得有可能是因为胰蛋白酶液 pH 偏低，便让补加 7.5% 的 $NaHCO_3$（碳酸氢钠），直到摇匀后 pH 呈 7.8—8.0 的颜色为止，这一次细胞长得又均匀又厚实，从此细胞就长好了。他戏称："这真是踏破铁鞋无觅处，得来全不费工夫。"

北京所是 5—3 株生产乙脑疫苗的主力，在所领导和乙脑室主任刘培生的领导下，建立一套完整的生产工艺，生产顺风顺水了，为我国控制乙脑流行作出了历史性贡献。但是用 5—3 株生产死疫苗接种后的阳转率只有 60% 多，作为应急接种可以，但并非长久之计，因此乙脑疫苗的研制之路还远没有到头。

全球第一个通过 WHO 预认证的乙脑活疫苗

从免疫学的角度讲，死疫苗不是一个完全的抗原，只能通过体液免疫而不能通过 T 细胞免疫，因而需要大量的抗原刺激，这是注射针数多的主要原因。解决的根本办法还是得研究出免疫性能好、副作用小的活疫苗。而用 5—3 株制作的活疫苗临床试验结果不理想，所以毒种的优化是一个关键。

俞永新在培育出 5—3 株后，没有停止研究的步伐，对 5—3 株继续进行传代优化，在实验室一干又是 8 年，终于选育出免疫原性最好的 14—2 株。1983 年，用此株试生产的疫苗在齐齐哈尔试种，证明抗体阳转率为 92.3%（5—3 株为 61.5%）。1986 年，在张家口试种 5—12 岁儿童 1000 余名，阳转率达 100%，且副反应轻微，于是被批准用于试生产。

在实验室试制疫苗和在车间大量生产疫苗，原理是一样的，但绝非像把幻灯片上的文字和图形放大到银幕上那么简单，得有工艺大师才行。俞永新相中了成都所的王寿贵。

王寿贵是从原大连所调到成都所的，曾师从日本技师学习疫苗制作。他爱动脑筋，工作特别严谨，带出了一个能打硬仗的技师团队。在用 5—3 株生产时，俞永新曾到成都来看生产过程，发现王寿贵培养的细胞长得比较完美，表面光滑均匀，细胞层次高。那时进口培养基不容易，王寿贵带着大家想办法，搞出了自己的培养基，使细胞长得更好。俞永新因此决定把 14—2 株交给王寿贵去开发生产，于是有了"一个优秀技师引来了一种新型疫苗"的佳话。

王寿贵的"放大"工作一开始很不顺利，在培养基配方和细胞培养液配方上，经历了无数次的失败，历经两年探索，才找到了科学的配方。将此种配方用于生产，病毒繁殖高，滴度稳定，血清学检测效果好，经中检所检定后，卫生部批准大面积上临床。

俞永新在实验室制作的疫苗在齐齐哈尔和张家口试种，是小面积，接种了 800—1000 人。现在要大面积，是多少人？80 万！在世界疫苗试种史上，这是一个罕见的数字、浩大的工程，1987—1988 年在云南、贵州两省的鼎力相助下展开。成都所流行病学研究室主任周本立自始至终参加了这项工作，他回忆说："在云南试种了50万儿童（另30万在贵州），结果证明阳转率高达90%—100%，与俞永新小面积试种的结果是一致的。而且没有发生与疫苗相关的副反应，只有少数短暂发烧到38℃。地鼠肾乙脑活疫苗能达到这么好的效果，当时在世界上没有第二家。"

14—2株地鼠肾细胞乙脑减毒活疫苗于1988年拿到新药证书，随后开始大量生产，当时成都所是唯一的生产单位，地鼠肾细胞乙脑减毒活疫苗研制成功被列为1989年全国十大科技成就之一，这项研究于1990年获得国家科技进步一等奖。

在新世纪，地鼠肾细胞乙脑减毒活疫苗被列入国家计划免疫产品。说起它通过世卫组织预认证，也许还得感谢美国人。此话怎讲？美国在亚洲包括日本、韩国和东南亚的驻军中，经常发生乙脑疫情，而美国没有乙脑疫苗，选用的是日本的鼠脑纯化疫苗，给官兵接种后屡屡发生中枢神经系统的变态反应。美军苦于采购不到好的乙脑疫苗，听说中国研制出来了地鼠肾细胞乙脑减毒活疫苗，效果不错，1991年就派人到成都所考察。他们看得很仔细，感到疫苗不错，但觉得生产设备土不啦叽的，动物饲养室也不符合GMP规范，不敢贸然采购，所以又请世卫组织派专家组来再次考察。专家组看完以后，主动提出资助成都所10万美元用于添置一些小型设备，同时要求把用于生产的14—2株送国际菌苗实验室进行生物学特性和安全性方面的全面检定。

真金不怕火炼。国际菌苗实验室的检定结果与俞永新教授所做的结果完全一致。毒株没问题了，他们还要看临床试验情况。美国人戴着有色眼镜，总认为中国的试验数据有水分，于是组成了一个有美国专家与华西医科大学（现四川大学医学院）临床流行病教研室专家参加的协作组，在成都做疫苗的安全性考察。疫苗接种了 1 万人份，空白对照也选了 1 万多人。每天派人到接种儿童家里去观察，测量体温，看小孩的精神状态如何。这样观察了一个多月，最后证明这种疫苗是有效的、安全的。就这还没完，他们在四川选了一个片区，在乙脑流行的七八月份进行调查对比。如果一名儿童没有感染乙脑，就要查他打没打过疫苗，打的什么疫苗，同时选 4 个与他年龄和生活条件相似但没有打疫苗的儿童来进行对照，如果其中有人得了乙脑，就把他接到医院进行治疗和调查。继美国之后，韩国、印度、尼泊尔等国也派人来参与考察。韩国人还把 14—2 毒株带回国内进行了检定。如此这般之后，韩国、印度、尼泊尔等国决定进口成都所生产的地鼠肾细胞乙脑减毒活疫苗。唯独美国没有立即采购，它要等通过世卫组织的预认证后再做决定。

通过世卫组织预认证的路程走了上 10 年。成都所原所长吴永林力排众议投巨资来进行这项工作，他调中国生物任副总裁（现总裁）后，新任所长葛永红接着做。说起这 10 年，成都所乙脑室主任郑庆纹感慨万千，认为简直是一次脱胎换骨。一切要按 WHO 的 GMP 标准建设，WHO 派了一个专家来讲课，是按小时收费的，那时很多人的英文还不太行，听得半懂非懂，咋办？郑庆纹就带着白家峰、杨文杰、廖丹等人，把他的讲课录音和英文版的 GMP 标准没日没夜地翻译了 7 个月，编成一本用中国方式表达的教材。她说："建设过程的艰难我就不讲了，只说观念上的改变。生产车间的空气也必须经过三层过滤消毒，以防空气把细菌带进车间，影响产品质量。过去我们进车间，随便套上工作服就行了。现在要按'七步法'严格消毒。第一步，先把衣服脱得只剩下内衣，严格按规定洗手，烘干；第二步，穿上灭菌的衣、裤、袜子，戴上口罩；第三步，酒精消毒，戴手套，只准摸内层，不得摸外层，手套外层消毒后，翻过来再消毒，重新戴上……全程均有人监督，在确认消毒合格后，再戴上披肩帽，穿上连体服，戴上护目镜，方可进入车间。过去对操作人员的学历无要求，现在我手下全部是本科生、研究生……GMP 标准体现在每一个细节上。"就这么一个细节一个细节地落实后，2013 年成都所的地鼠肾细胞乙脑减毒活疫苗终于通过 WHO 的预认证，疫苗可以在世界上畅行无阻了。这是改革开放的一个重要成果，在全国起到了"领头羊"的作用。现在，成都所已经按 GMP 标准生产乙脑疫苗 10 亿人份，每年 2000 万人份供应国内，3000 万人份出口国外。

世界上第一个 VERO 细胞纯化乙脑灭活疫苗

5—3 株地鼠肾细胞乙脑灭活疫苗使用 20 多年来，对降低我国的乙脑发病率和病死率功不可没。但是，存在的三个问题必须解决：一、抗原含量较少，儿童免疫后抗体反应不够理想；二、因是用原代地鼠肾细胞生产，残存的杂蛋白引起的过敏反应时有发生；三、生产一次就需要数百只甚至成千只地鼠，地鼠用得多，工序复杂烦琐，而且容易造成污染使工艺中断或疫苗废弃。

上述三个要解决的问题，都与用原代动物细胞生产疫苗有关，如果抛开原代组胞，用传代细胞生产，三个问题都可迎刃而解。丁志芬通过广泛阅读国内外专业文献，决心在这方面一试身手。她说："感谢北京所的领导们，在当时经济困难的情况下还坚持订阅了很多高价的国外杂志，使我们能够在那个消息不怎么畅通的年代及时了解到国际上的生物制品发展动态。"

早在 20 世纪 60 年代，Hayflick 和 Yasumura 分别建立了人二倍体细胞株和非洲绿猴肾细胞系（VERO），以及人的类淋巴细胞系（Namalwa），世界各国先后采用传代细胞代替原代细胞进行试验研究和人用生物制品生产的尝试，显示出了明显的优势。1979 年英国用 1000L 罐悬浮培养 BHK（仓鼠肾）细胞生产了动物用口蹄疫疫苗，用 Namalwa 细胞制备了人用类淋巴细胞干扰素，70 年代末 80 年代初法国巴斯德梅里厄研究所用微载体反应器系统培养 VERO 细胞生产小儿麻痹灭活疫苗和人用狂犬病疫苗首先获得成功。1984 年和 1987 年，WHO 分别制定了 VERO 细胞生产小儿麻痹灭活疫苗和人用狂犬病疫苗规程。

传代细胞是一种经过标准化的，无细菌、病毒、支原体污染的，可以不断传代的细胞，冻存在液氮中可以保留其全部生物学活性，取出来可以不断扩增而用于生产，这样不仅省去了烦琐的原代细胞操作工艺，而且也保证了细胞的质量，减少了原代细胞的可能污染，无疑是疫苗基质的最好选择。

认准了的路就要走下去。起初，丁志芬带领乙脑室尝试自己建立地鼠肾细胞的传代细胞系，以代替原代地鼠肾细胞。她们从动物室取回怀孕的地鼠，把胚胎的肺、肾、肌肉、皮肤组织取下来分别进行消化培养，待成片后再消化传代，发现肌皮和肺细胞生长良好，肾细胞生长缓慢，肌皮和肺细胞能传 10 余代，而肾细胞只能传 3—5 代，重复几次结果相似，最后不得不终止。

要说传代细胞，北京所不是有现存的吗？何苦还要自己去建立。闻仲权建立的 2BS 人二倍体细胞株，在北京所已经用于生产脊髓灰质炎活疫苗。1975 年，丁志芬也开始了人二倍体细胞乙脑疫苗的研究，可惜又失败了。他们在 2BS 细胞上将乙脑病毒连续传了 57 代，将早、中、晚代毒种进行免疫原性的比较，发现传代后免疫原性逐渐降低，不能用于生产，不得不放弃。

看来用传代细胞制作乙脑疫苗的这条路暂时走不通了，因当时拿不到国外的 BHK 细胞和 VERO 细胞。转了一圈不得已又转了回来，想用浓缩的办法解决乙脑死疫苗抗原偏低的问题。要浓缩，离不开超滤器，而当时国内没有。打听到天津纺织工学院制备的中空纤维超滤柱正在进行试验，拿来一用，证明超过滤是浓缩疫苗的好方法。于是，他们用鼠脑毒种做出了6批疫苗，脑炎室的14人首先接种，每人皮下注射2毫升，没有发烧和不良反应，接着又按照基础免疫2针注射托儿所2—5岁儿童54人，也没有局部和全身的不良反应，于是扩大试生产，制备了95000毫升疫苗，在湖北接种1—3岁儿童（2针间隔1周），免疫后血清中和抗体阳转率为71%—100%。浓缩疫苗将阳转率提升了，但是用于细胞培养和病毒培养的营养液价格昂贵，需要进口，而且毒种甩不掉鼠脑，只好作罢，又回到传代细胞疫苗的研制上来。

这次回头多少有些被逼的性质。改革开放后，国家计委和卫生部计划对全国六大生研所的18条生产线进行整合改造，确定乙脑疫苗将由北京、长春两所生产7000万人份（当时全国的供应量，俞永新研制的减毒活疫苗还未面世），其他四个生研所将不再生产。当时北京所的乙脑疫苗生产能力还不到1000万人份，等于生产规模要扩大3—4倍，如果还用地鼠肾原代细胞生产，就必须建立一个庞大的地鼠繁殖种群，扩建动物房和生产车间，如能用传代细胞生产乙脑疫苗就会省掉这许多工程和麻烦。而且，此时的国际环境已非彼时，从国际上要传代细胞不太困难了。

1985年丁志芬考虑用BHK21（乳仓鼠肾细胞）传代细胞来生产疫苗，指导两位武汉大学学生做毕业论文，研究结果证明：1.在BHK21传代细胞上乙脑病毒生长良好；2.可以用B—丙内酯取代甲醛用来灭活乙脑病毒，也就是说，用BHK21传代细胞可以生产乙脑灭活疫苗，但是这条路径是最好的吗？

丁志芬又带领大家进行传代细胞BHK21和VERO（非洲绿猴肾

细胞）对比研究。BHK21 细胞看似很有希望，如能悬浮培养，就可以用大罐像培养细菌一样培养疫苗了。但是他们手头的 BHK21 细胞是贴壁细胞，能否通过驯化改变其贴壁特性，使之成为可以悬浮培养的细胞呢？在这里，他们又遭遇了"滑铁卢"，多次试验都没有成功。再看 VERO 细胞，其产生的病毒滴度和 BHK21 细胞一样都很理想，而且 WHO 已经制定了相应的规程，法国已经用 VERO 细胞成功制备出其他疫苗。因此，丁志芬决定放弃 BHK21 细胞的研究，改为研制 VERO 细胞疫苗。1988 年 3 月，丁志芬团队的传代细胞制备乙脑灭活疫苗的研究，被批准为国家医学重点科技项目。

这一年，成都所的地鼠肾乙脑活疫苗已经拿到新药证书，为什么还要把传代细胞死疫苗作为重点科技项目？因为活疫苗和死疫苗各有千秋，无绝对优劣之别，有些身体条件不适合用活疫苗的可用死疫苗。这年底，通过 WHO 生物制品处的帮助，北京所得到了 ATCC（美国菌种保藏中心，是世界上最大的生物资源中心）的 118 代 VERO 细胞方瓶两个。乙脑室在闻仲权的指导下，通过培养、扩增建起了细胞种子库。他们前期失败的教训，现在成了成功的垫脚石。根据在二倍体细胞疫苗研究中的经验，很快制备了早代的 VERO 乙脑病毒毒种库。接着进行细胞培育和病毒培养的工艺研究，北京所为他们改建了一间实验室，给了一个装有转瓶机的培育房、一间洗刷室和一个办公室，并且将课题组的 6 人团队从脑炎疫苗室剥离出来，专门成立了中试二室。但是所里只能给房子没法给设备，怎么办？丁志芬横下一条心："没有条件创造条件上。"国外培养细胞用的是微载体反应器系统，当时在中国见也没见过，要进口又没有外汇，他们决定用 15L 转瓶培养代替发酵罐来培养，设计了自己的技术路线：从细胞库取细胞—复苏扩增细胞—接种培养病毒—多次收获病毒—浓缩病毒—纯化病毒（去除杂蛋白和 DNA）—稀释分装并冻干疫苗。每一步工作都遇到很多难题，除了一台转瓶机，没有任何机器设备，所里其他研究室有的就借来用。正好所里有一台 WHO 的 CVI 支援脊灰室的中空纤维超滤器系统，借来后解决了疫苗浓缩问题；纯化，又没有设备，当时乙肝疫苗室有超速离心机，他们借来一台，用于纯化研究；纯化后要脱糖，他们借用血浆研究室的 MINI 超滤器也解决了问题。就这样，没有买一件设备，他们完成了 VERO 细胞乙脑疫苗的临床前研究。经用当时最先进的 FPLC 仪器分析，证明疫苗纯度很高，在电镜下可看到清晰而完整的病毒。

疫苗中细胞残余 DNA 的去除曾经是一个重大难题，国内还从来没有人做过。丁志芬参考 Amosenko·Fa 用硫酸鱼精蛋白的去除方法，设计了方案，让助手石慧颖去做，相关论文发表在《疫苗》（VACCINE）期刊上。石慧颖想看看原文，不巧的是这期杂志被人借走了，等他们借到手时，见鬼！这篇文章却不知道被什么人撕掉了，只好到处去找，协和医学院图书馆没有，医科院的图书馆也没有……最后是中检所的一位朋友帮助复印回来一份。VERO 细胞残余 DNA 检定，当时国内也没有现成的经验，恰在这时得知军事医学科学院要举办"光敏生物素标记法检测 DNA"学习班，丁志芬立即派助手石慧颖去学习，学会了做 DNA 检定。至此，VERO 传代细胞乙脑疫苗的所有工艺和检定问题全部解决。

这中间有一个有趣的插曲。北京所所长顾佩韦到美国去参加 1988 年 WHO 召开的传代细胞会议，在会上报告了丁志芬曾经用 Namalva 细胞研制人用干扰素和用 BHK21 细胞研制乙脑疫苗的进展，引起世界某知名疫苗研究所的注意，提出要求合作研究 VERO 乙脑疫苗。好事啊！几经周折，直到 1992 年丁志芬才应邀前往，去那儿一看，让她大失所望。原以为去了可以学到许多东西，可一去就给你"约法三章"，这个不能看，那个不能拍照……除让看了一眼反应器系统和二倍体细胞狂犬疫苗的生产外，什么都对你保密，却要你详细介绍自己的研究结果，包括每一个细节，这哪是合作啊？丁志芬憋着一口气回国后，对研究室的同事说："× 国人除了设备比我们先进之外，没有什么了不起，我们的条件虽然没有他们好，但只要努力一定能很快解决问题，我们要争口气，不能让他们抢在前面。"

1994 年底，丁志芬课题组试制的三批 VERO 细胞纯化乙脑疫苗顺利通过中检所检定；1995 年 2 月，向卫生部新药审评办公室申请开展临床研究。这是我国向新药审评办公室申请的第一个传代细胞纯化疫苗，也是世界上第一个用 VERO 细胞制备的纯化乙脑疫苗，1996 年获中国生物制品总公司科技进步一等奖。1997 年人体观察完成，获准开展新生物制品试生产，1998 年底取得新药证书。疫苗试生产后因临床使用反应良好先后被入选北京市火炬项目和国家火炬项目，其中的动物细胞大量培养技术及反应器研制获"八五"科技攻关重大科技成果奖，2000年 VERO 细胞疫苗被评为国家级新产品，丁志芬被评为全国优秀留学回国人员。

VERO 细胞纯化乙脑疫苗在我国使用几年后，上述那个外国研究所也试制出来了，但在临床观察时，没有通过安全试验这一关，从此作罢了。

VERO 传代细胞乙脑疫苗的研制在我国开了一个用传代细胞研究疫苗的先河，继丁志芬之后，仅北京所就先后开展了 VERO 细胞狂犬病疫苗、脊灰灭活疫苗、手足口病疫苗的研究并已取得丰硕成果。因此，VERO 细胞乙脑疫苗诞生的意义远远超出了乙脑疫苗本身，它带动出一个用传代细胞研究疫苗的浪潮，如今每研究一种新的疫苗往往都会首先从 VERO 细胞开始尝试。

丁志芬一生致力于乙脑疫苗研究，退休前，为了进一步提高疫苗质量，2000 年她带着研究生田博开始了 VERO 细胞乙脑疫苗的细胞基质蛋白过敏原的研究及检测探索，发表了 3 篇论文，引起了国内对于细胞培养疫苗的细胞基质蛋白过敏原的重视，现在不仅 VERO 细胞疫苗的基质蛋白检测被列入必检项目，原代地鼠肾细胞基质蛋白的检测也被列入规程，对于减少副反应起了重要作用。

|第二十一章|
世界首创的甲肝减毒活疫苗

　　甲型肝炎发病急，有黄疸，虽大多不致命，但传染性强，引起社会恐慌。因甲肝病毒发现较晚，全世界除个别国家有免疫原性较低的甲肝死疫苗外，还没有甲肝减毒活疫苗。在研制甲肝减毒活疫苗的竞技场上，我国科学家拔得头筹，首创的甲肝减毒活疫苗于 1990 年问世。从此，我国勒住了甲肝的笼头，甲肝发病率由 1992 年的 100/10 万，降低到 2017 年的 1.3679/10 万。全国甲肝死亡率降到 0.0003/10 万（3/1 亿）。甲肝恐慌一去不复返了。

　　说到甲肝，笔者不禁想起 1988 年的春天。那时，上海暴发甲肝大流行，闹得全国跟着紧张，层层发布疫情警报，许多单位禁止去上海出差。恰在这时，北京的一家出版社硬拉着笔者去上海写宝钢的报告文学。笔者所在单位的卫生所所长严肃地问："疫情通报你没看吗？去上海我们要登记上报的。"见笔者态度坚决，他给笔者打了一针丙种球蛋白，说："这东西有一定的预防作用，到了上海自己注意防止感染。"从北京飞上海，偌大的一架空客飞机，才稀稀拉拉地坐了十几个人。到了宝钢，接待我们的人第一件事就是介绍甲肝疫情，又给我们每人打了一针丙种球蛋白。带队的出版社编辑部主任是位女作家，怕被感染，毛巾、床单、被套、枕套统统从北京带来了，一进房间，就把宾馆的这些东西全换上自己带来的。上下电梯要按按钮，她用圆珠笔笔头去按，不敢用手，颇有点风声鹤唳的味道。不怪她害怕，当时疫情确实相当严重。

上海所应对甲肝疫情的紧急行动

当时，在短短两个月的时间内，上海全市报告甲肝发病数为 34 万例，死亡 31 人。全市大小医院都被甲肝病人"占领"，一般慢性病患者全部被动员出院，腾出床位收治甲肝病人。那时上海各家医院总共只有 5.5 万张病床，即使全部让给甲肝病人也无法满足住院的要求，有的病人自带折叠床和被褥，睡到医院里就不走了。在一个单位，如果知道谁感染了甲肝，大家都躲得远远的。朋友见面也不敢握手，不敢面对面交谈了，往往是招招手、点点头就各走各的。一时间在上海出现了一股"恐肝热"，对生产、生活都造成了很大的影响。许多学校停课了，教室被改成了临时病房，一些旅馆也被临时征用来收治病人，就这还不够，最后要求大中型企业把仓库腾出来，支上病床收治病人。

据防疫部门调查证实，这次甲肝大流行的罪魁祸首是上海人最爱吃的毛蚶。毛蚶大都生长于江河入海口，本来是一种比较安全的美味，但因 1987 年底长江江苏启东段入海口受到甲肝病毒污染，毛蚶于是带上了甲肝病毒。毛蚶、牡蛎等贝类生物一旦被污染，所带的病毒就格外多，因为贝类生物的滤水器、消化腺可浓缩大量病毒。

甲肝是通过消化道感染的，传播途径为粪—口。那时上海的许多居民可不像现在，住上了带厕所的单元房，因家里大都没有厕所，往往一家一个马桶。每天清晨，住在弄堂里的人家把马桶提到公共厕所里倒掉，用自来水冲干净，一排排地摆在外面晒，成为上海弄堂里的一景。如此卫生条件使甲肝的传播更为方便。甲肝还有一个特点，就是喜欢感染青少年，30岁以上的人很少感染。上海市政府下达紧急通告，禁止销售毛蚶，提出了一个口号："全市动员起来，打一场防治甲肝的人民战争"。

这场"人民战争"怎么打？除了收治病人和采取公共卫生措施之外，最好的武器就是疫苗。但是，甲肝疫苗在哪里？上海没有！全中国也没有！国外个别国家生产了甲肝死疫苗，但免疫原性不高，且价格昂贵，不要说没有外汇来买，就是有外汇也远水不解近渴。当时我国只有长春生研所在三年前开始从事甲肝疫苗的研究，但疫苗还在临床研究阶段，不能用于大规模接种，怎么办？只好不得已而求其次，用丙种球蛋白来代替疫苗进行治疗和预防。

上海生研所有一位全国著名的血液制品专家，叫张天仁。早在1952年，张天仁就主持从胎盘中提取丙种球蛋白的研究，通过改进工艺设计、制定生产规程和检定标准，使胎盘丙种球蛋白的质量大大提升。1958年，张天仁又开展了人血丙种球蛋白的研究，采用国际上先进的低温酒精法成功生产出人血丙种球蛋白。现在面对甲肝疫情，人们把希望的目光投向了上海生研所。上海市的领导同志带着卫生局的有关人员来到上海生研所动员督战，要求他们紧急行动起来，加班生产丙种球蛋白，以解上海扑灭甲肝疫情的燃眉之急。而当时丙种球蛋白的生产还是手工作业，对生产人员的技术水平要求比较高，随便派外行去支援也是不行的，只能靠有生产经验的那20多人，其他人在车间外做辅助性的工作。生产车间的温度是-34℃，员工在经严格消毒后进入车间生产，因连续加班，有人被冻出了关节炎。经过 20 多天的昼夜奋战，他们生产出 30 万支胎盘丙种球蛋白，26 万支人血丙种球蛋白。尽管上海生研所开足了马力，但产品远远不能满足需要，往往刚投入市面就被抢购一空。有人用一台当时非常稀缺的彩电换一支丙种球蛋白也在所不惜。好在这次甲肝疫情来得猛，去得也快，到 4 月初就基本停止了，上海市的紧张空气随之消散。

丙种球蛋白是一种广谱治疗预防制品，不是针对特定的细菌和病毒，算是一种"万金油"。虽然其作用不可小觑，但它仍然不能代替疫苗，只能作为一种辅助性的药物使用。此次上海抗击甲肝，丙种球蛋白功不可没，但究竟起到了多大的作用，还没有严格的科学数据。研究甲肝疫苗的任务严峻地摆在疫苗研究者的面前。

上海的这次甲肝大流行，其实只是我国甲肝疫情的一个缩影。据估计，我国既往感染 HAV（甲肝病毒）的人数高达 9600 万。在发病地区上呈现北高南低、西高东低、农村高城市低的流行趋势，与卫生条件密切相关。甲肝病毒的宿主是人，病毒随人的粪便排出体外，污染水源、食物、海产品，人喝了、吃了就被感染。被感染的人固然很多，但是大多数被感染者都是轻型，可自愈，自愈后就具备了免疫力，只有少数患者为重型 会出现黄疸，就是过去所说的"黄疸性肝炎"，如不及时治疗，后果比较严重，甚至会死亡。

难在找不到用于减毒的动物

在世界上，甲肝病毒 1973 年才被 Femslone 从患者的粪便中分离出来。因发现较晚，对这个病毒的认识还比较模糊，直到现代的基因技术出现后，科学家才弄清了它的本来面目。甲肝病毒只有一个血清型，分为Ⅰ、Ⅱ、Ⅲ、Ⅳ四个基因型，Ⅰ型基因约占80%，又分为IA和IB两个亚型。IA亚型几乎存在于世界各国的甲肝病毒毒株中。甲肝病毒主要在人的肝细胞中增殖，从而引起肝细胞损伤，故称为甲型肝炎。

1985年初，长春生研所成立的甲肝研究课题组隶属于麻疹室，麻疹室主任为武文焕。当时，他们从上海得到一株被命名为"L—A—1"的甲肝病毒株。这个毒株的来历清楚，是1980年底从黑龙江一例患甲肝的2岁男童的粪便中分离出来的，分离者是上海市疾病预防控制中心的胡梦冬等人。这是一个减毒株。胡梦冬先在由上海生研所提供的人胚肺二倍体细胞株（SL7）细胞上传了3—5代，又经二倍体（2BS）细胞低温（32℃）传代和筛选，传递11—18代而得到减毒株。

但这个减毒株还不能用于疫苗制作。1985年，时任长春生研所所长张权一拿出一个"小炮弹"，里面装着甲肝病毒毒株，对麻疹室的王鹏赋说："这个东西给你，要尽快搞出甲肝活疫苗来，美国人也在搞，别让他们抢了先。"

王鹏赋在接受采访时对笔者说："当时年轻气盛，觉得所长把这个任务交给咱是对咱的信任，所以心里憋着一股气，一定要先于美国人搞出来。张权一所长还特别对我说：'相信你和我们长春所的技术力量，一定能把国外没搞成的东西搞出来。'"

说起长春所从上海拿到这个毒株，其中还有一个故事。张权一回忆说："我去上海出差，上海市防疫站站长徐辉是我在卫生部干部学校学习时的同学。后来我到上医（上海医学院）学习，他也到上医学习，我是医疗系，他是卫生系，所以我们很熟。碰到他，他说你上我们单位来吧，参观参观，我就去了。我去参观，有一个叫胡梦冬的，他是搞甲肝的，就是他分离出来了甲肝病毒。我说：'我们搞了两三年都没能分离出来，你能分离出来太好了。'与胡梦东唠起来，我们也算是校友，都是上医的学生，但不同班。他说：'我有病毒就跟你合作吧。你搞疫苗的，你做疫苗，我提供病毒。'我说：'行啊！'实际上我心里非常着急，因为我没有整出这个病毒，他整出来了。做生物制品，你没有种子就啥都白搭了。他还非常主动。甲肝疫苗对控制甲肝流行是非常需要的。甲肝死亡率很低，但病情很凶险。人们得了甲肝以后，重型的全身都是黄疸，皮肤都变成黄色的了，叫人很害怕。这是一个重要的传染病，传染力很强。1988年上海流行甲肝时，到啥程度啊？上海的海船往大连，大连的海港不让它靠岸，不让卸货，让它赶紧回去，就到这个程度。这样我们两家就合作了。还有浙江医科院一个叫毛江森的，他也在搞，他也搞出毒株来了。我拿到毒种后，派人到他那儿，因为有些技术细节要交流，怎么分离？怎么培养？等等。我当时是派王鹏赋去的，这个小伙子是很精明的。他带的一组人到那去和胡梦冬合作，合作得非常好，就正式达成协议了。后来叫上海市科委知道了，派了两个处长来找我往回要（毒株）。我们有协议了，要不成啦！他的意思是说，我们上海的成果不外流。我说：'哪有这个规定呀？'他也没办法，就空手回去了。几年的合作下来，我们就把甲肝疫苗搞出来了，效果很好，也很受欢迎，现在就成为一个很重要的产品了。而且这个疫苗是减毒活疫苗，也是世界第一份，因为外国搞得都是灭活疫苗。后来也不止我们一家了，医科院、昆明所都搞出来了。干这项工作，武文焕是主任、王鹏赋是组长，具体工作是王鹏赋在做。"

要做成甲肝减毒活疫苗的要害是减毒，减的不够，那就成了传染源；减过头了，抗原太少接种对象产生不了足够的免疫力，打了就等于白打。据王鹏赋所看到的外文资料，当时国外也在用两个毒株研究活疫苗。一个减毒减多了，另一个减的不够，最后都没搞成。王鹏赋遇到的最大问题也是如何减毒。为此，王鹏赋专门向胡梦冬了解了 L—A—1

株的详细来历。胡梦冬是用 SL7 和二倍体（2BS）细胞传代减毒的，但这两种细胞都是人体细胞，减毒效果不理想。按照其他疫苗减毒株培育的方法，一般都经过了动物。王鹏赋虽然知道人是甲肝病毒的唯一宿主，在其他动物上不致病，但还是想在动物身上试一遍，于是展开了一系列的试验。

那时甲肝疫苗课题组属麻疹室领导，主任武文焕给他配了一个助手叫王玮，课题组开始只有他俩再加一个洗刷工。他们先后用小白鼠、大白鼠、豚鼠、猴子（包括恒河猴和南美狨猴）分别做试验。

王鹏赋说："当时长春所没有恒温室，数九寒天就怕把试验动物冻感冒了，我们专门给动物做了被套，半夜三更也要去看看，就怕动物冻死了，或者感冒了。"现在看来这都不符合规定，但当时就那个条件，只能这么干。

尽管费了九牛二虎之力，结果大多数工作都是徒劳的，不过有一个重要发现：L—A—1 株对恒河猴和南美狨猴虽然都不致病、不传播，却会产生短暂的毒血症和特异性抗体。这让他们增强了研制疫苗的信心，抛弃其他动物，专门在这两种猴子身上做试验。他们先将甲肝病毒注射到猴子身上，然后通过肝穿刺取出肝细胞进行化验，但是猴子只能作为检验毒株致病性和产生抗体程度的研究，并不能解决减毒的问题，所以减毒研究又回到了人二倍体细胞株上面来。王鹏赋说："通俗地讲，就是要找到一个平衡点，既能让人产生足够的抗体又不可让人致病，每减一次就在猴子身上做试验。"试验的过程困难重重，王玮说："一开始没有 MEM 培养基，现在随便花钱就能买到，而当时需要进口，没办法，我们就用乳蛋白代替来进行减毒试验。减着减着，毒没了，但我们没有泄气，反复再来。有一天，终于发现有病毒了，我们激动得哭了起来，心里高兴得就像国庆节天安门前的礼花怒放。"

　　试验用的猴子也是一大困难，一只猴子只能做一次试验，而长春没有猴子。从南方运来非常麻烦，一路上要经过几个气候带，一旦患病就没用了。请昆明所帮忙，但他们也没有这么多猴子，于是长春所在广西建了一个试验用猴基地。挑选健康的猴子由专人护送运到长春来，一路上的艰辛，自不待言。王鹏赋说："猴子也有灵性，公猴照顾母猴，大猴照顾小猴，后来见到我们就像见了仇人一样，猴子在高处打秋千一上午都不下来，突然一下跳到你的头上，把你的帽子扔到地上。猴子很聪明，可以把笼子的铁丝解开了跑出来玩，没办法，后来只好加锁。"

　　经过近4年的探索试验，他们终于培育出理想的减毒株，可以用于试制疫苗了。

一个疫苗项目获得两个国家奖

　　能用于生产的减毒株搞出来之后，王鹏赋的课题组升格为甲肝室，他也从课题组组长升为室主任。人马也加强了，从3个人变成了十几个人。因甲肝病毒在动物细胞上不敏感，所以疫苗只能用人二倍体细胞来制作。当时国内有2个人二倍体细胞株，即KMB—17株和2BS株可用于制作疫苗。从理论上说，人二倍体细胞是可以通过传代而连绵不绝的，但在实际用于制作疫苗时，并非每一代人二倍体细胞都能让甲肝病毒旺盛繁殖。若繁殖不好，就没法制作疫苗。经无数次的探索，终于摸到了一些规律，建立起3个人二倍体细胞库。第一个是原始细胞库，也可称为种子细胞库，这里面的细胞是作种子用的，KMB—17株在原始细胞库中的世代应控制在6代以内，2BS株应控制在14代以内；第二个是主细胞库，KMB—17株应控制在15代以内，2BS株应控制在31代以内；第三个是工作细胞库，即用于生产疫苗的细胞库，KMB—17株应控制在 45 代以内，2BS 株应控制在 44 代以内。这每一个数字都是通过反复试验才得到的。制作疫苗时，从 -198℃ 的冷库中取出工作细胞管，待其复苏后混合培养成单层细胞，然后用胰蛋白酶消化置于 37℃ ±0.5℃ 发酵罐中进行静置和旋转培养，培养好后再将病毒种在上面……生产用的毒株也需要像上述人二倍体细胞那样建立原始种子批、主种子批、工作种子批三个毒种库，每个批次的传代都有代数限度。这些听起来都把人听糊涂了，何况探索的过程，个中艰辛只有亲历者才知道。

甲肝减毒活疫苗受到国家的高度重视，被列入"八五"攻关课题。1988 年开始做临床试验的时候，正逢甲肝在上海大流行，因此得到老百姓的积极支持，踊跃报名参加临床试验。长春所与浙江医学院合作，在广西做了 3 期临床试验。Ⅰ期只做了 10 个人，Ⅱ期做了近 1000 人，Ⅲ期做了 10 多万人，证明用 L—A—1 毒株生产的甲肝活疫苗免疫后，3 个月的抗体阳转率为 73.7%，6 个月的为 83.2%，没有出现异常反应，说明疫苗保护效果良好，接种十分安全。20 世纪 90 年代初，长春所拿到了甲肝疫苗试生产文号，消息传出，很多地方提前把钱打过来，排队购买。

几乎与此同时，浙江医学院的毛江森培育成功甲肝 H2 减毒株，并用之试制出甲肝减毒活疫苗，其质量与长春所的产品不相上下，难分伯仲。

甲肝减毒活疫苗在世界上属于首创，我国具有完全自主知识产权，毒株是中国的，培养基也是中国的。其中的甲肝活疫苗液体冻干技术，在世界上突破了甲肝病毒不能冻干的成见，使疫苗的有效期从一年变为两年，这项技术获国家发明二等奖；甲肝疫苗的毒种选育获国家科技进步奖二等奖。一个疫苗项目获得两个高等级的国家奖，并不多见。王鹏赋对笔者说："长春所是我去领的奖，党和国家领导人亲自给获奖者颁奖。想起接受这个任务时，张权一对我说'不能让美国人抢先'的话，我很自豪，经过 7 年的研究，总算是为咱们国家争了一口气。"

甲肝减毒活疫苗在我国已接种了近 30 年，并且在 2008 年被列入儿童扩大计划免疫程序之中，为降低甲肝发病率发挥了重要作用。我国甲肝发病率由 1992 年的 100/10 万，降低到 2017 年的 1.3679/10 万。全国甲肝死亡率降到 0.0003/10 万。

第二十二章

我国基因工程干扰素的开拓者

基因工程干扰素是一种新型的治疗和预防用品，有很强的抗病毒和调节免疫功能的作用，最早出现在美国。我国起步较晚，但追赶速度很快。美国有的 α2a、α2b 干扰素，我们有了；美国没有的 α1b 干扰素，我们也有了。这是一个我国具有自主知识产权的干扰素，是副反应最小的干扰素。本章讲的是我国干扰素的开拓者们的故事。

20 世纪 70 年代中期，在我国大搞"批林批孔""评法批儒"的时候，一种新型的药物基因工程干扰素开始萌芽了！这在微生物学和免疫学领域，是一件开天辟地的大事。

上海生研所的童葵塘是图书馆的常客，尤其关注外刊中的科技新信息。有一天，一篇英文文章让他眼前一亮。文章说流感病毒处理了细胞之后，可产生一种物质，就是干扰素。干扰素有很强的抗病毒作用，能抑制细胞增殖，调节免疫功能。童葵塘就想："很多病毒性疾病，如肝炎、流感等，无药可治，既然干扰素有很强的抗病毒作用，我也要干这个。"于是他开始了研究，到 1978 年，他建立了干扰素的检测办法。

童葵塘回忆说：

> 干扰素是一类糖蛋白，具有高度的种属特异性。人的干扰素只能由人的细胞产生，用人的细胞来检测，动物细胞产生的干扰素对人是无效的。当时，就想办法找能产生干扰素的人细胞。我们所里有个血液制剂室，采了不少人血，把血清中的白蛋白、球蛋白提取出来供临床用，血细胞就处理掉了。我就跟血液制剂室联系，希望他们把废弃的血细胞给我用。当时他们很支持，反正留下也没有用。我拿来就做成了全血细胞干扰素。国外白细胞干扰素是有的，做法跟我们两样，我们有全血细胞就用全血细胞做，人家没有就提取白细胞来做。我们做得还是比较成功的，细胞优生了，提取、纯化、上临床。当时做临床试验也不要北京批，只要单位领导和对方单位领导批准就可以了。我就跟上海一家医院合作，开始只做了一个人。他得了活动性乙型肝炎，用我们的干扰素治疗之后效果确实很好。这就有信心了，逐步扩大试验，制备了相当多的干扰素用于临床，临床医生都觉得好，主动向我们要干扰素。

童葵塘搞出来的这种全细胞干扰素还不是基因工程干扰素。国外研究出一种类淋巴细胞基因工程干扰素，童葵塘也做出来了。他说："虽然这种干扰素效价很高，效果很好，但这种细胞是在试管里传代培育的，有点像肿瘤细胞，因害怕引起肿瘤，只好作罢。"

80年代初，美国的基因工程干扰素研究进展很快。1986年，美国的α2a、α2b两个基因工程干扰素产品投放市场。童葵塘也尝试来做，可惜因没有投资和相关设备，进展缓慢。当时国内出现一股基因工程干扰素热，许多人都希望从构建重组人α工程菌基因开始，然后制作出基因工程干扰素来。长春所的郭德本也想如此，却被所长张权一泼了一盆冷水，说："现在一窝蜂地搞这个的人特别多，但都在初级阶段。在基础研究上我们没有优势，下游工作才是我们的优势。"郭德本听了觉得也有道理，等待着做下游工作的机会。其实，张权一消息灵通，知道中国疾控中心病毒研究所的侯云德院士（2017年国家最高科学技术奖获得者）的重组人α工程菌就快要克隆成功了。他们是搞基础研究的，没有生产条件，必须要找下游合作者，才能把研究成果转化为产品。

"外国有的，中国也要有"

在1984年于广州召开的全国第四次干扰素学术大会上，侯云德院士报告说，他们已经成功克隆、构建出了3个基因工程干扰素工程菌，能够在大肠杆菌中表达，分别是α2a、α2b、α1b。这是中国干扰素研究史上的开山之作，奠定了侯云德在这一领域的崇高地位。

α2a、α2b这两个工程菌，是美国率先克隆、构建的，产品即将上市（两年后的1986年上市），而α1b是用中国人的白细胞通过病毒诱导之后克隆出来的，具有自主知识产权。早在1982年，上述三个工程菌还"长在深闺无人识"，侯云德院士就开始为之物色"婆家"，寻找合格的下游合作者。长春所的郭德本是他相中的人之一。想起张权一说的"下游工作才是我们的优势"这句话，郭德本不觉在心里发笑。但那时正值出国镀金热，郭德本正准备出国学习，稍微有点犹豫，侯云德说："这项研究基础已经打好了，咱们合作一定能抢个第一名。"就这样，郭德本放弃了出国的念头，决心为争第一拼了。

两家正式合作，决定搞两个产品，第一个是α1b滴眼液，第二个是α2a干扰素。长春所成立了以郭德本为组长的基因工程干扰素课题组。郭德本回忆说："当时困难比较多。以前我们都是搞传统生物制品的，搞基因工程没有经验。国外当时也还没上市，好多东西在保密阶段，我们在生产工艺方面很难借鉴。另外，研制要用的仪器设备我们没有，实验室条件也不具备。为了保我这个项目，所里把其他项目都停了，拿出13万元给我做研发，当时这是非常大的一笔钱。同时也获得了国家科委30万元的经费支持。"

如果说制作传统疫苗还可以因陋就简的话，那么，研制重组基因工程干扰素没有先进的仪器设备就只能是痴人说梦。研发需要的发酵罐、细菌破碎和纯化等设备都需要进口。而那时国家对外汇额度控制得很严格，得由专门部门来审批。为拿到批件，郭德本每月跑北京好几趟。那时从长春到北京坐火车要16个小时，买卧铺想都别想，往返都是坐硬座，下车就去办事，办完事再去赶火车，回来就上班。

设备终于拿到了，试验开始。郭德本回忆说："发酵周期一罐是24小时，我一个星期要发酵3次，几乎天天住在实验室里，没有节假日，黑天白夜在实验室里头滚。在我的带动下，大家都这样。"

基因工程干扰素的研制需要有足够的资金支持，仅靠单位投资是不行的。1986年，人干扰素α系列研究项目被列入国家"七五"攻关课题，成立了以侯云德院士为首的项目协作组。按照分工，侯云德所在的病毒所负责工程菌的构建和表达；长春所、上海所等单位负责产品开发和生产工艺的研究，拿出产品；中检所与生产单位合作，研究、制定检定方法与标准。

基因工程干扰素的研究被列入国家重点攻关项目后，长春所就开始"鸟枪换炮"了。1987年，国家计委计划在长春所建立我国第一个"基因工程干扰素工业性试验基地"，当年立项，两年后建成通过验收。这个项目的完成，标志着我国已步入生产基因工程多肽药物国家的行列。就是在这个试验基地的车间里，郭德本他们于1989年成功研制出α1b

滴眼液，1990年取得新药证书和试生产文号。这种滴眼液主要用于治疗病毒性眼疾，包括疱疹性角膜炎、眼睑单纯疱疹、单包性结膜炎、单包性虹膜睫状体炎、流行性出血性结膜炎，等等。在α1b滴眼液要上临床时，卫生部给长春所下了一个口头通知："希望这项任务要在中华人民共和国成立40周年前完成，作为给国家的生日礼物。"接到通知，便加紧进行临床试验，郭德本讲了一个故事：

> 我们负责临床观察的一个同志，已经年过60，身体不好，而且由于过去搞传统生物制品的时候，经常到林区观察和分离毒株，得了很严重的皮肤病。所以他不能在实验室工作，只能负责室外，到社会做临床观察。当时他老伴跟他说："你这么大岁数，是不是跟你们主任说说，找个年轻的去？你不能老跑。"他态度很坚决，说："不要找主任，现在工作非常忙，每人都有分工，我负责这项工作，我就得完成。"他那个阶段基本上在外地跑，特别在北京非常炎热的时候，就住在中检所的招待所，是个地下室，白天都得开灯，里头也很潮湿，而且通风也不好，只有一个小通风口……在这个地方，他坚持了很长时间……他有皮肤病，每年都要到温泉疗养院去疗养，为了这项工作，他放弃了疗养……最后，我们按卫生部的要求在"十一"前完成了临床试验任务。

α1b滴眼液虽然只能用于治疗病毒性眼疾，却是我国第一个重组人干扰素基因工程新药，所以被卫生部在中华人民共和国成立40周年时编入了《卫生部大事记》之中。

进入"八五"，国家将重组人干扰素α2a的研制列入"863"计划当中。与滴眼液相比，α2a是块"硬骨头"。一切都得从头摸索，步步都是难关，工作量非常之大。长春所给郭德本增加了人员，课题组也升格为干扰素研究室。最大的一个难题是工程菌发酵的问题。干扰素用发酵罐进行生产，发酵的质量决定产品的数量和质量，如果细菌的干扰素表达量不高，做出的产品就不纯甚至完全报废。要解决这个问题，需要积累经验，也需要理论的指导。侯云德作为干扰素协作组组长每年定期召集各研究组开会，了解进展情况，布置下一步工作，交流研制经验。他知识渊博，屡有真知灼见，叫人感到豁然开朗。协作组内的理论探讨和经验交流，对郭德本的研制工作起到了助推作用。1991 年，重组人干扰素 α2a 终于试制出来，要进入临床试验了。

试验还没有开始，长春所一位老同志找到郭德本，说他亲属的一个 1 岁小孩发高烧，住了好长时间医院，医生想尽了办法也没能把烧退下来，孩子快不行了，医生对他说："你们长春所不是在搞干扰素研究吗？你去找他们要来试一试。"这就给郭德本出了一个难题：当时 α2a 干扰素已申请上临床，但还没有得到国家批准。这是一种注射剂，实验室试验证明是安全的，但临床使用如何，必须按严格的程序进行Ⅰ、Ⅱ、Ⅲ期观察。在郭德本左右为难时，医生又找上门来，说："孩子都快不行了，你就死马当成活马医吧！"郭德本仍然不敢松口，事情闹到所领导那里，领导也不敢点头，这下医生急了，说："你们不能见死不救。"最后提出了一个解决方案："你们把试验数据提供给我们做参考，我们双方签订一个协议，明确规定出了问题责任由医院承担。"签了协议，郭德本把试制的干扰素给他们拿去了。第二天，医院打来电话说："昨天给孩子注射，今天烧就退了，这个东西真管用啊！对病毒感染，什么抗菌素都不好使，就这个管用。"这个小孩不几天就出院了。

此后不久，又有患者家属慕名找来要干扰素。郭德本回忆说："我记得很清楚，那天正好是大年三十，单位是半天班。收发室突然打来电话，说有人找我，我出去一看是一位比我年纪大的妇女。她说自己是吉林医学院的教授，她孙子高烧不退，希望我可以帮帮她。"这次没有签协议，经所领导同意后，就让她把干扰素拿走了。效果如何呢？大年初五的时候，那个孩子就出院回家过年了。

郭德本说："这两个例子对我们的鼓舞非常大，说明咱们搞出来的这个东西确实有用。"不出所料，三期临床试验的效果都非常好。1992年，α2a 干扰素被批准试生产，3 年后被批准正式生产。

α2a 干扰素研制成功后，《人民日报》海外版发了消息。郭德本说："消息发表后不久，我们就收到了很多海外华人华侨的来信，有时一天十多封，堆起来有好大一摞，他们对干扰素的研制成功表示祝贺，说：'中国终于研制出这种高技术产品，我们为祖国感到骄傲和自豪。'当然，还有一部分人是写信要买干扰素的，说他本人或家人有这个那个病，希望我们给他提供干扰素。看了这些信我们确实很感动，觉得自己为人类做了一项有益的工作。"

郭德本至今仍清楚地记得成果鉴定会上专家组写的评语："重组人干扰素 α2a 研究成功标志着我们国家已经步入了生产基因工程产品国家的先进行列，缩短了我国和国际上的差距。"从国际上说，虽然这个产品是继美国之后搞出来的，但同样长了中国人的志气："外国有的，中国也要有。"

"外国没有的，中国也要有"

前面说到，侯云德院士手里有三个基因工程菌：α2a、α2b、α1b。前两个基因是从外国人的基因中克隆出来的，国际上论文很多，可谓炙手可热，而 α1b 却一时无人问津，原因有二：第一，这是一个从中国人的白细胞中克隆、构建的基因工程菌，我国具有完全自主知识产权，因其独特，因其新颖，对它的研究还是一张白纸，无从参考；第二，α1b

基因干扰素的表达量比 α2a、α2b 要低。在大家都无意接手 α1b 时，有一个人一直在闷头思考，他就是上海所的童葵塘。他在接受采访时说："我考虑来考虑去，还是选择 α1b，为什么呢？首先，我不想跟着国外走，大方向我跟他是一致的，我们都做干扰素，可我要搞中国人的东西，用 α1b 进行开发。其次，对 α1b 表达量稍低的问题，我也仔细分析了一下，因 α1b 分子量要比 α2a、α2b 小，故表达量稍小，但整个分子数目并不低。当时，有的同行说：'你脑子糊涂了，大家都跟着国外做，你自己搞什么啊？'我说：'我这个是中国人基因中克隆的。'病毒所侯云德教授正愁这东西没人要，我说'我接过来'，这样我们就合作了。"

童葵塘明白，他接过 α1b 这个基因，就等于将小船驶入了一条没有航标却充斥着暗礁和险滩的河流，每一段都是未知的领域。此前他做出了人全血干扰素，但那与基因重组干扰素是层次不同的两个概念。童葵塘说："基因工程干扰素与全细胞干扰素、Namalva 细胞干扰素在方法上也有点联系，但从培养到分离，本质上是不同的。一个从细胞上分离，另一个从细菌上分离，完全不一样，所以要完全创一套新的办法。我就自己摸索。"

现在，他需要从基因系列分析、基因结构分析、基因在大肠杆菌中的表达等基础性的工作做起，然后是如何发酵、如何提取、如何纯化，解决生产工艺问题。α1b 本来就表达量较低，开始做的时候就遇到了这个"拦路虎"。这是一个意料之中的困难。由于基因的性质是不能随意改变的，因此，童葵塘把重点放在了培养基和发酵技术的改进上。他的努力收到了预想的效果，使用同等数量的培养基用新的方法发酵后，细菌的产量一下提高了 10 倍，细菌产量提高了，干扰素的产量也就相应提高了。用同样的发酵罐产出的干扰素并不比 α2a、α2b 的少。

这是一个关键突破。童葵塘回忆说："这么一搞，就取得明显进展了。当时工作是很紧张的，我们只有五六个人，我跟他们说：'我们分两班，一班早上8点上班，下午5点下班；另外一班下午1点上班，晚上9点左右结束。这样，两组人一天可以工作16个小时以上。我自己则是从头到尾都参加的，一天工作16—18小时。那个时候没有加班费，就是义务加班，我全心全意地投入到这个工作当中去了。"

他全心全意地投入到工作中去，他的妻子陈阳春却病倒了，住进了华山医院。这一住，就住了50天。单位领导去看她，让她安心住院，她说："我放不下单位的工作，也放不下家里的事，童葵塘一天到晚黏在实验室，根本不顾家。"两个孩子到医院看妈妈，说："妈，您要安心养病，不然，我们这个家就垮了。"

童葵塘也觉得挺对不起妻子的。想起他们恋爱时，他还在长春所工作，回上海探亲，经同学介绍去参加一个舞会，在舞会上认识了后来成为妻子的陈阳春。那时他不会跳舞，陈阳春耐心地教他跳，跳着跳着，两人互相产生了好感，谈开了恋爱。陈阳春明明知道他在长春工作，但觉得这个人老实可靠，又是学医的，便毅然决然地嫁给了他。结婚时，童葵塘没房子，只能住在岳父母家里，他们临时腾出一间房子给他俩做了新房。岳父母送给他们的新婚礼物中有一对沙发，至今60年了，还在用。笔者在采访时，坐上去硌屁股，弹簧大都早就断了，没有一点弹性。问他们"为什么不换新的？"童葵塘说："这是我们结婚的纪念，可不能扔了。"且说那时他每年从长春回上海探亲，都是住在岳父母家里。陈阳春兄弟姐妹七人，加上父母一共九口，楼上楼下一共四间房，他一回来，全家住房就很不好安排。就这样，他们过了7年"牛郎织女"的生活，直到7年后上海所的楮菊仁想调离，他这才与楮菊仁对调回到了上海。回到上海，陈阳春实指望他能帮助管管家，谁知道他在家里是一个"甩手掌柜"，就知道闷头搞科研。儿子上幼儿园时，每天接送都是陈阳春的事。有一天陈阳春实在抽不出空，便让童葵塘去接。他答应了，结果一进实验室就忘了，稀里糊涂地错过了接孩子的时间。等他跑到幼儿园，见其他孩子都走了，就一个孩子在地上睡着了。一看正是自己的儿子童一东，赶紧把他叫醒，童葵塘问他："怎么敢在地上睡觉？"儿子给他来了一句幽默，回答说："我是洪长青（"样板戏"《红色娘子军》中的指导员），光荣牺牲了。"孩子活蹦乱跳地跟着他回家了，让他想不到的是，孩子因为在地上睡觉，受了凉，生病住院了。当时他颇为自责，可过后还是我行我素，照样只管科研不管家里事。但就是这个"甩手掌柜"给孩子树立了努力学习的榜样，童一东上初三时就翻译出一本英文小说——《表》，在学校引起轰动。

看到童葵塘的研究室人手紧张，一个人顶几个人干，上海所领导给他增加了两个人，工作强度稍有缓解。一个个难题相继被攻克，摸索出一套 α1b 基因工程干扰素制作的程序和规程。首先要对基因、质粒和工程菌进行全面检定，对干扰素 α1b 基因做核苷酸序列分析，对表达质粒做酶切图谱，排除外源因子污染；然后进行高密度发酵，通过改进培养基和发酵方法，使工程菌的产量提高，从而提高了干扰素的表达量；最后运用大规模破菌和提纯技术，使产品高度纯化。提纯技术也是事关成败的一个关键突破，使干扰素的纯度达到95％以上。童葵塘回忆说："我觉得这是个很苦的工作，不仅上班的时候要专心专意工作，下班的时候也要看资料，要分析。我有些启发、想法不是在上班的时候产生的，是在回家、下班看资料时突然之间来的。灵感来了，我就赶快把它记下来，再去查相关的资料。譬如怎么提高表达量，怎么提高细菌发酵的浓度，纯化中怎么纯化损失最少？这些不断在想，不断通过具体操作，一步一步地改进。当然也发挥了团队的作用，实际上不是我一个人做的，有些问题是其他同志解决的。其中七八个人是骨干，后来团队有三四十人。"

1988 年，α1b 干扰素的研制被列入国家"863"计划，在上海所成立了"国家基因工程生物制品联合研究开发中心"，由上海所牵头，有清华大学、上海、浙江的多个科研院所参加。联合研究开发中心的成立，不仅促进了 α1b 干扰素的研制，而且对我国 α 型基因工程干扰素的研制起到了引路和指导作用。1989 年，童葵塘写成的《基因工程人 α型干扰素制备及质量控制要点》，卫生部药政局以（卫政药字〔90〕第37 号）文件发布，成为行业必备文献。

1989 年，基因工程干扰素 α1b 完成中间试制。1990 年开始临床试验，这是我国第一个完成中试和进入临床试验的注射用基因工程干扰素产品。注射用产品对纯度的要求更高，必须达到 95% 以上，达到 WHO规程的质量标准。检查项目多达 30 多项，其中相当部分是新技术。童葵塘带着大家一起努力，建立了一套完整的检定系统。

因为 α1b 干扰素是一个广谱生物制品，对很多种疾病都有预防治疗的作用，所以选择什么病例来做临床试验也是有意见交锋的。有人主张选一些简单点的病来做，这样容易较快成功，但童葵塘的想法恰恰相反。"要选就选最难办的病来做，这样才能更有力地证明干扰素的作用。"他选择了慢性乙肝，童葵塘回忆说：

> 我当时选择了慢性乙型肝炎。因为我觉得当时国际上用干扰素治疗乙型肝炎的报道较少，即使有个别用了，效果也没有肯定。比如美国做过，但没有定论。因为治疗乙肝用药量比较大，治疗的时间比较长，费用也比较多。我们选择乙肝，还因为乙肝严重危害我国人民健康，没有治疗办法。经过国家批准，Ⅲ期临床试验，Ⅰ期做剂量、反应，Ⅱ期做双盲对照，Ⅲ期做扩大试验。Ⅲ期通过之后就可以投产。Ⅲ期试验证明我们的 α1b 效果至少不比

α2a、α2b 差，关键是不良反应明显较轻，这是我们这个产品的最大优点。不仅治疗乙肝有效，治疗丙肝也有效，治疗带状疱疹、毛细胞白血病、粒细胞白血病都有效。这样，1992 年国家批准我们由中试转入试生产。因为是头一批基因工程产品，叫我们继续观察，观察的时间很长。试生产以后就可以卖了，到 1995 年就正式生产了。这个产品的生产带动了我国整个生物工程技术的发展。基因工程干扰素 α1b 的研究成功，被评为 1992 年医药科技十大新闻之一；1993 年获得国家科技进步一等奖。由于产品质量优良，1995 年在国家科委组织的中国高新技术博览会上获金奖。

中国的干扰素在美国的故事

α1b 干扰素的研制成功让童葵塘"身价"陡涨。因为这项研究是与病毒所合作的，成果属于两家，两家都可以用于生产。病毒所没有生产能力，便把这个成果转让给了深圳科兴公司。但是病毒所做的是"上游"工作，"下游"的如细菌发酵、提取、纯化、检定等技术都在上海所手里，所以科兴公司便请童葵塘去深圳指导。科兴公司一心想用高薪挖人才，几次给他开价，说："到我们这里来的工资待遇比你在上海所多好几倍，你还是来吧。"童葵塘回忆说："诱惑很大，但我说'不行'。我觉得我在上海所工作了那么多年，而且领导非常支持我，我怎么可以为了一点钱就不要自己的生研所了呢？我说：'虽然这个项目是病毒所转让给你们的，但我们也属于转让单位，我在技术上可以指导你们。'结果他们派人来学习，病毒所也派人去，我也去过几次，他们也上去了。后来他们规模比我们大，因为他们就这么一个产品。"

你看，童葵塘是不是"够傻的"？按世俗的观点，他确实有点傻了。

给他高薪他不去，傻！把技术无偿教给人家，等于是给竞争对手增强了竞争力，傻！他宁守清贫也不负老单位，大有一种"士为知己者死"的古代名士遗风。科兴公司的生产授权是病毒所给的，上海所帮你一把是看病毒所的面子，不帮你也无话可说，法律上完全站得住。人家"得道"后产量超过了上海所，大发其财。在商言商，他真是"傻"到家了。其实，童葵塘根本就没有考虑过钱的问题，他的脑子就"一根筋"，中国人需要干扰素，特别是像 α1b 这种反应轻微的干扰素。多几家生产，对中国人的健康有好处，他的思维就这么单纯，这么简单。

就是这种单纯的思维，促使他继续在基因工程干扰素的领域开拓新的天地。基因工程干扰素有三个型：α、β、γ，α、β 都有亚型，γ 没有亚型。20 世纪 90 年代，世界上许多国家都在搞 α 型的开发研究，而对 γ 型却很少有人问津。γ 型干扰素调节免疫功能的作用比较强，它的适应证和 α 型干扰素不一样，基因的表达形式也不一样，是以包涵形式表达的，也就是说，不能重复用研制 α 型干扰素的办法来研制 γ 型。这是很少有人碰 γ 型干扰素的原因。别人不碰的童葵塘偏要碰。他搞 α1b 时完全是在黑暗中摸索，而且受制于仪器设备的落后，所以研究的时间比较长，这次搞 γ 型干扰素，正好瑞典法玛西亚（Pharmacia）公司邀请中国科技人员到他们那里去研究，可无偿使用他们的先进设备。这家公司有长远眼光，你用他的设备搞研究，用着好，自然就要买他的设备。他们是下着一盘把产品推销到中国的大棋。我们呢，利用他们的先进设备可加快课题研究进程。这是一种可以"双赢"的商务模式。在国内对 γ 基因进行了扎实的基础研究之后，童葵塘和病毒所的张智清两人一起去法玛西亚公司研究 γ 型干扰素的制作工艺。搞科研，是否有先进设备，效率是形同云泥的。童葵塘、张智清两人在瑞典仅用了半年时间，就将 γ 型干扰素的表达、提取、纯化等问题全部解决，γ 型干扰素研制成功了！临床试验证明，用于治疗类风湿关节炎效果上佳，如与其他药物合用效果夏好，而且γ型干扰素在干扰素中是副反应最小的。这项成果获 1995 年卫生部科技成果一等奖，1996 年获国家科技进步二等奖。

1997 年，童葵塘应邀在国际干扰素和细胞素会议上作报告。他与同仁一起研制的 α1b 干扰素和 γ 型干扰素引起各国专家的广泛关注。会议的副理事长，一个美国专家对童葵塘说："我对你们的产品很感兴趣，你们已经做得非常成功了，我邀请你到美国来做临床试验，做完后在美国也能用，可以把副反应降下来。"童葵塘一想，这样也不错，在美国做完临床试验，产品就可以出口到美国了。领导听了也挺高兴，童葵塘便与美方签订了在美国做第 I 期临床试验的合同，约定由中方提供干扰素，美方挑选病例注射，双方共同观察临床效果。开始合作得很愉快，用中国的 α1b 干扰素对美国恶性肿瘤已有转移的患者进行治疗。童葵塘开始按中国的剂量来设计临床试验，但美方一再要求加大剂量，最后加大到每针 540 微克。美方说："就是因为美国的 α2a、α2b 干扰素副反应太大，不敢加大剂量，你们的 α1b 反应轻，应该加大剂量。"I 期临床试验非常成功，双方都很满意。但一介书生童葵塘没想到，要签 II 期临床试验合同时，美方突然提出因他们参与了临床试验，我们的产品如用到美国，他们必须分得 50% 的利润。这是什么逻辑？是想强取豪夺，"空手套白狼"呀！在国内与科兴公司合作时显得"傻乎乎"的童葵塘，突然会算账了，"对不起！这个合作没办法进行下去了。"童葵塘彬彬有礼地拒绝了美方的要求，打道回国了。

这就是童葵塘，在同胞面前一切好说，但在外人面前，"你想挖好坑让我跳，没门！"

|第二十三章|
用生命搏来的出血热疫苗

　　研制疫苗是要擒住病魔，要与细菌、病毒正面厮杀，宛如在刀锋上跳舞，在"阎王"面前捉"鬼"，稍不留神，就可能擒魔不成反被杀伤。在世界疫苗史上，以身殉职的科学家不乏其人。为研制流行性出血热疫苗，我国兰州所的研究员孙柱臣就险些被出血热夺去了生命。他以命相搏，终获成功，使这一极难抢救的传染病有了预防的"武器"。

　　流行性出血热曾经是一种可怕的不治之症。20 世纪 30 年代，世界上还没有这个病名。我国民间传说，这个病是日本人带进中国来的。1931 年九一八事变之后，日本大量向我国东北增兵，在侵华日军中 1 万多人感染了一种怪病，病死率高达 30％。此为何病？日本军医一时也弄不清，便以地名为之命名，如"孙吴热""黑河热""虎林热"等（"孙吴"等均为黑龙江省县名），1942 年才统称为流行性出血热。随着日本侵华战争的扩大，流行性出血热在我国多地出现，于是民间就有了日本人把这种怪病带来害中国人的说法。

　　其实，流行性出血热还真不是日本人带来的。它是一种自然疫原引起的急性传染病，病毒的宿主是黑线姬鼠或家鼠，带毒老鼠身上的螨虫、虱子如果再咬了人，人就会被感染，由黑线姬鼠感染的出血热叫姬鼠型（A 型、Ⅰ 型）出血热，死亡率为 5%—20%；由家鼠感染的叫家鼠型（Ⅱ 型），死亡率为 1% 以下。黑线姬鼠的尾巴很长，身材纤细灵巧，又被简称为田姬鼠、黑线鼠，主要栖息于林区和农业区，还经常进入民宅过冬，分布在我国以及蒙古、朝鲜半岛、西伯利亚和西欧。1982 年 WHO 将此病统称为肾综合征出血热（以下简称"出血热"）。

1981 年，笔者在解放军报社驻南京军区记者站工作时，曾经抓过黑线鼠。那时军区政治部组织干部到农场劳动，整地时发现一只黑线鼠从地里钻出来，于是两三个人一起追打，用铁锹把它压住后，笔者掂着它的长尾巴打转转，突然一个围观者说："这是黑线鼠！会传染出血热，赶快扔掉！"此人叫吕大魁，这个农场就是他们当年围湖造田建起来的。据他说："那时有不少战士感染了出血热，死了十几个，军区总医院来调查，弄清是黑线鼠传染的，最后研究出抢救出血热病人的方法，得了全国科学大会奖。"从农场回来，大家都心有余悸："我该不会感染出血热吧？"果然，一个与笔者一起追赶黑线鼠的人患出血热住院了！他是人民前线报社的编辑，叫史正洪，当天就报了病危。最后他虽然被抢救过来，但浑身脱了一层皮，手腕上就像尿毒症患者反复做透析留下的疤痕一样，令人看着寒心。抢救他的办法就是用的血液透析法。这是笔者对出血热的一次直观认识。1998 年长江抗洪，原广州军区第四十一集团军到湖北来守荆江大堤，战士李向群不幸感染了出血热。当地医生建议留在当地治疗，但部队军医不相信小医院能治这种大病，坚持要送武汉总医院，这就犯了出血热病人不可搬动的大忌，结果半路上就牺牲了。李向群牺牲后被评为"抗洪英雄"，他的画像被挂在全军连队的俱乐部里。如果当时给官兵打了疫苗，李向群就不会感染了。

罢了。该让本章的主人公孙柱臣出场了。他是我国著名的立克次体专家，原兰州生研所疫苗二室主任、研究员。就是他研制出了流行性出血热亚单位鼠脑提纯灭活疫苗，成为我国防治出血热的头号功臣。

孙柱臣 40 年的出血热疫苗情结

1992 年底，孙柱臣研制的出血热疫苗在卫生部召开的医学科技成果评审会上通过了成果鉴定，获批准生产文号。拿着这份成果鉴定书，当年 64 岁的孙柱臣不禁老泪纵横，在心里念叨："我 40 年的出血热情结今天终于有了一个了结。"回到兰州后，他的兴奋劲还没有过去，老是念叨："40 年啊！ 40 年啊！"他的夫人梁玮英说："搞出来就搞出来了，就别念叨了。"其实，她比谁都清楚，孙柱臣的这项成果是拼了老命搞出来的。之所以不让他念叨，是怕他因激动过头引起肺心病加重。

40 多年前，孙柱臣还在大学学习时，就对出血热的研究产生了兴趣。他是开滦煤矿一个矿工的儿子，在北京靠勤工俭学读完了高中，1947 年考上中法大学，1950 年中法大学生物系合并到天津南开大学生物系。在大学的课堂上，他听老师讲起三四十年代在我国东北流行出血热的惨状，特别是听说出血热病原体世界上还没有人分离出来后，孙柱臣就暗下决心："我将来要把它分离出来，找到防治出血热的办法，为人民解除痛苦。"在大学时，他就留意收集有关出血热的资料。

1952 年，孙柱臣从南开大学毕业，被分配到北京生研所斑疹伤寒室，跟随赵树萱教授研究斑疹伤寒疫苗。赵树萱是我国数一数二的立克次体专家，瑞士苏黎世大学公共卫生学院医学博士，1949 年获得博士学位后毅然回国参加新中国建设。据说他 1942 年在同济大学医学院毕业后，本有机会到日本去留学，但留学生必须宣誓效忠天皇。去你的吧！让中国人效忠侵略者，强盗逻辑！这样他才去了瑞士留学。关于赵树萱对我国斑疹伤寒研究所作的贡献，前面第七章已经讲到，这里不再赘述。只说赵树萱的爱国情怀和渊博的学识，对孙柱臣影响很大，按照他的说法："赵教授不仅让我学会了工作，而且让我学会了做人。"孙柱臣追随他到各地进行流行病学调查和病原体的分离，1956 年 1 月赵树萱在兰州分离出斑疹伤寒立克次体"兰株"，孙柱臣就是他的助手。斑疹伤寒、Q 热、出血热等，都是由立克次体引起的疾病。孙柱臣参与斑疹伤寒的毒株分离和疫苗研究，为他后来研究出血热疫苗打下了坚实的基础。

因斑疹伤寒是敌人进行细菌战的一个重要武器，1962 年 10 月，国家从战备需要出发，决定在大西北的兰州所筹建斑疹伤寒疫苗生产实验室。孙柱臣被从北京所调到兰州所承担这项工作。所谓名师出高徒，作为赵树萱的弟子，孙柱臣在兰州所用了不到半年时间，就生产出精制斑疹伤寒疫苗，经与国外同类疫苗比较，其质量超过国外同类制品，这种疫苗兰州所一直生产到了 1982 年。

鉴于我国新疆、西藏等牧区的 Q 热疫情较重，孙柱臣花了很多时间在新、藏地区进行疫情调查、分离病毒。Q 热是由伯纳特立克次体引起的急性自然疫源性疾病，其症状为高热、寒战、严重头疼及全身性酸痛，严重者出现恶性呕吐、腹泻及精神错乱，是由牛、马、羊、驴、猪、犬等家畜和鸽子、燕子等飞禽身上的蜱虫叮咬人之后所感染的。家畜等动物是宿主，蜱虫是传播媒介。孙柱臣于 1968 年分离出 7 株 Q 热立克次体。1971 年国家给兰州所下达了研制 Q 热活疫苗的任务（"844项目"）。承担这一任务后，孙柱臣对自己分离出来的 7 株 Q 热立克次体进行筛选，通过紫外线诱导变异培育出我国第一个 Q 热减毒株，命名为兰 Qm—6801 株。经与国际上的 M44 株比较，兰 Qm—6801 株毒力低，抗原性和免疫保护性强，具有明显的优势。这个毒株获 1978 年甘肃省卫生系统科技大会成果奖；又经 10 年努力，孙柱臣领导的研究室先后制备出 Q 热活疫苗，可分别用注射、口服、划痕、气雾喷射等 4 种方法接种。在孙柱臣的左臂上，有 4 行排列整齐的小印疤，与种牛痘留下的印疤相似，这是他以身试药留下的印记。每种疫苗试制出来，他都首先在自己身上做试验，研究室的全体人员也都上行下效，充当临床试验前的试验对象。在一次全国立克次体学术会议上，孙柱臣被安排作了专题报告，由他领衔写作的论文《我国第一株兰 Qm—6801 减毒株的建立》被收入《医用立克次体学》一书中。

在研制 Q 热活疫苗的同时，孙柱臣还承担着卫生部下达的另一个任务——新疆出血热病原分离和灭活疫苗的研究。新疆出血热，又称蜱媒出血热，主要发生在我国新疆、国外的克里米亚和刚果等地的牧区。其症状与 Q 热相似，但严重者发生出血、低血压休克，死亡率很高。这个课题孙柱臣是联合新疆维吾尔自治区卫生防疫站和流行病学研究所共同承担的。"文革"期间，他带领课题组在新疆的塔里木盆地、和田、库尔勒和西藏的阿里地区进行了 9 个多月的疫情调查。经过 5 年的研究，于 1973 年研制出新疆出血热灭活疫苗和治疗用精制血清；1976 年完成了扩大人群试验，证明疫苗和血清具有良好的预防和治疗效果；1978 年新疆出血热活疫苗获全国科学大会奖。就是在这一年，年届花甲的孙柱臣又承担了研究流行性出血热灭活疫苗的任务。

这是孙柱臣上大学时就想研究的课题，又是"文革"结束后他承担的第一项任务，一方面他激情澎湃，信心满满，因为对这个课题他已经做了许多前期工作，有比较厚实的知识积累；另一方面，他也十分冷静，深知这项任务的艰巨和所要面临的风险，做好了拼老命也要了却平生心愿的准备。虽然此前他已经降伏了斑疹伤寒、Q 热、新疆出血热三个"恶魔"，具备了与立克次体急性传染病过招的经验，但流行性出血热比上述三个"恶魔"更为凶险。在他接受这一任务时，世界上还没有人分离出来流行性出血热的病原。

死神已经抓住了他，但被他挣脱了

"纸上得来终觉浅，绝知此事要躬行。"如果说从书本和资料上看到的流行性出血热疫情令人闻之色变的话，那么，亲历疫情则令人触目惊心，不寒而栗。回想1966年在陕西省周至县和长安县（现西安市长安区）进行疫情调查的情景，孙柱臣就如噩梦缠身，寝不安席。那时，正值周至县的出血热流行高峰期，他亲眼看到：当地的医院、卫生院住满了出血热病人，甚至连过道里、房檐下、院子里都摆上了病床。尽管医院竭尽了全力，但因为没有特效药，病人接连不断地死亡。太平间的尸体一个挨一个，以至尸满为患。让他刻骨铭心、终生难忘的是一个从秦岭送下来的小伙子，当晚八点半就死了。这个小伙子身体很棒，是家里的顶梁柱，因为上秦岭修路，住在简陋的工棚里被螨虫咬了。据当地医院介绍，很多病人都来自秦岭的筑路工地。死者的家人呼天抢地的哭声像刀子在割他的心，而他只能眼睁睁地看着病人死去却爱莫能助，力不从心。他能做的工作，是和防疫站的人一起去工地进行公共卫生教育，指导筑路工在工棚周围挖防鼠沟、用捕鼠工具灭鼠、将剩饭剩菜集中处理，如此而已。那时他就下定决心，一定要把流行性出血热疫苗研制出来。

现在他接受了卫生部下达的任务，嫌在兰州和陕西疫区来回跑太浪费时间，索性就把研究室搬到了疫区长安县。那时"文革"刚结束不久，实验室的设备和检测手段还相当原始落后，他只能先从基础工作做起。先把黑线姬鼠与人发病之间的关系弄清再说。他带着助手，通宵达旦地趴在老鼠洞口，隐蔽观察其生活习性，以至于老鼠之间如何联络、如何打架、如何交配、如何生崽，等等，他都摸了个一清二楚，逐渐弄清了流行性出血热在鼠间传播的规律，确认了流行性出血热传播的媒介就是螨虫。尤其可喜的是，他从带毒老鼠身上成功分离出两个立克次体野毒株，将其分别命名为"Lk"株和"Lh"株。后来查文献才知道，他分离野毒株的时间，比韩国学者李镐旺从汉滩河黑线姬鼠身上分离出"汉滩病毒"的时间稍早，在世界上属首次分离成功，但因论文发表在后，"首次"花落他家。那时论文意识不强，这也算是一个教训，且不去说，只说就是在分离毒株的工作中，孙柱臣的手指被一只黑线鼠咬了一口，虽然进行了比较严格的消毒处理，但他预感到自己多半要被感染了！那时他是怎么想的我们也无法考证，因为他已"千古"了，只知道已经很长时间没有回家的他突然要回家看看。孙柱臣的夫人梁玮英回忆说：

可能他觉得不对了，回来了。因为他看的病人多了，估计自己被感染上了。回来以后，那天正好是星期天，他就过来（我这里）了（当时他们夫妻还各住各的单位，梁住药检所）。一看他脸红，我问："你感冒了吧，怎么啦?"他说"感冒了，没关系，没事"，就是不说（可能感染了出血热的事）。他知道我想做一件罩衣，布买了，他说："你不是还没做吗，来，我给你做。"他这个人什么都爱好，我有个缝纫机，为了孩子可以缝缝补补，他比我会踏。当时他就给我裁，比着我的旧衣服学着裁，裁完以后就缝纫，当天就给我做出来了，做得还挺像样，最后就剩钉扣子了。中间我劝他："你急什么呢? 我不急着穿。"他不听我的话，非要做出来不可。我那时候不知道他为什么急着要做出来，反正就是家庭日常生活，你喜欢做就做吧！就不再阻止他。做完，他晚上就回（兰州所）去了。第二天星期一了嘛，他知道不行了，就马上跟医务室的马大夫把情况说了，"我得赶紧（去）住院，如果（出现）什么什么情况，你给关照着点。"马大夫一听说他感染上出血热了，就赶紧把他送到医院去了，是传染病医院，（在黄河）桥那边。一住进去，他马上给大夫说清楚："现在没什么药（可治），如果我休克了，你马上给我输斗压药。"因为一休克血压就马上降下来，（病人）就死在血压骤降上。头一天他住院，第二天早上，大夫给他检查身体，一翻身就休克过去了。因为听了前面的交代，马上给他输液，同时打电话告诉（兰州所）医务室。马大夫马上汇报给党委，那时党委书记是杨清风，红军老干部。接着他给我打电话："孙柱臣住院了，你赶紧过来。"我就从药检所赶紧赶到医院门口，见马大夫他们都在医院门口等着我。我进去一看，他正输着液。杨清风书记很重视，叫他们到医药公司把最好的增压药（拿来）给他输，同时马上发旦报向陕西那边求援。陕西省的防疫站、卫生厅对孙柱臣都很熟悉，马上派了两个大夫坐专机赶过来，（当天）下午就到了。到了后开中药，我一看人参就（用了）很重的量，一大把。我分析（是为了）增强（他的）抵抗力吧。那个大夫说："他喝完药以后，能够有大便出来，就有救了。"喝了以后，第二天他能大便了，病情有所缓和。一看他有救了，大家的心就放下来了。可我看挺伤身体的，他还输着液，发着烧呢！他还叫我"走远点"，怕传染给我，我说："没关系，这个时候我怎么都得陪着你。"他好了以后，全身一层皮脱了。出院时，大夫叫他休息3个月，可他回家十天不到，又上班去了……

从梁玮英的叙述来看，孙柱臣那时之所以急着回家，是想给妻子留下最后一个念想。作为一个长期研究出血热的专家，他完全知道自己已经被感染了。出血热的初期症状是"三红三痛"：眼睛、面部、胸部，又红又痛。这些症状，在他的身上已经出现了。也许因为他们夫妻都是事业型的人，平时各忙各的，感情没有那么细腻，所以梁玮英压根就没有想到他感染了出血热。

我们没有权利指责梁玮英"马虎"，与孙柱臣一样，她也是本单位的栋梁。梁玮英毕业于南京药学院分析化学系，被分配在甘肃省药检所工作。这个所当初是白手起家，药品检验的那一套，是梁玮英带着大家建立起来的。两口子虽然都在兰州工作，但两个人的工作单位相距甚远，公交是有，但公交车隔四五十分钟才有一趟。他们是同在一地的"牛郎织女"，各住各单位的单身宿舍，如不出差，一星期才能相聚一次。孙柱臣周六坐公交来，周日下午赶回去，他怕周一坐公交赶不上趟。老是这样也不是办法，生研所的领导多次来劝梁玮英，希望把调她过去，也好照顾孙柱臣，但药检所死活不放人，"我们的业务骨干不能给你"，梁玮英也舍不得离开自己亲手建立起来的实验室，就这么一直拖着。其实，梁玮英对孙柱臣的身体状况是很担心的。他出生、成长在秦皇岛海边，那里海拔几乎为零，调到兰州，海拔近千米，让他很不适应，骑自行车骑快了就会气喘吁吁。医生说他患了高山病。他经常出差，每次从海拔低的地方出差回来，一进门就坐在椅子上喘气，好长时间才能缓过劲来。一到冬天，他很容易感冒，一感冒就又咳又喘，但他不到发烧不会去医务室，总是强撑着照样工作，结果气管炎慢慢发展为肺气肿、肺心病。这次孙柱臣住院后，见病床上的丈夫生死难卜，她非常后悔，家庭中的许多事像放电影一样在她的脑子里反复回放。这个人太需要有人照顾了，可自己只知道埋头工作，给他的照顾太少了。孙柱臣往往不能按时下班，到食堂后菜卖完了，他就买两个馒头就着大蒜凑合一顿。结婚以来，她还没有给孙柱臣做过一顿饭，再说她也不会做饭。孙柱臣从来不管钱，两人的工资都是由梁玮英管理，每月发工资后要给双方父母各寄30元，剩下的才能自己用。那时候一个大学毕业生工资才几十元，寄走60元以后，手头就很紧张了。孙柱臣经常出差，但那时只有在火车上才有每天0.8元的补贴，出差是个赔钱的"买卖"。孙柱臣是研究室主任，每到一地难免要请手下撮一顿，每次回来都不敢去报账，因为亏了一大块。借公家的钱还不上，便找梁玮英要，有时要等两三个月才能补齐。后来梁玮英摸到了这个规律，便预先给他存点钱，等他出差时再给他。从两人的家庭情况来说，他们的婚姻谈不上门当户对。孙柱臣出生于矿工家庭，从小就在海边摸鱼捉虾补贴家用，孤身到北京上中学，靠早晚打短工筹集学费，夏天衣服上总是有汗碱画下的"地图"。与他同宿舍的舍友是一位中共地下党员，这个人影响了孙柱臣一辈子。而梁玮英出生于上海（原籍广东）一个经济比较优裕的家庭，小学、中学都是上的上海最好的学校，虽然抗战爆发后父亲被遣散了，全家就靠一点遣散费生活，住处也被日本人抢占，但最后总算在英租界租到了一个狭小的住处。就这也比孙柱臣缺吃少穿的生活要好得多。孙柱臣在家里从来没有发过一次脾气，总是处处让着梁玮英……现在丈夫挣扎在死亡线上，梁玮英含着眼泪为他祈祷：这么好的一个人，不能这样就让他走了，他的心愿还没有了却，我欠他的还没有还清。

在这次生死考验之后，梁玮英下定了调到生研所的决心。调动的过程相当曲折，最后是做了一笔"交易"才调动成功的。甘肃省药检系统办了一个学习班，让梁玮英当老师，要她把学员培训出来，培养好接班人，才能放人。

"要干就干别人没有的"

孙柱臣从死神手里挣脱出来，休息不到十天就上班了。此时已是1984年。接下来的工作是对野毒株进行减毒，使它变成可用于生产疫苗的减毒株。但因为出血热立克次体是强毒，兰州市政府有规定，强毒一律不得进市区。孙柱臣只好在毗邻兰州的永登县的一条山沟里找了一栋房子，建起实验室。就是在这条山沟沟里，孙柱臣课题组成功地将"Lk"和"Lh"野毒株培育成可用于生产疫苗的减毒株。其中的艰辛且不去说，只说这项工作他们整整花了近两年时间。

拿到减毒株之后，他们就可以回到兰州生研所试制疫苗了。要做成一种什么样的疫苗呢？孙柱臣专程到北京相关单位进行检索查询，发现世界上还没有亚单位分子水平的出血热疫苗，于是决定"要干就干别人没有的"。

对于他的这个决定，不少人开始感到不理解。有了毒株，用传统方法制作疫苗是相对容易的。反正我国还没有出血热疫苗，能做出疫苗也是国内第一。而要搞出血热亚单位疫苗，世界上还没有现成的经验可供借鉴，虽然北京所、武汉所此前已经搞出了A群流脑亚单位疫苗，但那是菌苗，而出血热是立克次体，二者的性质是不一样的，要做，必须一点一点地慢慢摸索，最后还可能功亏一篑，风险太大了！如果失败了，不要说对不起这个对不起那个，首先是对不起自己。为分离野毒株，课题组在陕西的长安县整整待了4年；为培育减毒株，又在永登县的山沟里待了两年。

但是，孙柱臣固执地坚持要搞亚单位疫苗。他认为，如果按传统方法来制作出血热疫苗，病毒中有用的没用的都在里头，这是引起副反应的主要原因之一。而亚单位疫苗是很纯的，通过化学分解和控制性的蛋白质水解方法，提取出血热立克次体的特殊蛋白质结构，筛选出具有免疫活性的片段（即主要的保护性免疫原存在的组分）来制作。虽然这个分解、提取、筛选的过程很长、很烦琐，但做出来的疫苗产生了质的飞跃。用来注射，用量很小，效果很大。我们研究疫苗要为接种对象着想，要拿出最好的东西献给他们。

为加快研究进度，孙柱臣天天都加班加点，中午也不回家吃饭，由梁玮英把午饭送到他的实验室。他觉得这样给妻子添了麻烦，不让她再送饭来，每天午餐就是一包方便面。

要研制亚单位流行性出血热疫苗，用过去的那些原始工具是不可能的。在孙柱臣团队艰难跋涉的时候，1991年流行性出血热疫苗的研究被列入"八五"国家医学重点攻关项目。国家拨给了比较充裕的研究经费，研究所需的一些先进的仪器设备有钱进口了。孙柱臣团队如虎添翼，研究进度大大加快，经采用控制性蛋白质水解方法，终于抓到了出血热立克次体蛋白结构中的3个具有免疫活性的颗粒，即G1、G2和N。G1、G2是病毒薄膜表面嵌镶的两个刺凸，N是核心抗原。经过大量试验，找到了这3个颗粒如何提取、如何纯化的方法。梁玮英回忆说："他那个是很纯的。把病毒上面的这3个颗粒提出来。要做的实验很多，需要看的书也很多。他用的新技术，什么'层析'啊，什么'过柱'（柱色谱）啊，这些。pH多少，要一点点摸；用电泳，看它有几个代……一边做实验一边思考，怎么把疫苗做得最好。我到他科室里面，发现墙角上摞了好几摞记录纸，是一张一张的，实验数据都记录在上面……最后制成了具有免疫活性的亚单位组分疫苗。"

科学的成果从来都是为那些敢于下地狱的人准备的，就像孙悟空跟随唐僧去西天取经一样，必须经过九九八十一难，才能修成正果。经过前后 20 多年的艰辛奋斗，孙柱臣主持研制的流行性出血热亚单位疫苗，终于通过了国家评审，1992 年底获得生产文号。他的出血热疫苗有两种，一种是针对黑线姬鼠型的，另一种是针对家鼠型的。

流行性出血热疫苗被列为"八五"国家医学重点攻关项目时，成立了一个协作组，牵头人为中国药品生物制品检定所的俞永新院士，统一协调全国三个课题组进行研究攻关。除孙柱臣课题组外，还有上海生研所与浙江省防疫站组成的联合课题组、长春生研所与中国预防医学科学院组成的联合课题组，这两个课题组分别从黑线姬鼠和家鼠身上分离出出血热病毒，并继孙柱臣之后分别制作成功出血热灭活疫苗。

1993 年 8 月，孙柱臣研制的流行性出血热亚单位疫苗通过国家新药评审，兰州生研所建成一个年产 100 万人份疫苗的生产车间。1997年 12 月，孙柱臣研制的流行性出血热亚单位纯化灭活疫苗获国家科技进步奖一等奖，这在兰州生研所的历史上还是首次。

孙柱臣获奖后还有一个遗憾，虽然疫苗在病毒上是亚单位的、组分的，但生产用的细胞是动物原代细胞，尽管在提纯上做足了功夫，但里面仍然有残存的动物蛋白。因此，他又开始研究用非洲绿猴肾（VERO）传代细胞来代替原代细胞进行生产，以将疫苗的副反应降到最低限度。可惜他的身体因长期透支已经非常虚弱了。兰州所为了照顾他，专门在他家里放了氧气瓶，下班就可以吸氧，但是光靠治疗和吸氧已经没法阻止他的肺心病日益加重了。1998 年 2 月，孙柱臣不幸因病去世，享年 70 岁。此时距他在北京领奖的时间仅过了两个月！

可以安慰他在天之灵的是，他生前领导的实验室研制成功了非洲绿猴肾细胞（VERO）流行性出血热疫苗，并于 2005 年拿到了生产文号。如果能听到这个消息，九泉之下的他应该会露出微笑。

第二十四章

甩掉"乙肝大国"的"帽子"

　　"乙肝大国",这顶戴在我国头上的"帽子"和曾经的"东亚病夫"一样,令人惭愧。乙肝难治,制作乙肝疫苗更难。因为乙肝病毒不能在实验室培养,所以传统的疫苗制作方法便显得无能为力。直到"澳抗"(HBsAg)被发现后,乙肝疫苗的研制才露出了曙光。我国的乙肝疫苗研制从1972年开始起步,由北京生研所率先研制出实验性乙肝疫苗。国家"六五""七五"规划,都将乙肝疫苗列为重大科技攻关项目,成立了以原北京所所长赵铠院士为首的乙肝疫苗攻关协作组,先后成功研制出血源乙肝疫苗和基因工程重组乙肝疫苗,并分别获得全国科技进步奖一等奖。一种疫苗连获两个全国一等奖,在科技奖励史上是绝无仅有的,足见国家对控制乙肝的重视程度。此后,赵铠院士又积极建议,引进了美国默克公司的基因工程重组酵母乙肝疫苗生产线,使我国乙肝疫苗的生产一步跨入工业化生产的时代,从而保证了乙肝疫苗的充足供应。在接种乙肝疫苗以前,全国有6.9亿人曾感染过乙肝病毒,每年因乙肝病毒感染引起的相关疾病死亡人数约有

27 万。接种疫苗后，乙肝感染率和死亡率逐年下降。2012 年
5 月，世卫组织证实我国实现了将 5 岁以下儿童慢性乙肝病毒
感染率降至 2% 以下的目标。"乙肝大国"的帽子甩掉了，但
要彻底消除乙肝，还有待时日。

"乙肝大国"这顶"帽子"的名字不好听，却曾经是符合实际的。
1992—1995 年，在全国范围内进行的病毒性肝炎血清流行病学调查显
示，我国人群 HBV（乙肝病毒）感染率为 57.6%，HBsAg（乙肝表面抗原，
即"澳抗"）携带率为 9.75%。也就是说，全国有 6.9 亿人曾经感染过
HBV，其中 1.2 亿人长期携带 HBV。据专家估计，全国患慢性乙肝的
人数高达 2000 万。数字这么大，说你"乙肝大国"也不算冤枉。

原长春所所长、研究员张权一回忆说：

> 20 世纪七八十年代，我国乙肝感染比较严重，发病比率很大，
> 发病之后慢慢就会出现肝硬化，之后是肝腹水，治疗一段时间还
> 会复发，反复几次，这个人就会不治身亡。死亡率非常高……

> 在我省（吉林）四平市有个小型工厂，就因为工人得乙肝的
> 多，最终导致停产。当时国家有规定，得了乙肝的人单位就得给
> 发糖，发营养品，还要给放假休息。一个小工厂也就一二百人，
> 如果一半的人得了乙肝，工厂就没法儿生产了。

> 乙肝同时也是一个重要的社会问题。有一家娶了个媳妇，后
> 来发现她是一名乙肝病毒携带者。按照当时国家的防治措施，如
> 果家里有乙肝病毒携带者是要分居的，不能在一个桌子上吃饭，
> 也不能共用餐具，这个媳妇觉得受到歧视和屈辱，后来上吊自
> 杀了。

在 20 世纪 70 年代末期乙肝疫苗诞生之前，我国预防乙肝的主要措

施是切断传染途径，就像张权一所说的那样，媳妇儿也不能同桌吃饭。这种方法起到了一定的作用，但不能有效降低乙肝的发病率和 HBsAg 的携带率。事实证明，要有效阻止乙肝的流行，还要依靠疫苗。

但是，因为乙肝病毒不能在实验室进行离体培养，所以制作乙肝疫苗不能沿用其他疫苗的制作方法，不能走分离病毒获取野毒株—培育减毒株—培养病毒—制作疫苗这条路子。各国科学家都因此而苦恼不已。

直到 1963 年，美国医生巴鲁克·塞缪尔·布隆伯格（Baruch Samuel Blumberg）在澳洲一个土著人的血清中发现了一种特殊的蛋白质条带，将其命名为"澳大利亚抗原"（以下简称"澳抗"），即 HBsAg（乙肝表面抗原）。从此，人类开启了运用 HBsAg 研究、治疗和预防乙肝的序幕，布隆伯格也因此获得诺贝尔医学奖。

我国从 1972 年开始从乙肝病毒携带者的血液中分离提取 HBsAg 的研究，最早参与研究的人中包括北京生研所的谢彦博等。1977 年，北京医学院（现北京大学医学部）从乙肝患者的血清中提取 HBsAg，用甲醛灭活试制乙肝疫苗。1978 年，北京所的巩志立等在纯化的 HBsAg 悬液中，加入氢氧化铝佐剂，制成了实验性疫苗，试种乙肝患者后，证明可产生对乙肝病毒的免疫和保护性抗体。北京所一看苗头很好，便在所内成立了一个协作组试制乙肝疫苗。第一步先做出诊断用品，接着做出少量的疫苗，试验效果很好。1981 年用于母亲"澳抗"阳性的新生儿，检验母婴阻断效果。原北京所所长、中国工程院院士赵铠说："母婴传播是乙肝的一个重要传染途径，一般来说母亲是'澳抗'阳性，生出的孩子也是阳性。孩子一出生就给他打疫苗，这叫阻断，就是不让母亲把肝炎传染给孩子。这个试验是北京所的王永庆在沈阳一家医院里做的，证明阻断率竟达 90％。"

乙肝血源疫苗——第一个国家科技进步奖一等奖

人民迫切需要乙肝疫苗，中国迫切需要摘掉"乙肝大国"的"帽子"。

"六五"（1981—1985）期间，鉴于北京生研所试制的血源疫苗曙光初现，乙肝血源疫苗的研制被列为国家科技重点攻关项目。这个项目分为两大课题：一是乙肝血源疫苗的研制和中试，由北京所的巩志立、赵景杰和中检所的李河民、胡宗汉共同承担；二是乙肝母婴传播阻断方法的研究，由中国预防医学科学院病毒所刘崇柏主持，中检所胡宗汉和北京所的有关人员参加。

中国工程院院士赵铠是我国著名的医学病毒学家和疫苗科学家，是我国生物制品行业第二代疫苗科学家的杰出代表。他1954年毕业于复旦大学，毕业后一直在北京生研所从事病毒疫苗的研发工作，先后担任研究室主任和所长。我们在前面第八章介绍了他痘苗研制中创造了"200个鸡胚1头牛"的"神话"，主持研发的细胞培养痘苗生产技术在全国各大生研所推广，为我国消灭天花作出了重要贡献。风疹减毒活疫苗是他的第二个杰作，他分离培育出了BRD—1125风疹病毒减毒株，成功用人二倍体细胞（2BS）制作出活疫苗。他是我国血源乙肝疫苗的牵头人和主要研制者之一，是基因重组痘苗乙肝疫苗的主要研制者之一，是引进美国默克公司基因重组酵母乙肝疫苗的第一人。他回忆说：

> "六五"是1981年开始的。在这以前，我没有参加这项工作，中检所的李河民所长建议找一个人来牵头，后来就找到我。原因是我搞天花、搞风疹疫苗都做成功了。我是1982年才参加进来的，让我当攻关负责人，主要是抓合作，两大课题组分头进行研究，我都参加……我们合作攻关是按照灭活疫苗的思路来做，就考虑

怎么纯化，怎么灭活。最终确定了几条：在献血员里面要选高滴度的阳性血浆；用多种措施纯化，纯化过程中间分几次区带离心，还要加胃酶消化；分三步灭活，用胃酶、用尿素、用福尔马林。这样就使得疫苗更安全了。为什么采取这么严格的措施呢？因为当时做的疫苗，我们在哈尔滨做观察，效果很好，抗体也很高，但测定有核心抗体。这说明疫苗的纯化度不好，还有病毒的颗粒。当时对国外的疫苗我们也做了测定，发现也有核心抗体，但比例小。所以我们重点在纯化上改进，在检测上加强。纯化疫苗出来后，先打豚鼠，看看产生不产生核心抗体。中检所负责检定和标准的制定，检查还有没有"戴斯"颗粒，就是乙肝病毒。他们做了很多实验，最后确定要靠电镜检查，必须要看几个视野，每个视野要看多少，定标准。最后证明没有残存病毒了，到八三年、八四年就做临床观察，八五年就基本上完成了，疫苗做成功了。另外，他们做母婴阻断的一个组，一看阻断力很强，疫苗分别用 30 微克、20 微克、10 微克试验，确定用 30 微克效果最好。但假使妈妈是阴性，就只需用 10 微克。阻断疫苗共打 3 针，对阴性妈妈我们叫"1、1、1"，一次 10 微克；阳性妈妈叫"3、3、3"，一次 30 微克。但当时我国医院的妇产科还没有做到对每个孕妇都做乙肝感染检查，那怎么办？后来采取了中间办法，用"3、1、1"。以保证她即使是阳性也能阻断。这样免疫程序跟计量都确定了，就跟部里汇报，然后报批。这个疫苗是我国新药审评中心成立以后批准的第一个产品，审评会是在中丹培训中心开的。会开得很大，在中丹的大教室里，上午作报告，大家讨论，下午他们审评委员会就在楼上开会审评。

妈妈传染新生儿的方式有两种，一种叫宫内感染，妈妈"澳抗"是阳性，E抗原也是阳性，怀孕的过程中就感染胎儿了，这个比例很小，5%左右；绝大多数是尾产期感染，就是生出来以后感染的。分娩的时候，孕妇排了好多血，这个血里面都有表面抗原，这个血粘在婴儿的眼睛、嘴巴上，通过黏膜进去就被感染了。怎么让新生儿不感染？新生儿一出生最好立即、至少也要在24小时以内给他注射疫苗。后来卫生部发文，要求新生儿免疫，携带率就下降了，宫内感染的和尾产期感染的加在一起，阻断率可以达到90%。这样，血源性乙肝疫苗就推广了，社会效益和经济效益都很大。这个项目后来获得国家科技进步奖一等奖。

因乙肝疫苗的需求迫切，1985年卫生部采取了一个超常措施，指示在中试期间即开展生产技术的推广应用，让长春、兰州、上海三个生研所也参加协作组，分享技术资料。这三个生研所于1986年开始生产疫苗。北京所在获得新药证书后，又采取技术转让方式推广生产技术，这样全国就有7个单位生产乙肝血源疫苗，年产量可达2000万人份，能基本满足全国新生儿、学龄前儿童及其他高危人群的免疫需要。

长春生研所是1983年参加协作组的，原所长、时任乙肝疫苗室主任的张权一回忆说："北京所作为组长经常组织各个所在一起研究，成果共享。在那个年代，各个所之间都特别团结，没有互相保密之说，如果哪个所有新的发现，或者有新的进展，就会迅速和其他所通气。当时世界卫生组织也非常支持和关心这项研发，经常组织世界性的会议，让大家进行交流。"

当时，还成立了一个工作小组来推广研究血源疫苗。赵铠回忆说："一般都是5个人，中检所李河民，我一个，长春所张权一，兰州所殷绥亚，上海所郭盛淇。除郭盛淇外，其他都是所领导。每年开一两次会。还由卫生部药政局的沈岩带队，到韩国和日本考察。我们与他们的血苗水平都差不多，但日本的小量实验做得比较好，所以有段时间一个日本专家叫高桥的，到我这里来，一起合作。世卫组织总部和西太区的专家以及澳大利亚、韩国的专家，也到我们所里来考察这个血苗，都认为还是不错的。为什么大家重视？因为我们是一个'乙肝大国'，我们做了解决问题，对世界都是作了贡献的。"

乙肝血源疫苗经十多年的广泛使用，证明安全有效，但是这种疫苗有一个天生的隐忧：因为制作疫苗的起始原料是乙肝表面抗原携带者的血液，这就带来四个问题：

第一，为保证疫苗的安全性，在制作过程中必须进行多次灭活以彻底清除可能残存的病毒，否则就可能把病毒传染给接种者，因此灭活和提纯的工艺相当复杂，非常耗时耗工。

第二，因为原料血是表面抗原阳性的，所以在采血和运输途中必须严防污染，稍有不慎就可能出大问题。

第三，疫苗接种后，乙肝患者越来越少，原料血的供应就越来越困难，面临找不到供血者的窘境。

第四，乙肝表面抗原阳性的供血者虽然是有偿的，但多次采血对他的身体健康会产生不利影响。

因此，虽然乙肝血源疫苗获得了全国科技进步奖一等奖，但血源疫苗终非长久之计，必须研究出一种新型疫苗来代替它。赵铠回忆说："开始做血苗的时候，要做大家的思想工作，因为当时疫苗还没有做出来，工作人员就没有疫苗打，做这项工作就得冒点风险。当时建血站很困难，它不像采健康人的血，采血者和供血者都是健康人，不存在感染的问题，而采乙肝表面抗原阳性者的血，你控制不好，管理不好，人之间就可能有交叉感染。血站都在外地，生产在北京，运输也是大问题。因此，我们就想用基因工程疫苗来代替血苗。"

基因工程乙肝疫苗——第二个国家科技进步奖一等奖

基因工程乙肝疫苗被列入"七五"（1986—1990）国家科技重点攻关项目。基因工程又叫 DNA 重组技术，或者叫基因拼接技术，就是将不同来源的基因按人的设计在体外构建杂种 DNA 分子，而后导入活细胞，以改变生物原有的遗传特性，获得新品种、新产品。

国家科技部在组织专家充分论证后，决定分三个表达体系分头研制攻关：一是重组酵母乙肝疫苗的研制，由上海生研所承担；二是重组 CHO 细胞（仓鼠卵巢细胞）乙肝疫苗的研制，由中国预防医学科学院病毒所和长春生研所承担；三是重组痘苗乙肝疫苗的研制，由中国科学院上海生化所和北京生研所承担。中国药品生物制品检定所承担所有研制疫苗的质量检定和疫苗效果评价。

基因重组乙肝疫苗是指将乙肝表面抗原的基因重新组合到载体细胞内进行无性繁殖，并使乙肝表面抗原基因在载体中表达，从而达到免疫的目的。上面所说的酵母、CHO 细胞和痘苗都是载体。

制作乙肝基因重组疫苗一般要分四个步骤完成：第一步是获得乙肝表面抗原的基因；第二步是将乙肝表面抗原基因的 DNA 片段与载体 DNA 片段在体外进行连接，这中间要进行 DNA 的剪裁、拼接、重组；第三步是将重组体 DNA 分子引入宿主细胞，即上面所说的酵母、CHO 及痘苗细胞中；第四步是筛选表达最好的生物体进行疫苗制作。重组酵母乙肝疫苗的研制因种种原因而中断，其他两个表达体系的乙肝疫苗都研制成功了。说起中科院上海生化所与北京所合作研制的痘苗乙肝疫苗，赵铠回忆说：

当时北京所主要是生产血源乙肝疫苗，开始没有参加这项工

415

作。在科技部召开的全国科技奖的颁奖大会上，我碰到了上海生化所叫李赛民的，他跟我讲他在做（乙肝）基因工程疫苗研究，用痘苗病毒表达。他说要开个鉴定会，请我去参加。我就到了上海生物化学所，一听他用的病毒是天花野病毒，不是疫苗株；另外，他的思路是想做活疫苗，重组以后跟过去预防天花种牛痘一样来给大家接种。这里面有两个问题，我跟他讨论：第一个，你的毒种是野毒株，不能用于生产，生产必须要疫苗株；第二个，如果做活的，你给他接种了，表面抗原表达了，第一次可能引起免疫反应，但你要加强的时候，痘苗病毒就不繁殖，就不能有加强作用。他一听有道理，那么，怎么改变思路呢？我说应该做灭活的。痘苗病毒培养以后，表达出来表面抗原，跟血源疫苗一样从培养液里面提取表面抗原，之后做疫苗。这个疫苗和血苗一样，但不是从人的阳性血里面提取表面抗原，而是从培养的病毒，从培养液里面、培养细胞里面去提取。重组的，是表面抗原里面的一段基因，整合到痘苗病毒的基因组里面去，抗原在里面，痘苗病毒繁殖，它就释放表面抗原，就把它提取出来。这个工作后来又做了临床，阻断率当时有 76%—78%，不如血苗的，但是能阻断 70% 就符合要求了，所以拿到新药证书。我们和生化所合作做的是重组痘苗表达的，病毒所跟长春所合作做的是 CHO 细胞表达的，这两个课题合在一起，也得了国家科技进步奖一等奖，所以乙肝疫苗得了两个一等奖。

基因重组乙肝疫苗虽然研制成功了，但在生产工艺上还必须手工作业，不能工业化大生产。北京所的重组痘苗乙肝疫苗生产，必须用鸡胚细胞来培养，效率低下。按照国家的免疫计划，光是给新生儿和学龄前儿童注射乙肝疫苗，就需要数千万人份，靠这种手工作业方式来生产远远不能满足接种的需要。在一次国际会议上，赵铠了解到美国默克（Merck）公司的重组酵母乙肝疫苗已经工业化生产了，便向卫生部和国家计委建议引进默克公司的工业化生产线，来解决乙肝疫苗的急需，同时也能让我国在重组 CHO 乙肝细胞疫苗和重组痘苗乙肝疫苗的基础上再多一个重组酵母乙肝疫苗。他的建议获得批准，于是开始了与默克公司的谈判。

美国默克公司总裁当了一回"白求恩"

1988 年，北京生研所与深圳康泰公司联合与美国默克公司商谈转让重组酵母乙肝疫苗生产技术。默克公司知道中国是一个"乙肝大国"，从 20 世纪 70 年代到 90 年代初，有将近 10% 的中国人乙肝表面抗原阳性，乙肝是导致死亡的第二大疾病。乙肝疫苗在中国是一个多大的市场啊！如果默克公司的疫苗能进入中国市场，就等于抱到了一棵摇钱树，所以默克公司开始只同意出口疫苗，而不同意转让生产线。谈判因此陷入僵局。

如果靠买美国的疫苗来进行乙肝免疫，在当时的中国是一件做不到的事情。美国默克公司生产的乙肝疫苗，规定在半年内分三次注射，总费用为 100 美元。在当时，这相当于一个普通中国家庭半年的收入。说白了，就是美国愿意卖，我们也买不起。默克公司总裁、首席执行官、董事会主席罗伊·瓦杰洛斯最终似乎被感动了，同意转让生产技术。瓦杰洛斯回忆说："我们开始谈判技术转让，价格问题再次出现，我们将价格一再压低……我很焦虑，时间如此紧迫，我想保护孩子们免受这种致命疾病的侵袭，新生儿在出生 24 小时之内就应第一次接种疫苗……最后，我提出以 700 万美元的低价将这项技术转让给中国。因为我知道，我们培训中国工程技术人员和派遣默克公司人员去中国的费用将会大大超过这一数目……几个月后，代表团同意了这一提议。"

用700万美元的价格将重组酵母乙肝疫苗生产技术转让给中国，意味着默克公司在这笔生意中没有盈利。这个决定是默克公司总裁瓦杰洛斯作出的，要说服公司董事会和高管也不是一件容易的事，花了几个月的时间。有人问他"为什么要这样做？"瓦杰洛斯说："因为这是一件正确的事，我认为这是默克公司在20世纪做得最好的商业决策之一，虽然没有利润，但它有望拯救的生命数量超过了默克曾经做过的任何事，50年后中国将根除乙肝疾病。"

经过一年的谈判，1989年9月11日，中国代表团与默克公司签署了转让重组乙肝疫苗技术的合同。合同规定：默克公司向中方提供现有生产重组乙肝疫苗的全套生产工艺、技术和装备设施等，培训中方人员，确保在中国生产出同等质量的乙肝疫苗；中国负责购买设备设施，建造工厂，在北京和深圳两地生产重组乙肝疫苗，两家工厂总产量为4000万剂。默克公司不收取任何专利费或利润，也不在中国市场出售疫苗。

从1990年5月开始，双方按合同规定运转。1993年10月，北京所和深圳康泰公司相继用进口生产线生产出第一批重组酵母乙肝疫苗。赵铠回忆说：

在北京所生产基因工程乙肝疫苗的生产车间举行落成庆典时（1993年10月），国家卫生部部长陈敏章因正在国外访问而错过了庆典。回国后，他通过秘书与我联系，希望访问我们的工厂，让我带他参观，但不要打扰其他领导。我带他参观我们的生产设施，并向他作了简短介绍。之后，我问他："您有什么看法？"他没有回答；我再问，他仍然没有回答。我抬头望他，看见他眼中噙满泪水。

对用默克公司的生产线生产出来的重组酵母乙肝疫苗的临床观察证明,阻断乙肝母婴传播的效果优于其他乙肝疫苗,阻断率可达90%。

中华预防医学会副会长、中国疾病预防和控制中心原副主任梁晓峰说:"对一个制药企业来说,在此期间接种的疫苗数量足以产生高额利润,但我们知道默克公司将它作为礼物送给了中国,对中国人民来说,这是一件无价之宝。"

的确。在乙肝疫苗这件事上,默克公司总裁罗伊·瓦杰洛斯当了一回"白求恩"。白求恩在抗日战争时期来到中国,挽救了许多中国军民的生命,最后以身殉职,毛主席专门写了《纪念白求恩》一文。瓦杰洛斯无偿转让给中国的两条乙肝疫苗生产线,每年可让数千万中国儿童脱离感染乙肝的危险,功莫大焉,中国人民不应该忘记他。

引进默克公司的生产线每条年产2000万剂疫苗,中国生物工程技术人员通过对引进技术的消化吸收,使每条生产线年产量达到了3000万剂。这样就为淘汰血源乙肝疫苗准备了条件,保证了全国新生儿及其他高危人群的免疫需要。

这两种疫苗的效果如何呢?中检所原所长李河民使用国内外8个研制单位的4个品种,对以国产为主的21个批号的疫苗进行了比较研究,在规范接种对象和检测方法的前提下,对868名新生儿、2291名小学生和120名成人的接种观察表明:国产乙肝酵母疫苗对新生儿免疫效果好,与国外同类疫苗免疫原性相同;而重组CHO细胞乙肝疫苗更适合成人使用。

中国工程院院士赵铠说:"后来国家做了好多次调查,过去乙肝表面抗原携带率是10%左右(大于8%就是高流行区),2006年降低到7.18%,现在可能更低。有的报道5岁以下已小于1%,有的地方10

岁以下也都小于1%了。过去我们国家是乙肝的高流行区，2006年是7.18%（慢性乙肝患者已比20世纪90年代下降了98.5%），相当于中流行区，我们国家的计划是2020年或2025年全人群小于2%（2018已为1%，15岁以下儿童已低于0.35%），就是低流行区了，跟欧洲美洲情况就一样了。乙肝疫苗的社会效益是很大的。"

据国家疾控中心的数据，1992年以来，接种乙肝疫苗使约9000万人免受乙肝病毒的感染，5岁以下儿童乙肝病毒携带率从9.7%降至2014年的0.3%，儿童乙肝表面抗原携带者减少了3000万人。2012年5月，世卫组织证实我国实现了将5岁以下儿童慢性乙肝病毒感染率降至2%以下的目标。

我国"乙肝大国"的"帽子"已经被摘掉了，但彻底消除乙肝还有待时日。

|第二十五章|
计划免疫的疫苗从哪里来

计划免疫是中国的创举。我国计划免疫的最大成就是消灭了天花和消除了脊髓灰质炎，有效控制了绝大多数传染病。打仗要有子弹，免疫要用疫苗，疫苗的品种多少和产能高低，决定着计划免疫的程序。2009 年 1 月 1 日前，我国计划免疫程序中只有卡介苗、百白破、麻疹、脊灰 4 个疫苗，能防 6 种病；从这一天开始，我国实施扩大儿童免疫计划，列入程序的有 15 种疫苗（含 3 种应急接种疫苗），能防 18 种病。用于计划免疫的疫苗属于一类疫苗，而生产一类疫苗是利润很低甚至是赔本的。那么，为我们提供一类疫苗的是谁呢？过去主要是卫生部所属的六大生研所，现在主要是国药中国生物技术股份有限公司（以下简称"中国生物"）。

计划免疫是国家行动，提供疫苗的是中国生物

值得骄傲的是，计划免疫是由我国首创的。

这是一个逼出来的创造。在 20 世纪 60 年代以前，世界上还没有"计

421

划免疫"这个词。之前的疫苗接种基本上是应急性的，像消防队灭火那样，哪里发生了疫情就赶紧去接种有关疫苗。应该肯定，应急接种是控制和扑灭疫情最有效的手段，但对传染病来说，应急接种是被动防御，而非主动进攻，可扑灭疫情却不能消灭传染病。该如何是好？民间藏高手，州县出高人。就像海洋季风一样，传染病的发生也是有季节性的。进入 20 世纪 60 年代以后，我国有不少县、市不等某种疫情发生就未雨绸缪，主动出击，有计划地给儿童和易感人群接种相关疫苗，出现了一批率先消灭脊髓灰质炎、麻疹、白喉等传染病的县、市（地区）。在全国范围来说，由于从 1950 年开始全民种痘，到 1961 年就消灭了天花。上述这两个事实昭示人们，计划免疫是消灭传染病的不二法门。计划免疫就是按规定的免疫程序有计划地接种疫苗。可惜因那时我国的疫苗生产能力有限，计划免疫只能在少数有条件的地方实施，在全国推行还做不到。直到 1978 年 9 月 12 日，卫生部发布了〔78〕卫防字第 1252 号文件——《关于加强计划免疫工作的通知》，计划免疫才在全国推开。列入计划免疫程序的是所谓"四大王牌"疫苗：卡介苗、百白破、麻疹、脊灰。

此前，世卫组织受我国计划免疫实践的启发和借鉴其他国家的经验，于 1975 年提出了"扩大免疫规划（EPI）"的概念。1978 年，第三十一届世界卫生大会通过了《阿拉木图宣言》，强调将 EPI 作为初级卫生保健的重要组成部分，并于同年 11 月成立了世卫组织"扩大免疫规划"全球顾问组，我国专家陈正仁、章以浩、苏万年等先后应邀担任顾问。

EPI 概念与我国的计划免疫可谓异曲同工。我国自参加 EPI 活动后，计划免疫工作更加规范，如疫苗的"冷链"建设，最早就是与联合国儿童基金会合作进行的。国家领导人接见联合国和世卫组织的有关人员，并在联合国儿童基金会提出的普及儿童免疫（UCI）文件上签字，对中国在 1990 年实现 UCI 目标做出了郑重承诺。实现这个目标的步骤简称为"三个 85%"：1988 年以省为单位 1 岁以前儿童接种率达到 85%；1990 年以县为单位接种率达到 85%；1995 年以乡为单位接种率达到 85%。1985 年，国务院批准成立了由卫生部、国家教委等多部门负责人参加的全国计划免疫协调小组，并规定每年 4 月 25 日为全国计划免疫宣传日（儿童免疫日），每到这一天，国家主席或国务院总理亲自参加接种活动；1989 年全国人大常委会通过了《中华人民共和国传染病防治法》；1991 年我国政府签署了世界儿童问题首脑会议通过的《儿童生存、保护和发展世界宣言》和《执行九十年代儿童生存、保护和发展世界宣言行动计划》，全国人大将计划免疫目标列入国民经济和社会发展"九五"规划，国务院颁布了《九十年代中国儿童发展规划纲要》；至于主管此事的卫生部更是尽心履职，制定了各种配套法规和具体实施办法。

我国计划免疫所取得的成就举世公认。1989 年 3 月、1991 年 3 月和 1996 年 3 月，经我国卫生部、联合国儿童基金会、世界卫生组织联合评审，确认我国已按期实现了上述"三个 85%"UCI 目标。中国向世界的承诺兑现了。计划免疫所针对的传染病发病率大幅下降，如百日咳发病率从 1978 年的 250/10 万左右下降到 1988 年的 20/10 万以下；麻疹发病率从 1978 年的 130/10 万左右下降到 1988 年的 10/10 万以下；白喉发病率从 1978 年的 2.1/10 万左右下降到 1988 年的 0.1/10 万以下。

2008 年 5 月，我国又制订了扩大儿童免疫计划，计划免疫进入了一个新阶段，免疫程序从 2009 年 1 月 1 日前的 4 种疫苗防 6 种病到 14 种疫苗防 15 种病，分别为卡介苗、乙肝疫苗、甲肝疫苗、脊灰疫苗、无细胞百白破疫苗、白破疫苗、麻风疫苗、麻风腮疫苗、乙脑减毒活疫苗、流脑 A 和 A+C 疫苗，以及 3 种应急接种疫苗：出血热疫苗、炭痘疫苗、钩端螺旋体疫苗。这就是扩大免疫计划中的 15 种一类疫苗。2016 年，又对脊髓灰质炎疫苗进行调整，用二价减毒活疫苗替代三价减毒活疫苗，接种的第一剂次由灭活疫苗替代减毒活疫苗。自此，计划免疫的疫苗由"四大王牌"增加为"十五大王牌"。

疫苗是计划免疫的"武器弹药"。为我们提供一类疫苗的过去主要是卫生部所属的六大生研所，即现在的国药中国生物技术股份有限公司（以下简称"中国生物"），还有主要供应脊灰疫苗的中国医学科学院医学生物学研究所（原昆明所）。换了名称，其实还是一家人。原六大所不仅是一类疫苗的提供者，还曾经是卫生部医学科学委员会计划免疫专题委员会的办事机构，专题委员会的秘书处设在北京生研所，全国六大区的计划免疫协作委员会的秘书处分别设在六大生研所。各级计划免疫工作人员，最早是由六大所负责培训的。

如今，中国生物是我国疫苗等生物医药的"国家队"，为计划免疫提供 80% 以上的一类疫苗；是重大应急的"突击队"，在出现重大疫情、重大自然灾害或其他需要应急接种的情况时，无一例外地冲在前头；是国家重大活动的"预备队"，在举办亚运、奥运、大型国际会议以及大阅兵等重大庆祝活动时，预备充足的防疫用品以应急需；是"一带一路"倡议的"先锋队"，经济建设的"兵马未动"，疫苗等防疫用品先行开路，帮助"一带一路"建设沿线的相关国家。

应急接种"突击队"的风采

说到我国对计划免疫的重视和生物制品工作者的贡献，给大家讲两个堪称世界罕见的故事，先说《飞奔的"糖丸"》。

1993 年，我国的脊灰病例已经下降到 0.046/10 万，最后一名脊灰患者于 1994 年 9 月出现在湖北省襄阳县（今襄阳市），从此再无本土野病毒感染脊灰的病例，标志着我国已消除了脊灰这一危害甚烈的传染病。

2000 年 7 月，经国家消灭脊灰证实委员会证实并由中国政府致函世卫组织西太平洋区主任，确认中国已经成功阻断本土脊灰野病毒的传播，实现了消除脊灰的目标。这是继消灭天花之后世界卫生史上的又一奇迹。

既然我国已经消除了脊灰，但是脊灰疫苗为什么还要继续接种呢？因为境外野病毒输入我国的风险继续存在，所以预防脊灰还丝毫不能掉以轻心。2006 年邻国缅甸发生脊灰野病毒感染病例。2010 年邻国塔吉克斯坦因从印度输入脊灰野病毒而暴发脊灰疫情，随后俄罗斯、哈萨克斯坦、土库曼斯坦相继出现脊灰输入病例。只有 700 万人的塔吉克斯坦就有四五百人发生急性迟缓型麻痹，最后通过实验室确诊的有 400 多例。随着在经济上的国际一体化加速，各类人员来往频繁，周边脊灰疫情对我国造成严重威胁。正如中国疾控中心的一位领导所说："人类处于消灭脊灰的前夜。在达到目的之前，脊灰病毒就像是压在盖子下面的魔鬼，一旦放松，就会跑出来继续危害人类，使我们的努力倒退。"这并非危言耸听。

果不其然。2011 年 8 月，输入性脊灰疫情突然降临到我国新疆维吾尔自治区的和田地区。卫生部立即启动在新疆维吾尔自治区境内的应急强化免疫。

《守望者》杂志 2011 年 12 月第 4 期刊登了通讯《飞奔的"糖丸"》，记叙了为这次应急强化免疫配送疫苗的故事，现缩编如下：

8 月 27 日 14：30，国药天坛公司（现北京生物制品研究所有限责任公司）先后接到了卫生部疾控局、中国生物集团的电话，要求"尽快做好全疆脊髓灰质炎疫苗的紧急配送准备工作"。当天正值周末，16：00，储运部人员全部到岗，按照公司领导的部署，启动应急响应。他们在一个半小时之内拟订出6套配送方案供卫生部疾控局备选……18：30，储运部经理徐志忠赶到了卫生部疾控局，经过磋商，初步选定了"冷藏车和专机配送"的方案。徐志忠当晚紧急召集物流服务商开会，要求按1000万人份装量，连夜赶制配套冷藏箱并准备所需蓄冷干冰，做好随时航空配送的准备。8月28日一早，储运部按应急预案做好了出库、车辆检修等准备工作，所有人员、车辆、设备进入了待命状态……

29日晚19：00，卫生部《请求帮助向新疆五个地区紧急运送脊髓灰质炎疫苗》的公函到达了公司。

此时，天坛公司已做好了各项准备工作。360个专用冷藏箱已赶制完毕，蓄冷剂调配充分，相关资料和特制的《到货交接单》《装箱单》等单据、文件全部制作完毕，只等一声令下。

在各方面的协调工作做好后，卫生部通知9月2日凌晨装运疫苗的飞机从南苑机场起飞。由于储运部早已进行过了流程预演，所以出库、复核、装箱、填制交接单和装箱单等一系列工作进行得非常顺利，在9月1日日落前完成了所有装车任务。

9月2日凌晨3：00，天坛公司的工作人员在点点星光的陪伴下，开始了疫苗的卸车、装机、码放、核对等一切工作。凌晨4：30，300多个特制干冰保温箱整齐地装满了飞机的货舱。凌晨5：00，储运部5名押运人员和销售部1名业务员登机押运，装载400多万粒脊灰"糖丸"的伊尔–76军机飞上了天空。

此次运送，航线将按顺序起降，分别是北京、乌鲁木齐、克拉玛依、伊犁、喀什、和田6个机场，总行程6000公里，飞行时间约 12 个小时。天坛公司负责押运的人都是第一次乘坐军用运输机，上机后才知道上面没有押运人员的机舱，没有空姐，没有卫生间……同时，因为运输的疫苗必须保证处于低温环境，所以货舱内不能开启暖气。随着飞机的爬升，货舱内的温度急剧下降至 10℃ 以下，大家把能穿上的衣服全都裹在了身上也被冻得瑟瑟发抖。

9 月 2 日上午 10：00，疫苗顺利抵达第一站——乌鲁木齐。紧急卸货后，留下 1 名押运人员与当地疾控中心人员进行交接。40 分钟后，飞机再次起飞，先后抵达克拉玛依和伊犁，疫苗在装载到地方疾控中心的车辆上以后，就直接奔赴接种地去了。当飞机到达喀什机场的时候，偏逢天降大雨，卸货、交接只能在雨中进行。直到当天晚上 20：00，最后一批"糖丸"被成功运送到本次运输的最后一站——和田军用机场。22：00，送往新疆 28 个单位的疫苗全部按要求配送到目的地，并顺利完成交接手续。24：00，6 名押运员安全到达乌鲁木齐机场，他们忘记了连续工作 20 多个小时的辛劳，紧紧地拥抱在一起，一种不辱使命的光荣感在心中油然而生。

回到北京后，有两位押运员因为长时间精神紧张和劳累而病倒了。但援疆任务仍在继续，第二批工作组已经在赶赴和田的路上……

原六大生研所 1989 年统一划归新成立的中国生物制品总公司管理。《飞奔的"糖丸"》只是中国生物人充当应急免疫"突击队"的一个缩影。只要国家一声令下，中国生物人就会不辱使命，准时把疫苗送到需要的地方。

世卫组织提出了 2012 年消除麻疹的目标。我国政府为履行自己的承诺，决定在 2010 年 9 月 11 日至 20 日的 10 天时间内为近 1 亿儿童接种麻疹疫苗。10 天时间，接种 1 亿人，这是世界上其他任何国家都不可能做到的事情，但中国做到了，中国生物人做到了，保证了所需疫苗及时供应。接到任务后，中国生物全员动员，进入战斗行动，在 10 天之内共提供合格麻疹疫苗 13010 万人份，使这次集中强化免疫得以圆满进行。

按我国疫苗的分类，用于计划免疫的疫苗属于一类疫苗。一类疫苗利润低，生产屡屡赔本，许多企业都不愿意生产，只能依靠"国家队"来承担。利润是企业生产的动力，追求利润的最大化，对企业来说是天经地义的事。但作为生物药品的"国家队"，必须把国家利益和政治责任、社会责任放在第一位。哪怕利润低，甚至赔本，也要保证供应，也要拿出最好的产品。对用于计划免疫的 15 种一类疫苗，我们在前面已经讲了卡介苗、乙肝、甲肝、脊灰、乙脑、流脑等十余种疫苗研制生产的故事，尚未介绍的是百白破、麻风腮，下面就说说关于这两个疫苗的事。

从全细胞百白破到无细胞百白破

无细胞百白破联合疫苗是儿童强制免疫必打的疫苗，一种疫苗可防三种传染病：百日咳、白喉、破伤风。

这三种病都是要命的传染病。但因为在计划免疫之后，现在已经很难见到这三种病例，年轻的妈妈们大多只知道要给孩子打百白破疫苗，却不知道这是三种什么样的传染病，即使是年岁较大的人也渐渐淡忘了它们的厉害。

制作联合疫苗，首先要有单个疫苗。百白破三联疫苗也一样，必须先有百日咳疫苗、白喉和破伤风类毒素。当然，三联疫苗绝非"1+1+1=3"那么简单。

先说百日咳，因其病程较长，都在五周以上，故得名。百日咳的病原体是百日咳杆菌，是一种死亡率很高的儿童传染病，造成死亡的原因是由咳嗽引起的肺炎。儿童一旦感染百日咳，就会发生痉挛性的阵发咳嗽，咳嗽暂停时会发出像鸬鹚鸣叫一样的吸气声，令人闻之心痛。而百日咳疫苗是最难研制的疫苗之一。我国开始生产百日咳疫苗的确切时间已无从查考，但从北京生研所的生产检定记录中，可以查到1950年使用18530菌株（来自美国中央卫生实验院）生产过Ⅰ、Ⅲ两型百日咳疫苗；1951年中央生物制品研究所（后改名为北京生研所）出版的《生物制品制造程序》中有百日咳疫苗的制造方法。既然已经有了制造程序，按照程序生产不就行了吗？不是不可以，但标准太低了，不能覆盖百日咳的所有型别。1955年在上海举办学习苏联菌苗法规学习班，明确了生产菌种必须包括多种型别，而上述来自美国的18530菌株只有Ⅰ、Ⅲ两型，那就必须分离培育出包括Ⅰ、Ⅱ、Ⅲ型的菌株来。1957年，北京生研所的何秋民等人在著名学者陈正仁的指导下，分离出我国的优良菌株Cs和P5s，抗原性稳定，包括了Ⅰ相Ⅰ、Ⅱ、Ⅲ型，被推广全国使用（生产株分别为Cs20和P5s20），一直沿用至今。以中国自己分离的毒株代替美国株，是我国百日咳疫苗研制史上的一件大事。此外，我国疫苗科学家在生产工艺史上还取得了两个重大成就。

第一个是摒弃了需加羊血的包姜氏培养基，改用活性炭培养基。1956年，兰州所因培养基中所加的羊血含有布氏杆菌（当时布氏杆菌尚未列入动物检疫范围），致使两名实验室人员感染，经及时抢救才保住了性命，换成活性炭培养基后这个问题就迎刃而解，既减少了污染，又增加了安全性。同时，改用活性炭培养基后，更好地保持了菌种的免疫原性且增加了产量，减少了生产成本，生产操作也变得简单了。

第二个是用发酵罐进行液体培养代替了原来的琼脂培养，使疫苗产量和质量都得到提高。

百日咳疫苗在百白破三联疫苗中是打头的，在三联疫苗中可以提高白喉、破伤风类毒素的免疫力。

我国的百白破三联疫苗的效力，在1983年就已达到了世卫组织规程的要求，似乎可以就此止步了。不！这种全细胞的灭活疫苗虽然保护效果很好，但因其含有内毒素的反应成分，对极少数儿童可能引起或诱发神经系统麻痹反应。这是一个世界性的问题。为消除疫苗的副反应，再大的难题也必须攻克。

这个世界性难题被我国科学家解决了。为攻克这个难题作出了突出贡献的科学家有两位，一位是北京所的刘德铮，另一位是兰州所的何长民。由他俩分别牵头，采用不同的工艺研制出无细胞百日咳疫苗。日本在20世纪70年代曾经研究出百日咳无细胞疫苗，但是它只包含Ⅰ相中的Ⅰ、Ⅱ型两型，缺少Ⅲ型，不符合世卫标准。我国于1982年用自己分离的含有Ⅰ相Ⅰ、Ⅱ、Ⅲ型的Cs毒种，成功研制出无细胞百日咳疫苗。

1986年9月至1987年1月，何长民和他的助手杨晓明带着无细胞百日咳疫苗访日。在日本千叶县血清研究所和国立预防卫生研究所对这种疫苗进行检定，并与日本学者进行交流。日本泰斗级权威黑川正身教授的评价为：中国的无细胞百日咳疫苗虽然研制成功的时间比日本要晚，但质量比日本毫不逊色，要比欧美的同类疫苗强得多。兰州所研发成功的吸附精制百日咳疫苗，先后荣获甘肃省科技进步奖一等奖、国家科技进步奖二等奖。

1989年，刚成立的中国生物制品总公司，集中全国五个生研所的相关人员成立百日咳疫苗研究协作组，由张嘉铭、刘德铮领导，推广采用戊二醛减毒的方法生产疫苗。这就是现在用于计划免疫接种的无细胞百白破疫苗。

无细胞百日咳疫苗是百日咳疫苗史上的一个里程碑。至少在当今世界是最好的疫苗。那种贬损中国的百日咳疫苗的言论是完全不符合事实的，甚至可以说是颠倒黑白的。

再说白喉。它是由白喉杆菌引起的急性呼吸道传染病，曾经严重威胁着儿童的生命。在1735—1740年间，美国新英格兰流行白喉，死于白喉的儿童占总死亡数的1/4，第二次世界大战期间白喉流行遍及欧洲及世界各地，据不完全统计，我国1940—1946年间白喉发病1.16万人，死亡1200余人，病死率为10.3%，白喉通过飞沫或受染的物品和食物传播，儿童为易感者。隐形和轻度感染者往往被忽视，却是重要的传染源。儿童被感染后，咽喉部会出现灰白色的荚膜（白喉），要命的就是它。如荚膜脱落，就会堵塞儿童的呼吸道，让患者窒息而死；即使不脱落，荚膜产生的外毒素引起局部或全身中毒性症状，引发心肌炎、软腭麻痹、声嘶和肾上腺功能障碍，约有2/3的病儿心肌受损，成为白喉发病晚期致死的主要原因。

要控制和消灭白喉，迄今为止最有效、最经济的办法是使用白喉类毒素。我国白喉类毒素的生产已有90多年的历史，从1926年原中央防疫处试制的白喉类毒素到今天的无细胞百白破疫苗，在技术和质量上都向上跨了几个台阶，是我国三代疫苗专家的心血结晶。

我国最早生产白喉类毒素时，所用的是美国纽约州卫生研究所的PW8菌种和生产工艺，基本上是完全照搬。1942年中央防疫处的黄有为对培养基进行改造，创立了黄氏改良马丁培养基办法，使表面培养产毒量大幅提高。

长春所早先的科研楼原为伪满千黑医院——日本侵略者在东北开

设的最大传染病医院。自接管以来，对其封闭的地下室一直无暇清理。1954年，孙承先等人奉命去打扫，只见里面一片狼藉，地面上满是被砸碎的试管、实验仪器的残骸，但是在其中发现有几瓶封得严严实实的东西。啥玩意儿呢？经化验鉴别，其中一个装的是美国的PW8白喉菌种。就用它，长春所传代培育出"生250"菌种，使产毒量成倍提高。90岁的孙承先在接受采访时说："培育出'生250'的最大功臣，是时任研究室主任杨凤文，她是日本东京大学的留学生，1948年就到了东北军区卫生材料厂（长春所前身）当技师。她调北京中检所后，研究室主任由我接任。"

1956年，魏曦从罗马尼亚带回一个PW8的亚种，经北京所筛选，得到了一个产量很高的亚株。当年在长春所举办学习苏联白喉类毒素法规学习班，由杨凤文做技术指导，对几个产毒菌种和培养基进行了一系列的比较试验。最后确定各所均采用"生250"菌种和保浦（Pope）培养基生产。这在当时是最先进的白喉类毒素生产方法，除杨凤文和孙承先两人起了关键作用外，夏付文、肖锡岭、吴新兰也作出了贡献。夏付文对笔者说："原来生产白喉类毒素，是用小方瓶表面培养，接种到瓶壁上，搬到34℃的恒温室，培养6天左右，再从一个个瓶子里把毒刮出来。基本上都是体力劳动，搞得大家满头大汗。为什么不能用大罐生产呢？因为白喉菌见不得铁，见铁就不长了。不能见铁，用搪瓷大罐如何？改大罐是孙承先的主意，实验室也是他建起来的。通过深层培养和搅拌，分次加糖补充能量和控制pH值，不仅使产量大大提高了，而且把人从繁重的体力劳动中解放出来了。我们搞成的这套工艺苏联专家来参观过，认为比他们国家先进。但用搪瓷大罐也有缺点，搪瓷碰掉一块，铁就又出来了，就得用银来补上。补起来很麻烦，也没有那么多银子给你用。于是想用不锈钢大罐代替，能行吗？一时争论很激烈，有人认为不锈钢也是铁，不能用，最后决定先试试再说。跑到上海定做了两个 180 立升的不锈钢大罐，一试验效果非常好，白喉产毒量是全国平均水平的两倍多。"夏付文在接受采访时抱来一大摞记录本，他说："我搞白喉类毒素搞了快 50 年，这 20 多年的生产数据全都在我这。"

白喉类毒素的产量和质量取决于两个因素，一要有好菌种，二要有好培养基。

在菌种培育上，长春所的贡献最大。为防止菌种退化，传代要控制在 18 代以内，每隔一段时间要筛选一次。20 世纪 60 年代，肖锡岭、吴新兰采用单颗集落挑选方法，又从 PW8 菌种中分离出高产毒的"长 115"毒种，用于深层培养产毒可达 500Lf/ml（Lf 为毒素效价单位）以上；1974 年吴新兰、夏付文进一步筛选出"749—6"菌种，使深层培养产毒量进一步提高，这个菌种长期供全国各生研所使用。

在培养基上，武汉所的洪去病作出了突出贡献。他对培养基反复选择、不断改进，1978 年使产毒量达到 700—900Lf/ml。1979 年，长春所夏付文三次去武汉所取经，后来居上，使产毒量最高达到 1000Lf/ml，至此我国白喉产毒达到国际先进水平。

白喉类毒素的质量关键是看它的纯度。在精制提纯方面，武汉所的卢其才，长春所的洪超明、肖锡岭，中检所的徐锡荣、俞永平等人进行了卓有成效的探索。1979—1981 年，长春所发明了在精白毒素中加入一定量的赖氨酸进行类毒化的方法，使精白类毒素效力百分之百合格，完全符合 WHO 的规程要求。这个方法已被写入 1990 年版的《中国生物制品规程》中。

再说破伤风类毒素。这是一个老产品，早在 1940 年原中央防疫处就生产过，但破伤风类毒素产量和质量的飞跃发生在 1957—1958 年。长春所的王化卿筛选出高产毒的 L58 菌种，使产毒量比原来提高一倍以上，这个菌种交中检所后统一编号为 84008 号菌种，推广至全国各生研所，一直沿用至今。王化卿在筛选出高产毒的 L58 菌种之后又进一步改进肉渣产毒培养基，使产毒量翻了两番。关于破伤风类毒素，有两句话："产量靠长春，纯度靠北京"。1957 年北京所率先研制成功吸附精制破伤风类毒素，1973 年他们又改用半综合产毒培养基使类毒素的纯度进一步提高，1983 年韩鸿霖应用超滤技术浓缩提纯类毒素，于 1987年建立起"超滤—硫酸铵盐析—超滤透析"三步法新工艺，使精制类毒素的纯度达到国际先进水平。

我国的百日咳、白喉、破伤风疫苗都达到了 WHO 的规程要求，进入世界先进行列。为简化接种程序，少让小孩挨针，北京所的卢锦汉等人于 1958 年开始研究百白破三联疫苗，发现百日咳疫苗可以提高白喉、破伤风类毒素的免疫力，但因为仍未解决副反应问题，所以没能推广使用。9 年后，长春所的洪超明等研究出吸附百白破三联疫苗，经人体接种观察，副反应明显降低，但百日咳抗原的免疫效果也被降低了，没能批准使用。洪超明等随后又研制成浓方吸附百白破三联疫苗，经人体接种观察证明副反应轻微、免疫效果良好，从 1973 年起武汉所也开始生产此种疫苗。从此，浓方吸附百白破三联疫苗被正式纳入《中国生物制品规程》，并逐渐在全国普遍使用，被列入计划免疫程序之中。

20 世纪 90 年代，我国用于计划免疫的是无细胞百白破三联疫苗（DtaP），代替了原来的全细胞百白破三联疫苗（DtwP），二者的区别主要在百日咳疫苗上。这两种疫苗的免疫效果是一样的，无细胞疫苗的最大优势是大大减轻了接种后的副反应。但是，DtaP 的工艺规模化小，产能不足，武汉所在杨晓明的带领下改进工艺，引进 5 吨生物反应器，建立管道化输送系统，集约化精制工艺等，使单批产能从 2 万支提升到40 万支，解决了细菌组分纯化疫苗规模化生产的瓶颈难题。

关于麻风腮三联疫苗

扩大的计划免疫程序中有一个新的三联疫苗，简称麻风腮，麻是麻疹，风是风疹，腮是腮腺炎，一个疫苗预防这三种病。麻疹疫苗我们已在前面第十章中讲过了，这里补充一点关于风疹和腮腺炎疫苗的情况。

风疹是由风疹病毒引起的通过呼吸道传播的出疹性传染病，易感者为儿童，临床表现为发热、头疼，类似感冒但出皮疹，一般没有后遗症，自然感染后可获得终身免疫。风疹最可怕的是母婴传播，怀孕妇女在怀孕头三个月如果感染了风疹，就会影响胚胎发育，导致胎儿先天性感染，严重者会造成出生缺陷，包括白内障、耳聋、心脏病或智力低下，被称为先天性风疹综合征（CRS），有的还会引起流产、死产。估计我国每年至少有 4 万例新生儿发生 CRS，但症状轻重不一，轻者难以觉察。通过婚检和选择育龄妇女的预防接种等主动性的优生措施，可大大降低出生缺陷率。风疹疫苗最早于 1969 年在美国运用，取得良好效果。我国风疹疫苗的研究起步于改革开放之后，赵铠院士立了头功。1980 年春天，北京一家幼儿园的一名 6 岁女童出现风疹典型症状，北京生研所的赵铠等从她的咽拭子中分离出风疹病毒，通过人胚肺二倍体细胞在不同的温度下反复传代培养，成功获得 BRD—II25 减毒株，经反复试验观察，确定从第 25 代到第 31 代减毒株都达到了生产株的要求。试制的冻干风疹减毒活疫苗经接种猴体和人体观察，证明具有良好的免疫原性，免疫 3 年后阳转率仍在 80%—97% 之间。因这个疫苗是采用人二倍体细胞 2BS 或 MRC—5 细胞（人胚肺成纤维细胞）生产的，不存在动物细胞，所以副反应很小，只有约 5% 的接种者有一过性关节痛，无传播性。冻干风疹减毒活疫苗 1983 年获得正式批准文号，在全国已供应 1 亿人份以上。

流行性腮腺炎在笔者的家乡江汉平原一带俗称"抱耳风"，小孩子腮帮子肿大，老百姓用阴沟泥巴涂抹在孩子脸上，据说有治疗作用。在腮腺炎疫苗出现前，就用这个土办法，可能只是一种心理安慰，孩子最后是自愈的，与阴沟泥巴没有关系。腮腺炎是由腮腺炎病毒引起的一种急性传染病，在全球流行，通过空气飞沫传染，在军营、学校等特殊人群中发病率较高，在儿童中每 2—5 年就会发生一次大流行，临床表现主要为一侧或双侧腮腺肿大，伴随发烧、肌肉疼痛、浑身乏力，严重的侵犯颌下腺、腮下腺、睾丸、卵巢及中枢神经系统，引起非化脓性炎症，学龄前儿童感染率达 30%。因腮腺炎是一种自限性疾病，就是疾病发展到一定程度后能自动停止并逐渐恢复痊愈，因而不被人们重视，须知腮腺炎虽然病死率很低但大多能自愈，也有可能引起其他腺体和器官的严重并发症，如病毒性脑炎等，严重者可导致伤残或死亡。

我国最早研究腮腺炎疫苗的是中检所的病毒学专家王太江。1956—1957 年，他和助手先后从流行性腮腺炎患儿唾液中培育出 M56—1、M56—2、M56—3、M57—1 四个腮腺炎减毒株，1972 年北京生研所用王太江培育的 M56—1 和美国的 ME 株毒种进行病毒培养、疫苗制备、质量检定和稳定性试验等方面的比较研究，1976 年 ME 株被批准用于生产，疫苗用于气雾免疫后人体血清中的抗体阳性率可达 80% 以上，没有明显副作用。1979 年，上海生研所郭盛淇在美国做访问学者期间得到美国 CDC 赠送的默克公司腮腺炎减毒株，回国后经鸡胚细胞传代培育出代号为 S79 的减毒株，经国家批准用于生产腮腺炎减毒活疫苗，接种后的阳转率达 90% 以上，并可维持 10 年。目前我国用于生产腮腺炎减毒活疫苗的另一个毒株为 Wm84。

这就是麻风腮三联疫苗的来历。

我国计划免疫程序中的疫苗从"四大王牌"扩大到"十五大王牌"，是国力增强使然，也是疫苗生产能力提高使然。扩大儿童免疫计划程序中新增的疫苗，如甲肝、乙肝、无细胞百白破（无细胞百日咳疫苗）、麻风腮（风疹疫苗）、流脑 A＋C 疫苗，作为应急免疫的出血热疫苗，都是在改革开放后研制成功、正式批准生产的；有些疫苗虽诞生在改革开放之前，但已更新换代了，如脊灰疫苗过去是糖丸，现在是双价口服脊灰疫苗（BOPV），质量上有了一个大的飞跃；有些疫苗如乙脑、麻风腮中的腮腺炎疫苗，虽研制于改革开放前但完善于改革开放后。因此，可以说没有改革开放，就没有生物制品事业的快速发展，也就没有扩大儿童免疫计划。中国生物董事长杨晓明对笔者说："可以毫不夸张地说，我国的疫苗水平是处于世界第一方阵的。"

第 五 编

新的航程

（1989—　　　）

中国生物是中国最大、全球第六的人用疫苗研发生产企业。人用疫苗年产 50 种，年产量超 7 亿剂次，其中一类疫苗产品覆盖了国家免疫规划所针对的全部 15 种疾病，供应量达 80% 以上。疫苗出口 34 个国家（地区）。说中国生物是中国生物制品行业的"国家队"和"航空母舰"，名副其实。

　　1989 年 3 月，是中国生物制品行业的 70 周年华诞。就在这一年，从 1919 年延续下来，一直沿用了 70 年的中央卫生部（署）直属生物制品研究所的体制发生了巨变。为落实中央关于政企分开的部署，原卫生部（署）所属的六大生物制品研究所与卫生部脱钩，整合组成中国生物制品总公司；2003 年 8 月更名为中国生物技术集团公司。2009 年 9 月，经国务院批准，国药集团与中国生物技术集团公司实行联合重组，于次年 5 月组建了中国生物技术集团公司；2011 年 10 月 26 日，经国务院国资委批准，改制为中国生物技术股份有限公司（以下简称"中国生物"）。改制后，原六大生物制品研究所的原名后面都加上了"有限责任公司"六字，另外新建或重组了北京天坛生物制品股份有限公司（血液制品），国药中生生物技术研究院有限公司，国药集团动物保健股份有限公司等，一共有 17 家生产企业，58 家单采血浆站，共计 87 家独立法人企业。所生产的生物制品覆盖人用疫苗、血液制品、医学美容、动物保健、抗体药物、医学诊断六大领域。

　　中国生物是中国最大、全球第六的人用疫苗研发生产企业。人用疫苗年产 50 种，年产量超 7 亿剂次，其中一类疫苗产品覆盖了国家免疫规划所针对的全部 15 种疾病，供应量达 80％以上。疫苗出口 34 个国家（地区）。说中国生物是中国生物制品行业的"国家队"和"航空母舰"，名副其实。

自 1919 年 3 月原中央防疫处成立伊始，我国的生物制品研制机构的主体一直姓"国"。原中央防疫处最早承担着三项职责：流行病学调查、疫苗和其他生物制品的研制、生产、防疫。后来将第三项划除。新中国成立后，在 20 世纪 50 年代中期形成了以北京生研所为龙头的全国六大生研所的格局。各生研所担负的任务，除了研制和生产生物制品之外，还承担部分政府指定的相关任务。六大生研所是六大行政区免疫行动协作中心的办事机构。一项新技术或一个新产品出现后，卫生部往往会举办有相关人员参加的培训班，指定北京所负责全国、其他所负责本地区的人员培训。生研所既是一个科研生产单位，又是一个履行部分政府职能的事业单位。研究的课题、生产的产品、销售的对象都是由政府下达和指定的，所有行为都是行政行为，而非企业行为。

必须肯定，在新中国成立后的头 30 年，这种按计划研制、生产、销售疫苗和其他生物制品的模式，是只能如此的，也收到了良好效果，取得了伟大成就。新中国成立之初，一穷二白，要啥没啥，疫苗稀缺，可以说是一种奢侈品。如果政府不进行指令性的生产、销售和接种，遇到疫情，就会出现像旧社会那样"富人打疫苗，穷人等死"的惨景。每有疫情，不法药商就会囤积居奇，坐地涨价，甚至出现一两黄金换一支卡介苗、一根金条换一盒青霉素的情况。新中国成立之初，鼠疫、霍乱、伤寒等恶性传染病十分猖獗，为防止疫情扩散、抢救疫区人民，必须由政府强制性地调集疫苗和防疫、医务人员，集中力量以扑灭疫情。舍此别无他法。这是共产党为人民服务的宗旨的体现，也是由人民政权的性质所决定的。

直到"文革"开始前，我国的生物制品才基本能满足防疫的需要，但是还谈不上供应充分，谈不上全面覆盖。在执行政府的指令性计划中，我国生物制品行业的科学家和工程师们充分发挥了聪明才智，以高度的牺牲奉献精神创造性地完成了各项疫苗的研制和生产任务，填补了我国疫苗上的许多项空白，为控制和消除传染病作出了突出的贡献，特别是消灭天花、消除脊髓灰质炎的成就举世瞩目。

但是，随着改革开放的步伐加快，我国生物制品行业已不再是六大生研所的一统天下，出现了群雄并起的局面。原来那种计划体制的弊端就暴露得越来越明显，如果不顺应潮流、因时而变，就适应不了社会主义市场经济的新环境，就不能更好地满足人民对免疫和治疗的需求，甚至可能出现"国家队"的地位不保、最终在大浪淘沙中被淘汰的情况。这并非杞人忧天，事实上已露出端倪。中国生物总公司的成立，是主动顺应时代大潮，也是被危机感逼出来的。改制如凤凰涅槃，使生物制品行业的"国家队"焕发出前所未有的活力，以崭新的面貌出现在世人面前。与以往相比，发生了三大变化：

变化之一，从等计划到找市场。计划经济体制让生研所养成了一个习惯：什么事都向上打报告、等批示。课题立项要打报告、经费要打报告、人员调整要打报告，没有批示就不能行动。改制后，这个习惯被迫改变了，从等计划、等课题、等经费变成了找课题、找经费、找合作伙伴、找市场，在全国和世界的大舞台上主动参与竞争，不是没有计划了，而是根据市场需要自己做计划。在以往，研究课题个人是没有太多选择余地的，往往是叫我干啥就干啥，现在没人指挥你干啥了，就得自己去找。放眼世界，立足中国，眼观六路，耳听八方，先看世界趋势、崭新科技，再看中国缺什么，国内外是否有同行在干这个，权衡种种情况后，再决定自己应该干什么。课题选好了，研究经费从哪里来？得自己主动去找。国际基金、国家自然科学基金、国家和部委的其他各种基金，还有民间基金，都可以去申请、去争取，那就看你的课题是否有先进性，是否有社会效益和经济效益了。争取资金的过程就是一个竞争的过程，虽然还不能排除人为因素，但一般来说，谁的课题先进，谁有能力完成，经费就给谁。有的课题确实重要，但没有申请到基金，公司可以投钱。改制以来，中国生物的生物制品新品种，几乎都是靠申请各类基金来完成的。比如：预防手足口病的 EV71 疫苗，就是申请国家科学基金完成的。长春生研所的水痘疫苗是由韩国一家企业资助完成的。海阔凭鱼跃，天高任鸟飞。在疫苗研制的全国和世界的大舞台上，你可以充分展示自己的才华和能力。有些在过去不可能被立项的生物制品，只要有需求、有市场，就可以上马。兰州生研所的肉毒类毒素，过去是单纯用于预防中毒和抢救中毒病人的，王荫椿和助手张雪平发现肉毒毒素可用于治疗不少疾病，比如眼睛斜视、歪嘴之类，特别是可用于美容，于是申请了这方面的研究课题，成功用于治疗和美容的肉毒毒素产品，成了畅销货。

变化之二，从只管研制不问效益到以市场为导向。以往按计划完成了研制任务就是成绩，有没有经济效益、赚不赚钱与己无关。有的生研所科研成果很突出，却穷得叮当响，个别的甚至一度连发工资都很困难。改制后就不能不考虑经济效益了，研制、生产一个生物制品，除了考虑它的品质之外，还得以市场为导向。市场是否有需求？使用者是否用得起？如果没市场，产品就算得了大奖，也只能待在"象牙塔"之中，产生不了社会效益和经济效益。科学家一般比较清高，谈钱羞于启齿，在市场经济条件下，必须学会算经济账了。美国有一种二十三价肺炎球菌多糖疫苗（一价针对一个型），但一支疫苗要卖 100 多美元，如果进口，普通中国人根本用不起。1996 年，成都生研所的退休专家杨耀算了这笔账后，决心做一种让中国人用得起的同类疫苗来，经过 9 年的研究，二十三价肺炎球菌多糖疫苗于 2005 年 1 月获得国家新药证书，其效果与美国同类疫苗相当，但价格只有美国同类疫苗的 1/4 左右，中国人用得起了，市场一下打开了。

变化之三，从"大锅饭"变成了按贡献取酬。以往的内部分配方式，俗称"大锅饭"，搞平均主义，弊大于利。好处是表面平等，有饭大家吃，弊端是实质不平等，干好干坏一个样，大家一起熬资历，累的累死，闲的闲死，严重束缚了人的积极性。生物制品行业的"大锅饭"，首先突出表现在对知识产权的态度上。那时，在各生研所之间、在卫生系统各行各业之间，完全没有知识产权概念。一家出成果各家共享，久而久之，有的人、有的单位就养成了"大锅"里的"饭"谁都可以盛一碗的习惯。在社会主义市场经济的滚滚大潮中，市场放开了，搞生物制品的外企进来了，民企诞生了，市场竞争异常激烈。有的生研所曾经是某项产品的龙头老大，未承想却被一些小企业把市场抢跑了，似乎是"龙困浅滩遭虾戏"，其实是被"大锅饭"缚住了手脚，只好大家一起困在"浅滩"。如长春所曾是全国第一个引进单抗、生产出国内第一个单抗产品的单位，却在市场竞争中败下阵来，连引进的那个单抗的"种子"到哪里去了都不知道。"大锅饭"无视知识产权，一句"工作都是大家做的"，便把贡献大的和贡献小的、有贡献的和没贡献的，甚至不相干的人都统统扯平了。许多科研上的领军人物，看着自己的知识产权被侵犯了，也从来不去抗争。北京所的丁志芬、兰州所的董树林等都遇到过此类问题。董树林谈起此事，只是一笑了之，这固然表现了一个科学家的大度，但同时也反映了老一辈科技工作者对知识产权还不敏感。以往这种情况相当普遍。在我国生物制品行业，有一些科学家从他们所做的贡献上看，是够评上院士的，但是被"大锅饭"思维习惯给耽误了。

改制后，"大锅饭"体制被打破了，曾经的一潭死水变成波涛澎湃的激流。知识产权被提高到前所未有的地位，权属有了界定，可参与分配。在公司内部，责、权、利分清楚了，领军人才与一般人才分清楚了，贡献大小分清楚了，个人收入通过奖金拉开了层次，有了竞争就有了活力。

目前，中国生物已拥有四个国家级工程技术中心。其一，是成立于 2009 年的新型疫苗国家工程研究中心，依托单位中国生物研究院，主任沈心亮、副主任张云涛，主要在重大传染病疫苗的应急规模化制备技术等方面展开研究；其二，是成立于 2011 年的国家联合疫苗工程技术研究中心，依托单位中国生物武汉公司，主任杨晓明，联合疫苗是目前国际上疫苗研发的一个重要方向，目前这个中心已形成以无细胞百白破（DTaP）为基础的多联疫苗、以麻腮风（MMR）为基础的多联疫苗和多价联合疫苗三种类型的新产品研发系列；其三，是 2011 年 1 月成立的生物制品国家地方联合工程研究中心，依托单位中国生物武汉公司，着力于充分发挥已有优势，研究和开发高新生物技术药物；其四，是中国生物兰州公司，目前负责人高雪军，技术中心的创新战略目标是在细菌多糖和多糖—蛋白质结合疫苗、病毒性疫苗、毒素、抗毒素研究等领域保持国内领先，达到国际先进水平；在人源化单抗、食品安全检测、基因工程治疗用制品研究等方面有所突破。中国生物还拥有 6 个省市级工程技术中心、七大技术平台和 10 个科技部认定的高新技术企业，带动起新型疫苗、联合疫苗、多糖—蛋白结合疫苗等生物制品的研发，承担国家"863"计划、科技支撑计划、重大新药创制、传染病重大专项等多项重点攻关项目，持续推动了行业技术进步和产品革新。公司拥有 320 个生产批件，其中新药证书 81 个，获得国家级奖励 27 项，省部级奖励 61 项，拥有专利 161 项。

改制后的"中国生物"发生的变化如沧海桑田，但是它改变的是"形"，不变的是"魂"。

——党的领导和公有制的性质没有变。原六大生研所变成了"中国生物"，从卫生部的直属单位变成了央企，但仍然姓"公"、姓"国"。疫苗等生物制品是国家的战略资源，作为全国最大的研究、生产疫苗的公司，听党指挥，服从国家利益，是一如既往、毫不含糊的。

——作为研究和生产生物制品的"国家队"、"主力军"和"突击队"的地位、作用没有变。我国疫苗分三类，其中第一类疫苗 15 种，是用于计划免疫的，用量最大，其用量比第二类、第三类疫苗的总和还要多。但生产第一类疫苗是几乎没有利润的，国家按成本价上浮 30%收购、供应全国，但这不是出厂价而是送达接种地点的价格。疫苗的冷链运输费用、宣传费用等，都是由生产企业承担的。我国幅员辽阔，运输路途遥远，有些偏远地区要送到更非易事，把上述费用算上，上浮的 30%基本被冲销了，弄不好就会亏本。唯利是图的资本是不会青睐第一类疫苗的，而中国生物承担了 80%以上的第一类疫苗的生产、供给任务，有些品种甚至 100%是由中国生物生产的。在遇到突发疫情或重大自然灾害时，"中国生物"就毫不迟疑、不讲价钱地充当"突击队"的角色。如上章所讲的将 1000 万人份的脊髓灰质炎疫苗紧急送到新疆，在 10 天之内提供合格麻疹疫苗 1.3 亿人份，这类任务无利可图，要求又急，如没有"国家队"，完成任务是不可想象的。

——应该承担的政治责任、社会责任没有变。"中国生物"承担的政治责任、社会责任与一般企业的慈善捐款不一样，主要表现在承担国家重大应急行动（如抗击汶川地震、玉树地震、舟曲地震、九寨沟泥石流等）的疫苗保障任务上，表现在国家重大活动（如奥运会、亚运会、国庆阅兵、世博会等）所需的特种疫苗的调拨供应上，表现在服务于国家战略上。如向相关国家出口或研制他们急需的疫苗，就紧密配合了国家的"一带一路"倡议，充当了"先锋队"的角色。坚持政治责任、社会责任与经济责任有机统一，是由央企的性质所决定的。

　　"中国生物"这艘中国生物制品的"航母"，正在市场经济的大海中破浪前行。目前，其产品已几乎囊括了中国生物制品的全部品种，为近14亿人口的生命健康构筑起一道坚强屏障。随着"中国生物"的进一步发展壮大，这道生命健康的屏障将会更加坚固、更加严密、更加可靠。

| 第二十六章 |
那只"看不见的手"

——水痘、二十三价肺炎疫苗和肉毒毒素美容的故事

　　政企分开，我国六大生物制品研究所从卫生部直属的事业单位改制为央企"中国生物"。一群被人描述为"三清（清高、清苦、清贫）书生"的疫苗科学家逐渐学会了与市场这只"看不见的手"打交道。为人民驱魔灭疫的初心没有变，但适应市场需要后，让国家有了更多的防疫"武器"，让人民有更多品种的疫苗可用了，同时也让自己摆脱了"清贫"。本章所写的三种生物制品，就是由市场催生出来的。

马克思曾引用亚当·斯密的话
称市场是一只"看不见的手"

　　这只"看不见的手"左右着商品世界无边无际的汪洋大海，它波诡云谲、变化莫测，但并非没有规律。不过，就像把游泳教材背得滚瓜烂熟也不会游泳一样，要摸到市场规律就得"下海"，不能寄希望于读MBA。初"下海"的人难免会"呛水"，甚至被"淹死"，但一旦摸到

了它的规律就会如鱼得水，畅游自如。

在改革开放前，我国原六大生物制品研究所几乎未曾与市场打过交道，一切都是按计划来，重组为"中国生物"后，这只"看不见的手"就不请自来了。无论你是喜欢它还是厌恶它，你都无法摆脱它。它与企业的命运息息相关，也与个人的钱包息息相关。"中国生物"在被迫与这只"手"打交道之后，逐渐学会了在社会主义市场经济的大海中行船。

下面讲的三个生物制品（两个疫苗，一个用于美容的生物用品）的研制故事，可以让我们从中看出中国生物人思路的转变。

出口转内销的水痘疫苗

我国与朝鲜和韩国是山水相连的近邻，相互交往非常密切，特别是吉林省有个延边朝鲜族自治州，其中朝鲜族人很多，到朝鲜半岛就像走亲戚一样。

韩国的疫苗除本国生产以外，大都向世界各国采购。韩商的精明世人皆知。他们对疫苗的眼光是很高的，货比三家，优中选优，以往大都从美、欧、日进口。改革开放后，我国的疫苗开始进入他们的视野。韩国有一家很大的疫苗经销商，社长姓金，带着考察组来中国生物长春生研所考察疫苗。在长春所生产的众多疫苗中，他选中了伤寒 Vi 多糖疫苗。伤寒是最古老的急性传染病之一，伤寒疫苗也是最古老的疫苗之一。19 世纪末国外就有了伤寒疫苗，我国从 1920 年也开始生产伤寒疫苗。但是直到 20 世纪 90 年代初，伤寒疫苗副反应大的问题世界各国都没解决。那时，我国使用的是自己研制的伤寒、副伤寒甲、乙（两型）三联疫苗，因副反应大，接种这种疫苗有所谓"3、2、1"的说法，就是第一次有 3 个人打，第二次有 2 个人打，第三次只剩 1 个人打。据原兰州所研究员王秉瑞回忆，当年在大连接种伤寒疫苗，因害怕副反应，老百姓不愿接种，有个人吓得翻墙头逃跑了。为解决副反应问题，我国各生研所都付出了巨大努力，可惜收效甚微。90年代初，我国由辜清吾、王秉瑞两位科学家发起，由王秉瑞牵头，组织六大生研所和中检所七家单位的优势力量协作攻关，终于研究成功伤寒Vi多糖疫苗。这种疫苗副反应小，保护效果好。长春所是协作单位和生产单位之一。韩国人眼尖，一下就选中了这个疫苗，于是长春所的伤寒Vi多糖疫苗开始向韩国出口。

金社长每年都会带人到长春所交流，一来二去双方就混得非常熟了。长春生研所原所长廉锦章就琢磨怎么能让他多买几种疫苗，但人家却只认伤寒Vi多糖疫苗这一个品种，不是全球领先的产品很难进入他的"法眼"。现有产品他只看上这一个，如果开发新产品呢？廉锦章事先做了功课，知道韩国的水痘发病率比较高，而他们从日本进口的水痘疫苗因价格昂贵，接种的人不多，于是两人有了下面的对话。

廉锦章（以下简称"廉"）问："你们国家水痘多吗？"

金社长（以下简称"金"）道："不少啊，但水痘大多能自愈，一般人不当回事。"

廉："你可不能小看水痘。它的传染性极强，严重者会引起并发症，甚至导致死亡。有的人感染后看似自愈了，但是病毒仍潜伏在人体内，在人体免疫力下降的时候，这个病毒就会在神经节内复活、复制，导致带状疱疹。凡是患带状疱疹的人都是曾经感染过水痘的人。"

金："原来是这么回事啊。韩国患带状疱疹的人不少，得了这个病一碰就痛得嗷嗷乱叫，痛不欲生，连裤腰带都不敢系。"

廉："自己受罪不说，还可能传染给亲密接触的人，如母亲传染给幼儿，让幼儿感染水痘。"

金："在韩国打水痘疫苗的人很少。"

廉："日本人有钱了都打水痘疫苗，韩国人富了，也应该打水痘疫苗。"

金："你有吗？"

廉："现在还没有，但我可以做。"

金："你能做出来？"

廉："水痘病毒与麻疹病毒差不多，我们有做麻疹疫苗的经验，做水痘疫苗没问题，只要你把毒种给我弄来，我就能做出来。"

金："好，我们可以达成一个口头协议。"

于是，双方商定由金社长负责将水痘毒种带到长春所，长春所负责研制水痘疫苗。疫苗制作出来后，由韩国检定院检定通过后，定向出口韩国。这样，那只"看不见的手"就把双方联系在一起了。

话分两头。金社长回国后就去想办法搞水痘毒种。目前全球只有一个水痘毒种叫 OKa 株，是日本科学家高桥于 1974 年培育出来的。他从一名患天然水痘的男孩的疱液中分离出野毒株（VZV），再先后经人胚肺细胞、豚鼠胚胎细胞和人二倍体细胞连续培养，传代减毒，最后建立起疫苗减毒株 OKa 株。金社长是疫苗销售界的能人，长袖善舞，几经努力通过韩国国家疾控中心从世卫组织毒种库拿到了 OKa 株。

在金社长找毒种的同时，廉锦章在麻疹室组建了水痘疫苗课题组，指定由南一范牵头。南一范是朝鲜族人，朝鲜语和英语都很溜，此前被长春所派到日本学习疫苗制作，看过水痘疫苗的生产，刚刚回国。课题组只等毒种一到，就可以开始做试验。

1992 年，金社长带着 OKa 水痘疫苗株来了。长春所在检定后，交给南一范做试验。试制的过程历经四年，每一年金社长都要来看试制的情况。动物试验要用猴子，要到广西南宁去做。金社长带着妻子、儿子也一起去，因为这个疫苗关系到他的投资和生意，整个动物试验过程他都要看。动物试验没问题，要上人了。因为疫苗是定向为韩国生产的，临床试验便到韩国去做。在金社长的运作下，南一范与助手带着疫苗去韩国，先与韩国方面沟通，用统一的标准、统一的方法、统一的试剂做检定。先在金社长的公司进行预检，预检合格后再送韩国国家检定院检定，检定合格后上临床……最后拿到了韩国的文号。经韩国检定院检定，长春所生产的水痘疫苗与日本的水痘疫苗效力不相上下，但副反应更小。

剩下的问题就是谈价格了。经友好协商，确定了双方都满意的价格。就这"一锹挖出个银娃娃"，水痘疫苗一下改善了长春所的财政状况。廉锦章在接受采访时说："像水痘疫苗的这个情况，在改制前是不可能出现的，因为没有计划。过去，我们也想过要做，但估计立不了项。因为国内对水痘疫苗的要求还不迫切，立不了项就拨不来经费。过去，如果与外国人合作搞定向出口，申请报批，非常复杂，不批准你就干不了，甚至还可能挨一顿批。所以想都没敢想。改制后，得自己找市场，韩国的金社长开始也并不看好水痘，经过探讨，激发了他的兴趣，这样，等于是双方合作把水痘疫苗搞出来了。对金社长来说，他多了一个赚钱的商品，对我们来说开辟了一个新市场，两情相悦，双方共赢。"

水痘疫苗出口到韩国两年后，廉锦章"挨批"了。1998 年在上海的一次海关检疫会议上，中午吃饭，廉锦章与卫生部的一位副部长同坐一桌。副部长问："廉锦章，你们生产出口水痘疫苗，我怎么不知道？"廉锦章赶紧解释，与韩国方面定的是双边协议，定向出口，拿的是韩国的文号。副部长说："那你们也应该让卫生部知道啊！现在有外国人要进口，找我要批件，结果我还不知道。"廉锦章还想做检讨，副部长笑着说："什么也别说了。赶快在国内申报文号。"有句话说，宁可让领导笑着脸批评你，不可让领导板着脸表扬你。廉锦章对于这个笑着脸的批评，听了心里很舒服。回去以后，就赶紧将疫苗送中检所检定，然后申报文号。这就是水痘疫苗出口转内销的故事。

去美国看儿女，回来搞出二十三价肺炎疫苗

1996 年，成都所的研究员杨耀 63 岁了，退休之前去美国看望一双儿女。这本应是一次司空见惯、平淡无奇的探亲之旅，但谁都没想到，他的这趟美国之行，引出一个填补我国疫苗一项空白的故事来。

父亲大老远跑到美国来看望自己，儿女总想尽点孝心。他们知道老爷子对吃的喝的穿的都不讲究，在这方面做文章不讨好还要挨批，想来想去决定给老人家打一针二十三价肺炎球菌多糖疫苗。这种疫苗中国还没有，对小孩和老人预防肺炎特别有用。老人家生活在成都，成都天气潮湿，冬天房子里还长霉，很多人因而感染肺部疾病，咳嗽不止。四川人爱吃火锅、偏爱麻辣不是因为嘴馋，而是为了去湿气。父亲年纪大了，给他打一针疫苗，就可以让他晚年不得肺炎。打了疫苗后，杨耀感到很不错，副反应很轻，便问儿子："这东西不错，多少钱一支？"儿子说："一百几十美元吧。"杨耀一听要一百几十美元，相当于 1000 多人民币（当时人民币兑换美元汇率 1∶8 以上）。这个价格，中国一般老百姓根本承受不起，老年人就那么点退休金，哪敢花钱来打疫苗啊？

从美国回到成都生研所，杨耀作出了一个让家人和全所都感到惊讶的决定：要搞出中国自己的二十三价肺炎球菌多糖疫苗来。

该不是老糊涂了吧？年过花甲，退休在即，而且肺炎疫苗在中国还没有人搞过，你一搞就要搞二十三价，能行吗？杨耀回忆说："能不能成，当时我也没有把握。肺炎球菌有 91 个型，二十三价就是针对 23 个型，可以保护常见的流行菌株，有 80%—90% 的覆盖率。美国开始

搞的是十四价，结果 WHO 就说，你这才针对 14 个型，保护面太窄了，作为疫苗肯定不行，被否决了。又搞了六七年才搞出二十三价来。我们在这方面完全没有基础，要搞出来不是一件容易的事。但是我觉得这个疫苗很需要，中国正逐渐进入老龄化社会，老人越来越多，肺炎是影响老人健康的一个重要疾病，特别是一到冬天很多老人就咳嗽。搞这个东西，是适应老龄化社会的需要，也是市场的需要。这个市场很大，除了老人，还有孩子也需要。如果我搞不成，就让年轻人接着搞下去，总是可以成功的。"

有人劝他说："你搞了一辈子疫苗，也算功成名就了（杨耀是钩端螺旋体疫苗的主要研制者之一），现在老了，该到儿女那里去享享清福了。硬要搞肺炎疫苗，还要搞二十三价的，何苦呢？"杨耀说："就因为我老了，所以就很自然地想到了中国要进入老龄化社会了，该有多少老人需要肺炎疫苗呢？再说，这么大的市场需求，也不能让美国人垄断呀！"他的话让人不禁想起范仲淹在《岳阳楼记》中的千古名言："先天下之忧而忧，后天下之乐而乐。"忧国忧民是中国知识分子的传统美德，无论是在改制之前还是在改制之后，中国生物的知识分子忧国忧民的情怀是一以贯之的，但是在改制之后又多了一份市场思维。杨耀就是他们中的代表。他回忆说：

> 开始难度很大，培养这关过不去，有些型的菌长不出来。这个疫苗跟全菌苗不一样，是提纯的多糖疫苗，说白了，就是把有用的东西留下来，没用的东西都去掉。首先要过培养这关，而且要用大罐培养。培养基是不能乱加的。我做过伤寒、流脑疫苗，知道培养基这些，就参照，慢慢慢慢摸索，大多数型长出来了，个别型长不出来再一个一个对付它。因为每个型的特异性都很大，要找到特殊的培养方法，很艰难。当时有的同志说："你用不着做

23 个型，国内流行几个型，你就做几个型；标准也不用按国外的标准，只要反应过得去，差不多就行了。"但我坚持，一定要做 23 个型，因为 WHO 在 1979 年有规定，要做 23 个型，标准也要坚持高标准。如果型不培养那么多，标准降下来，肯定成功的可能性比较大，但如果把型减少了，标准降下来了，那就不伦不类，跟国际没办法比较，上临床都没办法。我咬紧牙关，坚持按 WHO 的标准来做。下一步就是纯化这关……要把蛋白、核酸这些去除干净。这里涉及生物分子学、生物化学、基因工程等多方面的技术运用，有些还得靠经验。譬如有次做提纯，参照国际文献，对有些型的核酸可以用吸附剂把它去掉。我们研究了方案让一个研究生去做。他当天晚上做，第二天很沮丧地告诉我："杨老师，失败了，我要的多糖很少，但我要去掉的成分很高。"但是我听了很高兴，说："可能要成功了。这个吸附剂有 4 个型号，我估计是你没把型号做全，不能只做 1 个型号，4 个型号都要做一遍，特别是要用刚刚有的新型号做。"这话我是凭经验来说的。第二次他按我说的一做，达到很满意的结果。第一次他是把型号选错了，第二次就选对了。对与错，要靠实验，要积累经验。其他的挫折还很多，总而言之，我死抱着一条：这个疫苗总归要在我们中国搞出来。

上面两个难点被解决后，后面做得相对比较顺利，疫苗试制出来，要上三期临床了。同美国默克公司的疫苗做对照，结果令人满意，免疫效果基本一样，反应比它还轻一点。很快中检所就批了，临床批件和新药证书都比较顺当。

十年磨一剑。二十三价肺炎球菌多糖疫苗从 1996 年立题到 2006 年拿到文号，正好十年。杨耀也从 63 岁到 73 岁了。谈到这个疫苗的社会效益和经济效益，杨耀感到很自豪。他对笔者说："很多临床医生包括华西医大的教授他们在用过我的疫苗之后告诉我：'一个人得了肺炎要住院，药费大概要花 7000—10000 元，还不包括其他费用，但打你们的疫苗才要 100 多元，而且可保 5 年。'这说明这个疫苗的社会效益是比较好的，发病住院的少了，就为国家节约了医疗费用和医疗资源，同时，国内有了这个疫苗，国际跨国公司的垄断价格就随之降下来了，对国家来说也是受益的。你没有，人家垄断价格你是没有办法的。所以我想，这是一个提高民族自信心的问题，也是打破垄断的最好办法。"

杨耀特别感谢成都所的几任领导对这个课题的支持，他告诉笔者："几任领导都对我说：'全所范围内你要谁我们就调谁，你看哪个人不行就叫他走，我们给你换。'有个人在课题组里老是说泄气的话，领导派他到北京去开会，说：'开完会，你就别到肺炎疫苗课题组来了。'这与个人感情无关，工作归工作。"

2018 年，杨耀已经 84 岁了，早已退休，但仍在菌苗室上班。笔者见他虽然十分瘦削，但眼镜片后的两只眼睛非常有神，说话中气十足，便对他说："你贡献已经很大了，这么大年纪了，应该趁身体还健康可以到处去转转，安度晚年。"他说："我又不会下棋，又不会打牌，又不喜欢游山玩水，一个人待在家里难受，还不如上班痛快。"笔者问："你退休了还上班，年轻人会不会觉得碍手碍脚？"他说："我上班是不计报酬的，一是看看国际刊物，把自己觉得有用的东西找出来或者翻译出来，给他们做参考；二是他们遇到什么难题来问我，我给他们参谋参谋，不碍他们的事。"

从肉毒类毒素的生产危机中创造商机

在前面的第十二章中，我们已经讲到了兰州生研所的王成怀老所长成功研制出肉毒类毒素和抗毒素，用于预防、抢救肉毒中毒病人的故事。许多故事惊心动魄，非常感人。然而，从全国来说，肉毒中毒的病例并不多见，而且肉毒中毒的高发地区在接种肉毒类毒素之后，中毒事件就非常罕见了，换句话说，就是对肉毒类毒素和抗毒素的需求变得少而又少了。说"疫苗行业是一个自己消灭自己的行业"，就单个疫苗来说，的确如此。做一个疫苗是为了预防某种疾病，当这个疾病没有了的时候，疫苗也就慢慢没用了，至少是生产量变得越来越少了。作为研制、生产机构，市场没有需求就意味着没有经济效益。肉毒类毒素和抗毒素这两个曾经炙手可热的产品因此奄奄一息，生产这两个产品的兰州所被迫停产而只留下了部分库存。生产单位这样做是迫不得已，合乎情理，但自然规律仿佛要故意与人作对，在大家都认为生产肉毒相关产品没有前途的时候，20世纪90年代中期连续发生几件肉毒中毒事件。兰州一个小孩吃了邻居送的豆瓣酱病倒了，住院报病危，孩子家长一怒之下到派出所报案，说邻居谋害自己的孩子。派出所必须找到食物中的毒素才能破案，便向兰州所求助。已经退休的王成怀所长和肉毒梭菌研究室主任王荫椿带着助手立即赶了过去，听说小孩是吃了豆瓣酱而病倒的，见小孩眼睑下垂，便初步判断是肉毒中毒。王荫椿让研究生张雪平赶紧把小孩吃的豆瓣酱拿去化验，很快确认是肉毒中毒，便立即给他注射抗毒素，小孩很快转危为安了。这与王成怀多年前在武威部队抢救小孩的情形毫无二致，只是人们对肉毒中毒的警惕放松了，而法制观念增强了，把注意力集中到打官司上去了。这件事过后不久，新疆、西藏、甘肃、河北也相继出现肉毒中毒事件。

张雪平给笔者讲了一次王荫椿带着她去河北石家庄抢救病人的情况。一家工厂给职工吃肉疙瘩火腿肠，一下70多人进了医院。他们坐飞机赶过来，到医院一看，有上呼吸机的，有切开气管的，情况非常危急，大半都报病危了。他们赶紧检验，到凌晨确定是 A 型肉毒中毒。经注射抗毒素，70 多人全部抢救过来。但是，这并没有让他们感到轻松，为什么呢？他们带来的抗毒素是早先生产的，已经接近保质期了。如果长期不生产，再遇到类似情况将无药可用。

这是一个十分严峻的两难问题。一方面，虽然肉毒中毒事件越来越少，但哪怕是一个人也是人命关天，不能让病人等死啊！另一方面，如果生产，生产单位明摆着要亏本。固然可以由国家来储备此类药品，但即使国家储备，数量也不会太多，生产单位仍然无利可图。

怎么办呢？王荫椿和张雪平觉得中国生物作为央企，不应把难题推给国家，要想办法自己解决这个问题。《史记·苏秦列传》中有句话，叫"古之善制事者，转祸为福，因败为功"。王荫椿提出了一个转危为机"以肉毒制品养肉毒制品"的设想。早在兰州所改制之前，王荫椿就提出过把肉毒素用于治疗某些疾病的思路，比如眼睛斜视、面部神经麻痹、歪嘴之类，原来都是用针灸或手术来治疗，能否用肉毒素来治疗呢？但是他的这个想法一提出来就遭到了众口一词的反对。有人说那不是治病是毒人。有人说这叫不务正业，我们做生物制品是用于防疫的，治眼睛斜视、面部神经麻痹、歪嘴，不是我们该管的事。于是他的想法胎死腹中，不过他不死心，仍然悄悄地在进行研究。要改变人们的看法，必须要拿出事实来。第一要证明肉毒素确实能用于治疗疾病并且有效，第二要拿出实验数据证明小剂量不至于引发中毒。

在抢救石家庄集体中毒病人之后，兰州所已改制为兰州生物制品研究所有限责任公司，体制一变，思路就跟着变了。王荫椿曾经被拍死的设想起死回生了，堂而皇之地成为兰州生研所的重点研究课题，组建了专门的课题组，由王荫椿牵头。

王荫椿 1962 年从青岛医学院毕业后来到兰州，一来就跟着我国著名的肉毒梭菌专家王成怀进行肉毒研究。他的一个贡献是打破了国外文献中关于 E 型肉毒梭菌只存在于沿海的论断，在我国的西藏、新疆的自产牛肉中分离出 E 型肉毒梭菌。在美国做访问学者期间，他在婴儿肉毒中毒发病机理的研究上有新的发现。认准的事他是要干到底的，经过近 10 年的研究，终于在用肉毒素治疗其他疾病上取得了成果，他领衔的"注射用 A 型肉毒毒素的研制及临床应用"获国家科技进步奖二等奖。这种结晶毒素的生产工艺以及生产所需的冻干保护液也获得国家专利，1993 年获国家新药证书，1997 年取得生产文号，使我国成为继美、英之后第三个生产此药的国家。经与美国同类产品的临床试验对照，疗效和质量都达到了同等水平。

在临床治疗领域，A 型肉毒毒素可用于痉挛性疾病（如面肌痉挛、痉挛性斜视、痉挛性斜颈、痉挛性脑瘫等）、自主神经功能紊乱的疾病（如流涎症、膀胱过度活动症、贲门失弛缓症等）和疼痛性疾病（如慢性偏头痛、三叉神经痛、带状疱疹后神经痛等）的治疗，现在已广泛应用于眼科、神经科、康复科。王荫椿与北京协和医院教授汤晓芙主编的《肉毒毒素临床治疗手册》成为这方面的规范。

A 型肉毒毒素还广泛应用于美容除皱。在美容除皱的临床研究上，陈平纾作为牵头人，联合北京协和医院、北京大学第一医院、解放军总医院等 7 家著名三甲医院组成 7 个中心进行临床试验，用科学数据证实了兰州所生产的衡力牌 A 型肉毒毒素用于改善眉间纹的安全性和有效性，不仅能获得不可思议的美容效果，而且非常安全，接受除皱治疗不影响正常的工作和生活。目前，肉毒毒素在微创整形领域已被应用于眉间纹、额纹、鱼尾纹等各类动态性皱纹的除皱、眉毛高低的调整、颏肌放松、下颌缘提升、颈部条索改善等面部轮廓的美化，以及缩小咬肌、缩小腓肠肌、缩小斜方肌等身体轮廓的塑形。

A 型肉毒结晶毒素的生产使整个肉毒系列产品形成了良性循环，再也不用担心生产类毒素、抗毒素和诊断血清亏本了。前者的盈利足可以补充后者的亏损，亏损与盈利相比，不过是小菜一碟。

王荫椿把制造和应用 A 型肉毒结晶毒素的经验毫无保留地传授给了他的学生张雪平。张雪平说："肉毒素用于治疗和美容是王荫椿老师带着我们研究的，产生大的经济效益是在我接手后，但是如果没有王成怀老所长研制类毒素、抗毒素和诊断血清的基础，后面的一切都是不可想象的。肉毒素的研究是一个漫长的完整的过程，不可割裂开来，不能忘了老前辈的功劳。按辈分来说，王成怀是我的师爷，王荫椿和孟筱琪是我的师父（研究生导师），他们对科学的热爱和严谨的作风让我终身受益。"她讲了几个故事。王成怀老所长第一次见她时，发现她戴着耳环，便盯着耳环看了一眼。这一看，让张雪平脸上火辣辣的，作为一名生物制品工作者，在实验室和生产车间是不能化妆和戴首饰的。她当天就把耳环取下来了，再也不敢戴了。王成怀是世界知名专家，过"大寿"（整数生日）时，他日本的朋友都飞来给他贺寿。但他一点没有大牌专家的架子，无论谁给他写信请教，他都会亲自回信，开始是手写，后来用电脑。年轻人去向他请教，他一聊就聊到很晚。他不占公家的半点便宜，哪怕是一张 A4 打印纸，都要自己出钱买。他待人接物总是彬彬有礼，八九十岁的人还要亲自把客人送到门外。张雪平感到，这些小事对自己的教育特别深刻。王荫椿对工作的认真叫人佩服得无话可说。张雪平第一次进车间，王荫椿为教她如何配制半成品，竟然一个晚上没有睡觉，把先教什么、后教什么、怎么做示范，一项一项列在纸上，第二天就按照拟好的计划手把手地教。比如说如何达到 100 单位，正确的做法是什么，他给你示范，达不到的原因是什么，他也给你示范，总是不厌其烦、不厌其详……张雪平如今已经是国内肉毒素研究领域的风云人物，也带研究生。她不仅主管兰州生物技术开发有限公司，专事开发生产肉毒毒素医疗、美容产品，而且如果外地有肉毒中毒病人需要抢救向兰州所求援，就由她出马。她说："老实说如果没有他们对我的严格要求，我不会有今天。"

采访当中，老是有电话找她，都是有关肉毒素美容产品的。采访结束时，似乎是为了证实这个产品的美容效果，张雪平指着自己的额头说："你看，我都50多了，一点皱纹也没有。"

第二十七章

一个扶杖老人与"胡子疫苗"

—— 世界独有的二价痢疾疫苗（FS）研制纪实

　　痢疾是最常见的传染病，而痢疾疫苗却属于最难研制的疫苗之列。在疫苗研究史上，人们形象地把几十年甚至几代人都没有搞成功的疫苗叫作"胡子疫苗"。痢疾疫苗就是其中之一。我国从 20 世纪 30 年代就开始搞痢疾疫苗，直到 80 年代也没有搞出一个真正像样的产品来。历时五六十年，"胡子"老长了。一般人都见"胡子"而远之，可兰州生研所的一个叫王秉瑞的扶杖老人却揪住"胡子"不放。1998 年，他终于把"胡子疫苗"的"胡子"刮了下来，成功研制出新型的二价痢疾疫苗（FS），可覆盖痢疾杆菌的福氏（F）和宋内氏（S）两个型，在世界上是独一无二的，让我国终于有了一个预防痢疾的好疫苗。

痢疾疫苗简史

痢疾是一种"穷人病"，与卫生条件的好坏密切相关。对痢疾，中国人尤其是农村人太熟悉了。俗语有"好汉拉不得三泡稀"之说。形容一个人没有担当或没有能力，就说"遇到事儿就拉稀"。有个打一成语的谜语，叫"拉肚子，跑步子"，谜底是急于求成，以至于这两句话演变为一个熟语。《史记·廉颇蔺相如列传》中奸臣郭开贿赂使者，为了说明廉颇老得不中用了，使者便当着赵王的面谎称其"一饭三遗矢（屎）"（一顿饭的时间就拉了三次）。拉稀（腹泻）当然不一定就是痢疾，也可能是急性肠胃炎，或是由其他病毒（如 EV71、诺如等）引起的，但在肠道传染病中，痢疾的发病率是最高的。不止于此，我国的法定传染病共 39 种，在二价痢疾疫苗（FS）出现前，痢疾发病率高居第一。

痢疾是由痢疾杆菌（志贺氏菌属）引起的急性肠道传染病。痢疾杆菌经消化道感染人体后，引起结肠黏膜的炎症和溃疡，并释放毒素入血，临床表现为发热、腹痛、腹泻、里急后重、大便中有黏液脓血，伴有全身毒血症症状，严重的会出现感染性休克和中毒性脑病甚至死亡。这种病分布相当普遍，全球都有。有史可查的是 1896 年痢疾在日本大流行，发病 9 万例，死了 2 万人。在 20 世纪 40 年代，估计我国每年发病 8.6 万—10.2 万人。新中国成立后，痢疾的发病率仍然居高不下，最高的 1975 年为 1018.93/10 万人，到 1980 年为 568.99/10 万人。笔者高中毕业前生活在农村，农村没有得过痢疾的人非常之少，拉开了肚子，轻的不在乎，重了就找乡村医生要点黄连素之类的药物对付，流行病学统计大多被遗漏了。

痢疾危害久矣，痢疾疫苗的历史也很悠久。早在 20 世纪三四十年代，我国原中央防疫处就生产过赤痢疫苗，但效果未见记载；在江西瑞金的中央苏区政府也把赤痢作为法定传染病来预防，但预防的方法和效果难以考证。新中国成立后，50 年代初，北京生研所曾经生产痢疾疫苗在抗美援朝前线试用，但也没有留下文字的生产和试验总结。不过，从上述事实中，我们大致可以得出两个结论：第一，痢疾相当普遍，危害严重；第二，疫苗预防的效果极其有限。到了70年代，由于痢疾发病率升高，北京、成都、兰州、武汉等生研所和中检所重新开始痢疾疫苗的研制，所用菌株是从南斯拉夫引进的痢疾福氏2a型链霉素依赖株（以下简称"依链株"）。当时世界上有所谓"依链即无毒"的说法，在世卫组织通报上，也连续发表报告说这种疫苗效果很好，可惜事实并非如此。兰州所用自己选育的福氏3型"依链株"制作的疫苗，在1974—1976年进行了数十次近10万人的临床观察，证明疫苗有效，但发现有"返祖"现象，即出现了疫苗型痢疾，不得不停止试验。后来，我国又引进了罗马尼亚的福氏2aT32减毒株，由兰州所试制出疫苗，进行了约5000人的临床试验，证明疫苗有较好的保护效果，但服苗次数多、用量大，不易推广。在长达半个多世纪的时间里，尽管我国先后试制出4种痢疾疫苗，但没有一个谈得上是真正成功的。

随着我国卫生条件的改善，痢疾的发病率开始逐年下降，人们对痢疾的危害也逐渐淡忘了，但有一个人始终没有忘，他就是兰州生研所第一研究室主任、研究员王秉瑞。他深知，痢疾发病率的下降不是疫苗的功劳，而是公共卫生和家庭卫生改善的结果，而且全国各地的情况大不一样，城市大幅下降了，而农村下降的幅度非常有限。痢疾仍然是危害农民健康的常见传染病之一。

因心系农民，走上"不归路"

王秉瑞是我国著名的肠道细菌研究方面的专家。霍乱、伤寒、痢疾等都是由肠道菌引起的传染病。在1981年他重新挂帅研究痢疾疫苗时，可以说已经赫赫有名了，最突出的一项成果是牵头六大生研所的相关人员成功研制出伤寒 Vi 多糖疫苗。这种新型疫苗免疫效果很好，副反应很小，解决了老的伤寒疫苗副反应严重、群众抗拒接种的老大难问题。别的不说，光是这一项成果就足以让他名垂疫苗史了。在中国生物制品界，王秉瑞也有较高的学术地位。他在国内外专业期刊上发表过50 余篇科研论文，长期担任《微生物学免疫学进展》期刊主编、《生物制品快讯》编辑部主任。他主编出版了《生物制品基础》等 4 部著作，其中《生物制品基础》是生物制品行业入门的必备教材。

1981 年，王秉瑞重整旗鼓攻坚痢疾疫苗时，已经 56 岁了。他出生在河北省唐山市，从小左腿有残疾。他在自己诗集的"自序"中写道："余自幼多病，因此未能至学校，而就读于家塾。及长，年十七，始负笈京师。"他在北京上完中学后，考入辅仁大学生物系，1950 年 8 月毕业，分配到中央生物制品研究所（北京生研所前身），从此开始与生物制品结下不解之缘。后来他几经调动，1962 年 9 月调入兰州生研所，潜心肠道菌的研究。

谈到自己研制痢疾疫苗的动因时，王秉瑞说：

我们国家传染病很多，发病率也很高，而且得病的大多数是普通老百姓，农民最厉害。我做的工作是搞细菌疫苗，多半都和农村的传染病有关系。农村环境条件不好、饮食不卫生，这都是客观因素。像伤寒、痢疾、霍乱都属于肠道传染病，我多少年搞过的工作，都是这一类的。法定传染病中，流感不是在大流行年的时候，发病率也不如痢疾高，痢疾是首位。痢疾虽然只是拉拉肚子，但也有死人的情况，像中毒性痢疾，严重的有脓血便。

我搞痢疾疫苗，就是因为下乡看到农村痢疾很多。一般老百姓得了痢疾以后拉稀、腹泻，他不在乎，又没钱治疗，自己吃点抗生素就过去了。但这不是治愈，很容易造成慢性痢疾，留下了传染源。"慢痢"仍然是带菌者，会传染别人。另外一个隐患是让流行的痢疾细菌对抗生素、磺胺类药物产生了抗药性，结果造成更大的流行。就是这种情况刺激我想搞预防痢疾的疫苗，对没钱治病的老百姓可能会有点帮助，可能会解决痢疾的传染厉害、发病率高的问题。就是这么一种动机。

王秉瑞对世界痢疾疫苗的研究史烂熟于心，又是我国痢疾疫苗研制的实践者，应该说他比谁都更了解搞痢疾疫苗的困难。他在接受采访时说：

> 比如说我在实验室做了，觉得它没有毒力了。你给人服了，万一又恢复突变了呢？细菌可以恢复突变，突变后又恢复到原来有毒力了，那就麻烦了。你不但没有制造防病的疫苗，还变成传染源的制造者了。可借鉴的活疫苗，炭疽、布氏病活疫苗，开始都是从苏联引进的，麻疹活疫苗是咱们国家自己做的，也是外国人做了以后做的。痢疾不一样，从南斯拉夫引进一个"依链株"，已经不是一般的痢疾细菌了，培养过程当中必须加链霉素，它才能生存、繁殖，这就是链霉素依赖株。"依链株"热闹了一阵。当时我也看过世界卫生组织通报，也向他们要了一个菌种，要了以后我研究发现，它有恢复突变，存在凶险。它依赖链霉素之后失去了毒性、传染性，可突变后，不依赖链霉素了，它又恢复传染力了。这是我发现的，但没有发表，也不能发表，世卫组织都是肯定了的，就你说不行？但不行就是不行。菌种不行，生产中用链霉素，对环境也是一种污染，也不行。最后，我们放弃了"依链株"，没有用这个东西。还有一个罗马尼亚的2aT32株，商品名叫"瓦西顿"，培育人叫"伊斯恰特"。这个菌种效果还可以，我把它这个给引进来了。但最后做出来的疫苗也不理想。

明知这么难，为啥还要搞？王秉瑞说："我忘不了农民患痢疾又没有钱治的困境，也是要维护知识分子的面子，你过去搞过，怎么又不搞了？说不过去，人家会怎么看咱啊，脸面何在？就这么走上了不归路。"

陈景荣是王秉瑞的副手，两人搭档18年，从伤寒Vi多糖疫苗一直做到二价痢疾疫苗。他南京大学毕业后分配在中国科学院生物物理所，1969年北京疏散人口，把他疏散到了甘肃定远煤矿，兰州生研所所长王成怀听说后亲自跑腿，把他调来兰州所，从此跟着王秉瑞搞菌苗。谈起王秉瑞当年力排众议硬要搞痢疾疫苗的往事，他说："王主任发了好大的脾气。有人说：'搞那个干吗？都有药了，而且几年都出不了成果，没用。'王主任'噔'地站起来，指着对方的鼻子说：'你再这样说，我跟你没完！那么多农民得痢疾，你敢说没用？'对方说：'你搞了那么多年，不是没有搞出来吗？'他一听更火了，说：'就是因为没有搞出来，所以要接着搞。我非得搞出来让你看看！'他就是这么个人，当面骂你，背后不记仇。政治信仰坚定，党性强，心里装着人民，特别是贫苦农民。"

用基因技术结束"胡子"工程

要结束痢疾疫苗这个"胡子"工程，首先要总结前面失败的教训，王秉瑞想起过去搞伤寒疫苗的往事。在伤寒Vi多糖疫苗搞出来之前，用于免疫的是伤寒、副伤寒甲、乙（两型）三联疫苗，兰州所的临床试验是在附近农村十几个生产队（村民小组）做的。因接种后副反应太大，村民成群结队来到了兰州所。王秉瑞回忆说："他们听说这个苗是我做的，指名道姓要打我，说打了疫苗后发烧。领导只好让我回避，不然，挨一顿打也是白挨。我当时想，活该呗！谁让你干这个活呢？谁叫你的疫苗副反应那么重呢？但疫苗哪能没有一点反应呢？特别是伤寒疫苗是注射的，里面有异性蛋白，给人打进去，说没反应，那是瞎扯淡，不可能。因疫苗副反应重被打，这种事那时多得很。打人的事促使我后来搞出了伤寒Vi多糖疫苗，把副反应的问题解决了。这次重新搞痢疾疫苗，我要吸取教训，不搞注射的，搞口服的，这是一个妙招（笑）。其实，注射用疫苗虽然免疫反应比口服的重，但效果很好。口服的要经过胃肠，如果胃酸、胰酶把这个细菌给消化了，它还有抗原吗？没了。所以你还得想办法闯过胃酸这一关，闯过胰酶这一关，这中间的问题有很多，解决不好就没有免疫力了。"

注射改口服，这只是王秉瑞的一个思维片段。从科学上总结以往的经验教训，王秉瑞和助手们深刻地感到：第一，必须加强基础研究，光是学别人的方法是不行的；第二，必须运用新的基因工程方法，这样才能自主研发出合格的痢疾疫苗。

不可否认，过去搞痢疾疫苗，多少有点急功近利，图简单省事，引进外国的毒株拿来就用，忽视了基础研究。这一次，王秉瑞要求大家要静下心来，甘坐"冷板凳"，首先要搞清我国流行性痢疾的致病菌群究竟有哪些？引起痢疾的志贺氏菌群有甲、乙、丙、丁（或A、B、C、D）4个群，40多个型，其中的福氏志贺氏菌群（乙群），是世界范围内主要的致病菌群。王秉瑞和助手从西北地区分离出的痢疾杆菌中发现，导致我国痢疾流行的不仅有福氏志贺氏菌群，还有宋内氏志贺氏菌群（丁群）。这就是说，你研制疫苗必须要针对这两个主要菌群，不能只针对福氏而撇下宋内氏。而我们过去从国外引进的毒株都只针对福氏志贺氏菌群。在基础研究中，他们还有很多新的重要发现，最主要的有：

——在研究福氏志贺氏菌群间有无交叉保护作用时发现，福氏菌的型抗原不是保护作用的唯一要素，无型抗原的突变株也有保护作用。

——在对西北地区分离出来的痢疾杆菌所携带的质粒进行图谱分析时发现，它有不同的图形。这个发现及所用的方法，开了在国内进行流行病监测的先河。

——发现人体内 SIgA（分泌型免疫球蛋白 A）的缺乏是慢性痢疾的成因。

——发现了具有 I 相大质粒的光滑型宋内氏痢疾杆菌的天然无毒株，并以之为受体构建了几种双价菌株，如 Sonnei+Vi 株、Sonnei+B 亚单位株等。这一发现解释了大质粒的可塑性，也为宋内氏痢疾杆菌在流行过程中发生变异的可能提供了佐证。

有了基础研究打底子，制作疫苗的思路就比较清晰了：第一，要做减毒活疫苗不做灭活疫苗；第二，要做福氏、宋内氏二价的，不做单价的；第三，引进的罗马尼亚 2aT32 减毒株，实践证明对福氏菌群有较好的免疫力，可以考虑以之为基础，用基因技术把宋内氏合成进去，使单价变二价。

研发路线清楚了，最大的难点有两个：一个是要对宋内氏菌群进行减毒；另一个是如何把减毒后的宋内氏放到福氏 2aT32 株里去。王秉瑞回忆说：

> 引进的罗马尼亚的 2aT32 株是现成的，但是我们放进去的宋内氏不是现成的。这个细菌本身是有毒力的，难点就是要去掉其毒力，还要保留其免疫力。去毒力有各种方法，生物学的方法、生物化学的方法、基因工程的办法等，怎么样处理才能适度？这要经过不断的试验。但我们不是要建立一个宋内氏的减毒株，分别用两个减毒株制作单价疫苗，然后合起来做成二联疫苗，如果这样，做出了也是失败的，因为 2aT32 株固有的缺点依然还在。所以，我们要把宋内氏的免疫基因合成到福氏 2aT32 株中去，充分

发挥菌群间的交叉保护作用，使之成为一个新的二价减毒株（后被命名为FS株）。前期做基础研究时，我们发现宋内氏细菌里面是一个大质粒，120个"买噶道尔顿"（molecular，微生物学术语，指大分子量）的大质粒。你想把福氏和宋内氏两个结合起来，就必须把宋内氏的大质粒上携带毒力的那部分基因去掉。为此，要把宋内氏这120个"买噶道尔顿"的大质粒切开，120个要一个一个地研究，看哪一个是有毒力基因的，要去掉；哪一个是没有毒力基因的，没有毒力基因的还看有没有免疫力，有免疫力的才保留，一个一个弄到2aT32株中去。就这么做，麻烦着呢！最后弄进去的是多少呢？74个"买噶道尔顿"，去掉了46个"买噶道尔顿"。所以弄进去这部分保留了宋内氏菌群有免疫力的基因，失去了有毒力的基因。难就难在这些地方，很复杂，要反复检查……

陈景荣回忆说："实验室研究成功后，大家都很高兴，王秉瑞就讲了：'对一个疫苗来说，实验室的成功不能叫成功，现场成功才能叫成功。'临床研究他因为腿不方便，我们不让他去现场，他就说：'你们大胆去做，成功了功劳是你们的，出了问题我来承担。'临床研究我们是在河南农村做的。"

就在临床研究阶段，出了一件与研究无关的事故，险些让王秉瑞牺牲了。1987年，他到兰州中川机场去接外宾，中途遭遇车祸，万幸的是他的人还在，但那条伤腿伤残更加严重了。这条伤腿本是儿时留下的残疾，但调到兰州生研所之后残疾越来越重。20世纪60年代，他到新疆去做霍乱疫苗的临床试验，那时条件差，大冬天还坐敞篷卡车，险些把这条残腿冻得失去知觉。此次车祸后，一贯注意自己形象，不愿让人知道他有伤残的王秉瑞不得不用上了拐杖。不过他总是将拐杖夹在左腋下，以保持身体平衡，怕一歪一扭影响自己的形象。在挂上拐杖以后，他曾赋诗明志，其中有这些句子：

"若问主人心腹事，常思余热要发挥。"

"老去悲秋思杜甫，且将余热暖同舟。"

"寻梦兰州黄河傍，未完夙愿历沧桑。不废江河归大海，书生老去又何妨。"

"双鬓多年如雪，寸心至死如丹。"二价痢疾疫苗从 1981 年开启，这个扶杖老人，以春蚕吐丝的精神，带着大家整整干了 17 年，终于成功搞出了口服二价痢疾活疫苗。这个疫苗株被命名为 FS 株。王秉瑞解释说："F 是痢疾的福氏菌群的第一个英文字母，S 是宋内氏菌群的第一个字母。"

1998 年，二价痢疾减毒活疫苗获国家科学技术进步二等奖。

获奖后的遗憾

获奖了，王秉瑞当然很高兴。他说："我们这个二价活疫苗在全世界都是独创的，别的国家还没有，他们只有福氏没有宋内氏，我们两个都有。"但是，王秉瑞又有点高兴不起来，为什么呢？

第一，疫苗的效力观察时间还不够。王秉瑞说："它现在还存在什么问题呢？当时我们观察的时候，现场观察才半年，半年有效保护率宋内氏是 71%、福氏 2a 是 61%—63%，没有再继续观察，因为没钱。应该起码观察上 2—3 年，这到现在还是个遗憾。"

第二，这个疫苗没有被纳入国家计划免疫程序。王秉瑞说："痢疾发病为什么多呢？因为它感染力很强。国外曾经报道，说是 1 个细菌就可以让 10 人得痢疾。它传播起来比伤寒更厉害。但伤寒患者发高烧，有菌血症，病情严重，所以老百姓得了病要去看医生。痢疾不是，拉几泡稀，罕见菌血症，他觉得没事，所以不在乎。如果不把痢疾疫苗列入计划免疫程序，让老百姓自己花钱买疫苗，在农村消灭痢疾比较难。"

王秉瑞的担心不是没有道理，自1998年二价痢疾减毒活疫苗（FS）问世以来，痢疾发病率虽然已不再是法定传染病之首，但仍然位居前五。1990年为127.44/10万人，2000年为40.79/10万人，2005年为34.94/10万人；从2016年起降为10/10万人以下，2017年为7.926/10万人。这个比例仍然不低，全国13亿多人就有超过10万人得痢疾。患痢疾的人应该主要还是在农村。

在王秉瑞研究二价痢疾疫苗时，曾经有人预言："你搞这个没用，中国经济发展了，再过几年老百姓生活条件好了，就没有痢疾了，还要疫苗吗？"但王秉瑞认为："经济发展后，农民的房子改善容易，可农村的生活习惯要改变不容易。我不知道再有几十年能不能改。即使改变了，消灭痢疾光靠这一个条件也是不行的，还得要有疫苗。"

二价痢疾活疫苗获奖时，王秉瑞73岁了，已退休两年多时间。2001年10月，这个疫苗又获得由美国杜邦公司和中国科技部共同设立的第二届"杜邦科技创新奖"。这时，他虽已退休但仍在兰州所坚持工作。其间，在东南亚发生霍乱疫情，老人家坐不住了，又参与到霍乱应急疫苗的研制中来，不过牵头人已经是他原来的副手陈景荣了。尽管他年过80岁了，疫苗试制出来后，研制组的6个人首先要在自己身上接种，他不顾劝阻，也参加了试种。陈景荣说："虽然他不能做具体工作了，但这种精神鼓舞着每一个人。"2011年8月28日是他的86岁生日，他写了一首《往事杂忆之三》，表达了自己一生的工作感悟。诗曰：

为有秦关汉月明，世上长存不了情。

伤寒反应需再减，痢疾效果待提升。

成人腹泻宜能控，Hib疫苗尚可行。

尊前若问前途事，嫦娥不悔上青冥。

写作此诗时，他身体已经非常衰弱了，但"不了情"仍然萦绕在他的心头。诗中所涉及的疫苗都是肠道细菌疫苗。他牵头研制的伤寒 Vi 多糖疫苗获了奖，是伤寒疫苗史上的一个巨大进步，但他觉得副反应还应当再往下减；二价痢疾疫苗的长期效果如何？他耿耿于怀；对成人腹泻，因很多人都不重视，他感到应加强宣传，服用疫苗，加以控制；Hib 疫苗即流感 Hib 系 b 型嗜血杆菌疫苗，应继续研究。老人家的心愿由他的学生，时任兰州生研所所长谢贵林带领靳志刚［美国国立卫生研究院（NIH）研究员］、杜琳研发团队最终实现了。2004 年，Hib 多糖—蛋白结合疫苗在国内率先上市，这也是中国第一个上市的多糖—蛋白结合疫苗，填补了国内空白。从王秉瑞的诗中，我们可以窥见一个中国生物老科学家心系人民的博大胸怀。中国生物改制为企业了，疫苗走向市场了，但那颗为人民驱瘟神的初心没有变。

3 年后，王秉瑞逝世于北京，享年 89 岁。

第二十八章

敢与世界先进水平并肩跑

——我国研制轮状病毒疫苗的故事

我国的疫苗研制，在改革开放前和改革开放的初期，总体上一直处于"跟跑"阶段，虽然在仿制中也不乏创新，有些创新是有世界影响的，甚至是世界独一无二的，但从诞生的时间上看，还是外国有了后中国才有。从 20 世纪 80 年代中期开始，"跟跑"的历史阶段开始终结，出现了与世界先进水平"并跑"或"领跑"的疫苗产品。轮状病毒疫苗就是一个与美国等疫苗大国"并跑"的产品，在我国疫苗史上具有里程碑的意义。这个里程碑是由兰州生研所立下的。

儿科常见两大病：咳嗽与腹泻。引起婴幼儿腹泻的原因，以往一般诊断为肠炎，被认为是由细菌、真菌或寄生虫引起的，殊不知引起腹泻的原因不只是肠炎，不只是细菌，还有隐藏的"魔鬼"没有被发现。

1973 年，澳大利亚墨尔本大学的教授毕少普（Bishop）首次发现了这个"魔鬼"，它不是细菌，是病毒。在电子显微镜下，它呈球形，大小不等，周边似车轮，故名轮状病毒。轮状病毒是引起婴幼儿腹泻的一个重要原因，而且因其引起的腹泻比细菌感染的腹泻更为严重，病起突然，拉水样便，伴随呕吐、发热，脱水程度比一般肠炎更高，最后因脱水和电解质紊乱导致死亡。轮状病毒的主要感染对象是 3 岁以下的婴幼儿，但成年人和老年人也有"中枪"的。轮状病毒的生命力顽强，在自然环境中不易自行死亡，因此传播性更强，尤其是在寒冷季节，每年10 月至次年 2 月为高发期。

因轮状病毒发现较晚，所以其流行病学统计都是 20 世纪 80 年代以后的数据。据 WHO 统计，世界各地的腹泻患儿，有 11%—71% 是由 A 组轮状病毒引起的。轮状病毒是婴幼儿病毒性腹泻的第一位病原体，全世界每年造成 1.4 亿患儿死亡。1988 年日本发生了一次暴发流行，导致7 所小学的 3012 名师生发病。英国、澳大利亚、巴西、芬兰都有病例报告。轮状病毒不会因为卫生条件好就不受感染，即便你养尊处优，照样感染你没商量，所以在西方又有个别号叫"民主病毒"，只不过西方国家治疗条件好，死亡率比发展中国家要低。

我国 5 岁以下儿童中，每年因轮状病毒引起腹泻的约有 1300 万人次，死亡 3.8 万—4.7 万人，医疗费支出约 8 亿元人民币。1982—1983 年，甘肃兰州和辽宁锦州暴发轮状病毒手足口病大流行，病人达 3 万人，除婴幼儿外还有青壮年感染。此后，在广西、内蒙古、湖南、山东、河北、黑龙江、安徽、贵州、福建等省（自治区）都先后发生过较大规模流行。

1982 年，兰州生研所第二研究室主任白植生去澳大利亚做访问学者，在毕少普教授的实验室进修。这是他第一次接触到轮状病毒，此时离轮状病毒的发现仅有 9 年，对它的认识还相当肤浅，还没有人尝试轮状病毒疫苗的研制。在进修期间，白植生萌生了一个想法：轮状病毒疫苗迟早要诞生，我回国以后就要搞这个疫苗，中国不应落在先进国家的后头。

第一个轮状病毒疫苗，中国与美国同时诞生

有心人做有心事。白植生一回国，便提出要上轮状病毒疫苗。

什么是轮状病毒疫苗？他的想法刚开始并不被看好。那时，许多人对轮状病毒还很陌生，有的人甚至还不知道有此病毒。另外，还有不少人没把腹泻太当一回事："谁家的小孩没拉过肚子？也没有听说有多少拉肚子拉死人的，你这个疫苗就是做出来给谁用呢？"白植生给大家介绍了国际上轮状病毒的研究动态以及国外有关的流行病学调查，但似乎很难说服大家。那咋办？先从流行病学调查开始。

那时科研条件还很差，他们用的电子显微镜还是从兰州医学院借来的。在西北城乡调查的结果显示，2岁以下的小孩重症腹泻40%是由轮状病毒引起的。这说明，轮状病毒是一个对婴幼儿健康造成严重影响的病原体。所以，研制轮状病毒疫苗于国于民都非常有益，势在必行。据白植生了解，美国的轮状病毒疫苗研究也才刚刚起步，中国再不起步，就会落后在起跑线上。于是，轮状病毒疫苗的研制被列为兰州生研所的重点课题，1985年拿到了卫生部的项目批件。白植生带着助手们开始了一次艰难的与国际同行的"并跑"。

大家都是从零开始，谁也没有经验可供别人借鉴，但英雄所见略同，中美两国科学家的思路是一样的。已知轮状病毒引起的腹泻是人畜共患病。轮状病毒可分为7组，其中A、B、C组能引起人和动物腹泻，D、E、F、G组只引起动物腹泻而不感染人。这是一个重要发现。就像人天花病毒只感染人，牛天花病毒只感染牛而不感染人一样，既然琴纳氏能利用这个特性发明牛痘苗，用来预防天花，是否可以用动物的轮状病毒株来制作疫苗呢？也许是天遂人愿，研究表明，对人无致病性的动

物轮状病毒对人可产生交叉免疫作用。这太令人鼓舞了！简直与牛痘苗的原理如出一辙。于是乎，中美两国的疫苗专家都沿着这条路线开始往前跑。

对疫苗稍有常识的人都知道，要制作疫苗首先要建株，要建立起一个免疫效果好又没有毒性的疫苗株来。20 世纪 80 年代，研究轮状病毒疫苗的美国、比利时和中国都在为建株而奋斗。而要建疫苗株，首要必须分离出野毒株来。偏偏轮状病毒非常难分离，在白植生他们艰难地分离动物轮状病毒株时，恰遇贵人相助，有人雪中送炭来了。1985 年，青海省畜牧兽医科学院的周尚志等人，从腹泻羔羊的肠内容物和粪便中分离出轮状病毒野病毒，再用新生小牛肾原代细胞培养和适应传代，得到 2—9 代弱毒株。周尚志将第 9 代弱毒株赠送给兰州生研所。谢天谢地，有了这个弱毒株，就可以继续培育传代，从中择优，建立疫苗株。白植生和助手又将这个弱毒株往后传了 100 代，发现其中的第 19 代和第 37 代免疫原性好，尤以第 37 代为最好。好！就用它。第 37 代被选中作为疫苗候选株，被命名为 LLR—85—37 株（以下简称 "LLR 株"）。

此时，在世界上，比利时已建起 1 个牛轮状病毒株（G6 型），美国已建起两个株 [1 个猴株（G3 型）、1 个牛株（G6 型）]，再加上中国兰州所的羊株（G10 型），共 4 个动物轮状病毒株。这 4 个动物轮状病毒株的血清型各不相同，但因为各型都具有交叉保护作用，故都可以作为制作疫苗的候选株。

上面所说的 G，是指 G 血清型，是 A 组轮状病毒（现在已知轮状病毒分 3 组，但 80 年代时尚未发现 B 组和 C 组）的一个血清型，另外还有一个 P 血清型。A 组轮状病毒由 11 个基因段组成，其中有 6 个结构蛋白（VP1—4，VP6、VP7）和 5 个非结构蛋白（NSP1—5），这些基因片段分别处于病毒的不同位置并发挥不同的作用。在基因型的鉴定上，研究员申硕（现武汉所首席科学家）有新的发现。他通过对上述羊轮状病毒的 VP4、VP7 基因核酸序列分析，结果证明其血清型为 G10、P12。其中的 P12 是他的命名建议，因为当时才发现到 P11，第 12 属于新发现。90 年代后，全球已发现 14 种 G 型、15 种 P 型。他发现的这个血清型被国际上统一命名为 P15。这个新发现是疫苗研制过程中的一个意外惊喜，从一个方面说明，用这个羊 LLR 株制作的疫苗有中国特色，有别人没有的东西。

在对羊 LLR 株进行基因鉴定后，又经无菌试验、支原体检查、外源因子检查及动物安全性试验等项目的检定，结果表明全部符合国家规程要求。可以用来制作疫苗了。

但是，制作轮状病毒疫苗的大思路虽然是受了制作牛痘苗的启发，即用动物病毒来为人免疫，但比制作牛痘苗不知要复杂多少倍。许多技术名词和术语让笔者听得如坠雾里云中，把相关论文连看了几遍也没有看懂，只好请他们少讲点技术名词，多讲点故事。陈冬梅 1985 年考上研究生就跟随白植生搞轮状病毒疫苗。她说："轮状病毒的分离非常难，培养也比较难。它在什么情况下长得最好，需要一个小时取样观察一次，进行酶联免疫吸附试验，检查病毒的抗原。做一次试验要连续观察 4—7 天，我们晚上就睡在实验室，把闹钟上好，一小时起来一次，取样检查完，刚眯一会儿，闹钟又响了，又要起来继续观察。一个星期不沾家是常事。特别伤脑筋的是，同组的轮状病毒之间能够发生基因重配、基因重组和基因突变，如何保持疫苗株的稳定性是一个重大挑战。"

尽管困难重重，白植生总是给大家传递乐观的情绪，从来看不出他有泄气的时候。他当年的研究生周旭说："凡是见过他的人都会有非常深刻的印象，这个人走路一阵风，活力四射，风度翩翩，仪表和言表都非常得体，都说'这哪像是一个六七十岁的老人啊！'在疫苗研制过程中，他没日没夜地泡在实验室，不是一天两天，而是日常状态。他平时不抽烟，但是在遇到难题时，会关在办公室里悄悄地抽烟，以舒缓压力加强思考。但一旦有人要来，他马上把烟掐掉，把烟灰缸藏起来。我们这些跟随他的学生感觉到，他内心的压力实际比谁都大，但他总是把自信、乐观情绪传染给大家。"

一个个难题被他们甩到了后头，1990年终于试制出口服轮状病毒活疫苗。这种疫苗为粉红色液体，每瓶装量为3ml，为一人份，里面不加任何防腐剂，配消毒吸管一支，让孩子像吸饮料一样喝进去。先在猴子身上做动物实验，然后全科室共10人，人人口服，不仅要抽血检查口服后的效果，还要品疫苗的口味。为什么还强调口味？因为听说美国第一批试制出来的轮状病毒口服疫苗要先喝苏打水，然后再服疫苗，一方面与酸碱度有关，也许也与口味有关。我们是直接服用，如果口味不好，会影响接种。

自己喝了证明疫苗没问题，申请上临床，被批准后，在1992年、1993年、1995年中分别进行了III期临床试验，共接种219名婴幼儿，证实疫苗安全有效。这要在以往，应该就可以批准试生产了，但是我国对疫苗的审查越来越严格，因为III期临床接种的人还比较少，1996年药品评审中心要求他们再做一次扩大观察。于是，分别在南方的昆明市澄江县和北方的辽宁省大连市，对421名婴幼儿（服苗组202人，对照组219人）进行接种后安全性和免疫原性观察，结论是疫苗滴度稳定；婴幼儿口服后未见任何副反应，疫苗是安全的；接种后婴幼儿血清中和抗体四倍增长阳性率为50%—60%，达到并超过了世卫组织的相关指标……

在这次临床观察完成后，大家都忙于申请试生产文号。在实验室的白植生突然腹部剧痛，头上冒出汗珠，周旭等看到不对劲，赶紧把他架到了所里的卫生室。医生一看说："马上送医院。"送到医院一查：急性坏死性胰腺炎！当即就安排手术。手术后，他鼻子里插着管子，见助手和学生们在病房陪着他，便笑着说："我真壮，本想这一关过不去了，但我挺过来了。"他在病床上躺了五六天，与陪他的人说得最多的还是疫苗，让他们好好准备申报材料。周旭说："他就是这样一个人，在这种情况下还非常乐观，唯一关心的还是工作。"

1998 年 6 月 1 日，口服轮状病毒活疫苗获国家新药证书，属国家一类新药，取得试生产批准文号。在世界轮状病毒疫苗研制的竞技场上，是世界上第一个以动物轮状病毒株制备的人用轮状病毒疫苗。两个月后，美国的人—猴轮状病毒基因重配株四价疫苗被批准上市。从疫苗的价数来说，中国的是单价，美国的是四价；中国的是传统疫苗，美国的是基因重配疫苗，在科技含量上是不如美国的。但是衡量疫苗质量的金标准是有效性和安全性，而非科技含量的高低。不幸的是，美国的人—猴轮状病毒基因重配株四价疫苗在接种中出现了 15 例肠套叠（一般可用非手术疗法，如发生肠坏死需进行手术治疗），于 1999 年 10 月被停止生产和使用。

市场是闯出来的

虽然取得新药证书，但 1999 年 5 月 1 日实行国家药品监督管理局颁布的《新生物制品审批办法》，其中有 "Ⅳ期临床研究的要求"，以进一步检验疫苗的安全性。按照这一要求，兰州生研所和中检所、广西壮族自治区、梧州市、藤县三级卫生防疫站联合进行Ⅳ期临床观察。

这次临床观察共进行了半年，从 1999 年 9 月起，至 2000 年 3 月止，即一个流行季。刘溯曾跟随白植生、陈冬梅多次参加临床试验，这一次他作为陈冬梅的副手来到广西。她回忆说："做临床试验是件很苦的事，和我一起进兰州所的新人最后都跑了，就剩下我一个。我跟陈冬梅老师到藤县，选了三个乡（和平乡、太平乡、古龙乡）共3000余名2岁以下的婴幼儿作观察对象。我们一人一辆自行车，骑到各个村的卫生室，在乡村医生的带领下一家一户动员孩子来口服疫苗。服苗后就进入了观察阶段，要一个一个地量体温，问小孩排便情况，是干是稀？什么颜色？观察副反应，看是否有腹痛、呕吐及皮疹等不适症状。如有腹泻要采集粪样，用试剂盒检测。服苗后7天要观察记录婴幼儿的精神状态、食欲及睡眠情况。每天天一亮就出门，一直忙到天黑以后才回来，脸被晒得通红。晚上睡觉就怕接电话，听说哪个孩子拉肚子了，哪个孩子有什么不适，就得马上起来赶过去。吃饭也没个点，陈老师买了几包饼干带在身上，饿了我们就啃饼干。"就这么观察了当地一个流行季，观察结果表明疫苗的安全性很好，对重症腹泻的保护率达到90%以上。

Ⅳ期临床做完以后，2000年才拿到正式生产文号。这个疫苗产品我国具有完全自主知识产权，有效性和安全性已反复得到证实，但是疫苗却面临无人问津的尴尬，处于有苗无市的状态。周旭回忆说："那时老百姓还不知道有轮状病毒，包括不少医生也不知道，甚至有不少医生对轮状病毒引起婴幼儿腹泻持怀疑态度。连这个病毒都不知道，就谈不上用疫苗了。当时兰州所花了很大的力气来做科普，白植生教授也不顾年迈亲自去讲课，宣传轮状病毒的危害以及疫苗的效果。"陈冬梅回忆说："全国30多个省、市、自治区，我们一个一个地方去开专家论证会，做科普宣传，耐心回答他们的疑问。在某省的论证会上有位专家说'听说美国默克的疫苗保护率是100%，你们的才90%，怎么回事？'我给他解释后告诉他美国首批接种2000例就发现2例肠套叠，到1999年已发生 15 例肠套叠，不得不停产了，而我们的疫苗还没有出现 1 例，这么一说他明白了，说'不管白猫黑猫逮着老鼠就是好猫。'看来咱们的疫苗还是有优势。"就这样，轮状病毒疫苗逐渐被大家认可，市场打开了，到目前为止轮状病毒活疫苗是国内单一预防产品中销售量最大的一个产品。从无人问津到单苗销量第一，一说明疫苗质量好，二说明科普宣传必不可少。

回忆这个疫苗的研制和销售过程，研制花了 17 年多时间，推广花了 4 年多时间。陈冬梅和周旭等感慨良多，强烈地感到，这个艰难的过程标志着我国疫苗研制生产上的一大进步，就是疫苗研制一定要有超前意识，要主动。从世界上发现轮状病毒后不久，我国便与美国等先进国家同步开始研究疫苗，也同步生产出疫苗产品。这与以往在国外疫苗出来之后我们再跟踪的情况相比，应该说是一大进步。在大家都认识到需要某种疫苗时，你再来研制疫苗，是被动的，而在大家还没有认识到需要这种疫苗的时候你就研制疫苗，这就叫主动，叫超前。超前研制出来的疫苗虽然开始会遇到冷落，推广起来非常费劲，但通过科普，老百姓一旦认识到这种疫苗的重要性，就会欣然接受。随着我国科学技术的进步和人民对健康需求的增强，这种情况会越来越多。轮状病毒疫苗的研制成功表明，我国的疫苗研制和生产，已经到了结束跟跑时代，进入与世界先进水平并肩起跑的时代了。

到了该瞄准国际市场的时候

到目前为止，被 WHO 批准在全球用于免疫、已经上市的轮状病毒疫苗有 4 个，除中国兰州生研所生产的单价羊轮状病毒口服活疫苗（商品名"罗特威"）之外，还有比利时葛兰素史克公司生产的单价人轮状病毒疫苗，美国默克公司生产的五价人—牛重配轮状病毒疫苗以及越南生产的单价人轮状病毒疫苗。国外三家的疫苗上市时间都晚于中国，比利时的疫苗上市于2005年，美国的疫苗上市于2006年，越南的疫苗上市于2012年。也就是说，在1998年至2005年的7年多时间内，世界上只有中国的轮状病毒疫苗这一根独苗。

前面说到，美国的四价人—猴重配轮状病毒疫苗与我国的单价羊轮状病毒疫苗，于1998年几乎同时上市，但因接种后发生肠套叠而被迫停产。放弃这个产品后，默克公司又重新研制出五价人—牛重配轮状病毒疫苗。美国虽然走了这一段弯路，但是他最终研究出来的五价人—牛重配轮状病毒疫苗是最先进的。兰州所在单价羊轮状病毒疫苗上市后不久，又开始了三价人—羊重配轮状病毒疫苗的研制，并拿到了试生产文号。目前已完成临床试验，正在进行新药证书和生产批件的审批，将于近期获批，同时新的厂房也已竣工，为预防小儿轮状病毒引起的腹泻将会发挥更多的作用。

美国科学家Kapikian是四价人—猴重配轮状病毒疫苗（1999年停产）和五价人—牛重配轮状病毒疫苗的研制者。原武汉生研所所长杨晓明（现中国生物董事长）与Kapikian相识，发现他很有国际情怀，希望他的疫苗能给发展中国家使用。杨晓明在美国见到他后，便对他说："中国是最大的发展中国家，如果不在中国用，谈何用在世界上呢？你这么好的技术应该让中国也用上。"Kapikian很爽快，把五价人—牛重配轮状病毒疫苗株给杨晓明带回来了。杨晓明回到武汉生研所，当即组建了一个人—牛重配轮状病毒疫苗研究室，由人称"灭绝师太"的研究员徐葛林博士牵头来做。杨晓明对他们说："这么好的东西光中国用行吗？"徐葛林一听就明白了，这是要他们一开始就要有国际眼光，要把这个疫苗推向世界市场。为了加快进度，六价轮状疫苗课题组由所长杨晓明直管，没有科室建制。杨晓明要求疫苗研制一开始就要按世卫组织预认证的标准来做。他联系了 PATH（帕斯，适宜卫生科技组织），请他们派专家来武汉所讲课，按世卫组织预认证的标准指导疫苗的制作与生产。PATH 先后派来八九位各方面的专家，一共指导了 5 年。在这个思路下，徐葛林带着大家进行疫苗的开发，武汉生研所同时按世卫组织 GMP（药品生产质量管理规范）标准进行中试车间的基建。

话分两头，徐葛林在设计疫苗的涵盖范围时，发现美国的五价疫苗虽然基本涵盖了轮状病毒的主要流行型，但是国际文献表明，现在包括美国的五价疫苗在内的所有轮状病毒疫苗，用在非洲的效果都不理想。是什么原因呢？非洲的轮状病毒有一个 G8 血清型，而世界上现在已经上市的疫苗都不包括这个型。于是，徐葛林决定搞六价人—牛重配轮状病毒疫苗，把 G8 血清型加进去。这并非硬要比美国多一价，而是更多了一份服务意识和国际视野。搞成六价，就可以涵盖国内 99.6% 的血清型，全球 96% 的血清型。设计定了，便开始试制和工艺研发。徐葛林说："研究配方就花了大半年时间，一次给小毛毛（湖北方言，指婴幼儿）吃多少，浓缩 2 毫升，里面用什么抗酸剂？用多少糖？这都要一项一项研究。培养也是大问题，病毒是长在细胞上的，细胞弄不好病毒就长不好，经过摸索，现在已建了 3 个中试车间，都是 40 层的细胞工厂……"研制的过程很苦，有人受不了，离职了，但是留下来的人没有一个人请一天的假，这让徐葛林很感动。她要求特别严，急了就训人，学生们因此给她取了"灭绝师太"的外号。谈到取得的成绩，学生们笑称"这都是'灭绝师太'给'踹'出来的"。硕士研究生李庆亮，是她的得力助手。徐葛林以他为骄傲，说："这个男孩，交给他什么工作都让你特别放心。配方的研发、临床试验我都交给他，都做得很好。别人忙不过来时请他帮忙，他总是说'好吧！'"其实，"灭绝师太"严归严，慈归慈。有个员工不小心被弄破的玻璃试管割破了手，却瞒着她继续工作，她得知后，买了一条大黑鱼熬汤给他送去，说："喝了有利于伤口愈合。"

通过研发六价轮状病毒疫苗，徐葛林带出了一个优秀团队，带出了良好的作风。大家都明白，制作出来的疫苗不仅是给国内用的，还要走向国际市场，否则就算失败。对国外专家讲的东西，能在认真消化后批判性吸收，不人云亦云，靠独立思考，创造性地解决问题。质量意识已经刻骨铭心，自觉落实到每一个细节上。比如在实验室和车间，什么东西应该放在哪里都是有严格规范的，有一个工人拍了照片还不算，另外专门贴了一张表，用来对照。徐葛林说："没人要求他这么做，但他主动做了，这就是质量意识的体现。"

到 2013 年底，六价人—牛重配轮状病毒疫苗被试制出来，申请新药临床试验，等国家药监局的批件等了两年半。2018 年底，已完成二期临床试验，与此同时，3 个符合 GMP 要求的中试车间也已建成，申报预认证的文件正在准备中。

"灭绝师太"已经退休两年了，每天仍在"发疯"似的工作。问她"这样做的动机？"她说："所里返聘我，不是让我来尸位素餐的，但关键还是受了老前辈谢毓晋的影响。他'一生最恨干工作有始无终'，这个六价疫苗如果不通过世卫组织预认证，我休息也不可能安心的。"说到谢毓晋，她说："每看到他的铜像，我就对照自己，感到和他比还差得太远。我妈妈 1950 年就进武汉所了，是谢毓晋的助手之一，也受到不公正的待遇。我外公解放前是上海葛氏制药厂的老板，父亲 1957 年被划成'右派'，妈妈 1958 年被'拔白旗'。她怕影响我，档案里从来不填有我这个女儿。虽然家庭的处境艰难，但她从来不发怨言，总是说跟谢老比，我们受的这点委屈不算啥。我 1985 年从武汉大学病毒系毕业分配到武汉所时,谢毓晋已经去世两年了,但妈妈对我说:'你到了武汉所,就得学习谢毓晋,多想想为人民、为国家作贡献,少想点个人的名利地位。"说完她大声笑起来,补充说:"你不是问我的动机吗?就这,很简单。"

从兰州生研所的单价、三价羊轮状病毒疫苗到武汉生研所的六价人—牛重配轮状病毒疫苗,从白植生、陈冬梅到杨晓明、徐葛林,从他们身上可以看到,老一辈疫苗科学家一心为人民的优良品质被传承下来了,同时他们又多了一份豪情、多了一份国际情怀,瞄准世界先进水平而奋力前行。就靠和他们一样的人,我国疫苗研制和生产进入了一个与世界先进水平并跑的新阶段。

|第二十九章|

只有中国儿童才有的福祉

——肠道病毒 EV71 疫苗的研制与生产纪实

让中国的疫苗进入世界先进行列，在部分品种上领跑世界，是几代疫苗科学家的梦想。跨入 21 世纪不久，我们终于欣喜地看到，中国研制的用于预防手足口病的肠道病毒 EV71 疫苗成为第一个领跑世界的疫苗产品。破此天荒的是一个平均年龄才 30 多岁的年轻团队。他们在原北京所所长沈心亮的领导和指导下，由李秀玲研究员领衔，研制出世界上独领风骚的 EV71 灭活疫苗，张云涛副所长、研究员统筹组织完成了临床研究，终使疫苗成功上市。这是只有中国儿童才有的福祉，在疫苗上市短短两年多的时间内，就让中国的手足口病病例下降了 80%—90%。李秀玲团队开了中国疫苗在世界领跑的先例，EV71 疫苗在中国和世界疫苗史上留下了浓墨重彩的一笔。

引发手足口病死亡的元凶

手足口病，这个危害儿童的"幽灵"虽然早已游荡于世界，但对大多数中国人来说，20世纪80年代才听说手足口病这个新病名。此前，不仅在祖国医学的经典著作中无此病名，而且在新中国成立后多次进行的流行病学调查中也未见此病，只有少数专家在英文文献中见到过这个"瘟神"。

手足口病1959年才被正式命名。世界上最早报道此病的国家是新西兰，时间是1957年。此后，这个"幽灵"很快就游荡到了澳大利亚，接着又远涉重洋，到了美国、欧洲、日本。20世纪70年代中期在保加利亚的一次流行，虽然只有750人发病，却致使其中149人瘫痪、44人死亡，何其恐怖之尤也！

流行病无国界。1981年，手足口病这个不速之客漂洋过海，闯进了中国。这个"瘟神"虽然来得晚，距新西兰的首次报道已有24年，但来势凶猛，大有变本加厉、后来居上之势。发病人群以5岁以下儿童为主。6月龄以下婴儿因有胎传抗体的保护发病较少，从6月龄开始发病率逐渐提高，尤以1—2岁儿童发病风险最高。它似乎喜欢上了亚洲，近20年来，手足口病主要在亚洲国家流行，中、日、韩、新、马、泰、越、柬等国无一幸免。每年4—6月，是我国手足口病的高发季节，部分地区（尤其是南方）10—11月还会出现秋季小高峰。我国成为全球报告手足口病发病例数最多、死亡病例最多的国家。自上海市首见手足口病之后，此病迅速出现在北京、河北、天津、福建、吉林、山东、湖北、青海、广东等十几个省市。天津市1983年发生手足口病暴发流行，5—10月间发生了7000余例，经过两年的散发流行后，1986年再次出现暴发。

因为手足口病是一种新的传染病，对症有效的治疗药物，国内没有，国际上也没有。对它的病原体也有一个逐渐认识的过程。1958年，病毒学家从新西兰患儿的体内分离出柯萨奇病毒，兴奋不已，以为逮住了病根子，可进一步的研究发现，这只是冰山一角而已，引发手足口病的病原体有若干种，是一个病毒群，多达 20 多种（型），元凶乃肠道病毒 EV71。据统计，死于手足口病的患儿 90% 以上是因为感染了 EV71 病毒（1979 年由国际病毒命名委员会正式命名）。它引起神经系统和呼吸系统症状，并发症包括脑炎、无菌性脑膜炎、肺水肿或肺出血、急性软瘫和心肌炎。

2008 年，安徽省阜阳市发生了一起不明原因的疫情，婴幼儿大量住院，临床表现大都为重症肺炎，患儿入院几小时到两天之内便出现死亡。统计数字表明，6000 多例患儿中，发生重症感染的 353 例，死亡 22 例。中国疾控中心紧急组织专家前往阜阳调查，中国生物北京生研所、昆明生研所、北京科兴公司等单位的专家们在现场分离病毒，发现导致这次疫情蔓延的元凶还是 EV71 病毒。因为由 EV71 病毒感染的手足口病出现的是神经症状，50%—80% 无症状和类似感冒，没有典型的出疹症状，所以很容易造成误诊。阜阳市首批住院的患儿中，只有一人出现了皮疹，故一开始没有往手足口病上想。

我国从 2008 年开始，也就是在阜阳市手足口病暴发之后，将其列为丙类传染病，实行 24 小时报告制度。到目前为止，手足口病的发病率高居丙类传染病之首。鉴于 EV71 病毒实验室检验相当复杂，我国生物工程科学家利用生物芯片技术开发出肠道病毒鉴定芯片，可快速检测出肠道病毒的型别，为抢救患者赢得了时间。

我国最早于 1995 年由武汉病毒研究所分离出 EV71 病毒，1998 年深圳市卫生防疫站也从患者的分泌物中分离出 2 株 EV71 病毒，2008 年从安徽阜阳分离出的 EV71 病毒是第三次成功分离。有了病毒株，就可以研制相关疫苗。

研制出 EV71 疫苗成为预防手足口病的当务之急，但世界各国都还没有行动。为天下父母解忧，为手足口病患儿解难，舍我其谁？中国生物北京生研所及其同行们站了出来。

创造奇迹的年轻团队

2008 年 5 月 12 日，是一个中国人民永远不会忘记的日子。这一天的下午，发生了举世震惊的汶川大地震。全国上下，人人关注。但在北京生研所，有 3 个人对这次大地震却一无所知。他们是研究员李秀玲、副研究员张中洋、研究生王潇潇。按照时任所长沈心亮（后任中国生物首席科学家）的要求，他们必须在 24 小时之内写出研制 EV71 病毒疫苗的立项报告，第二天一早就要拿到科技部去汇报。他们太专注了，两耳不闻窗外事，一心只写报告书，经过一天一夜的讨论、写作、修改，在次日上班之前将写好的立项报告装订成册。张中洋告诉笔者："第二天天亮时，李秀玲老师让我和王潇潇去休息，她和沈所长带着材料去科技部汇报。汶川大地震我们是第二天才知道的。"

这项任务是沈心亮、李秀玲主动要来的。那时，李秀玲刚从加拿大做博士后研究回来，恰逢手足口病疫情在安徽阜阳结束不久，她深感作为生物制品工作者责任重大，应该尽快搞出预防手足口病的疫苗来。她的这一想法与所长沈心亮不谋而合。要干就抓紧干，就不要拖拖拉拉，于是沈心亮要求他们立即写出立项报告来。

因为手足口病疫情严重，北京所的立项报告写得翔实具体，项目的组织者沈心亮、研究室牵头人李秀玲都有攻坚克难的经历，取得过令人瞩目的成果，有很强的研发实力，所以项目很快得到批准，被列入科技部"十一五"国家科技支撑计划项目之中。

沈心亮是我国生物制品领域的著名科学家，成绩卓著。他基础研究造诣深厚，实践经验非常丰富。由他主持完成的国家"九五"攻关项目《神经生长因子研究与开发》于 2001 年取得新药证书，2003 年正式上市；主持完成的国家"九五"攻关和"十五""863"重点项目基因工程戊型肝炎疫苗研究获得成功；主持国家自然科学基金项目抗肿瘤坏死因子单克隆抗体的研究及肿瘤坏死因子与宿体之间相互作用的研究，先后获得了六株抗 TNF（肿瘤坏死因子）单克隆抗体，此外，他还构建了 TNF 突变体克隆株和表达株，为开发相关单克隆抗体治疗肿瘤奠定了基础。他还做了治疗用疱疹疫苗的研究，但还没做完，他就被调到北京所任副所长，不久任所长。

李秀玲时任北京所第二研究室副主任，EV71 灭活疫苗的研制是李秀玲主持的第二个重大课题。此时，她刚从加拿大萨斯喀彻温大学（University of Saskatchewan）微生物学系进行了为期一年半的博士后研究回来。微谷（中国生物研究院前身）领导沈心亮和张云涛特地为这个项目成立一个实验室，由李秀玲任主任；停掉了另外一些非重点项目，重点保障 EV71 疫苗的研制。重视程度越高，压力就越大，舞台给你搭好了，就看你唱戏了。

开发 EV71 病毒疫苗，是世界级创新。创新与仿制的最大区别，是要"第一个吃螃蟹"，要走一条从没有人走过的路，研制的过程从起点到终点，每一步都要靠自己披荆斩棘，开出一条路来。这也是科学家与匠人的不同之处，匠人是拜师父学手艺，科学家是自己在黑暗中摸索。

EV71 病毒株是国家疾病控制中心提供的我国自己分离出来的毒株。制作疫苗的第一步最重要的工作，是通过培养减毒，使野毒株变成疫苗株。最早李秀玲的研究室一共才有 4 个人，3 个助手分别为张中洋、王潇潇、郝春生。副研究员张中洋在接受采访时说："开始可以说是一片黑暗，完全没有方向感，把毒株样本种在二倍体（2BS）细胞或非洲绿猴肾（VERO）细胞上培育减毒。我们要的减毒株必须符合下列条件：免疫原性好、抗原稳定、无毒性、宜于培养生长。要选到一株符合上述条件的减毒株，简直如大海捞针。没有先人给指路，只能靠实验慢慢摸索。"最后他们从培育出的 38 个弱毒株中，选出了 7 个作为候选疫苗株。

一个弱毒株最后能不能作为疫苗株？仅靠基因测定和在试管中得来的数据来判断是不行的，还必须过动物试验这一关。在外行看来，做动物试验，不就是把毒株打到动物身上观察效果吗？不对！做动物试验的前提是要建立科学的动物模型。如果是仿制世界上已经有的疫苗，因为先驱者已经建立了现成的动物模型，可以采取鲁迅所说的"拿来主义"。而 EV71 疫苗是原创性的，没有现成的动物模型可用。所以，必须自己来建模。否则，临床研究前的保护效果就根本无法评价，因而一切都无从谈起。这是一个关键的技术瓶颈。这个瓶颈被李秀玲团队突破了。经艰苦努力，他们建立了世界上第一个 EV71 病毒攻毒保护模型。用这个模型，可证实中和抗体在疫苗保护效果中的关键作用，为临床方案提供关键数据。

建立模型很不容易，运用这个模型来做试验更是一条漫长而艰辛的路。首先要找一个典型的野毒株作为攻毒株，用不同的剂量分别打入乳鼠体内，然后不间断地观察它的发病情况，发不发病？什么时候发病？什么时候症状加重？是否造成死亡？发病后多长时间死亡？等等，都要有详细的记录并有各项指标的实验数据。这个搞清楚了，再给不同病程的病鼠以不同的剂量打初步拟定的疫苗候选株，看是否有免疫效果，如果有，症状是什么时候减轻的？是什么时候康复的？得拿出严谨的实验室数据。这还没完，接下来的试验是先给乳鼠打疫苗株再打攻毒株，看是否有保护作用，保护的程度如何？对 7 个候选疫苗株，要一个一个都做一遍，从中选出一个性能最优良的候选株作为正式疫苗株。

对疫苗株的试验要更加完整细致，比如如何确定疫苗的剂量，最多用多少？至少要用多少？对重症和轻症的 EV71 病例的保护率各是多少？等等。

张中洋说："每次试验要观察 1—2 周时间，我们就得在小动物室里待着。很苦，但都没觉得苦，因为注意力都集中在乳鼠身上，喜怒哀乐都是由试验情况牵动的。比如打了攻击毒后乳鼠不发病就感到很沮丧，一看它得了病，马上就高兴起来了。再如打了疫苗株，如果不出现理想的免疫效果，你就高兴不起来。如果连续出现免疫效果不好的情况，那就说明你的这个候选疫苗株有问题，那就得再选一株来重新试验。遇到挫折后，往往大家都沉默寡语。李秀玲就召集大家开会分析原因，然后互相打气，拳头一握：'加油！'"

动物试验从小往大做，小白鼠、大白鼠、猴子，一个一个做，一项一项来。谁也记不清中间遇到了多少挫折，只知道这些挫折一次一次被克服了。李秀玲继承了著名医学科学家汤飞凡在北京所留下的好传统和工作习惯，每周开一次讨论会，不分地位、资历，人人畅所欲言，上周看了什么文献有什么体会，工作中遇到什么困难有什么建议，大家一起交流。

研究生王潇潇是做检定的。她的第一导师是中国工程院院士赵铠，李秀玲算是第二导师。对 EV71 疫苗研制中碰到的各种难题，赵铠总能给课题组以无私的帮助，不吝进行理论指导，给年轻人传递一种积极向上的精神，鼓舞了大家的斗志。王潇潇说："赵院士主要做理论指导，实际操作都是李秀玲带。李老师最爱问'为什么？'比如你给她汇报某项试验没做成，她问的第一句话就是'为什么？'然后说：'你不能光说成还是不成，要搞明白为什么成、为什么不成，不把它吃透了，即使重做也还是不成。'在她的手下很难得到一次表扬，往往都是一连串的'为什么?'有时问得你面红耳赤,逼着你去思考,去总结经验教训。李老师特别严谨。有时给她汇报说某项试验已经没问题了,她又是一个'为什么说没问题了?'然后从里面挑问题,有时候简直是鸡蛋里面挑骨头,这个指标还没达到最好,那个数据还不全面,'怎么就敢说没问题了?继续做'。"李秀玲就这么爱"较劲儿",有时候数据只差了一点点,她也要你重做。她说:"如果不能保证每一步实验数据的准确,最终的结果可能就会偏离最初的设计轨道,从而导致失败。"

原北京所副所长、研究员张云涛评价说:"EV71疫苗的临床前研究有三大亮点,第一是建立了动物模型;第二是用大罐培养病毒,使产能比用细胞工厂成倍增加,代表了国际疫苗生产的主流;第三是做出了许多标准品,是中国首个被世卫组织认可的疫苗国际标准,在中国疫苗研制史上具有重大意义。"

要做出标准品,就要让疫苗的各项指标达到最佳状态,最大的难题是纯化。李秀玲的要求是纯化必须超过欧洲药典和美国的标准,抗原的回收率,杂质的去除率和比活(以抗原蛋白为分子,总蛋白为分母)要达到国际最先进水平。张中洋是负责中试工艺的,他说:"要达到上述目的,就必须采用最先进的工艺,就必须精益求精,经反复试验、改进,最后我们的上述三项指标,都比欧洲、美国的要好。"但李秀玲并不满足于此,因为这个疫苗是要注射接种的,她对疫苗的纯度要求层层加码。负责做检定的王潇潇说:"EV71病毒疫苗的杂质主要是非洲绿猴肾传代细胞残留的 DNA,国家规定为 100pg/剂,这个要求已经很高了。皮克(pg)是一个重量单位,有多大呢? 1克(g)=1000毫克(mg),1毫克=1000微克(μg),1微克=1000纳克(ng),1纳克=1000皮克(pg),也就是说,1pg=1/10亿 mg。"正所谓"人到危难智更全",他们开动脑筋,想方设法,几个月下来,"千淘万漉虽辛苦,吹尽黄沙始到金。"终于达到了 10pg/ 剂的要求。

临床前研究原计划 5 年时间完成，而李秀玲带领课题组不舍昼夜地干，只用了两年半时间。2010 年 12 月 23 日，EV71 疫苗获得国家食品药品监督管理总局签发的一类新药临床研究批件，成为世界上首个进入临床试验的同类疫苗。

一个疫苗要成功上市，临床前研究只是走完了第一步。现在，临床研究日益成为疫苗研制的一个瓶颈。临床研究是临床前研究的继续，是科学研究，而不是一般人以为的只是临床前研究的尾巴，一个收尾过程。一般来说，临床前研究是用动物做实验，而临床研究要上人。如果临床研究过不去，临床前研究就只能出论文而不能出疫苗产品。临床研究的投入往往比临床前研究高出 5 倍，甚至更多。EV71 疫苗的临床研究经费支出高达 7000 万元。除了要高投入，还有研究方案以及协调各方等方面的许多困难。EV71 疫苗的临床研究由副所长张云涛挂帅、李秀玲协助，经多方努力，得以在江苏省进行。张云涛的重要贡献是首次成立了数据安全管理委员会，与国际接轨，规范了整个Ⅲ期临床研究的方案和方法，从而能更加客观、准确、完整地评价疫苗的有效性和安全性。Ⅰ期、Ⅱ期临床试验分别于 2011 年 5 月和 12 月完成，结果显示疫苗具有良好的安全性和保护效果，对由 EV71 病毒引起的手足口病保护率达到 90% 以上，重症保护率达到 100%。但还须进行第Ⅲ期临床试验最后证实。

被《柳叶刀》称为"世界首个 EV71 疫苗"

2011 年，中国生物公司从总体布局出发，新组建了中国生物技术研究院，李秀玲的研究室被划到研究院。他们研制的 EV71 病毒灭活疫苗被放到武汉所生产。之所以作如此决定，是因为武汉所拥有全自动化的大罐生产线。于是，武汉所陈晓琦的研究室加入 EV71 病毒灭活疫苗的研发团队，从事下游的放大研究并最终进行生产。

李秀玲和陈晓琦本不相识，因搞这个疫苗，发现两人竟然同是湖北广水人，同一年出生，同一年考上武汉大学（一个在医学院、一个在生物系），毕业后又同是在中国生物系统工作，两人除工作关系外又多了一份乡情，而且性格非常相似，做起事来既雷厉风行又非常严谨。"扫眉才子知多少，管领春风总不如。"两个巾帼须眉，同心协力，终让这个疫苗产品上市。

这个疫苗，李秀玲在北京已完成中试。陈晓琦要做的事，简单地说就是放大，把小罐中试变成大罐生产，按 GMP（药品生产质量管理规范）标准要求生产出合格的疫苗来。

放大也是一门学问。常有这样的情形，小规模生产非常成功，但一旦放大就问题多多。陈晓琦博士曾作为核心成员参加了麻疹、腮腺炎联合减毒活疫苗的研制和生产，对活疫苗的大生产有一定的经验，但对灭活疫苗做的不多。她做的第一步工作是进行人员培训，请李秀玲给大家讲课，讲 EV71 病毒灭活疫苗的研制过程以及在中试中积累的生产经验和应该注意的问题。边培训人员边编写生产程序、操作规范以及特殊情况的处理办法，各个岗位人员的职责要求。比如突然遇到断电、断水的情况该怎么办，发现各种异常情况该怎么办，都写得详详细细、清清楚楚。这些工作非常烦琐，是进行生产的基础，但是不经过大生产的检验，这些都会变成一纸空文。

放大生产的每一个环节都得经过试验，但最大的难关有两个：小罐变大罐后病毒能不能生长得好；疫苗纯化能不能达标。

武汉所的全自动化生产线是杨晓明当所长时建起来的，发酵罐有两层半楼那么高。小罐发酵变大罐发酵，绝非像小锅做饭变大锅做饭那么简单，要让病毒长得好、长得均匀，还得经过摸索，不断加以改进。这一关比较顺利地闯过去了，而疫苗纯化这一关却险些过不去。反复试验总是达不到李秀玲规定的 10pg/剂的要求。究竟是什么原因？还得仔细分析查找，总结教训后再次试验，这一关挡了他们两三个月。陈晓琦说："每试验一次要研判上千个数据，经反复试验研判、对比，最后终于查到了原因，找到了克服的办法。这时候，大家高兴地抱在一起，一个个眼泪汪汪。"

在闯关的过程中，研究团队工作常态是"5+2""白加黑"。有人实在受不了了，就对陈晓琦说："主任，你还是给我换一个工作吧，我有点坚持不下去了。"陈晓琦没有正面回答他，说："你还记得一个重症手足口病患儿的家长在湖北经济台募捐的事吗？"她说的这个患儿家长，为救孩子花了几十万医疗费，最后实在没钱了，便通过湖北经济台募捐。虽然这个孩子最后在同济医学院被救活了，但这一家的遭遇深深刻在武汉市民的记忆中。陈晓琦说："谁也别叫苦。苦的时候，就想想手足口病的死亡病例 90% 以上是由 EV71 病毒造成的。记着这个 90%，你就不会叫苦了。"

技术上的难点攻克后，那就是严格按 GMP 标准要求组织试生产，一项一项按规范对照，有问题及时解决。

2013 年 3 月，张云涛主持用武汉所生产出来的 EV71 病毒灭活疫苗，在江苏 1 万余名婴幼儿中进行了 III 期临床试验，试验结果令人非常满意。疫苗对 EV71 感染所致手足口病保护率超过 90%；对住院和重症病例保护率达到 100%。在全球范围内率先摸索出抗 EV71 病毒中和抗体有效性免疫替代终点，首次提出 EV71 疫苗免疫接种的目标人群。EV71疫苗的 II 期和 III 期临床研究结果均发表在国际权威杂志《柳叶刀》上。

其中Ⅲ期临床研究的论文被《柳叶刀》作为封面文章，被标为"世界首个 EV71 疫苗"。

Ⅲ期临床试验完成，说明已具备大规模生产条件了，可以申报新药证书和生产文号了。做疫苗的人都知道，临床研究批件、新药证书、生产文号是决定疫苗命运的三把"金钥匙"，很不容易拿到。2016 年 5 月 26 日，国家新药审核检验中心的人员进驻武汉所，进行生产现场动态核查。这是诸多核查项目中必不可少的一项。他们交给陈晓琦一份非常详尽的动态核查计划，每天干什么、什么时候干什么，非常具体。他们盯在车间内外，随机抽查。7 月的一天，按规定要查细胞培养，可天公不作美，武汉下大雨。陈晓琦早晨 5 点钟起床，准备开车去上班，开门一看惊呆了，小区一片汪洋，地下车库全被淹了！她住在市区，而武汉所的新址在江夏区，平时要约 1 小时车程。眼下，武汉市很多地方交通瘫痪，出租车也停运了，咋去上班？为不耽误当天的核查，她包了一辆面包车，对司机说："无论你怎么绕，你要想法把我送到，多少钱我不在乎。"司机七绕八绕，总算把她送到所里，虽然车费花了 800 元，但她格外高兴。更让她高兴和想不到的是，全研究室的所有人员一个不落全部赶到了！有人是蹚着水分段打车来的，有的与她一样，是几个人包一部大巴来的。这一天细胞培养很顺利，无懈可击，通过核查。所有动态核查做完，审核检验中心的检验员取三批成品原液封好，盖上章，拿回中检院检定。

2016 年 12 月 13 日，EV71 疫苗获得国家一类新药证书和生产注册批件。从 2008 年 5 月 20 日李秀玲写立项报告算起，到这一天，漫漫八年半的时间，他们披荆斩棘，另辟蹊径，终于到达预定的目的地。站在这个目的地，他们可以骄傲地对世界说：全球第一个 EV71 病毒疫苗诞生在中国！并且是只有中国才有的疫苗！是只有中国儿童才有的福祉！

陈晓琦对笔者扳着指头算了一笔账，自豪地说："这个疫苗产品生产两年多来保护了 3400 万儿童免受 EV71 肠道病毒感染。"这个疫苗见效快，副作用小，来自江苏和山东疾控中心的反馈说："头一天到医院查房，见到不少手足口病患儿，隔几天去，就没有了，有的第二天就好了。"

虽然《柳叶刀》在其封面上称中国生物的 EV71 疫苗为"世界首个上市"，但从上市的时间来说，中国生物在国内是第三个。昆明所和北京科兴的 EV71 疫苗虽然研制成功在后，但上市在前。他们的生产工艺用的细胞工厂，产能难以与中国生物的大罐生产相比。

EV71 疫苗是一个我国具有完全自主知识产权的疫苗，值得中国人骄傲。李秀玲说："看到自己的成果能够变成保障亿万儿童健康的产品，油然而生的成就感和价值感让我非常享受。"

谈起这个疫苗能够研制成功的原因，李秀玲说："作为一名科研工作者，最重要的一点就是要永葆一颗单纯的心。要抛开一切杂念，潜心于科学研究本身，而不能患得患失，受杂念的干扰。"的确如此，她从事科研 15 年，一路走来，心淡如水，人素如菊，用一颗单纯的心，在疫苗世界默默耕耘，并带出一个年轻的优秀团队。

在笔者看来，最令人欣慰的是这个疫苗的研制生产队伍，无论是李秀玲领衔的研制团队，还是陈晓琦领衔的放大生产团队，成员的平均年龄才 30 多岁。开题立项时，领头人李秀玲才 37 岁。30 多岁的年轻人精力充沛，但在这个年龄段，家里上有老下有小，家庭负担是很重的。李秀玲为了专心搞科研，在此前的水痘疫苗项目中，曾把不满 1 岁的女儿送回老家请父母抚育，搞这个项目时，女儿也是由父母照看。团队中的年轻人有的刚结婚，有的孩子刚出生，但都以李秀玲为榜样，心无旁骛，说加班就加班，要出差，说出发就出发，没有一个人谈条件，这是这个疫苗能够研发成功的精神支撑。

在这个项目进行当中，2012年李秀玲当选为党的十八大代表，2015年被评为全国劳动模范。这个疫苗上市后，李秀玲2017年又当选为党的十九大代表。她是这个研发团队的优秀代表，也是中国生物党员中的优秀代表。她领头研制出EV71病毒疫苗，在中国疫苗史上立下了一块重要的里程碑，标志着我国疫苗从中国制造走向中国创造。

一个创造性疫苗的研制团队，就是一个人才成长的摇篮和平台。开题时还是研究生的王潇潇等人，在参与这个项目的过程中迅速成长，现在都已晋升为副研究员。实至名归，这是对他们实际科研能力的认定，也是给他们的奖赏。

| 第三十章 |

中国生物研究院的年轻人

这里是北京中国生物研究院。别看它正式挂牌还不满 10 年，但可谓"天上一轮才捧出，人间万姓仰头看"。因为这是一个以创新为己任，研发中国领先、世界领先的疫苗和其他生物制品的地方，一个新型疫苗的孵化器。目前，已经上市的有 EV71 疫苗，已进入临床研究的有国内首个四价宫颈癌疫苗（HPV），进一步创新的十一价宫颈癌疫苗、诺如病毒疫苗等。另外，临床急需的呼吸道合胞病毒疫苗、疱疹病毒疫苗以及新型佐剂技术、对外合作研发的治疗性疫苗和生物制剂等多个探索性研究项目，已取得阶段性成果。

它很年轻，但追溯其历史渊源，其老祖宗是 1919 年成立的中央防疫处即新中国成立后的北京生研所，是 1998 年将北京生研所的科研板块"微谷"独立出来而成立的，并被国家确定为新型疫苗国家工程研究中心。研究院继承了 NVSI（National Vaccine and Serum Institute）英文名称。

这是一个开放的可以让年轻人大显身手的科研平台，一群有志于领跑世界的青年疫苗科学家在这里燃烧激情，辟路前行。

在北京亦庄新技术开发区，中国生物研究院的现代化建筑群也许并不起眼，但立在科研大楼前的汤飞凡铜像却是一道独有的风景。

汤飞凡是我国生物制品事业的奠基人之一，原北京生研所的首任所长，一生建树颇丰。他的铜像原本立在三间房（原北京生研所旧址）的科研楼前。原北京生研所的科研板块独立出来成立中国生物研究院，搬到了亦庄，他的铜像也跟随过来了。但细心的人们发现，原先他的铜像是背对科研楼的，现在变成了面对科研楼。这一细节的变化，颇有深意。他用一双深邃的眼睛盯着这幢楼的每一个窗口。他看得着你，你也看得着他。他虽无言，但在与后来人相互对视之间能产生多少交流？多少感悟？多少激情？多少梦想？他几度抛弃个人的荣华富贵，听从国家召唤，艰苦创业，先后两次重建原中央防疫处；上海解放前夕，他在怀揣飞往美国的飞机票的情况下，毅然留下建设新中国；他指导生产出中国的第一支青霉素；在世界上首次分离出沙眼衣原体，被称为"衣原体之父"……他如此伟大，难道我们能自甘渺小吗？

中国生物研究院的年轻人没有让汤飞凡失望。他看到了一个个中国首次、世界领先的成果从这幢科研楼里诞生，看到了年青一代在这里昼夜拼搏，茁壮成长。看到这些，他或许应该舒眉展眼，诚欢诚喜了吧！

从"微谷"到中国生物技术研究院

中国生物技术研究院的前身是"微谷"，"微谷"的前身是原北京生研所的科研板块。如今研究院的人马基本上都是从原北京所和"微谷"来的，兵强马壮 朝气蓬勃，一个个才怀隋和，卓荦俊伟，大有拔海荡山、立高山之巅的气概。说起这些英才，与原北京所所长沈心亮大有关系。

沈心亮后来曾任中国生物副总裁、首席科学家，是一个具有传奇色彩的人物。他父母都是天津人，支援大西北建设到了兰州，他因此就成了兰州人。1966年"文革"开始时，他刚刚小学毕业，没学上了，就在家里自学了两年。1969年，还不满15岁的他被作为"知识青年"下乡了。一年后，正好父母所在的第四冶金公司缺人，16岁的他被招进了工厂，当了8年工人。他中学没上，但从未停止自学，父母都是知识分子，找来"文革"前老的中学课本，让他一本一本地学。就这样，他把中学课程全部学完，数学已经学到了微积分。1977年恢复高考，他以小学学历勇敢地报名参加，每场考试他都是第一个交卷，结果，他那个考区500名考生，他名列第4，被兰州大学工业微生物专业（后改名为生化微生物专业）录取。小学学历考上重点大学，这个奇迹是他靠业余自学创造的，说明他的自学能力很强，而这个能力正是搞科研最需要的。1982年他大学毕业后进了兰州生研所，跟随"八大金刚"之一的刘新民做诊断试剂，并读硕士，在乙肝的诊断试剂研究上取得成果。1994年他自立门户，成为第四研究室主任，研究成果丰硕。

在北京生研所所长的岗位上，沈心亮充分显示出在科研上的领导才能。科研是生物制品开发的源头和基础，而人才是科研之本。即使你有再大的理想、再好的计划，没有人才就是一堆空话。那时生物制品"国家队"人才流失严重，甚至自己培养的研究生都留不住。怎么留住人才、招揽人才、激发人才的活力？是所长首先要考虑的问题。在这方面，他采取了一些非常措施，使北京所成为青年英才的集聚地。

人才不是拿来当摆设的瑶林琼树，而是要创造条件，让他们如蛟龙得水，凤凰得风，腾蛟起凤，各显神通，奏铜琶铁板之曲，建渊渟岳峙之功。沈心亮调动人才积极性的一项重要改革，是实行课题负责人（PI）机制，赋予课题负责人对课题的管理权限。课题组早已有之，并非沈心亮的发明，但是过去课题组组长的权力非常有限，其实都是研究室主任说了算。所以，大家都去争研究室主任的位置，而主任的位置有限，还往往要论资排辈，不利于人才脱颖而出。实行 PI 机制，不问资历，只看能力，你有本事就可以挑头一个课题，给你权力，给你舞台，让你施展才华。

张云涛博士是沈心亮任北京所所长时调进来的，曾身兼北京所和"微谷"两个副总。他原是兰州生研所的科研处处长，主持研制成功了用于心梗快速诊断的心血管病诊断试剂，获脂肪结合蛋白检测全国唯一专利；领导参与了乙肝、丙肝和艾滋病检测试剂方面的研究，获 3 个新药证书和生产文号。笔者以为，北京所和"微谷"的科研之所以能干得风生水起，沈心亮的战略布局起了很关键的作用。张云涛初到北京生研所时，全所共有几十个研究课题，兵力分散，重点不突出，他协助沈心亮将原有课题梳理成 22 个，紧抓关键产品布局和平台技术建设。

中国生物研究院是新型疫苗国家工程研究中心，现有 7 个研究室，4 条中试生产线和综合实验室及相关配套设施，五大中试平台：病毒性灭活疫苗平台、病毒性减毒活疫苗平台、细菌性疫苗平台、昆虫细胞平台、基因工程酵母疫苗平台。

一群年轻人的梦想

2006 年，原北京生研所来了一个 33 岁的博士李启明。他的博士生导师是我国著名的病毒学家、国家最高科技奖获得者侯云德院士。他博研毕业时，侯院士想留他在院士实验室工作；而他的硕导沈心亮却要他来北京生研所。沈心亮时任北京生研所所长，许诺竭力满足他的科研需要，不过，一切都得从零开始。

　　李启明来了，沈心亮给他两个人。24 岁的张靖刚从东北师大获得细胞生物学博士学位，进了北京生研所，本已被分配到别的科室，所里考虑到基因工程研究室是新建研究室，就让她过去了。李启明虽然只比张靖大 6 岁，但他是一个既有一定工作经验又经过严格学术训练的人。张靖虽是博士，但来这里专业不对口。李启明说："没关系，咱们一起从零开始。"

　　张靖很快就知道了什么叫"从零开始"。她没想到干的第一件工作竟然是当粉刷房屋的监工。这是博士干的事吗？李启明却干得乐呵呵的，一边粉刷墙壁一边描绘基因工程研究室的宏伟蓝图："我们要建一个国内领先的基因工程疫苗技术研究平台，并且要有自主知识产权。"张靖想："这个目标是不是太高太远了？八字还没一撇呢！"不过，她没有退却，看李启明热情似火又踏实肯干，不像是一个吹牛的人，既然来了就跟着他往前走吧！后来研究室的人越来越多了，先后来了十几人，李启明照例给他们描绘宏伟蓝图，有人就说："目标宏伟，前景光明，可建平台期间出不了成果，拿不到奖金，啥时候能让我们买房买车啊？"李启明笑了，说："等平台建起来，出成果就快啦！到时候买房买车都没问题，买车就要买好的，买宝马、奔驰、奥迪 Q7。"说得大家都笑了，"该不是望梅止渴、画饼充饥吧？"李启明说："这不是没有可能的，但先要耐得住寂寞，从基础做起，把平台建起来。"

　　他们从一开始就结合现代快速发展的新技术和交叉学科来设计技术平台，积极与先进实验室建立合作关系，从实验室研究到中试直到生产的全链条工作，都在这个平台上完成，要在每一个环节建立程序化的方法。这些说起来容易，做起来很难。在硬件上要买很多先进的仪器设备，上面给的钱有限，只能挑最需要的买，能买国产的就不买进口的，有老设备可用的就不买新的。总之，建平台的过程非常艰难，有人被困难吓跑了，也有人迎着困难加入进来。

2008年，正是平台建设最艰难的时候，在北京生研所读硕刚毕业的张学峰找到李启明说："我想到你这里来，不知道可不可以？"李启明说："我早就看上你了，要来就马上来。"张学峰曾多次到李启明还没有建成的平台上做试验，做起来就昼夜不分，忘了吃饭、睡觉。他想要的就是这号人。但张学峰年龄不占优势，比李启明大了3岁，比张靖大了9岁。他1996年从华东师大生物系毕业后被分到秦皇岛卫校当老师，2005年已是讲师的他考上北京生研所的研究生，毕业时已经38岁了。但李启明觉得，团队里有个"大哥"，对"弟弟妹妹"也有好处。张学峰来了后，让这个团队出现了一个"老"。别人都是"小张、小李"地叫，唯有他是"老张"。

"老张"一来报到，李启明就带他一起修理一台已经"退休"了的电子显微镜。这台电镜购于20世纪70年代，是当时国内罕见的高科技设备之一，为原北京生研所立下了汗马功劳。但由于30多年超负荷运转，已使它不堪重负，"罢工"了。现在他们要建平台，电镜是必不可少的设备，买新的要花很多钱，无奈钱包不鼓，便打起了它的主意。张学峰回忆说："李启明说干就干，请时任第三研究室主任徐静帮助联系修理电镜的工程师，希望能将已进入报废状态的电镜修好。工程师被请来，他仔细地看了半天，一句话不说，只是不停地摇头。经反复央求，他说：'真空系统老化可以换一个，但冷却系统已经彻底报废了。没法修了。'"最后花5000元换了真空系统，可冷却系统咋办呢？李启明对张学峰说："咱俩要想个办法，让冷却系统运转起来。"想去想来，李启明找来汽车防冻液做冷冻液，用空调制冷，再外接一个压缩泵，泵入电镜冷却系统，"嗨！问题解决了"。张学峰说："跟他干这个，学会了看似与科研无关的修理窍门，其实大有用处，后来设备上的小毛病都是我们自已修。"要建一个新型疫苗的研发平台，却用着一台老掉牙的电镜，不匹配呀！李启明却自豪地说："就像久病成良医一样，我们把这台电镜的各种毛病都摸透了，就这么边用边修、边修边用，一直坚持到现在。越用对它越有感情，现在虽然条件好了，但我还舍不得，就用它。"这台"老爷"电镜从他们修好之日算起，已用了 11 年，还准备继续用下去。

张靖是跟随李启明建平台的"元老"。她说："回想建平台的艰难过程，感觉像做梦一样。李启明定的目标那么大，而一开始条件这么差，行吗？但跟着他干下来，设想的目标一个个都梦想成真了。我们随着这个平台成长，从中受到的最大启示就是做科研不能没有梦想，必须站得高，看得远，同时要脚踏实地地去克服困难，不能被困难所吓倒。"这个平台细说起来技术性太强，外行说不清楚，内行说了外行也听不懂，我们只需知道这个平台具有自主知识产权。

平台初具规模后，李启明提出："在这个平台上，要研制一流的疫苗，而不是跟着别人屁股后面跑。"天哪！一个新组建的研究室，起步就把目标定这么高，是不是太狂了？李启明说："建这个平台就是要突破前沿，没有这点志向和魄力，跟跑都跟不上。"当时，北京所有 3 个研究室都在做四价宫颈癌疫苗。副所长张云涛整合资源，决定放在李启明的这个平台上用基因工程的方法来做，以检验并完善这个平台。四价宫颈癌疫苗虽然在美国已经上市，但国产的还没有。但李启明说："这个课题是初试牛刀，只能算是一个训练项目，这个做完了，后面的项目都得瞄准一流水平来做。"

初试牛刀后的接连突破

在平台建立初期，张靖带着外号"小东北"的梁宇和陈实一起做上游的构建，即筛选有免疫功能的基因片段结合到汉逊酵母上。她坦言："经两年摸索才入了门。"对其中的艰辛，她用了一句话来概括："未曾长夜实验者，不足以语科研。"她没有谈自己，先谈到了陈实，"虽然她是本科生，我是博士，但在实际操作上，她非常麻利，我得向她学习"。对梁宇，她写下了这样一段评语：

> "小东北"是李启明的第一个男学生。据传当时"引进"的原因是"阳光般的笑容"。他进入科室时，课题刚刚起步，跟着我一起做上游构建，即构建类病毒颗粒（相当于传统疫苗的疫苗株）。虽然分子生物学已经成为一种工具，但想在最短时间获得最有效的结果，还是需要一些巧劲儿。这孩子悟性高、头脑灵活、操作娴熟，很快就能接下所有的上游工作。每次只要大家讨论后有新的想法，不用特殊布置，他肯定在最短时间，从多方面入手，拿出最具说服力的结果。所以，经常是下班时大家讨论方案，他就开始第二轮的工作，第二天上班时，就可以分析结果。那时，见到三间房一楼实验室的长明灯，半夜听到有人吊嗓子，不用说，就是他。

类病毒颗粒不合格就无法做疫苗。检验类病毒的工作就要借助那台"老爷"电镜了。对此，张学峰写道：

> 三间房原北京生研所的科研楼，现已被"2049国际文创园"占领，也许电影人需要岁月沧桑感，这座大楼的外墙体他们没有做任何改动，可是其内部却早已被改造得焕然一新。原来实验室的痕迹早已荡然无存，取而代之的是挂满五花八门牌子的影视公司格子间。在这色彩明艳的缤纷之中，主楼二层角落里的一个锈迹斑斑的铁皮门却与之格格不入，悄无声息地"藏"在那儿，仿佛已被人遗忘。推开铁皮门，里面是一个很小的套间，房间里还

保留着原来实验室的原貌。外间是一组实验台，台上整齐地摆放着常用的实验器具：移液器、酒精灯、PE手套、酒精棉……里间没有窗，一个构造奇特的庞然大物几乎占据了整个空间。透过虚掩的门缝，总有一些好奇的人会探头瞄上几眼，也许他们会疑惑："这是哪里？是原来这个研究所留下的遗迹吗？抑或是某个影视片打造的布景？"只有"六研"（基因工程疫苗研究室）的员工们才知道，这里是他们的"空间站"。里屋那个莫名其妙的大家伙就是他们"穿越时空的飞行器"——一台古老而珍贵的电子显微镜。下班后或节假日，"六研"人都会提着一个小小的白色泡沫保温箱，穿过燥热灵动的艺术街区，信步走入这个房间。隔绝门外的喧嚣，消毒着装，正襟危坐，打开面前的简易台灯，沉稳地从冰盒里拿出一管管的样品，熟练地在细小而微薄的铜网膜上点样、贴膜、制片，动作一气呵成，然后进入里间暗室，趴在视野窗前，久久凝视……

做电镜检查最多的是李启明。他带笔者去参观了他的电镜室。只见一个个小盒子中装着样品片，每片上有100个样品，每个样品大约有一粒薏米的横断面那么大，是贴在铜网膜上的类病毒颗粒。一开始铜网膜还买不到，是他们自制的。李启明一共看了多少个样品呢？笔者数了一下，共近200片，共约2万个，而且每个样品都要看多个视野，可见工作之浩繁。他说："这只是一部分，也可以说至少看了这么多。"笔者问："是否可以这样理解？就是这么多样品，90%以上都是不合格的。"他说："是的。只有经过数千次上万次的失败，最后才能获得满意的类病毒颗粒。"他让笔者在电镜下看样品，可惜外行看不出个所以然来，只好翻阅那一本本看片记录，发现看片时间大多为早晨6点至7点，晚上9点至12点。他告诉笔者："凡是早晚看的都是从亦庄下班带回来（住处离此处较近）的样品，连夜看或早起看，我看完之后就传给他们，并写上简短评语。"其中几个样品是 2018 年 4 月 28 日晚上看的，下面写着"很好！祝大伙节日快乐，尤其是亚楠。"亚楠是个研究生，"尤其是"是啥意思？他说："因为样品是她做的，马上是'五一'长假了，但大家都不会休息，所以写了这段话。"

要做出合格的类病毒颗粒是很难的。在张靖给侯俊伟写的事迹材料中，有这样一段话：

> 如何能让高表达的蛋白在体外包装？让他在一段时间百思不得其解。他查阅文献，和导师探讨，找研究所的老师傅们请教，在实验室里默默地千百次地尝试着，虽然每一次都有成功的可能，但更多的还是失败。眼看（硕士研究生）毕业的期限越来越近，能想到的方法他几乎都试遍了。终于，在一次调整参数后，纯化后的蛋白在电镜暗绿色的视野下显现出零星的圆润饱满的 VLP 颗粒。虽然大部分蛋白仍是形态万千，但只要有颗粒，就充分证明它们是可以"改造"的。当初有多绝望，现今就有多狂喜。后来很长一段时间，他电脑的桌面上都是那第一次视野下的电镜照片。原以为难关就要攻克了，但是这 VLP 却像捉迷藏一样，时有时无，同样的条件，却重复不出相同的结果。有时候满视野的颗粒，有时候却颗粒无收。凭借着几张偶然"巅峰"的电镜照片和其他有说服力的实验结果，侯俊伟硕士毕业了。但这不稳定的工艺成了他心中隐隐的痛，就像雾霾一样挥之不去。因此，在毕业前，他就下了决心，一定要争取留在这个平台上继续工作，找到这些个例背后的必然规律，并且将这些必然规律复制到整个平台技术中。

> 成功有时候看似得之偶然，但科研从来都不是一蹴而就的偶

然事件，正所谓"长期积累，偶然得之"。每一个微小的成功和失败，其中都会有必然因素。摸准必然，方得成功。侯俊伟硕士毕业被留下工作后，把全部精力都放在基因工程疫苗纯化工艺上。不同的介质、不同的缓冲体系、不同的容器、不同的流速，甚至不同的室温都是他考虑的因素。关注每一个细节，精分到每一个参数，彻底打通每一个工艺步骤的每一个环节。做统计分析找规律，摸着石头过河，一步一步地验证推断。有一天，当他完成当天的实验方案后已是深夜，实验室不知道什么时候只剩下他一个人了，但最终的电镜检测结果仍然不理想。寂静的科研楼在皎洁的月光下显得越发清冷。他没有气馁，翻出实验记录，将几轮的试验条件对比分析，当发现有个数据有疑点时，他马上振作精神，设计新的方案进行下一轮试验。关掉实验室的灯时，天际已经发白，转身再深情凝望一眼正在磁力搅拌器上重聚的蛋白，明天依旧满怀期待。凭借这份对科研的执着和韧劲，这个难关终于被攻克了。至今，侯俊伟仍记得最终攻克瓶颈时的喜悦和幸福感……他现在已成为平台中式工艺的技术负责人。

侯俊伟还有两位"好姐姐"，靳玉琴和马志静硕士，带领大家逐步建立了颗粒型抗原相对通用型纯化工艺模块，大大缩短了各阶段纯化工艺的研发周期，成为汉逊酵母技术平台中关键的技术体系。众所周知，纯化工作强度大、难度大，需要极强的耐心和努力钻研的精神。2008年，靳玉琴放弃婚假，全身心投入工作，不久她年近七旬的父母先后生病住院，她奔波于病床与工作岗位之间，始终未向领导与同事提起自己的困难，没有休过一个完整的假期，没有正点下过班，带领纯化组取得了突破性进展。但天有不测风云，在一个疫苗项目申报临床研究的关键时刻，供应层析介质的厂家停产了，必须另外选择一种介质来替换，这就意味着这步纯化工艺需要重新建立。突遇变故，纯化组处变不惊，因为有扎实的理论基础和丰富的工作积累，她们很快就从几种备选层析介质中确定了一种最佳介质，完成了工艺建立，并顺利完成了临床Ⅰ期、Ⅱ期所用样品的制备。

作为研究室主任，张靖不愿谈及自己，采访中往往是你问一句她答一句。在《成长，在不经意的时光里》这篇散文的最后一段，她这样写到了自己：

有一次，科室集体出去玩儿，一路上欢声笑语，旁边陌生人问我："你们是做什么的？"我稍加思索后告之："科学家。"我们这代人，从小就被教育要低调谦逊，这样回答，毫无炫耀之意，而是出于对自己所从事职业的使命感和神圣感。

执念于心，执诚于情，不问得失，无谓始终。我们共同成长，在彼此不经意的时光里。

终于到了申请药品注册批件的时候，张靖写道：

主任（李启明）带着我和"小东北"（梁宇）抱着整整3箱、100本申报材料去成都申报。申报材料准备几乎用了1个月，7年的成果汇总、提炼、总结，原始记录就100多个档案盒。申报材料写完了改，改完了再补充，SOP从内容到格式一再确认……当一直憧憬的申报这一步真正到来时，居然是如此烦琐而揪心。当最终看到盖着红章的一纸——"药品注册申请受理通知书"时，竟然有些麻木。但到了晚上，我在成都的宾馆辗转反侧，怎么也不能入睡，发短信给"小东北"，他也没睡。如果当天晚上你路过成都的向阳大厦，你会看到我俩在酒店前厅的长条沙发上，仿佛喝多了一样，互相抢话，讲这些年科室里与自己一路走过来的人，做过的事，一会儿哭，一会儿笑，情不自禁啊……第二天，我问主任："为什么你如此沉寂？"主任说："其实我比你们想得更多，进入临床研究只是对大伙前几年付出的一个阶段性交代，距最终的成功还有很长的路要走……"

青春，在探索中燃烧

如前所说，中国生物研究院的目标是世界一流的疫苗，目标有多大，困难就有多大，探索之路就有多艰辛。谁也没有成功的绝对把握，但正如马克思所说："在科学的入口处，正像在地狱的入口处一样，必须提出这样的要求：这里必须根绝一切犹豫，这里任何怯懦都无济于事。"支持疫苗科学家献身的最大动力就是为人类解除疾病痛苦的梦想。

中国生物研究院徐静博士团队选择的课题是艾滋病疫苗，与中国疾控中心的艾滋病专家邵一鸣合作研发。这项课题的难度之大、风险之高，是世界公认的，注定是一场耗时长的马拉松竞跑。艾滋病疫苗从立项至今已经16年了，他们终于完成了具有自主知识产权的临床前研究，并在国家传染病防治重大专项的资助下，完成Ⅰ期和Ⅱa期临床试验，将临床试验推进至Ⅱb期。虽然已经看到了胜利的曙光，但距离目的地还很遥远。课题负责人徐静立题时不到30岁，如今45岁了。她带着李树香、周思杭、李薇、王欣怡等二三十岁的年轻人，继续向前探索。在探索的路上，他们也有一时束手无策的时候，也有垂头丧气的时候，但是为了实现心中的梦想，仍然像螺丝钉一样钉在科研平台上，以倒计时的方式向前跋涉。2019年春天，一项新的证明安全性、有效性的临床试验的启动时间确定后，全部工作就进入倒计时。他们将工作内容一一分解，精确到每一天，甚至到每一个小时。个子小小的李树香是课题组里的骨干，她每天都忙碌并快乐着。有一天，总是有说有笑的她突然沉默了，只顾埋头工作。上午10时，关键操作步骤完成后，她才跟大家说："不好意思，剩下的工作就拜托你们了。我得请半天假，赶去天津，我姐姐患结肠癌，今天早上进的手术室，我希望在她手术结束前，能站在手术室门前……"没等她说完，大家赶紧催她"快走吧！"望着她匆匆而去的娇小背影，许多人眼里含着泪。

临床试验用的疫苗检测结果正常，但是，一项鉴别试验的对照却出了问题。问题究竟出在哪里？课题组连夜进行了讨论，确定了几个实验方案，实验整整做了一个通宵，天亮了，大家脸也顾不上洗，饭也顾不上吃，接着干。平时就很瘦弱的周思杭负责的检定项目较多，如此不分昼夜地高强度工作，让她患了重感冒，发烧38.6℃。徐静对她说："最近你太累了，实在不舒服就别勉强。"她却说："昨晚做了PCR，我担心产物放时间长了不好！"她坚持工作，忙得药也忘了吃，水也顾不上喝一口，伴着剧烈的咳嗽声，她纤弱的身体在颤抖，面部涨得通红，眼睛里泛着泪花，最后嗓子已经说不出话了，仍然和大家一起加班。经过一周连续奋战的日日夜夜，最后终于得到了满意的结果。这时，他们没有欢呼雀跃，没有击掌庆贺，只是相视一笑，笑得开心灿烂。这一周的时间，课题组每位成员的夜晚都是属于实验室的。

他们知道离成功还很遥远，但"我们虽然走得很难很慢，但我们不会停止前进的脚步"。

疱疹是一种严重危害人类的传染病，是由疱疹病毒科病毒所致。目前已知该病毒科有8种病毒，包括单纯疱疹病毒Ⅰ型、Ⅱ型、水痘—带状疱疹、人巨细胞病毒等，可引发多种疾病。单纯疱疹病毒Ⅰ型主要感染婴幼儿，可引发疱疹性口腔炎、疱疹性角膜结膜炎、疱疹性湿疹、疱疹性脑炎。其中疱疹性脑炎还感染成人，死亡率达70%。单纯疱疹病毒Ⅱ型，可引起生殖器疱疹，多见于青春期后的患者。因为疱疹病毒的类型多，结构复杂，其病毒核衣壳是由 162 个壳微粒组成的 20 面体，用传统方法制作疫苗，我国除长春所做出了水痘疫苗外，还没有其他类型的疱疹疫苗问世，唯有用基因工程的方法才有可能取得突破。

2012 年，中国生物研究院成立了以卫江波博士为首的疱疹课题组，成员有苏文浩、任秀秀、张晓焕、赵婷婷、王轶男、李实实，大多是"80 后"或"90 后"，团队 7 人，平均年龄 33 岁，主要从事单纯疱疹病毒疫苗的研究。立题时，包括不少专家都对研发前景表示怀疑，因为在国际上目前还没有成功的先例。但搞科研，就得有敢于承担失败的勇气。他们总结了国内外失败案例的教训，提出了新的研发方案，选择病毒载体技术进行研发。首先建起了病毒载体平台，接着构建了动物模型，在动物模型上对概念设计进行验证。实验结果表明，研究方案是有可能取得成功的。于是一步一步往前走，先后解决了细胞培养工艺、活病毒纯化工艺等技术难题。此前，病毒载体疫苗还没有质量控制标准和相关的技术指标，怎么办？自己建。在经历了多次失败后，他们先后建立了 20 多个质量控制标准，并按照国家的相关法规进行了一一验证，经对 50 多个批次的产品进行上百次的验证和检测，终于建立了该产品的质控标准，完成了基于反向遗传学技术的病毒载体构建，即将开展安全性评价研究，看到了胜利的曙光。

回顾几年的探索之路，课题组的同人已记不清经历了多少次失败，只知道这是一段痛苦的希望—失望—再希望—再失望—再希望……如此反复的心路历程。有时候深夜还在思考，突然有了新的想法，就给课题组组长卫江波打电话，在微信群里与大家交流。张晓焕是课题组中唯一的本科生，学历最低，又先后经历了两次手术，但她克服了病痛的困扰，在工作中将自己锤炼成了一名优秀的科技人才。其间，苏文浩、任秀秀、赵婷婷先后当了父母，却从未因为要照顾孩子而影响工作。任秀秀在临盆待产的 7 天前，才在大家的劝说下离开实验室，临走时仔细交接了后续工作。如此这般，在 2018 年结束的那一天，他们终于得到了满意的结果。2019 年元旦，苏文浩还不放心，特地到实验室里加班，又进行了一次重复实验，结果证明是真的取得了成功。这个结果鼓舞着大家迎着困难，继续前进。

中国生物研究院第四研究室是一个重组蛋白药物研发团队，其中一个课题是研究银屑病（牛皮癣）治疗药物的。这又是一个世界性难题，他们走了一条国际合作的路子。因工作的机会，团队负责人张云涛博士和王健博士结识了来自以色列特拉维夫 Valin Technologies 公司的Shmulik 博士和 Yuda 教授，此后两人多次受邀来北京，一起讨论创新项目的开展。张云涛力排众议，选派郑秀玉、李素贞、柳森三人前往以色列开始了为期一年的工作和学习。

以色列是全球公认的创新国度，三人带着神圣的使命，来到了位于特拉维夫的 Valin 实验室。以色列的同事非常友好，可在一起工作时，他们的眼神中总是露出一种置疑，似乎在说："你们能做到吗？"李素贞负责一项 ELISA 检测，以色列同事上机检测时，数据显示线性 3个 9（0.999），脸上露出得意之色。这项实验线性相关系数绝对值越接近 1，线性越好。0.999，线性度已经很好了。李素贞虽说是女孩子，可在工作上从没有服过输，暗下决心咱们比比看。她一轮实验下来，机器数据显示的是 1！实验室主管好不惊讶，怀疑"是不是机器出了问题？"要她再做一遍，再做的结果还是 1。于是，以色列同事竖起了大拇指："Suzi（素贞）你真了不起，做得比我们更好。"

郑秀玉负责工程细胞培养工艺，一个周期需要将近半个多月的时间，其间不能出一点差错，否则就会前功尽弃。因此，他一直守在生物反应器旁，时刻在观察和记录。以色列同事在喝咖啡时，他也不离岗位；以色列同事在安息日停止工作，他也在照顾细胞，陪伴他的只有窗外的棕榈树在风中发出的沙沙声和嘀嗒的仪器声。他的科学精神受到以色列同事的高度评价。

柳森在以色列同事 Oded 的带领下负责几个检测方法的建立，因之前没有开展过，千头万绪，一靠查阅文献，二靠 Oded 的经验。但 Oded 不太愿意与他交流，加上语言沟通不够流畅，他一时非常苦恼。但他没有抱怨，而是检讨自己，因为自己往往提出的是问题，很少有建设性意见，这应该是 Oded 不愿交流的原因。从此，他每天下班后都查阅资料到深夜，并把想法用英文写出来，第二天和 Oded 讨论，这样交流就顺畅多了。Oded 早 8 点开始工作，他每天准时 6：30 到办公室，准备好前一天实验数据的分析结果，撰写好当天的研究方案，列出工作计划，准备好当日实验的所有试剂。Oded 上班时，发现一切皆准备得井然有序，而且讨论问题时，他也条理清晰，有新的见解，态度大变，拍着柳森的肩膀说："Leo（柳森），我们犹太人非常勤奋，但是中国人比我想的更聪明、更勤奋。"

诚如其言，上述三人到了以色列，连美丽的地中海和神秘的耶路撒冷也无暇光顾，始终心无旁骛，一心和以色列同事探讨着生物医药领域最前沿的技术。他们说："以色列的很多技术，特别是医学知识和科研始终走在世界前列。我们不能放过这一年宝贵的共同工作、学习的时间。"他们回来了，收获满满，特别是以色列人浓厚的忧患意识和创新精神深深地印在了他们心中，这无疑将成为新型蛋白药物产品研发的助推器。目前，牛皮癣治疗药物的研发已完成抗体工艺开发和药效研究，胜利在望了。

中国生物研究院的年轻人就这样坚定地走在探索的路上，朝着那个美丽的梦想，燃烧着自己的青春。

第三十一章

在中国血液制品的旗舰上

血液制品和疫苗一样，都是生物制品的重要组成部分。疫苗是防病的（治疗性疫苗尚在研制中），而血液制品除了用于免疫外，大多是救命药。中国的疫苗已跻身于世界第一方阵，但血液制品与发达国家的差距还较大。老一辈的科学家刘隽湘、张天仁等为中国血液制品奠了基。"成都蓉生"作为后起之秀，是我国血液制品的龙头企业，可生产国内急需的15 种产品，但是在数量和品种上还远不能满足人民的需要。中国生物整合原六大生研所的相关资源成立了全国最大的血液制品研发生产企业——"天坛生物"，这艘血液制品的旗舰，正朝着"国内领先，世界一流"的目标满发航行。

血液制品是各种人血浆蛋白制品的总称，如人免疫球蛋白、人血白蛋白、特异性免疫球蛋白、人凝血因子Ⅷ等等。其作用，或提高人的免疫力，或抢救人的生命。严格地说，血液制品其实是人血浆制品，是用健康人的血浆为原料制成的。

许多人也许不知道，世界上第一个血液制品诞生在中国。

20世纪30年代初，北京协和医院有个年轻的儿科医生叫诸福棠，在美国教授Mokahn（米克康姆）的指导下研制出胎盘血丙种球蛋白，当时称为"胎盘提取物"。其论文发表在1933年《美国儿科杂志》和《美国传染病杂志》上。原北京生研所所长、研究员倪道明告诉笔者："诸福棠后来是北京儿童医院院长。当时，他在儿科诊疗的时候发现，一个是麻疹、一个是肝炎，发生比较多。他就研究出这种'胎盘提取物'，给一些孩子用了以后，可以不生麻疹，也可以预防甲型肝炎。但他这项研究没有开发成产品，就是医院自己做一些，倒是美国后来做成了产品，叫胎盘免疫球蛋白。所以我们不要小看中国的血液制品，诸福棠的发明是值得我们骄傲的。"美国纽约州卫生研究所是借鉴、改进诸福棠的方法投入批量生产的，其工艺载于该所的《标准方法》中。

中国血液制品生产的真正开端是在新中国成立以后。

"北有刘隽湘，南有张天仁"

诸福棠发明了人胎盘血丙种球蛋白，却囿于医院没有批量生产的条件，他很着急。抗日战争胜利后，1946年汤飞凡在北平重建中央防疫处，诸福棠像是盼来了救星，希望他按美国的《标准方法》制造免疫球蛋白。那时每到冬春，儿科病房里就住满了重症麻疹病儿，许多因合并肺炎死亡。但因种种原因，诸福棠的愿望没能实现。

新中国成立后，诸福棠再一次建议汤飞凡生产人胎盘血丙种球蛋白。汤飞凡在中央生物制品研究所（北京生研所前身）成立了"胎盘组"（后升格为胎盘室），按照诸福棠的等电点沉淀法生产免疫球蛋白。胎盘组的负责人先后为刘隽湘和王佩瑜。顾名思义，胎盘血免疫球蛋白的原料是胎盘。新中国成立初期，能到医院生孩子的人很少，大都是在家里请接生婆来接生，所以胎盘的来源是要通过接生婆从产妇家里收集。胎盘收集过程中污染不可避免，当时有的产妇还患有梅毒。怎么办呢？就在收集胎盘的盒子里加酚防腐，再经冷冻，以杀灭梅毒螺旋体和细菌。就这，因胎盘血和浸液严重溶血，所以制出来的产品呈咖啡色，注射后局部红肿疼痛。为提高产品的纯度和回收率，刘隽湘和王佩瑜研究出盐析—明矾沉淀法，1958 年首先在天津卫生防疫站进行试生产，产品纯度超过 93%，色泽大为改善，注射反应轻微。这套生产工艺推广到其他生研所，又进一步得到改进，使这套生产工艺得以完善，后被载入《中国生物制品规程》1979 年版和 1990 年版。到 1966 年"文革"前，全国每年用于生产的胎盘达 600 万只，生产球蛋白 8000 万剂。

胎盘血是个宝贝，里面不仅有丙种球蛋白还有白蛋白，但在生产丙种球蛋白时，剩下的都被当作废品抛弃了。许多人把白蛋白当成增强免疫力的保健药，殊不知它其实是一种救命药，可用于失血创伤、烧伤引起的休克，脑水肿及大脑损伤所致的脑压升高的抢救，防治低蛋白血症以及对肝硬化或肾病引起的水肿或腹水。其作用这么重要，把胎盘中的白蛋白当废品丢掉岂不可惜？

原北京兰研所的张淑英参考国外处理动物血的方法，建立了"酸沉淀—热变性"方法，提取出的白蛋白纯度可达 96% 以上，每只胎盘可得白蛋白约 2.2 克。不过，用这种方法生产的白蛋白不仅外观欠佳，澄明度、色泽也不稳定，更要命的是里面含有毒性物质，静脉注射后副反应严重，甚至会引起休克，于是停止试制，继续研究。恰在这时，"文革"开始了！在"打破一切条条框框"的旗号下，不仅中断了研究，反而进行批量生产，还省掉了酸沉淀透析步骤，使问题更加严重。说"文革"是一场灾难，灾难也体现在这个产品上。有多少人受到这个产品伤害？没有统计，但发生严重副反应的情况并不鲜见。"不能容忍这种情况再继续下去!"我国血液制品专家刘隽湘站出来大声疾呼。那时,他已经被打成了"反动技术权威""美国特务",只能从事体力劳动,但科学家的良心促使他打破了沉默。1969年,他提出"要立即停止这种产品的生产,待研究清楚后再说",所幸北京生研所听了他的话,停止了胎盘血白蛋白的生产。刘隽湘在研究中发现,老产品中的毒性物质有两类:第一类是由细菌污染滋生的热原,会引起发热反应,严重时引起体温或血压降低,甚至发生内毒素休克。第二类是激肽类物质,包括残存于血浆内的激肽原、释放酶原及其激活因子。激活因子激活激肽释放酶原,成为激肽原酶,激肽原被激活后,成为具有强烈血管效应的活性物质,引起血压下降甚至发生休克。以上两类毒性物质引起的反应交织在一起,临床表现十分复杂。刘隽湘建议恢复原工艺,加强透析并增加氢氧化铝凝胶吸附,结果毒性物质被去除,产品的外观、色泽和稳定性大大改善。1971年恢复生产半成品合格率达95%以上。这是刘隽湘在"文革"中的一大贡献。

在血液制品上,刘隽湘的另一大贡献是研制出胎盘血静脉注射丙种球蛋白。北京生研所的王春发现胎盘血丙种球蛋白有自然裂解现象,刘隽湘、王佩瑜、张淑英进一步发现这种自然裂解可以人为加以控制,从而建立了胎盘血静脉注射丙种球蛋白的生产工艺,研制出中国最早的产品,被载入《中国生物制品规程》。

刘隽湘对我国生物制品的发展做出了多方面的贡献,如首次在中国分离出黄疸型钩端螺旋体、发现伊凡氏锥虫;提出了严重烧伤败血症中的内毒素血症的新概念,并发现丙种球蛋白对内毒素血症的治疗作用;建立了上述三种血液制品的新工艺;等等。他11岁时,父亲患背痈久治不愈,后来在北京法国医院做了手术,不到一个月就康复了,他从此立志当一名医生。1940年,他从同济大学医学院毕业后在昆明省立昆华医院做助理住院医师，闲暇时到汤飞凡领导的中央防疫处参观，感到当医生只能一个人一个人地治，而做出一个生物制品可以救千百万人，于是"跳槽"来到了中央防疫处。在昆明时，他考上了世界著名的印度加尔各答热带病研究所，在这里获热带病学文凭；抗战胜利后，汤飞凡又送他到美国哈佛大学医学院进修，在世界著名的血液制品专家科恩的研究组参与了低温乙醇血浆蛋白分离法的第9法和第10法的建立。1948年他获得哈佛大学奖学金，开始攻读博士学位，但因国内形势急剧变化，北平解放在即，汤飞凡急电要他回国，委以代理处长之职。他带领全处员工保护防疫处财产，于1949年2月完整地交给中国人民解放军北平军管会接管，被军管会评为功臣。新中国成立后，刘隽湘担任血清室主任，为我国血液制品的发展建立了功勋。此人善写文章但口才平平，听他讲课学员都打瞌睡，却是最受欢迎的教员，因为他的讲义写得非常详细，学员不用做笔记，拿着就可以当教科书用。

在我国血液制品界，素有"北刘南张"之说，刘是刘隽湘，张是张天仁。张天仁是原上海生研所血液研究室主任。他是我国自己培养的专家，没有留学经历，1946年毕业于厦门大学化学系，而后到上海中法血清厂工作，1952年进入上海生研所。他几乎与刘隽湘同时，在上海开发出上述三种血液制品，二者在工艺上各有千秋，但质量同属优良。张天仁的另一突出贡献是开发出了治疗血友病的人凝血因子Ⅷ（以下简称"Ⅷ因子"）。血友病为一组遗传性凝血功能障碍的出血性疾病，简单地说，就是稍微有点小伤就出血不止，甚至没有任何伤口也自发性出血。在我国血友病患者为5/10万人。在研制Ⅷ因子期间，正值"文革"，张天仁免不了受冲击，但他痴心不改，于1970年首先在国内研制成功抗血友病球蛋白，接着又与助手一起研制出第二代Ⅷ因子浓缩制剂，经上海各大医院临床试用，证明安全有效。我国从此有了Ⅷ因子这个血液制品品种。在"文革"期间，张天仁还指导开展了血液综合利用的研究，从血浆蛋白组分Ⅲ和组分Ⅳ中制备出临床治疗和抢救急需的凝血酶复合物、α2巨球蛋白制剂，研制成功铜蓝蛋白和转铁蛋白等制剂，并建立了生产工艺。"文革"结束后，张天仁指导开发出抗凝血酶Ⅲ调理素蛋白等产品，在国内率先开展了血浆蛋白成分抗血清的研究，研制出抗血清30余种，填补了国内血液诊断用品在这方面的空白。原上海生研所副所长、生物医学高级工程师胡方远回忆说："张天仁贡献很大，对我的帮助也很大，带着我和王德昇一起搞血液制品，我们的白蛋白研制报到国家科委得了国家成果奖，后来他从生产上退下来专攻小血液制品，如转铁蛋白、铜蓝蛋白，还有治眼睛的Fm补体，上海一些著名的血液病专家就靠我们的小血液制品。"

虽然有刘隽湘、张天仁等著名专家和开拓者，但我国的血液制品仍旧发展缓慢，在20世纪七八十年代，曾经只剩下上海生研所一家生产。究其原因，一是因生产规模太小，全靠手工作业，不赚钱；二是生物制品行业内有许多人认为："血液制品不是生物制品，我们是研制疫苗的，搞血液制品是不务正业。"一些生研所因而放弃了血液制品的研制，唯有上海生研所坚持了下来。这得感谢上海所的时任所长郦燮昌。他是新四军出身的干部，新中国成立后准备解放台湾，华东局办了一个接管干部培训团，准备随军去台湾接管，郦燮昌是其中一员。因抗美援朝战争爆发，解放台湾被推迟，郦燮昌被分配到上海所任副所长、党委书记，交代他主要抓"三反""五反"运动，打"大老虎"，谁知他上任后没有抓出一个"大老虎"，而且与知识分子交上了朋友。他参加革命前只有小学文化程度，但特别尊重知识分子。在北京开会时，有领导讲血液制品不是生物制品，要下马。他回上海后说："先不管它是不是生物制品，只要人民需要，我们就要做。"当时条件很差，而血液制品的研制必须在冷库中进行。上海所开始只有一个 8 平方米的冷库，施展不开。郦灕昌提出自力更生，创造条件，发动大家自己动手建了一个 30 平方米的冷库。张天仁为了尽快搞出成果来，睡在实验室，郦灕昌也陪他到了实验室睡，说："我不懂技术，但我可以给你们鼓劲。"上海所的血液制品之所以能走在前头，靠张天仁攻关，靠郦灕昌撑腰。

我国血液制品的龙头开始是北京生研所，接着是上海生研所，改革开放后，成都生研所后来居上，成为"中国血液制品的典范"。

在"战国杀"中傲然挺立

我国的血液制品是从胎盘血做起的，因胎盘收集困难，生产形不成规模。后来改用人全血，原料血需要血站来供应，受制于人，成本高昂，且血液中的不少好东西被浪费了。其实，制作血液制品所用的是人血浆，而非人全血。于是，采用单采血浆技术已刻不容缓。所谓单采血浆，就是将所采血液经过离心机分离出血浆成分，把包括红细胞在内的其余成分还输给献血者。单采血浆对人的身体影响比采全血要小得多，而且可避免浪费。早在 20 世纪 60 年代，武汉所的总技师谢毓晋就在本所和武汉一家工厂试验单采血浆法。因当时的检测手段有限，担心交叉感染而未被推广。而如果不运用单采血浆技术，要发展血液制品是不可能的。1978 年，刘隽湘上书卫生部，建议采用单采血浆技术，并写了一本《单采血浆手册》作为技术规范。卫生部非常慎重，先在北京所和中国科学医学院输血研究所进行试验，摸索出成功经验，于是各生研所以及各地血站都派人来学习，单采血浆法就这么被推广开来。从此，我国的血液制品的生产一下子兴旺起来。成都所就是 1979 年开始涉足血液制品的。

单采血浆技术并不复杂，但操作要求非常严格，稍有不慎，就会闯天大的祸。在学习单采血浆法时，成都生研所最为较真，不仅派人到北京所和输血所学习，而且把刘隽湘请来作报告，现场示范，一个细节也不放过。原成都所党委书记、研究员赵永林回忆说："我们请刘隽湘来讲课后就试验这个技术，开始是用绵羊做模型，采血、分离血浆，再把血球还输回去；第二步就是上人，首先是我们自己。当时有人提出按美国标准一人一次单采1200毫升。我说：'中国人的体质、健康、营养状况和美国都有区别，不能按美国标准来。'最后确定一人一次单采600毫升。在礼堂里，全所职工排着队，一个一个地接受单采，我也不例外。采了以后，没有人感到严重不适，说明一人一次采600毫升血浆是可以承受的。"对单采血浆可能出现的交叉感染问题，成都所进行了认真的研究。一是严把体检关，严防艾滋病、各型肝炎等疾病患者混入献浆员队伍；二是严把操作关，严格按操作规范采浆，如严格消毒，坚持一人一针一管等，严防交叉感染和污染；三是严把检验关，对采集的血浆一份一份地检测，严防不合格的血浆进入生产流程。当时，国内的检测试剂对某些病毒不敏感，所长朱锦忠说："用进口试剂也要把住这一关。"有人说"进口试剂太贵"，朱锦忠说："再贵也不能省这个钱，否则就会鸡飞蛋打。"后来，果然在一个采浆点检测出一例艾滋病，另在一个采浆点检测出一例丙肝，避免了交叉感染。后来，全部采用机器采浆，就更安全了。

成都所的人至今谈起朱锦忠仍肃然起敬。他是一位"红小鬼"，战争年代是卫生部原部长钱信忠的警卫员。来成都所之前主政山西医学院，之所以调他来，是要他改变成都所的落后面貌，摘掉"老六"（在六大生研所中排名最后）的帽子。他与全所专家反复交谈后，决定以血液制品为突破口。原来成都所的血液制品为零，要从零开始困难重重。

他给时任生产处处长的赵永林交代："全所保血液制品，要啥给啥。"原血液生产室主任邓远运回忆说："朱所长让副所长孙柏龄对我说：'血液制品就在你这个右旋糖酐研究室搞，你要谁全所点，给你调，谁不服从就要他下去。'后来有个抗战老干部净唱反调，就让他走了。我一下挑了 5 个副主任，都是知名的专家。开始用胎盘血生产丙种球蛋白和白蛋白，朱锦忠亲自去找胎盘，一点没有老红军的架子。后来他又亲自抓单采血浆。"

成都所的单采血浆技术标准，是在刘隽湘的《单采血浆手册》的基础上由马占瑞、蒋福臻、吴达玉等老专家建立的，他们带队建立单采血浆站，并规范运行程序。1980—1984 年先后在四川、贵州建立了 5 个采浆站，5 年采集血浆 120 吨，使生产原料有了保证。

与此同时，成都所统筹规划，推进血液制品的研发。上海生研所是我国最早进行人血浆综合利用生产血液制品的单位，张天仁教授是世卫组织的血液专家，成都所派人去学习后，由何广发、唐章桥等专家带领技术团队构建了血浆蛋白生产线，生产出人血白蛋白和人丙种球蛋白，一步跨入国内先进行列。当时发达国家刚刚兴起超滤技术，成都所在瑞典当访问学者的赵淑良归国，提出用先进的超滤技术代替原来的冻干脱醇工艺。按原工艺，原料血是用酒精分离纯化的，在血浆蛋白组分分离后必须把乙醇去掉，冻干脱醇耗时长，对操作人员和设备要求较高，稳定性不够。超滤技术脱醇比较彻底，利于血浆蛋白精制，而当时国内没有超滤机，进口不易。国内超滤材料做得最好的是天津纺织工学院膜分离工程研究所，成都所与之合作，终将超滤技术运用于生产，成为国内首家采用超滤技术生产血液制品的单位，使产量爆发式增长，产品质量在国内独占鳌头，乙醇添加物残留量等关键质量指标达到国际先进水平。在国家"八五"计划中，成都所被列为血液制品生产基地，从而成为行业龙头。1996 年成都所的"蓉生"牌人血白蛋白出口北美市场，这是中国血液制品首次走出国门。

在血液制品新产品的开发上，成都所也走在全国前列。

1984 年王世鹏、罗时定研制出绿脓杆菌冻干免疫血浆，成为当时全球唯一产品。在国内流行最广的是绿脓杆菌Ⅰ群、Ⅱ群、Ⅲ群和Ⅶ群，他们先用由上述菌株制成的多价疫苗免疫献浆员，获得特异性血浆，而后制成免疫血浆，对防治大面积烧伤病人的绿脓杆菌感染有特效。

1985 年，成都所的马占瑞、蒋福臻等牵头研制出破伤风免疫球蛋白。要制作破伤风免疫球蛋白，前提是要有高效价的破伤风血浆原料。因为我国为数众多的成人在儿童时期未进行系统预防接种，缺乏对破伤风的免疫力，这就难以获得所需的特异性血浆。替代办法是先对献浆员用破伤风类毒素免疫，在产生高效价后献浆。但这样做安全吗？课题组的 6 个人先在自己身上试了一遍，接着又挑选 30 名退伍军人和本厂职工作为志愿者进行试验，都证明安全可靠。用这个方法，加上在健康人群中挑选完成了全程基础免疫者，他们在两年中获得了近 1 吨宝贵的破伤风高效价免疫血浆，从而使破伤风免疫球蛋白投入批量生产。这一产品是我国第一个人源化特异免疫球蛋白，打破了国外在被动免疫治疗领域的垄断，其质量达到和超过世卫组织和美、英、日等国的质量指标。

紧接着成都所又成功研制出乙肝免疫球蛋白。因肌注免疫球蛋白在临床应用中受到诸多限制，20 世纪 80 年代中期美国推出了静注人免疫球蛋白（IVIG）。王玉研究员团队制作出的 IVIG 冻干制剂，在某些指标上超过美国标准。1989 年通过国家全面质量检定，在重庆医科大学儿童医院临床试用后，证明对低免疫球蛋白 G 血症、新生儿败血症、儿童特发性血小板减少性紫癜等病种具有很好的疗效，安全性良好，

1992年获国家新药证书和生产文号。随后王玉团队又研制出第三代静脉注射人免疫球蛋白，填补了我国IVIG开发应用的空白，完善了我国血液制品的产品架构。

因为血液制品属贵重药品，单采血浆法推广后生产利润丰厚，于是很多人都来抢这块"蛋糕"。1991年卫生部批准的血液制品定点生产单位为27家，20世纪90年代末猛增至39家。21世纪初，血液制品的市场竞争进入白热化状态，恰似"战国杀"。面对"战国杀"，成都生研所气静神定，2003年投入2.8亿元，计划新建集国际先进水平之大成的血液制剂车间。在杨汇川和黎莉的主持下，通过国际招标，由美国LG公司承担概念设计；美国凯莱蒂斯公司进行工艺设计和管道安装；德国西门子公司负责自动化系统的设计和施工。关键设备全部采用世界最优秀的品牌；建设标准按世界上最严格的欧盟GMP标准；设计年生产能力为700吨血浆。生产车间于2006年建成，一次投产成功。2007年4月取得国家GMP证书，这是当时亚洲最大的血液制品生产线。

血液制品市场的"战国杀"终于"杀"出了大问题。因一窝蜂地上，管理不严，从业人员素质差，1995年在河南周口地区出现了大量艾滋病感染者，安徽、河北也出现了类似情况。都是因为单采血浆违反规定而被感染的，有的共用针头，有的两个人躺在一个床上采浆。于是，卫生部下令关闭所有的单采血浆站，一刀切。

艾滋病太恐怖了！如不采取紧急措施，后果将不堪设想。但是，成都生研所的单采血浆站是安全的。该怎么执行这道指令？成都所与四川省卫生厅商议后，决定采取实事求是的态度，边整顿、边生产。根据是：第一，成都所的单采血浆站管理规范，从没有出现过一起交叉感染的事故；第二，成都所生产质量把关严格，没有出现过不合格血浆混入生产线的情况；第三，如果全国都停产了，很多等着用血液制品救命的病人就面临着无药可用的难题。那个时候有一句话，叫作"一放就乱，一管就死"。放的时候没有"乱"；管的时候就不该"死"。成都所派人到卫生部汇报，阐述边整顿、边生产的理由。一位副部长听了汇报后没有表态，但一位司长说："国内停产了，可以到国外买。"意思很明白，必须停！消息传回四川，主管副省长和卫生厅长决定再开一次会讨论，讨论结果认为边整顿、边生产是符合四川实际的。参加会议的成都所专家沈慕昌和罗时定至今清楚地记得，最后厅长钟道友对他们说："你们要保证不出一点事，如果上面要问责，省里顶着。"会后，成都生研所派人到 5 个采浆站进行整顿，边整边采。成都生研所成为全国唯一没有停产的血液制品生产企业。1996 年国务院发布《血液制品管理条例》，其中的大多数内容就是成都所的管理办法。1997 年，卫生部在成都召开血液制品管理会议，时任部长陈敏章到金堂采浆站视察，让成都所在会上介绍经验。连续几年抽查，成都所的原料血浆都 100% 合格。陈敏章在会上说："全国的血液制品生产厂家都应该向成都生物制品研究所学习，到成都所取经。"成都生研所的管理办法不仅成了国内同行学习的典范，而且引起了美国同行的关注。拜耳（BAYER）公司经过对中国血液制品行业 10 余年的考察，认为成都所质量控制最严格，操作最规范，决定与成都所开展血源项目合作。

在血液制品的"战国杀"中，成都所独领风骚，傲然挺立，而那些质量控制不严，舍不得投入的企业被淘汰了。

目标：进入世界先进行列

美国是当今世界血液制品的"老大"。在产量上，美国年采血浆量占全球的一半，我国的年采血浆量与人口基数还很不成比例；在品种上，特别是在特异性免疫和治疗用血液制品上，比国外少了 10 多个品种。而我国血液制品生产厂家的数量超过美、欧之总和，达 30 多家，造成低水平重复，低层次竞争。这么多厂家，而真正能全年生产的还不到 20 家。规模小就投入小，科研力量就弱，就难以开发新品种，难以提高产品质量，难以参与国际竞争。要改变这种状况，势必重组联合，扩大规模。

原六大生研所整合为中国生物公司后，将各生研所的血液制品部分剥离出来，于 2017 年一并注入北京天坛生物制品股份有限公司（以下简称"天坛生物"），专营血液制品。公司总部设在北京，现下辖"成都蓉生""兰州血制""上海血制""武汉血制""贵州血制" 5 家血液制品生产企业。这般强强联合，"天坛生物"便在产品总量和品种数量上稳居国内前列，具备了规模、质量及品牌等方面的综合优势。旗下的"成都蓉生"即原成都生研所的血制部分，曾被卫生部誉为"血液制品典范"。蓉生牌系列血液制品在国内享有盛誉，已在 6 个国家完成注册，至 2018 年已出口静脉注射丙种球蛋白 34 万余瓶，乙肝免疫球蛋白近 11 万瓶。"兰州血制"是国内第一家引进国外先进血浆蛋白分离技术的企业，产品畅销全国各地。"上海血制"是国内最早生产生物制品的企业之一，1991 年从日本引进现代化的血液制品生产线，为当时我国生物制品史上投资最多、规模最大、设备最先进的技改项目，也是当时亚洲规模最大的血液制剂生产线。"武汉血制"具有先进的血浆蛋白分离车间，是国内首批通过 2010 年版 GMP 认证的车间之一，在特异性人免疫球蛋白的研究上独具特色，有很高的市场认可度。"天坛生物"现生产 14 个品种，有 71 个产品生产文号。

"天坛生物"的战略目标是："中国领先，国际一流"。其实，"中国领先"已经达到了，问题在于"中国领先"与"国际一流"的差距还很大。他们能缩小差距进而跨入"国际一流"吗？

战略目标确定之后，领导就是决定因素。"天坛生物"的董事长由中国生物董事长杨晓明兼任。副董事长由中国生物副总裁杨汇川兼任，他是中国输血协会副理事长、国家药检委员会委员、第二届生物药品与质量研究专业委员会委员。就是他，在"成都蓉生"主持建成了国内第一个按 PIC/S（国际药品认证合作组织）标准建设，完全达到欧盟 GMP 标准的现代化血液制品生产线；在行业内率先将制造执行系统（MES）用于血液制品生产过程，实现了对物料跟踪、工艺控制的全面管理，生产操作过程均被有效控制和详细记录。这是国内第一个信息化与工业化深度融合的智能血液制品车间。在质量控制上，杨汇川带领同人让"蓉生"在国内率先通过了国际认证公司挪威船级社（DMV）的"三标"一体化认证，即 ISO 9001 质量体系认证、ISO 14001 环境体系认证和 OHSAS 18001 职业健康安全体系认证。古人言，"闻善言则拜，闻有过则喜"。干大事业的人都会主动请人来挑毛病。杨汇川把国际质量管理咨询公司的专家请来"蓉生"，请他们帮助进行全面的差距分析，研究改进措施。"蓉生"产品能领先国内，走向世界，此人功在史册。"天坛生物"总经理付道兴是中华预防医学会生物制品分会第七届委员会委员、中国输血协会理事、四川省输血协会副理事长，有 36 年的血液制品研发和生产的经验，在把"蓉生"做大做强上有突出贡献。"天坛生物"的龙头是"成都蓉生"，在某种意义上说，"天坛生物"要发展就是要让"成都蓉生"的经验全面开花结果。

血液制品要做大做强，基础是要有足够的符合质量标准的原料血浆。在中国，采血难，采浆更难。因为献血是无偿的，光荣，而献浆是有偿的，便被说成是"卖血"。不改变这个观念，中国的血液制品要发展就是空中楼阁，一枕黄粱。要改变这一观念，需要有专业人才进行耐心宣传，发展壮大献浆员队伍。因此，"天坛生物"成立统一的血源管理中心，按专业化要求将原来的单采血浆站进行升级改制，升格为法人，成立单采血浆有限公司，对经理及所有工作人员的学历、经验都有严格要求，经理必须是在当地群众中有威望的人。单采血浆公司独立核算，明确责、利，由血源管理中心监管，中心的质量管理部定期不定期地进行督查。

按专业化标准，董德梅被选拔为血源管理部副经理（主持工作）。她是电子科大生物物理学硕士，医学生物高级工程师，有 10 年血浆检测的经验。由她主持把成都片区所有血浆站的人员都培训了一遍，并对其他血浆站进行了 13 次质量检查，对每一个发现的缺陷都制定了整改措施。对血浆站实行统一管理后血浆质量有了保证，而且产量大大提高，2018 年分布在 13 个省市的血浆站采浆 1600 吨以上。

我国血浆采集量上不去，除了把献浆误认为是"卖血"外，还因群众对献浆有恐惧感，害怕对身体损害大。要消除这种恐惧心理，最好的办法是采浆员以身示范，单采血浆公司的领导和员工带头当献浆员。"我先献浆，你们看有啥子问题吗？"说这话的是南江单采血浆公司的杨济榕，一个 20 多岁的姑娘。她这一示范，许多人就消除了顾虑，加入献浆队伍。她带领的血源发展小组一下发展了新献浆员 2600 余人。宜春单采血浆公司的经理孙莉群是当地的人大代表和"履职先进个人"。她带头献浆，2015 年以来献浆达 40 余次，一年献浆近 10 次，员工也跟着她带头献浆。榜样的力量带来献浆员队伍的迅速扩大，采浆量从 2014 年的 22 吨上升到 2018 年的 47 吨，公司被宜春市评为"优秀爱心企业"。

有了稳定、合格的血浆来源，还必须在研发、生产、质控、信息、营销等方面发挥整体优势，尤其是新产品的研发至关重要。国际血液制品巨头之所以称为巨头，一是规模大，二是品种全。品种不上去，就难以与之比肩。"天坛生物"设立了全国最大的血液制品研发中心，整合了各血制公司的研发资源，统筹研发和临床试验管理，致力于老品种的升级和新品种的开发。在这个科研平台上，现有 100 余名优秀人才在上面拼搏。下面让我们来见识一下在这里工作的雷韬和她的团队。

同是高级知识分子的父母给她取了个男性化的名字，或许是希望她巾帼不让须眉又能收敛锋芒吧。但她却是个处处冒尖的人，学习冒尖，唱歌、跳舞、讲演、打球，干啥都能露一手，一直是学校的文艺骨干。她是"蓉生"引进的第一个博士，2008 年毕业于四川大学生命科学学院。刚一来，研究室主任让她干一个项目"练练手"。啥项目？重组人凝血因子Ⅷ。这哪叫"练练手"啊？是"开荒"呀！因为在国内还从没有人干过。我国血液制品的原料从胎盘血到人全血再到单采血浆，是一个很大的进步，但都是在血源上做文章，而雷韬要干的，是要抛开血源，用基因工程技术开发血液产品，这是革命性的一步。她能迈开这一步吗？她说"自己的特点是爱笑，性格比较开朗，比较有活力，处事态度积极"。在这么重的担子面前，她依然笑着接受了任务。既然让我"练练手"，那我就开练！她说："我自认为很有担当和责任感，面对工作中的难题从来都不轻言放弃，一定要尽最大努力达到目标。"

前面已经讲到，Ⅷ因子是治疗血友病 A 的救命药。血友病人被称为"玻璃人"，稍一磕碰，就可能出血不止，唯一的救命方法就是注射Ⅷ因子以增强其凝血功能，否则只有等死。对Ⅷ因子的人均用量，世卫组织划了一条及格线，而我国连及格线的一半都没有达到。据统计，以人口总数为基数，美国年人均凝血Ⅷ因子用量是 4 单位，而我国只有0.03 单位。而且大多依赖进口，进口货 1 支卖到 1000 多元，一般人用不起。而我国的血友病人约有 10 万，占全球的 1/4。那为什么不增加产能呢？原因是我国的Ⅷ因子都是血源性的，其产量受原料血浆的限制。因此，基因重组人凝血Ⅷ因子的研发可谓迫在眉睫。若非如此，产能就上不去，价格就下不来。2010年，"练练手"的雷韬练成了课题组组长，神圣的使命感让她激情迸发，正像明代文徵明的《今日》诗所说："人生百年几今日，今日不为真可惜！"

重组人凝血Ⅷ因子的研制，我国比发达国家落后了20余年，20世纪90年代国外已有同类产品上市。何不走仿制的道路呢？天真了！国外的技术壁垒森严，高技术产品岂能让你仿制？得老老实实，一切从头开始。

高技术需要高投入，这是常识。怎么能要来投入？靠三寸不烂之舌是打动不了出资人的。你光说Ⅷ因子如何如何重要是不行的，人家还要看你能不能干得了？基础工作做到了什么程度？有没有可能成功？雷韬作为一个刚毕业不久的博士，还没有辉煌历史可摆，更得拿出"硬货"来争取投资。

重组人凝血因子Ⅷ的特点是结构复杂，分子量大，且活性极不稳定，研发难度极大。在基因克隆和表达载体构建的过程中，困难如山大，一个接一个。雷韬说："基因扩增几乎尝试了我在学校实践过的和在书本上看到的所有方法，使尽了'十八般武艺'，最后才摸到门道，历时近半年才完成全部基因克隆及拼接工作。表达载体构建并实现在哺乳动物细胞内表达，更是经历了数不清的失败。功夫不负有心人，产品表达设计终于成功了。因为有了这一技术基础，2010年，国药中国生物将这个项目列为重点课题，获公司基金支持，后来又得到国家多项科学基金支持。"

继续前进的道路还有不少"拦路虎"，但都被他们踩到了脚下。2012年完成产品设计；2014年获得工程细胞株；2016年完成产品生产工艺贯通及连续三批注册申报用样品生产；2017 年 6 月获得申报临床试验的受理号；2018 年 4 月，获得药品临床试验批件。这中间，让雷韬难以忘记的是解决重组Ⅷ因子的活性极不稳定的问题。本来，实验室试制的产品质量已经完全达到欧洲药典的要求，她却不满意。"我觉得纯度的稳定性还不够完美，下决心要进一步提高。我带领团队又继续进行配方研究，最终找到了最佳配方，并提出了相关配方理论，将产品纯度提高了两个百分点，且稳定性趋于完美。"

关于申报药品临床试验批件，雷韬说："基因工程重组产品的研发在'天坛生物'是第一次，因此在准备申报资料时，没有更多的经验可以遵循。这种找不到方向的感觉让我很焦虑，干脆住在了办公室，在一个又一个深夜里，在一遍又一遍的梳理过程中，我的思路渐渐明晰了起来。当完成了全部资料汇总后，我的内心感到很踏实、很笃定。果然，我们的产品资料未经发补，一次性通过审批，获得临床试验批件，比预期提前了 8 个月。"

2018 年 5 月，血友病被收入国家《第一批罕见病》目录，重组人凝血因子Ⅷ作为血友病 A 的一线治疗药物被纳入《国家基本医疗保险目录》（2017 年版）。对雷韬团队来说，这是一个巨大的鼓舞。临床研究正扎实进行。

雷韬团队现有 20 名科研人员，平均年龄 35 岁，其中博士 4 人，硕士 7 人。除担负重组人凝血因子Ⅷ的研制外，还承担重组人凝血因子Ⅶa 的研发，成为高素质的基因工程重组蛋白药物的研发人才成长平台，为未来新产品开发做好了人才和技术储备。雷韬说："团队英姿焕发，个个都像踩了风火轮一样工作，工作中充分协作，私下关系也非常要好，经常一起吃饭，一起打球，加上身高发型都差不多，穿着白大褂，经常会让别人脸盲，问：'你们是双胞胎？'回答：'不，是三胞胎，

N胞胎。'因为实验室工作非常枯燥，有时候会出现让人莫名其妙的情形。有一天突然有人喊我的名字，我头也没抬地'嗯'了一声。'问你个事儿。''啥事儿？''你听过《甩葱歌》吗？''听过啊。''会唱吗？''会……吧。''唱一个呗！''哒哒滴，哒滴哒滴……'我不知道为啥会如此顺从，就轻声唱开了，完全是无意识的。其实，我们都没有抬头，没有停止手上的工作，就算是我们排解枯燥的一个小插曲吧。"

看到这些充满朝气的年轻人，就可以看到中国血液制品的未来。

第三十二章

打造中国生物制品的"航母"

中国已经是世界疫苗大国，已从"跟跑"阶段进入到部分"并跑"或"领跑"的发展阶段，但从整体上看还不能与世界疫苗巨头等量齐观。国药中国生物打造中国生物制品的"航母"，与同行一起，担负着将中国从疫苗大国上升为疫苗强国的神圣使命。

新中国成立 70 年来，我国生物制品行业生产的疫苗等生物制品为人民构筑了一道预防传染病的生命健康屏障，成就辉煌，举世公认。但长期以来，中国生物制品行业却没有自己的"航母"。新中国成立前自不待说，生物制品研制机构只有原中央防疫处和西北防疫处，剩下就是一些星星点点的私人"作坊"。新中国成立后形成了六大生研所的格局，其中的北京生研所是公认的龙头老大，但在规模上与国际跨国公司也没法相比。这种情况一直延续到 1989 年。改革开放后，民企兴起了，外企进来了，生物制品行业面临着空前激烈的全方位竞争。中国是世界上最大的疫苗市场，国际疫苗大鳄的胃口很大，来势凶猛，在宣传、销售、公关各方面整体发力，或请"专家"代言，或举办"高峰论坛"，

537

或雇用写手在"留言板""评论区"和自媒体上编故事,铺天盖地般地在新型媒体上进行产品推广,尤其是"软宣传"几乎到了无孔不入的地步,必欲把中国变成他们的"提款机",把我国的国产疫苗打下去。在国际疫苗巨头的攻势面前,国内近乎一盘散沙的中小疫苗企业要与之竞争,明显心余力绌,处于下风。形势逼人,打造中国生物制品的"航母"乃势所必然。1989年实行政企分开,整合原六大生研所而成立的中国生物制品总公司(现更名为中国生物技术股份有限公司,简称"中国生物")应运而生。总公司实行总经理负责制,由卫生部委任,第一任总经理是江焕波。从此,中国生物制品行业有了一艘"航母"。1999年,中国生物制品总公司从卫生部脱钩后,王国立、王丽峰先后担任党委书记、总经理。2010年,杨晓明从武汉生研所调京履新,一直干到现在。至今,这艘"航母"已航行近20年,其强大的凝聚力和战斗力,逐渐显现出来。

中国生物制品在世界上地位几何?

"评价中国的疫苗等生物制品,既不能妄自菲薄,也不能妄自尊大。客观地说,以世界先进水平为参照系,不算正在研制包括已进入临床研究的,中国疫苗有'领跑'的,如肠道病毒EV71疫苗、乙脑疫苗、出血热疫苗、流感疫苗、无细胞百日咳疫苗等;有'并跑'的,如A型肉毒素、轮状病毒疫苗、痢疾疫苗等;其余的还是'跟跑'的。"

这是中国生物领导层对我国疫苗现状的评价。

挖掘中国疫苗的百年故事,笔者有一点朦胧的感觉,就是前半段的故事似乎比后半段要精彩,这个感觉对吗?中国生物董事长杨晓明说:"从中国疫苗百年创业的历史来看,前半段创业之艰苦,是我们今天难以想象的，做成一个疫苗非常困难，所以前半段的故事就比较精彩。后半段特别是改革开放以后，基础条件和前面相比可谓天上地下，我们是站在前人的肩膀上继续攀登，做成一个疫苗的难度应该说比过去要小了，所以故事就不像前面那么生动。但是从疫苗的创新发展和对社会的贡献来说，后半段要明显比前半段大得多，产品数量多了、品种多了、适应范围更广了。"

有人觉得中国疫苗行业改革的步伐似乎慢了一点，是这样的吗？

杨晓明说："事实的确如此。我国改革开放 40 年是从整体上说的，而各个行业市场化开始的时间是不一样的。有的行业十一届三中全会以后两三年时间就放开了，但生物制品行业市场化才 10—15 年，也就是说比别的行业晚了约 20 多年。生物制品就是生命制品，它是商品但不是一般的商品，有十分显著的战略性和公益性，当然不能随意放开，但是沿用旧体制就束缚了人的积极性，造成行业技术停滞，人才流失，跟其他行业比起来改革的步伐明显落后了。如果再不改革，后果非常严重。"

纵观我国百年疫苗史，特别是新中国成立以来的历史，可以发现一个引人深思的现象：疫苗研制的杰出人才，前期的年龄段是"20后""30后"，加上 20 世纪 40 年代早期出生的；后面接上的是"60后""70后"，那 40 年代后期出生的和"50后"到哪里去了呢？这当然与"文革"的耽误有关，但更重要的原因是这代人才大多流失了！这个年龄段的拔尖人才，除我们在第三十章写到的沈心亮等极少数人之外，差不多都从"国家队"流失了，或到了国外，或被民企挖走，或自己开公司当了老板。值得特别注意的是，这一人才流失的高峰期正好是国有生研所改革的滞后期。你因循守旧，一潭死水；他机制灵活，龙腾虎跃。人往高处走。正能扛鼎挑梁的中年人才便被挖走了，甚至一些老技术骨干也被挖走了。能留下来的是少数，但在陈旧的体制机制的束缚下，也难有作为。这就苔来了技术停滞。如果再不跟上改革的大潮，前景堪忧。

中国生物成立后，因为旧体制的惯性很大，改革的步伐迈得很艰难，倒是原来在六大生研所中排位在后的武汉所、成都所率先迈开了改革的大步，如咸鱼翻身，几年时间就从后排冲到了前排，一批勇于改革的"弄潮儿"冒了出来。

"弄潮儿向涛头立"

2002 年，在美国国立卫生研究院做访问学者的杨晓明，完成了第三代基因工程百日咳疫苗的构建，获得了有关专利。他在美国的实验室已经工作了 6 年，该回国了。他是从兰州生研所出国的，硕士研究生也是在兰州生研所读的，中间曾去日本进修，一直跟随兰州所"八大金刚"之一的导师何长民做无细胞百白破疫苗，成果获全国科技进步二等奖。作为百日咳疫苗专家，他从第二代疫苗做到了第三代。他决定回国了，但不想受旧体制机制的束缚，对兰州生研所提了两个要求："第一，给一个独立的实验室；第二，给一个创新机制。""行！"兰州生研所答应得很爽快。就在他准备回兰州所时，又出了一个新情况。中国生物领导去兰州生研所考察干部，老专家们对杨晓明交口称赞，希望能委以重任。中国生物当时正为武汉生研所发愁，那里领导班子内斗厉害，人心涣散、人才流失、经济下滑，要派一个人去扭转局面，于是让他回国来面谈。听说要派他去武汉生研所，所有他熟悉的人无不打"拦头棍"："到哪也不能去武汉所，那是一个烂摊子。"他的本意也是回兰州，没考虑去武汉。中国生物领导却对他说："要不你先去武汉看看，再做决定。"谁知他去一看，居然愿意去武汉了。为啥？武汉生研所当时虽然比较乱，但基础雄厚，如能进行改革，前途无量。《朱子全书·孟子》说："人若有气魄，方做得事成。"他是一个有气魄的人，愿意去迎接挑战，"不妨去试一试。"好！中国生物决定派他去武汉生研所当所长。杨晓明说："我从未当过领导，还是做副所长吧。"最后中国生物决定任命他为常务副所长，要他先到美国做完实验室评估，回来就去上任。2002年11月底，他到武汉生研所上任了。当时他还搞不清常务副所长中的"常务"二字的概念是什么，以为和其他副所长是一样的。上任前中国生物怕他到武汉势孤力单，没有臂膀，允许他从兰州生研所调些人过去，他没同意，说："我就一个人去。"

武汉生研所时任所长邹光荣是个行政干部，非常支持杨晓明的工作。去之前，中国生物领导要他去重点管科研和质量，不要管销售，但是在所里领导班子成员分工时，谁也不愿管销售。既然都不想管，那我就管起来吧！这并非他想出风头，而是因为当时武汉生研所的销售额才8300万元，亏损240万元，连发工资都困难。没有钱投入，科研就没法干。所以他决定先抓质量和销售，有了资金才能上科研。他整顿销售，先来了一次销售员的考核摸底，结果让他大吃一惊：有的销售员连武汉生研所的产品目录都列不全，问哪些产品可以做大？哪些产品有销售潜力？一问三不知。他调查研究了3个月，然后召集中层干部关起门来开会，研究销售。两天会开下来，达成了共识：第一，严把质量关；第二，根据市场需求选择重点产品，加大生产和销售力度，重点产品为"四菜一汤"：无细胞百白破疫苗、乙脑疫苗、狂犬病疫苗、麻腮二联疫苗（"四菜"）和血液制品（"一汤"）；第三，做销售计划，按计划进行考核，实行达标者奖，不达标者罚和末位淘汰的制度。如此做了一年，2003年底，销售额达1.35亿元，利润2000万元，一举扭亏为盈。他定下的销售制度被坚持下来，2012年他离开武汉所时，销售额达8.9亿元。

从 2004 年开始，即他上任一年后，开始以主要精力抓科研。先梳理科研课题，分为重大攻关课题、重点课题、一般课题三类。课题评估立项后要订进展计划，每两个月考核一次，条件都给了，完不成计划的要受罚。当年确定的重大攻关课题有：六价轮状病毒疫苗、四价流感疫苗、抗体研制等，加上无细胞百白破疫苗的工艺研究。可以说项项都是大手笔，做成后就是世界领先。如六价人—牛重配轮状病毒疫苗是在美国的五价疫苗的基础上研发的，做成六价就可以覆盖国内 99.6%、全球 96%的血清型，覆盖面世界第一。项目最后要达到什么水平？必须通过世卫组织预认证。大家一听就明白，他是要把疫苗推向世界呀！目标定了，从起步开始就要按通过预认证的要求来，仅是六价轮状病毒疫苗这一项，杨晓明就通过国际卫生科学技术组织，先后请来了八九位国外专家来指导。目标远大了，就不再关起门来"窝里斗"了。

无细胞百白破疫苗的工艺研究，杨晓明提议投入 4 个亿。乖乖！一次投入这么多钱，过去从未有过呀！为什么要这样？杨晓明是百日咳疫苗专家，深知无细胞百白破疫苗的生产工艺是所有疫苗中最复杂的工艺之一，而且他有一个"野心"："要做就要做技术最先进、规模最大的，不能小打小闹，凑凑合合。"在设计时，他选择的发酵罐是 5 吨，有两层半楼高，把许多人吓了一跳。因为过去用的发酵罐几十升就算大的了，这相当于 100 升的 50 倍，能行吗？行！最后不仅发酵罐是"巨无霸"，而且全程实现管道化、自动化。新工艺生产线按《中国生物制品规程》（2010 年版），最先得到认证，生产出了世界上质量最好的百白破疫苗，把国外同类疫苗从国内市场挤了出去。

联合疫苗是现代疫苗的发展方向之一。杨晓明在武汉生研所不失时机地建立了联合疫苗研发平台，2014 年被科技部确定为国家联合疫苗工程技术研究中心。中心立足攻克我国新型疫苗研发及大规模生产中的瓶颈性关键技术，是一个多价、多联新型疫苗的研发及生产的开放性通用技术平台，集科研开发、成果转化、产业化示范、人才培养、行业服务等于一体，拥有国际一流的装备设施。围绕多价、多联的目标，已创造性地建立起细菌／哺乳动物细胞大规模发酵培养技术、生物大分子提取纯化工艺技术、联合疫苗配制技术和质量控制标准、疫苗冻干技术等关键的共性技术，成为新型疫苗的孵化器。武汉生研所没有院士，但"联苗中心"的工程技术委员会和管理委员会，是邀请聘任以院士和全国著名疫苗专家为核心组成的。自组建以来，先后承担国家科技重大专项、国家重大新药创制和湖北省重大专项共20余个课题，已申报专利10多项。六价轮状病毒疫苗、四价流感病毒裂解疫苗、无细胞百白破／b 型流感嗜血杆菌联合疫苗、组分百白破疫苗等已陆续进入临床研究阶段。在肠道病毒71型灭活疫苗的基础上，开始了多价肠道病毒联合疫苗的研发。这些产品上市后，将是中国领先、国际一流的。

在武汉所采访，几乎人人都说杨晓明有战略眼光，包括当年他得罪过的人。那时，他们给他取了两个外号：一个叫"杨扣扣"，说他扣钱扣得让人心惊肉跳，包括对他自己也不例外。他规定开会迟到 1 分钟扣 600 元，有一天他因故迟到 5 分钟，当场交了 3000 元罚款。第二个外号是一位清洁工给取的。此人因厕所打扫得不干净被扣了钱，来找杨晓明理论。杨晓明说："你能让我去看看你家的厕所吗？如果单位的厕所没有你家里的干净，是不是该扣你的钱？"这位职工无话可说，但给他取了个"厕所所长"的外号。更邪乎的是有位职工在生产场所寻衅滋事，被杨晓明严厉斥责，并让人将他拉走。没想到这位职工居然报了警，说"所长指挥打人"。警察还真来了，一看却是这么回事，批评了报警人，同时提醒所里教育职工要注意方法。杨晓明对警察说："他在工作场所寻衅闹事，干扰了正常生产秩序，损害了企业利益，作为企业领导者不教训他就是失职。"这件事曾经轰动了武汉生研所，从此那些无事生非、游手好闲之辈要么改邪归正，要么自觉走人。杨晓明到武汉生研所10年，当了8年常务副所长、两年所长，上任时全所1500余人，离任时只有982人。人员减少了500多人，产值却增长了10多倍，从排名倒数第二变成了"老大"。

杨晓明在武汉生研所留下了骄人的业绩，也留下了一个疫苗科学家所应有的形象。2003年，SARS病毒突然肆虐，一时造成全国恐慌。要研制SARS疫苗，远水不解近渴，能够快速起作用的是制作SARS病毒免疫球蛋白。这就要抽取康复后的SARS患者的血浆来作原料。这是一项非常危险非常困难的工作，连所长邹光荣都不赞成。杨晓明对他说："如果成功了，功劳算大家的，如果出了问题，你就对上说这是杨晓明的个人行为，所里不知道。"他带着一名助手和一名护士，开着一辆车跑了全国10个省市，一个月跑破了3个汽车轮胎，最后采集到部分血浆。这项工作意义重大，开始却不受欢迎，碰壁无数，但他们的大无畏的执着精神令人感动。有SARS康复者握着他的手说："只要能救别的人，你就放心地抽我的血浆吧。"靠着自采来的血浆，杨晓明在武汉生研所成功制作出SARS病毒免疫球蛋白，得到国家有关部门的高度认可。由于SARS较快过去了，他的成果没能用上，被作为国家技术储备保留下来。

杨晓明是个"工作狂"，可以连续工作两三天不睡觉，一天之内奔波多地，凌晨两三点收到他回复的工作邮件是常有的事，即使在机场候机的一点时间，他也在电脑上工作。

"弄潮儿向涛头立。手把红旗旗不湿。"在杨晓明把武汉生研所带得红红火火的时候，原六大生研所中的"老六"成都生研所也知耻而后勇，勇立改革涛头，一鸣惊人，后来居上。

成都生研所的改革是在老红军所长朱锦忠上任后开始的,有关情况已在第三十一章讲到,不赘。只说后起之秀吴永林。他1989年从四川农大动物传染病学硕士毕业后进入成都所,在干扰素室干了8年,1997年从室副主任提为生产处副处长(主持工作),1998—2002年任所长助理,先后兼生产处处长、质保处处长,2003年任副所长,2006年任所长,2010年开始任中国生物副总裁兼成都所所长。这是一个敢碰硬的狠角色。1998年成都生研所成为全国第一批通过血液制品GMP认证的单位,认证准备的具体工作就是由他牵头完成的。在两年多的时间里,他天天加班,没有节假日。妻子在日本留学,女儿才3岁多,难得见到爸爸,保姆告诉她:"你爸爸在忙GMP。"有一天,女儿问他:"爸爸,GMP啥时候走呀?这个人真讨厌。"她把GMP当成一个人了,以为老爸在陪GMP而不管她。

成都生研所靠血液制品打了翻身仗,但疫苗产值才2000万元,太少了。有人算了一笔账,按卫生部交给成都所的任务,疫苗主要供应云、贵、川、藏。除四川外,其他地方的需求量都不大,西藏一年才几十万,疫苗产值要上去,难!时任副所长的吴永林却提出了3年内达到2个亿的目标,"吹吧!怎么可能?"而吴永林在时任所长王丽峰(后任中国生物总经理)及时任副所长丁少刚等人的大力支持下,将不可能变成了现实。他靠什么点石成金?一是改进原有产品,比如乙脑疫苗过去是每瓶5人份,使用不便,改为每瓶1人份,大受欢迎,仅这一项改进就使乙脑疫苗的销售量增加了一倍;二是组建疫苗销售部,从坐地经商变为到市场上去推广,销售人员的收入与业绩挂钩。如此一来,当年就做到产值翻了一番多,达到5000万元;2004年又翻一番,达到1个亿;2005年再次翻番,达到2个亿。他吹的"牛"兑现了。

2006年他当所长之后,施展才能的舞台更大了,提出了"科技化创新和国际化经营"的发展战略，用这个战略统一全所员工的思想。

先说科技化创新：一方面加大科研投入，促进新产品开发；另一方面加大考核力度，让科研人员的收入与贡献挂钩。他干了一件轰动整个生物制品行业的事：已经退休的研究员杨耀研制出国内第一、世界第二的二十三价肺炎疫苗，2007 年上市后当年就取得了很好的销售业绩。吴永林提议，经所党委批准，给杨耀科研团队按一定比例给予新产品提成。这在中国生物系统是破天荒的，能行吗？怎么不行？这叫尊重人才，尊重知识产权！眼红吗？好！那就向他学。有了榜样的作用，科研人员的积极性得到极大提高。成都生研所原副所长王良是我国卡介苗的鼻祖，多年来卡介苗一直是成都生研所的当家产品。但是卡介苗也一直只有预防结核病这一个功能，美国却开发出了治疗用卡介苗，用于治疗膀胱癌。从国外走私过来，每支上千元。成都生研所卡介苗室的人员受到了刺激，进行科技创新，先后研制出肺结核诊断用 PPD、提高人体免疫力的多糖核酸卡介苗，与中检院等单位合作开发了治疗用卡介苗，现在都已上市，成为全球品种最全的卡介苗系列产品。此外，还开发出其他新产品。科技化创新使成都生研所的业绩排名大大提前。

再说国际化经营。吴永林拿出近 10 个亿来进行乙脑疫苗 WHO 预认证。"花这么多钱，有这个必要吗？"面对争议，吴永林坚定不移："这是中国疫苗行业非走不可的一步，是必须迈过的一个'铁门槛'。"过去世卫组织的官员说，"中国疫苗只能在中国销售"，人家不让你走向国际。而要走向国际，就必须通过 WHO 的预认证。孙子曰："不谋全局者，不足谋一域。"吴永林就是要通过乙脑疫苗的预认证来带动成都生研所的全面建设与国际接轨。这项工作吴永林还没有完全做完就被调到中国生物了，由接任的所长葛永红接着做。2013 年成都生研所的乙脑疫苗通过了 WHO 预认证，是中国首个通过预认证的疫苗，也是全球首个通过预认证的乙脑疫苗，极大提升了中国疫苗的国际形象，现已出口印度、韩国等11个国家，外销量是内销量的1.5倍。同时，带动成都生研所的硬件、软件建设全部与国际接轨了。

谈到国际化经营，吴永林说："成都生研所的乙脑疫苗成功走向国际市场，对中国疫苗行业起到了巨大的示范作用。现在，我国已有4个疫苗通过世卫组织预认证，1个已通过现场检查。现在中国生物7个疫苗厂家，每家都有一个产品准备做预认证。设想一下，5—10年后中国疫苗在世界上的地位是什么？那将是世界疫苗强国。"

上述两个人，杨晓明现任中国生物董事长、吴永林现任总裁。先后从各所进入中国生物领导层的沈心亮、谢贵林、董慧、杨汇川、张云涛等，都是企业改革的"弄潮儿"，科研和管理上的佼佼者。

看一个企业如何，首先要看它的领导班子。中国生物这艘生物制品行业的"航母"将向哪里去？从他们身上至少可以管中窥豹。

朝着疫苗强国的梦想航行

就像一艘航母建成后要进行多次海试才能加入战斗序列一样，中国生物从成立到2016年可以说是还处在"海试"阶段，销售额一直徘徊在50亿元左右。吴永林从组建中国生物开始就当副总裁，2018年升任总裁。他说："2016年以前中国生物改制，整合原六大生研所，各方面矛盾很多，需要时间磨合，在磨合期发展较慢。"2016年上任的董事长杨晓明认为，原来中国生物制定的"十一五""十二五"规划，应该说都不错，但是规划没有落地执行。原因很多，主要是发展目标比较迷茫。

杨晓明把武汉生研所的经验带到了中国生物，归纳为8个字："战略规划，落地执行"。他说："我到中国生物后重点抓战略，给中国生物定位，通过调查研究，梳理出'6+1板块'。'6'是指生物制品的6个方面：第一是人用疫苗，中国生物100年来的看家本领就是疫苗，现在已经是中国最大、全球第六的人用疫苗研发生产企业，能生产50种疫苗，年产量超过7亿剂次，但与世界疫苗巨头相比还有差距，要变'跟跑'到部分'并跑''领跑'；第二是血液制品，中国生物的血液制品业务整合到'天坛生物'后已整体上市，现在已经是中国最大的血液制品研发生产企业，在产血液制品14种，年采浆量数千吨，但在规模和品种数量上与世界先进水平差距较大，要加紧追赶；第三是医学美容，中国生物目前是国内唯一经政府认证批准的肉毒素生产商，医学美容产品得到市场高度认可，产品市场占有率达77%，发展空间还很大；第四是动物保健，中国生物2015年8月开始进入动物保健行业，但差点被卖掉了，原因是认识不一致，认为我们是做人用疫苗的，动物疫苗和保健是别人的事，但生物就是生命，服务生命的我们都应该做，而且许多疾病是人畜共患病，过去在研究人用疫苗时就同时做了兽用疫苗，因此要把它作为中国生物的一个重要板块来经营，向社会提供动物疫苗及相关兽用生物制品，提供全方位高质量的服务；第五是抗体药物，抗体是诊断、预防、治疗疾病的重要药物，中国生物是国内最早研发抗体药物的企业之一，具备完整的抗体药物产业链和特色鲜明的分子诊断大产业链，如武汉生研所的武字头（W）系列诊断抗体及注射用抗人T淋巴细胞CD3抗原单克隆抗体，是中国批准上市的国内自行研发的抗体产品，但是中国生物有的下属单位却把抗体板块卖掉了，细胞治疗也卖掉了，现在公司把抗体药物定位为未来主攻方向之一，要集中内部抗体药物资产和研发资源，加快研发进度，力争早出成果；第六是医学诊断，诊断试剂是医疗行业不可离开的，精准预测诊断对疾病的预防和治疗具有重要意义，中国生物在诊断试剂的研发上具有优势，如宫颈癌筛查的精准预测诊断属国际领先，应大力发展，努力成为国内细分领域的龙头企业。'6+1' 的 '1' 是资产运营。中国生物发展的战略目标是中国领先，国际一流。"

有了战略目标和规划，要能落地执行就要有实现目标的路径，建立实现目标的体制机制，说到底，调动人的积极性是关键。中国生物党委书记朱京津介绍了体制机制改革的主要情况：

中国生物虽然改制多年了，但事业单位的习气还较重，如论资排辈、比级别高低等。有个生研所过去规定不到 50 岁不能进领导班子，不到 55 岁不能当主要领导。科研人员也搞先来后到，这些都严重地束缚了人的积极性。从 2016 年开始，我们彻底打破旧体制，淡化级别，一律实行应聘上岗，变"伯乐相马"为修好跑道公开"赛马"，不论资历，谁有能力胜出就让谁上。但有一个限制条件，如果群众投票赞成者不超过半数就被否决。理由很简单，如果一半以上的人反对你，工作就很难开展。这样一来，所一级的正职现在都是"70 后"，副职都是"80 后"了。领导干部如此，科研人员也如此。课题负责人、第二负责人、总师（或总监或首席科学家）通过竞聘产生，一批年轻人成为课题负责人，并且做出了前人没有的成绩，最突出的代表就是研发出 EV71 疫苗的李秀玲。现在她已是上海生研所的老总。

这套体制机制的核心，是要让科研人员活得更有尊严。一个人的贡献越大就越有尊严，要给他们荣誉，同时要让他们得到的报酬与贡献相当。尊严不是用钱来衡量的，但你让一个科学家买不起房买不起车就有损尊严。因此，中国生物建立了产品提成制度，研发人员的提成比例目前是全国最高的。在研发过程中也分阶段地给予奖励，如实验室研究结束后，论文发表后，中试完成后，临床一期、二期、三期完成后，放大生产成功后，每个阶段都要给予奖励，让他们随时享受到知识产权的红利，越干心情越舒畅。

"现在中国生物战略目标和战略规划清楚，实现的路径明确，运行的体制机制逐步完善，全体员工的思想统一，步调一致，显示出非常好的发展势头。"总裁吴永林如是说。作为总裁，他当然要参与战略规划的制定，但主要的精力放在落地执行上。在落实科研规划上，他特别强调了自主创新与国际合作相结合的重要性。他说："改革开放前，我国的生物制品几乎完全是靠自力更生。改革开放后，各生研所加强了国际交往，但是零星的，往往带有随机性。现在中国生物统筹对外合作，与全球很多公司都有合作关系，引进技术、抗体、疫苗、血液制品，特别是与盖茨基金会签订了《全球健康战略合作协议》，与帕斯适宜卫生科技组织（PATH）建立了战略合作关系，对中国疫苗走向世界起到了很大的作用。国际合作促进了我国新的生物制品的诞生，如兰州生研所与意大利合作的十三价肺炎结合疫苗，长春生研所的子公司上海捷诺与德国、荷兰合作引进了两个诊断试剂产品，上海生研所与西班牙合作引进了治疗癌症的抗体 CD20 产品，等等。"

副总裁张云涛是分管科研的，据他介绍：

中国生物在科研管理的方向布局上做了战略规划。第一，突破前沿生物技术。重点发展 5—10 项引领性新技术，如疫苗载体技术、反向疫苗学技术、结构生物学技术、合成生物学技术、新型抗体技术、新型佐剂技术、新型递送技术、生物长效技术、干细胞技术、CAR-T/NK 技术（即嵌合抗原受体 T 细胞疗法。NK 为自然杀伤细胞，人体内较少，培育后输入进行治疗）等，并验证新技术的应用水平，确保依托新技术体系研发新产品的能力。

第二，研发前沿重大产品。开发 10—20 个重大战略新产品，如系列联合疫苗、更高价次的手足口病和诸如病毒疫苗、重组带疱疫苗、蛋白肺炎疫苗等要尽快实现上市。这些上市后将成为领跑世界的产品。在抗体治疗性生物制品上，已在肿瘤抗体、自身免疫疾病抗体、传染病抗体等三大抗体上布局发力，已拿到5个临床批件。目前，我们每年申请专利四五十个，授权二三十个。难以开发的RSV、HSV、耐药结核病、艾滋病、院内感染等疫苗要实现阶段性突破。

第三，打造前沿创新平台。现在六大板块都有研发中心，其中有4个国家工程技术中心、6个省市级工程技术中心，有7大技术平台和10个科技部认定的高新技术企业，每年投入的科研经费占总营收的10%，远超国内同行业的平均水平。在此基础上，加快布局新领域的研发基地，如细胞治疗研发中心、基因治疗研发中心等，借助于国家生物信息中心、人类遗传资源库、生物和医学大数据等战略资源平台，全面提升国药中国生物生物制药的原创研发能力和水平。

第四，布局前沿产业化基地。中国生物经过"十二五"的大力投入和"十三五"系统整合，已经形成了强大的生物制药产业能力，拥有近百条GMP生产线，但2018年产值超过10亿元的产品只有4个。未来将着力打造年产值超过50亿元的重大品种，使超过10亿元的品种达到10个以上，同时布局抗体药物、细胞治疗、基因治疗等产业化基地。

中国生物作为生物制品行业的"航母"，是生物医药产品的"国家队"，重大应急行动的"突击队"，重大活动的"预备队"和"一带一路"的"先锋队"。董事长杨晓明和党委书记朱京津说："我们承担着三个责任：政治责任、社会责任、经济责任，三个责任有机统一。从政治责任上说，生物制品事关国家安全、全民健康；从社会责任上说，要保证国家疾病防控所需的疫苗等生物制品，现在中国生物承担着80%以上国家计划免疫所用疫苗的生产供应任务，这中间不少疫苗是不赚钱的甚至是长期亏损的，但央企就必须有担当；从经济责任上说，就必须有经济效益，为国家创造财富，2018年中国生物的营收已比2016年翻了一番，发展势头不错，三个责任相辅相成，不可偏颇。"

中国生物这艘"航母"，正引领本行业朝着疫苗强国的梦想航行。

第 六 编
百年灼见

1919—2019 年，中国生物制品行业走过了 100 年的历程，国药中国生物技术股份有限公司（中国生物）也迎来了它的百年华诞。

在一定意义上说，百年中国生物史就是一部中国疫苗史，一部中国生物制品史。至少在头 60 年，二者的历史几乎是重合的。后 40 年，中国生物仍然是中国生物制品行业的"国家队"和主力军，特别是在一类疫苗的供给上，十分江山占其八。在全国现有的 36 家疫苗和其他生物制品企业中，撇开外资企业，只有中国生物是一家"百年老店"。

1919—2019 年，中国生物制品行业走过了 100 年的历程，国药中国生物技术股份有限公司（中国生物）也迎来了它的百年华诞。

在一定意义上说，百年中国生物史就是一部中国疫苗史，一部中国生物制品史。至少在头 60 年，二者的历史几乎是重合的。后 40 年，中国生物仍然是中国生物制品行业的"国家队"和主力军，特别是在一类疫苗的供给上，十分江山占其八。在全国现有的 36 家疫苗和其他生物制品企业中，撇开外资企业，只有中国生物是一家"百年老店"。

百年创业写辉煌，百年风雨不寻常。

中国生物的前身是 1919 年 3 月成立的中央防疫处，直属于北洋政府内务部卫生司，处址在北京天坛神乐署。那是一个军阀混战、动荡不安的年代，"梦里依稀慈母泪，城头变幻大王旗"，但即便如此，中央防疫处的员工仍然力尽所能，惨淡经营，从成立到 1923 年，先后研制出生物制品 20 种左右，其中部分产品曾拿到法国巴斯德百年纪念会上参展，并获得了奖章。特别是在 1926 年 2 月，齐长庆和他的助手李严茂分离出了天花病毒"天坛株"。这是我国疫苗史上的一件大事，至今仍值得我们为之骄傲。

1928 年北伐军进北平，北洋政府宣告终结，从此进入国民政府时期。这时，中国名义上统一了，但并没有出现一个安定的环境。1931 年发生了震惊中外的九一八事变，日本占领全东北；1932 年日本在东北建立了伪满洲国傀儡政权，同时在上海发动了一·二八事变；1933 年日军又占领了热河，北平已放不下一张"安静的书桌"了。中央防疫处从 1931 年就开始准备南迁，时局不稳，人心浮动，不可能安心进行疫苗研制。在这期间，唯一可称道的一件事是分离出了狂犬病病毒"北京株"（初称"中国株"）。中央防疫处按南京国民政府卫生署的指令，于 1936 年迁到南京，还没找到栖身之处，就发生了"卢沟桥事变"，抗日战争全面爆发。日军在上海挑起八一三事件，紧接着上海陷落，南京告急，中央防疫处奉命疏散到湖南长沙。在长沙滞留一年多，于 1938 年迁往昆明。在长沙期间，著名的医学科学家汤飞凡受命于危难之际，接任中央防疫处处长，我国生物制品行业从此进入了一个新的发展时期。就是他，及时组织搬迁，避免了中央防疫处毁于"焦土抗战"计划中的长沙大火。1940 年，汤飞凡在昆明郊区建起了实验楼，带领大家在大后方恢复了正常的科研生产工作。从中央防疫处 1919 年成立到昆明重建，这个时期是中国生物制品行业破土萌芽的初创时期。

百年来，我国生物制品行业的发展有三个高峰期。第一个高峰期出现在昆明的中央防疫处。在昆明，汤飞凡广罗人才，在极其困难的情况下，带领大家生产出抗战前线急需的牛痘苗、斑疹伤寒疫苗、破伤风类毒素疫苗、狂犬病疫苗等产品，服务中国军民和美国盟军。特别值得一提的是，1942 年，汤飞凡指导朱既明和黄有为，从生长在卢锦汉皮鞋上的霉菌中分离出了当时被称为"神药"的青霉素，并开始少量生产，其质量与美国的同类产品不相上下（每毫升 2 万—5 万牛津单位）。1945 年，魏曦因帮助在滇缅边境战场上的盟军查明了"不时热"是一种立克次体血症恙虫病，获得盟军的"学术性功绩勋章"，这是一个很高的荣誉。当时，英美军队连盟军中国区总司令蒋介石都看不起，唯独看得起 NEPB（"中国中央防疫处"）。

但是第一个高峰期仅仅维持了五六年时间就一下跌入了低谷。1945年抗日战争取得胜利，中央防疫处也从昆明重新回到北平天坛老家。本想从日本人手里接收一些先进的科研仪器和设备，未想到日本人在投降前已进行彻底破坏，仪器、设备已不知去向，瓶瓶罐罐也被砸得粉碎，连房子的门窗也不翼而飞。中央防疫处刚刚完成重建，开始少量生产，北平就成了平津战役的前线。国民政府撒手不管了，断绝了一切供给，研究、生产陷于停顿。但由于汤飞凡的预先布置，1949年初，中央防疫处被完整地交给中国人民解放军北平军管会。

我国生物制品行业发展的第二个高峰期是新中国成立至"文化大革命"前，即1949—1966年的17年间。中华人民共和国成立的当月就发生了察哈尔鼠疫重大疫情，毛泽东主席和中央人民政府一面向苏联求援，一面紧急动员东北卫生材料厂（长春生研所前身）和北京中央防疫处（北京生研所前身）紧急生产鼠疫疫苗。汤飞凡带着刘隽湘等人昼夜加班赶制疫苗，超额完成了中央军委卫生部（当时国家卫生部尚未成立）下达的疫苗生产任务。国家卫生部成立之后，统筹全国的疫苗和生物制品的研发与生产，按照一个大行政区一个生研所的战略思路，先后重建或新建起北京、长春、兰州、成都、上海、武汉六大生研所。从此，我国生物制品行业按照六大生研所的格局运转。新中国成立前夕，全国从事生物制品工作的人员包括私企总计不足700人，生产的制品只有十几种，产量十分有限。新中国成立后，国家投入大量资金支持各生研所的建设，到1952年全国生物制品行业增加到2000余人，疫苗的产量比新中国成立前增加了10倍以上，保证了抗美援朝战争和反细菌战的需要。除六大生研所之外，1950年成立了卫生部生物制品检定所，由汤飞凡组织编写了《生物制品制造程序》，这是我国第一部生物制品制造检定手册。不久，我国第一部《生物制品法规（草案）》经过两年讨论修改，于 1952 年底批准施行。1953 年，我国开始实行国家建设的第一个五年计划。"一五"计划的制定和实施都得到苏联政府的帮助，全国全面学习苏联建设经验。生物制品行业通过学习苏联法规，结合我国实际于 1959 年正式制定了我国《生物制品制造检定规程》。这是我国生物制品发展史上的一座里程碑，建立和统一了我国生物制品的标准，统一了全国生物制品的生产技术与检定方法。通过学习苏联，让我们掌握了不少当时在国际上领先的技术，但由于片面强调"百分之百地学习"，使我国生物制品的发展走了一些弯路。在这期间，虽然受到了"反右""大跃进""拔白旗"等"左"倾错误的严重干扰，但我国生物制品行业所取得的成就是前所未有、耸壑凌霄的。疫苗的品种由新中国成立前夕的 10 余种增长到 100 余种。接种疫苗最大的一个成就是我国在 1961 年就消灭了危害千百年之久的天花，比世界卫生组织宣布消灭天花的时间早了 16 年。此外，在旧中国危害甚烈的鼠疫、霍乱、伤寒、斑疹伤寒等恶性传染病得到了全面控制，杜绝了流行，只偶有零星病例发生。在此期间，汤飞凡发现并分离出世界上第一株沙眼病毒，颠覆了统治世界半个多世纪的"沙眼细菌病原说"，这是世界微生物学和医学上的一个伟大发现，一个诺奖级的发现。

1966 年爆发的"文化大革命"严重阻滞了我国生物制品行业的良好发展势头，特别是 1966 年到 1970 年间的破坏格外严重。损害之多，难以统计。但"霜飘知柳脆，雪冒觉松贞"，即使在大动乱的年代，我国生物制品工作者忍尤攘诟，一仍旧贯，自强不息，负重前行，取得了不凡的成就，如人二倍体细胞（2BS）的建立，脊髓灰质炎活疫苗，钩端螺旋体疫苗，鼠疫、炭疽、布氏病和土拉热四联气雾疫苗，流脑疫苗，乙脑疫苗的研制成功，等等。各种疫苗的生产基本满足了我国防疫的需要。生物制品行业从业人员达 7000 余人。"文革"十年正是世界上科学技术突飞猛进的十年，"文革"使我国与世界先进国家的差距拉大了。

我国生物制品行业发展的第三个高峰期是改革开放以来的时期。"文革"结束，拨乱反正，解放思想，改革开放，带来了科学的春天。我国生物制品行业得到前所未有的发展，1989年生物制品的产量达到6亿人份，比1978年增长了近一倍，2018年仅中国生物就达到7亿人份。这个发展高峰期有三个鲜明的标志：

第一个标志是跟上了世界生物制品技术的最新潮流，新型的基因工程疫苗和联合疫苗陆续研制成功，如流脑A群多糖疫苗、乙肝血源疫苗和乙肝基因工程疫苗、二价口服脊灰疫苗（bOPV）、出血热疫苗、二价痢疾疫苗（FS）等等。

第二个标志是我国疫苗的研制从跟踪仿制阶段进入了与世界先进水平并肩起跑、自主创新的阶段，研制出了一批具有完全知识产权的产品。α1b干扰素和γ干扰素是我国的独创；二价痢疾疫苗（FS），其中宋内氏（S）是自主创新的，二价疫苗是世界独一份；自主研制的羊轮状病毒疫苗是与美国、比利时并肩起跑并最先研制成功的，是世卫组织向世界推荐的四大轮状病毒疫苗之一；即将投产的六价人—牛重配轮状病毒疫苗是国领先世界的新产品；抗人T淋巴细胞及其亚群单抗试剂WuT1、WuT3、WuT4、WuT6、WuT8、WuT9、WuT11、WuTac等系列单抗，是我国自行研制的最为完善的一套单抗，单抗WuT3治疗用品也成功上市，是我国第一个获准生产的治疗用单抗产品；吸附百白破与基因重组乙肝四联疫苗，一苗防四病，属国内唯一，是世卫组织和国际儿童免疫促进组织向全球推荐的主要联苗之一；特别值得国人骄傲的是预防手足口病的肠道病毒EV71疫苗在世界上是绝无仅有的，领跑全球。

第三个标志是从疫苗只能中国用到走向全球市场，陆续有地鼠肾细胞乙脑活疫苗、二价口服脊灰疫苗（bOPV）、b型流感嗜血杆菌疫苗（Hib）等通过世卫组织预认证，可畅行全球。其中地鼠肾细胞乙脑活疫苗每年年产5000万人份，外销3000万人份。此外，还有一批被世界儿童免疫促进组织向全球推荐的产品，如无细胞百白破、乙肝四联疫苗等。

百年来，中国生物与人民同呼吸，共命运，始终秉承"爱与责任"的中国生物精神和核心价值观，潜心为人类构筑生命和健康的长城，为抵御传染病的侵害而奋斗不息，百年造福亿万人，百年薪火代代传。

"以古为镜，可以知兴替"。百年中国生物制品史表明，国家的稳定发展是生物制品发展的前提。我国生物制品发展的三个高峰期，第二个、第三个发生在新中国，都处在国家欣欣向荣的发展时期，大河涨水小河满，行业史与国家史是完全一致的。第一个高峰期虽然出现在抗日战争的烽火中，但大后方也是相对稳定的。与此相反，我国生物制品发展的低谷，要么出现在战乱时期，要么出现在"文革"的内乱时期，国运的兴衰决定着生物制品行业的命运。一方面，我们不能撇开国家大势孤立地总结行业的发展经验；另一方面，行业的发展还有其自身的规律，生物制品行业自身的历史经验教训也值得我们认真汲取。历史的经验是通向未来的出发点和基础，是一笔宝贵的财富。本编不揣冒昧，说几点刍闻管见：科技是基石，人才是根本，质量是生命，精神是灵魂。

第三十三章

科技之水涨　疫苗之船高

　　从老根上说，疫苗是中国人的发明，但那只能算是古典
疫苗。接下来的传统疫苗、基因工程疫苗的始作俑者都是外
国人。中国最早发明了疫苗，为什么在疫苗研制上长期落后
于西方？原因无他，在现代科技上落伍了。疫苗等生物制品
是现代科技的结晶，科技好比是水，疫苗是船，无水不行船，
水涨船才高。五四运动前夕，在"赛先生"（科学）的推动下，
中国才鸿蒙初开，有了第一个生物制品研制机构——中央防
疫处。此后，经 70 余年的艰难"跟跑"，终于在改革开放后进
入了部分"并跑"或"领跑"的新阶段。百年中国疫苗史，就
是一部科技攀登史。科技是疫苗的基石，包括对病原体的基
础研究和各类新技术的运用，我国要成为疫苗强国，有赖于
这块基石的更加厚实。

　　疫苗等生物制品是随着微生物学和免疫学的出现而出现的。如果
说 18 世纪末英国人琴纳发明牛痘苗靠的是经验的话，那么 19 世纪出现
的微生物学，则把疫苗等生物制品的研制带进了一个以科学理论为指导

的新时代。痘苗从老根上说是我国宋朝的发明，琴纳发明牛痘苗也是受了中国种痘术的启发，但无论是中国的种痘术还是琴纳的牛痘苗，都是经验的产物，属于古典疫苗的范畴。法国人巴斯德是微生物学的祖师爷和现代疫苗的开拓者。他在19世纪下半叶研制出了炭疽疫苗和狂犬病疫苗。20世纪初，欧洲出现了多种用于自动免疫的疫苗以及抗毒素、抗菌血清等生物制品。西风东渐，欧洲的生物制品制作技术渐渐传到我国。1919年，北洋政府中央防疫处成立，标志着一条以现代科学为牵引的生物制品研制之路在中国迈开了第一步。

百年疫苗史，镜鉴察古今

按《中国生物制品发展史略》的说法，世界疫苗发展历程可分为三个时期：

第一个时期是古典疫苗时期。其制造和使用凭经验相传，知其然不知其所以然，其典型代表是牛痘苗。

第二个时期是传统疫苗时期。从19世纪末到20世纪60年代，疫苗的发展基本上按照"一种传染病就有一种病原就可形成一种疫苗"的法则研制疫苗。疫苗是灭活的或减毒的全病毒。现在使用的疫苗绝大多数是传统疫苗。

第三个时期是基因重组疫苗时期。虽然国外早在20世纪70年代就有相关报道，但直到20世纪末才仅仅研制成功乙肝疫苗这一个产品。我国的基因工程疫苗虽起步较晚但进步较快，在20世纪80年代末成功研制出重组CHO（中国仓鼠卵巢细胞）乙肝疫苗和重组痘苗病毒乙肝疫苗。

对疫苗的发展阶段，从不同的角度有不同的划分方法。但无论怎么划分，中国疫苗的发展史与世界的疫苗发展趋势是一致的。

知今宜鉴古，无古不成今。百年疫苗史，镜鉴察古今。

很难考证中国制作的第一支传统疫苗诞生在某年月日，只知 1910 年末至 1911 年初哈尔滨暴发鼠疫，总医官伍连德在回忆录中说他当时曾制作疫苗，可惜语焉不详。有确实文献记载的疫苗制作已是在中央防疫处成立之后。

传统疫苗的科学依据是微生物学，而微生物学的诞生离不开显微镜。在 1919 年的时候，中国有几台显微镜不得而知，但从筹备成立中央防疫处时才派人去日本买回一台显微镜的情况判断，当时显微镜极其稀罕是肯定的。科研条件如此落后，想在微生物学的研究上有所建树很难，只能是跟着国外往前走，仿制疫苗。从 1919 年仿制狂犬病疫苗开始，到 1949 年新中国成立前夕，先后共仿制出约 20 种疫苗等生物制品（由北平军管会接管时才 10 余种）。这些疫苗全都是灭活疫苗（也叫死疫苗），都是通过动物原代细胞培养的。另外，除狂犬病疫苗外，其他都是菌苗（细菌类疫苗），如所谓老"八大产品"中的赤痢疫苗、霍乱疫苗、伤寒疫苗、淋病疫苗、葡萄球菌疫苗、链球菌疫苗、肺炎疫苗、鼠疫疫苗，全都是菌苗。

之所以如此，简单地说，显微镜只能看到微米级的细菌，而看不到纳米级的病毒。尽管早在 19 世纪末巴斯德就已发现了狂犬病病毒，但在 1938 年第一台商用电子显微镜在西门子问世之前，要发现病毒是非常困难的，必须先用细菌过滤器把细菌过滤掉，然后经过复杂的实验室培育过程后，在暗格显微镜下才有可能看到。这是当时病毒类疫苗少而又少的一个主要原因。

十分耐人寻味的是，我国在 1919—1949 年这 30 年中，生产的疫苗大多先后被淘汰了，唯有科学发现和科学方法如常青树一样留了下来。

齐长庆等分离出的天花病毒"天坛株"、培育的狂犬病病毒"北京株"，汤飞凡指导朱既明等分离的青霉素，至今还在造福人类；汤飞凡发明的痘苗乙醚灭菌法也传向世界，一直被运用。这说明，做疫苗等生物制品，如果没有科学研究，一味地仿制是没有前途的，甚至可能画虎不成反类犬。

新中国成立后的头 30 年，我国生物制品仍然处在跟跑阶段，产品大多也是仿制的，但与旧中国相比有十分明显的进步。进步不仅表现在产品的数量从 10 余种增加到 40 多种，基本满足了国家防疫的需要，而且表现在科学技术上"跟跑"跟得紧了，国外有什么疫苗，中国很快就有了这种疫苗；国外有什么新技术，中国很快就学到了。特别是表现在跟跑中有了创新。比如，第一个发现麻疹病毒的是美国人，但中国的麻疹病毒是中国人自己分离出来的，先后有汤飞凡等分离的北京 M9 株、张箐等分离的沪 191 株，发现的时间比美国仅晚 3—4 年；生产麻疹疫苗采用的是当时世界上最先进的组织培养法，疫苗的质量是世界领先的。诸如此类的疫苗因不是首创，可以说是仿制，但从分离病毒到制作方法，一切都靠自己摸索，说是创新也不为过。即使是在"文革"大动乱的年代里，我国 70 年代新研制出来的流脑荚膜多糖疫苗、地鼠肾细胞乙型脑炎活疫苗、组分狂犬病疫苗等，在世界上也是不落后的。其中流脑疫苗、狂犬病疫苗是当时世界上新型的亚单位疫苗，其创新性毋庸置疑。1978 年，各生研所有近 40 项产品获全国科学大会奖，有近 60 项产品获全国医药卫生科学大会奖。

在"文革"前，六大生研所的微生物学和免疫学技术与国际先进水平只有咫尺之遥，在国内是领先的，成为大专院校学生的实习基地。"文革"十年世界科技突飞猛进，分子生物学、细胞工程、基因工程等新型技术在欧美已蓬勃兴起，我国与世界先进水平的差距拉大了。

改革开放后，我国生物制品工作者快马加鞭、奋起直追，与世界先进水平的差距迅速缩小，运用分子生物学、结构生物学、基因工程技术研发出不少新产品。这一时期是我国生物制品从仿制跨向独创，从"跟跑"到部分"并跑"或"领跑"的飞跃时期。

一部百年中国疫苗史，经历了动物原代细胞疫苗、组织培养疫苗、传代细胞疫苗、亚单位疫苗（组分疫苗）到基因工程疫苗等阶段，每一个阶段的跨越都是科技进步使然。科技之水涨，疫苗之船高。几代生物制品人通过接力赛跑，终于有了今天的局面。从科技上回顾百年疫苗史，对开启未来的意义是不言而喻的。

病原学研究，基础的基础

科学技术是研制生物制品的基础，而病原学研究是基础的基础。道理很简单，不弄清究竟是什么东西致病，不弄清病原的生物学性状、免疫学特性，就谈不上研制疫苗。病原学研究是典型的科学家的工作。这项工作完成了，然后才是应用各种已有的或独创的技术手段来制作疫苗，这是生物工程师的工作。所以说，一个优秀的生物制品专家应该既是科学家，又是工程师。不能二者兼于一身，就得靠二者合作来完成。虽然大多数疫苗都是靠科学家和工程师合作完成的，但即使从生物工程师的角度来说，如果不懂病原学也是不合格的。

虽然旧中国的科研条件极其落后，但我国疫苗科学家在病原学的研究方面也做出了一些有世界影响的成绩，最典型的例子是伍连德在哈尔滨首次发现并分离出肺鼠疫杆菌。这一发现轰动了世界，从此让肺鼠疫成为一个正式的病名。肺鼠疫杆菌的发现、天花"天坛株"、狂犬病"北京株"的成功分离，这三项成就代表了新中国成立前病原学研究的水平。

新中国成立后，我国分离出来的病原体有近20种：百日咳杆菌，布氏杆菌，钩端螺旋体，炭疽杆菌，土拉杆菌，乙型脑炎病毒，森林脑炎病毒，甲、乙、丙型流感病毒，麻疹病毒，Ⅰ型、Ⅱ型、Ⅲ型脊髓灰质炎病毒，出血热病毒，轮状病毒，风疹病毒，腮腺炎病毒，EV71肠道病毒，沙眼衣原体，等等。这中间，虽然只有沙眼衣原体是世界首次发现和成功分离，其他只能算是中国首次，但同样是创造性的工作，是我国疫苗研制的基础和前提。

每一个病原体的发现和分离，都有一个让我们感动的故事。分离病毒的工作，绝非仅是穿着白大褂，坐在显微镜下看样本那么回事。寻找某种病原体，就有被某种病原感染的危险。除要避免实验室感染外，野外调查被感染的风险也很大，没有献身精神是不行的。

20世纪50年代在东北林区暴发森林脑炎之后，开始并不知道它是何方"瘟神"，只知道是在丛林和草甸中被感染的。通过调查，初步确定是由东北人所说的"草蜱子"（蜱虫）叮咬后发病的，而要证实就要抓到蜱虫，进行解剖，从它身上抓到病毒。长春生研所副所长兼总技师辛钧等与当地防疫站的人一起拉着一条白布，在草甸上像篦子一样的来回篦，让蜱虫掉在白布上，抓起来带回研究，最后从蜱虫身上分离出森林脑炎病毒。当时，就有人因裤管没扎紧，被蜱虫钻进去咬了而得了森林脑炎。

兰州生研所的孙柱臣为分离出出血热病毒，整夜整夜地守在农田里观察黑线姬鼠的活动规律，后来在分离病毒时不幸感染了出血热，在医院休克过去，险些为此献出了生命。

汤飞凡能在世界上首次发现沙眼衣原体，当然首先在于他的敏锐和严谨的科学态度，但最让人感动的还是其以身试毒的献身精神。日本细菌学家、生物学家野口英世从一个患沙眼的印第安人小孩眼中分离出颗粒杆菌，自称发现了沙眼病原体，提出了细菌致病说。汤飞凡表示怀疑，把野口亲自分离的颗粒杆菌种到自己眼中，结果并未致病。1957年，他和助手从由同仁医院提供的标本中分离出沙眼病毒（后称"衣原体"），又接种在自己的眼中，结果出现了典型的沙眼症状。这才宣布了自己的发现，从而推翻了野口的细菌致病说。

在病原学研究上，生物制品行业与一般学术单位最大的区别是，不仅要分离出病原体并研究它们，而且要把分离出来的野毒株（街毒）培育成能用于生产的疫苗株（固定毒），两个方面，缺一不可。因此，培育疫苗株也是病原体研究的一个组成部分，而且是一个深化研究的过程。这是一项十分考验科学功力的工作，没有捷径可走。即使是拿到了国外的减毒株来仿制疫苗，这一步也不可少。

在这方面，我国曾经吃过照搬的亏。如 1954 年强调 100％学习苏联，强行规定生产牛痘苗必须用苏联的"莫罗佐夫"毒株，并要求销毁包括我国"天坛株"在内的其他毒株。结果用"莫罗佐夫"毒株生产的牛痘苗接种效果并不理想，副作用较大，小孩受罪，家长反对，直到莫斯科出现了儿童种痘之后又得了天花的疫苗事件，"莫罗佐夫"毒株才在中国走下神坛。幸亏北京所的李严茂偷偷把"天坛株"藏在冷库里，"天坛株"才重见天日。经过对"天坛株"与"莫罗佐夫"毒株、国际参考毒株、国际公认的强毒株和公认的弱毒株进行动物感染试验，最后证明"天坛株"最优秀。

我国各生研所通过变更宿主交替传代，改变培育条件等方法，培育、筛选出免疫原性好、增殖性强、生长稳定、安全性好并利于规模化生产的优良疫苗株，经实践证明许多毒株是优于国外同类毒株的。事实一再证明，我国生物制品技术虽然总体上与世界先进水平有差距，但在培育疫苗株上有独特的优势。如用我国自主分离的百日咳菌种北京 P 株经减毒选育出的 Cs 和 P5s 疫苗株，我国自主分离和培育的麻疹病毒沪191株等就是非常优秀的菌株，各方面指标都优于国际同类毒株。再如乙脑病毒疫苗株，开始用黄祯祥在1949年分离出来的P3株减毒，效果不佳，接着照搬苏联，效果更差，要打通乙脑疫苗的"死胡同"，还得规规矩矩地进行基础研究。中检所的李河民、俞永新对各种乙脑病毒株进行比较研究，发现由汪美先从蚊子幼虫中分离出来的SA14株最好，几经曲折，最终用这个毒株培育出14-2株，从而生产出世界上最好的地鼠肾细胞乙脑活疫苗，成为世界上第一个通过世卫组织预认证的乙脑疫苗。此外，流脑、出血热、风疹、轮状病毒、EV71病毒等疫苗株，都是我国自己分离培育出来的。我国生产的40多种疫苗所用的疫苗株，只有极少数是引进的，引进后也经过改善和加强。如痢疾疫苗（FS），其中的F（福氏）是从罗马尼亚引进的，S（宋氏）是我国科学家结合进去的，是世界唯一的。

在把野毒株培育成疫苗株的减毒过程中，需要耐心，更需要创新。减毒一般要通过动物交叉传代来进行，而有些病毒人是唯一宿主，不能使动物致病。如甲肝病毒就是只感染人的，在动物身上几乎没有反应。长春生研所的甲肝疫苗课题组经反复试验，终于发现病毒株对恒河猴和南美猕猴虽不致病，但会产生短暂的毒血症和特异性抗体，于是用这两种猴来检验减毒效果，最终成功培育出甲肝疫苗株。在当时只有中国才能生产甲肝疫苗。

历史的经验告诉我们，在病原学研究上，我们永远要有一颗谦虚的心，但没有理由妄自菲薄。

踩准应用技术的节拍

病原学研究和应用新技术是生物制品的两翼，缺一不可。"小荷才露尖尖角，早有蜻蜓立上头。"我国生物制品行业踩着新的应用技术的节拍，往往世界上一项新的技术刚出现，就能借他山之石，攻中国之玉，被应用到疫苗研制中来。而每一项新技术的应用，就有一次产品的升级换代。在应用新技术上，我国生物制品工作者在学习中改进，屡有学生超越先生的奇迹发生。

从活体动物培养到培养基培养

在相当长的时间内，包括在解放初期，我国疫苗生产的方法都是比较原始的。制作细菌类疫苗，就把细菌注射到鼠脑、羊脑等动物组织中，然后收获细菌，灭活，提纯后制成疫苗。用这种方法制作出来的疫苗，因里面含有较多的动物蛋白或杂菌，打到人身上会产生比较大的副反应，甚至出现致残、致死的现象。各国生物制品专家都为此大伤脑筋，尽管采取了各种物理、化学的方法来消除杂菌和过滤动物蛋白，但始终没法解决残存动物蛋白的问题。培养基技术的出现，为细菌培养脱离动物活体创造了条件，而且大大节省了动物用量，使疫苗得以能够大规模生产。所谓培养基，在疫苗制作的范畴内是指供给微生物生长繁殖的由人工配制的营养基质，其中包括碳水化合物、无机盐、维生素、微量元素等。蛋白胨是培养基中的主要原料，它是蛋白质经酸、碱和蛋白酶分解后所形成的，闻着有肉香但不腐烂，被广泛应用于抗生素生产、生化制品、微生物学研究和疫苗生产等领域。到 20 世纪 50 年代中期，蛋白胨在国外已作为商品出售，我国因被西方国家封锁只能靠自己制作。制作蛋白胨最好的原料是牛肉，但牛肉当时也是稀缺物资，无奈，我国生物制品工作者自己磨黄豆用来制作蛋白胨，谱写了一曲艰苦奋斗的壮歌。

在培养基的研究上，我国生物制品工作者有不少发明创造。比如，武汉生研所、中检所与武汉肉联厂合作，用肉联厂抛弃的下脚料制成了高质量的蛋白胨、酵母菌膏及多种干燥培养基。再如，生物制品都必须做无菌测试，而要做无菌试验就必须要有无菌试验培养基。中检所与六大生研所多次召开无菌试验用培养基经验交流会，最后制备出干燥无菌试验用培养基，供全国使用。到 20 世纪 80 年代初，我国已能制备各种用途的干燥培养基 100 余种，满足了国内的需要。

培养基研究的成果，使我国的菌苗面目一新，量、质双升。如百日咳疫苗的制备，过去一直沿用需加羊血的包姜氏培养基，武汉生研所改用自己研制的活性炭培养基，不仅疫苗的免疫原性稳定，消除了副反应，而且增加了产量，减少了污染，降低了成本，操作人员的安全性也提高了，这是疫苗制作史上的一个重大革新。

培养基既用于细菌类疫苗的制作，病毒类疫苗也离不开培养基。二者的区别是，细菌是直接长在培养基上的，而病毒是长在细胞上的，培养基的作用只是给细胞提供营养，所以一般称为营养液。

从固体培养到深层培养

以往用固体培养方法生产疫苗，几乎完全是手工作业，很多人围着瓶瓶罐罐转，效率低下，因为要从瓶子里一圈一圈往外刮，故被戏称为"拉胡琴"。为什么不能改用大罐深层培养呢？怕增加污染。20 世纪 50 年代初，武汉生研所谢毓晋首先尝试用大罐生产百日咳疫苗，经改进培养基，获得成功；其后又用大罐生产霍乱疫苗，发酵罐也越变越大，容积达数百升（现已达数吨）。各生研所竞相效尤，最后形成了大罐通气搅拌深层培养的成熟工艺。这一工艺在世界上也属先进行列。深层培养技术是疫苗生产史上的一次革命性变革，使大规模生产疫苗成为现实。

从液体疫苗到冷冻干燥疫苗

早先的疫苗都是液体的，一个致命的缺点是不易保存和运输，容易过期。液体卡介苗保存期仅 1 个月，其他疫苗的保存期也非常短。我国冻干疫苗的研制一方面是受了青霉素生产的启发，原中央防疫处1948 年引进设备，把液体的青霉素冻干成固体粉末状，延长了青霉素的有效期；另一方面也是形势所迫，新中国成立不久就发生抗美援朝战争，液体疫苗不便运输，不等运到前线就可能过了有效期。所以，原大连所便自制设备，首先试制成冻干破伤风、气性坏疽类毒素和鼠疫活疫苗这三种前线急需的产品。随后不久，北京生研所、武汉生研所的大型冻干设备投产，疫苗和其他生物制品大多成为冻干产品。有些疫苗如甲肝疫苗按以往的结论是不可冻干的，但长春生研所经研究试验，打破了这个禁区，生产出合格的甲肝冻干疫苗。

从组织块培养到单层细胞培养再到传代细胞培养

病毒类疫苗的成败取决于细胞培养技术，细胞好，病毒就长得好，繁殖旺盛。在细胞组织培养上，有两次重大的革命性进步。

第一次是由组织块培养变成单层细胞培养。顾名思义，组织块培养就是取动物的一块组织，如鼠脑、猴肾等，种上病毒，让它在上面繁殖。而单层细胞培养是将细胞组织涂为单层，让病毒在上面生长繁殖。早在 1955 年，北京生研所就在汤飞凡和朱既明的领导下开展组织培养技术的建立。单层细胞培养必须把细胞贴在瓶子的内壁上。闻仲权首先做凝固鸡血浆贴瓶的试验，结果凝固的鸡血浆被细胞组织分泌的酶所消化，很快就掉下来了，试验失败。要解决这个问题，必须加入胰酶抑制素，当时需要进口，非常难，没法了，只好又磨黄豆，从豆浆中提取出胰酶抑制素，先后稳固地建立了鸡胎肌皮和肾组织、人胎肌皮和肾组织细胞培养技术。20 世纪 50 年代中期我国成功分离出麻疹病毒，就是用的单层细胞培养技术。要生产疫苗，还需要加适当的培养液，国内没有，进口不来，被逼急了，自己研制出牛乳蛋白水解物和 199 培养液。先后开发成功猴肾单层细胞、鸡胚单层细胞和地鼠肾单层细胞，用于病毒类疫苗的研究与生产。如武汉生研所的狂犬病疫苗 aG 株，就是用地鼠肾细胞适应传代取得的，疫苗生产也改为地鼠肾细胞，使疫苗的质量产生了一个巨大飞跃。乙型脑炎疫苗的研制历程也大抵如此，改为地鼠肾细胞制作后，一下使副反应率降到极小。再如痘苗原本是接种在牛皮肤上生产的，后由赵铠改为鸡胚细胞培养，创造了"200 个鸡胚一头牛"的奇迹。在猴肾细胞的获取方法上，原北京生研所所长章以浩指导杜桂枝试验用乙醚灌注法处理猴肾，从动脉打进去，从静脉流出来，使污染减少了，产量提高了，猴子用少了。

组织培养上的第二次重大技术进步，是用传代细胞逐渐取代了原代细胞。单层细胞培养虽然将动物组织块变成了单层，但仍然是原代细胞，用于生产，疫苗中仍然难免有残存的动物蛋白。解决这个问题的办法是用传代细胞代替原代细胞。北京生研所的闻仲权和助手李港成功建立了人二倍体 2BS 株，昆明所的郭仁、曹逸云等也成功建立了 KMB–17 株，经中检所检定，证实其各项指标完全符合国际标准。2BS 株被先后用于脊灰疫苗、风疹疫苗和甲肝疫苗的生产，因为它是人的传代细胞，不存在其他异体细胞，打在人身上没有排异反应。用二倍体细胞生产疫苗，免除了非常复杂的提纯过程，但并非所有疫苗都适合用人二倍体细胞培育、生产，后来我国又建立了中国仓鼠卵巢传代细胞（CHO），引进了非洲绿猴肾传代细胞（VERO）和乳仓鼠肾细胞（BHK–21）。北京生研所的丁志芬在我国最早用 VERO 细胞成功研制出乙脑疫苗，是世界上第一个用传代细胞制备的纯化乙脑疫苗。自此，陆续成功制作出

VERO 细胞狂犬病疫苗、脊灰灭活疫苗、手足口病疫苗。

从全菌体疫苗到亚单位组分疫苗

在生物制品制作中，生物化学技术开始只是用于提纯，而在研究提纯的过程中，发现通过化学分解和有控制性的水解方法，可以把细菌和病毒有免疫原性的表面抗原提取出来，去掉其核酸。用有效抗原制作的疫苗有别于全菌体疫苗，叫作亚单位疫苗，或组分疫苗。我国最早的亚单位疫苗诞生在北京生研所，在陈正仁指导下由王立亚牵头各生研所协作，成功研制纯化 A 群流脑荚膜多糖疫苗。其后赵铠等研制的血源型乙肝疫苗也是用表面抗原（HBsAg）制作的亚单位疫苗。

从传统疫苗到基因工程疫苗

基因工程技术的出现是一次伟大的技术革命，使疫苗研制和生产进入了一个崭新的阶段。首先它省去了培育减毒疫苗株的大麻烦，筛选有免疫原性的基因片段在酵母、痘苗等载体上表达，制作成类病毒颗粒，然后通过发酵制作疫苗。我国第一个基因工程疫苗是以痘苗表达的乙肝疫苗。因酵母不含动物组织，生产出来的疫苗就没有异体蛋白等引起副反应的物质，所以以酵母菌表达成为世界潮流。中国生物研究院研制的四价、十一价宫颈癌疫苗（HPV）和双价诺如病毒疫苗（NoV）都是以酵母菌表达的，现已进入临床研究阶段。

树立迈向疫苗强国的自信心

中国生物制品事业发展的百年历程，是一条从仿制逐渐走向自主创新的路，是一条从"跟跑"到在一些项目上"并跑"或"领跑"的路。

除少数地方性疾病外，许多流行病是不分地域、不分国界的，往往会造成在世界范围内流行。在全球经济一体化的今天，某国出现一种传染病，往往不出数年甚至不出数月就会在世界很多地方流行。流行病传播越来越快的趋势进一步说明，光靠一个国家来战胜一种流行病是非常困难的。要战胜一种传染病，离不开与世卫组织以及各国间的合作。

我国的疫苗从仿制西方开始。现在有的人一听说仿制就不以为然，认为只有自主创新才是值得称道的。强调自主创新一点没错，但是：第一，并非什么都需要自主创新；第二，创新是站在前人的肩膀上创新，而非一切从头做起；第三，创新是要有各方面条件保证的。在我国一穷二白的年代，仿制是一个跳不过的发展阶段，而且这个阶段甚至比现在创新还要艰难。有的疫苗国外有了，论文也发表了，但是人家即使给你毒种一般也不会把疫苗株给你；即使在论文中介绍了研制过程和试验结果，但最关键的技术是不会透露的。因此，仿制的过程也是一个探索创新的过程。比如青霉素的正式产品出现在 1942 年的美国，但人家不会告诉你如何分离出青霉素来。当年在昆明的中央防疫处自己分离出青霉素菌株，1943 年便开始少量生产，仅比美国晚了一年多。青霉素不是中国人的首创，但中国的青霉素可以说是仿制也可以说是创造，菌株是自己分离出来的，生产设备、工艺也都是自己制造和建立的。我国大多数仿制的疫苗，情况几乎无不类此。所以轻视仿制的观点是错误的，至少是片面的。

都说改革开放前是闭关锁国，从总体上说，这话没错，但至少在有关生物制品的科学文献上，中国并没有闭关。从新中国成立初期开始直至"文革"中，各种科学文献都是不间断地订阅的。问题不在中国闭关而在西方封锁，一份英、美的科学杂志要到中国科技工作者手里，至少要比出版晚一年。原因是人家不让你直接订阅，必须通过瑞士日内瓦转口。就是这些迟到的刊物给中国生物制品工作者很多启示，许多仿制的疫苗是受了这些刊物的启发。

武汉生研所的总技师谢毓晋在送全家妣去日本读博时说："你去要学先进科学．不能只学一门技术，像学木匠，那样回来充其量是一个匠人，只有掌握了科学才能触类旁通，搞出新的疫苗来。"谢毓晋的这段话，是经验之谈，也是教训之谈。"在学习中创新，在创新中学习"。我国生物制品行业大多数时间走的都是这条正确的道路，但是其中也有比较深刻的教训。在全面学习苏联时，我们就当了一回匠人，导致在痘苗、乙脑疫苗的生产上开了"倒车"，把自己的优秀成果和成功经验丢掉了。吸取教训后，从匠人回到科学家的角色，研发出了具有世界先进水平的地鼠肾细胞乙脑活疫苗。再如，痢疾疫苗的研制也曾当过匠人，先后引进两个被世卫组织推广的毒株制作疫苗，都失败了。最后兰州生研所的王秉瑞重新挂帅，领衔攻关，经过 17 年的研究，运用基因工程技术制作出全球独一份的二价痢疾疫苗（FS），终于攻克了这一世界性难题。匠人与科学家的区别就在这里。

任何一个国家包括美国都不可能做到所有的疫苗都自己研发，要全部领先世界更是不可能的。美国的疫苗也是"万国牌"。中国作为一个发展中国家，疫苗产品能够做到覆盖国家免疫规划所针对的全部 18 种疾病，世界上现有的疫苗品种除极个别以外，外国有的中国都有，这是一个伟大成就。但这只能证明中国已成为疫苗大国，而要成为疫苗强国，必须要有更多的具有自主知识产权的领先世界的疫苗产品。

目前，我国已经有了一批世界领先的疫苗等生物制品，如 α1b 干扰素、γ 干扰素、EV71 疫苗等，一批具有世界先进水平的基因工程疫苗、联合疫苗、结合疫苗已进入临床研究。

现代疫苗的发展趋势一是基因工程疫苗，二是联合疫苗、结合疫苗、多价疫苗，这些方面都是创新的广阔天地。中国生物旗下的国药中生生物技术研究院的新型疫苗国家工程技术中心，武汉生研所的国家联合疫苗工程技术中心和生物制品国家地方联合工程研究中心，兰州生研所的国家企业技术中心等四大国家工程技术中心和七大技术平台，就是顺应这两种趋势而建立的，目的就是突破前沿生物技术，研发前沿重大产品。目前发展势头强劲，许多新产品呼之欲出。

疫苗发展到今天，像巴斯德那样自己发现病毒、自己制作疫苗的时代已经过去了。现代一个疫苗的诞生，往往是一系列的人共同奋斗的结果。发现病毒的是一个团队，研制疫苗的是另一个团队，生产疫苗的又是一个团队。三个部分的人可以是一个国家的，也可能是两三个国家的。现在一个新的细菌和病毒发现后，就会进入世卫组织的毒种库，包括它的基因序列都会公布在网上。研制基因工程疫苗就可以在这个公开的基因序列中进行筛选，不必要像传统疫苗那样先获取毒株再进行减毒然后制作疫苗。在这个意义上说，研制基因工程疫苗比过去便捷了，但同时也使竞争变得更加激烈了。毒种的基因序列一旦公布，全世界不知道有多少实验室在用它研制疫苗，谁的速度快、质量高，谁的产品就世界领先，就占领全球市场。在基因工程疫苗方面，中国虽然起步晚，但现在可以说已与世界先进国家处于平等的地位，就看谁的创新能力强了。

基因工程疫苗是最热门的新型疫苗，但是并不意味着它能代替所有的传统疫苗。一般来说，基因工程疫苗是要解决传统疫苗没法解决的问题，或者让传统疫苗的效力升级。因此，传统疫苗的地位并没有被撼动，仍然占着主要地位，仍然具有创新的巨大空间。如 EV71 疫苗是传统疫苗，但这并不影响它成为世界第一。

疫苗是世界的也是民族的，同样一种疾病的病原体，其基因序列可能是一样的，但是致病的基因型、血清型在不同的国家可能是不一样的。所以，研制同样一种疫苗，各国所针对的基因型、血清型首先是本国的，然后才是世界的。美国如此，中国也如此。针对本国的基因型，研制出有中国特色的疫苗就是创新。

我国生物制品行业"在学习中创新，在创新中学习"，积累了丰富的经验。现在无论是科研条件还是科研氛围都与过去不可同日而语了，从硬件上说国外有的先进仪器和设备我国都有了，加上有老一代医学科学家留下的中国生物精神，随着我国整体科技水平的提高，我们正一步一步地向疫苗强国的目标迈进。

| 第三十四章 |

吹响人才集结号

万事人为本。生物制品行业作为高技术行业之一，更是如此。"根深则叶茂，本固则枝荣。"有了人才，没有产品可以有产品，人才有多高端，产品就有多高端，否则，空有凌云志，到头一场空。中国生物制品的百年史是一部产品史，也是一部人才史。这部历史证明，什么时候尊重人才，行业就兴旺，反之就出现低谷。我国生物制品的"国家队"曾两次吹响人才集结号，第一次是在抗战时期，第二次是在新中国成立初期，现在，为实现疫苗强国的梦想，又吹响了第三次人才集结号。

想起那激情燃烧的岁月

在改革开放之前，我国生物制品行业出现了两个发展高峰期（见上章），与这两个高峰期相对应的是两次人才大集结。

1919 年北洋政府中央防疫处成立。照说，此事开天辟地，开元肇始，应该要广揽天下英才，但事实并非如此。当时在免疫、防疫方面声望最高的人是被称为"国士无双"的伍连德，他理应成为中央防疫处处长的不二人选，可十分遗憾，他被排挤掉了。学过中国近代史的人都知道，北洋政府的后台是日本，他们把中央防疫处正副处长甚至技师的位置都当成了把缺，肥水不流外人田。因伍连德是留英的，便成了外人。从中央防疫处成立到1928年北伐军进京的10年间，正副处长如走马灯似的换去换来，但有一点是不变的，前后11任处长无不都是由北洋官僚担任的，无一例外都是"日系"的。中央防疫处成了"日系"的"自留地"，即使是招一个技术助理员也要看"出身"。在这期间，最出色的一个人物是齐长庆。他能进中央防疫处当然与他的能力有关，但"出身"也帮了大忙。他毕业于保定陆军兽医学堂，这所大学的主要教员全都是日本人，从门派上说他是属于"日系"的。那时的中央防疫处，下级叫上级、学生叫老师为"爷"，"爷"前加姓，进他们的办公室要先敲三下门，然后喊"报告"，得到允许后才能进门，先鞠躬叫"×爷"，再说事。否则，就得挨"熊"。浓厚的官僚习气和门户之见把许多优秀人才拒之门外，生产的一些产品后来大都被汤飞凡在昆明给"枪毙"了，原因无他，检定不合格。

我国生物制品行业第一次吹响人才集结号，是在抗日战争时期的昆明。中央防疫处从长沙迁到昆明刚落下脚来，处长汤飞凡就不拘一格网罗人才，一时英才聚集，蔚为壮观。这其中，有与汤飞凡同是留学欧美的，如魏曦是美国哈佛大学医学院研究员，而且在上海医学院求学时是汤飞凡的学生。魏曦参加过北伐军，在长沙湘雅医学院学习时，因参加学生运动被通缉而逃到上海。汤飞凡收留了他，并设法让他在上海医学院继续学习，最后获得博士学位。1939年他毅然回国，加入到中央防疫处的队伍中。在旧中国，我国医学界分欧美派和德日派两大派系，斗得个不亦乐乎，甚至水火不容。汤飞凡主张"不管你是欧美派，还是德日派，现在都是中国派"，不分门户，兼收并蓄。沈鼎鸿是从德日派的北平大学医学院毕业的，汤飞凡二话不说就将他招致麾下，来后发挥了重要作用。黄有为、周朝瑞是回国抗战的华侨，因有一技之长也被汤飞凡请到了中央防疫处。他们中间有些是毛遂自荐来的，如朱既明本来是上海医学院的教师，抗战时期上海医学院内迁至昆明，看到汤飞凡尊重人才便"跳槽"过来了。刘隽湘本是昆明昆华医院的住院医师，周末跑到中央防疫处来玩，觉得这里不错，便不当医生，改行跟汤飞凡做生物制品了。类此者还有陈廷祚等人。

就像有了角儿就能唱大戏一样，中央防疫处在昆明取得了举世瞩目的成就。最突出的有：朱既明和黄有为分离出了青霉素；魏曦帮驻缅甸的盟军找到了"不时热"的病原恙虫病，解决了让哈佛大学教授团束手无策的难题；刘隽湘首次在中国分离出黄疸性钩端螺旋体，发现了伊凡氏锥虫；等等。有的人原本与生物制品不相干，也作出了重大贡献。如：黄有为虽是学医出身却是个出色的机械工程师，就靠他自己动手搞出了一套生产青霉素的设备，生产出中国第一支青霉素产品；兽医周朝瑞解决了当时生产急需又进口不来的胃酶来源问题，由他当顾问，防疫处人人养猪，既能从猪胃中提取胃酶，又解决了因物价飞涨而吃不上肉的问题。上述这些人除黄有为、周朝瑞后来返回侨居地外，其余都成为我国生物制品行业的著名专家。

新中国成立前后，我国生物制品行业吹响了第二次人才集结号。早在新中国成立之前，共产党人就开始为发展生物制品招揽人才。当时在上海的汤飞凡本来已经买好了飞往美国的机票，应邀去哈佛大学医学院任职，但在飞机起飞前的 7 小时果断决定留下来，一接到军管会请他回京履职的召唤，很快就赶回了北京。由汤飞凡派往美国留学的刘隽湘、陈正仁也在此前按汤飞凡的指示提前赶了回来。在丹麦国家血清研究所留学的陈廷祚听从祖国召唤，回国到大连生研所。在剑桥大学获得博士学位后在英国国立卫生研究院工作的朱既明，也于1951年回到北京所。"周公吐哺，天下归心"，游子归国，如凤凰栖于梧桐。党和政府对原国民政府留下的生物制品人才照单全收，一个不漏，对分散在各地的人才千方百计去寻找。新中国的六大生研所的第一任所长，除长春所的汪为和成都所的张贺两人是共产党员之外，其他四大生研所的所长都是非中共人士。北京生研所所长汤飞凡是原中央防疫处处长留任的，兰州生研所所长齐长庆曾任原国民政府西北防疫处处长，上海生研所所长陈宗贤是原中央防疫处汤飞凡的前任处长，武汉生研所所长杨永年曾担任原国民政府中央卫生防疫所所长和西北防疫处处长。蒋介石逃离大陆时，列了一份运往台湾的精英名单，杨永年被列入其中，并派国民政府秘书长王兆民和卫生署署长刘瑞恒亲自出面劝行，他不为所动。新中国成立初，虎气生生的共产党人有海纳百川的博大胸怀，别的不说，只说当时的中南军政委员会特地在上海设立了人才招揽办事处，杨永年、谢毓晋等著名专家就是被中南卫生部副部长齐仲桓亲自邀请到武汉来的。六大生研所的主要技术骨干，除了极少数来自解放区之外，其余都是所谓"从旧社会过来的知识分子"。在当时物质条件极端缺乏的情况下，党和政府给了他们应有的物质待遇，工资相当于一个普通工人的数倍到十多倍。

有多大的水养多大的鱼，有多大的胸怀就有多少人才。

我国生物制品之所以能够在新中国成立后得到迅速发展，一个重要原因就是充分发挥了旧社会过来的老专家的作用。"文革"前我国生物制品的主要品种几乎都是在老一代专家的主持下研制和生产出来的。

帅才称职，将才如云

强将手下无弱兵。军队、地方都如此。

回顾六大生研所起起伏伏的发展历程，可以发现一个有规律性的现象，一个好所长和一个好的学术带头人往往会带出一批冒尖人才。人才往往不是孤立地出现的，而是成群成簇地出现的，而每一个人才群的出现，必有一个可称为龙魁凤首的人扛大旗。这与党管干部、党管人才的原则并不矛盾。记得当年武汉生研所所长兼党委书记彭来在重用被打成"大白旗"的总技师谢毓晋时，在大会上说："我是武汉所的一把手，但在生物制品上，我是外行。外行怎么领导内行？就是通过内行来领导，谢毓晋就是内行。"他的这段话把党的领导与学术带头人的关系讲明白了。事实上，武汉生研所前期的发展，离不开谢毓晋的巨大贡献。

北京生研所一直是我国生物制品行业的龙头老大，学术水平高，成果出得多，成因非一，但第一任所长汤飞凡功垂竹帛。

汤飞凡是个科研帅才，体现在多方面。他在昆明中央防疫处时就不分门派，广揽人才，新中国成立后留任北京生研所所长后，爱才之心，丝毫未减，并能因材施用，使人尽其才。新中国成立初的北京生研所群英荟萃，如诸贤集兰亭；骐骥满门，如北山之桃林。其中朱既明、章以浩、刘隽湘、陈正仁、赵树萱、王用楫、周光源等等，都是可载入中国生物制品史的人物，都做出了可圈可点的成绩。但这些还只是表，而非里。里是什么？他留给北京生研所最大的遗产，是做生物制品要有登高望远的战略眼光和独立思考的能力，在北京所形成了一种既胸怀大志又脚踏实地，既敢于创新又严谨求实的优良学风。特别是他的工作思路清晰，能起到指路灯的作用，许多人同做一件事，别人失败了，按他说的做就能成功。在许多事关疫苗命运成败的关键时刻，他起到了"定海神针"的作用。这就是帅才的风范。最让人不能忘记的有这么几件事：

第一件事，天花病毒"天坛株"得以保存。人们都知道在"100%学习苏联"时，强令痘苗生产一律使用苏联株，要将"天坛株"销毁，是李严茂悄悄将它藏了起来，使之免遭厄运。而人所不知的是，李严茂之所以敢如此，是汤飞凡给了他底气。在接到销毁令时，李严茂去找了汤飞凡。汤飞凡说："现在还不能排除苏联毒株比'天坛株'好的可能，但应该先做比较试验，不要随意更换毒种。'天坛株'即使不用，也可以封存起来，这并无危险，没有销毁的必要。而且'天坛株'是有历史价值的，留下来以后还可以用来做进一步的研究，更不应该销毁。"听了汤飞凡的话，李严茂坚定了把天坛株藏起来的决心。后来，苏联自己生产的痘苗在莫斯科出了问题，"天坛株"起死回生，比较研究的结果证明，"天坛株"是世界上最好的天花毒株。我国能消灭天花，"天坛株"是立了首功的。现在想起来有点后怕，如果当时汤飞凡不支持李严茂，我国的痘苗生产将面临无毒株可用的困境，消灭天花至少要延长好几年。

第二件事也与痘苗生产有关。我国痘苗生产一直用的是汤飞凡在昆明发明的乙醚灭菌法，而苏联用的是石炭酸灭菌法。"100%学习苏联"，强行改用苏联方法，引起激烈争论。有人把技术争论上升到了政治立场问题，谁有不同意见，就被扣上"反苏"的大帽子，弄得许多老专家三缄其口。汤飞凡却站出来说："再这样争论下去是白白浪费时间。科学问题是不能用行政命令和政治口号来解决的。在科学争论上谁有充分的根据谁就是正确的，没有谁服从谁的问题。如果双方都不能说服对方，就去做实验，用实验结果证明谁是对的。什么方法好，什么方法不好，都要靠实验来证明，如果错了早晚得回头。"他当然没法挡住那股风，但正如他所说的"如果错了早晚得回头"，实验结果证明石炭酸灭菌法明显落后了，不得不又用上了乙醚灭菌法。

第三件事是关于乙脑疫苗的研制。1949 年，王用楫从美国回来就在汤飞凡的指导下研制乙脑疫苗。当时国际上通用的办法是将乙脑毒株注射到鼠脑中然后制作疫苗，但鼠脑疫苗的副作用极大，所以汤飞凡和王用楫从 1951 年开始研制鸡胚疫苗。在学习苏联的运动中，有人讽刺鸡胚疫苗是"鸡蛋汤"，把学习苏联以外的经验说成是"五胡乱华"，强令停止鸡胚疫苗研制，改回生产鼠脑疫苗。汤飞凡没法改变来自上头的行政命令，只好把北京生研所的主要技术骨干召集到自己的办公室，对他们说："我们要心明眼亮地干工作，不能糊里糊涂地照搬外国的东西，据我看苏联的方法绝大部分也是从欧美一些实验室来的，其实他们的方法也是什么国家的都有，如果说我们过去的情况是'五胡乱华'的话，他们就是'五胡乱苏'。这并不是坏事，吸收各国有用的科学成果嘛！但必须弄清来龙去脉，看某种方法是否先进？还有没有更先进的？必要时应当做些实验加以比较，即使学习苏联必须'100%'，一点也不许改，我们心里也要有数，如果确实好就照搬，如果有问题将来也好及早纠正。"汤飞凡的话应验了，用苏联方法生产的乙脑鼠脑疫苗在接种中发生了 6 人死亡、多人致瘫的严重事故，闹得周恩来总理亲自出面处理善后。这是我国疫苗史上绝无仅有的严重事故，可那些"左派"还硬说"这不是苏联方法的问题，是我们没有学到家"。汤飞凡不与他们"打嘴仗"，指导卢锦汉、王用楫经过比较实验，拿出了科学依据，连前来讨论疫苗事故的苏联专家也不得不承认确实是鼠脑疫苗的问题。这场争论以中国人生命健康的牺牲做出了结论，代价太大了！但让人由衷佩服的是，汤飞凡讲的上述那段话与毛泽东主席在《论十大关系》中的论述异曲同工，不谋而合。毛主席说，我们的方针是，一切民族、一切国家的长处都要学……但是，必须有分析有批判地学，不能盲目地学，不能一切照抄，机械搬运。他们的短处、缺点，当然不要学。

汤飞凡对下严格，发现问题屡屡会训人，但在科学问题上十分民主，从不以权威自居。一个小技术员也可以提出不同意见，然后大家一起讨论，谁对就听谁的。每个周末，他都会把相关技术人员请到家里，大家一边喝咖啡（或茶），一边聊工作，放开漫谈，互相启发。他营造的学术氛围被一直延续下来。

原六大生研所中兰州生研所的地理位置最偏远，自然环境最差，但出的成果却骥头跑马，超过了有些条件较好的生研所。这得益于第一任所长齐长庆的帅才。兰州生研所有所谓"四大天王""八大金刚"之说。"四大天王"是兰春霖、张慧卿、王成怀、齐长庆；"八大金刚"是王秉瑞、白植生、程夔、孙柱臣、何长民、董树林、刘新民、殷绥亚。此辈你有昆吾之剑，我是龙骒之马；你抱荆山之玉，我握隋侯之珠，在大西北的漫漫黄沙之中，熠熠生辉，如白玉映沙，个个都有史册流芳的成果。须知这些人除张慧卿外，都是齐长庆想方设法从全国挖来的。谈到他当年招揽人才的执着劲，后来曾担任所长的殷绥亚回忆说："解放初，卫生部在中检所办了两个生物制品训练班，由朱既明、王太江任班主任。第一班是准备留在北京分给中检所和北京所的。齐长庆跑到训练班硬要人，不给他就不走。经不住他软磨硬缠，第一班给了他两个，我和段生桐。他怕中途变卦，非要带着我们跟他一起走。我俩跟着他坐火车到西安，然后换乘火车到宝鸡，再换乘汽车到了兰州。接着他又从第二班要来三个，就是刘新民、白植生和程夷。他又到大连所要来了王成怀等人，这些人本来是要分配到成都所去的，硬被他动员到了兰州。他还从上海请来了兰春霖、夏汀；从杭州请来了张翰、金梦江、律恩明；从东北沈阳卫校的医师班要来了 20 个人。另外自己办了一个技师班，兰州所的技师队伍就是他这样建立起来的。'四大天王''八大金刚'开始是带贬义的。

'反右'的时候有人画了一幅漫画，把齐长庆画成'太上皇'坐在上面，下面分别站着'四大天王''八大金刚'，谁知本来是带贬义的这张漫画后来演变成褒义了。他们反而受人尊敬，成为兰州生研所专家的代表。"

说起从大连到兰州的经历，王成怀笑着说："我是被齐长庆老所长'骗'来的。"王成怀1946年7月从伪满长春医科大学毕业后，没有工作，后来进了大连所。那时大连所虽已由苏军军管，但还是由日本人一统天下，他是第一个进入大连所的中国技术人员。他跟着日本人做研究，学到了不少疫苗和血清制作的本领，很快当上了血清室主任。苏军撤出后，由魏曦任大连所所长（开始为副所长）。1955年卫生部决定撤销大连所，人员主要调配给长春和成都生研所。分家的前几个月，卫生部防疫司在大连所召开一个会议，规定与会人员不准在大连所找人谈话。不准在所里谈，在所外谈不行吗？齐长庆早就瞅准了王成怀，因为他特别需要一个搞血清学的专家。他打听到王成怀当时在疗养院疗养，家也在疗养院那条街上，隔得不远。有天会后，齐长庆散步就散到他家里去了。王成怀回忆说："那天我回家一看，老先生已经到我家了，把我家连厕所都看了，看完后说这条件没有兰州好。大家都是明白人，我一听就觉得他这是要动员我去兰州啊！老先生非常热情，说话也很打动人，让我很受感动。本来大连的邓启修所长曾经要我跟他一起到成都去的，后来邓所长再问我，我就说：'到哪去我不管，组织上叫我到哪我就到哪'。邓启修一听觉得情况不对啊！说：'是不是有别的所想挖你呀？'我不置可否。不久卫生部来了调令，调我去兰州所帮助开展气性坏疽抗毒素生产。大连所就说：'这样吧，给你写个介绍信，算是去出差，你需要带什么人，带什么东西，都可以带。去出趟差，完事了就回来。'当时大连所血清科的副科长叫周景忠，他新中国成立前在西北防疫处待过，了解兰州的情况，对我说：'老王啊，去兰州那个地方你可要有思想准备，风沙很大，一个人一年吃的沙土等于一块砖头。'我抱着上刀山入火海的决心来到了兰州。兰州虽然苦，但我很感谢齐长庆所长，也很相信他，他把你当作自己的子女一样看待，那种感情叫你无法拒绝。工作了一段，我准备回大连搬家。他叫秘书写了介绍信，信上说：'兰州生研所王成怀主任到大连所临时出差'。对我说：'你现在是兰州生研所的人了，介绍信就得这样写。'我说：'我又跑不了，就是回去搬家。'回到大连所，所长一看介绍信说：'这个老头子怎么这样呢？'但因为大连所要散伙了，他们也没有阻拦。我收拾收拾，全家都搬到兰州来了。"王成怀一家一路经过千辛万苦，女儿在火车上发高烧。王成怀到兰州后，齐长庆非常支持他的工作，很快就将他提拔为主任技师。主任技师这个职称现在没有了，在当时是最高的，相当于教授。要知道，此前兰州所只有齐长庆、兰春霖、张慧卿三位主任技师，都是生物制品行业的老资格，王成怀在资历上无法跟他们比，年龄也差不多隔了一代，在"四大天王"中他是小字辈。

兰州生研所的"八大金刚"都是新中国成立后毕业的大学生，之所以能迅速成长为栋梁之材，自身的努力与齐长庆的信任、培养缺一不可，可谓"千朵桃花一树生"。他不仅给他们教方法、教技术，主要是给他们定方向、压担子，一人一个研究方向，先当学生，然后独立门户，独当一面。如程夷主攻检定，孙柱臣主攻Q热、出血热，王秉瑞主攻肠道菌，董树林主攻人畜共患病，等等。他对董树林说："兰州地处西北，牧区较多，是炭疽、布氏病、土拉热等人畜共患病的流行区，这方面的研究不仅惠及苍生，还惠及牲畜。你做出了成绩，西北人民不会忘记你。"鼓动得董树林热血沸腾。后来，董树林成了这方面数一数二的专家。与董树林一样，"八大金刚"都自称是齐长庆的学生。有这样一个亦师亦友的好领导，出成果是必然的。

有句俗话，叫"换人如换刀"。长春生研所一度在科研上较为平庸，后来将朱既明调到长春所任第一副所长管科研，情况就为之一变。朱既明到任后，带着大家加强病原学方面的研究，加紧新技术的学习运用，成果、人才就冒出来了。全国唯一的森林脑炎疫苗，就是在他的指导下研制出来的。原长春所生化室主任、研究员张兴义回忆说："朱既明所长不光对病毒方面很熟悉，对细菌方面也很熟悉。他提的细菌方面建议，照样大家都很信任，都很服气。我跟他一起工作主要是开发森脑疫苗，得到他很多的教导。搞森脑疫苗首先要从森脑病毒核酸开始研究，他带着我把森脑病毒的核酸提取出来，再研究它的结构。这都是新东西……他根据核酸研究的结果，判断出能够生产出来质量好的森脑疫苗，就把这个任务落实到疫苗室了。那时候疫苗室主任是武文焕和赵克俭，他们经过一番努力，做出来了像朱既明所长预期的合乎要求的疫苗。"

长春所的麻疹病毒长-47株，感冒病毒甲型、乙型、丙型等毒株，都是在朱既明的主持下分离和培育出来的。单层细胞培养技术也是在朱既明的指导下建立起来的。据最早做单层细胞培养的曾国华回忆，她每天都要向朱既明汇报，他都及时提出指导意见，遇到难题一起分析，可以说没有朱既明就没有长春所的单层细胞培养技术。长春所在出成果的同时，一批优秀人才也脱颖而出，如张权一、郝成章、赵克俭等。他们中有些人是从解放区来的，基础理论知识不够扎实，新中国成立后进大学培养，经朱既明调教成为知名专家。

帅才称职，将才如云，这是一条规律。

栽好梧桐树，且等凤凰来

改革开放后，生物制品行业所面临的新情况与过去大不相同了。

头两次吹响人才集结号，人才就来了，许多是不远万里从国外赶回来的。第一次在昆明，抗战的大旗一打，挽救民族危亡的大义把人才聚集起来。第二次为建设新中国，人才是冲着这个共同理想来的。改革开放后国门打开，发达国家与我国争夺人才，有人出去留学就留下了；外企、民企与"国家队"争夺人才，用高薪诱惑，有人就找新"东家"去了。20世纪八九十年代，是我国六大生研所人才流失最严重的时期，连自己培养的博士、硕士都留不住。

"流波将月去，潮水带星来"。在我国生物制品行业的人才链条上的杰出人物，第一代以汤飞凡、谢毓晋等人为代表，他们都是20世纪三四十年代留学归国的，现在都已作古；第二代以赵铠院士等为代表，他们都是五六十年代毕业的大学生，现在也都八十岁左右了；第三代如杨晓明、沈心亮等杰出人物，大的六十出头，小的五十好几了。二代与三代之间，年龄差了二三十岁，"文革"耽误是一个原因，人才流失也是一个原因。现在，第四代的佼佼者如李启明、李秀玲等，四十多岁到五十出头，正是如日中天、大显身手的时候。

就是在这种新形势下，改制为中国生物的生物制品"国家队"吹响了第三次人才集结号。

改革开放前后对比，在人才问题上，撇开政治运动因素，至少有三大区别：

第一，之前，生物制品行业是卫生部直属的事业单位。六大生研所的名称上都冠以"卫生部"三个字，各个地方都高看一眼，能到生研所工作是一件很光荣的事，单位本身就具有吸引力。有这么一个例子，20世纪五六十年代为防止美蒋飞机轰炸，上海市规定不得建六层以上的楼房。但有两幢楼却例外了。一幢就是上海生研所建的六层科研生产楼，另一幢是原南京军区建的延安饭店。当时有人提意见，市委答复说，生研所是中央直属单位。改革开放后这块中央直属事业单位的牌子不那么吃香了，而且不久就从事业单位变成了企业单位，生研所名称前面的"卫生部"三个字去掉了，后面加上了"有限责任公司"六个字，没有"金字招牌"可打了。

第二，改革开放前，所有人员特别是大学毕业生都是分配来的，中央直属事业单位挑人是有优先权的。"先中央，后地方"，这是规矩。而且一次分配定终身，想"跳槽"也跳不了。改革开放后，大学毕业生不包分配，待遇高低成为择业的主要标准甚至是首要标准，如果待遇不高就没有吸引力，即使来了也可以拍屁股走人，"不伺候你了"。

第三，改革开放前，工资、福利发放等都是按国家规定的标准执行的，除有地区差之外全国都一样。改革开放后，越是地方企业、民营企业分配制度越活，而六大生研所虽然转制为企业了，但"大锅饭"的习惯还严重存在，造成在工资待遇上与外企、民企的巨大反差。

在这种情况下，如果不锐意改革，第三次人才集结号是吹不响的。中国生物为了招揽人才，留住人才，推出了多方面的改革措施，其中最主要的是建立起了新的分配机制和平台机制。

在机制上，最核心的是分配机制。一个优秀的科学家和工程师团队历经千辛万苦，搞出了一个疫苗和其他生物制品，产生了巨大的社会效益和经济效益，以往，他们最后得到了什么呢？得到了国家奖或部委奖、行业奖，名很大，但利很小。奖金"多乎哉？不多也"，杯水车薪，僧多粥少，撒胡椒面都不辣。比如A群流脑荚膜多糖疫苗，这是一个新型的组分疫苗，在中国疫苗史上是有它的地位的，参与研制的北京、武汉、成都生研所和中检所一起获卫生部科技成果甲级奖，湖北省也给了武汉生研所的江先觉、全家妘等研制者一个奖，奖金多少呢？ 220元。最后江先觉和全家妘每人拿了10元，剩下的200元不好分配，捐给了湖北省残疾人基金会。在疫苗研究中，全家妩不幸感染了流脑，所幸逃过一劫，就算是工伤补贴也不只是 10 元钱吧？当然，这是 20 世纪 80 年代的事，后来奖金逐步增加，但与他们的贡献相比还是显得微不足道。靠这种老的分配机制想留住人才，即使你讲的道理天花乱坠，也是拴不住人心的。说到底，这种老的机制不尊重人才，忽视了知识产权的价值。而在高技术产业，财富主要是靠知识产权创造的。在一项成果给单位创造效益的同时也要让创造这项成果的人享受到他们应有的利益。于是有了一项新的规定，当某项成果成为产品产生效益后，其研制者可以按一定比例提成，产品的效益越高提成就越多，并且让研制者终身获益。据说，中国生物给研制团队的效益提成比例在全国是最高的。有了这一条，人才就不用再担心到"国家队"吃亏了。这种分配机制比单纯加工资更能体现按劳分配的原则，你为国家和单位创造了财富，也为自己创造了财富。

打造科研平台，用平台机制吸引人才，这是一项逼出来的改革措施，也是受到了先进国家的启发。我国有些疫苗是借助国外的科研平台研制成功的，有不少人也曾到国外的科研平台上进修。如第三代基因工程百日咳疫苗，就是杨晓明在美国国立卫生研究院的平台上完成的。那时，兰州生研所带着无细胞百日咳疫苗到美国去做检测，检测完后，杨晓明发现他们的科研平台条件很好，就想利用这个平台做进一步的研究。问人家"是否可以"，人家说"你要来明天就可以来"。杨晓明在这个平台上研究了 6 年，搞出的第三代基因工程百日咳疫苗，专利是属于杨晓明和"老板"共有的。这种先进的平台机制我们为什么不能借鉴呢？关键是要打破人才的单位、部门所有制。平台机制对人才不求为我所有，但求为我所用。建一个好的科研平台，我什么条件都给你创造好了，你进来就可以工作，工作完了，你愿意留下就留下，不愿留下也可以走。中国生物把公司内的人才称"刚性人才"，把非本公司但在平台上工作的人才称为"柔性人才"。现在中国生物已建起了 4 个国家级工程技术中心、6 个省部级工程技术中心、7 大研究平台，靠平台集聚优秀人才。如武汉生研所的国家联合疫苗工程技术研究中心，现有 120 人在上面工作，其中博士 30 人，其余为硕士。进入这个平台分两种方式：第一，立题以后课题负责人在国内外招人；第二，外面的人选好了一个课题，通过中心审定后，就让他进来工作。这样做的结果是科研成果比过去出得多了快了。已进入临床研究阶段的有无细胞百白破 +IPV（注射型脊灰灭活疫苗）+Hib（b 型流感嗜血杆菌疫苗）五联疫苗，六价轮状病毒疫苗，四价流感疫苗，四价手足口病疫苗等。

中国生物系统是国家第一批博士、硕士学位授予单位，培养研究生成为招揽人才的一个重要途径。目前拥有博士后工作站 5 个，博士学位授予点 1 个，硕士学位授予点 6 个。师资力量雄厚，有近 1400 人的研发团队，其中中国工程院院士 1 名、国家"863"疫苗领域首席科学家 1 名、国家药典委员会委员 13 名、国家免疫规划专家咨询委员会委员 1 名、国家自然科学基金委员会评审专家 3 名、国家科技部项目评审专家 14 名、国家新药评审专家 12 名、享受国务院特殊津贴的专家 84 名。至 2018 年，已培养硕士近 900 名，博士 60 名。目前在读博士、硕士研究生 50 名。值得骄傲的是，从中国生物系统毕业的博士、硕士研究生，往往人未毕业就被用人单位预订了，约有 1/3 留在了本系统，有的如李秀玲、徐静等已经成为行业风云人物。

自古盛世不常有，难得风正一顺帆。生物制品行业"国家队"的第三次人才集结号已经吹响，栽好梧桐树，且等凤凰来。

第三十五章

"生物制品就是生命制品"

　　从发生事故的概率上说，世界上没有比飞机更安全的交通工具了，但是，一年发生车祸多少万起，人们却不害怕坐汽车；飞机失事的概率现在只有几十万分之一，有人却不敢坐飞机。同样，没有比疫苗等生物制品检测更严格的商品，甚至可以说没有比疫苗更安全的药物，但是疫苗只要出点事，就会成为爆炸性新闻。这是因为疫苗不同于一般医药，医药只用于病人，为了治病，即使有严重的副反应，患者也能理解，而疫苗是用于健康人预防疾病的，关系到千百万人的生命健康。近年来的几起有关疫苗的负面新闻，引起舆论对中国疫苗的质量前所未有的关注。客观地、科学地看待疫苗，了解我国生物制品"国家队"的质量建设情况，是十分必要的。

　　"生物制品就是生命制品"，这不是教科书上的标准答案，却是我国生物制品工作者的座右铭。

　　《中国生物制品发展史略》中有这样一段话："一个产品反应事故的发生率即使只有万分之一、十万分之一，但是发生在某个人身上就是百分之百。对疫苗质量必须慎之又慎，一点马虎不得。"

"疫苗人命关天，质量是天大的事。"20世纪50年代初，董树林等大学毕业生刚来到兰州生研所，老所长齐长庆给他们上第一课，说："如果你织一条毛巾，质量上有瑕疵，还可以作为次品销售，而疫苗没有正品、次品之分，只有合格、不合格之别。一项指标不达标就是废品，只能销毁。"60多年过去了，董树林等人对这段话仍然记忆犹新，并且给后来者反复讲。正是基于这一认知，从原六大生研所到现在的中国生物，每研制出一个新品种，在进入临床研究之前，无不首先在研制者自己身上试验，这个传统代代相传，一直传到现在。

疫苗事故与疫苗法规

近年来的几起疫苗负面新闻，使人们强烈呼吁制定国家疫苗法，很对。就像交通法规是由交通事故催生的一样，世界上有关疫苗的法律法规，是由疫苗事故和教训催生的。

吕伯克卡介苗事件，是世界上最早出现的一起重大疫苗事故。1929年，德国吕伯克城的市立医院给271名新生儿口服自制的卡介苗，结果大多得了结核病，并造成77人死亡。原因何在呢？用于制作卡介苗的疫苗株是从巴黎巴斯德研究所取得的，没有问题，问题出在自制上，不小心把强毒（野毒、街毒）混进了疫苗中，于是防病变成了传病。

疫苗是用细菌或病毒的减毒株（固定毒、疫苗株）制作的，从本质上说它还是毒种，但经过减毒后，能让人产生免疫力而不致病。野毒是万不可用于制作疫苗的。

吕伯克事件作为典型案例，是生物制品行业挂在嘴边上的反面教材，入行必讲。这一事件用77条儿童的生命告诫世界：包括医院在内，疫苗不是什么人都可以制作的。疫苗制作的资格认证，就是从吕伯克事件后逐渐形成的。

吕伯克事件之后，最严重的一起疫苗事故发生在日本京都。1948年，给15560人接种了白喉类毒素，造成600多人产生严重副反应，死了250人，另有250人需一直住院。原因是白喉毒素脱毒不彻底，时间不够。

京都事件7年后，美国又发生一起严重疫苗事故。1955年，在12万名儿童中接种了脊髓灰质炎疫苗，造成4万人感染，占接种总数的1/3，其中有56人患上麻痹性脊髓灰质炎，133人终身瘫痪，5人死亡。这是世界疫苗史上又一起重大事故。

上述疫苗事故促使世界各国制定了严格的疫苗质量标准和检定制度。

人们用"字字血，声声泪"来评价一部优秀的悲剧作品，对有关疫苗的法律法规来说，可以说每一条规定都是生命教训的总结，仿佛有死于疫苗事故的魂魄把守在一个个关口，向你大声断喝："人命关天！不可违规！"

毫无疑问，违法违规制作疫苗会造成疫苗事故，但是并不等于合法生产的疫苗就不出事故。我国最严重的一起疫苗事故是1956—1957年发生的乙型脑炎疫苗接种事故，造成发生变态反应性脑脊髓炎，其中数人死亡。这次事故惊动了党中央、国务院，成立了领导小组和专家组调查事故原因，最后结论是：严重副反应是由疫苗中残存的鼠脑组织引起的，也与皮内注射的接种方法有关。本来，我国疫苗专家早已发现了鼠脑疫苗的致命缺陷，并已停止了鼠脑疫苗的试生产，开始试制鸡胚乙脑疫苗，而在"不折不扣学习苏联"的运动中，被强令按苏联方法生产鼠脑疫苗和用皮内注射的方法接种。按照苏联的生产规程和检定标准，鼠脑疫苗是合格的。合格疫苗为啥出事故？因为用鼠脑制作疫苗的方法严重落后了！这次事故说明，有关规程和标准落后了是会害死人的；同时也说明，用政治划线的办法来裁决科学问题是非常危险的。自这次乙脑疫苗事故之后，我国再没有发生大的疫苗事故。

在疫苗的检定上，中国的标准更高

疫苗质量合格与否，要靠检定。检定是生物制品行业的一个专有名词，它是一门科学，之所以叫检定而不叫鉴定，是因为对疫苗等生物制品的各项指标，都要通过无菌试验、效力试验、生化试验等各种手段进行科学检验，一切拿数据说话。检定是疫苗法规体系中的一项核心内容。检定人员是疫苗质量的把关者和执法者，包括生产单位的检定科和国家检定院（所）。

我国疫苗的检定标准走过了一条从零散到系统、从一般标准到最高标准的路程。

从1919年中央防疫处成立一直到1940年，我国生产的疫苗质量合格不合格，由制作者自己说了算。就像木匠做一把椅子，他说好了就好了。在当时中央防疫处的编制表上，就没有检定科之名。抗日战争时期，汤飞凡接任中央防疫处处长后，在昆明首次设立了检定科。这是我国疫苗质量检定的开端。依据是汤飞凡编写的《检定手册》（俗称"蓝皮书"），对已有的和新研发的产品进行检定，结果此前生产的疫苗和类毒素产品大多数因检定不过关而被淘汰了。

新中国刚成立不久，汤飞凡就上书卫生部建议成立国家生物制品检定机构。1950年2月，经北京市人民政府批准在天坛建起中国药品生物制品检定所；4月，政务院文化教育委员会正式批准成立中央人民政府卫生部生物制品检定所，所长由北京生研所所长汤飞凡兼任，副所长由著名病毒学家朱既明兼任。

中检所的成立标志着我国生物制品领域有了质量管理机构（现为国家食品药品检定研究院的一个组成部分）。

中检所成立伊始，汤飞凡就组织朱既明、刘隽湘、陈正仁等专家编写我国第一部生物制品法规。1951年11月在卫生部召开的第一次全国生物制品工作会议上讨论通过，定名为《中国生物制品法规（草案）》。这是我国第一部生物制品法规。在法规通过后，汤飞凡说了这样一段意味深长的话："有了质量管理制度，对我们的要求更高了。这岂不是自讨苦吃？不错。好比孙悟空给自己戴上了紧箍儿，随唐僧去西天取经，甘吃那么多苦头。可是，如果孙悟空没有紧箍咒约束，谁知会闯出什么大祸？所以我们也要戴上紧箍儿。"

此后，六大生研所全部建立了检定科。卫生部先后颁布了《检定所组织条例（草案）》《生物制品研究所检定科（室）组织条例》《检定科（室）工作细则》及《生物制品管理暂行条例》等文件，我国生物制品的质量监管系统逐渐成型。

有没有检定机构，情况是判若云泥的。1951年中检所抽检各生研所的产品，不合格率高达57%；1952年不合格率降至36%；1958年6月中检所对各生研所组织了全面质量大检查，不合格率为3.6%，较1952年下降了90%。通过检定，阻止了不合格产品流向社会，避免了可能出现的接种事故。

《中国生物制品规程》根据生物制品的发展和科技进步不断修订，到2010年已经修订至第8版，由国家生物制品标准化委员会制定。后来《中国生物制品规程》纳入《中华人民共和国药典》，作为其中的第三部（另两部分别为中药、西药与化学药品），生物制品标准化委员会也随之取消，作为国家药典委员会的生物制品分会。

现在，有的人张嘴就说中国疫苗比外国差了多少年，殊不知我国疫苗的质量标准不仅不比 WHO 的标准低，在许多指标上甚至比它更高。著名疫苗科学家赵铠院士说："我国疫苗标准很高，质量水平与欧盟接轨。在安全性和有效性检测项目方面，我国一些疫苗标准甚至高于欧盟。2011 年 3 月，我国药品监管机构的疫苗监管能力正式获得了 WHO 的认可。"

原兰州生研所检定科科长、研究员程夷长期从事生物制品检定，是疫苗质量控制的权威之一，多次参与《中国生物制品规程》的编写。他说："实际上我国生物制品的国家标准一直是与世界接轨的。《中国生物制品规程》从 1952 年版到 2010 年版一共有 8 个版本，每次修订的规程，内容和要求都与国际标准对照，都结合我国实际。1952 年版规程只收载了 36 个品种，有 12 个通则，在全国统一了生物制品的生产方法和检定要求。2010 年版收载了 131 个品种，通则 9 个，还有附录 149 个。1965 年，世卫组织颁发了第 1 号《生物制品规程》，叫作《生产单位和检定实验室的基本要求》，我国从那时开始就与世卫组织的规程接轨。中检所的陈启林每次都反复强调'接轨'，所以得了个'接轨专家'的外号。为了接轨，我把世卫组织规程分给所里的小年轻人翻译，由王秉瑞校对，先后编了 4 集，只要世卫组织有的，我们就对照，这个符合那个不符合，都要按世卫组织的要求来修订，书写格式也与它一样。但是，我们加进了许多新的东西，在不少方面标准其实比世卫组织规程还要高。比如抗毒素原来都是浓缩的，所以只有浓缩抗毒素的规程，而我国北京生研所的刘隽湘等人改进了抗毒素生产方法，加胃酶消化然后用明矾吸附，原来免疫球蛋白 ATT 分子非常大，又是异体蛋白，消化后分成两段了。ATT 原分子分子量为 15 万，消化后就变成了 FAB2，只有

5 万。FAB2 是有效成分，没有副反应。我们就在规程中加了检测 FAB2 含量的要求。作为预防用的抗毒素 FAB2 必须达到 50% 以上；作为治疗用必须达到 50% 以上。世卫组织规程没有这个项目，是我们加进去的，比世卫组织规程就进了一步。再比如冻干麻疹活疫苗，是上海生研所张箐等人自己选育出来的毒种然后搞出疫苗来的，还有乙脑减毒活疫苗、甲肝疫苗、口服轮状病毒疫苗、口服痢疾双价疫苗、肉毒素抗毒素、重组 α1b 干扰素，这些我国自主创新搞出来的东西，世卫组织的规程上没有，是我们自己制定的规程。随着科学技术的进步，规程也要跟上进步的步伐。比如 A 群流脑荚膜多糖疫苗、伤寒 Vi 多糖疫苗、Hib（b 型流感嗜血杆菌疫苗）等经高度纯化，免疫力大大提高，但原来规程上没有这个检定项目，我们就要修订。除了保留常规的如动物试验、无菌试验等又加上了很多免疫化学、分子生物化学、细胞学等方面的检定项目和要求。再如用 VERO 传代细胞生产的疫苗，对残存外源 DNA 的检测是我们加进去的，要求非常严格。这些都说明我们制定的规程达到或超过了世卫标准和欧盟标准，因此不能随便说我国比国外差了多少年。"

原六大生研所流传一个顺口溜："不怕天，不怕地，就怕检定科长不签字。"我国生物制品要出厂首先要过的一关是本所的检定科。检定科是国家生物制品检定所的派出机构，负责质量检验监督。实行批签发制度后，每个批次的产品都要经中检院检定签发，但第一关也是由检定科来把的。程夷说："连所长都怕检定科长不签字，我不签字他制品就发不出去，他所长也无权代替我签字。检定科长不好当，责任非常大，一旦某一批制品发出去出了问题，打官司、坐班房，检定科长是跑不掉的。我跟殷绥亚所长开玩笑说：'如果我坐牢，你也得陪绑。'说老实话，我每天睡觉都不安神，老担心发出去的产品会不会有问题。我为啥提心吊胆呢？因为出过一件我意想不到的事。我们的卡介苗发到广州，是冻干的，一支是 10 人份，溶解后滴上一滴在小孩的胳膊上，然后划痕接种。有一个大夫马大哈，他没有看说明书，把 10 人份溶解以后用注射器吸出来，给一个新生儿全打上了。后来不知怎么发现了问题，电话打到我家来了。幸亏我对出了问题怎么处理预有准备，告诉他：'第一，给小孩吃点异烟肼，一定要按药品说明书的剂量；第二，赶快将孩子送到医院打链霉素，按急性结核病的治疗方法来治疗，防止急性发作。'这样处理后，小孩安全了。小孩的母亲给我打电话说非常感谢我，还要给我寄款，邀我去广州玩，说要好好招待。我问她'小孩怎么样？'她说'小孩还好，没发现什么问题'，这我才放心了。现在法规逐渐完善，从研发、生产、流通、接种到不良反应的处理等各个环节都有规范了，像广州出的这件事就不用再找我们了。"

我国 1984 年通过了《中华人民共和国药品管理法》，对全国药品、生物制品生产企业实行颁发《药品生产企业许可证》和核发生产批准文号制度，北京生研所与中检所共同研制的血源乙肝疫苗是药品管理法颁布以来我国审批的第一个生物制品，由时任卫生部部长陈敏章坐镇审评。从 2001 年开始，我国对生物制品实行批签发制度，每批产品都必须进行资料审核、样品检验及签发。这与过去只需送检三批样品的情况相比要严格得多。不仅每批产品都要送检，贴好封条由中检院启封检验，而且中检院还要定期抽查和进行飞行检查。

"国家队"率先达到 GMP 要求

在国外曾经出过这样的事，药品检定合格了，到分包装环节却把标签贴错了，后果不言而喻。由于出了此类问题，1962 年美国 FDA（食品药品监督管理局）首先颁布了 GMP（《药品生产质量管理规范》也译

为《良好药品生产要求》)。世卫组织 1969 年公布了其药品 GMP，1992
年又正式颁布生物制品的 GMP。由于"文革"的耽误，我国 1982 年才
出现第一个行业性的 GMP，是由中国医药工业公司制定的。1984 年，
卫生部连续举办 GMP 培训班，中检所和各生研所的检定人员都参加了。
GMP 对从业人员、原料、厂房、设备、环境（空气、水等）、运输车辆、
仓库等均有具体的硬性要求，从生产原料和辅料的进入、生产工艺、产
品检验、分包装、分发、运输、仓储、接种直至不良反应的处置等每一
个细节都有详细规定，可谓规范了全方位、全过程。一个环节的一个细
节不合规范，就视为不合格。GMP 看似非常烦琐，但可以使药品生产、
使用过程中不合格的危险降到最小。我国 1998 年颁布第一版生物制品
GMP 标准，比 WHO 1992 年正式颁布的生物制品的 GMP 晚了 6 年，但
这项工作早在改革开放初期就开始做了。

像上面所讲的贴错标签的事靠检定是检定不出来的，因为检定其
实检定的是没有分包装的半成品。至于把 10 人份当 1 人份接种之类的
事，更是疫苗生产者管不了的。唯有 GMP 才可以堵塞上述漏洞。

GMP 是对传统观念的一个巨大冲击，给我国生物制品行业带来了
一次革命性飞跃。对疫苗生产，过去我们往往只严结果而不严过程，有
点像在法律上重视实体法而忽视程序法那样。现在，GMP 要全方位地
管住你的全过程。比如厂房、设备，你想因陋就简，土法上马，不行
了！得符合 GMP 规定的标准。按 GMP 标准对照，我国过去建的车间
没有一个是合格的，全部都得重建。中国生物系统通过引进，首先建
起了三个（批）样板车间。第一个是 1989 年北京生研所引进美国默克
公司的全套设备，建起了一个生产基因工程重组乙肝疫苗的车间；第二
个是 1991 年上海所与日本脏器制药公司合作建起的血液制品生产车间；
第三个是 1992 年中国通过世行贷款进行国际招标，与荷兰 DHV 公司

合作在上海所、兰州所及医科院所属昆明所新建了 7 条生产计划免疫制品的生产线。有了这三个样板，六大生研所纷纷按 GMP 标准分步新建厂房，到 2003 年生产计划免疫制品的 GMP 标准厂房陆续建成，2004 年通过国家 GMP 检查认证；2009 年所有生产生物制品的厂房全部通过 GMP 检查认证，共有约 100 条生产线。

GMP 车间是个什么概念呢？我们请内行程夷来说一说："在没有实行 GMP 之前，我们的厂房虽然也是很讲究的，从外表看也很干净，但与 GMP 要求有很大的差别。一个是人流、物流分不开，带了毒种和操作用的材料，一个走廊就进去了，到实验室、无菌室（现叫洁净室）。原来那个无菌室一般大概 10—15 平方米这么大，头天晚上石炭酸喷雾，整个房间刷一遍，操作之前再用消毒剂喷雾，人穿着无菌衣，戴着口罩、帽子进去操作……无菌室是无菌的，没问题，但生产中人和物资来来回回，进进出出，就没法保证无菌了。现在按 GMP 要求，整个车间都是洁净环境，人与物从不同的走廊进出，只是不同空间的洁净标准不同。无菌室要 A/B 级，沉降菌检测平皿放半小时到 4 小时动态检测后培养，A 级微生物检出结果不得超过 1 个；一般洁净室为 C 级，沉降菌检出结果不得超过 50 个；走廊为 D 级，不超过 100 个。细菌要靠生物学检定，尘埃粒子有专用仪器检查，粒子多一个也不行……还有一个最重要的，我认为是双核对制度。就是每步做完了，必须有人核对，你的记录对不对？有没有差错？要另一个人给你核对。再就是验证制度，从开始建厂房一直到使用，不停地进行验证。啥叫验证？比如你说你达到了百级、万级，我要用仪器设备来验证你是不是真达到了，达标了才能用，否则就不能用。"

再严格的法规制度都是靠人来执行的。没有符合 GMP 要求的人就没有符合 GMP 要求的产品。中国生物系统的全员 GMP 要求培训，早于厂房建起之前的 5—10 年，做到了不经培训合格就不得上岗。培训之严之细是超出我们想象的。成都所一位车间主任对笔者说："举一个与技术无关的简单例子，就是你经过消毒防护进入车间后，至少 4 个小时是不能喝水、不能上洗手间的。如果不经过训练，早餐或午餐吃得不对，到里头打嗝、排气，仪器马上就能检测出来，空气质量就不合格了。还有，如果你感冒了就不能上岗，你到里面打一个喷嚏，也会影响环境。"

"优质疫苗是设计和生产出来的"

我国在 1998 年公布《药品生产质量管理规范》（GMP）后，几经修订，于 2010 年又发布了新版，与《中华人民共和国药典》《中华人民共和国药品管理法》等法律及配套法规和 2019 年 12 月 1 日施行的《中华人民共和国疫苗管理法》，将构成我国生物制品完整的法律体系。

但是"优质疫苗是设计和生产出来的，不是监管出来的"。这句话是一位检定专家在 GMP 培训班上说的。乍听似乎有点看轻监管的作用，但越往细想越觉得是真理。因为规范、规程中的标准其实是最低标准，就像 100 分制的考试，60 分算及格一样。所以，合格的疫苗并不一定是优质疫苗。而且，监管再严格，也是可能出现偶然情况的。一批疫苗产品几十万、几百万支，你总不能每一支都检定一遍，只能批签发。

一家疫苗研制企业，如果把质量目标只定在通过批签发上是没有前途的，必须把研制优质疫苗作为追求。

中国生物技术研究院的李秀玲团队研制的 EV71 疫苗是世界首创，残存 DNA 检定的国家标准为 100 皮克（Pg）/ 剂。达到这个标准后，可以送检了吧？"不！"李秀玲不答应，非要纯化达到 10 皮克 / 剂不可。

对此，有人不理解，李秀玲说："1 皮克虽然只有 1/10 亿毫克（mg），但减少 1 皮克就减少一分副反应。我们这个疫苗是世界首创，首创，就要首创高标准。即使有人仿造，也仿不出我们的质量标准。"最后终于达到了 10 皮克 / 剂的标准，比国家标准高了一个几何级。这个疫苗由武汉生研所放大生产，也是按照 10 皮克 / 剂的标准。

始终保持对优质疫苗的追求，就会主动寻找产品的不足之处，不断通过技术革新和运用新技术，提高产品质量，促进产品升级换代。以我国的百日咳疫苗为例，现在已经发展到第三代了。第一代疫苗开始是用国外的菌株和按照世界通行的包姜氏培养基生产的。产品合格不合格呢？合格。但是我国生物制品工作者清醒地看到了它的缺陷，所用的国外菌株并不优良，包姜氏培养基因要加羊血而存在隐患。于是北京所的何秋民在陈正仁的指导下分离培育出了我国的优良菌株（Cs 和 P5s），用于生产；在工艺上用武汉生研所首创的活性炭培养基取代了包姜氏培养基，生产出的疫苗达到了世卫组织的规程的要求。既然如此，就可以一直生产下去了吧？否！这种用全菌体生产的疫苗，有免疫原性与无免疫原性的成分都在里头，影响疫苗的纯度，得升级换代。北京所的刘德铮团队和兰州所的何长民团队分别用不同方法研制出第二代百日咳疫苗。这就是现在用于计划免疫的吸附无细胞百日咳疫苗的来历。这种疫苗已经达到世界先进水平了，但是中国生物人并没有止步，杨晓明等又研制成功第三代基因重组百日咳疫苗。如果满足于通过批签发，就不可能有新的高质量的疫苗，就不会有产品的升级换代。

看到这里，或许有人会说："你这是过小年祭灶王爷，尽往好的说。"比如，有人打了某种疫苗，结果没起作用，有的甚至还致病了。对此，笔者请教了不少疫苗专家。他们的意见归纳起来有以下两点：

第一，疫苗不是神丹妙药，其保护率有一定的百分比，如基因重组乙肝疫苗 70% 就算合格，我国用于计划免疫的为 90% 以上；EV71 疫苗一般保护率为 90% 以上，重症保护率为 100%。也就是说，还有一些人在保护率之外。

第二，中国有句老话叫"是药三分毒"，即使最优质的疫苗也会有一定的副反应，只是反应很轻而已。因为接种者的身体情况千差万别，不排除极个别的人产生严重不良反应的情况。原北京生研所科研处处长张永福研究员是《中国生物制品发展史略》的主要编撰者之一。他说："我国早就消灭天花了。预防天花的痘苗是很安全的，但也有极少数孩子产生多子痘、全身痘，最严重的叫种痘坏疽。对种痘异常反应我们给他打一针免疫球蛋白就没有问题了，但种痘坏疽是因接种者有免疫缺乏症造成的，就没有办法救。这种病例极少极少，北京只在儿童医院出现过一例。如果因此就把痘苗废了，那中国就不可能消灭天花。其中道理就像不能因噎废食一样。"

再如，我国消灭脊灰主要靠的是脊灰活疫苗，但活疫苗在理论上存在类似返祖的危险，即接种后得了"疫苗脊灰"，这种情况极少，比生出一个像猴子一样浑身长毛的孩子的情况还要少。我们不能因为出现这个孤例就不接种脊灰疫苗了。

因此，对疫苗的副反应要科学看待，不应盲目过度渲染。20 世纪五六十年代，由于对疫苗反应普遍存在模糊认识，影响了预防接种的开展，著名学者刘隽湘专门写了《预防接种反应问题》一文，从免疫学、病理生理学、临床学等方面系统地论述了接种反应的原因及其机理，起到了正本清源的作用，推动了免疫接种。但近年来，由于社交平台对疫苗反应的过度渲染，以致在公众中造成了"疫苗恐惧症"。美国这些年麻疹病例大幅上升，世卫组织认为这是"疫苗恐惧症"造成的恶果，呼吁各国要高度警惕。

在笔者写作本书前夕，2016年3月查办的山东非法营销疫苗案，2018年查办的长春长生公司的狂犬病疫苗生产记录弄虚作假案成为舆论焦点。习近平总书记、李克强总理对长生公司的弄虚作假案作了重要指示，并成为政治局常委会、国务院常务会议的议题，重视程度可以说顶天了。2019年12月1日施行的《疫苗管理法》对疫苗的研发、生产、仓储、销售、运输、接种直至不良反应的处置，都作了严格、具体的法律规定，明确了生产者、采购者、使用者和监管者等各方面的法律责任，无疑将促进我国疫苗质量的提高和新产品的开发。据中国生物领导层讲，《疫苗管理法》中的不少内容是他们建议加上去的，因为规定越严格越利于产品质量的提高。

回到舆论场上来，人民群众痛恨不合格疫苗，即使言论偏激也可视为正能量。不过，在浩如烟海的网络言论中，有一种倾向相当明显。有人把国产疫苗统斥为"烂疫苗""黑疫苗"，"不能打，要打就打进口的"；有人"现身说法"，描绘在美国、中国香港打疫苗的愉快经历，介绍怎么去国外、中国香港打疫苗。有人甚至怒气冲冲地质问："为什么进口的巴斯德五联疫苗断供了，是不是有意打压外企，以便推销国产烂疫苗？"他们有意无意地忽视了一个事实：2017年中检院的批签发报告显示，我国从赛诺菲·巴斯德公司进口的百白破、脊灰、b型嗜血杆菌五联疫苗16批次，其中8批破伤风类毒素的效力不合格，共71.5万人份；从凯荣·贝林公司进口的6批狂犬病疫苗不合格。有人在网上摆了这个事实，马上遭到围攻，并被扣上了为国产"烂疫苗"开脱的大帽子。这种现象十分耐人寻味。

既然实行批签发制度，在检定标准面前，只有合格和不合格之分，没有国产和进口之别。现在，疫苗市场的竞争很激烈，说到底要靠质量取胜，而非靠其他。刚刚诞生的《疫苗管理法》，对疫苗生产企业的"紧箍咒"更多了。中国生物作为生物制品的"国家队",做何感想?董事长杨晓明说:"《疫苗管理法》对我们是约束,更是保护。这部法律明确规定国家坚持疫苗的战略性和公益性,支持疫苗基础研究和应用研究,促进疫苗的研制创新。这对我们是极大的鼓舞。这部法律的一些条款是约束市场无序竞争的,对优良企业就是一种保护。我们的疫苗质量在国内是最好的,在国际上也是靠前的,去年是我们的'质量提升年',今年是'质量文化年',希望舆论对我们依法加强监督,支持我们提高产品质量和产品创新。"

第三十六章
对爱与责任的诠释

一个人，一个团队，一个单位，如果没有精神，就是一具僵尸。精神是物质力量的倍增器，一家企业、一个行业的兴旺是诸多因素造就的，但其他因素大都是加数，而精神却是乘数。中国生物作为生物制品行业的"航母"，产业规模大，科研实力强，有爱有责任，企业价值观使它的引擎更加强劲。

从担任中国生物党委领导开始，朱京津就琢磨一个问题。这么大的一家央企，是以原六大生研所为骨干整合组建的。如果没有一个共同的核心价值来作为精神支柱，就没有共同语言，甚至会成为一盘散沙，打造生物制品"航母"的初衷就可能会落空。他跑遍二三级公司，请教了不少老专家，下功夫研读了生物制品的历史，经反复思考，最后把中国生物价值观概括为四个字："爱与责任"。

也许因为他是军队转业干部，所以对精神作用和文化建设格外重视。他参加过1979年西南边境的那场自卫反击作战，荣立二等功，被共青团中央授予"全国新长征突击手"的称号，在部队发展顺利，33岁便成为上校正团级干部，转业前在原北京军区政治部宣传部理论研究室工作。说起他转业的过程，颇有点阴差阳错、反客为主的味道。1999年，他的一位好战友被确定转业，当时刚组建的国药集团通知他去面试，这位战友把他也拉去了。国药集团董事长王国立和党委书记张洪亮，以及人力资源部主任曹丽娜又是面试，又是笔试。一番折腾后，结果国药仅通知朱京津进入"待定区"。这就麻烦了。朱京津赶紧和战友商量"对策"，战友说，我可以去国家机关。那年朱京津已正团4年，正等着提拔。国药想要，军队不想给。人力资源部的同志对他说："我们缺一个干党务、人事的人，你要来没有职务、没房、没车，但企业发展前景很好。愿不愿来，还得你自己拿主意。"没想到"没有职务、没房、没车"的话反而刺激了他，难道军队转业干部是冲着待遇去的吗？越是这样他越要去挑战一下。干吗不换个岗位，从头开始呢？于是他决定转业。可北京军区不愿放人，而且军区的转业指标用完了，怎么办？他说服部长后，最后通过原总政协调，临时增加一个转业指标，他就这样来到了国药。在国药他逐步被提升为总部党委副书记、集团工会副主席、企划部和党群部主任，后调任中国生物任职。国药集团最初企业文化系统是由他搭建的，曾担任十年国药新闻发言人。"关爱生命，呵护健康"的八字理念就是由他提炼出来，经党委研究后定下来的。他请总政歌舞团团长印青将《关爱生命》谱写为歌曲，在国药集团唱响了。

中国生物有100年历史了，从1919年走到今天，对国家的贡献很大。新中国成立后，国家靠中国生物及其前身六大生研所研制的疫苗进行计划免疫，消灭了天花、消除了脊灰、控制了常见传染病，累计减少发病3亿多人次，减少死亡400多万人，为护卫中国人民的生命健康构筑了一道坚强屏障。百年来，中国生物制品行业的发展之路曲曲折折，有顺风扬帆的时候，也有顶风逆流的时候，但是无论环境如何变化，中国生物人都始终执念于心，执诚于情，一心一意，辛勤耕耘，甚至身陷图圄也痴心不改，这颗心是什么心？这种情是什么情？是爱国爱民之心，是爱国爱民之情！100年，几代人，薪火相传，步步登高，就靠这种精神支撑着，其核心就是"爱与责任"。"爱与责任"，既是价值观，也是精神支柱。爱是根本，责任是由爱发出的枝干。爱愈深，责任感就愈强。回顾中国生物的历史，朱京津认为，"爱与责任"至少体现在下列几个方面。

驱魔灭疫的"上医"精神

《黄帝内经》曰："上工（医）治未病，不治已病"。所谓"治未病"，就是防止疾病发生，尤其是防止传染病的发生。一次传染病流行，轻则死亡数十上百人，重则死亡千万人。因此，人民需要"治已病"的医生，更需要"治未病"的"上医"。生物制品工作者研制的疫苗等生物制品，就是用来"治未病"的，他们就是古人所说的"上医"。朱京津说："中国生物一代一代的杰出人物，无不怀揣一个梦想，就是要研发出疫苗来挽救千百万人的生命。这个高尚的理想是支撑他们百折不挠、愈挫愈坚的精神动力。"

的确如此。检索中国生物历代杰出人物的简历，可以发现，他们开始几乎都是学医的，如老一代医学科学家汤飞凡、谢毓晋等人。无论是在古代或在现代，医生都有非常崇高的社会地位。他们怎么就改行做生物制品了呢？原武汉所总技师谢毓晋的一段话很有代表性。1937年2月，谢毓晋从同济大学医学院毕业后，与三名同窗好友一起去德国留学。他们的共同理想是解救饱受疾病折磨的中国人民，摘掉外国人戴在中国人头上的"东亚病夫"的帽子。到德国后，其他三人都选择了学临床医学，谢毓晋却选择了学微生物学和免疫学。他对同伴说："当医生每次才能救一个病人，而做疫苗或血清就可以救一大片人。"他的祖父和年仅 30 岁的大哥都是患肺结核而死的，这给他的刺激太大了，这就是他决心当一名"上医"的原因。

刘隽湘是我国数一数二的血液制品专家，他立志学医是因为父亲患背痈久治不愈，而在北京法国医院做手术后不到一个月就康复了。1940 年，他从同济大学医学院毕业后，在昆明省立昆华医院当住院医师，周末跑到时在昆明的中央防疫处去参观，汤飞凡给他讲了类似谢毓晋上面说的那些话，于是"跳槽"改行，从此研究了一辈子生物制品。

生物制品这个词是从俄文翻译过来的。在 20 世纪五六十年代，许多人不知生物制品为何物，包括学医的大学生，当他们被分配到各生研所时，往往都不愿意，闹着要走。原北京生研所的吴绍沅就是这样。他从武汉医学院毕业刚分来，所长汤飞凡带着她到北京儿童医院去"参观"。在那里，她亲眼见到了患麻疹的病儿住满了病房，连走廊里也一张挨一张地摆上了临时病床，很多孩子已经奄奄一息。家长们围着儿童医院院长诸福棠含泪哀求："请救救孩子！请救救孩子！"临别时，诸福棠一脸严肃地对汤飞凡说："要救这些孩子，我没有多少办法，唯有用疫苗，我们有责任尽快研究出疫苗来。"吴绍沅在"参观"过程中一直泪流满面，不停地用手帕擦泪。从此后，她再也不提要回去当医生了。在汤飞凡的指导下，她分离培育出了麻疹病毒 M9 株，是中国本土分离出来的第一个麻疹毒株。

成都所的研究员杨耀从医科大学毕业后被分到原成都生研所，老大不愿意，因为他的理想是当一名外科医生。1958 年，四川的温江、双流等地暴发出一种俗称"打谷黄"的怪病。他跟随专家组到了疫区，亲眼看到农民用门板把病人往卫生院里抬，门板上的人还没死，抬门板的人却突然倒下，大口吐血死了。其中一个死掉的抬门板的人叫赖安华，后来陈廷祚就是从他的呕吐物中分离出钩端螺旋体，被称为"赖株"。杨耀说："当时那个惨啊！村村办丧事，昼夜有哭声，这深刻教育了我，从此我才安心工作了。"杨耀后来在生物制品研制上作出了较大贡献，退休后还做出了二十三价肺炎疫苗。

这种为人民驱魔灭疫的"上医"精神，支撑着生物制品工作者不怕牺牲，不计得失，玩命苦干，即使在遭到无端横祸时也能忍辱负重，奋斗不息。谢毓晋在"文革"中被罚扫厕所，他竟然在厕所里写出了动物血清代血浆的科研总结和下一步的研究计划，就像屈原在《离骚》中所写的："亦余心之所善兮，虽九死其犹未悔。"成都所的陈廷祚戴着"右派"帽子，被停止了科研工作，但在温江、双流发生不明重大疫情时，却不避嫌疑，主动请缨，很快分离出无黄疸钩端螺旋体，查明了病因，为扑灭疫情起到了关键作用。成都所的周海清被打成"右派"后被当工人用，他一边劳动一边进行工艺研究，抢着值夜班，最后成功将成都所的菌苗生产由小罐改成了大罐，产量大幅提高，生产人员大为减少。北京所的刘隽湘"文革"中被打成"反动学术权威"和"美国特务"，被剥夺了科研权利，但当他发现不成熟的人血白蛋白还在生产时，却勇敢地站出来，上书卫生部，要求立即停止不合格产品的生产……此类例子不胜枚举，有人不理解，说他们"傻""痴"，其实他们一点不傻，但确实痴，就像周海清说的："我觉得该干什么就干什么，不在乎别人表扬你还是批判你，这样干，就因为觉得自己有那份责任，要研制疫苗阻止疾病传播，解除人民的痛苦。"

不错。正像毛主席所说的："人是要有一点精神的"。干生物制品这一行，没有点精神是干不下去的，即使勉强留下来，也是干不好的。据朱京津说，现在中国生物进人，考核条件中的重要一条就是要问：是否有爱心，是否心怀梦想，做好了为人民驱瘟神灭疫病的精神准备。因为干这一行是要付出很多牺牲的，有时甚至可能要牺牲生命的。如我国的狂犬病专家林放涛在东北原始森林里研究动物传染狂犬病的途径时，就与狼发生对峙；再如出血热专家孙柱臣在分离培养病毒时被试验小鼠咬了一口，感染了出血热，险些牺牲了生命。北京生研所的一对年轻人在冷库里做实验，忘了下班，被反锁在里面出不来，整整一夜，险些被冻僵，就因为这寒冷的一夜，两人最后成了夫妻，人称"生命的爱情"。

以身试药的精神

要说中国的疫苗研制与外国有什么不同，除了早期物质条件大不一样以外，一个最大的区别就是中国的每一种疫苗在进入临床研究之前，首先要在研制者甚至家人的身上试用，证明安全之后再上别的人身上试用。这在其他国家是没有的，有的国家临床研究甚至不在本国做，要到外国去做。以身试药，如传说中的神农尝百草一样，充分体现了中国生物制品工作者为人民的献身精神，具有鲜明的中国特色。

据现有文字资料显示，中国生物最早以身试药的人是汤飞凡。1928年，日本著名细菌学家、生物学家野口英世从患沙眼的印第安人眼中分离出颗粒杆菌，宣称找到了沙眼病原体，一时在世界上成为定论。但汤飞凡认为野口的证据不充分，通过国际组织要来野口亲自分离的颗粒杆菌，冒着被感染的危险把它种到了自己眼中，反复几次都没有患上沙眼，从而推翻了野口的结论。1957年，汤飞凡和助手黄元桐、闻仲权、李一飞等分离出沙眼病毒（衣原体），为证实它确实是沙眼病毒，他把病毒种到自己眼中，果然患上了沙眼，一直坚持到典型症状出来，这才宣布找到了沙眼病毒。

我国牛痘苗的生产用的是齐长庆和助手李严茂分离出来的"天坛

株"。这个毒株用到 1954 年的时候，毒力变弱了，必须增强才能用于生产。要增强毒力，靠动物是不行的，必须在小孩身上进行。原北京所副所长张永福回忆说："当时找了 6 个本所员工的小孩来做，其中一个就是我的儿子。"他说得轻描淡写，但谁的孩子谁不心疼？经这样增强毒力，"天坛株"又用于生产了。

脊髓灰质炎疫苗完成临床研究后，课题组首先在自己的孩子身上试验。课题组长顾方舟逝世后，这件事才被公众所知，在网络上引起强烈反响。其实，当时课题组每个有孩子的人都让孩子试服了疫苗，在他们看来这不足为奇，非常平常，因为所有的疫苗都是这么做的。

郝成章是原长春所流脑室主任，在接受采访时，他女儿说："那时我还很小，有一天爸爸把妈妈、哥哥、姐姐和我领到一个封闭的屋子里，关上门，然后开始喷雾，让我们跟他一起坐在那里，不准出去，不知道他要干什么。"说到这里郝老露出诡秘的一笑，说："那是为了检验喷雾剂流脑疫苗的安全性和有效性，怕不保险，我只好用自己和家人先做试验。"

即使是已经证明安全并有了操作规程的单采血浆法，原成都所在运用之前也慎之又慎，先做动物试验然后再到自己人身上试验，从党委书记带头，全所数百号人在大礼堂里排着长队，一个一个接受试采。如此试了一遍，证明确实安全，才敢用在献浆员身上。

以身试药的精神被一代一代传了下来。基因工程重组宫颈癌疫苗试制出来后，从研究室主任张靖博士开始，全课题组的十几个年轻人不分男女，都一人给自己先来一针。

在中国生物，如果你问他某种疫苗是否先在自己身上做过试验，他们往往会说："这是必需的，还用问吗？"

甘坐冷板凳的精神

农民种庄稼，春播秋收，年年都有收获。工人盖大楼，几年就可以建成，看到自己的劳动成果。搞科研尤其是做生物制品，必须经历一个相当漫长的过程，从开题到形成产品，快的至少也得 10 年左右。朱京津说："10 年 10 个亿是疫苗研制的一般规律，至少要花 10 年功夫，现在至少要投入 10 个亿。"生物制品行业是一个高投入、耗时长、知识高度密集的产业，没有甘坐冷板凳的精神是干不了这一行的。

笔者对我国疫苗产品研制的时间做了一个简要的梳理，发现能 10 年做成一个疫苗堪称奇迹，研制过程大多要经过十好几年甚至好几十年。如狂犬病疫苗，最早我国是用巴斯德的方法，生产鼠脑或羊脑狂犬病疫苗，因副反应严重，便于 1965 年开始研究地鼠肾细胞狂犬病疫苗。以原武汉所的林放涛为组长，有长春所褚菊仁、兰州所梁名奕、中检所俞永新等参加的课题组，紧张工作了 15 年才研制成功。乙脑疫苗从新中国成立初就开始研制，历经 18 年才研制成功原代地鼠肾细胞乙脑灭活疫苗。因毒种免疫原性不理想，必须改进，培育新的乙脑疫苗株 SA14–14–2 就花了整整 30 年，再用这个疫苗株研制疫苗到最后批准生产，又历时 12 年。在这期间，投入研究的专家有北京所的、中检所的、成都所的，有突出贡献的就有上 10 人。麻疹活疫苗从 1958 年汤飞凡、吴绍源首次在我国成功分离出麻疹病毒 M9 株算起到 1965 年试制成功，1966 年投产，历时七八年，这可以算作一个奇迹。脊髓灰质炎减毒活疫苗从 1954 年开始研究，历经仿制苏联的猴肾减毒活疫苗（历时 6 年）、猴肾糖丸疫苗（历时 8 年）等阶段，到 1987 年用二倍体细胞生产出三价疫苗糖丸，总历时 33 年。乙肝疫苗从 1972 年开始研究，到 1985 年研制成功血源性乙肝疫苗历时 13 年；到研制成功基因工程乙肝疫苗历时 17 年。流脑荚膜多糖疫苗从 1966 年开始研制，到 1979 年研制成符合 WHO 规程要求的 A 群流脑荚膜多糖疫苗，历时 13 年多……痢疾疫苗被称为"胡子疫苗"，兰州所的王秉瑞为研究痢疾疫苗奋斗了一辈子。从 1962 年调入兰州所就开始研究，到 1998 年用基因技术研制成二价痢疾减毒活疫苗（FS），历时 36 年。这中间，他因担负其他任务研究一度中断，从 1981 年他重新挂帅研究算起也整整 17 年。

"板凳要坐十年冷，文章不写半句空"，这是南京大学教授韩儒林先生写的一副对联。著名历史学家范文澜在北大讲演时说："坐冷板凳无非是几个意思，要专心致志做学问，不慕荣誉，不去追求名利，甘于寂寞，同时也包括你做学问当中不去追随时尚，随风倒，而是要坚持自己的学术方向，不怕别人不重视，甘于寂寞。"笔者想，生物制品行业的科学家们和工程师们，不就是甘坐冷板凳的典范吗？王秉瑞在第二次挂帅研究痢疾疫苗时，不少人劝他别搞这种"胡子疫苗"了。我国从 20 世纪 30 年代开始就研究痢疾疫苗，几十年都没有搞出什么名堂，你都 56 岁了，何必干这种前途未卜的事？王秉瑞拍案而起，指着对方的鼻子说："你再这么说我跟你没完！告诉你，我忘不了农民患痢疾又没有钱治的困境，同时要维护知识分子的面子，你过去搞过没搞成，怎么就不搞了？脸面何在呀！"研制过程中，他出过一次车祸，从此挂上了拐杖，竟然扶杖搞出了二价痢疾疫苗，成功时他 73 岁了。在 86 岁生日时，他写了一首诗，头四句为"为有秦关汉月明，世上长存不了情；伤寒反应需再减，痢疾效果待提升"。伤寒疫苗和痢疾疫苗是他做的，功在人间，但这正是他的"不了情"：伤寒疫苗的副反应还应想法再减，痢疾疫苗的效价还应再提升。这就是一个疫苗科学家的情怀。

愿做绿叶衬红花的精神

有句俗话，叫作"红花还得绿叶扶"。其实绿叶不仅仅是陪衬，还是红花的生命所系，所谓花无叶不妍也。在生物制品行业，一个产品的研制成功是许多人共同努力的结果，但写论文和申报奖励只能写上主要研制者的名字，不可能把所有参与者的名字都写上。这里面有许多无名英雄在默默奉献，有的还作出了较大的贡献。他们即使被提及，往往也只能写成"助手某某"，如婚礼上的伴娘。我国的天花病毒"天坛株"、狂犬病病毒"北京株"的分离者是"齐长庆和助手李严茂"，李严茂开始只是一名工人，名字能留下来，是个很高的"待遇"，绝大多数助手是名不见经传的。生物制品行业技术人员的职称主要有两类：一类是研究员系列，一类是生物工程工程师系列。一般来说工程师系列的人就很难出论文，论文也是工艺方面的，在产品报奖时，名字要么排在后面，要么根本排不上。

成都所的生物工程高级工程师王寿贵，在原大连所时就师从日本技师做疫苗，是一个技艺高超、作风严谨、能解决难题的人。用SA14-14-2株生产的地鼠肾细胞乙脑减毒活疫苗，他在工艺的建立上有重大贡献，但在科研论文上并没有他的名字。从一定意义上说，工程师系列的人几乎都是无名英雄，都是"绿叶"。但是，我们应该明白的是，如果没有他们，实验室的研究成果就变不成疫苗产品，就只能写成论文放在保险柜里。

就像种庄稼不能没有土壤一样，培养基是疫苗研制必不可少的"土壤"。细菌类疫苗的生产株，离开了培养基就没法生长繁殖，病毒类疫苗的生产株是长在细胞上的，细胞也离不开培养基（营养液）。疫苗等生物制品的产量和质量如何，一取决于生产株，二取决于培养基。北京所的闻仲权就是一位搞了一辈子培养基的科学家。北京所的麻疹疫苗，他参与了研制，但病毒是汤飞凡和吴绍沅分离出来的，他做的是培养基方面的工作，所以他便"榜上无名"；沙眼病毒的研究他也参加了，但分离出病毒来的是汤飞凡和助手李一飞，他虽然做了不少工作，但名不见经传；他还参加了流感病毒的分离和疫苗的研制，但也是湮没无闻。他自始至终参加了脊髓灰质炎疫苗的研制，在国内率先分离出两株脊灰病毒，并试制出减毒活疫苗，但因卫生部为加快疫苗投产，决定走学习苏联的"捷径"，他的研究被迫中断，只能弃置一旁了。他是派往苏联学习脊灰疫苗制作的四名专家之一。在新成立的昆明所帮建脊灰生产线，他待的时间最长，从实验室布置到最后投产的全过程，他都是指导专家；脊灰疫苗改糖丸，他也是主要参与者。但因为顾方舟是协作组组长，故被人尊称为"糖丸爷爷"，他却不为人所知，只能当"绿叶"了。他独一无二的贡献是在我国建立了人二倍体细胞 2BS，可以广泛运用于许多疫苗的制作，并且能世世代代用下去。用人二倍体细胞生产的疫苗因不含异性蛋白，所以副反应极小，而且提高了质量，降低了成本，可谓功德无量。如在国外，他可以将之命名为闻氏二倍体，但他将之命名为 2BS，BS 代表北京所。他发表了 50 多篇论文，而所获奖项的级次不高，而且名字往往会排在后面。在他 67 岁的时候才被评为"国家有突出贡献专家"，获国务院政府津贴，这也许是对他一生甘当"绿叶"的奖赏吧。笔者在采访时与他谈到这个问题，老人家非常淡然，说："只要对人民有利，不必考虑个人名利。"他已高寿 96 了，生活还能基本自理。我想，淡泊名利也许是他长寿的一个原因吧！

有看破名利的，就会有追求名利的。汤飞凡是沙眼衣原体的发现者，可有人竟然偷天换日，冒领了国际沙眼组织颁发的金质奖章，最后闹成了一桩国际公案。北京所的一位专家与某防疫站合作做了一次临床研究，从研究的设计到实施过程都是她主持的，她写出论文后去征求意见，人家一个字没改，却把自己的名字放到了最前面。她虽然感到惊讶，但默认了。董树林是我国炭疽、布氏病、土拉热方面的权威。他研制的人、畜喷雾疫苗效果显著，为推广这种疫苗，在某地区办了一个学习班，学习兽用喷雾疫苗的使用方法。董树林带着助手一边讲课，一边进行示范操作。最后这个地区的牲畜中的炭疽、布氏病发病率降为零了。于是有人写成论文和报奖材料，获国家科技进步奖二等奖，但所有材料中连兰州所和董树林的名字都没有提到。更有趣的是有两名学员因报奖材料中没能列名，跑来找董树林写证明，要证明他们当时也是学员，这个奖应该也有他们的一份。董树林很无奈，但还是给他们写了证明。凭这份证明，省科委把他俩的名字补了上去，两人因此而如愿评上了高级职称。1958年温江、双流的"打谷黄"疫情发生后，陈廷祚首先发现并分离出钩端螺旋体，可又冒出了一个最先发现者，却又拿不出证据来。对比，陈廷祚耿耿于怀，董树林给他写了一首诗，其中两句为："莫因成败说寒暑，三月桃花九月菊。"93岁的董树林对笔者说："我的意思是过云的事就算了，趁身体还能动，再为人民干点事。"这就是中国生物人的精神境界。

凤凰涅槃的精神

在生物制品行业采访，常常听到一句话："这是一个自己消灭自己的行业。"乍一听颇感茫然，仔细一想可不是吗？为消灭某种疾病研制出一种疫苗，最后这个疾病被消灭了，疫苗也差不多就寿终正寝了。

"自己消灭自己"的含义，最主要的还表现在自己否定自己上。我们知道，很多疫苗都远不止一代，三四代是常有的事，多的已有五六代，并且也许会有更多代。每一次更迭换代，就是对上一代的否定，至少是部分否定。当然只是对其缺陷的否定，而不是对其历史作用的否定。

从疫苗的更新换代中，可以看出我国疫苗科学家永不满足，不断自我否定的凤凰涅槃精神。

我国第一代麻疹疫苗是 20 世纪 60 年代初开始试制的，有减毒活疫苗和灭活疫苗两种。但是活疫苗因毒株减毒程度不够，接种后高热反应率较高；而灭活疫苗的效果较差，需要的抗原量大，注射针次多，而且国外有报道说灭活疫苗接种后如果感染野病毒，会出现症状严重的异型麻疹。于是，第一代麻疹疫苗中的灭活疫苗被彻底否定了，着力开始第二代减毒活疫苗的研究。长春所在朱既明的领导下用苏联赠送的"列宁格勒 4 株"（L4 株）培育出"长 47"株，北京所的章以浩、吴绍沅培育出"京 55 株"。北京所和长春所分别在 1963 年和 1965 年投入试生产，这个研制速度是几乎与发达国家同时的。但是这两个生产株都是用 L4 株培育出来的，毒种不是中国人的。上海所在张箐的主持下从中国人身上分离培育出"沪 191"株。我国第二代麻疹活疫苗就是用这三个毒株生产的。这中间也有一次自我否定，"京 55 株"是最早用于试生产的，但因免疫原性不及"长 47"株和"沪 191"株，被淘汰了。第二代麻疹疫苗的工艺日渐成熟，到 70 年代末期年产 2000 万人份。在形势一片大好的情况下，我国疫苗专家又来了一次自我否定，因第二代活疫苗是液体的，在当时没有冷链运输的情况下容易失活，于是又研制出第三代冻干麻疹活疫苗。2017 年我国麻疹发病率下降到不足 6000 例，是三代麻疹疫苗的功劳，也是疫苗专家不断自我否定、追求完美的结果。

再如脊灰疫苗，1960 年 3 月试制出第一代口服液体疫苗，1963 年生产第二代糖丸疫苗，1984 年北京所又研制出第三代脊灰疫苗，以人二倍体细胞取代猴肾细胞，根除了猴病毒的污染，大大提高了疫苗的安全性。但是第三代脊灰疫苗分为"Ⅰ型"和"Ⅱ＋Ⅲ型"两种糖丸，要先服"Ⅰ型"，隔一段时间再服"Ⅱ＋Ⅲ型"，这就使接种比较麻烦。因此，又继续研究，解决了三个型同时服用会互相干扰的问题，于 1985 年研制出第四代三价混合疫苗（白色糖丸），至此，我国的脊灰疫苗与国际水平已难分伯仲。质量已经这么好了，并且为我国消灭脊灰发挥了主力军的作用，该可以就此为止了吧？不！我国疫苗专家又来了一次凤凰涅槃，北京所研究出第五代双价口服脊灰疫苗（bOPV），通过了世卫组织预认证，只需在孩子口中滴两滴就可以了，比吃糖丸更方便更安全。但是，因为脊灰活疫苗在理论上存在类似人生育上的"返祖"现象，即出现"疫苗脊灰"或曰"衍生脊灰"。这种可能性虽然极小，我国只在贵州出现 1 例，但这成为我国疫苗专家的一块心病，所以北京所又进一步研制出第六代注射用三价脊灰灭活疫苗（IPV），包括了脊灰病毒的Ⅰ型、Ⅱ型、Ⅲ型，杜绝了发生"返祖"现象的可能，成为最终消灭脊灰的王牌产品。

"爱与责任"的中国生物价值观和中国生物精神支柱，还包括创新精神、人梯精神、榜样精神等方面。朱京津说："要打造中国生物制品的'航母'，保持国内领先，争创世界一流的战略目标，我们要提高综合素质，特别要发挥精神的乘积效应，把'爱与责任'变成企业文化，化在每一个员工的心中。"

是的。中国要实现从疫苗大国变成强国的梦想，科技是基石，质量是生命，精神是灵魂，"爱与责任"，须臾不可离开。

　　作为一个军旅作家，怎么关注起疫苗来了呢？是因为几个有关疫苗的负面新闻在网上闹得沸沸扬扬，强烈的好奇心和对新闻的职业敏感，促使笔者思考：中国的疫苗是从何而来？研制和生产疫苗的是什么人？我国的疫苗水平究竟如何？真像有些人说的那么不堪吗？许多过去令人闻之色变的传染病现在没有了，是怎么让它销声匿迹的？然而，笔者发现公开出版的相关书籍非常之少，而网上的一些东西要么不可轻信，要么是艰深难懂的专业论文。恰在这时，中国生物正在筹备百年庆祝活动，公司党委书记朱京津是军队转业干部，转业前与笔者神交已久，他专程到解放军报社，给笔者简要介绍了相关情况。笔者这才知道中国疫苗已经走过百年历程，我国消灭天花、消除脊髓灰质炎和控制其他传染病都是国产疫苗的功劳。而迄今为止，这方面的介绍很少而且非常零散，特别是还没有一本用纪实体裁来写中国疫苗的历史和疫苗专家们事迹的书（只有一部未公开出版的专业性的《中国生物制品发展史略》）。于是笔者脑袋一热，决心写一部中国百年疫苗的书，说干就开干了。

　　中国生物是我国生物制品的"国家队"。事实上，中国生物的百年史就是中国疫苗的百年史。因此，笔者把视角聚焦在中国生物上。

本书以中国生物制品史的时间轴来结构，但不是一部疫苗通史，更不是一部疫苗技术史，不可能把所有生物制品及其研制者都囊括其中，只能选择中国防疫史和疫苗史上的重大事件来写，选择为消灭或控制主要传染病起了关键作用的疫苗及其研制者来写。有的疫苗，如黄热病疫苗的技术含量很高，而且是世卫组织认可在全球使用的疫苗，但因为我国没有黄热病，只给出国到疫区去的人员接种，所以只能割爱。另外，因本书是一部报告文学作品，必须写人，写故事，有的人也许有很大贡献，却因包括作者采访不充分在内的种种原因，没有找到故事，故不能展开描写，只好对他们说一声"对不起了！"总之，本书肯定挂一漏万，缺憾很多，但如能让读者一睹疫苗科学家的风采，了解中国生物制品行业从无到有、从弱到强的发展之路，就算没做无用功。

在本书的采写过程中，中国生物给笔者提供了优越的条件。为方便采访，中国生物党群工作部主任陈键按党委书记朱京津的要求，专门做了安排布置，要求所属单位按笔者列的"采访提纲"，逐一通知到拟定的采访对象，请他们预做准备，从而使采访畅行无阻且迅速高效。此前，为抢救史料，中国生物党群部曾录制、整理了一批老专家的口述历史资料，他们将原始录音记录完整无缺地提供给了笔者；在中国生物百年庆祝活动中，各所属单位深入搜集、编写史料，经杨鸿汇总整理后，也交给笔者做参考，让笔者无以言谢。进入写作阶段后，中国生物所属北京国药资产管理有限责任公司为笔者提供了办公室，并派谷欣娟给笔者当助手，负责文字输入、核对资料、编写目录和初校等方面的工作。她尽职敬业，一丝不苟，没有她的帮助，本书不可能在较短时间内成篇。有时为了弄清一个事实，笔者往往几次三番地打扰一些科学家，有时会提出一些非常无知的外行问题，他们都不厌其烦地给笔者作详细解答。原北京生研所脑炎室主任丁志芬是研制乙脑疫苗的大功臣，已 80 多岁，视力不济，但先后四次给笔者更正事实，并先后三次为笔者修改文稿。此外，还有许多帮助过笔者的人，恕不一一列名了。笔者在此一并对他们表示由衷的感谢。

由于笔者在本书写作前对疫苗研制是个"白丁"，连许多专业名词都不懂，虽借助《辞海》和一些专业工具书恶补了有关知识，并在采访中不断求教，但外行毕竟是外行，正像丁志芬在被笔者多次打扰后所感叹的："真是隔行如隔山啊！"本书中的外行话甚至谬误之处一定不少，请方家不吝教正。谢谢了！

2019 年 10 月 5 日定稿，谨记于北京三间房

（7 月 1 日草稿，8 月 7 日初稿）

责任编辑：陈佳冉
封面设计：汪　莹

图书在版编目（CIP）数据

中国疫苗百年纪实：上下卷／江永红 著 . —北京：人民出版社，2020.2
ISBN 978－7－01－021676－8

I. ①中… 　II. ①江… 　III. ①纪实文学－中国－当代 　IV. ① I25

中国版本图书馆 CIP 数据核字（2019）第 300425 号

中国疫苗百年纪实
ZHONGGUO YIMIAO BAINIAN JISHI

（上下卷）

江永红　著

人民出版社 出版发行
（100706　北京市东城区隆福寺街 99 号）

廊坊市广阳区九洲印刷厂印刷　新华书店经销

2020 年 2 月第 1 版　2020 年 2 月北京第 1 次印刷
开本：710 毫米 ×1000 毫米 1/16　印张：40.5
字数：522 千字

ISBN 978－7－01－021676－8　定价：150.00 元

邮购地址 100706　北京市东城区隆福寺街 99 号
人民东方图书销售中心　电话（010）65250042　65289539